À propos de l'autrice

Nora Roberts est l'une des autrices les plus lues dans le monde, avec plus de 400 millions de livres vendus dans 34 pays. Elle a su comme nulle autre apporter au roman féminin une dimension nouvelle ; elle fascine par ses multiples facettes et s'appuie sur une extraordinaire vivacité d'écriture pour captiver ses lecteurs.

Nora Roberts

Et plus si affinités ?

Nora
Roberts

Et plus si affinités ?

Traduction française de
JEANNE DESCHAMP

HARLEQUIN

Titres originaux :

PARTIE 1 : ALL THE POSSIBILITIES
PARTIE 2 : SUMMER DESSERTS

Ces romans ont déjà été publiés en 2016 et 2018

HARPERCOLLINS FRANCE
83-85, boulevard Vincent-Auriol, 75646 PARIS CEDEX 13
Service Lectrices — Tél. : 01 45 82 47 47 - www.harlequin.fr
ISBN 978-2-2804-5847-4

Composé et édité par HarperCollins France. Achevé d'imprimer en juillet 2021.
par CPI Black Print - Barcelone - Espagne
Dépôt légal : août 2021.

FSC
www.fsc.org
MIXTE
Papier issu de sources responsables
FSC® C159065

Pour limiter l'empreinte environnementale de ses livres, HarperCollins France s'engage à n'utiliser que du papier fabriqué à partir de bois provenant de forêts gérées durablement et de manière responsable.

LES HÉRITIERS ENNEMIS

1

Pour Shelby, Washington avait toujours été une ville un peu folle. Une particularité qui, à ses yeux, faisait une grande partie de son charme. On trouvait tout et son contraire dans la capitale fédérale des Etats-Unis : c'était un lieu marqué par l'histoire, bien sûr, mais pas seulement. Cosmopolite et vivante, Washington était également le royaume de la musique, de la création et du spectacle. Certains quartiers impressionnaient par leur élégance, d'autres étaient inquiétants et sombres. En parcourant la ville, on passait des monuments officiels d'une blancheur étincelante à des rues bordées de gracieuses maisons en brique. Les statues étaient omniprésentes, si oxydées, parfois, que personne ne se souvenait plus de ce qu'elles étaient censées immortaliser.

Mais ce n'était pas sans raison que les quatre secteurs de Washington étaient articulés autour du Capitole. La ville entière était centrée sur la politique. Une activité frénétique régnait en permanence sur ses vastes avenues et le long de ses esplanades. L'agitation ambiante était très différente de la désinvolture pressée des New-Yorkais. A Washington, on était sur le qui-vive. Peut-être parce que les nombreux hauts fonctionnaires de la ville craignaient de perdre leur poste à chaque nouvelle élection.

« Washington ? C'est l'antithèse de la ville qui ronronne », disait souvent Shelby. Voilà pourquoi elle adorait y vivre. Qui disait stabilité disait ennui. Et elle avait toujours fui l'ennui comme la peste.

Georgetown, son quartier d'élection, était Washington sans être Washington. Avec ses universités, ses boutiques, ses restaurants ethniques, Georgetown vibrait de l'énergie de la jeunesse tout en gardant la calme dignité que confère l'ancien. On y trouvait des avenues résidentielles bordées de murs de brique où s'enchevêtraient de vieux lierres. L'atelier de Shelby donnait sur une rue étroite et pavée du vieux Georgetown. Elle avait son appartement juste au-dessus, avec un balcon sur lequel elle s'asseyait les soirs d'été pour écouter la ville respirer. Lorsqu'elle voulait être coupée du reste du monde, elle pouvait tirer les stores à lamelles de bambou devant ses fenêtres. Mais c'était un besoin que Shelby ne ressentait que rarement.

Résolument sociable, elle aimait les gens, les conversations, la foule. S'entretenir avec des étrangers la passionnait autant que deviser avec des amis proches. Et, pour elle, le bruit avait plus de charme que le silence. Cela dit, elle aimait vivre à son propre rythme et ses deux compagnons de vie partageaient son esprit d'indépendance.

Moshé, son chat borgne, et Eulalie, son perroquet muet, aimaient l'un et l'autre leur tranquillité. Ils cohabitaient donc tous les trois de façon relativement pacifique dans les quelques pièces encombrées que Shelby appelait son « chez-moi ».

La jeune femme était potière par vocation et commerçante par caprice. Trois ans auparavant, sur un coup de tête, elle avait aménagé le local attenant à son atelier afin de l'ouvrir à la vente et d'écouler ainsi ses propres créations. A cette occasion, elle avait découvert que le contact avec la clientèle la passionnait tout autant que les longues heures passées assise à son tour de potier. Le côté administratif, en revanche, représentait un véritable pensum pour elle. Mais Shelby estimait que c'était le prix à payer pour son indépendance et elle s'astreignait stoïquement à ses corvées de paperasse. Sous le regard amusé de sa famille et à la grande surprise de ses amis, elle s'était donc lancée dans le commerce. Et, contrairement à certaines prédictions alarmistes, sa petite boutique, Calliope, ouvrait et fermait à heures régulières et connaissait même un franc succès.

A 18 heures précises, Shelby plaça l'écriteau « Fermé » sur sa porte. Même s'il lui arrivait de façonner l'argile jusqu'aux petites heures du matin, elle refusait d'effectuer la moindre heure supplémentaire sous sa casquette de commerçante.

Ce soir, d'ailleurs, elle devait faire face à ce qu'elle fuyait le plus souvent possible, mais qu'elle respectait une fois qu'elle s'était engagée : une obligation sociale. Shelby éteignit les lumières et monta à l'étage. Aussitôt, Moshé abandonna son poste sur le canapé et s'étira longuement avant de venir se frotter contre ses jambes. L'oiseau, lui, se lissa dédaigneusement les ailes et attaqua son os de seiche d'un vigoureux coup de bec.

Shelby se baissa pour caresser le chat derrière une oreille.

— Alors, Moshé ? Tu as encore dormi toute la journée ?

Le matou pencha la tête sur le côté, dans une attitude qui mettait en valeur son œil de pirate, et poussa un miaulement impérieux.

— Bon, bon, O.K., j'ai compris, je te donne ta pâtée. Tu sais que je meurs de faim, moi aussi ? Et, comme par hasard, il n'y a que des graines pour oiseau et des boîtes pour chat dans cette maison.

Avec un peu de chance, elle trouverait quelque chose à grappiller à la réception. Sauf s'il n'y avait que quelques tristes canapés ? Enfin... elle avait promis à sa mère qu'elle ferait au moins une apparition au cocktail que donnait le député Write. Donc pas moyen de se défiler.

Shelby adorait sa mère. Deborah Campbell était d'ailleurs la seule personne au monde pour laquelle elle acceptait de s'infliger les corvées mondaines qu'elle fuyait d'ordinaire à toutes jambes. Une affection très forte ainsi qu'une réelle complicité les liaient l'une à l'autre. Souvent les gens les prenaient pour deux sœurs malgré leurs vingt-cinq années de différence d'âge. Mère et fille avaient exactement la même chevelure, d'une nuance de roux intense et lumineuse. Mais alors que Deborah avait choisi de porter ses cheveux courts et lisses, Shelby les laissait friser librement autour de son visage. Elle avait également hérité de sa mère ses yeux gris et son teint de porcelaine. Mais si la combinaison de ces trois particularités physiques conférait à Deborah un air d'élégante fragilité, Shelby, elle, faisait plutôt penser à l'héroïne pauvre d'un roman du XIXe siècle. On l'imaginait facilement en frêle orpheline vendant ses quelques bouquets de violettes au coin d'une rue. Elle avait un visage très fin — où les creux prédominaient sur les pleins. Et elle adorait jouer avec son image en s'habillant de vêtements anciens qu'elle dénichait chez des brocanteurs.

Si Shelby avait hérité du physique de sa mère, sa personnalité, elle, lui revenait en propre. Jamais elle n'avait *cherché* à avoir l'air hors du commun ou excentrique. L'originalité lui venait aussi spontanément que l'air qu'elle respirait. Son côté bohème n'était pourtant lié ni à son milieu ni à son éducation. Elle était née à Washington dans un univers fortement marqué par la politique. Mais la pression liée aux années électorales, les campagnes qui les privaient de la compagnie de son père des semaines d'affilée, le *lobbying*, les amendements à faire passer ou à bloquer, tout cela appartenait pour elle au passé.

Shelby gardait le souvenir de surprises-parties données pour son anniversaire, organisées aussi méticuleusement que des conférences de presse. Pour un éminent sénateur comme son père, les moindres détails de sa vie privée avaient une importance en termes d'image. Rien ne pouvait être laissé au hasard pour un politicien de haut vol, promis à occuper les plus hauts postes.

Cela dit, l'image publique de Robert Campbell n'avait pas été fabriquée de toutes pièces par un directeur de campagne particulièrement efficace. Son père avait *réellement* été un homme généreux, épris de justice, avec un esprit ouvert et des convictions profondes pour lesquelles il s'était battu pied à pied.

Toutes ces qualités n'avaient pas empêché le forcené qui l'avait pris pour cible quinze ans plus tôt d'abattre Robert Campbell d'une balle en plein cœur.

Pour Shelby, c'était la politique qui avait tué son père. La mort concernait tout le monde, bien sûr. Même à onze ans, elle en avait conscience. Mais pour Robert Campbell elle était arrivée avant l'heure. Et si elle avait frappé son père — l'être qui lui avait paru invulnérable entre tous —, c'est que la grande faucheuse pouvait sévir aveuglément, à tout moment, n'importe où.

Avec toute la ferveur de l'enfance, Shelby s'était juré alors de vivre en mettant les bouchées doubles. Et pour cela d'explorer toute la richesse de l'instant présent, d'investir chaque minute, chaque seconde comme autant de perles précieuses ajoutées à un collier qui pouvait se rompre à tout moment.

Quinze ans plus tard, elle n'avait toujours pas modifié sa philosophie. Elle irait donc au cocktail des Write, dans leur magnifique demeure donnant sur le Potomac. Et elle trouverait quelque chose sur place qui pourrait l'intéresser ou la distraire.

Pour qui savait voir, il y avait toujours une expérience à accomplir, une découverte à faire, de la beauté à percevoir.

Shelby se présenta en retard à sa soirée. Ce qui chez elle était systématique quoique non délibéré. Ses arrivées décalées n'étaient ni une provocation ni une façon de se faire remarquer. Elle sous-estimait simplement le temps qu'il fallait pour accomplir les choses. Cela dit, la grande maison blanche de style colonial débordait de monde. Le cocktail n'avait rien d'une petite réunion entre intimes, et personne, à part sa mère, n'avait dû s'apercevoir que Shelby Campbell manquait à l'appel.

Le salon des Write était large comme son appartement et deux fois plus long. Le décor dans les tons de blanc, d'ivoire et de crème ajoutait encore à l'impression d'espace. Quelques œuvres originales de peintres paysagistes français célèbres se détachaient sur les murs. Shelby appréciait le style et l'élégance de ces magnifiques demeures de type colonial, mais elle aurait été incapable, pour sa part, de vivre dans un cadre aussi pompeux.

Elle huma les odeurs mêlées de tabacs fins, de cuir, de parfums. Les conversations roulaient sur les sujets habituels. Comme partout ailleurs, on commentait les tenues des uns et des autres, on évoquait les festivités du moment, on se donnait rendez-vous sur le terrain de golf ou de tennis. Mais, Washington étant Washington, on entendait également de discrets murmures sur l'indice des prix, les dernières mesures prises par l'Otan ou la récente interview télévisuelle accordée par tel ou tel ministre.

Shelby connaissait la grande majorité des personnes présentes. Evitant de se faire happer au passage, cependant, elle distribua des sourires de loin et se fraya directement un passage jusqu'au buffet. S'il y avait une chose qu'elle prenait très au sérieux dans la vie, c'était la nourriture. Lorsqu'elle repéra un très joli assortiment de salades et de quiches, elle conclut avec satisfaction que sa soirée n'était pas entièrement fichue.

— Ah, Shelby, j'ignorais que vous étiez arrivée,

s'exclama Carol, leur hôtesse, en fendant la foule pour venir l'embrasser.

Elle tendit docilement les deux joues à l'épouse du député, vêtue d'un délicat ensemble en lin mauve.

— Vous avez une maison magnifique, Carol.

Le sourire de Carol s'élargit.

— Merci, Shelby. Si je trouve le moyen de m'échapper un moment tout à l'heure, je vous la ferai visiter. Comment va votre petit commerce ? Vous voyez toujours défiler autant de monde dans votre atelier ?

Shelby acquiesça vaguement. Elle savait que Carol ne faisait que s'acquitter de son devoir d'hôtesse, avec le quasi-professionnalisme qui caractérisait ces épouses d'hommes politiques, rompues aux tâches mondaines.

— Mon mari tient à vous complimenter personnellement pour votre travail. Il a adoré la grande jarre que je vous ai commandée pour son bureau.

Si Carol Write avait une pointe d'accent traînant du Sud, elle ne s'en exprimait pas moins avec toute la rapidité d'un colporteur new-yorkais débitant ses arguments de vente. Pour ces femmes de politiciens, le rôle d'hôtesse qu'elles tenaient presque à temps plein exigeait beaucoup d'à-propos, une mémoire d'éléphant et le tact d'un diplomate confirmé.

— Venez, Shelby, ne restez pas dans votre coin, je veux absolument que vous vous amusiez, lança Carol en l'entraînant d'autorité loin du buffet.

Shelby jeta un regard lourd de regret vers la salade aux coquilles Saint-Jacques sur laquelle elle s'apprêtait à faire main basse.

— J'ai besoin de vous pour égayer un peu les conversations, Shelby. Si on les laisse faire, ils vont parler politique toute la soirée et il n'y a rien de tel pour casser une ambiance. Vous connaissez la plupart des personnes présentes, bien sûr, mais... Ah, voici Deborah ! Je vous laisse d'abord à votre maman.

Libérée, Shelby opéra un demi-tour stratégique et reprit aussi sec le chemin du buffet.

— Ça va, maman ?

— Je commençais à croire que tu t'étais défilée.

Deborah examina sa fille d'un rapide coup d'œil amusé. Il n'y avait décidément que Shelby pour pouvoir se présenter à un cocktail vêtue d'une jupe paysanne, d'une blouse blanche à dentelle et d'un boléro sans avoir l'air d'une figurante costumée égarée sur le mauvais plateau.

— Je t'avais promis que je viendrais, non ?

Entraînant sa mère vers le buffet, Shelby inventoria les stocks d'un regard expert.

— Mmm... Pas mal du tout, il faut le reconnaître. Contrairement à ce que je craignais, ils ont su choisir leur traiteur.

— Shelby ! Tu me désespères ! Arrête de ne penser qu'à ton estomac, commenta Deborah avec un léger soupir en glissant son bras sous le sien. Au cas où tu ne l'aurais pas remarqué, il n'y a pas que des vieilles barbes ici, ce soir. J'ai repéré quelques hommes jeunes et attirants.

Shelby posa un baiser sur la joue délicate de sa mère.

— Tu persistes à vouloir me trouver un mari ? Je commençais tout juste à te pardonner le pédiatre que tu voulais m'imposer à tout prix, le mois dernier.

— Je ne perdais rien à essayer, si ? Il me paraissait bien sous tous les rapports, ce jeune homme.

— Mmm...

Shelby ne jugea pas utile de préciser que le merveilleux « jeune homme » en question se comportait en privé avec toute la délicatesse d'un satyre en manque aigu de chair fraîche.

— D'autre part, je ne cherche pas à te marier, j'ai simplement envie de te voir heureuse.

— Et toi, tu l'es, heureuse ? répondit Shelby du tac au tac.

Deborah porta machinalement la main à une boucle d'oreille en perle.

— Eh bien… oui. Bien sûr que je suis heureuse !

— Et quand as-tu l'intention de te marier ?

— Mariée, je l'ai été, moi, protesta Deborah. J'ai eu deux enfants et…

— Deux enfants qui t'adorent. J'ai deux places pour le spectacle de danse au centre Kennedy, la semaine prochaine. Ça te dit de m'accompagner ?

Deborah ne put s'empêcher de sourire.

— Tu es redoutable, Shelby. Je ne connais que toi pour passer de l'exaspérant à l'adorable en l'espace d'une seule phrase. Mais c'est d'accord pour le spectacle.

Shelby sourit.

— Super. Je passe chez toi avant d'y aller et je m'invite à dîner.

Elle s'interrompit pour sourire à une connaissance.

— Hé, Steve ! s'exclama-t-elle en tâtant l'avant-bras de l'arrivant. Tu t'es remis à la musculation ?

Deborah suivit sa fille des yeux. Avec la plus grande spontanéité, elle papillonnait de groupe en groupe, bavardant avec un secrétaire d'Etat par-ci, charmant un ambassadeur par-là. Il n'y avait rien de maniéré ni d'artificiel chez Shelby. Elle était naturellement sociable, sincèrement heureuse de retrouver ces gens que, pour la plupart, elle avait côtoyés toute sa vie.

Contrairement à son frère Grant, Shelby était tout le contraire d'une ermite. Alors pourquoi se raccrochait-elle aussi obstinément au célibat ? Si Shelby avait simplement été opposée au mariage, Deborah aurait pu l'accepter. Mais il ne s'agissait pas seulement d'un rejet de principe. Depuis des années, Deborah sentait que la solitude affective de sa fille était liée à une résistance plus tenace, à un blocage plus profond.

Deborah ne souhaitait pas à sa fille d'être malheureuse. Loin de là. Mais même un chagrin d'amour lui aurait paru plus rassurant que cette indifférence perpétuellement enjouée. Depuis quinze ans que Robert était décédé, elle voyait Shelby déployer une panoplie complexe de stratégies défensives pour éviter de souffrir à tout prix.

Mais éviter de prendre le risque de souffrir, n'était-ce pas *aussi* éviter de prendre le risque de vivre ?

Deborah ne put s'empêcher de sourire en voyant sa fille manœuvrer pour se rapprocher du buffet. D'un autre côté, Shelby n'avait rien d'une névrosée sinistre et recroquevillée sur elle-même. Elle était bourrée d'énergie et de talent. Et toujours si gaie, si entourée, si active.

Sans doute était-ce le propre des mères de s'inquiéter pour rien au sujet de leur progéniture ? Les formules du bonheur étaient nombreuses et chacun était libre de construire le sien à sa façon.

Si Shelby préférait consacrer sa vie à la poterie et aux amis plutôt qu'à un mari et des enfants, pourquoi pas, après tout ?

Du coin de l'œil, Alan observait la jeune femme aux cheveux flamboyants, vêtue comme une riche bohémienne. Régulièrement, il entendait son rire flotter jusqu'à lui. C'était un rire franc, spontané — sensuel et innocent à la fois. Sans être beau au sens classique du terme, son visage retenait l'attention, séduisait par un mélange fascinant de vivacité, de finesse et de charme. Son âge ? Indéfinissable. Elle pouvait avoir dix-huit ans comme elle pouvait en avoir trente. Une chose était certaine : elle n'avait pas le profil type des femmes que l'on croisait d'ordinaire dans les cercles politiques, à Washington.

Elle n'avait pas le côté contenu, réservé, qui caractérisait un milieu où l'on ne s'extériorisait que selon certains codes bien établis. Et pourtant, elle avait manifestement sa place parmi ces ambassadeurs, ces juges siégeant à la Cour suprême, ces hommes politiques de tous bords.

Qui diable pouvait bien être cette fille ?

— Alan ! Quelle surprise ! Comment va mon jeune ami le sénateur ?

Write, leur hôte, lui assena une tape amicale dans le dos.

— C'est un vrai plaisir de vous voir ailleurs que dans l'hémicycle, Alan. Je suis content que vous ayez accepté de vous laisser distraire de vos dossiers, pour une fois.

Alan leva son verre.

— Vous ne savez pas ce que je serais capable de faire pour déguster un whisky écossais d'une qualité pareille.

— Oh, il en faut plus que cela pour vous appâter, rectifia Write en lui prenant le bras pour faire quelques pas en direction des portes-fenêtres donnant sur le jardin. On dit que vous passez vos soirées à plancher sur les projets humanitaires qui vous tiennent à cœur.

Alan ne put s'empêcher de sourire. Tout le monde savait toujours tout sur tout le monde, à Washington.

— Pas *toutes* mes soirées, comme vous pouvez le constater, rétorqua-t-il avec bonne humeur.

Write hocha la tête et prit une gorgée de son vermouth.

— Je serais curieux d'avoir votre opinion sur le projet de loi que Breiderman soumet au Congrès la semaine prochaine ?

Sachant que Write faisait partie des supporters convaincus de Breiderman, Alan soutint calmement le regard du député.

— Je suis contre. Cela se traduirait par des coupes sombres dans le budget de l'éducation. Or, aucun pays démocratique ne peut se permettre de rogner sur ce poste essentiel. C'est le genre d'erreur qu'on finit toujours par payer sur le long terme.

— Je suis entièrement d'accord avec vous. Mais on ne fait pas de la politique qu'avec de beaux principes, Alan. Vous savez comme moi qu'il faut composer avec les réalités économiques et sociales du moment. Rien n'est jamais ni tout blanc ni tout noir.

— Sans doute, oui. Mais le gris n'est pas la panacée non plus. A force de ne voir les choses qu'en demi-teintes on finit par perdre l'essentiel de vue.

Alan n'avait aucune envie de se lancer dans un long débat. Et encore moins de parler politique. Un état d'esprit pour le moins étonnant chez un sénateur convié à un cocktail qui réunissait essentiellement des politiciens et des hauts fonctionnaires.

Quoi qu'il en soit, la politique lui avait enseigné l'art toujours très utile de dévier adroitement une conversation.

— Dites, je croyais connaître tout le monde ici… Mais cette jeune femme qui ressemble à un croisement réussi entre Heidi et Esméralda, c'est la première fois que je la vois dans une soirée.

— Un croisement entre Heidi et Esméralda ?

Intrigué, Write suivit la direction de son regard et sourit.

— Ah, vous voulez parler de Shelby ! Ne me dites pas que vous ne l'avez jamais rencontrée ! Vous aimeriez que je vous la présente ?

— Je crois que je vais plutôt me débrouiller par moi-même, murmura Alan. Merci.

Abandonnant son hôte, il passa de groupe en groupe, ne s'arrêtant que brièvement pour échanger quelques salutations rapides ici et là. Tout comme Shelby, il était à l'aise dans le monde. Il savait sourire lorsqu'il fallait sourire, trouver le mot juste au bon moment. Ce comportement était devenu un réflexe acquis. Dans une profession comme la sienne, le contact avec le public comptait presque autant que les compétences purement techniques.

Comme son frère Caine, Alan avait étudié le droit. Mais si Caine, en tant qu'avocat, s'intéressait à l'application et à l'interprétation des lois, lui-même avait très vite été fasciné par la Constitution en amont. Aujourd'hui, à trente-cinq ans, il avait déjà un mandat de député derrière lui, et un mandat au Sénat en cours. Et il n'avait pas perdu ses idéaux en route. Les possibilités d'action concrète que lui offraient ses fonctions continuaient à le stimuler comme au premier jour.

— Hé, dis-moi que je rêve ! Tu es venu seul, ce soir, mon bel ami ?

Myra Ditmeyer, l'épouse du président de la Cour suprême, le retint par le bras alors qu'il passait devant le buffet.

Alan lui sourit avec affection.

— Non, tu ne rêves pas, Myra. Mon cœur est à prendre, ce soir. Si tu es intéressée, c'est le moment ou jamais.

Elle éclata d'un rire généreux qui fit danser les pendentifs en rubis à ses oreilles.

— Si j'avais vingt ans de moins, je te prendrais au mot, espèce de séducteur écossais ! Mais explique-moi pourquoi je ne te vois pas avec une de ces brillantes créatures que tu traînes généralement à ton bras ?

— Parce que j'avais espoir de te convaincre de venir passer un week-end en amoureux à Puerto Vallarta avec moi.

Myra secoua la tête.

— Si j'avais accepté, cela t'aurait servi de leçon, espèce de jeune démon. Tu me le demandes parce que tu es persuadé que tu ne risques rien avec moi.

— Mais... ?

Myra soupira.

— Mais rien. Tu as raison, hélas... Tu ne crains

rien, en effet. Mais des risques, il serait temps que tu en prennes, mon jeune ami. Et des risques sérieux, même. Trente-cinq ans et encore célibataire, ça ne va pas du tout, ça ! Tu sais bien que les Américains n'élisent que des hommes mariés comme président !

Le sourire d'Alan s'accentua encore.

— J'ai l'impression d'entendre mon père.

— Ce vieux bougre de Daniel ? Je ne sais pas si je dois être flattée par la comparaison, protesta Myra, les yeux étincelant d'humour. Cela dit, les conseils paternels sont parfois bons à suivre. Un politicien qui veut faire carrière est un politicien marié.

— Tu voudrais que je prenne femme pour des raisons purement opportunistes, Myra ?

— Ah non, sûrement pas ! Ne me fais pas dire ce que je n'ai pas dit, surtout.

Myra allait poursuivre lorsqu'elle vit Alan tourner la tête au son du rire de Shelby Campbell. Pendant les quelques secondes où le regard du jeune sénateur glissa sur la fille de Deborah, une idée germa dans l'esprit de Myra. « Tiens, tiens. Voilà qui ferait une union pour le moins intéressante : le renard et le papillon. »

— J'organise un petit dîner la semaine prochaine, improvisa-t-elle sur-le-champ. Juste quelques amis intimes ; rien d'officiel. Et inutile de chercher à te défiler, je ne te le pardonnerais pas. Mon secrétaire appellera à ton bureau pour te donner l'heure et le jour.

Tapotant la joue d'Alan d'une main chargée de bagues, Myra s'éloigna avec un sourire en coin.

Quelques secondes plus tard, Alan vit Shelby se dissocier du petit groupe avec lequel elle était en conversation. Il en profita pour se déplacer dans sa direction. Si près même qu'il perçut les arômes de son parfum. Ni floral, ni musqué, ni marin, mais un subtil et tentateur mélange des trois. C'était plus une aura qu'un parfum d'ailleurs.

Mais Alan savait d'ores et déjà qu'il le reconnaîtrait n'importe où.

Shelby s'était accroupie devant une vitrine.

— De la porcelaine du XVIIIe siècle, commenta-t-elle tout haut en percevant une présence derrière elle. Et l'enduit utilisé est à base de poussière de thé. Etonnant, non ?

Alan jeta un bref coup d'œil au vase puis reporta son attention sur la couronne de cheveux flamboyants en dessous de lui.

— Je reconnais que cela attire l'œil. Irrésistiblement même.

Au son de sa voix, elle tourna la tête par-dessus l'épaule et sourit spontanément.

— Bonjour.

Fasciné par le sourire, Alan prit la main qu'elle lui tendait et la garda d'autorité dans la sienne.

— Dites, j'ai été détournée de mon objectif, lui glissa-t-elle à l'oreille. Vous ne voudriez pas me rendre un petit service ?

Il haussa les sourcils. Bizarrement, sa façon de parler évoquait à la fois la gamine des rues et la jeune fille de bonne famille dûment éduquée dans un pensionnat suisse.

— Quel service ?

— Tout ce que vous avez à faire, c'est rester là sans bouger. Juste une minute.

Le contournant d'un mouvement rapide, elle s'empara d'une assiette et entreprit de la remplir avec une rapidité saisissante.

— Chaque fois que j'essaye de venir me restaurer, quelqu'un se précipite sur moi pour m'entraîner loin du buffet. Et je n'ai pas eu le temps de dîner ce soir, j'ai l'estomac dans les talons… Venez, on sort sur la terrasse, décida-t-elle en se dirigeant vers les portes-fenêtres.

Dans l'air tiède et printanier flottait l'odeur des premiers lilas. Un vieux saule pleureur déversait ses longues tresses vert tendre jusqu'au sol dallé de la terrasse. Et la pleine lune transformait le jardin en un étrange décor en noir et blanc qui évoquait les paysages antiques.

Shelby s'installa à une table de verre et s'attaqua aussitôt au contenu de son assiette.

— Mmm… Je me sens déjà mieux. Mais il était temps que je me restaure.

Elle avala quelques crevettes, puis saisit un petit hors-d'œuvre entre ses doigts pour l'examiner, sourcils froncés.

— Ça, je ne sais pas ce que c'est, en revanche. Vous voulez bien le goûter pour moi ?

Amusé, il s'exécuta et prit une bouchée.

— Voyons… une pâte feuilletée… du foie gras… un soupçon de châtaigne, apparemment.

— Parfait, déclara-t-elle en engloutissant le reste… Je m'appelle Shelby, au fait.

— Alan.

De plus en plus intrigué par le personnage, il s'assit à côté d'elle. A la voir manger ainsi, on aurait pu penser qu'elle n'avait rien avalé depuis une semaine. Incroyable. Et si elle picorait avec une sorte de grâce naturelle, elle le faisait sans chichis et sans complexes.

Qui pouvait bien être cette fille ?

Il avait toute la soirée devant lui pour trouver la réponse, après tout. Et les senteurs du printemps dehors le changeaient agréablement de l'air saturé de fumée et de la chaleur étouffante des salons.

— Vous m'invitez à partager votre collation ?

Shelby s'interrompit pour le regarder. Elle l'avait remarqué de loin dès son arrivée à la réception. Parce qu'il était plus grand que la moyenne, peut-être. Avec une allure naturellement athlétique comme on en voyait assez peu à Washington. Des silhouettes soigneusement entretenues, oui, on en croisait dans les salons. Nombreux étaient les hommes présents ce soir qui prenaient le temps de s'astreindre à une gymnastique régulière ou à pratiquer un jeu de raquettes. Mais Alan avait les épaules d'un excellent nageur et toutes les caractéristiques physiques d'un sportif authentique.

Son visage n'était pas lisse ; quelques plis le marquaient, soulignant encore son aspect aristocratique. Il avait une bouche large et mince. Et un nez pas tout à fait droit, ce qui n'était pas fait pour déplaire à Shelby. Il était très brun, avec un regard sombre, méditatif. Une atmosphère de calme se dégageait de lui. Reposante, oui. Et, néanmoins, il suffirait d'un rien pour que ces yeux de rêveur vous transpercent et vous déstabilisent.

Avec l'ombre d'un frisson, Shelby chassa cette pensée.

— Servez-vous. Vous avez bien mérité quelque chose à grignoter, acquiesça-t-elle en souriant. Qu'est-ce que vous buvez ?

— Du whisky. Pur.

— Parfait. Je savais que l'on pouvait vous faire confiance.

Elle lui prit sa boisson des mains et but une gorgée. Alan vit ses yeux rieurs par-dessus le bord du verre. Une brise légère jouait dans ses cheveux. La lumière de la lune seyait à son personnage. Elle avait l'air d'un elfe, d'une créature d'un autre monde, susceptible de se volatiliser à tout instant.

— Qu'est-ce que vous faites ici ? ne put-il s'empêcher de lui demander.

— Pression maternelle, admit-elle sans hésiter. Il vous arrive d'expérimenter le phénomène ?

— Je suis plutôt spécialisé dans la pression paternelle, pour ma part.

— J'imagine que le résultat final est plus ou moins le même, supputa Shelby en savourant son whisky.

Elle cala sa joue contre sa paume.

— Vous vivez à Alexandrie, Alan ?

— Non, à Georgetown.

— Ah, oui ? Où exactement ?

La lune éclaira ses yeux, confirmant à Alan qu'ils étaient du gris le plus pur qu'il ait jamais vu.

— Sur P. Street.

— C'est étonnant que nous ne nous soyons jamais croisés. J'ai ma boutique tout près.

— Vous tenez un commerce ?

Il l'imagina vendant des robes gitanes, des gilets en velours de couleurs vives. Et des bijoux fantaisie, peut-être.

— Je suis potière, précisa Shelby en lui rendant son verre.

— Potière ?

Sur une impulsion, Alan lui prit la main et la retourna pour l'examiner. Elle était petite et fine, avec des ongles coupés court, non vernis.

— Et vous avez du talent pour ce que vous faites ?

— Suffisamment pour en vivre, oui. Et au risque de paraître prétentieuse : même beaucoup plus que cela !

En règle générale, Shelby avait le contact facile. Mais bien qu'Alan n'eût rien de rebutant — au contraire —, son réflexe premier aurait été de se dérober. Comme si elle était en danger de ne plus pouvoir se détacher si elle lui abandonnait sa main trop longtemps.

— Vous n'êtes pas originaire d'ici, commenta-t-elle. Voyons... La Nouvelle-Angleterre ?

— Le Massachusetts, oui. Bravo.

Conscient d'une légère résistance dans les doigts qu'il tenait emprisonnés entre les siens, Alan se surprit à raffermir sa prise.

— J'entends une trace de Harvard dans votre accent, poursuivit Shelby en l'examinant avec attention. Qu'avez-vous donc étudié entre ces murs vénérables ? La médecine ?... Non, pas la médecine, conclut-elle lorsqu'il entrelaça ses doigts aux siens. Vous n'avez pas la paume suffisamment lisse pour être médecin. Les lettres, peut-être ?

La passion de la littérature s'accorderait bien avec son expression pensive et même un soupçon mélancolique.

— Pas les lettres, non. Le droit.

— Vous êtes juriste !

Sa réaction étonnée le fit sourire.

— Cela vous déçoit ?

— Disons que cela me surprend... Mais je suppose que ma vision des hommes de loi doit être aussi dépassée que caricaturale. J'ai toujours tendance à imaginer de gros messieurs avec des bajoues et des lunettes en écaille... Vous ne pensez pas que la loi est un obstacle à quantité de choses simples de la vie, en fait ?

Il haussa les sourcils.

— Comme le meurtre et la destruction, par exemple ?

— Ce ne sont pas des choses simples de la vie. Enfin... pas le meurtre, en tout cas, rectifia Shelby en reprenant une gorgée de son whisky. En fait, je pensais surtout aux tracas bureaucratiques auxquels l'homme ordinaire est soumis au quotidien. Avez-vous la moindre idée du nombre de formulaires que je dois remplir pour pouvoir vendre mes pots, mes vases et mes cruches ? Ce ne serait pas plus simple de laisser les gens vaquer paisiblement à leurs affaires sans étouffer leur élan créatif sous des monceaux de paperasse ?

En l'écoutant, Alan jouait distraitement avec la bague qu'elle portait à son petit doigt. Déjà, il oubliait qu'il s'était juré de ne pas se laisser entraîner dans un débat ce soir-là.

— C'est difficile de s'en remettre à la bonne volonté de chacun lorsqu'on a affaire à des millions d'individus. Tout le monde n'aurait pas l'honnêteté d'établir des bilans justes. Personne ne payerait ses impôts. Et il n'y aurait pas plus de protection pour le client que pour le vendeur.

— J'ai du mal à imaginer que le fait de remplir des dizaines de formulaires en trois exemplaires nous assure sécurité, prospérité et paix sociale. Mais si vous m'assurez que c'est le cas…

La façon dont le pouce d'Alan glissait sur le dos de sa main était déjà assez troublante en soi. Mais, lorsqu'il souriait — lorsqu'il souriait *vraiment* —, il était totalement irrésistible. A cause de la sobriété de son humour, peut-être ?

— Bureaucratie et nécessité se recouvrent malheureusement en partie, rétorqua Alan en se demandant ce qu'il faisait dehors sur cette terrasse à converser avec cette originale.

— Pour moi, le seul intérêt des lois, des règles et des principes, ce sont les possibilités de transgression qu'ils génèrent, admit-elle en riant. Et c'est d'ailleurs ce qui fait votre gagne-pain, non ?

Deux invités passèrent alors devant les portes-fenêtres ouvertes et l'écho de leur conversation parvint jusqu'à eux.

— Ce Nadonley fait peut-être la pluie et le beau temps dans les relations israélo-américaines. Mais s'il maintient sa politique actuelle, il va finir par ne plus avoir que des ennemis.

— Tout le monde commence d'ailleurs à se lasser de son éternelle allure froissée de voyageur en classe touriste.

Une lueur sarcastique brilla dans le regard de Shelby.

— Même les vêtements ont une coloration politique, murmura-t-elle. Enfilez un costume sombre et vous êtes un conservateur. Des mocassins et un pull-over feront immédiatement de vous un homme de gauche. C'est un univers où on ne plaisante pas avec les codes.

Alan était habitué aux stéréotypes dédaigneux qu'inspirait régulièrement sa profession. D'habitude, il n'y prêtait aucune attention. Mais la réflexion de Shelby, inexplicablement, le fit réagir.

— C'est une habitude chez vous, les généralisations ?

— Je ne généralise que sur les sujets qui m'ennuient,

admit-elle. Et la politique est un fastidieux produit dérivé de nos sociétés depuis les premières tractations entre Ramsès et Moïse.

Mis au défi, Alan retrouva le sourire.

— Vous n'aimez pas les hommes politiques, de toute évidence ?

— Ils font partie des rares choses que je déteste dans la vie. Il en existe pourtant de toutes sortes, des politiques : les zélés, les guindés, les affamés de pouvoir, les timorés et les imprudents. Mais aucun ne parvient à m'intéresser vraiment. J'ai toujours trouvé effarant que la destinée du monde dépende d'une poignée d'individus pas spécialement plus sages ni plus avisés que la moyenne de leurs congénères. Donc je préfère me réfugier dans l'illusion que j'ai moi-même le contrôle de ma vie en main.

Elle se tut un instant pour regarder l'ombre des branches du saule glisser sur le visage d'Alan. Et lutta contre la tentation de porter la main à sa joue.

— Vous voulez retourner à l'intérieur rejoindre les autres, Alan ?

Il laissa glisser un doigt sur son pouls et eut le plaisir de le sentir s'accélérer.

— Non. Il a fallu que je sorte ici avec vous pour m'apercevoir à quel point je m'ennuyais là-bas.

Shelby le gratifia d'un sourire étourdissant de spontanéité et de charme.

— C'est un joli compliment. Vous ne seriez pas irlandais, par hasard ?

Il secoua la tête. Et songea qu'il avait déjà follement envie d'embrasser cette jolie bouche médisante.

— Non, écossais.

— Oh, mon Dieu ! Moi aussi. Je vais finir par croire que notre rencontre est un signe du destin. Et je n'ai jamais été à l'aise avec la prédestination.

Sur une impulsion, Alan porta ses doigts à ses lèvres.

— J'imagine que le destin fait peur lorsqu'on veut garder le contrôle de sa vie en main ?

— Je préfère être au volant que me laisser conduire, acquiesça-t-elle. Au sens propre comme au sens figuré. Nous avons l'esprit pratique, chez les Campbell.

— Parce que vous êtes une *Campbell* ?

— Cela vous choque ?

Alan eut une pensée pour son père et éclata de rire.

— Je bois à une vieille, vieille inimitié, lança-t-il en levant son verre. Il fut un temps où nos ancêtres s'exterminaient mutuellement au son plaintif des cornemuses. Je suis un descendant du clan des MacGregor.

Shelby partagea son amusement.

— Mon grand-père me mettrait au pain sec et à l'eau pendant un mois s'il apprenait que je vous ai adressé la parole. « *Aye*, ma petite fille, si tu rencontres un de ces chiens fous de MacGregor, crache-lui à la figure », comme il dit toujours.

Alors même que le sourire d'Alan s'élargissait, celui de Shelby s'évanouit brusquement.

— *Alan MacGregor...*, murmura-t-elle. Autrement dit, vous êtes le sénateur du Massachusetts.

— Je plaide coupable, en effet.

Avec un soupir de regret, Shelby abandonna sa chaise.

— Dommage.

Sans lâcher sa main qu'il tenait toujours dans la sienne, Alan se leva à son tour. Il se dressa devant elle, si près que leurs corps se touchaient presque. Aussitôt de violents courants d'attirance mutuelle se mirent à circuler entre eux. Les vibrations étaient si fortes qu'ils demeurèrent un instant muets l'un et l'autre.

— Dommage pourquoi ? finit par demander Alan.

Le cœur battant, Shelby prit le temps de laisser courir sur le visage d'Alan un long regard scrutateur.

— Je crois que j'aurais été prête à braver le juste courroux de mon grand-père... Oui, j'aurais pris le risque. Définitivement. Mais là, c'est non. Je ne sors pas avec les hommes politiques.

— Ah vraiment ? murmura Alan, le regard fixé sur ses lèvres.

Il aurait pu lui rétorquer qu'il ne lui avait encore rien demandé. Mais Shelby, indubitablement, faisait partie de ces femmes qui prenaient des initiatives amoureuses sans attendre d'y avoir été invitées. Elle ne ressemblait en rien aux créatures passives et distinguées qu'il fréquentait d'ordinaire.

— S'agirait-il d'une des lois incontournables qui régissent la vie de Shelby Campbell ? s'enquit-il doucement.

— Oui, c'est un de mes rares principes.

Alan contempla son visage, si proche du sien qu'il n'aurait eu qu'à pencher la tête pour que leurs lèvres se trouvent, se découvrent, s'expérimentent mutuellement. Elle avait une très jolie bouche, vierge de tout maquillage. Une ébauche de sourire en relevait les coins, comme si elle voyait un certain humour dans leur situation.

Dans ses yeux gris pétillait comme une étincelle de défi. Au lieu de l'embrasser, cependant, Alan souleva leurs deux mains jointes et, le regard rivé au sien, posa délicatement les lèvres sur son poignet. Il sentit l'accélération brutale de son pouls, vit une légère rougeur monter à ses joues pâles.

— Le seul intérêt des lois, des règles et des principes, ce sont les possibilités de transgression qu'ils génèrent, dit-il, la citant mot pour mot.

La jeune femme semblait avoir du mal à recouvrer son souffle.

— Vous pratiquez l'art éminemment politique de frapper l'adversaire en retournant ses armes contre lui, commenta-t-elle d'une voix mal assurée en lui retirant sa main.

Shelby se secoua mentalement. Fallait-il être stupide pour se laisser troubler par un geste aussi désuet ! Il l'avait fait exprès pour la déstabiliser, en plus. Il y avait eu comme un éclair de malice, au fond de ses yeux sombres et pensifs.

— Ma foi, monsieur le sénateur, ce fut un agréable interlude.

Alan la laissa s'éloigner jusqu'à la porte avant de lancer :

— Nous nous reverrons, Shelby.

Elle s'immobilisa pour lui jeter un regard par-dessus son épaule.

— Peut-être.

— Certainement, rectifia-t-il.

Debout à côté de la table de verre, Alan n'avait pas tenté de la suivre. Avec l'éclat de la lune dans son dos, il paraissait grand, sombre, impénétrable. Pas un muscle de son visage ne bougeait. Mais si aucune tension ne transparaissait dans son attitude, il n'en avait pas moins l'air d'un fauve prêt à bondir. Shelby réprima la tentation imprudente de lui faire un pied de nez, rien que pour voir à quelle vitesse il pouvait réagir.

Le pire, c'était le demi-sourire qui jouait sur ses lèvres et qu'elle brûlait de lui rendre. Secouant la tête pour rejeter ses boucles en arrière, elle passa le seuil en laissant Alan MacGregor derrière elle.

« Bon. Voilà qui est réglé », conclut-elle.

Et il s'en fallut de peu qu'elle ne parvienne à se convaincre que l'épisode MacGregor était effectivement bouclé.

2

Deux ans plus tôt, Shelby avait embauché un vendeur à temps partiel pour la remplacer au magasin. La présence de Kyle lui permettait de s'accorder une journée de liberté occasionnelle. Ou de se consacrer entièrement à sa création lorsque l'inspiration frappait.

Kyle, un poète désargenté, avait des horaires flexibles, un sens aigu du beau et un tempérament qui s'accordait au sien. Il venait la relayer systématiquement tous les mercredis et tous les samedis. Et acceptait d'assurer des heures supplémentaires ici et là lorsqu'elle faisait appel à lui. En échange, Shelby le payait généreusement et écoutait sa poésie.

Tous les samedis, qu'il pleuve ou qu'il vente, elle se barricadait dans son atelier pour enrichir ses stocks de nouvelles pièces uniques. Mais elle aurait hurlé si quelqu'un s'était risqué à dire qu'elle avait une vie professionnelle parfaitement organisée. Shelby restait convaincue qu'en se mettant au travail le samedi matin, elle agissait sur l'impulsion du moment. Ces samedis paisibles passés à façonner l'argile structuraient pourtant sa vie. Mais elle avait toujours le sentiment de fonctionner sans horaires et sans habitudes, dans un esprit de joyeuse anarchie.

Son atelier était situé derrière la boutique. De solides étagères étaient fixées le long des murs, où s'alignaient les pièces qui attendaient la cuisson. Il y avait des rangées et des rangées d'enduits pour les bains d'émaillage — l'équivalent pour elle de la palette du peintre. Dominant le mur du fond, se trouvait le four de potier, actuellement fermé et en marche.

Comme la pièce n'était pas grande et que le four était réglé à plus de mille degrés, il y régnait une chaleur d'étuve. Shelby avait coutume de travailler en débardeur et en short, le tout couvert d'un tablier blanc pour se protéger des éclaboussures. Les deux fenêtres ouvraient sur une allée, si bien qu'elle n'entendait quasiment rien du vacarme de la rue. Avec sa radio allumée en guise de compagnie, les cheveux retenus sur la nuque par une lanière de cuir, elle était penchée sur son tour et s'attaquait à son ultime réalisation de la journée.

De toutes les phases de la création, c'était sans doute celle qu'elle préférait : tenir un simple boudin de terre et le manipuler jusqu'à ce qu'il prenne forme. Chaque fois, son imagination lui faisait la surprise de produire un objet absolument neuf et unique. De la masse encore informe pouvait surgir tout aussi bien un vase qu'une jatte, une urne, un saladier ou une amphore. Dans les premiers instants, toutes les possibilités restaient ouvertes. Et Shelby était fascinée par le moment décisif où son œuvre, soudain, se dessinait, issue de presque rien — juste un peu de terre et d'eau.

L'émaillage, le choix des couleurs et des décors faisaient appel à un autre aspect de sa créativité. C'était un travail de finition, moins physique, plus réfléchi. Mais lorsqu'elle travaillait l'argile à mains nues, elle entrait vraiment en création : elle pressait, modelait, coulait l'objet dans le moule de sa propre volonté.

Lorsqu'elle travaillait ainsi, il lui arrivait de penser que certaines personnes appliquaient les mêmes techniques, mais sur leurs semblables. Comme leurs enfants, par exemple. Shelby trouvait ces pratiques détestables et se contentait pour sa part d'exercer son esprit de domination sur la matière. Quant aux êtres humains, elle les préférait de l'espèce non malléable. Seuls les objets inanimés étaient destinés à entrer dans un moule. Pour Shelby, tout individu un peu trop conforme était déjà un individu à moitié mort.

Elle avait commencé par supprimer les bulles d'air qui subsistaient dans l'argile. Humide et souple, la terre avait désormais une consistance parfaite. Elle ajouta des fragments de poterie broyée pour donner de la solidité. Puis elle se mit au travail. Des deux mains, elle appuya sur l'argile lorsque la girelle se mit à tourner. Pressant la terre fraîche entre ses paumes, Shelby ferma brièvement les yeux, sentit quelle forme allait émerger.

Complètement absorbée dans sa tâche, elle avait cessé d'entendre la radio qui continuait à murmurer dans son dos. Le tour vibrait, l'argile s'enroulait, cédant sous la pression de ses mains et de son imagination. Elle forma un anneau aux parois épaisses en pressant le pouce au centre de la motte d'argile. Puis, lentement — très lentement —, elle le tira vers le haut entre ses doigts, de manière à créer un cylindre. A présent, toutes les options étaient encore possibles. Elle pouvait l'aplatir pour en faire une assiette ou un plat, l'ouvrir pour créer un saladier ou même le fermer pour le transformer en sphère.

Shelby se sentait inspirée. En phase avec la matière comme avec sa propre créativité. La forme qu'elle voulait serait symétrique, décida-t-elle. Peu à peu des images s'imposaient : l'objet serait à dominante masculine; avec des lignes sobres et pures. Une élégance discrète.

D'un geste rapide et sûr, elle ouvrit l'anneau et commença à former une coupe. Profonde, avec un bord large, à la manière des poteries romaines. Peu à peu, le pot prenait forme sous ses doigts. C'était un travail long et exigeant de trouver les proportions justes, d'élever, d'amincir, de jouer sur les volumes. Mais, lorsque Shelby était à son tour, sa patience était infinie, son calme sidérant pour qui connaissait son tempérament impétueux.

Lorsqu'elle parvint au résultat qu'elle ambitionnait, elle résista à la tentation de continuer à fignoler. Vouloir faire trop bien était presque aussi dangereux que de bâcler. Eteignant son tour, elle se leva pour porter la coupe à sécher sur une étagère. Le lendemain, lorsqu'elle serait dure comme du cuir, elle la replacerait sur le tour et se servirait de ses outils pour la lisser en raclant le surplus d'argile. « Mmm… je l'émaillerai en vert jade, décida-t-elle en l'examinant une dernière fois. Et pas de décor. »

Bâillant largement, Shelby s'étira le dos pour chasser les tensions qui s'étaient installées à son insu au cours de cette longue journée de travail. Ce qu'il lui fallait, dans un premier temps, c'était un bain chaud. Puis elle irait rejoindre des amis dans un nouveau club sur M Street. Avec un soupir qui exprimait un mélange à parts égales de satisfaction et de fatigue, elle se retourna. Et écarquilla les yeux de surprise.

Alan se tenait sur le seuil, les mains dans les poches de son jean.

— C'est passionnant de vous regarder… Vous savez déjà quelle forme vous voulez donner quand vous commencez à le tourner ou l'objet s'impose de lui-même au fur et à mesure ?

— Ça dépend.

Shelby souffla sur la frange qui lui tombait dans les yeux. Elle aurait pu lui demander ce qu'il faisait là et comment il s'était débrouillé pour entrer. Mais à quoi bon ?

Elle haussa les sourcils, vaguement surprise de le voir vêtu d'un jean délavé et d'un polo à manches longues. L'homme qu'elle avait rencontré la veille lui avait paru trop conventionnel a priori pour porter une tenue aussi décontractée. Ses tennis étaient de bonne qualité sans être pour autant flambant neuves. Pas plus que la montre en or qu'il portait au poignet. Si on le sentait à l'aise dans le luxe, il n'était manifestement pas du genre à jeter l'argent par les fenêtres. Ni à brandir de façon ostentatoire tous les habituels signes extérieurs de richesse.

— Je suppose que je devrais m'étonner de votre présence ici, monsieur le sénateur ? Votre but était bien de me surprendre, j'imagine ?

Il hocha la tête.

— Vous étiez tellement absorbée que je n'ai pas voulu vous interrompre. C'est fascinant de voir des artistes à l'œuvre. J'ai l'impression que vous dépensez autant d'énergie que des athlètes de haut niveau lorsque vous êtes en plein processus créatif... J'aime bien votre boutique, au fait.

Le compliment était suffisamment simple et sincère pour qu'elle s'autorise à sourire.

— Merci... Vous avez visité ?

Alan résista à la tentation de laisser glisser un second regard prolongé sur ses jambes. Elles étaient longues — infiniment plus longues qu'il ne l'avait imaginé à première vue.

— Votre vendeur ne m'en a pas laissé le temps. Il était en train de fermer lorsque je suis arrivé. Il m'a dit de vous transmettre qu'il pouvait éventuellement revenir lundi si vous aviez besoin de lui.

— O.K., merci... J'en conclus qu'il est 6 heures passées, donc, commenta-t-elle en se tournant vers la fenêtre pour juger du degré de luminosité. Si vous voulez jeter un coup d'œil aux poteries que j'ai en exposition, je vous ouvre la boutique le temps que je prenne ma douche.

Il tendit la main vers ses cheveux qu'elle avait rassemblés en queue-de-cheval.

— En fait, j'avais plutôt pensé vous emmener dîner. Vous n'avez pas encore mangé.

— Non, c'est un fait. Mais ce n'est pas pour autant que je partagerai un repas avec vous, monsieur le sénateur. En revanche, si vous êtes intéressé par une cruche à eau orientale ou par un vase, je vous les vendrai avec le plus grand plaisir.

Alan se rapprocha de quelques centimètres, fasciné par son assurance et stimulé par l'idée qu'il saurait la faire vaciller. C'était la raison — la seule raison — de sa présence ici, après tout. Il était venu lui retourner les quelques flèches qu'elle lui avait décochées la veille en critiquant sa profession.

— Si vous préférez dîner à domicile, ça me convient également, suggéra-t-il en laissant glisser sa main de ses cheveux à sa nuque. Je suis très adaptable, dans l'ensemble.

Shelby poussa un profond soupir en s'efforçant stoïquement d'ignorer les sensations qui naissaient au contact de ses doigts.

— Alan… Vous savez tout de la politique étrangère, de la politique budgétaire, de la politique de défense… Or, hier soir, je vous ai exposé ma politique à moi. Et il me semble qu'elle est suffisamment simple pour qu'aucun complément d'explication ne s'impose.

— Mmm…

Elle avait une nuque extraordinaire, fine et souple, avec une peau si douce qu'il commençait à se faire une idée de ce qu'il trouverait plus bas, sous le débardeur et le tablier.

— Vous me décevez, Alan, reprit Shelby avec une pointe d'irritation dans la voix, destinée à masquer le trouble que générait son contact.

Il n'avait pas des mains de bureaucrate, songea-t-elle distraitement en se laissant aller au plaisir de ployer la nuque sous ses doigts.

— Ce serait insulter votre intelligence que de vous

énoncer une seconde fois ma position sur les politiciens, vous ne croyez pas ?

Avec une légère pression des doigts, Alan amena Shelby plus près de lui.

— Aucune politique n'est immuable. Toutes sont soumises à une constante remise en question, au contraire. Nous savons cela mieux que personne, nous autres, hommes politiques.

— Eh bien, lorsque je réviserai la mienne, je vous ferai signe.

Comme il continuait à l'attirer irrépressiblement vers lui, elle stoppa le mouvement en plaquant la paume contre son torse. Au même moment, ils prirent conscience de l'état de saleté de ses mains et baissèrent la tête. Shelby éclata de rire.

— On peut dire que vous l'avez cherché, sénateur !

L'humour de la situation chassa à la fois la tension sexuelle et l'irritation. L'empreinte de ses doigts se détachait avec netteté sur le polo blanc d'Alan.

— Pas mal... pas mal du tout, même. Je suis sûre qu'on pourrait lancer une mode, commenta-t-elle en reculant d'un pas pour juger de l'effet produit. Vite ! Brevetons l'idée. Vous avez des relations bien placées, je suppose ?

Un sourire plissa les yeux d'Alan.

— Quelques-unes, oui. Mais avez-vous songé au nombre de formulaires à remplir ? Il y en aura des centaines.

Elle soupira.

— J'avais oublié ce détail. Eh bien, tant pis pour ce beau projet.

Shelby se détourna pour se laver les mains et les bras dans un grand évier à deux bacs.

— Tenez, vous feriez mieux d'enlever votre polo pour rincer l'argile. Sinon, vous aurez du mal à faire partir la tache.

Elle avait donné l'ordre avec tant de désinvolture

qu'Alan se demanda si elle avait l'habitude de recevoir des hommes à moitié nus dans son atelier. Avec Shelby, tout paraissait possible. Mais la jeune femme s'était déjà détournée pour aller ouvrir la porte de son four.

— Vous avez fabriqué vous-même toutes les poteries en vente dans votre boutique ?

— Oui, bien sûr, murmura-t-elle distraitement.

— Et comment avez-vous découvert votre vocation ?

— Je pense que tout a commencé très tôt, avec la pâte à modeler que ma gouvernante me donnait pour essayer de me faire tenir tranquille. J'étais une enfant assez turbulente... Et je le suis d'ailleurs restée, malgré la pâte à modeler. Mais je prenais un réel plaisir à manipuler cette substance.

Alan tourna la tête juste au moment où elle se baissait pour ajuster la température du four. Son regard tomba sur le short tendu sur des hanches à la fois rondes et minces. Un élan de désir le traversa, si brutal, si physique, si élémentaire qu'un vide total se fit dans son esprit.

— Et cette tache ? Elle est partie ?

Revenant à lui-même, Alan examina le vêtement qu'il tenait toujours sous l'eau. Il était surpris que son rythme cardiaque se soit accéléré à ce point. Sans doute un effet de la chaleur qui régnait dans l'atelier.

— Oui, c'est bon. Plus l'ombre d'une trace.

Il coupa le robinet et essora le polo.

— Cela dit, le retour à pied chez moi risque d'être assez spectaculaire si je déambule dans la rue torse nu, observa-t-il pensivement.

Shelby se tourna dans sa direction pour lui lancer une remarque ironique. Mais la vue d'Alan vêtu de son seul jean la coupa net dans son élan. Il était mince, très mince même, mais ses épaules étaient larges, superbes. Et sa musculature aussi puissante qu'elle l'avait imaginé la veille. La vue de son corps, étrangement, effaça d'un coup le souvenir de tous les hommes qu'elle avait connus.

A ce moment précis, Shelby réalisa que c'était Alan qui avait nourri son inspiration alors qu'elle façonnait sa coupe. L'excitation qui s'empara d'elle était si forte et délicieuse qu'elle laissa la première vague de désir déferler librement.

Puis elle se ressaisit et reprit le contrôle d'elle-même.

— Vous avez gardé une excellente condition physique, monsieur le sénateur, commenta-t-elle d'un ton léger. Il ne vous faudra pas plus de trois minutes pour regagner vos pénates si vous prenez un bon rythme de course à pied.

— Shelby, voilà une attitude franchement inamicale.

— J'irais même jusqu'à dire : franchement grossière, rectifia-t-elle en réprimant un sourire. J'imagine que si j'étais bonne fille, je vous proposerais de le passer au sèche-linge.

— C'était *votre* main et *votre* argile, après tout.

— Peut-être. Mais ce n'est pas moi qui ai essayé de vous prendre dans mes bras, monsieur le sénateur.

Avec un haussement d'épaules, cependant, elle lui prit le vêtement mouillé des mains.

— Bon, allez, venez avec moi là-haut.

Retirant son tablier d'une main, elle le jeta sur une chaise avant de passer la porte.

— Si vous êtes sage, vous aurez même droit à une boisson gratuite.

— Votre cœur est trop bon, commenta Alan en la suivant dans l'escalier.

— Ma réputation de générosité me précède partout où je vais.

Shelby poussa la porte de son appartement.

— Tenez, rendez-vous utile. Si vous voulez du whisky, vous en trouverez par là-bas, précisa-t-elle avec un vague geste en direction du salon. Si vous préférez un café, continuez à avancer tout droit jusqu'à la cuisine. Il y a un percolateur à côté de l'évier et du café moulu sur le rebord de la fenêtre.

Sur ces mots, elle disparut dans une pièce adjacente. Demeuré seul, Alan regarda autour de lui avec la plus grande curiosité. Son intérêt pour Shelby s'aiguisait encore à présent qu'il découvrait son cadre de vie. Pas question ici d'unité dans les thèmes et les couleurs. Encore moins de sobriété ! Les verts audacieux faisaient bon ménage avec des bleu canard et des touches de violet occasionnelles. Ce qui aurait choqué partout ailleurs trouvait ici une sorte d'harmonie flamboyante. Tout comme la femme qui l'habitait, l'appartement était résolument bohème.

Et en désaccord total avec son style de vie à lui.

Sur un sofa, des petits coussins en satin de couleurs vives avaient été dispersés dans le plus parfait désordre. Une fougère géante se dressait dans un grand pot en terre cuite orné d'immenses coquelicots.

Une imposante tenture dominait un des murs et les tapis en laine de couleurs contrastées se détachaient en zigzag sur la nudité du bois. Une paire de sandales italiennes avec des talons aiguilles vertigineux penchait en appui précaire contre une chaise basse de bois sculpté, près d'un gros hippopotame en céramique.

Ce n'était pas une pièce destinée au repos et à la méditation, mais un lieu d'activité, de mouvement, de passage. Alan se tourna dans la direction indiquée par Shelby, puis s'immobilisa en découvrant le chat. L'énorme matou était étalé sur le bras d'un fauteuil et tenait rivé sur lui le regard suspicieux de son unique œil valide. La bête était à ce point immobile qu'Alan crut dans un premier temps avoir affaire à une imitation.

Le bandeau sur l'œil du félin aurait dû paraître ridicule. Mais, tout comme les couleurs de la pièce, il passait bien dans le décor.

Au-dessus du chat était accrochée une cage octogonale où perchait un perroquet à l'allure plutôt morne. L'oiseau aussi fixait sur lui un regard où semblaient se mêler curiosité et suspicion.

Alan secoua la tête et se pencha sur le chat.

— Je t'offre un verre ? murmura-t-il en le caressant d'une main experte sous le menton.

Le matou plissa les yeux d'un air d'intense satisfaction.

— Ce sera sec dans un quart d'heure, annonça Shelby en resurgissant dans la pièce. Je vois que vous avez fait connaissance avec mes colocataires.

— Les présentations sont en cours, oui… Pourquoi le bandeau, au fait ?

— Moshé a perdu un œil à la guerre. Mais il n'en parle pas volontiers… Je ne sens pas l'odeur du café. Vous avez opté pour le whisky ?

— Le whisky m'ira très bien, oui. Et le perroquet ? Il parle ?

— Cela fait deux ans qu'il n'a plus prononcé un mot, expliqua Shelby en sortant une bouteille et deux verres. Depuis que Moshé est venu s'installer avec nous, en fait. Eulalie a la rancune tenace. Il ne lui a pourtant renversé sa cage qu'une seule fois.

Alan jugea plus prudent de ne pas faire de commentaires. Il se demanda fugitivement ce qu'il était venu faire dans ce capharnaüm. Même la façon dont elle parlait de ses animaux de compagnie le prenait au dépourvu. Shelby faisait partie de ces femmes dont l'esprit fonctionnait de façon un peu trop mystérieuse pour le parfait cartésien qu'il était.

— Merci, dit-il en acceptant le verre qu'elle lui tendait… Il y a longtemps que vous vivez ici ?

— Trois ans.

Shelby se laissa tomber sur le sofa et s'assit en tailleur, à la manière des Indiens. Sur la table basse devant elle reposaient des ciseaux à poignée orange ainsi que le *Washington Post* du jour, une boucle d'oreille en saphir sans sa jumelle, une pile de courrier qu'elle n'avait pas pris la peine d'ouvrir et un exemplaire usé de *Macbeth*.

— Je n'ai pas fait le rapport hier soir, dit-il en s'asseyant à côté d'elle. Mais Robert Campbell était-il votre père ?

— Oui. Vous l'avez connu ?

— De réputation, seulement. J'étais en deuxième année à Harvard au moment du drame. Mais j'ai eu l'occasion de faire la connaissance de votre mère, bien sûr. C'est une femme délicieuse.

— Ma mère est une femme charmante, en effet. Je me suis toujours demandé pourquoi elle n'avait pas repris le flambeau en se lançant dans la course à la présidence à son tour. Elle a toujours été comme un poisson dans l'eau dans ce milieu.

Une fois de plus, Alan perçut une pointe de ressentiment dans sa voix. Mais il était encore trop tôt pour lui demander de but en blanc pourquoi elle avait une telle aversion pour la politique. Un jour viendrait où il explorerait le sujet plus avant. Mais pas tout de suite. De même que, dans une campagne électorale bien menée, tout n'était au fond qu'une question de *timing*.

— Vous avez un frère, n'est-ce pas ?

— Grant ?

Le regard de Shelby glissa sur le journal ouvert à la page des dessins humoristiques.

— Il évite Washington tant qu'il le peut, précisa-t-elle, sa voix couvrant à peine le hurlement d'une sirène au-dehors. Il préfère le grand silence qu'il a trouvé dans le Maine, sur un coin de côte battu par le vent.

Un sourire amusé joua un instant sur les traits de la jeune femme. « Un secret », comprit Alan. Et il aurait beau faire, elle refuserait de le lui livrer. Dans l'immédiat, en tout cas.

Surpris par la dérive de ses pensées, il secoua la tête. Il n'avait strictement aucune raison de s'intéresser aux secrets de Shelby Campbell, bien sûr. Il était juste venu la pousser un peu dans ses retranchements.

— Et il ne s'est pas lancé dans la politique, lui non plus ?

— Non. Ni Grant ni moi n'avons hérité du syndrome du serviteur de l'Etat.

— C'est ainsi que vous désignez la maladie ? s'enquit-il avec l'ombre d'un sourire.

— Vous connaissez les symptômes, n'est-ce pas ? Un dévouement aux masses plus qu'aux individus, une obsession pour la paperasse, l'amour du pouvoir.

De nouveau, il fut frappé par le dédain qui assombrissait sa voix.

— Un homme politique ne recherche pas forcément le pouvoir pour lui-même, observa-t-il doucement. Mais parce qu'il donne la puissance d'agir. Vous n'aimez pas le pouvoir, vous ?

— J'aime avoir un pouvoir sur ma propre vie, mais pas intervenir dans celle des autres.

Il se mit à jouer avec la lanière de cuir dans ses cheveux, tirant doucement jusqu'à ce qu'elle se défasse. Peut-être qu'un débat de fond s'imposait, tout compte fait. Elle semblait le mettre au défi de défendre ses convictions les plus profondes. Celles qui gouvernaient ses choix d'existence.

— Chaque vie est comme un caillou qui tombe dans l'eau, Shelby. Elle fait des cercles concentriques autour d'elle. Et, forcément, les cercles des uns et des autres se croisent, se chevauchent, s'entremêlent.

Shelby ne dit rien lorsque ses cheveux défaits retombèrent sur ses épaules. Ils lui chatouillèrent le cou à l'endroit précis où jouaient les doigts d'Alan. Etre assise à côté de cet inconnu torse nu avait quelque chose de bizarrement naturel.

— L'image est belle, admit-elle. Mais à chacun de juger s'il souhaite repousser ou intégrer les « cercles » de l'autre, trancha-t-elle d'un ton délibérément léger. C'est ma philosophie, en tout cas. Je vais voir si votre polo est sec.

Lorsqu'elle voulut se lever cependant, Alan l'en empêcha d'une pression sur la nuque. Shelby tourna la tête et son regard fut happé par ses yeux sombres, contemplatifs.

— Les cercles entre nous ont à peine commencé à se croiser. Il serait peut-être intéressant d'examiner les interférences plutôt que de faire mine de les ignorer ?

Elle prit une profonde inspiration pour chasser l'émoi physique qui montait irrépressiblement à son contact.

— Alan... je vous ai déjà expliqué qu'il ne se passerait rien entre nous, sur le plan personnel, d'accord ? Vous êtes très attirant et même plutôt sympa pour un politicien, mais je n'ai aucune envie de tomber dans vos bras.

— Ah non ? chuchota-t-il en lui entourant le poignet de sa main libre. Votre pouls s'emballe, pourtant.

Contrariée, Shelby releva le menton.

— Vous vous flattez, sénateur. Je vais chercher votre polo.

— Juste une seconde encore, plaida-t-il en l'attirant plus près.

Un baiser. Un seul baiser, et il saurait tout ce qu'il voulait savoir sur Shelby. Elle n'était pas son type de femme, après tout. Il n'avait jamais été attiré par les révoltées en guerre perpétuelle contre le monde, par les artistes aux opinions échevelées qui faisaient du rentre-dedans pour le seul plaisir de bousculer les valeurs établies.

Un baiser, et il aurait de nouveau l'esprit libre. Libre d'oublier Shelby Campbell.

Shelby hésita à se dégager. Qui aurait cru que M. le sénateur s'entêterait à vouloir briser ses résistances ? Il devait avoir d'autres chats à fouetter, pourtant. Et on ne pouvait décemment imaginer qu'elle soit son type de femme.

Le problème, c'est qu'elle ne s'était pas attendue non plus à ressentir une bouffée de désir aussi vertigineuse lorsque le souffle d'Alan glisserait sur ses lèvres.

Elle poussa un soupir qui se voulait dissuasif. Ainsi, le sénateur du Massachusetts avait décidé de tenter sa chance avec une artiste libre-penseuse. Histoire de varier un peu ses plaisirs, sans doute ? Se demandant soudain pourquoi elle s'acharnait à lutter, Shelby se détendit. Si c'était un baiser qu'il voulait, il l'aurait. Un baiser étourdissant même.

Elle allait l'embrasser avec tant de fougue qu'il verrait trente-six étoiles. Puis elle le jetterait dehors avec son vêtement sec sous le bras. Et adieu, Alan MacGregor.

Pour de bon, cette fois.

Même lorsqu'elle cessa de résister, cependant, il ne s'empara pas immédiatement de ses lèvres, se contentant dans un premier temps de la regarder fixement. Pourquoi n'agissait-elle pas de son côté ? se demanda Shelby alors que la bouche d'Alan descendait en direction de la sienne avec lenteur. Qu'est-ce qui la rendait si passive alors que sa nature la poussait normalement à l'action ?

Du bout de la langue, Alan traça alors le contour de sa bouche. Shelby cessa aussitôt de se poser des questions et, fermant les yeux, se concentra sur l'essentiel : savourer l'expérience.

Elle n'avait encore jamais été embrassée avec autant de soin et d'attention. Leurs lèvres ne s'étaient même pas encore touchées et, déjà, elle avait oublié les fatigues d'une longue journée de travail. La langue d'Alan poursuivait son parcours méthodique, lapant ses lèvres comme un chat goûtant délicatement une crème onctueuse et tendre. Toutes les sensations de Shelby étaient concentrées sur la dégustation dont elle faisait l'objet.

Comment se serait-elle doutée qu'une bouche pouvait éprouver une telle variété de sensations ? Et qu'un baiser qui n'était même pas encore un baiser la maintiendrait plaquée sur son sofa, incapable de faire un geste ou d'articuler un son ?

Alan attrapa alors sa lèvre inférieure entre les dents et Shelby se mit à respirer plus vite. Il mordilla la chair sensible, puis l'aspira dans sa bouche pour la téter doucement, jusqu'à ce que les tiraillements du désir se répercutent dans les profondeurs de son corps, comme une série de mini-électrochocs. Il se mit à sucer plus vite, instaurant un rythme primitif, sexuel, qui se communiquait à elle, se répercutant jusque dans les battements violents de son cœur.

Et Shelby avait déjà oublié jusqu'à l'idée même de résistance.

Du pouce, il lui caressait le poignet ; ses doigts pétrissaient sa nuque. Le plaisir s'étirait, se propageait, faisait vibrer son corps tout entier. Et il n'avait même pas encore, à ce stade, pressé ses lèvres contre les siennes ! Dans un sursaut de frustration, elle poussa un gémissement, qui fut un appel autant que l'aveu d'une défaite.

Et leurs bouches se mêlèrent, les transportant presque instantanément de l'excitation à la frénésie.

Avant même de la toucher, Alan avait su que sa bouche serait brûlante, son corps à la fois ferme, fort et doux. Etait-ce à cause de ce singulier mélange de douceur et de passion qu'il s'était réveillé ce matin-là en pensant à elle ? Etait-ce ce même pressentiment qui l'avait conduit jusqu'à son atelier de potière alors que l'après-midi tirait à sa fin et que le crépuscule doré hésitait à tomber ?

Alan, qui, sa vie entière, avait eu besoin d'analyser et de comprendre, découvrit avec stupéfaction que les raisons importaient peu. Il voulait Shelby dans ses bras. Le reste — tout le reste — avait cessé de compter.

Dans ses cheveux, il retrouva le parfum indéfinissable qui l'avait attiré la veille. Il enfouit ses doigts dans l'or rouge de sa chevelure comme s'il pouvait se pénétrer tout entier de son odeur. La langue de Shelby cherchait la sienne. Il fouilla, explora, prit ses marques jusqu'à ce qu'il ne conçoive plus une autre bouche, d'autres lèvres que les siennes. Les petits coussins en satin s'affaissèrent avec un léger murmure lorsqu'il la pressa contre eux en pesant sur elle de tout son poids.

Shelby gémit de plaisir en ployant sous lui. Jamais elle ne se serait attendue de la part du sénateur du Massachusetts à un tel débordement de passion. Elle l'aurait imaginé faisant preuve de style et d'élégance, déployant les armes de la séduction, dans la plus pure tradition galante. Et, face à ces tactiques-là, elle n'aurait eu aucune peine à résister.

Mais comment lutter contre une montée de désir aussi élémentaire et mutuelle ? Avec un léger sanglot, elle pétrit le dos nu d'Alan. La chair sous ses paumes était ferme et résistante. Elle songea qu'elle aurait beau malaxer et presser, rien chez cet homme ne se laisserait mouler, transformer, recréer sous ses doigts. Alan s'était construit lui-même sur des bases stables. Il y avait chez lui quelque chose d'inébranlable. Et cette solidité qu'elle avait identifiée d'instinct ne faisait qu'accroître le désir qu'il lui inspirait.

Mais avec le désir vint la conscience d'une vulnérabilité. Comme si, dans ses bras, elle devenait si souple, si malléable, qu'il pouvait l'arracher à elle-même et l'enchaîner à tout jamais.

— Alan...

Shelby fit appel à toutes ses forces pour résister. Alors que chaque pore, chaque cellule de son être ne demandait qu'à se rendre, à céder, à se laisser posséder par cet homme.

— Assez, chuchota-t-elle contre ses lèvres.

— Oh, non, pas assez... Jamais assez, rectifia-t-il en l'emprisonnant plus étroitement contre lui.

De nouveau, il l'entraînait vers le fond, dans des abîmes où elle n'avait plus ni contrôle ni repères.

— Alan, protesta-t-elle en se rejetant en arrière pour voir son visage, je veux que tu t'arrêtes.

Alan ouvrit les yeux pour la regarder. La respiration de Shelby était rapide et haletante et ses yeux gris restaient troublés. Mais il sentait une résistance réelle dans ses muscles, dans son corps, qui se refermait au lieu de s'abandonner.

Il eut une bouffée de colère qu'il réprima sans trop de mal. Et un élan de désir qu'il eut plus de peine à endiguer. Mais il finit par la laisser aller.

— Très bien, j'arrête. Pourquoi ?

Shelby était quelqu'un de fondamentalement libéré en temps ordinaire. Elle ne se souvenait pas que quiconque eût jamais eu le pouvoir de lui faire perdre contenance. Mais, après le baiser qu'ils venaient d'échanger, elle dut faire un véritable effort sur elle-même pour se détendre face à Alan.

— Rassure-toi, tes compétences ne sont pas en cause. Tu embrasses très bien, commenta-t-elle avec une désinvolture forcée.

— Pour un politicien ?

Shelby poussa un bref soupir et se redressa. Pourquoi fallait-il qu'il frappe juste chaque fois ? Et cela sans se donner trop de peine. Il était prétentieux, décida-t-elle. Prétentieux, trop sûr de lui, et effroyablement égocentrique.

L'appartement était quasiment plongé dans le noir. Elle alluma quelques lampes, sidérée que le temps ait pu passer aussi vite.

— Alan..., recommença-t-elle en cherchant vainement à se clarifier les idées.

— Tu n'as pas répondu à ma question, lui fit-il remarquer en se renversant contre les coussins.

Elle soupira de plus belle.

— Je n'ai peut-être pas été suffisamment claire, hier soir.

Il la regardait en silence, avec, dans les yeux, une expression d'intérêt poli qui lui donna envie de hurler. Ah, il était fort. Très fort.

Shelby se mordit la lèvre. Lui tenir tête ne lui aurait posé aucun problème si son fichu baiser ne l'avait pas laissée les nerfs à vif et le cœur battant comme un tam-tam.

— Tout ce que je t'ai dit hier soir, je le pensais, Alan.

— Moi aussi, j'ai été sincère... Mais peut-être que, comme ton perroquet, tu as du mal à oublier les vieilles rancœurs ? suggéra-t-il en inclinant la tête, comme s'il la voyait soudain sous un nouvel angle.

Shelby se ferma aussitôt.

— Attention, tu vas trop loin, Alan, dit-elle.

— Je suppose que je touche de vieilles blessures, murmura-t-il, radouci.

La souffrance était là, réelle. Il la lisait dans ses yeux. Ainsi qu'une sourde colère mêlée d'impuissance. Même s'il avait tendance à oublier qu'il la connaissait depuis moins de vingt-quatre heures, Alan se rappela à l'ordre. Il n'avait aucun droit sur Shelby Campbell. Et certainement pas celui de forcer ses confidences.

— Je suis désolé, dit-il en se levant.

Ces simples mots d'excuse eurent un effet immédiat. Désarmée par son honnêteté, Shelby se détendit. Elle ne pouvait s'empêcher d'apprécier son attitude. Ce diable de politicien lui devenait presque sympathique. Comme si cela ne suffisait pas qu'il embrasse comme un dieu !

— Tu es pardonné, déclara-t-elle en quittant la pièce pour aller récupérer son polo dans le sèche-linge.

Elle vérifia que le vêtement était sec, puis retourna le lancer à Alan.

— Et voilà… Il est comme neuf. Et maintenant, je ne voudrais surtout pas te retenir.

Il ne put s'empêcher de rire.

— Voilà une bien subtile tactique pour expédier un visiteur.

Sans prendre la peine de dissimuler son sourire, Shelby soupira.

— Désolée. J'ai toujours été terriblement transparente. Passez une bonne soirée, monsieur le sénateur. Et soyez prudent en traversant la rue.

Alan enfila son sweat-shirt et se dirigea vers Shelby. Il avait toujours pensé que c'était un trait de caractère propre à son frère Caine de s'obstiner en cas de refus. Mais il commençait à se demander s'il ne s'agissait pas, tout compte fait, d'un défaut commun à l'ensemble des MacGregor.

— Tu sais que les Ecossais peuvent être très têtus, n'est-ce pas ? observa-t-il en s'immobilisant devant elle.

En guise de réponse, Shelby ouvrit la porte en grand.

— Je suis une Campbell. Comment l'ignorerais-je ?

— Parfait. Alors nos positions réciproques sont établies. L'avenir nous dira quel est le plus obstiné des deux.

Il lui prit le menton et le maintint fermement, le

temps de lui prodiguer un baiser bref qui ressemblait fort à une promesse de guerre.

— A bientôt, Shelby.

Elle referma la porte derrière lui, se renversa contre le battant clos et poussa un long soupir tremblant. Une chose était certaine : cet homme-là promettait d'être une source de complications non négligeable. De toute évidence, elle n'avait pas fini d'entendre parler d'Alan MacGregor, sénateur du Massachusetts.

3

Le lundi matin, Shelby fut trop occupée par ses clients pour penser aux événements du samedi précédent. D'heureux flâneurs avaient profité du temps ensoleillé pour mettre le nez dehors et la matinée fut particulièrement propice au commerce. Elle vendit plusieurs pièces, dont deux qui sortaient tout juste du four. Lorsque la boutique désemplissait et qu'elle avait un moment de libre, Shelby s'employait à percer une amphore qu'elle avait décidé de transformer en lampe. Rester assise sans rien faire aurait été impensable pour elle. Quant à ranger et à épousseter les rayons, c'était beaucoup trop fastidieux à son goût. Elle laissait ce soin à Kyle, qui s'acquittait très volontiers de ces tâches.

Comme la journée de printemps était douce, elle avait ouvert en grand. Ainsi le passant, qui n'avait aucune porte à pousser, se laissait happer et entrait plus facilement. Shelby appréciait la chaleur venue du dehors et se laissait bercer par le son caractéristique des voitures roulant au pas sur les pavés ronds.

La plupart de ses visiteurs étaient de simples curieux, qui faisaient le tour de la boutique sans avoir la moindre intention d'acheter quoi que ce soit. Mais Shelby les accueillait aussi volontiers que ses vrais clients. Elle aimait observer et laisser courir son imagination, fascinée par toutes ces vies entraperçues. Une dame avec un minuscule caniche vêtu d'un manteau tricoté main s'attarda pour bavarder. Puis vint un grand adolescent morose qui ne savait manifestement plus quoi faire de lui-même ni de son temps.

Shelby réussit à le faire parler de lui et finit par l'embaucher pour faire ses vitres. Pendant qu'elle choisissait un abat-jour pour sa lampe, le jeune s'attaqua à la vitrine, avec une radio portable posée par terre à côté de lui. Elle écoutait d'une oreille la musique qui se mêlait au son des voix des passants, elle captait des bribes de conversations venant de la rue. Elle tirait un fil électrique dans sa lampe lorsque Myra Ditmeyer entra, vêtue d'un tailleur rouge flamboyant avec rouge à lèvres assorti. Son parfum capiteux emplit aussitôt toute la boutique.

— Alors, Shelby ? Qu'est-ce que tes doigts agiles nous fabriquent de beau, aujourd'hui ?

Avec un sourire de bienvenue, Shelby se pencha par-dessus la caisse pour embrasser la joue poudrée de Myra. L'épouse du président de la Cour suprême avait une énergie inépuisable et toujours quantité d'anecdotes drôles ou cruelles à raconter.

— En promenade, Myra ? Je pensais que tu serais chez toi, accaparée par le succulent repas que tu as l'intention de me servir ce soir à dîner.

Myra posa son sac en crocodile sur une chaise.

— Tout a déjà été prévu, rassure-toi. Pendant que nous parlons, mon cuisinier s'affaire. Et tu sais qu'on peut lui faire confiance.

— J'ai toujours adoré dîner chez toi, déclara Shelby en logeant une douille dans le haut de l'amphore. Tu m'as dit que maman venait aussi, je crois ?

— Oui. Avec Dilleneau, l'ambassadeur de France.

— Ah oui. L'homme aux grandes oreilles.

— Est-ce une façon de parler d'un diplomate ?

— Mmm... tout ce que je sais, c'est que je vois souvent

ma mère en sa compagnie, depuis quelque temps. Je me demande si je ne vais pas bientôt avoir ce M. Dilleneau pour beau-père.

— Tu aurais pu tomber plus mal, fit remarquer Myra.

— Mmm...

D'un geste rapide, Shelby vissa l'ampoule.

— Et maintenant, dis-moi, Myra, qui as-tu prévu de me fourguer ce soir ?

La femme du magistrat suprême fronça les narines.

— Te « fourguer » ? Quel mot détestable !

— Pardon. Sur qui as-tu espoir de voir Cupidon décocher ses flèches ? rectifia Shelby docilement.

— Moqueuse, va ! De toute façon, tu ne sauras rien. J'ai l'intention de te faire une surprise. Tu as toujours aimé ça, non ?

— Les surprises ? Oui, parfois. Mais je préfère quand c'est moi qui les fais.

— Pour ça, je veux bien le croire, oui... Une fois — tu devais avoir huit ans, si mes souvenirs sont bons —, vous avez fait irruption dans le salon familial, Grant et toi, pour présenter un spectacle. Vous aviez dessiné des caricatures de certains ministres présents ce soir-là. Et, le plus terrible, c'est qu'elles étaient ressemblantes.

— C'était l'idée de Grant, admit Shelby. Je lui en ai toujours voulu de l'avoir eue avant moi. Papa avait apprécié, en tout cas. Trois jours après, il en riait encore.

— Ton père avait un sens de l'humour extraordinaire, acquiesça Myra.

— Je me rappelle que tu as voulu acheter à Grant le portrait qu'il avait fait du porte-parole de l'Etat.

— Et le bandit a refusé de me le vendre. Tu imagines la valeur qu'il aurait aujourd'hui ?

Shelby sourit.

— Pas forcément. Ça dépend sous quel nom il l'avait signé.

— C'est vrai... Comment va Grant, au fait ? Je ne l'ai pas vu depuis Noël.

— Oh, comme d'habitude. Toujours aussi brillant. Toujours aussi grincheux et solitaire. Claquemuré dans son vieux phare et dans son anonymat. C'est un véritable ermite, mon frère. Mais j'ai l'intention d'aller le bousculer dans ses habitudes pendant deux semaines cet été.

Myra secoua la tête.

— Vivre aussi isolé à cet âge... Quel gâchis !

— C'est son choix, répliqua Shelby avec philosophie. Pour le moment, en tout cas.

Les deux femmes tournèrent simultanément la tête vers l'entrée de la boutique. Un jeune homme en uniforme de livreur hésitait sur le seuil.

— Je peux vous aider ? demanda Shelby.

— Mademoiselle Campbell ?

— C'est moi, oui.

Il entra avec un panier à la main.

— J'ai cela à vous remettre.

— Merci.

Par automatisme, Shelby sortit un dollar du tiroir-caisse et le remit au livreur.

— De qui est-ce ? demanda-t-elle avec curiosité.

— Vous trouverez une carte à l'intérieur.

Shelby avait toujours aimé prendre son temps pour ouvrir un paquet. Elle faisait durer le suspense, se perdait en conjectures. Prenant le panier en osier, elle le posa sur son comptoir et l'examina avec attention, le menton calé dans la main.

— Hé, Shelby, arrête de nous faire languir, protesta Myra. Je meurs de curiosité, moi !

— Attends une seconde, murmura Shelby. Imagine que ce soit un pique-nique ? Ou un chiot, peut-être ?

Elle se pencha pour presser l'oreille contre une des parois en osier.

— Non, ce n'est pas un animal, ça ne bouge pas... Et ça sent... *Mmm*...

Avec un sourire gourmand, elle souleva le couvercle.

— Des fraises !

Le panier en était rempli. Des fraises magnifiques, parfumées, mûres à point. Et fraîchement cueillies, de toute évidence. Shelby en prit une et la huma longuement.

— Quel parfum ! murmura-t-elle, enchantée. Voilà une idée formidable.

Myra choisit une fraise à son tour et la porta à sa bouche.

— Mmm... un délice. Et tu ne te demandes pas qui te les envoie ?

— Bonne question.

Shelby sortit une enveloppe blanche du panier, la soupesa, l'examina sous tous les angles, puis la reposa délicatement sur le comptoir. Myra leva les yeux au ciel.

— Shelby ! Tu n'as tout de même pas l'intention de la laisser fermée jusqu'à ce soir ! N'oublie pas que la curiosité est mon principal défaut.

— Bon, bon, d'accord, céda-t-elle en décachetant l'enveloppe.

« Elles m'ont fait penser à toi.

Alan. »

Myra, qui l'examinait avec attention, vit d'abord la surprise marquer les traits délicats de Shelby. Puis le plaisir. Puis un mélange de regret, d'amusement et de discrète nostalgie.

— Ça vient de quelqu'un que je connais ? s'enquit-elle après quelques secondes de silence alors que Shelby regardait rêveusement devant elle.

— Pardon ? Euh, oui... Je pense que tu dois le connaître, oui.

Mais elle glissa de nouveau la carte dans l'enveloppe sans prononcer le nom de l'expéditeur de fraises.

— Myra, finit par soupirer Shelby, je crois que je suis dans de beaux draps…

— J'ai l'impression, oui. Eh bien, tant mieux. Il était grand temps que cela t'arrive. Qu'est-ce que je fais ? Je prends le risque de provoquer une crise en cuisine en rajoutant un invité de dernière minute sur ma liste pour ce soir ?

Shelby fut à deux doigts de dire oui. Puis elle se souvint de la profession d'Alan et secoua la tête.

— Non. Ce serait contraire à la plus élémentaire sagesse, ma pauvre Myra.

L'épouse du plus grand magistrat du pays secoua la tête avec philosophie.

— Et qu'est-ce qui est *conforme* à la plus élémentaire sagesse, à ton avis ? Il faut être jeune pour penser être à même d'en juger… A ce soir, 7 heures, donc.

Myra piqua une dernière fraise dans le panier, récupéra son sac, puis se retourna sur une impulsion.

— Au fait, Shelby, emballe donc cette lampe et amène-la ce soir. Tu la mettras sur mon compte.

Shelby sourit.

— Tu ne m'as même pas laissé le temps de la mettre en rayon. Mais tant pis. Je marque qu'elle est vendue.

Restée seule, elle pesta tout bas en contemplant le panier posé devant elle. Il ne lui restait plus qu'à appeler Alan pour le remercier. C'était le moins qu'elle puisse faire. Elle mordit dans une fraise et sentit les arômes ensoleillés lui chatouiller les papilles. Les yeux clos, elle ne put s'empêcher de penser à la façon dont Alan l'avait embrassée. A l'empreinte qu'il lui avait laissée en bouche, comme celle d'un fruit délicieux et défendu.

Pourquoi ne lui avait-il pas envoyé un banal bouquet de fleurs ? Si on lui avait livré une douzaine de roses, elle les aurait collées dans un vase pour les oublier aussitôt. Mais comment rester insensible à un homme qui pensait à vous faire porter un panier de fraises gorgées de soleil par une radieuse matinée de printemps ?

Alan savait ce qu'il faisait, bien sûr. Un homme comme lui devait être prompt à cerner une personnalité, à jauger un caractère. Shelby poussa un léger soupir et se mit à la recherche d'un carton pour sa lampe. Le fait qu'Alan l'ait si vite percée à jour la contrariait et la séduisait à la fois. Qu'on puisse voir clair en elle l'effrayait. Mais qu'y avait-il de plus fascinant, en même temps, que de se sentir aussi subtilement comprise ?

Laissant le couvercle du panier ouvert, Shelby tendit la main vers le téléphone.

Alan calcula qu'il lui restait environ un quart d'heure avant que les sénateurs ne soient rappelés dans l'hémicycle pour un scrutin public. Ce qui ne lui laissait pas beaucoup de temps pour réexaminer le texte sur les restrictions budgétaires qu'ils seraient appelés à voter. Qu'il faille limiter les déficits, il en était convaincu. Mais il estimait criminel de rogner sur un budget comme celui de l'éducation. Les parlementaires de la Chambre des représentants avaient déjà rejeté le projet de loi en partie. Et Alan estimait qu'il bénéficierait sans doute d'un soutien suffisant pour faire prévaloir ses idées sur la question.

Une autre préoccupation, plus personnelle, lui tournait dans la tête. Quelques jours plus tôt, le président du Sénat l'avait pris à part pour lui laisser entendre à mots couverts que les espoirs du parti reposaient sur lui. Et qu'on souhaitait le voir entrer en lice à l'occasion des prochaines élections présidentielles.

Mais était-il prêt à faire le grand saut ?

Il avait de l'ambition, certes. Et une vision claire de

la façon dont il souhaitait gouverner son pays. Mais, à trente-cinq ans, il pensait avoir encore quinze à vingt années devant lui avant de se jeter dans la course vers les sommets.

Alan soupira et se passa la main sur les paupières. Cette brusque accélération dans sa carrière le prenait au dépourvu. Il avait besoin de réfléchir clairement à ses priorités avant de prendre une décision.

Avec un léger sourire, Alan imagina la réaction de son père :

— Mon fils, le devoir t'appelle. Et tu reculerais devant ta mission, toi, un MacGregor ?

Pour Daniel MacGregor, il était évident que son fils aîné était appelé à devenir président. Et Daniel aimait à penser que, en bon patriarche, il tirait toujours les ficelles et que l'avenir de ses trois enfants reposait entre ses mains.

L'hiver dernier, il avait eu la double satisfaction d'apprendre qu'il allait devenir grand-père, et que Caine, son fils cadet, avait trouvé l'âme sœur. Alan, pour le coup, avait bénéficié d'un répit temporaire. L'attention de Daniel étant monopolisée ailleurs, la pression paternelle s'était relâchée ces derniers mois. Mais il savait que, tôt ou tard, il recevrait un coup de fil de semonce :

— Alan, mon fils, ta mère est désespérée que tes visites se fassent aussi rares. Elle s'inquiète à ton sujet. Quand penses-tu venir nous voir ? Et quand te décideras-tu à te marier et à devenir père ? Il faut bien perpétuer notre lignée. Et ta sœur ne peut pas faire tout le travail seule.

Alan ne put s'empêcher de sourire en songeant aux relances régulières que lui faisait son père. D'habitude les appels au mariage de Daniel le laissaient de marbre. Mais aujourd'hui, l'idée même d'union amoureuse éveillait en lui des échos inédits. Au seul mot de mariage, un visage, un parfum, une chevelure indisciplinée venaient tournoyer dans son esprit.

Absurde. Totalement absurde. Il ne connaissait Shelby que depuis trois jours. Comment pouvait-il fantasmer sur une relation durable avec une totale inconnue ? Si encore elle avait été son type — *la* femme dont il rêvait depuis toujours et qui se serait soudain incarnée devant lui ! Mais Shelby ne ressemblait en rien aux grandes filles blondes et sereines qui l'attiraient d'ordinaire. Et elle était tout le contraire d'une épouse idéale pour un homme politique. Tenir son rôle d'hôtesse l'ennuierait à mourir. Elle n'aurait ni la bonne grâce, ni la diplomatie, ni le sens du devoir nécessaires.

Autre obstacle — et de taille, celui-là —, elle ne voulait pas de lui. N'y avait-il pas une certaine ironie à méditer sur un avenir commun avec une femme qui n'accepterait même pas d'aller boire un café avec lui ?

Alan sourit et secoua la tête. Du fait même qu'elle le repoussait, Shelby le mettait au défi, bien sûr. Elle faisait appel à son côté combatif. Mais il n'y avait pas que cela. La personnalité compliquée de la jeune femme était également un mystère. Et il avait toujours eu plaisir à résoudre une énigme. Mais la curiosité seule ne suffisait pas à expliquer son attirance. C'était le rayonnement si particulier de sa personnalité qui le fascinait chez Shelby. Elle avait l'impétuosité de la jeunesse, le talent de l'artiste et l'éclat de la rebelle. Ses passions, elle ne les vivait pas à petit feu, mais dans le bouillonnement et les flammes. Et malgré son tempérament volcanique, ses yeux pouvaient être calmes, gris et paisibles comme un après-midi d'hiver dans la brume.

Elle avait la bouche d'une petite fille et une allure de femme. Et une forme d'intelligence qui ne pouvait que se heurter à la sienne.

Et, néanmoins, l'attirance entre eux avait été forte, immédiate, indéniable.

Fallait-il conclure à un accident de parcours absurde ? Ou s'agissait-il d'un authentique coup de foudre ? Si Alan n'avait jamais cru jusqu'à présent que l'amour pouvait vous tomber dessus à la manière d'une révélation, il commençait à se poser sérieusement la question depuis que les pas de Shelby avaient croisé les siens. Il opposerait donc sa patience et sa ténacité à l'éclat et à l'énergie de la belle potière rousse. Et ils verraient bien qui des deux l'emporterait.

A supposer que, entre l'huile et le feu, une victoire soit possible…

Le téléphone sonna sur son bureau. Se souvenant que sa secrétaire était absente, Alan pesta tout bas et décrocha.

— Allô ?

— Merci.

Il sourit et se renversa contre son dossier.

— Elles sont bonnes ?

Shelby prit un fruit et le glissa entre ses lèvres.

— Extraordinaires. Elles parfument toute la boutique. Si je ferme les yeux, j'ai l'impression d'être allongée dans un verger.

— Ça paraît plutôt sympathique.

Elle soupira.

— Tu uses de tactiques déloyales, Alan. Tu es censé frapper à coups de fleurs ou de bijoux. Je m'en serais parfaitement bien sortie si tu m'avais envoyé un gros diamant vulgaire ou une jungle d'orchidées rares.

De la pointe de son stylo, Alan tapota sur les documents qu'il était en train de parcourir.

— Je veillerai à ne t'offrir ni l'un ni l'autre. Quand allons-nous nous revoir, Shelby ?

Tentée — déchirée, même —, elle hésita quelques secondes. Alan n'avait ni l'attitude compassée ni la langue de bois du politicien de base. Mais était-ce une raison suffisante pour trahir un principe qu'elle avait appliqué toute sa vie ?

— Alan… ça ne peut pas fonctionner entre nous. Crois-moi, en te disant non, je nous évite bien des complications à l'un comme à l'autre.

— Tu ne me parais pourtant pas du genre à fuir les complications.

— Peut-être pas, non. Mais je fais une exception pour toi. Dans quelques dizaines d'années, lorsque tu auras une dizaine de petits-enfants et des crises de goutte, tu me remercieras de ma prudence.

— Tu as vraiment l'intention de me faire attendre quarante ans avant de dîner avec moi ?

Elle rit. Et le maudit à la fois.

— Le pire, c'est que j'aime bien ta manière de penser. Mais arrête de me faire du charme, Alan. S'il te plaît. Je ne reviendrai pas sur mon refus, de toute façon.

Il voulut insister, mais le signal retentit, indiquant que les sénateurs avaient juste un quart d'heure pour se précipiter dans l'hémicycle.

— Il faut que je te laisse, Shelby. Nous reprendrons cette conversation plus tard.

— Non, répondit-elle — très fermement, cette fois. Ne reviens pas à la charge. Je serais obligée de te redire la même chose. Et je déteste me répéter, c'est d'un ennui mortel. Considère que je te rends un service en te disant non. Adieu, Alan.

Reposant le combiné, Shelby se mordilla la lèvre en refermant le couvercle du panier de fraises. Et voilà ! Fini. Terminé. Rupture consommée. Encore un peu, et elle sombrerait dans un accès de déprime. Ce qui serait radicalement contraire à sa philosophie de vie.

Il était temps — grand temps — d'oublier son sénateur et de revenir à elle-même.

Tout en s'habillant en vue du dîner chez Myra, Shelby écoutait la bande son d'un vieux film américain avec Humphrey Bogart dans le rôle-titre. Elle était condamnée à se passer de l'image, en revanche. Son téléviseur ne fournissait plus que le son depuis deux semaines. Elle aurait pu le faire réparer, mais n'en avait pas encore ressenti la nécessité. En vérité, ce poste aveugle lui convenait plutôt bien, tout comme son matou à l'œil bandé et son perroquet boudeur.

Tout en essayant de deviner au son ce qui se passait à l'écran, Shelby enfila une robe blanche ornée de dentelle datant des années 1930. Même si l'après-midi avait été légèrement morose, elle se sentait de nouveau d'excellente humeur. Shelby avait toujours cru dur comme fer aux miracles de la volonté. Ne suffisait-il pas de *décider* que l'on n'était ni contrariée ni déprimée pour maintenir les idées noires à distance ? De toute façon, elle avait été très claire avec Alan, cette fois-ci. Après ce troisième refus énergique, il ne reviendrait pas à la charge. Personne — pas même un politicien — ne pouvait être masochiste à ce point.

Quant au petit pincement de regret qu'elle éprouvait à l'idée qu'il n'y aurait plus de paniers de fraises ni de visites-surprises, Shelby était convaincue qu'il s'évanouirait avant la fin de la soirée.

Elle enfila une paire de ballerines puis jeta quelques objets essentiels dans un sac brodé de perles : ses clés de voiture, un rouge à lèvres en fin de course et une moitié de rouleau de bonbons à l'anis.

— Tu n'as pas l'intention de sortir ce soir, Moshé ? demanda-t-elle au matou étalé sur son lit. Pas de vagabondage sur les toits au programme ? Bon... eh bien, à plus tard.

Elle posa son sac sur le carton contenant la lampe de

Myra et s'apprêtait à soulever l'un et l'autre lorsqu'on sonna à sa porte.

— Tu attendais quelqu'un, Eulalie ? demanda-t-elle au perroquet indifférent, qui se contenta de battre des ailes.

Hissant sa boîte sous le bras, Shelby alla ouvrir. Et ressentit un bonheur inattendu à la vue d'Alan. La réaction de joie ne dura qu'une fraction de seconde. Se ressaisissant, elle se planta devant lui pour lui barrer le passage.

— Tiens, tiens... encore une visite de voisinage ? Tu n'es pas habillé comme quelqu'un qui flânerait par hasard dans le coin, pourtant.

Alan laissa glisser les sarcasmes sur lui sans s'en émouvoir. Il avait capté la fugitive lueur de plaisir dans le regard de Shelby et se félicitait d'avoir marqué un point.

— En tant que serviteur de l'Etat, je me sens tenu d'économiser nos ressources naturelles et de protéger l'environnement.

— Pardon ?

Il sourit et lui glissa un brin de pois de senteur derrière l'oreille.

— Je te propose de profiter de mon véhicule pour faire le trajet jusque chez les Ditmeyer. Ça s'appelle faire du covoiturage et il n'y a pas plus écologique, comme façon de se déplacer.

Shelby se retint de porter la main à la fleur délicate dont elle percevait le parfum ténu derrière son oreille droite. Depuis quand était-elle si sensible à de petits gestes de galanterie comme celui-là ?

— Et en quel honneur irais-tu chez les Ditmeyer avec moi, Alan MacGregor ?

— Parce que j'y suis invité, pardi. Je n'ai pas l'habitude de me rendre chez les gens lorsque je n'y ai pas été convié. Tu es prête ?

Sourcils froncés, Shelby se demanda comment Myra

avait réussi à remonter aussi rapidement jusqu'à l'origine du panier de fraises livré ce matin-là sous ses yeux.

— Je peux savoir *quand* Myra t'a demandé de venir dîner ce soir chez eux ? s'enquit-elle d'un ton méfiant.

— Tout à fait, oui. C'était la semaine dernière. Chez les Write.

Shelby se radoucit. Peut-être s'agissait-il d'une simple coïncidence, tout compte fait.

— Eh bien, j'apprécie ce geste de courtoisie, mais je préfère prendre ma propre voiture. Nous nous retrouverons à l'apéritif. Réserve-moi quelques toasts de caviar si tu arrives sur place avant moi.

Alan, une fois de plus, ne se laissa pas démonter par son refus.

— Si tu tiens à conduire toi-même, je monte avec toi. Il est de notre devoir, en tant que citoyens, de limiter nos émissions de monoxyde de carbone. Tu veux que je prenne ce carton pour le mettre dans ton coffre ?

Shelby retint son paquet d'une main ferme tandis que sa détermination, elle, faiblissait dangereusement. C'était ce fichu sourire sérieux et ce regard pensif qui causaient sa perte chaque fois. Cet homme avait l'art de vous donner l'impression que vous étiez la première femme au monde à compter *vraiment* à ses yeux...

— Alan, protesta-t-elle en secouant la tête, pourquoi cette insistance ?

Il se pencha pour lui effleurer les lèvres, s'attardant juste le temps qu'il fallait pour lui procurer un premier frisson.

— Disons que si tu étais une place forte, tu serais désormais en état de siège, Shelby Campbell. Et n'oublie jamais que les MacGregor avaient la réputation d'être des assiégeants redoutables.

Shelby lâcha une expiration tremblante, qui vint se mêler au souffle brûlant d'Alan.

— Pour le siège, je ne sais pas, mais tu te débrouilles pas mal non plus dans le combat au corps à corps, MacGregor, murmura-t-elle.

Il rit. Et l'aurait embrassée de nouveau si elle n'avait pas réussi à s'esquiver juste à temps. En guise de stratégie défensive, elle lui fourra son carton dans les bras.

— Très bien. Nous ferons du covoiturage puisque tu as réussi à chatouiller ma conscience écologique. Mais nous prendrons ta voiture. J'aurai au moins l'avantage de boire un verre de vin supplémentaire.

— Tu as laissé ta télévision allumée, lança Alan en s'écartant pour la laisser passer.

— Aucune importance. Elle est cassée, de toute façon, cria-t-elle en dévalant l'escalier.

Le soleil se couchait lorsqu'ils sortirent dans la rue encore tiède. Le ciel assombri était d'un bleu très pur. Shelby suivit Alan jusqu'à son véhicule.

— Entendons-nous bien, monsieur le sénateur : j'accepte que nous fassions le trajet ensemble. Mais inutile de me considérer pour autant comme ta compagne attitrée pour la soirée. Disons que nous avons passé un accord de transport en commun transitoire. C'est assez bureaucratique pour toi, comme expression ? Ho, ho, j'aime beaucoup ta Mercedes. C'est délicieusement… tranquille, comme voiture.

Alan ouvrit le coffre pour y placer la lampe.

— Tu as une façon tout à fait charmante de sortir les pires vacheries, Shelby.

Elle éclata de son rire joyeux, un peu rauque, qui, dès le premier instant, lui avait ensorcelé les oreilles.

— Tu sais que tu me plais vraiment, Alan ?

Jetant les bras autour de son cou, elle lui posa un baiser amical sur la joue. Puis elle rejeta la tête en arrière pour scruter ses traits.

— Oui, c'est vrai, j'ai de la sympathie pour toi, sénateur. J'aurais pu faire la même remarque à des quantités d'hommes qui n'auraient pas imaginé un instant que je me moquais d'eux.

Il fit glisser les mains sur ses hanches.

— Alors je marque un point pour ma perspicacité ?

— Entre autres, oui.

Le regard de Shelby glissa sur ses lèvres.

— Je vais le regretter amèrement plus tard, chuchota-t-elle, mais j'ai envie de t'embrasser encore une fois. Maintenant. Entre chien et loup.

Lorsque ses yeux gris revinrent plonger dans les siens, il vit qu'ils s'étaient assombris, exprimant un plaisir qui n'avait rien à voir avec la soumission.

— J'ai toujours eu la conviction absurde qu'on pouvait commettre les pires imprudences au crépuscule sans qu'elles portent à conséquence, murmura-t-elle en appliquant ses lèvres contre les siennes.

Violemment ému, Alan lutta contre la tentation de la serrer avec force contre lui. Cette fois, il la laisserait prendre les rênes pour les mener à sa guise. Et les conduire ainsi l'un et l'autre là où il ne demandait qu'à aller.

Dans la rue calme, le jour mourant jetait ses derniers feux assourdis. Quelque part au loin, on entendait un rire de femme, haut et clair. Une savoureuse odeur de cuisine italienne s'exhalait par une fenêtre ouverte en même temps qu'une vieille mélodie de Gershwin. Contre sa poitrine, Shelby sentait les battements rapides, réguliers du cœur d'Alan.

Retrouvant la saveur incomparable de son baiser, elle laissa échapper un petit son de gorge. *Mmm…* Elle avait de la peine à croire qu'elle ait pu vivre toutes ces années sans rien savoir des baisers d'Alan. Et il lui était encore plus difficile d'imaginer un avenir où ils n'auraient aucune place. Fermant les yeux, elle goûta le bonheur de sentir ses bras autour d'elle. Calmes et forts. Dangereux et rassurants à la fois.

Rassurants car ils semblaient écarter tous les périls du monde. Dangereux car ils l'entraînaient tout droit vers le gouffre qu'elle avait toujours si adroitement su contourner jusqu'à présent. Avec le corps d'Alan pressé contre le sien, elle pourrait basculer dans l'abîme sans même s'en rendre compte.

Et ne plus jamais en remonter.

Mais sa bouche était si tentante ; leur baiser si léger, si parfait — pétillant comme un vin clair. Et la fin du jour s'étirait toujours dans un entre-deux crépusculaire, tenant la nuit à distance. Elle s'adonna aux lèvres d'Alan plus longuement qu'il ne l'aurait fallu et moins longtemps qu'elle ne l'aurait aimé.

— Alan...

Elle soupira les deux syllabes de son prénom juste avant de rejeter la tête en arrière. Ils demeurèrent un instant les yeux dans les yeux, toujours serrés dans les bras l'un de l'autre. Elle scruta son visage et comprit qu'elle pouvait avoir une confiance absolue en cet homme.

Alors même que tout les séparait.

— Il va bientôt faire nuit, murmura-t-elle. Allons-y.

Les derniers vestiges du jour éclairaient encore le ciel à l'ouest lorsque la Mercedes d'Alan s'immobilisa au bout de la longue allée bordée d'arbres centenaires qui menait chez Myra et Herbert. Admirant le jardin de rocaille au passage, Shelby repéra la Lincoln avec les plaques diplomatiques de l'ambassadeur de France.

— Tu connais Dilleneau ? demanda-t-elle en prenant la main d'Alan.

— Un peu. Sans plus.

Shelby souffla sur sa frange.

— Il est amoureux de ma mère. Ce n'est pas le seul, cela dit. Mais je crois que maman a un faible pour lui.

— Ça a l'air de t'amuser, commenta Alan en sonnant à la porte.

— Un peu, oui, admit-elle. C'est mignon. C'est assez déconcertant pour une fille de voir sa mère rougir en présence d'un homme.

Alan se tourna vers elle pour tracer du pouce le bord inférieur d'une pommette.

— Et toi ?

— Et moi, quoi ? demanda-t-elle, troublée, en oubliant instantanément sa mère et son ambassadeur.

— Tu rougis souvent en présence d'un homme ?

— Ça m'est arrivé une seule fois, improvisa-t-elle, consciente qu'elle devait parler à tout prix pour éviter de retomber dans les bras d'Alan... Il avait trente-deux ans et moi douze. C'était... euh... un réparateur de chaudière.

— Et comment a-t-il réussi à te faire rougir, cet heureux chauffagiste ?

— Je le regardais et il m'a souri. Il avait une dent de devant cassée et j'ai trouvé ça vertigineusement troublant.

Alan rit doucement et s'empara de ses lèvres juste au moment où Myra ouvrait sa porte.

— Tiens, tiens...

Leur hôtesse les considéra avec un sourire un peu trop satisfait au goût de Shelby.

— Bonsoir. Je vois que vous avez fait connaissance, tous les deux ?

— Qu'est-ce qui te fait penser une chose pareille ? riposta Shelby d'un ton détaché en passant le seuil.

Le regard de Myra glissa de l'un à l'autre.

— Y aurait-il, par hasard, une odeur de fraises dans l'air ? s'enquit-elle avec un sourire innocent.

Shelby resta imperturbable.

— Des fraises ? Quelles fraises ? Voici ta lampe, Myra. Où aimerais-tu qu'on te la mette ?

— Oh, pose-la dans l'entrée, Alan. Je m'en occuperai plus tard.

Myra leur prit à chacun un bras.

— Je suis ravie que nous nous retrouvions en petit comité, ce soir. C'est tellement plus pratique pour échanger les derniers potins... Herbert, mon chéri, Shelby et Alan sont arrivés. Prépare-nous encore deux de tes cocktails, tu veux bien ? J'ai découvert une petite liqueur de mûre artisanale dont vous me direz des nouvelles. Avec un bon champagne, c'est divin.

Shelby serra affectueusement le bras de Myra, puis se détacha pour aller embrasser le président de la Cour suprême.

— Tu as encore fait une sortie en catamaran, Herbert, commenta-t-elle en pointant le coup de soleil que le magistrat avait sur le nez. Quand te décideras-tu à venir faire un essai de planche à voile avec moi ?

Herbert lui pinça gentiment la joue. Lorsqu'il souriait ainsi, avec cet air de bon grand-père paisible, on avait de la peine à se souvenir que le président de la Cour suprême était à la tête d'une des instances les plus importantes du pays.

— Il n'y a que toi, petite fille, pour me donner l'illusion que je pourrais encore me tenir debout comme un jeune homme sur une de ces drôles de planches flottantes... Alan, sois le bienvenu, mon garçon. Je vous prépare vos cocktails.

— Hé, maman !

Shelby se penchait pour embrasser sa mère lorsqu'elle repéra ses boucles d'oreilles en émeraude.

— Elles sont superbes, dis donc. Tu les as soigneusement cachées jusqu'ici sinon il y a longtemps que je te les aurais piquées.

Les joues de Deborah s'empourprèrent délicatement.

— Antoine vient de me les offrir. Pour... euh... me remercier de l'avoir aidé à recevoir ses invités, à l'occasion d'une réception à l'ambassade de France.

Shelby se tourna vers l'homme de haute taille qui se tenait au côté de sa mère.

— Vous avez un goût très sûr, monsieur l'ambassadeur, déclara-t-elle en lui tendant la main.

Les yeux du diplomate pétillèrent lorsqu'il se pencha pour y porter les lèvres.

— Merci. Vous êtes ravissante, comme toujours, Shelby... Monsieur le sénateur, c'est un plaisir de vous rencontrer dans un contexte moins officiel qu'à l'ordinaire.

Deborah se tourna vers Alan avec un plaisir mêlé d'un discret étonnement.

— J'ignorais que vous connaissiez ma fille, monsieur MacGregor.

— Nous négocions en vue de conclure un traité de paix entre clans, Shelby et moi. Afin d'apaiser de très vieilles querelles.

Deborah haussa les sourcils sans comprendre.

— Il fait allusion à la rivalité qui opposait le clan des MacGregor à celui des Campbell, maman, précisa Shelby, tout en acceptant le kir royal que lui tendait le président de la Cour suprême.

— Oh, mon Dieu, oui, c'est vrai ! s'écria Deborah en souriant. Les MacGregor et les Campbell étaient des ennemis jurés. Mais j'ai oublié pour quelle raison ils se haïssaient jusqu'à s'entre-tuer.

— Les Campbell nous ont volé nos terres, expliqua Alan.

Shelby se percha sur l'accoudoir du fauteuil de sa mère et lui jeta un regard volcanique par-dessus le rebord de son verre.

— Ça, c'est votre version de l'affaire. Nous avons

acquis les terres des MacGregor par décret royal. Et ils se sont montrés très mauvais perdants.

Alan eut un sourire pensif.

— Je serais curieux de t'entendre débattre de la question avec mon père.

Les yeux de Myra brillèrent.

— Quel beau match cela nous ferait. Je les imagine d'ici, pas toi, Herbert ? Daniel et Shelby... Roux, têtus et aussi impétueux l'un que l'autre. Tu devrais nous organiser ça, Alan.

— J'y avais pensé, justement.

Shelby haussa les sourcils.

— Ah, vraiment ?

— Je suis persuadé que la confrontation ferait des étincelles.

— J'ai déjà eu l'occasion de séjourner chez Daniel et Anna, à Hyannis, intervint Myra en lui tapotant la cuisse. C'est un lieu complètement anachronique. Tu ne pourrais que t'y sentir chez toi... Shelby a toujours eu un goût marqué pour tout ce qui sort de l'ordinaire, n'est-ce pas, Deborah ?

— C'est le moins qu'on puisse dire, oui, acquiesça sa mère. Mes deux enfants sont toujours restés un mystère pour moi. C'est peut-être parce qu'ils sont si brillants l'un et l'autre qu'ils ont du mal à se fixer... Vous n'êtes pas marié non plus, Alan, n'est-ce pas ?

Shelby leva les yeux au ciel.

— Si vous voulez, je peux sortir un moment, le temps que vous fixiez le montant de ma dot.

— Shelby, je t'en prie ! protesta Deborah dans un murmure que couvrit le rire amusé d'Herbert.

— Vous n'imaginez pas, jolie Shelby, comme c'est difficile pour un parent de considérer ses enfants comme des adultes à part entière, intervint Antoine Dilleneau. J'ai deux filles qui sont elles-mêmes déjà mères et, néanmoins, je continue à m'inquiéter à leur sujet. Et vous, Myra, vous êtes grand-mère également, je crois ?

Shelby jeta un regard reconnaissant à l'ambassadeur de France pour la délicatesse avec laquelle il avait négocié le changement de sujet. Les yeux très bleus d'Antoine Dilleneau pétillaient avec un mélange de gaieté et de profonde gentillesse, pendant que Myra décrivait avec enthousiasme les premiers pas de son petit-fils.

Ils iraient bien ensemble, sa mère et lui. Deborah Campbell faisait partie de ces femmes qui ne s'épanouissaient complètement qu'au sein d'une vie de couple. Et elle avait été — et serait toujours — la femme de politicien idéale. Aucune des qualités requises ne lui faisait défaut : ni la grâce, ni la distinction, ni la patience.

Shelby soupira sans même s'en rendre compte. Comment sa mère et elle pouvaient-elles se ressembler comme deux gouttes d'eau et être néanmoins si différentes ? De loin, l'élégance, le cosmopolitisme, le train de vie élevé propres au milieu politique avaient tout pour fasciner. Mais, pour elle qui avait connu cette vie de l'intérieur, une cage dorée n'en restait pas moins une cage. Elle ne se souvenait que trop bien des gardes du corps dont la présence, pour être discrète, n'en avait pas moins été pesante. A chaque réception, à chaque petite fête, il avait fallu filtrer les invités. Activer et désactiver des systèmes d'alarme. Et repousser les reporters qui semblaient toujours prêts à vous tomber dessus aux moments les plus inopportuns.

Tout ce déploiement de mesures de sécurité n'avait pas suffi pour autant à protéger la vie de son père. Même si un photographe avait reçu un prix prestigieux pour le cliché qu'il avait réussi à prendre du tireur en pleine action.

Shelby ne savait que trop bien ce qui se cachait derrière les grands dîners, les bals mondains, les beaux discours. Si la peur n'avait pas été omniprésente au cours de ses années d'enfance, elle n'en avait pas moins marqué son quotidien. Et l'actualité, depuis, n'avait cessé de le lui confirmer : nulle personne dotée d'un minimum de pouvoir n'était à l'abri d'un assassinat politique.

Si sa mère avait été taillée sur mesure pour mener ce genre d'existence, il n'en allait pas de même pour elle. Deborah était forte, sous son allure fragile. Mais ce stoïcisme maternel, Shelby ne l'avait pas reçu en partage. Jamais elle ne pourrait aimer un homme en sachant qu'elle risquait de le perdre dans des conditions terrifiantes.

Tout en écoutant d'une oreille les répliques qui fusaient autour d'elle, Shelby croisa le regard d'Alan par-dessus le bord de son verre. Il l'observait. Avec cette attention calme, réfléchie, qu'elle avait d'ores et déjà appris à reconnaître. C'était comme s'il se livrait à un patient travail de décorticage dont elle aurait été la cible. Méthodique et structuré, il écartait, strate après strate, les différentes couches qui constituaient sa personnalité, déterminé à dégager le noyau secret qu'elle avait toujours su préserver.

« Tu n'as pas le droit d'essayer de me percer à jour comme ça, espèce de monstre. »

Elle faillit le tancer à voix haute. Mais, même si elle réussit à garder le silence, Alan dut lire son indignation dans ses yeux car il lui sourit comme pour lui confirmer qu'il n'avait pas l'intention d'abandonner la partie.

Le siège était bel et bien en cours et il le conduisait de main de maître.

Shelby étouffa un second soupir. Les vastes réserves d'obstination dont elle disposait ne seraient certainement pas de trop pour résister à l'assaut.

4

Cette semaine-là, Shelby travailla comme une possédée. De temps en temps — une fois tous les trois ou quatre mois en moyenne —, elle était prise ainsi d'une sorte de transe créative qui la maintenait rivée à son tour des jours d'affilée. Le four tournait presque vingt-quatre heures sur vingt-quatre et les œuvres prêtes à être plongées dans les bains d'émaillage s'accumulaient sur les planches de séchage. Sollicité, Kyle prit la relève à la boutique, si bien que Shelby put s'enfermer comme une recluse dans son atelier. Elle y descendait tôt le matin et n'en ressortait qu'à la nuit tombée.

Autant le reconnaître : si elle s'était jetée à corps perdu dans la création, c'était essentiellement dans l'espoir d'éjecter Alan de ses pensées. Shelby se connaissait suffisamment pour voir clair dans ses propres stratégies défensives.

En règle générale, la méthode fonctionnait assez bien, d'ailleurs. Lorsqu'elle avait un problème à résoudre, elle s'absorbait corps et âme dans son travail pendant trois jours, en se vidant complètement la tête. Puis elle ressortait avec une solution constructive qui permettait d'aplanir la difficulté rencontrée.

Mais, cette fois-ci, rien ne vint. Arrivé le vendredi soir, elle se retrouva épuisée, tarie, vidée de toute inspiration.

Et cela sans avoir réussi à déloger Alan de la place où il s'était incrusté.

Elle avait pourtant su garder ses distances avec lui pendant le reste de la soirée chez les Ditmeyer. Bon, d'accord… après l'avoir raccompagnée chez elle, il s'était arrangé pour lui dispenser un de ces baisers dévastateurs dont il avait le secret. Mais il ne lui avait pas demandé de l'inviter à entrer. Et il s'était même laissé éconduire sans protester.

Shelby se serait réjouie de cette victoire si elle n'avait pas eu la distincte impression que ce recul apparent faisait partie de sa stratégie d'attaque. MacGregor l'Assiégeur brouillait les pistes pour mieux confondre l'adversaire.

Alan avait passé une partie de la semaine à Boston. Shelby le savait car il avait téléphoné pour l'en informer. Même si elle ne l'avait nullement encouragé à se manifester. Et encore moins à lui rendre des comptes sur la façon dont il occupait ses journées.

Apprendre qu'il disparaissait momentanément du théâtre des opérations lui avait tout de même apporté un soulagement temporaire. Tant qu'il se trouvait à Boston, elle ne risquait pas de le voir surgir sur le pas de sa porte à l'improviste. Elle pouvait marcher dans la rue sans risquer de le rencontrer. C'était toujours ça de gagné, même si Shelby avait conscience que le répit serait de courte durée.

Elle prit la ferme résolution de garder sa porte close s'il s'avisait de venir y frapper à son retour. Et se jura qu'elle tiendrait bon même s'il arrivait en armure et muni d'un bélier.

En milieu de semaine, Shelby reçut la visite d'un livreur. Il apportait cette fois une horreur : un cochon en peluche couleur lavande avec un sourire niais et de ridicules oreilles en velours.

Shelby avait tenté de jeter l'animal au fond d'un

placard et de l'oublier. Mais en vain. Comment un homme comme Alan avait-il deviné qu'elle résistait difficilement à l'attrait du grotesque ? Jamais l'idée d'acheter un cochon en peluche n'aurait dû traverser l'esprit d'un *parlementaire*, un digne représentant de la nation ! Elle était censée avoir affaire à un individu sérieux, carré, avec des idées conventionnelles et une imagination limitée à la portion congrue.

Qu'il soit capable d'un tel geste ne la laissait pas de marbre, bien sûr. Alan ne reculait devant rien, pas même devant la crainte du ridicule. Mais même si elle était séduite par son audace, Shelby refusait de se laisser émouvoir par un vulgaire jouet.

Elle baptisa le cochon « MacGregor » et lui offrit une place sur son lit. En se jurant que ce serait le seul MacGregor autorisé à partager ses nuits.

Si elle parvenait — par moments — à bannir Alan de ses pensées, il s'arrangeait pour hanter ses rêves. Elle avait beau travailler d'arrache-pied et sortir chaque soir avec des amis, il revenait l'envahir sitôt ses résistances endormies. Une nuit, elle rêva même qu'il s'était multiplié en douze exemplaires. Tous postés en bas de chez elle. Pas moyen de sortir sans se faire capturer. Pas moyen de rester à la maison sans que l'enfermement la rende folle.

Shelby se réveilla d'humeur noire et l'insulte aux lèvres. Ce jour-là, elle l'aurait volontiers étranglé. En fin de semaine, elle vota pour un nouveau train de mesures défensives : non seulement elle n'accepterait plus aucune livraison, mais elle lui raccrocherait au nez s'il essayait d'appeler.

Si la patience et la raison n'avaient pas suffi à le décourager, il ne résisterait pas à une bonne dose de grossièreté. Même un « chien fou de MacGregor » finirait par s'incliner si la place forte se muait en forteresse imprenable.

Le samedi matin, après une semaine épuisante, Shelby s'accorda une journée de congé. En commençant par une grasse matinée amplement méritée. De toute façon, il n'aurait servi à rien qu'elle descende à l'atelier. Ses rayons étaient pleins à craquer et elle n'avait plus de place pour le moindre petit bol sur ses étagères.

Lorsqu'on sonna chez elle de bon matin, Shelby se leva dans un état semi-comateux et se traîna jusqu'à la porte. Clignant des paupières pour se protéger de la lumière matinale, elle ouvrit au joyeux livreur qui lui avait déjà apporté les fraises puis le cochon MacGregor.

— J'ai encore un truc pour vous, mademoiselle Campbell ! annonça-t-il avec un sourire jusqu'aux oreilles.

— C'est gentil... Merci.

Trop ensommeillée pour se souvenir de ses résolutions inébranlables, Shelby lui prit distraitement des mains deux douzaines de ballons roses et jaunes gonflés à l'hélium.

Lorsqu'elle réalisa ce qu'elle venait de faire, le livreur était déjà reparti en sifflotant.

— Oh, non ! pesta-t-elle en découvrant la petite carte blanche accrochée à un ruban.

Mais Alan pouvait toujours courir. Elle ne se donnerait même pas la peine de déchiffrer sa prose. De toute façon, elle n'avait pas besoin de lire son nom pour savoir d'où provenait ce cadeau absurde et encombrant. Il ne lui restait plus qu'une chose à faire, d'ailleurs : prendre une épingle et faire éclater les ballons un à un.

Furieuse, elle lâcha les ficelles nouées ensemble et les sphères jaunes et roses flottèrent paresseusement jusqu'au plafond. S'il croyait qu'il finirait par la séduire à force d'envoyer les objets les plus absurdes assortis de petits mots charmants, il... il ne se trompait pas tant que ça, au fond, admit-elle, exaspérée.

Shelby sauta pour essayer d'attraper la petite enveloppe blanche, mais le carton était hors de sa portée. Jurant et pestant de plus belle, elle grimpa sur une chaise pour lire le mot d'Alan :

« Les jaunes sont pour le soleil; les roses pour le printemps. Partage-les avec moi.

Alan. »

— Tu vas finir par me rendre dingue, marmonna Shelby, perchée sur sa chaise de cuisine avec les ballons dans une main et la carte de visite dans l'autre.

Comment pouvait-il viser tellement juste chaque fois ? C'était inhumain ! Quoi d'étonnant si elle se voyait tentée de rire aux éclats et d'envoyer son sacro-saint principe par-dessus les moulins ?

Le moment était venu de se montrer ferme — *très, très* ferme — avec Alan MacGregor. Shelby descendit de sa chaise et se croisa les bras sur la poitrine. Si elle se contentait de laisser faire sans réagir, il poursuivrait indéfiniment son manège. Il s'agissait donc de passer à la contre-offensive. Autrement dit, elle allait l'appeler et exiger qu'il arrête immédiatement ces gamineries. Lui assener sèchement qu'elle était à bout de patience… Non, mieux que cela même : lui déclarer qu'il l'ennuyait à mourir.

L'ennui serait bien plus rédhibitoire que l'énervement.

Résolue à agir sur-le-champ, elle entortilla les ficelles des ballons autour de son poignet et composa le numéro de téléphone privé d'Alan.

— Allô ?

Au son de sa voix, la colère de Shelby retomba si vite qu'elle n'eut même pas le temps de *commencer* à vitupérer quoi que ce soit.

— Alan ?

— Bonjour, Shelby.

La voix d'Alan était calme, profonde, avec un soupçon d'amusement qui perçait sous le sérieux apparent. Pourquoi avait-elle toujours eu un faible pour les hommes avec un rire dans la voix ?

— Alan, il faut que ça cesse.

— Que ça cesse ? Mais rien n'a encore commencé.

Serrant les poings, elle s'exhorta à être ferme.

— Je ne plaisante pas, Alan. Il ne faut plus que tu m'envoies des machins et des bidules. Je t'assure que tu perds ton temps.

— Pour toi, je le perds très volontiers. Comment a été ta semaine ?

— Surchargée. Ecoute-moi, maintenant : je...

— Tu m'as manqué.

Formulée avec simplicité, cette affirmation la coupa net dans son élan. Elle en oublia même le reste de son sermon.

— Alan... Arrête de dire des choses pareilles. *S'il te plaît.*

— Chaque jour, poursuivit-il, imperturbable. Et chaque nuit. Tu connais Boston, Shelby ?

— Euh... oui. Un peu.

Découragée par sa propre faiblesse, Shelby lâcha ses ballons et les regarda flotter librement. Alan, une fois de plus, avait usé d'armes déloyales. Comment était-elle censée lutter contre quelque chose d'aussi léger, d'aussi gracieux, d'aussi dansant que vingt-quatre ballons gonflés à l'hélium ?

— Je t'emmènerai à Boston en octobre. C'est une ville faite pour l'automne, lorsqu'elle sent les feuilles mortes et la fumée des feux de bois.

Shelby ordonna à son cœur indocile de cesser de palpiter si inconsidérément.

— Alan, je ne t'ai pas appelé pour que tu me vantes les charmes du Massachusetts. Je vais formuler ma position très clairement, cette fois : je ne veux plus que tu m'appelles, je ne veux plus que tu passes me voir et je ne veux plus... que... que...

Elle se tut, soupira. L'imagina à l'autre bout du fil, confortablement installé dans un fauteuil crapaud en cuir, à l'écouter avec un sourire patient aux lèvres, le regard calme et attentif.

— Et... et je ne veux plus que tu m'envoies ni des fruits des bois, ni une collection de peluches, ni rien qui y ressemble de près ou de loin ! explosa-t-elle. C'est clair ?

— Très clair. Tu veux bien passer la journée avec moi ?

Pourquoi, mais *pourquoi* ne se laissait-il jamais démonter ? Il ne pouvait donc jamais montrer ne serait-ce qu'un signe d'impatience ? Elle abhorrait les hommes flegmatiques !

— Alan !

— Nous appellerons cela une sortie expérimentale.

— Non ! gémit-elle en réprimant tant bien que mal le rire qui montait. Non, non et non.

— L'expression ne te paraît pas assez bureaucratique, conclut Alan.

Son ton était si paisible, si *sénatorial*, qu'elle en aurait hurlé. Et, néanmoins, elle ne s'était jamais sentie aussi proche du fou rire.

— Voyons, poursuivit-il pensivement. Que dirais-tu de : « excursion diurne de type activité de loisir en vue de favoriser les amitiés entre clans » ?

— Tu recommences à me faire du charme, marmonna-t-elle.

— Avec ou sans succès ?

Ignorant sa question, Shelby pinça les lèvres.

— Comment dois-je m'exprimer pour me faire entendre, Alan ?

Alan sourit. Ce qui le séduisait tant chez Shelby,

c'était sa façon d'osciller en permanence entre la désinvolture et la froideur. Elle-même n'en avait sans doute pas conscience, mais elle était à la fois l'une et l'autre.

— A quelle heure puis-je passer te prendre, Shelby ?

A l'autre bout du fil, la jeune femme fronça les sourcils, se rembrunit, hésita.

— Alan... Si je passe un moment avec toi aujourd'hui, me promets-tu de ne plus rien m'envoyer par le biais de ce charmant jeune livreur ?

Il laissa passer un bref silence.

— Je pourrais te le promettre, mais à quoi bon ? Tu sais bien ce que valent les promesses de politiciens.

Cette fois, ce fut plus fort qu'elle. Le rire l'emporta.

— Un point pour toi.

— C'est une belle journée, Shelby. Il y a plus d'un mois que je n'ai pas eu de samedi de libre. Viens avec moi.

Scrutant le ciel bleu par la fenêtre, Shelby se mordilla la lèvre. Refuser paraissait si mesquin. Si petit. Et suivre une ligne de conduite rigide n'avait jamais été dans ses cordes. Elle était censée, après tout, ne jamais en faire qu'à sa tête.

— Bon, c'est entendu. Je fais une entorse pour cette fois. Mais cela ne veut pas dire que je reviens sur mon principe de base. Nous sommes bien d'accord ?

— Si tu le dis... Qu'est-ce qui te ferait plaisir, Shelby ? L'exposition sur les primitifs flamands à la National Gallery ?

Un léger sourire joua sur les lèvres de Shelby.

— Je préfère le zoo, déclara-t-elle par pure provocation.

— Va pour le zoo, acquiesça-t-il sans l'ombre d'une hésitation. Je passe chez toi dans dix minutes.

Décidément, Alan MacGregor n'était pas le genre d'homme à se décourager facilement.

— Dans dix minutes ? Tu es fou ! Je ne suis même pas habillée !

— Dans ce cas, j'arrive dans la seconde.

Avec un éclat de rire, elle reposa le combiné.

— J'adore les serpents. Ils sont froids, poisseux, arrogants.

Le nez collé contre la vitre, Shelby s'intéressait à un boa à demi enroulé sur lui-même qui l'ignorait superbement. Alan la regardait faire avec amusement. Lorsqu'elle avait proposé le zoo, il s'était demandé s'il s'agissait d'une envie réelle ou d'une simple manœuvre dissuasive destinée à le décourager. Mais il aurait dû se douter que, Shelby étant Shelby, les deux motivations seraient présentes à parts égales.

Par un samedi ensoleillé de mai, le zoo était aussi bondé que bruyant. Une foule dense se pressait dans la Maison des Reptiles, qui retentissait des voix aiguës des enfants. Shelby ne semblait pas voir d'inconvénient à se trouver ainsi au coude à coude avec ses congénères humains tandis qu'elle se frayait un passage jusqu'au python.

— C'est incroyable comme il ressemble à notre représentant du Nebraska, commenta-t-il à voix basse.

Amusée par la réflexion d'Alan, Shelby rit doucement en tournant la tête vers lui. Un mouvement de foule derrière eux les rapprocha de la vitre et ils se retrouvèrent, soudain, dangereusement proches. Au lieu de détourner la tête, cependant, elle maintint son regard rivé au sien, laissant la tension du désir monter entre eux.

Qu'y avait-il donc de si particulier chez cet homme pour qu'elle soit constamment tentée de jouer avec le feu ? La ligne de conduite qu'elle s'était fixée était pourtant très simple : maintenir en toute circonstance une distance amicale avec Alan. Sinon, la situation risquait d'évoluer rapidement vers un point de non-retour.

Un instinct très fort lui disait que si elle vivait une histoire avec lui, il ne la laisserait pas repartir facilement. Il avait une personnalité calme mais dominante. Et il était tout à fait capable de la prendre dans ses filets sans qu'elle voie la manœuvre venir.

Or elle n'avait pas affaire à n'importe quel politicien modeste à l'avenir plus ou moins obscur. Mais à un jeune sénateur avec l'envergure et l'ambition nécessaires pour envisager la présidence.

Ramenée à la réalité de la vocation d'Alan, Shelby s'exhorta une fois de plus à la prudence. Si elle voulait leur éviter de souffrir, elle devrait faire violence à sa propre nature et s'obliger à être raisonnable. Au moins le temps d'une balade au zoo.

— Il y a un monde fou, commenta-t-elle en riant.

Les cuisses d'Alan vinrent heurter les siennes lorsqu'un petit garçon le poussa sans ménagement pour se frayer un passage jusqu'au python.

— Plus notre visite ici se prolonge, plus j'apprécie les reptiles, déclara-t-il, amusé, les yeux plongés dans les siens.

— C'est vrai qu'ils sont fascinants. Ils ont pourtant une réputation détestable. Comment se fait-il que leur côté maléfique nous attire à ce point ?

Ils se retrouvèrent presque dans les bras l'un de l'autre tandis que de nouveaux spectateurs tentaient d'approcher des cages.

— Le serpent a tenté Eve et Eve a tenté Adam, murmura Alan.

Le cœur de Shelby battait si vite qu'elle en avait le vertige. Mais elle ne put se résoudre à se dégager de son étreinte.

— J'ai toujours pensé qu'Adam s'en tirait avec le beau

rôle, dans l'histoire. Le serpent et la femme prennent tout le blâme. Alors que l'homme fait figure d'innocent.

— Innocent, peut-être, mais dépourvu de volonté. La femme fait de lui ce qu'elle veut, non ?

Sa voix, un peu trop rauque, un peu trop caressante, était devenue pur velours. Shelby frissonna. Elle se sentait de taille à résister à tous les serpents de la Création. Mais pas à Alan lorsqu'il la fixait avec cet air de gravité dans le regard.

Elle lui prit la main d'autorité et opéra un retrait stratégique.

— Sortons d'ici avant de mourir étouffés et allons voir les éléphants.

Lorsqu'ils émergèrent à l'air libre, Shelby continua à progresser d'un pas rapide, contournant des poussettes, se glissant entre les familles, évitant des enfants en bas âge pédalant sur des tricycles. Là où Alan aurait choisi de flâner, elle continuait de courir, le visage à demi dissimulé par une paire de lunettes de soleil à la forme résolument excentrique.

L'air tiède était gorgé d'odeurs — un mélange de crottin, de paille et d'exhalaisons animales. Un rugissement, un feulement, un aboiement ou un cri d'oiseau se faisait parfois entendre, couvrant le bruit des conversations et des rires surexcités d'enfants. Shelby se faufilait de cage en cage, les yeux écarquillés de plaisir à chaque nouvelle découverte.

— Tiens, regarde, elle me fait penser à toi.

Du doigt, elle montrait la panthère noire paresseusement étalée au soleil.

— Ah oui ? C'est le côté indolent ? Soumis ?

Shelby laissa échapper son joli rire sensuel.

— Soumis ? Oh, certainement pas, non, monsieur le sénateur. Elle est pensive, oui. Mais hautaine. Elle prend son mal en patience, mais ne se laisse pas dominer une seconde.

S'adossant contre la barrière, elle se tourna pour examiner Alan comme elle venait d'observer le grand félin.

— Il faut se méfier de son air calme. Ces grands chats sauvages semblent dépourvus d'agressivité. Rien ne les trouble, rien ne les excite. Mais si on pousse la provocation un peu trop loin, ils réagiront de façon fulgurante. Et meurtrière.

Alan lui prit la main pour l'entraîner de nouveau vers l'allée principale.

— Mais il en faut vraiment beaucoup pour les énerver, précisa-t-il avec un sourire en coin.

— Mmm... Bon, dans ce cas-là, allons admirer les macaques. Ils me font toujours penser à un hémicycle rempli de sénateurs en colère.

— Ça, c'est de la méchanceté gratuite, mademoiselle Campbell.

— Oui, je sais. Mais c'est plus fort que moi, par moments, admit-elle en laissant reposer un instant la tête contre l'épaule d'Alan. En temps normal, je ne suis pas quelqu'un d'agressif. Mais, Grant et moi, nous avons hérité l'un et l'autre d'un fond de sarcasme — ou peut-être de cynisme. Je dirais que nous tenons cela de notre grand-père paternel. Lui, il a tout du grizzli que nous avons vu arpenter son espace tout à l'heure. Il est sombre, tourmenté, irascible.

— Et tu l'adores, ce papi Campbell.

— C'est vrai... Tiens, je vais t'acheter du pop-corn. Ce serait criminel de passer une journée au zoo sans mâchonner la dose de maïs soufflé réglementaire... Le grand format, oui, indiqua-t-elle au vendeur en sortant un billet froissé de la poche arrière de son jean.

Son sachet dans une main, elle rangea sa monnaie.

— Tu vois, Alan...

Se ravisant d'un coup, elle laissa sa phrase en suspens et se remit à marcher. Alan tendit la main pour puiser du pop-corn dans son cornet.

— Oui ?

— Non, rien, finalement. J'allais te faire un aveu. Puis je me suis souvenue que je n'étais pas très douée pour les confessions. Et nous n'avons pas encore vu les singes.

Il s'immobilisa.

— Tu ne crois quand même pas que je vais te laisser te dérober comme ça ? Maintenant que tu as commencé à parler, il va falloir lâcher le morceau, ma belle.

Un sourire joua sur les lèvres de Shelby.

— Alors je vais t'avouer mon noir secret : je t'ai traîné ici dans l'idée que tu t'y ennuierais à mourir. J'avais aussi l'intention de me comporter de façon parfaitement détestable.

— Tu as été détestable jusqu'ici ? s'enquit-il avec le plus grand sérieux. J'ai trouvé ta conduite très naturelle, dans l'ensemble.

Shelby fit la grimace.

— Aïe... Je ne sais pas si je dois considérer ça comme un compliment. Quoi qu'il en soit, j'ai la triste impression de ne pas avoir beaucoup avancé dans ma mission. Tu n'as pas du tout l'air prêt à renoncer à moi.

— Ah, tu trouves ?

Se penchant vers elle pour se resservir en pop-corn, il lui glissa à l'oreille :

— Et qu'est-ce qui te fait penser que tu n'as pas réussi à me décourager ?

Shelby se sentit rougir traîtreusement.

— Euh... c'est juste une intuition.

La voir embarrassée ravit Alan. Ce n'était pas à la portée de tout le monde de décontenancer Shelby Campbell.

— Tu es très intuitive, en effet. Car je ne t'ai pas encore dit une seule fois que j'avais envie de m'enfermer avec toi dans un lieu obscur, loin du monde, sur un lit tendu de draps clairs. Que je veux t'étourdir de baisers, de caresses et passer au moins deux nuits et deux jours d'affilée à faire l'amour avec toi.

Shelby soupira.

— Vaste programme. Mais j'aimerais autant que tu gardes ce genre de confidences pour toi.

— Comme tu voudras, acquiesça-t-il en lui glissant un bras autour de la taille. Je me tairai tant que nous serons ici.

Une lueur amusée pétilla dans les yeux de Shelby. Mais elle secoua la tête.

— Notre histoire ne se terminera pas par des baisers, des caresses et des nuits d'amour, Alan. C'est impossible.

— Nous avons des vues fondamentalement divergentes sur la question, objecta-t-il en s'immobilisant sur un pont qui enjambait un petit plan d'eau. Ce qui te semble impossible me paraît nécessaire. J'irais même jusqu'à dire inéluctable.

Plus troublée qu'elle ne l'aurait voulu, Shelby contempla un instant les cygnes qui flottaient à leurs pieds, irréels de blancheur et de grâce hautaine.

— Tu me connais mal, Alan. Une fois que j'ai pris une décision, je m'y tiens.

— C'est encore un point que nous avons en commun, Shelby. Pour deux ennemis jurés par tradition, nous sommes étrangement semblables.

A la claire lumière du jour, les cheveux de Shelby brillaient d'un éclat solaire. Alan les effleura du bout des doigts en se demandant à quoi ressemblerait sa capricieuse chevelure après l'amour. A des flammèches ardentes ? Aux feux de l'automne dans les forêts du Massachusetts ?

— J'ai eu envie de toi dès l'instant où je t'ai vue,

Shelby. Et chaque seconde passée en ta compagnie creuse le manque et attise le désir.

Elle tourna les yeux vers lui, étonnée, touchée — presque conquise. Ce n'étaient pas des paroles en l'air qu'il prononçait. Alan MacGregor n'était pas homme à parler pour ne rien dire.

— Et lorsque je ressens un élan aussi fort pour quelqu'un ou quelque chose, poursuivit-il en lui effleurant la joue, je n'ai pas l'habitude de me détourner pour passer mon chemin.

Les lèvres de Shelby s'entrouvrirent d'elles-mêmes lorsque le pouce d'Alan glissa sur sa bouche. Faisant un effort désespéré pour se ressaisir, elle se servit en pop-corn et lui jeta un regard désinvolte.

— Donc, tu déploies toute ton énergie pour me convaincre que ton désir est réciproque ?

Un sourire, lentement, se dessina sur les traits d'Alan. Tant de certitude y transparaissait qu'elle se sentit clouée sur place, la bouche sèche et le cœur battant.

— Je n'ai pas besoin de te convaincre que tu as envie de moi. Ça, tu le sais déjà. Il faut juste que je parvienne à te démontrer que la position que tu as adoptée vis-à-vis de nous est contre-productive et ne sert qu'à retarder inutilement un processus déjà en marche.

Il était décidément très fort. Un frisson de désir parcourut Shelby. Comme il aurait été tentant de se laisser aller à être faible. Tentant de se rendre. Tentant d'adhérer aveuglément aux certitudes de cet homme. Les lèvres d'Alan étaient proches des siennes à les toucher. Mais il restait prudent, attentif à ne pas la brusquer.

Alan serait toujours circonspect en public. Elle-même, en revanche, ne prendrait jamais de précautions particulières. Ils étaient si peu faits l'un pour l'autre que c'en était absurde. Absurde, exaspérant et merveilleux à la fois.

Le problème, c'étaient ses yeux surtout. Son regard

à lui seul semblait récuser d'avance tous les arguments logiques qu'elle lui opposerait.

Alors que Shelby hésitait, déchirée entre la tentation de se réfugier dans ses bras et le réflexe de fuite, elle sentit qu'on tirait avec impatience sur son T-shirt.

Baissant les yeux, elle vit un petit garçon asiatique d'environ huit ans, très déterminé à attirer son attention. Il se mit à lui parler dans sa langue, avec des gestes des bras et diverses mimiques expressives.

— Voyons… je ne comprends pas un mot de ce que tu me dis. Mais tu as un problème, apparemment ?

Avec un sourire amusé, Shelby se dégagea des bras d'Alan pour s'accroupir devant le petit garçon. Sa première pensée fut qu'il avait perdu ses parents. Mais ses grands yeux noirs exprimaient la contrariété et non la peur. Il émit une nouvelle salve d'explications — en coréen, semblait-il. Puis, se voyant incompris, il soupira, montra les deux pièces de cinq cents qui reposaient sur sa paume tout en désignant de l'autre main le distributeur de nourriture pour les oiseaux.

Shelby sourit. Il avait la somme nécessaire, mais pas la bonne pièce. Elle porta la main à sa poche, mais Alan avait déjà sorti dix cents de la sienne. Avec le plus grand sérieux, il montra par gestes que les deux sommes étaient équivalentes. Le regard du petit garçon s'éclaira et il procéda à l'échange.

Alan accepta gravement et s'inclina. L'enfant prononça quelques mots, lui rendit son salut puis partit en courant vers le distributeur.

Ils s'attardèrent pour regarder le garçon lancer de la nourriture aux cygnes. Shelby songea qu'un autre homme, à la place d'Alan, aurait sans doute fait don de la pièce à l'enfant — ne fût-ce que pour impressionner par sa générosité la femme qui se trouvait avec lui. Alors qu'Alan avait été sensible à la fierté de l'enfant. Il avait procédé au troc en marquant bien qu'il s'agissait d'une transaction d'homme à homme. Et cela, avec beaucoup de simplicité, sans qu'un mot n'ait été prononcé de part et d'autre.

En appui contre la rambarde du pont, Shelby vit les cygnes placides se mettre en mouvement et ployer leurs longs cous pour tenter de rafler la nourriture sous le bec de leurs congénères. Debout derrière elle, Alan avait posé les mains de chaque côté des siennes. Toute à la calme magie de l'instant, Shelby se renversa contre lui et appuya la tête dans le creux confortable entre la mâchoire et l'épaule.

— Quel après-midi magnifique, murmura-t-elle.

Alan frotta sa joue contre ses cheveux.

— La dernière fois que j'ai été au zoo, je devais avoir douze ans. C'était à New York, avec la famille au grand complet. En tant qu'aîné, je me suis senti tenu de traîner une tête de six pieds de long pour bien montrer à quel point tous ces « trucs de gamins » m'ennuyaient. Je me trouvais infiniment trop adulte et évolué pour m'intéresser aux lions et aux tigres. Alors que mon père n'a pas eu ces scrupules, lui ! Il s'est amusé comme un enfant... C'est étonnant, cette phase que l'on traverse, en pleine préadolescence, où l'on estime avoir laissé son enfance derrière soi.

— Oui, j'ai eu une crise de ce genre qui a duré environ six mois. J'appelais ma mère par son prénom et je me considérais comme une adulte.

Le visage enfoui dans ses cheveux, Alan rit tout bas.

— Mmm... Tu avais quel âge ?

— Treize ans. Et j'y croyais dur comme fer. Je prenais un ton affreusement distingué : « Tu vois, Deborah, je pense que je vais me faire faire des mèches, la prochaine fois que j'irai chez le coiffeur. » Maman a été parfaite. Au lieu de jeter les hauts cris sur ces histoires de mèches, elle me complimentait sur mon sens des responsabilités, se réjouissait de me voir si avancée pour mon âge, insistait sur le fait que d'autres filles se seraient montrées frivoles ou gâtées, là où j'étais, moi, si évoluée, si raisonnable.

— Et tu étais tellement heureuse de te sentir comprise que tu en oubliais le coiffeur, c'est ça ?

— Bien sûr.

Avec un rire joyeux, Shelby glissa son bras sous le sien et ils reprirent leurs errances dans les allées du zoo.

— Ma mère était très forte, en fait. Je ne m'en suis rendu compte que bien plus tard, avec le recul. Mais elle a réussi à maintenir le cap sans nous braquer pour autant. Un bel exploit quand on pense que nous n'étions faciles ni l'un ni l'autre, Grant et moi.

— Grant te ressemble ?

— Grant ?

Shelby réfléchit quelques secondes.

— D'une certaine façon, oui. Mais lui, c'est un grand solitaire alors que j'ai besoin d'avoir du monde autour de moi. Quand Grant est en compagnie, il observe. Plus que cela même : il s'imprègne et absorbe. Et après il peut fonctionner en autonomie pendant des semaines, voire des mois. Moi, non. Je ne supporterais pas de vivre dans un coin perdu comme lui.

— Mais même si tu es comme un poisson dans l'eau au milieu de la foule, tu veilles jalousement sur ton territoire. Je n'ai pas l'impression que tu acceptes de le partager facilement… Pas avec un homme, en tout cas, précisa-t-il en scrutant son profil.

Le premier réflexe de Shelby fut la colère. Mais elle la contint pour lancer une riposte plus subtile.

— Tu généralises parce que je ne veux pas de toi. Mais qui te dit que je ne me laisse pas approcher par d'autres ?

— Je ne dirais pas que tu ne veux pas de moi. Je dirais que tu me tiens à distance. La nuance est de taille.

Comme elle ne répondait pas, il lui prit la main et la porta à ses lèvres.

— Je me permets de souligner, d'autre part, que nous sommes ici ensemble, non ?

— Mmm... Si l'on veut, oui.

Shelby laissa errer un regard amusé sur la foule autour d'eux.

— Mais le contexte n'est quand même pas des plus intimes.

— La foule est notre élément, Shelby.

— C'est vrai. Tu es un homme public, Alan. Un représentant du peuple censé te comporter correctement en toute circonstance.

Avec un pétillement malicieux dans le regard, elle s'arrêta au beau milieu de l'allée bondée de contribuables et noua les bras autour de son cou.

— Alors, monsieur le sénateur ?

Persuadée qu'il secouerait la tête avec impatience ou qu'il se dégagerait en riant pour reprendre leur progression, elle attendit sa réaction. Mais à sa grande surprise, Alan la maintint sur place. Indifférent aux badauds, il se pencha sur son visage, si près que leurs lèvres se touchaient presque. Son regard plongé dans le sien exprimait une promesse qui fit battre le cœur de Shelby plus vite. Les yeux sombres d'Alan parlaient le langage de la passion et de l'intimité. Et elle restait sans argument face à ce discours muet qui court-circuitait sa raison pour s'adresser à la part la plus vivante, la plus indisciplinée d'elle-même.

Comme il avait été prompt à retourner sa petite provocation contre elle ! Sans doute avait-elle eu tort d'oublier qu'il était fin stratège. Et qu'un homme tel que lui choisirait d'agir sur le fond plutôt que sur la forme...

L'instant se prolongea, gagnant en intensité. Même si la scène ne dura que quelques secondes, Shelby oublia le reste du monde. L'échange entre eux fut bref et sans paroles. Mais il la bouleversa de la tête aux pieds. Le regret de ce qui aurait pu être et qui ne serait pas lui étreignit presque douloureusement le cœur. Avec un soupir de regret, elle se détacha de ses bras.

— Je pense que nous ferions mieux de prendre le chemin du retour, Alan.

— Il est déjà trop tard pour revenir en arrière, grommela-t-il d'une voix tendue, tout en l'entraînant à grands pas vers le parking.

Shelby haussa les sourcils. Rêvait-elle ou Alan-le-flegmatique avait-il eu un mouvement *d'humeur* ? A quelques reprises, déjà, elle avait cru déceler une brève lueur de contrariété dans son regard. Mais il se ressaisissait toujours si vite qu'elle s'était demandé s'il ne s'agissait pas d'un simple effet de son imagination.

Cependant, cette fois, c'était sûr : elle venait de mettre le doigt sur une faille. Jusque-là, la patience d'Alan lui avait paru inaltérable. Face à ses attaques les plus virulentes, il avait toujours gardé une façade sereine. Mais la preuve était faite, désormais : il n'était pas aussi calme et impavide qu'il voulait le laisser croire.

Et si elle parvenait à provoquer une réaction de colère franche ? Ne lui claquerait-il pas la porte au nez de façon définitive ?

Shelby jeta un regard en coin à l'homme qui marchait à son côté. Il était temps — grand temps — pour elle de trouver le moyen de le dégoûter d'elle. Car, au rythme où elle faiblissait, elle risquait de s'attacher à lui avant même d'avoir vu le danger arriver.

A supposer, du moins, que le mal ne soit pas déjà fait.

Car elle avait réussi à le tenir hors de son lit, d'accord. Mais l'abstinence suffisait-elle à la mettre à l'abri ? Alan ne l'affectait pas que physiquement. Il la touchait sur des plans infiniment plus subtils. Et infiniment plus redoutables, aussi.

Autrement dit, elle courait droit à la catastrophe si elle ne prenait pas des mesures immédiates et radicales.

A ce stade, déjà, une rupture entre eux serait douloureuse. Mais une séparation rapide aurait l'avantage de prévenir des souffrances ultérieures autrement plus compliquées à gérer.

Il ne lui restait donc plus qu'une chose à faire : taper sur les nerfs d'Alan. Grimaçant un sourire, Shelby monta dans la Mercedes. S'il y avait une chose qu'elle avait toujours très bien su faire, c'était exaspérer son prochain.

— Sympa, cette petite sortie, commenta-t-elle d'un ton léger pendant qu'Alan faisait sa marche arrière. Je suis contente que tu aies insisté pour me tirer hors de chez moi. Je n'avais strictement rien d'intéressant à faire jusqu'à ce soir 19 heures.

Alan passa une vitesse et se dirigea vers la sortie du parking.

— Je suis ravi d'avoir pu t'aider à combler un creux dans ton emploi du temps, Shelby.

Alan lui jeta un regard en coin. Le souvenir du moment où il l'avait tenue dans ses bras au cœur de la foule continuait à le travailler. Quelque chose de fort avait circulé entre eux. Mais il ne se sentait pas apaisé pour autant. Plutôt tenaillé, au contraire. Par une impatience qui ne lui ressemblait pas.

— En fait, tu es d'une compagnie plutôt plaisante, pour un politicien, poursuivit Shelby en baissant sa vitre.

Plaisante, vraiment ? Elle songea aux dix secondes qu'ils avaient passées à se regarder dans les yeux. Si Alan s'avisait de se montrer un peu plus « plaisant » encore, elle tomberait amoureuse de lui pour de bon. Et ce serait le désastre assuré.

— Il est vrai que j'ai été plutôt agréablement surprise.

Tu n'es ni pontifiant, ni excessivement rasoir, ni rien de tout cela.

Il lui jeta un regard plutôt froid.

— C'est un compliment ?

— Tout à fait, oui. Je crois même que je voterais pour toi si j'avais un choix à faire.

Immobilisé à un feu rouge, Alan pianota du bout des doigts sur le volant.

— Tes insultes sont moins subtiles qu'à l'ordinaire, Shelby.

— Mes insultes ? Mais je te flatte, au contraire. Car le but du jeu, il est bien là, non ? Gagner ? Se faire élire ?

Le feu resta au vert pendant cinq bonnes secondes avant qu'Alan ne songe à passer la première.

— Je te conseille de faire attention à ce que tu dis, Shelby.

Elle déglutit. La manœuvre fonctionnait au-delà de toute espérance. Mais elle ne prenait aucun plaisir à se montrer odieuse. Pire même, elle se serait volontiers giflée.

— Hou là ! Mais c'est qu'on est bien susceptible, tout à coup, s'esclaffa-t-elle. Enfin… je te pardonne. Cela ne me dérange pas que tu sois irritable.

— Ce n'est pas une question de susceptibilité, Shelby. J'observe simplement que tu as réussi à te rendre détestable.

— Tiens, tiens… le côté sénatorial reprend le dessus, tout à coup ? ironisa-t-elle. On se met à porter des jugements froidement conventionnels ?

Elle se força à regarder ostensiblement sa montre lorsqu'il se gara devant chez elle.

— Parfait, le *timing*. Cela me laisse juste le temps de prendre un bain avant de ressortir pour m'amuser.

Shelby se pencha pour lui effleurer la joue d'un baiser indifférent et descendit de voiture.

— Bon, eh bien, *ciao*, Alan. Et à un de ces quatre, peut-être.

Dégoûtée par le numéro peu reluisant qu'elle venait de lui jouer, Shelby gravit d'un pas pesant l'escalier qui menait à son appartement. Elle arrivait en haut des marches lorsqu'il la rattrapa par le bras.

— Que signifie cette comédie ?

Choquée par sa brutalité, elle pivota pour lui faire face.

— *Quelle* comédie, s'il te plaît ?

— Arrête ton cinéma, Shelby, O.K. ?

Elle poussa un discret soupir, comme si elle avait affaire à un gentil gêneur un peu trop insistant.

— Atterris, mon vieux, d'accord ? Nous avons passé un moment plaisant ensemble, c'est vrai, riposta-t-elle avec désinvolture en ouvrant sa porte. Mais ça ne nous engage en rien pour l'avenir.

Alan la retint d'une main ferme lorsqu'elle voulut se glisser à l'intérieur. Il reconnaissait en lui les signes avant-coureurs d'une colère explosive. Tout comme son frère Caine, il avait hérité du caractère emporté de leurs ancêtres. Mais il était rare qu'il cède à ses accès d'humeur. Garder son calme était devenu pour lui comme une seconde nature.

Luttant pour maîtriser le volume de sa voix, il resserra sa pression sur le poignet de Shelby.

— Et maintenant, mademoiselle Campbell ?

Elle haussa dédaigneusement les sourcils.

— Et maintenant, quoi ? Tu m'as demandé de t'accorder quelques heures et je te les ai données. Nous nous sommes baladés, nous avons bien ri, d'accord. Mais je ne vois pas pourquoi je me sentirais moralement tenue de coucher avec toi pour autant.

La réaction à ses paroles, Shelby la vit d'abord dans le regard d'Alan. Et la colère qui l'obscurcissait était si violente qu'elle recula d'un pas. La gorge sèche, elle se demanda comment elle avait pu croire que le pousser à bout servirait ses desseins...

— Parce que tu penses que c'est tout ce que j'attends de toi ? Si j'avais eu simplement envie de faire un tour dans ton lit, j'y serais déjà, Shelby.

Incrédule, elle vit une fureur noire décomposer ses traits.

— Qu'est-ce qui te permet de l'affirmer ? J'ai encore un avis à donner, non ? protesta-t-elle d'une voix étouffée.

Shelby ne savait même plus si c'était la peur ou l'excitation qui lui coupait le souffle.

— Ton avis ? Je m'en moque. Ce sont tes réactions physiques qui m'intéressent. Et ton corps m'a dit oui dès le premier soir chez les Write, Shelby Campbell.

Lorsqu'il fit un pas en avant, le premier réflexe de Shelby fut de reculer pour se plaquer contre la porte. Le battant s'ouvrit sous la pression et Alan la retint juste au moment où elle allait tomber en arrière. Ils se retrouvèrent dans l'appartement, étroitement enlacés. Shelby rejeta la tête en arrière, furieuse de sentir ses jambes se dérober. Un mélange de terreur et de désir accélérait les battements de son cœur. Le sang bondissait dans ses veines telle une coulée de lave brûlante.

— Alan ! Tu ne peux pas…

— Qu'est-ce que je ne peux pas ?

Alan avait l'impression de suffoquer. Il connaissait le désir et il connaissait la rage. Mais il n'avait jamais expérimenté les deux ensemble avec une pareille intensité.

— Tu sais pertinemment que j'aurais pu coucher avec toi si je l'avais voulu ! vociféra-t-il en lui encerclant le cou d'une main. Même maintenant, tu as envie de moi. Je le vois dans tes yeux, je le sens.

Shelby secoua la tête, mais ne parvint pas à se libérer pour autant. Comment avait-elle pu oublier la panthère qu'elle avait elle-même identifiée en lui ?

— Non, je n'ai pas envie de toi ! protesta-t-elle, offusquée.

— Tu mens. Tu crois vraiment que tu peux me parler

impunément comme tu m'as parlé pendant le trajet du retour, Shelby ? Tu penses que tu peux dénigrer mon action, me pousser à bout et t'en tirer avec un petit sourire insolent et un « *ciao*, à un de ces quatre » ?

Elle tenta de déglutir, mais sa bouche resta sèche, sa gorge brûlante.

— Je ne te dois rien, Alan — strictement rien. Tu te comportes comme si je t'avais encouragé alors que j'ai toujours tout fait pour te tenir à distance, objecta-t-elle froidement. Lâche-moi maintenant.

— Je te lâcherai quand j'en aurai envie.

Incapable de faire un geste pour l'arrêter, elle vit sa bouche se rapprocher de la sienne. Mais alors même qu'elle retenait son souffle dans l'attente d'un baiser, il suspendit son mouvement. Dans ses yeux sombres, elle ne voyait plus que son propre reflet et l'éclat de sa fureur. Elle songea à la panthère noire. Au héros de roman, tourmenté et colérique, auquel il lui avait fait penser lorsqu'elle l'avait rencontré pour la première fois.

Alan la secoua par les épaules.

— Tu crois que ça m'amuse de me sentir attiré par quelqu'un comme toi ? Tu es la dernière personne que j'aurais retenue si on pouvait choisir ses partenaires selon des critères un tant soit peu objectifs. Tu n'as rien de ce que je recherche d'habitude chez mes compagnes. Tu ne respectes aucune des valeurs qui donnent un sens à ma vie !

Shelby se sentit pâlir. Les paroles d'Alan lui faisaient l'effet d'une gifle. Elle aurait voulu hurler que c'était faux, injuste, mensonger. Alors qu'elle savait aussi bien que lui qu'elles reflétaient une réalité incontestable.

— Je n'ai pas honte d'être qui je suis, riposta-t-elle avec violence. Tout ce que je suis devenue, je l'ai choisi. Je ne te demande rien, Alan. Alors de quel droit viens-tu me lancer à la figure que je ne corresponds pas à tes sacro-saints critères ? Va, cours, précipite-toi pour en trouver une autre. Tu n'as que l'embarras du choix. Des taillées-sur-mesure pour sortir avec un sénateur, tous les cocktails mondains de Washington en regorgent !

Les doigts d'Alan s'enfoncèrent dans ses épaules comme s'il avait voulu lui broyer les os.

— La question n'est pas là, Shelby. Ose me dire encore une fois que tu n'as pas envie de moi. Ose le dire...

Dans le bref silence qui suivit, elle entendit le bruit de son propre souffle, qui s'échappait par à-coups, comme une suite d'explosions brèves. Elle avait toujours su que le mensonge avait ses limites.

Ce qui ne l'empêcha pas de soutenir son regard avec impudence.

— Je n'ai pas envie de toi, Alan.

Ce déni éhonté s'acheva sur un gémissement de désir lorsqu'il s'empara de sa bouche. Shelby se souvint du premier baiser d'Alan. De sa lenteur. De ses délices. De la façon magistrale dont il avait apprivoisé ses lèvres. Aux antipodes de cette douceur, il prenait à présent possession de sa bouche, la dominant comme aucun homme jamais n'avait osé le faire.

Et pourtant l'idée de protester ne lui traversa même pas l'esprit. Non seulement elle fit face à sa colère, mais elle l'accueillit avec la virulence d'un désir qui s'exacerbait, se muait en passion dévastatrice. A la fureur d'Alan, elle opposait un brasier. Accrochée à ses épaules, elle l'embrassait comme si sa vie en dépendait.

Sans remords et sans regret. Elle était là où elle voulait être. Et il n'y avait plus ni d'avant, ni d'après, ni d'ailleurs.

Alan sentait la bouche de Shelby s'animer sauvagement sous la sienne, comme en réponse à sa rage possessive. Elle aspirait, exigeait, ne demandait qu'à envahir et à être envahie. Il aurait pu se contenter de ces lèvres ardentes, mais il voulait plus encore qu'un baiser. Déterminé à dominer, à soumettre, il glissa une main sous son T-shirt, sentit la chaleur de sa peau sous ses doigts.

Elle était si mince, si fragile. Mais, si elle ployait comme un roseau dans son étreinte, son cœur sous sa paume battait avec la force d'un coureur de marathon. Elle se pressa contre lui, s'étira, gémit. Les sens d'Alan s'exacerbaient. Tout en elle le rendait fou : son goût, le grain de sa peau, son odeur.

Murmurant son nom, elle se mut doucement contre lui. Il sentit l'appel irrésistible lui traverser les reins comme une décharge, se répercuter en lui avec une violence aveugle.

Il pouvait la prendre. Là. Debout dans l'entrée. Ou par terre sur le tapis. Tout de suite, à la seconde, ou dans une heure. Pas parce que Shelby lui cédait. Pas parce qu'il avait réussi à la soumettre. Mais parce qu'elle était animée par un feu semblable à celui qui l'habitait.

Ni aujourd'hui, ni demain, ni jamais, Shelby Campbell ne s'offrirait à lui comme une terre conquise. Mais il pouvait lui faire l'amour.

Alors même que cette victorieuse certitude lui montait à la tête, Alan entendit la première sonnette d'alarme. La possibilité s'offrait à lui de la pousser au-delà des limites qu'elle s'était elle-même fixées. Mais ne risquait-il pas de la perdre de façon définitive ? Elle serait consentante, sans l'ombre d'un doute. Parce que ses sens avaient pris les commandes. Mais une partie d'elle-même, momentanément réduite au silence, se sentirait trahie. Et à juste titre.

Jurant avec une sauvagerie qui ne lui ressemblait pas, Alan lui saisit la taille et l'écarta de lui.

Arrachée à l'océan de volupté où elle s'abîmait, Shelby cligna des yeux et rencontra le regard d'Alan. Elle y vit toujours la même férocité. Toujours la même colère. Pendant quelques secondes qui parurent durer une éternité, ils demeurèrent immobiles, les yeux dans les yeux, à respirer fort et vite, comme deux lutteurs sur le point de s'écharper.

Puis Alan se détourna sans un mot, franchit la porte restée ouverte et la fit claquer violemment derrière lui.

5

Ne pas y penser, surtout.

Les pieds posés sur la table basse, une tasse de café fumant à la main, Shelby feuilletait le supplément « Week-end » du journal du dimanche. Toutes les conditions étaient réunies pour qu'elle savoure pleinement une matinée de *farniente*. Et, puisque « l'épisode Alan » était clos, à quoi bon s'appesantir sur ce qui s'était passé ? Allongé derrière elle sur le dos du canapé, Moshé, le museau posé contre sa joue, semblait lire par-dessus son épaule. Elle sourit lorsque la moustache féline lui chatouilla les narines. Shelby prit une gorgée de café et se plongea dans un article tout à fait passionnant sur les potiers étrusques — ses lointains et talentueux prédécesseurs.

En théorie : le bonheur absolu. Concrètement : elle aurait aussi bien pu essayer de lire un traité sur la mécanique des fluides.

La scène de la veille avec Alan lui tournait dans la tête sans répit et rendait toute concentration impossible.

Se comporter comme une peste imbuvable n'était pas un sport auquel elle se livrait volontiers. Mais son coup d'essai pouvait être qualifié de coup de maître. Elle avait atteint le but visé — et même au-delà. Non seulement elle avait tapé sur les nerfs d'Alan, mais elle avait réussi à le froisser, lui le détaché, l'inatteignable.

Avec un soupir découragé, Shelby reposa son journal

sur la table basse. Elle n'avait pas agi dans le but de nuire, mais pour provoquer une rupture. Une rupture destinée à les protéger l'un et l'autre de souffrances ultérieures.

Mais, même si ses visées avaient été parfaitement défendables, elle n'était pas fière pour autant de la manière dont elle avait procédé.

« Tu crois que ça m'amuse de me sentir attiré par quelqu'un comme toi ? »

Les yeux clos, Shelby secoua la tête. Non. Elle n'était pas la femme qu'il fallait à Alan, en effet. Pas assez conforme. Pas assez adaptable. Elle savait depuis le début qu'elle ne correspondait pas à son image publique. Tout comme Alan, d'ailleurs, jurait avec la sienne. Et pourtant... Il y avait eu quelque chose entre eux, dès le premier soir. Dès le premier regard, en fait. Comme si, d'emblée, Alan avait été une évidence dans sa vie.

« Et si c'était *lui* ? »

A l'instant précis où elle avait levé les yeux sur lui, ce soir-là, chez les Write, la question était venue jouer dans son esprit. Mais *lui* quoi, au juste ? *Lui*, l'homme de sa vie, comme disaient les jeunes filles romantiques ? Ce n'était pourtant pas le genre de préoccupations qui la tourmentaient d'ordinaire. Elle n'avait jamais été en attente de l'âme sœur.

Shelby frotta ses paupières alourdies par une nuit pauvre en sommeil. Et se demanda dans quel état d'esprit Alan se trouvait ce matin. Furieux et écœuré, sans doute. Il paraissait peu probable qu'il revienne à la charge, en tout cas. A en juger par le dernier regard qu'il lui avait lancé, elle l'avait fait fuir pour de bon.

Les yeux clos, Shelby revit la scène. Et à ses remords vint s'ajouter une pointe d'exaltation involontaire. Elle avait réussi à induire des réactions pour le moins explosives chez un homme pourtant notoirement flegmatique.

Ce pouvoir qu'elle détenait sur lui la terrifiait et l'émerveillait à la fois. Alan réveillerait-il chez elle un fond de cruauté cachée ? Ou l'avait-elle poussé à bout pour se protéger, parce qu'elle s'était sentie à sa merci ? Quoi qu'il en soit, elle avait mérité sa réaction furieuse. Tout comme elle méritait *aussi* de tourner en rond ce matin, dans un état d'insatisfaction vague, le corps frustré et le cœur meurtri.

Au souvenir du baiser d'Alan, Shelby se passa rêveusement la pointe de la langue sur les lèvres. Comme le dieu Janus, Alan MacGregor avait deux visages. Au reste du monde, il présentait une face calme, pondérée, raisonnable. Mais ce personnage public cachait un autre Alan, passionné, excessif, indomptable.

Et cette personnalité contrastée exerçait sur elle une indiscutable fascination.

— Arrête, maugréa-t-elle en se mordillant la lèvre.

Mieux valait oublier tous les attraits qu'Alan présentait à ses yeux. Elle avait tranché dans le vif pour mettre un terme à leur début d'histoire. Maintenant que c'était fait, rien ne servait de gémir ni de se lamenter. Se levant d'un mouvement brusque, Shelby arpenta la pièce.

Et si elle lui passait quand même un coup de fil pour s'excuser ? Non, cela ne ferait que compliquer la situation davantage. Puisque sa décision était prise, à quoi bon s'embrouiller dans des explications pour tenter de justifier son attitude ? Qu'Alan reste donc sur l'opinion déplorable qu'il devait désormais avoir d'elle. Ce serait beaucoup plus simple de cette façon.

Le regard de Shelby tomba sur les ballons jaunes et roses regroupés sur sa table de cuisine. Tristes et dégonflés, ils avaient perdu leur capacité magique à s'élever vers le ciel. Et, comme elle n'avait pas eu le cœur de les jeter, ils étaient restés là, tristement recroquevillés, comme le souvenir coloré d'une fête à jamais en allée. Stupidement, la gorge de Shelby se noua. Elle aurait dû les détacher et les laisser s'envoler dès le premier jour. Mais il était trop tard désormais pour leur rendre leur liberté.

Et si elle appelait rapidement, juste pour s'excuser, en refusant *mordicus* de se laisser entraîner dans une conversation ? Trois minutes. Montre en main. Juste le temps de soulager sa conscience en formulant quelques phrases polies. Que pouvait-il arriver d'irrémédiable en l'espace de trois minutes ?

Beaucoup de choses, en vérité.

Elle aurait tort d'oublier que tout avait commencé la veille par un simple coup de fil. Un coup de fil dont elle avait prévu au départ qu'il serait bref et définitif. Indécise, elle s'approchait du téléphone, lorsqu'on frappa à sa porte.

Alan ! Il était donc revenu quand même ? Il lui laissait une chance de s'expliquer ? Le cœur battant, Shelby courut ouvrir.

— Je m'apprêtais justement à t'ap… Ah, salut, maman.

— Désolée, ce n'est que moi, commenta Deborah avec un sourire mutin en lui plantant un baiser sur la joue.

— Tant mieux si ce n'est « que toi », comme tu dis.

En proie à un mélange compliqué de soulagement et de déception, Shelby laissa entrer sa mère.

— Je t'offre un café, maman ? Ce n'est pas souvent que tu passes un dimanche matin, à l'improviste.

— Une demi-tasse me suffira si tu attends quelqu'un.

— Je n'attends strictement personne.

— Mmm… Si tu n'as rien prévu de spécial, ça te dirait d'aller voir les primitifs flamands à la National Gallery ?

Shelby tressaillit en servant le café. S'éclaboussa de liquide brûlant. Jura en abondance.

— Oh, mon Dieu ! Tu t'es fait mal, ma chérie ? Tu veux que…

— Non. Ce n'est rien, maman. Je me suis juste tachée. Assieds-toi.

D'un geste définitif, elle balaya les ballons rabougris, qui allèrent finir au sol leur carrière éphémère.

— Ça, au moins, c'est quelque chose qui ne change pas, commenta Deborah avec un demi-sourire. Tu as toujours eu des méthodes de rangement très expéditives… Qu'est-ce qui ne va pas, Shelby ?

Elle s'assit et porta son pouce brûlé à sa bouche.

— Pourquoi cette question ? Quelque chose est censé ne pas aller ?

— Tu as rarement un geste maladroit.

Tout en remuant son café, sa mère lui jeta un de ces regards à la fois calmes et perçants dont elle avait le secret.

— Tu as vu le journal ce matin, Shelby ?

— Bien sûr. Je ne manque jamais la contribution dominicale de Grant.

— Oui, je sais. Mais tu n'as pas lu le reste ?

— Pas vraiment, non. J'ai jeté un œil sur les gros titres en première page et je n'ai pas été spécialement tentée d'aller voir au-delà. J'ai manqué une nouvelle importante ?

— Peut-être…

Sans fournir plus de précisions, Deborah se leva, prit le journal sur la table basse et le feuilleta jusqu'à trouver la page qu'elle cherchait. Puis, avec un léger sourire aux lèvres, elle revint le poser devant sa fille.

Shelby scruta en silence la photo que sa mère venait de placer sous ses yeux. Non seulement Alan et elle étaient clairement reconnaissables, mais le photographe anonyme avait soigné sa prise de vue. Il les avait pris debout sur le pont, alors qu'ils regardaient les cygnes. Shelby se souvenait de la qualité particulière de l'instant. Un sentiment de paix était descendu sur elle. Si puissant qu'elle avait abandonné sa tête contre l'épaule d'Alan, qui se tenait derrière elle, les deux mains en appui sur la rampe. Si l'expression d'Alan était plus hermétique, la sienne se déchiffrait aisément. Et le contentement paisible qui adoucissait ses traits ne pouvait que frapper tous ceux qui la connaissaient.

Un article bref accompagnait la photo, précisant son nom et son âge. Venait ensuite une rapide allusion à son père et à sa carrière tragiquement interrompue. Après avoir mentionné son atelier, Calliope, à Georgetown, le journaliste enchaînait sur Alan et sa campagne en faveur d'un logement pour les démunis. Quelques lignes étaient ensuite consacrées à leur relation, sur laquelle le chroniqueur mondain du *Washington Post* avouait n'avoir aucun élément concret à offrir au lecteur.

C'était un article comme on en trouvait par milliers, à la page société de tous les quotidiens locaux de la création. Il ne contenait aucun propos offensif, rien qui puisse justifier une réaction outragée de sa part.

Et Shelby se surprit néanmoins à serrer les poings.

Car elle avait eu raison depuis le début, au sujet de sa relation avec Alan. Ce simple huitième de page en apportait la preuve éclatante : la politique s'interposerait toujours entre eux. Au zoo, la veille, elle avait eu l'impression de passer un après-midi ordinaire, avec un homme ordinaire.

Mais elle avait eu tort de se fier aux apparences.

Repoussant le quotidien d'un geste ferme, elle porta sa tasse de café à ses lèvres.

— Eh bien… les gens qui lisent ce genre de choses ont vraiment du temps à perdre. Cela dit, je ne me plains pas, ça me fait de la publicité gratuite. Il n'y a rien de tel pour faire marcher le commerce. Tu te souviens, l'hiver dernier, quand on m'a photographiée avec le neveu de Myra ? Dès le lendemain, j'avais vingt pour cent de clientèle en plus dans ma boutique. J'ai même eu une dame qui a fait le déplacement de Baltimore.

Comme sa mère la regardait, sourcils froncés, sans répondre, Shelby continua vaillamment à brasser du vent :

— C'est une chance que j'aie passé toute la semaine dernière bouclée dans mon atelier à façonner l'argile. J'aurai les stocks nécessaires pour faire face à un éventuel assaut de clientèle... Mais je ne t'ai même pas proposé quelque chose à grignoter avec ton café ! Il doit me rester un biscuit ou deux, en cherchant bien.

Elle voulut se lever, mais sa mère la retint en posant les deux mains sur les siennes.

— Shelby... Qu'est-ce qui se passe, ma chérie ? D'habitude, les innocents commérages des journalistes ne t'affectent pas. Les *paparazzi* sont la phobie de Grant. Pas la tienne.

Shelby se fit violence pour ne pas serrer les poings de nouveau.

— Qui te dit que cette photo dans le journal me pose un problème, maman ? Au contraire, c'est tout bénéfice pour moi. Un touriste équipé d'un bon appareil a dû reconnaître Alan et s'est amusé à le mitrailler. Quoi de plus anodin ?

Le visage préoccupé, Deborah acquiesça.

— C'est innocent, en effet.

— Eh bien, non, justement ! cria Shelby en se levant d'un bond. Rien n'est innocent dans ce genre d'existence. Et je ne supporte pas d'être un objet de curiosité au même titre qu'un... qu'un panda ou un perroquet rare !

Elle s'interrompit le temps de repousser d'un coup de pied une chaussure de tennis égarée qui se trouvait sur son chemin.

— Il n'aurait pas pu être propriétaire d'un bowling, bon sang ? Ou physicien nucléaire ? Pourquoi, lorsqu'il me regarde, ai-je l'impression qu'il me connaît depuis toujours et qu'il pourrait s'attacher à mes défauts, même les pires ? Mais je refuse d'entrer dans son jeu. C'est clair ? Il est hors de question que je me laisse entraîner dans ce piège !

Dans un ultime sursaut de rage, Shelby envoya valser par terre les magazines posés sur la table basse. Puis, vidée par son explosion de colère, elle sourit piteusement.

— Désolée, maman. Cela n'a strictement aucune importance, de toute façon, puisque ma décision est déjà prise. Je ne vois vraiment pas pourquoi je me mets dans un état pareil.

Calmée, Shelby se dirigea vers la cafetière.

— Il en reste juste trois gouttes. Ça te dit ?

Habituée aux sautes d'humeur de sa fille, Deborah avait laissé passer l'orage sans ciller.

— Oui, volontiers, merci. A quel sujet ta décision est-elle déjà prise, Shelby ?

— Je refuse de tomber dans les bras de l'élu du Massachusetts. Point final... Et si on déjeunait à la cafétéria du musée, ça t'irait ?

— Tout à fait, oui. C'est une excellente idée.

Deborah prit une gorgée de café, examina sa fille et revint calmement à la charge :

— C'était bien, le zoo, hier ?

Les yeux rivés sur le contenu de sa tasse, Shelby haussa les épaules.

— Pas désagréable.

Elle porta son café à ses lèvres puis le reposa sans avoir bu. Le regard de Deborah glissa un instant sur la photo dans le journal. Quand, pour la dernière fois, avait-elle vu Shelby arborer une expression aussi sereine ? Jamais ? Ou alors si... il y avait des années et des années, déjà, lorsque, petite fille blottie sur les genoux de son père, elle partageait avec lui une pensée, un secret.

Le cœur un instant alourdi par une vague de nostalgie et de regret, Deborah feignit de s'intéresser à son café.

— Et tu as fait comprendre à M. MacGregor que tu ne souhaitais pas le revoir ?

— Alan est prévenu depuis le début. Je lui ai dit très

clairement dès le premier soir que je ne voulais pas d'une histoire avec lui.

— Vous êtes pourtant arrivés ensemble chez les Ditmeyer, l'autre fois.

— Disons que nous avons partagé une voiture pour faire le trajet.

— Et hier après-midi, au zoo ?

— C'était juste une concession. Pour quelques heures. Rien qui tire à conséquence.

— Alan n'est pas ton père.

Shelby releva la tête en sursaut. Une telle souffrance se lisait dans ses yeux gris que Deborah reprit ses deux mains dans les siennes.

— Il me fait *tout le temps* penser à papa, justement, admit Shelby dans un murmure. C'en est effrayant. Ils ont en commun le calme, le charisme, la force de la vocation. Tout ce qu'il faut pour mener un homme politique vers la quête des sommets. Un sommet qu'ils finissent d'ailleurs par atteindre. Sauf…

Shelby se tut et ferma les yeux. Sauf si un détraqué, animé par un idéal confus, décidait de mettre un terme brutal à leur carrière.

— Oh, mon Dieu, maman… je crois que je suis en train de tomber amoureuse de lui. Il faut que je parte en courant.

Deborah serra ses doigts plus fort entre les siens.

— Pour aller où ?

— Peu importe l'endroit. Loin, très loin, en tout cas…

Shelby ouvrit les yeux sur une profonde inspiration tremblante.

— Je refuse de tomber amoureuse de lui pour des milliers de raisons. Nous sommes différents comme le jour et la nuit, lui et moi.

Deborah ne put s'empêcher de sourire.

— Et il aurait fallu que vous soyez semblables, tu crois ?

— Arrête de m'embrouiller les idées alors que j'essaye d'être logique, maman, protesta Shelby avec un léger rire. Tu m'imagines, vivant avec un homme comme Alan ? Je le rendrais fou en moins d'une semaine. Je ne pourrais pas lui demander de s'adapter à mon mode de vie. Et je serais incapable de m'insérer dans une existence telle que la sienne. Il suffit de parler avec lui cinq minutes pour se rendre compte qu'il a un esprit archirationnel et une intelligence qui fonctionne comme celle d'un joueur d'échecs. Il est habitué à prendre ses repas à telle et telle heure et il saura te dire avec précision quels costumes il a apportés chez le teinturier et quand il doit les récupérer.

— Mais, ma chérie, est-ce un obstacle insurmontable qu'il fasse partie de ces gens qui ne perdent pas forcément leurs tickets de pressing une fois sur deux ?

Le regard de Shelby glissa sur les ballons dégonflés qui oscillaient doucement sur le carrelage.

— Je sais, ça paraît ridicule. Pris un à un, ce ne sont que des détails. Mais lorsqu'on les ajoute les uns aux autres, ça finit par faire une montagne.

— La montagne, c'est qu'il fasse carrière dans la politique au lieu d'être avocat ou plombier, je me trompe ? Mais on ne tombe pas amoureuse sur commande, Shelby. La vie ne nous laisse pas toujours le choix.

— J'ai au moins le choix de décider que je ne vais *pas* tomber amoureuse de lui, décréta Shelby avec un soudain regain d'optimisme. J'adore l'existence que je mène et je n'ai aucune envie d'en changer. Alors c'est fini, terminé, on n'en parle plus… Allez, viens, on va aller admirer tes primitifs flamands. Puis je t'invite à déjeuner.

Deborah regarda sa fille courir dans tous les sens pour remplir la gamelle du chat, débusquer ses chaussures sous le sofa et mettre en route le répondeur. Non, elle ne souhaitait pas à Shelby de souffrir, songea-t-elle pour la seconde fois en moins de deux semaines. Mais, qu'elle le veuille ou non, le processus était déjà en marche.

Et Shelby allait devoir l'affronter.

Assis à son imposant bureau ancien dans son cabinet de travail, Alan respirait l'air tiède qui entrait par la fenêtre grande ouverte. Dans le petit jardin derrière la maison fleurissait un magnifique lilas double dont l'odeur suave venait par moments lui caresser les narines, lui rappelant le soir où il avait rencontré Shelby.

Mais il avait la ferme intention de ne pas se laisser aller à penser à elle. Pas tout de suite, en tout cas.

Il voulait d'abord se concentrer sur ses tâches du jour. Le lendemain, il avait rendez-vous avec le maire de Washington pour lui exposer son projet de foyers d'accueil pour les sans-abri. Et si tout se passait aussi bien qu'avec le maire de Boston, il devrait bientôt pouvoir passer aux réalisations concrètes.

Il contempla la photo qu'il avait sous les yeux. Deux hommes dormant dans l'entrée d'un d'immeuble partageaient une couverture en lambeaux. A ses yeux, une telle situation était inexcusable dans une société où le revenu par habitant était parmi les plus élevés de la planète. Qu'on puisse laisser les choses en arriver là était le signe, pour Alan, que certaines valeurs fondamentales étaient gravement menacées.

Il fallait remédier aux causes profondes, bien sûr : le chômage, la récession, les failles dans le système de protection sociale. Mais avant de relever les manches pour s'attaquer aux problèmes de fond, il s'agissait de parer au plus pressé. Et de prévoir les structures nécessaires pour que les plus démunis puissent s'alimenter, se vêtir et avoir un toit au-dessus de leur tête. En échange, les bénéficiaires de ces prestations fourniraient un certain nombre d'heures de travail collectif afin que le principe de réciprocité soit respecté.

Pour réaliser son projet, il lui fallait des fonds, bien sûr. Mais pas seulement. Il avait surtout besoin de volontaires prêts à donner de leur temps sans compter. Après un long et frustrant combat, il avait fini par imposer ses idées à Boston. Depuis quelques mois, des foyers s'étaient ouverts et fonctionnaient selon les principes qu'il avait établis. Mais ces structures étaient encore trop récentes pour qu'il puisse s'appuyer sur des résultats concrets à faire valoir devant le maire de Washington. Il lui faudrait donc compter sur les compétences de son équipe et sur son propre pouvoir de persuasion.

Alan rassembla ses dossiers et les glissa dans sa serviette. S'il obtenait l'appui du maire, il aurait un poids politique suffisant pour arracher les crédits nécessaires aux autorités fédérales. Même si cela nécessitait encore plusieurs mois d'efforts soutenus.

Quoi qu'il en soit, son dossier était ficelé et il ne pouvait rien faire de plus d'ici à son rendez-vous du lendemain. Se renversant contre le dossier de son fauteuil de bureau en cuir patiné par les années, Alan consulta sa montre. Il lui restait dix minutes avant l'arrivée prévue de sa visiteuse. Juste le temps de se vider la tête et de recharger ses batteries.

Même pour le repos, son cabinet de travail, avec ses plafonds élégants, ses beaux lambris de bois sombre, ses hautes fenêtres ouvrant sur le jardin offrait un cadre idéal. C'était une pièce où il se plaisait pour travailler, mais où il aimait également venir se détendre. L'hiver, McGee, son majordome, maintenait un feu allumé dans la cheminée. Sur le rebord en marbre clair, des photos de famille s'alignaient dans les cadres anciens qu'Alan aimait à dénicher chez les antiquaires. Ces portraits allaient des daguerréotypes de ses arrière-grands-parents écossais jusqu'à des clichés récents de son frère et de sa sœur. Lorsque, dans quelques mois, Rena accoucherait de son premier enfant, sa galerie de portraits s'enrichirait d'un visage supplémentaire.

Rena... Alan examina le portrait de la jeune femme blonde, mince et élégante, avec des yeux rieurs et une bouche volontaire. Un monde de différences opposait Shelby et sa sœur. Alors que Rena avait un esprit carré, scientifique, Shelby, la créative, était l'indiscipline faite femme. Même ses cheveux étaient fondamentalement rebelles.

En toute logique, il n'y avait rien chez cette fille qui aurait dû l'attirer. Et pourtant, il savait déjà qu'il ne pourrait plus se détacher d'elle. Comme si le côté indomptable de Shelby comblait en lui des aspirations jusque-là ignorées. La vie avec elle serait un défi permanent. Chaque journée passée en sa compagnie apporterait son lot d'imprévus et de surprises pas toujours faciles à digérer.

Un sourire mi-perplexe mi-amusé joua sur les lèvres d'Alan. Tout cartésien qu'il était, il découvrait à trente-cinq ans qu'il avait besoin d'être bousculé dans sa logique, délogé d'un ordre si parfait qu'il était en danger de se rigidifier.

Son regard glissa sur les bibliothèques qui couvraient deux cloisons entières : des rangées et des rangées de livres, classés par catégories et en ordre alphabétique. La moquette gris pâle montrait des signes d'usure, mais on y aurait cherché en vain la moindre trace de poussière. Le canapé aux lignes sévères était en velours bordeaux et d'une élégance on ne peut plus classique. Le cabinet de travail était à son image : propre, organisé, tranquille.

Et, dans cet univers si structuré, il rêvait désormais de lâcher une tornade. Une tornade qu'il n'avait aucune intention de maîtriser pour la transformer en une modeste petite brise. Il avait envie d'expérimenter le phénomène Shelby. Pas de la dompter.

Lorsqu'on sonna à sa porte, Alan regarda sa montre. Myra, fidèle à elle-même, arrivait à l'heure annoncée.

— Ah, McGee, s'éleva la voix pétulante de la femme du président de la Cour suprême, vous avez l'air en forme, dites-moi ?

La réponse de son imperturbable majordome fut infiniment plus lente et plus réservée.

— Madame Ditmeyer…

McGee était solide comme un roc, haut comme un mur et vieux comme le monde. Aux yeux d'Alan, en tout cas, qui l'avait connu toute sa vie. A presque soixante-dix ans, le vieux majordome restait droit comme un i et s'acquittait toujours de ses fonctions avec un style et une dignité inégalés.

Trente années durant, McGee avait été le majordome des MacGregor, dans la haute maison-forteresse qui donnait sur la baie de Nantucket. Mais, lorsque les exigences de la vie parlementaire avaient contraint Alan à s'installer à Washington, McGee avait décrété que « monsieur Alan » aurait besoin de lui et qu'il le suivrait donc à la capitale.

Et il n'existait rien de plus irrévocable au monde qu'une décision de McGee.

— J'ose à peine demander si vous avez fait vos merveilleux cakes aujourd'hui, McGee ? poursuivait Myra, qui ne manquait jamais une occasion de complimenter le vieux majordome.

Alan se leva et passa dans le vestibule pour accueillir son invitée.

— Tu as de la chance, Myra. McGee s'est mis en cuisine ce matin.

— Avec de la crème pâtissière, précisa le majordome.

— Oh, McGee, je vous adore ! Et toi, Alan, tu es un

ange d'accepter que je vienne te déranger un dimanche matin.

— Tu sais bien que tu ne me déranges jamais, Myra.

Il embrassa sa vieille amie sur la joue et la conduisit jusqu'au petit salon où il recevait ses visiteurs non officiels. Les couleurs y étaient sobres, plutôt masculines. L'ivoire dominait, avec, ici et là, quelques touches de vert olive. Le mobilier était essentiellement du Chippendale. C'était une pièce calme, confortable, avec cependant un élément détonnant : un grand tableau peint à la gouache d'un paysage ravagé par la tempête, avec un ciel électrique, des montagnes aux sommets aigus, une mer déchaînée.

Myra avait toujours pensé que cette toile, contrairement aux apparences, en disait long sur la personnalité du maître des lieux.

Avec un soupir de soulagement, elle se laissa tomber dans un fauteuil et ôta ses élégants escarpins rouges.

— Ces chaussures sont une torture. Je ne sais pas pourquoi je m'obstine à acheter ces petits modèles exquis qui font de chaque pas une souffrance, de chaque journée, un martyre. Se sacrifier sur l'autel de la vanité ! Quelle absurdité, mon Dieu !

Myra se renversa contre son dossier et frotta ses pieds l'un sur l'autre pour rétablir sa circulation.

— Tiens, j'ai reçu une lettre adorable de Rena. Elle demande si nous n'avons pas l'intention d'aller faire un tour à Atlantic City, Herbert et moi, pour perdre de l'argent dans leur casino.

— Ah, Rena et son casino... C'est quelque chose. Nous jouons un peu pour le plaisir, Caine et moi. Mais, pour Serena, c'est quasiment un art de vivre. Quant à Justin, son mari, sa vie est une longue histoire d'amour avec le jeu. Je me demande toujours si leur bébé va naître avec un cigare entre les lèvres et un carré d'as entre ses délicates petites menottes.

Myra rit de bon cœur.

— Et Caine ? Comment va-t-il, mon Dieu ? Ce garçon était tellement infernal lorsqu'il était petit. Qui aurait cru qu'il deviendrait un aussi brillant avocat ?

Des deux garçons MacGregor, Caine avait été l'enfant rebelle et lui le discipliné, songea Alan. Mais ils avaient toujours été solidaires. Une image de Shelby la rousse vint jouer dans ses pensées. Eprouverait-il le besoin de retrouver à travers elle une complémentarité qu'il avait connue tout au long de son enfance ?

— Caine n'était peut-être pas facile, objecta-t-il, mais il a toujours su ce qu'il voulait dans la vie. Et il est suffisamment têtu et intelligent pour parvenir à ses fins, quelles qu'elles soient.

— Tu as raison. Et, ce qui est formidable, c'est que vous ayez trouvé chacun votre voie, vous, les trois enfants MacGregor… Ah, mon Dieu, McGee, quelle bénédiction : vous voilà avec vos cakes ! Adieu régime… Laissez, laissez, McGee, je peux au moins me rendre utile en servant le thé.

Myra se leva sous l'œil amusé d'Alan et souleva délicatement la théière en porcelaine de Sèvres.

— Si tu savais comme je t'envie ton majordome, lui souffla-t-elle en lui tendant sa tasse. Il t'a dit que j'avais essayé de le faucher à tes parents, il y a vingt ans ?

Alan secoua la tête en souriant.

— Non, bien sûr que non. McGee est infiniment trop discret pour se livrer à ce genre de confidence.

— Et infiniment trop loyal pour se laisser acheter. Il n'a même pas eu l'ombre d'une hésitation avant de refuser. C'était la première fois que je goûtais ses gâteaux, tu comprends. Ça a été plus fort que moi : je me suis mise en campagne aussitôt pour le corrompre. Ma seule consolation, dans la vie, c'est que si j'avais réussi à vous arracher McGee, je serais plus massive qu'un éléphant aujourd'hui.

Myra s'interrompit pour prendre une bouchée de cake et s'essuya les doigts sur une des exquises petites serviettes en lin et dentelle prévues par McGee.

— A propos d'éléphants, justement… j'apprends que tu te passionnes pour nos amis les bêtes, Alan ? Je savais que tu t'intéressais beaucoup à l'être humain. Mais j'ignorais que tu te préoccupais également du sort du tigre et du macaque.

Alan haussa les sourcils. Myra l'amusait, comme toujours. Il s'était demandé pour quelle raison elle lui avait annoncé le matin même qu'il fallait *absolument* qu'elle vienne faire un saut jusqu'à chez lui.

Il avait désormais la réponse à sa question.

— Tu as vu le journal, apparemment.

— Bien sûr. Et la photo est charmante. Absolument charmante.

Myra fit claquer ses lèvres d'un air d'intense satisfaction.

— Je savais que vous iriez bien ensemble, en fait. Mais j'imagine que Shelby n'a pas apprécié de voir « sa vie étalée dans les journaux », comme elle dit.

Habitué à vivre sous le regard des journalistes, Alan ne se préoccupait plus que de très loin des commentaires que suscitaient ses faits et gestes.

— Elle a été contrariée, tu crois ?

— Je ne sais pas. Généralement, elle prend ce genre de publicité avec philosophie. Mais Shelby est parfois changeante et on ne peut jamais prévoir comment elle va réagir. Ne crois pas que je veuille être indiscrète, surtout… ou, du moins, si, soyons honnête : j'ai la ferme intention de me mêler de ce qui ne me regarde pas, rectifia Myra avec un sourire irrésistible. Mais seulement parce que je vous ai pour ainsi dire vus grandir l'un et l'autre. Et que j'ai un faible pour toi autant que pour Shelby.

Myra contempla le plat de scones, fit la moue, hésita, puis se servit une deuxième fois.

— J'avoue que ça a remué la corde sensible en moi de vous voir ensemble sur cette photo.

Elle avait une façon tellement charmante de s'occuper du cœur d'autrui qu'on ne pouvait en vouloir à Myra de fourrer son nez partout.

— Et qu'est-ce qui te ravit tant dans le fait que nous ayons passé un après-midi au zoo, Shelby et moi ?

Myra se resservit une copieuse cuillerée de crème.

— En fait, je devrais être furieuse car j'avais justement projeté d'orchestrer une rencontre et de vous jeter en fanfare dans les bras l'un de l'autre. Et vous vous êtes débrouillés sans moi, ingrats que vous êtes.

Connaissant Myra et sa vocation de marieuse, Alan n'y alla pas par quatre chemins :

— Une expédition de deux heures au zoo ne conduit pas forcément à un projet matrimonial, Myra.

— Voilà bien une logique de politicien... Tu crois vraiment que McGee refusera jusqu'au bout de me confier sa recette ?

Alan sourit.

— Inutile de rêver. Personne ne la lui arrachera jamais.

— Oh, mon Dieu, quel gâchis ! Avoue qu'il serait tragique qu'elle disparaisse avec lui... Mais revenons à nos moutons. Le hasard a voulu que je me trouve dans l'atelier de Shelby lorsqu'elle a reçu un panier de fraises d'un charmant inconnu. C'est une touchante attention, non ? observa Myra, les yeux pétillant d'humour.

— En effet, oui.

Myra brandit un index accusateur dans sa direction.

— Tu n'avoueras jamais que c'est toi. Mais j'ai mes antennes. Et un homme comme toi ne s'amuserait pas à envoyer des fraises à une femme ou à déambuler un samedi après-midi dans un zoo bondé s'il ne ressentait pas une certaine attirance.

— Je ne suis pas attiré, rectifia Alan paisiblement.

Sourcils froncés, Myra leva le nez de sa tasse.

— Ah non ?

— Je suis plus qu'attiré, je suis amoureux.

Cette fois, sa visiteuse ouvrit des yeux ronds.

— Encore mieux !... Je pensais qu'il te faudrait plus de temps pour en arriver là. Tu me surprends agréablement, Alan.

— Ça a été instantané, admit-il, soudain plus très fier de lui à présent que le mot fatidique avait été prononcé.

Myra lui tapota affectueusement le genou.

— C'est une sacrée nouvelle, Alan. Le coup de foudre, c'est un choc, surtout pour un homme habitué à fonctionner avec sa raison plus qu'avec ses tripes. Mais c'est une belle expérience.

Il ne put s'empêcher de rire de la réaction de Myra.

— Une belle expérience, oui. A condition qu'elle soit partagée.

— Comment ça, à condition qu'elle soit partagée ?

— Shelby ne veut rien savoir.

Alan songea à l'attitude désinvolte qu'elle avait eue la veille, à l'insouciance avec laquelle elle l'avait repoussé. Conscient que la plaie restait sensible, il reposa lentement sa tasse de thé.

— Elle refuse même de me revoir, c'est te dire.

— N'importe quoi !

Sous l'effet de l'indignation, Myra laissa sa part de cake à peine entamée de côté.

— J'étais avec elle lorsqu'elle a reçu les fraises. Et je connais Shelby presque aussi bien que je te connais toi. Or, c'était la première fois que je lui voyais une expression pareille.

— Tu crois ?

Alan laissa son regard se perdre un instant au plafond pendant qu'il réexaminait la situation en alignant méthodiquement les données.

— Tu veux dire qu'elle est attirée, mais qu'elle me tient à distance uniquement parce que j'appartiens à une caste qu'elle abhorre ? Elle m'a dit le premier soir, chez les Write, qu'elle ne voulait pas d'un homme politique dans sa vie.

— C'est donc ça, murmura Myra en tapotant sur l'accoudoir de la pointe de ses ongles vernis. J'aurais dû m'en douter...

Alan se remémora les regards, les sourires de Shelby. Et sa bouche aussi. Si vivante, si passionnée sous la sienne.

— Elle n'est pas indifférente, en fait, réfléchit-il tout haut. Mais, comme elle a dit non au départ, elle s'obstine dans son refus. Elle est opiniâtre.

— Pas opiniâtre, non. Terrifiée. Elle était très attachée à son père.

— C'est ce que j'ai entendu dire, en effet. Et je comprends à quel point ça a dû être affreux de perdre une personne chère dans le sang et la violence. Mais quel rapport avec nous deux ?

L'exaspération le gagnait, couplée à un sentiment d'impuissance. Trop énervé pour rester assis, Alan se leva et parcourut le salon de long en large.

— Si son père avait été architecte, aurait-elle mis aussi une croix sur cette profession ? Franchement, Myra, je comprends qu'on puisse apprécier plus ou moins les politiques, mais quand même ! Compte tenu de ce qui se passe entre nous, avoue que c'est ridicule de me rejeter pour la seule et unique raison que son père était également sénateur !

— C'est très cohérent, tout ce que tu avances, Alan, rétorqua Myra calmement. Mais Shelby fonctionne selon une logique qui lui est propre. Elle avait une véritable adoration pour Robert Campbell. Et je n'emploie pas le mot à la légère.

Myra se tut un instant, le regard perdu dans le vague.

— Elle n'avait pas onze ans lorsque son père a été assassiné. Il est tombé à quelques mètres d'elle. Toute la scène s'est déroulée sous ses yeux.

Cessant de faire les cent pas, Alan se retourna lentement.

— Shelby était présente au moment du drame ?

— Elle et Grant, oui. Ils se trouvaient aux côtés de Robert.

Myra se passa la main devant les yeux.

— Il y a des souvenirs qui malheureusement ne s'estompent jamais, Alan. J'étais dans la foule, moi aussi. J'ai entendu les coups de feu, j'ai vu Robert s'écrouler à quelques pas de moi. Puis il y a eu le hurlement d'horreur de la petite. De ma vie, je n'avais entendu un cri aussi déchirant, aussi terrible... Deborah a été d'une fermeté admirable avec les médias. Jamais elle n'a permis aux journalistes d'approcher ses enfants. Tu imagines comment ils auraient exploité la situation s'ils l'avaient pu. Elle a fait appel à toutes ses relations pour protéger sa famille de la voracité des *paparazzi*.

Alan ferma un instant les yeux et visualisa la scène. Il sentit résonner jusque dans sa poitrine le choc qu'avait dû éprouver Shelby, comme si une partie de sa souffrance s'insinuait en lui.

Pris de vertige, il s'assit lourdement dans un fauteuil.

— C'est terrible, murmura-t-il. Je suis même étonné qu'elle ait réussi à recouvrer cette légèreté, cet extraordinaire appétit de vivre.

Myra hocha la tête.

— Après l'assassinat de son père, Shelby est tombée dans un silence hermétique. Pendant des jours et des jours, elle n'a plus ouvert la bouche. Je me suis beaucoup occupée d'elle, tout de suite après le décès. Deborah avait déjà fort à faire avec son propre chagrin. Sans parler des journalistes qui ne cessaient de la harceler. Ça a été une période affreuse pour la famille et les amis proches. Il y avait non seulement le drame, mais aussi le fait qu'il touchait un homme public, avec tout ce que cela comporte de pompe et de cérémonies, de curiosité malsaine, de caméras qui vous suivent partout.

Alan, qui connaissait Myra depuis des années, ne l'avait jamais vue aussi affectée.

— Shelby s'est effondrée d'un coup, le lendemain de l'enterrement. Elle a pleuré aussi longtemps qu'elle s'est tue, hurlant et sanglotant comme un petit animal blessé. Et puis, d'un coup, c'est passé, et elle a retrouvé son sourire et ses occupations ordinaires. Comme ça, sans aucune transition. Elle a fait son deuil un peu trop rapidement peut-être. C'est en tout cas l'impression que nous avons eue, Deborah et moi.

Alan imagina Shelby enfant, livrée à un désespoir aveugle, forcée à affronter l'insoutenable. A l'époque, il étudiait le droit en deuxième année, à Harvard. Avec sa famille quasiment à portée de main. Même aujourd'hui, à trente-cinq ans, il n'avait encore jamais subi de tragédie personnelle marquante. Il songea à son père, robuste et débordant de vitalité. Au choc qu'il éprouverait s'il devait le perdre d'un coup, emporté par une mort foudroyante. Mais c'était à peine s'il parvenait à concevoir cette éventualité. Quelque chose en lui se cabrait violemment à cette pensée.

Se tournant vers la fenêtre, il se raccrocha à la vue des arbres, aux feuilles d'un vert encore tendre, à la débauche des floraisons.

— Et ensuite ?

Un sourire plein de tendresse joua sur les lèvres de Myra.

— Ensuite, Shelby a vécu à cent à l'heure. En déployant

la formidable énergie dont elle a reçu des stocks inégalés en partage. Une fois, lorsqu'elle avait seize ans, elle m'a dit que la vie était comme un jeu. Et qu'elle voulait parcourir tout le spectre des expériences possibles avant qu'il ne soit trop tard.

— Ça lui ressemble, murmura Alan.

— Oui, ça lui ressemble... Mais même si sa philosophie peut paraître excessive, je crois qu'elle a su trouver un équilibre à sa façon. Elle fait partie de ces rares personnes qui ont la grâce de savoir s'accepter telles qu'elles sont, avec leurs qualités mais aussi leurs défauts. S'il y a une chose dans la vie qui l'effraie, en revanche, c'est l'attachement. Je crois que ses émotions sont d'une richesse et d'une violence telles qu'elle les canalise dans les objets qu'elle crée. Peut-être qu'au fond elle n'a jamais réellement fait le deuil de son père, supputa Myra, abîmée dans ses pensées... Il est possible que la souffrance soit toujours là, même si elle ne le montre pas.

— Mais ses sentiments pour moi, continuera-t-elle à les nier ? protesta Alan en secouant la tête. Même si elle passe ses jours et ses nuits à créer dans son atelier, réussira-t-elle à se voiler la face indéfiniment ?

— Telle que je connais Shelby, elle peut décider de mettre le couvercle sur une attirance qu'elle juge menaçante.

— Elle pense trop, marmonna-t-il, frustré.

— Non, elle *sent* trop. Shelby est une émotive, Alan. Ce ne sera pas une femme facile à vivre ; pas une femme facile à aimer.

Alan se força à reprendre son calme.

— Dès l'instant où j'ai rencontré Shelby, j'ai renoncé à vouloir partager ma vie avec quelqu'un de simple.

Il commençait à voir plus clair dans la personnalité de Shelby, en tout cas. Même la façon dont elle se comportait avec lui devenait plus aisée à comprendre. Il songea à ses paroles mordantes de la veille, mais se remémora également l'éclair de regret qu'il avait décelé dans son regard.

— Hier, elle a rompu avec moi, admit-il à voix basse. De façon définitive.

— Quoi ?

Myra reposa bruyamment sa tasse sur sa soucoupe.

— Elle a fait ça ? Cette petite mériterait qu'on…

Laissant sa phrase en suspens, elle lui jeta un regard noir.

— Honnêtement, Alan, si tu te laisses décourager au premier obstacle, je ne vois pas pourquoi je me ferais des cheveux blancs pour toi. Les jeunes gens pensent que tout doit leur être servi tout cuit sur un plateau, de nos jours. Tiens, prends ton père, par exemple. Lui, il aurait adopté la méthode bulldozer en aplanissant tout sur son passage. Ta mère, elle — dont j'avais le tort de penser que tu étais tout le portrait —, a toujours résolu brillamment n'importe quel problème qui se présentait. Et cela à sa façon discrète, sans jamais créer la moindre vague. Et toi, tu baisses les bras avant même d'avoir commencé !

De plus en plus remontée, Myra acheva sa tirade debout, avec un grand geste du bras.

— C'est un sacré futur président de la République que tu nous fais là ! Je crois que je vais reporter ma voix sur un autre candidat, si tu continues comme ça.

— Je ne me lance pas dans la course pour l'investiture.

— Pas encore.

— Pas encore, non. Et je vais épouser Shelby.

Arrêtée net dans ses reproches indignés, Myra se laissa retomber dans son fauteuil.

— Ah ! J'aime mieux ça ! Pour quand dois-je commander ma robe ? Cet été ?

Alan s'accorda tout le temps nécessaire pour réfléchir à la question.

— J'ai toujours aimé Hyannis en automne, murmura-t-il pensivement. Et Shelby est typiquement le genre de femme qui adorerait se marier dans un château plein de courants d'air et une ambiance de lande écossaise, non ?

6

Une semaine, ça ne durait jamais que sept jours, après tout.

Sur les sept, Shelby réussit à en passer presque six dans un état de relatif stoïcisme. Mais arrivé le vendredi en milieu d'après-midi, elle se trouva en panne d'excuses pour justifier son humeur détestable et ses moments de distraction.

Pourquoi était-elle morne et sans gaieté ? Tout simplement parce qu'elle ne dormait pas assez : trop de travail, trop de sorties dans ses clubs de jazz préférés. Et un temps de repos réduit à la portion congrue. Le manque de sommeil provoquait à son tour des troubles de mémoire, si bien qu'elle oubliait quantité de choses importantes. Comme manger, par exemple. Et étant donné qu'elle ne s'alimentait pas et qu'elle dormait mal, elle devenait irritable. Ce qui induisait à son tour une perte d'appétit et…

Pendant six jours, Shelby avait raisonné ainsi en boucle. Tout en se répétant qu'Alan n'avait rien à voir dans l'histoire et qu'il ne figurait pas au nombre des nuages assombrissant son ciel intérieur. Plusieurs fois par jour, elle se félicitait de ne jamais penser à lui. Elle était même tellement contente d'avoir réussi à l'exclure de ses préoccupations qu'elle se surprit à lancer un vase magnifique, du plus pur bleu de Delft, contre le mur de son atelier.

Le geste lui ressemblait si peu que Shelby dut reprendre toute sa série d'excuses une à une pour tenter de trouver un sens à ses bizarreries d'humeur.

Elle travaillait aux heures les plus farfelues. Tard le soir, lorsqu'elle ne pouvait pas dormir. Ou tôt le matin parce qu'elle ne supportait plus de se tourner et se retourner dans son lit. Lorsqu'elle sortait, elle affichait une gaieté si tapageuse que ses amis les plus proches commençaient à montrer des signes d'inquiétude à son sujet.

Dès qu'ils tentaient de la questionner, cependant, Shelby les envoyait promener en leur assurant qu'elle ne s'était jamais aussi bien portée. Elle s'arrangeait pour ne pas avoir une seconde de libre, accumulant des rendez-vous auxquels elle oubliait ensuite de se rendre. Le vendredi en milieu d'après-midi, elle finit par émettre l'hypothèse que son manque d'entrain venait, tout bêtement, des conditions météorologiques déplorables.

Assise à sa caisse, le menton calé dans la paume, Shelby écoutait la radio d'une oreille tout en contemplant d'un œil morne les trombes d'eau qui se déversaient du ciel. Et cela sans discontinuer, depuis la veille. Aux infos, on annonçait que le soleil serait de retour dès le dimanche. Mais le dimanche lui semblait être à des années-lumière de ce vendredi résolument plombé.

La pluie déprimait. C'était un phénomène connu et reconnu. La plupart des gens qu'elle croisait se plaignaient du « temps pourri » qui vous mettait du vague à l'âme. Jusqu'à présent, il est vrai, aucune pluie au monde n'avait suffi à altérer son humeur. Mais il fallait un début à tout.

Et deux journées de déluge non-stop avaient de quoi entamer le moral le plus solide. Le regard absent, Shelby contemplait les flaques dans la rue et les rares passants qui pressaient le pas sous leurs grands parapluies de couleur.

Pour couronner le tout, les intempéries faisaient fuir la clientèle. Depuis la veille, elle n'avait vu quasiment personne. En temps normal, elle aurait tout simplement fermé boutique et se serait repliée avec plaisir sur d'autres activités. Mais elle n'avait même pas le courage de se lever et d'éteindre les lumières. Alors elle restait assise là, un peu hagarde, aussi sombre et triste que le ciel gris de mai.

— Et si tu te secouais un peu, Shelby ? marmonna-t-elle à voix haute dans la boutique déserte.

Elle n'allait quand même pas rester là, comme une idiote, à se fossiliser à petit feu ? Contre cette triste apathie, un seul remède : le mouvement. Et si elle sautait dans le premier avion pour aller surprendre son frère Grant dans le Maine ?

Shelby ne put s'empêcher de sourire en imaginant la réaction furieuse de son frère. Il lui ferait une scène mémorable si elle s'avisait de lui tomber dessus à l'improviste. Puis ils s'amuseraient à se lancer des horreurs à la figure. Ce qui, assurément, lui ferait le plus grand bien. Elle adorait se quereller avec Grant.

Mais son frère était beaucoup trop observateur, hélas. Si elle débarquait chez lui sans prévenir, il verrait immédiatement qu'elle n'était pas dans son état habituel. Et il la cuisinerait jusqu'à ce qu'elle lui parle d'un certain après-midi au zoo avec un certain sénateur. Or, ce qu'elle pouvait dire à sa mère, elle préférait le taire à Grant. Pas parce qu'elle ne lui faisait pas confiance. Mais parce qu'il comprenait trop bien, au contraire.

Shelby soupira. Pas de week-end surprise dans le Maine, donc. Ce qui lui laissait deux possibilités : soit rester cloîtrée à Georgetown et se morfondre sous la pluie. Soit prendre ses cliques et ses claques et aller chercher le soleil ailleurs. A tout prendre, la seconde solution paraissait infiniment plus souriante que la première. Pourquoi ne pas jeter quelques affaires dans sa voiture, prendre la direction du sud et rouler jusqu'au moment où elle laisserait la pluie derrière elle ? Elle trouverait bien une plage en Virginie où il ferait bon se prélasser sur le sable en écoutant le bruit des vagues.

Un changement de cadre, oui. Voilà ce qu'il lui fallait. Shelby se levait pour fermer lorsque la porte s'ouvrit. Une bouffée d'air humide s'engouffra dans la boutique, suivie par une femme en ciré jaune et en bottes de pluie.

— Quel temps ! s'exclama joyeusement l'arrivante.

— On a rarement vu pire, acquiesça Shelby, refrénant un mouvement d'humeur.

Dix minutes plus tôt, elle aurait été prête à faire le poirier dans la rue dans l'espoir d'attirer une cliente. A présent qu'elle en tenait une, ce serait tout de même un comble qu'elle la jette dehors !

— Vous cherchez quelque chose de particulier, madame ?

— Oh non. Je vais juste faire tranquillement le tour de tous vos trésors.

Faire *tranquillement* le tour ? Shelby réprima un soupir.

— Allez-y. Prenez votre temps.

— C'est une voisine qui m'a parlé de votre travail, expliqua sa visiteuse en s'immobilisant pour examiner un grand cache-pot émaillé. Elle a acheté un service à café qui m'a beaucoup plu. En porcelaine bleu très pâle, décoré avec des pensées minuscules.

Shelby hocha la tête et réussit, au prix d'un effort méritoire, à garder son sourire amical.

— Oui, je m'en souviens. Je ne fais que des pièces uniques, mais si vous êtes intéressée par les services à café, j'en ai d'autres qui ont été conçus dans un esprit assez similaire.

Sourcils froncés, elle examina les étagères, en se demandant où elle avait stocké les services en question.

— En fait, je ne suis pas venue pour un service à café. C'est surtout votre coup de patte qui me fascine. Vous avez un style très personnel. Ma voisine m'a dit que vous produisiez vous-même tout ce que vous présentez à la vente, ici ?

— C'est exact.

Pour tromper son impatience, Shelby se concentra sur sa visiteuse. Jolie. Brune. Trente-cinq ans environ. Plutôt sympathique au premier abord. La cliente idéale, en somme.

Et elle n'avait qu'une envie : l'envoyer au diable. Furieuse contre elle-même, Shelby se ressaisit. Jamais elle n'avait accueilli un visiteur à contrecœur. D'où lui venaient tout à coup ces réactions de vieille sorcière acariâtre ?

— J'ai mon tour dans l'atelier, juste derrière la boutique, expliqua-t-elle aimablement. Et je fais moi-même la cuisson et l'émaillage.

Sa cliente s'agenouilla devant une urne.

— Vous utilisez parfois des moules ?

— Cela m'arrive, oui. Pour des figures comme celle que vous voyez là-bas. Mais, en règle générale, je préfère travailler au tour.

— Vous n'avez pas seulement du talent mais aussi une belle énergie. Il faut une grande habileté pour produire toutes ces pièces, mais aussi du temps et de la patience.

— Merci. Mais, comme j'aime ce que je fais, je ne suis pas dans la patience, mais dans le plaisir. Et le temps, je l'oublie.

— Oui, je sais comment ça fonctionne lorsqu'on est en plein processus créatif. Je suis décoratrice.

La jeune femme sortit une carte de son sac pour la poser sur la caisse. « Maureen Francis. Décoration d'intérieur », lut Shelby.

— Je suis en train de refaire mon propre appartement, poursuivit Maureen. Et il me faudra ce pot, cette urne et ce vase cérusé blanc, sur l'étagère du fond.

Après avoir désigné les pièces qu'elle avait choisies, elle se tourna de nouveau vers Shelby.

— Si je vous verse un acompte, vous me garderiez le tout jusqu'à lundi ? Je n'ai pas envie de me promener sous ce déluge avec trois gros cartons sous le bras.

— Aucun problème. Je vous les emballe tout de suite et ils seront prêts lorsque vous passerez les récupérer.

— Formidable.

Maureen sortit un carnet de chèques d'une besace souple en cuir fauve.

— A priori, vous devriez me revoir assez souvent. Je ne suis installée à Washington que depuis deux mois, mais j'ai déjà deux ou trois projets intéressants en vue. Et j'aime bien inclure quelques belles pièces de fabrication artisanale dans mes aménagements. Je trouve qu'il n'y a pas plus démoralisant qu'un appartement qui sent le décorateur professionnel à plein nez.

Shelby sourit, oubliant qu'elle avait eu l'intention de mettre Maureen dehors.

— Drôle de remarque pour quelqu'un qui vit du métier ! Vous êtes d'où ?

— Chicago. J'ai travaillé pendant dix ans pour un gros cabinet de décoration intérieure.

Elle détacha le chèque qu'elle venait de remplir et le lui tendit.

— Mais l'envie d'indépendance a commencé à me chatouiller. J'aime travailler à mon rythme et à ma façon.

S'il y avait une personne au monde susceptible de comprendre ce genre d'aspiration, c'était bien Shelby. Elle finit de remplir le reçu et le remit à Maureen.

— Et vous êtes douée pour ce que vous faites ?

Maureen hésita pendant une fraction de seconde puis se mit à rire.

— C'est assez direct, comme question. Mais je crois

en mon propre talent, oui. Sinon, je ne me serais pas mise à mon compte.

Shelby lui rendit son sourire. Maureen lui était sympathique et son regard inspirait confiance. Sur une impulsion, elle griffonna un nom et un numéro de téléphone au dos du reçu.

— Myra Ditmeyer. Une amie. Elle connaît tout le monde à Washington. S'il y a des projets de décoration dans l'air, elle sera toujours la première au courant. Dites-lui que vous appelez de ma part.

— Mme Ditmeyer ? L'épouse du président de la Cour suprême ?

Shelby sourit.

— Elle-même.

— Merci, murmura Maureen, manifestement estomaquée par cette marque de confiance. C'est un sacré coup de pouce que vous me donnez.

— Myra exigera sûrement de connaître l'histoire de votre vie, car elle est curieuse. Mais elle est formidable, vous verrez. Elle…

La porte s'ouvrit et Shelby s'interrompit net en croisant le regard de l'arrivant. Un grand blanc se fit dans son esprit. De sa vie, elle n'avait expérimenté une chose pareille : comme si, d'un seul coup d'éponge, on avait effacé ses pensées, sa mémoire, son intelligence. Pétrifiée sur place, elle regarda Alan retirer tranquillement son imperméable trempé, puis avancer droit sur elle, lui saisir le menton et l'embrasser sur les lèvres.

— Bonjour, Shelby. Je viens t'apporter un cadeau.

Un sursaut de panique l'arracha à son état de stupeur.

— Non. Va-t'en.

Alan se tourna vers Maureen.

— Que pensez-vous de ça ? Est-ce une façon d'accueillir quelqu'un qui vient vous apporter un cadeau ?

— Eh bien…

Le regard intrigué de Maureen se posa alternativement sur Shelby, puis sur Alan. Ce dernier sortit un paquet de sa poche et le posa sur la caisse.

— Je ne l'ouvrirai pas, annonça Shelby.

Les yeux rivés droit devant elle, elle évitait avec soin le regard d'Alan. Inutile de prendre le risque d'un nouvel électrochoc. Rien de plus angoissant que de se retrouver avec un grand vide en lieu et place de la conscience.

— D'ailleurs, le magasin est fermé.

Alan regarda sa montre.

— Oh ! que non ! Il reste encore un quart d'heure avant l'heure officielle de fermeture... Shelby est souvent très impolie, précisa-t-il à l'intention de Maureen. Vous aimeriez jeter un coup d'œil au petit présent que je lui destine ?

Manifestement déchirée entre l'embarras et la curiosité, Maureen hésita une seconde de trop. Alan déchira le papier autour du paquet, souleva le couvercle d'une boîte et en sortit un gracieux arc-en-ciel de verre de couleur.

Shelby tendit le bras pour s'en emparer et se ravisa juste à temps. Comment le monstre avait-il deviné qu'elle était en manque d'arcs-en-ciel depuis deux jours ?

— Oh non, tu m'exaspères, Alan !

— Elle réagit toujours ainsi, traduisit-il gravement à l'intention de Maureen. En général, c'est plutôt bon signe. Ça veut dire que le cadeau lui plaît.

— Tu t'étais engagé à cesser de m'envoyer des objets farfelus en tout genre.

— Premièrement, je ne m'étais engagé à rien, souviens-toi. Et deuxièmement, il ne s'agit pas d'un envoi, se défendit-il en lui posant l'arc-en-ciel dans la paume. Je t'apporte mon objet farfelu en personne.

— Je n'en veux pas ! se récria Shelby en repliant les doigts sur l'arc-en-ciel. Et si tu n'étais pas aussi fichtrement tête de mule, en indécrottable MacGregor que tu es, tu aurais déjà compris que tu perdais ton temps avec moi !

— Nous avons l'obstination en commun, toi et moi, rétorqua Alan en capturant sa main dans la sienne. Tu sais que ton pouls s'emballe, Shelby ?

Maureen toussota discrètement.

— Eh bien, ce fut un plaisir de faire votre connaissance, Shelby, dit-elle en fourrant le reçu dans sa poche. A lundi, alors. Et merci.

Shelby murmura vaguement quelque chose, mais son regard restait prisonnier de celui d'Alan. Et pas moyen de s'en détacher. A croire qu'il l'avait mise sous hypnose.

Juste avant de franchir la porte, Maureen se retourna en souriant.

— Vous savez, Shelby, si quelqu'un m'offrait un arc-en-ciel par une journée comme celle-ci, je crois que je sombrerais corps et âme.

Sombrerais corps et âme, se répéta Shelby, comme en transe. Elle ne se ressaisit que lorsque Maureen et son ciré jaune eurent disparu de l'autre côté de la rue.

— Lâche-moi ! ordonna-t-elle en arrachant sa main de celle d'Alan.

Elle éteignit la radio et un profond silence tomba dans la boutique. Erreur, comprit-elle. Car on entendait distinctement, à présent, le son irrégulier de sa respiration.

— Désolée, mais je ferme, Alan.

— J'allais te le suggérer, justement, acquiesça-t-il en se dirigeant vers la porte pour pousser le verrou.

— Alan ! protesta-t-elle, furieuse.

Il haussa un sourcil interrogateur.

— Oui ?

— C'est ma boutique et tu n'as pas le droit de...

Shelby se retrouva acculée contre le mur lorsqu'il contourna la caisse pour la rejoindre.

— Nous dînons ensemble ce soir.

— Je n'irai nulle part.

— Je ne te demande pas ton avis, cette fois.

Décontenancée, Shelby leva les yeux sur son visage. Aucun énervement ne transpirait dans sa voix. Et elle avait beau scruter son regard, elle n'y trouva aucune trace de colère. S'il était arrivé furieux, elle n'aurait eu aucun problème pour trouver la bonne attitude. Mais face à sa détermination paisible, elle perdait pied, balbutiait, sombrait dans le ridicule et la confusion.

— Reviens sur terre, Alan, O.K. ? demanda-t-elle avec un calme forcé. Tu n'as pas d'ordres à me donner. C'est quoi cette soudaine lubie de te mettre à décider pour moi ?

— Je pense qu'on t'a toujours trop demandé ton avis, justement. Il serait temps que cela change.

— Je crois rêver, murmura Shelby. Tu débarques dans ma vie sans me demander la permission et tu entreprends de réglementer mon existence ! Les lois, tu les votes au Sénat si tu veux, mais tu ne les fais pas chez moi !

Mais Alan, inébranlable, continuait à la regarder avec le même petit sourire confiant aux lèvres. Entre exaspération et désespoir, elle secoua la tête.

— Alan, j'ai des projets pour ce week-end. Je suis sur le départ, à l'heure où je te parle.

— Où est ton manteau ?

— Alan ! Tu es sourd ou quoi ? Je te dis que...

Repérant le court imperméable jaune citron suspendu derrière la caisse, il le fit glisser de son cintre.

— Tu veux ton sac à main ?

Elle prit une profonde inspiration pour prévenir une explosion imminente.

— Bon, je sais : tu es un MacGregor et quand tu as une idée dans le crâne, il faudrait un marteau-piqueur pour l'en extirper. Mais je suis une Campbell et je répète : *je ne sors pas dîner avec toi ce soir !*

Sans tenir le moindre compte de ses protestations, il lui colla son sac à main dans les bras, récupéra ses clés posées à côté de la caisse et lui saisit le poignet pour l'entraîner hors de la boutique par la porte donnant sur l'allée.

Elle se retrouva tête nue sous la pluie pendant qu'il se chargeait de fermer.

— Alan, je *refuse* d'aller où que ce soit avec toi. Et je *t'interdis* de me traiter comme… comme une gamine de cinq ans qui vient de faire un caprice.

Glissant les clés dans sa poche, il enfila son propre imperméable pendant que Shelby, campée dans une attitude rebelle, le défiait sous la pluie battante. Alan l'observa. Elle était pâle, butée, dégoulinante. Magnifique à sa façon.

Et une pointe de désarroi transparaissait dans son attitude, nota-t-il avec une intense satisfaction. Sa technique de déstabilisation semblait porter ses fruits.

— C'est une mentalité de politicien de passer son temps à dire « j'interdis » et « je refuse », la taquina-t-il en la traînant vers sa voiture. Une artiste à l'esprit ouvert ne tient pas des discours aussi restrictifs.

Elle lui jeta un regard hautain lorsqu'il la poussa d'autorité dans sa voiture.

— Si tu crois que tes tactiques d'homme des cavernes m'impressionnent, tu te leurres, Alan. Et maintenant, la plaisanterie a assez duré. Je te prie de me rendre mes clés. Immédiatement.

D'un geste impérieux de duchesse offensée, elle lui tendit sa main, paume ouverte. Alan la prit, y pressa les lèvres, puis démarra la voiture.

Shelby serra les poings.

— Alan, j'ignore quelle substance tu as ingurgitée pour te mettre dans cet état maniaque, mais ma patience a ses limites. Donne-moi ce trousseau de clés afin que je puisse rentrer chez moi.

— Après dîner, lui promit-il aimablement en sortant de l'allée en marche arrière. Tu as passé une bonne semaine ?

En croisant les bras sur la poitrine, Shelby se rendit compte qu'elle tenait toujours l'arc-en-ciel dans la main. Avec une exclamation sourde, elle se pencha pour le glisser dans la poche de son imperméable qui gisait en tas à ses pieds.

— Je ne dîne pas avec toi ce soir.

— Je connais un restaurant où nous serons tranquilles.

Il s'inséra dans la circulation dense sur l'avenue.

— Tu as l'air un peu fatiguée, ma chérie. Tu as mal dormi, ces derniers temps ?

— Je dors parfaitement bien, je te remercie. Mais pas assez en revanche. Je suis sortie hier avec l'homme de ma vie et je suis rentrée tard.

Alan sentit l'élancement insidieux de la jalousie lui perforer un instant la poitrine. Mais il la réprima sur-le-champ. Connaissant Shelby, elle multipliait simplement les stratégies pour l'éloigner.

Il soutint sans broncher le regard ironique de ses yeux gris.

— Et ça s'est bien passé ?

— Ce fut une soirée de rêve, oui. David est guitariste et il vit de sa musique. C'est un grand artiste doublé d'un amant passionné… et passionnant. Je suis folle de lui.

Le David en question aurait sans doute été très surpris de l'entendre puisqu'il venait de se fiancer avec sa meilleure amie. Mais il lui pardonnerait volontiers de l'avoir utilisé pour la bonne cause.

— Mais j'y pense ! Il doit passer me prendre chez moi ce soir à 19 heures. Et je ne voudrais surtout pas le manquer. Fais vite demi-tour, Alan, s'il te plaît.

Au lieu de se mettre en colère comme elle l'avait espéré, Alan se contenta de jeter un coup d'œil à sa montre.

— Trop tard. C'est loupé. Il faudra que David se passe de toi pour un soir.

Il se gara le long du trottoir et coupa son moteur.

— Enfile ton imper, Shelby. Nous avons une centaine de mètres à parcourir à pied.

Comme elle observait un silence boudeur, il se pencha pour détacher sa ceinture et lui glissa à l'oreille :

— Mais si tu préfères que nous restions à nous embrasser dans la voiture, je me plierai volontiers à ton choix.

Tournant la tête pour lui assener une riposte hargneuse, Shelby eut la surprise de trouver la bouche d'Alan à quelques millimètres de la sienne. Son souffle brûlant vint glisser entre ses lèvres mi-closes. Le cœur battant, elle se rabattit contre sa portière et descendit de voiture en toute hâte, en jetant son imperméable sur ses épaules.

Bon, très bien, fulmina-t-elle. Il avait gagné cette manche. Plutôt que de s'épuiser à multiplier les protestations inutiles, elle jouerait le jeu. Mais une fois qu'elle aurait récupéré ses clés, Alan le payerait cher. Très cher. Lorsqu'une Campbell se trouvait prise en otage, les représailles ne pouvaient être que violentes.

Alan la rejoignit sur le trottoir et lui prit les mains. Au moment précis où son regard plongea dans le sien, il sentit ses résistances fondre.

— Bonjour, toi, chuchota-t-il en se penchant sur ses lèvres.

Elle scella sa bouche à la sienne et l'embrassa éperdument. La pluie tombait sur eux à seaux, mais Shelby se surprit à imaginer des cascades. Son manteau glissa de ses épaules et elle vit un arc-en-ciel. Des rêves à demi ébauchés, des vœux, des désirs assoupis se formaient et glissaient en elle comme autant d'étoiles filantes. Comment avait-elle pu vivre une vie entière sans Alan alors qu'elle ne tenait même pas une semaine sans s'étioler dans le manque de lui ?

Alan s'écarta d'elle à contrecœur. Une seconde de plus à la sentir ployer contre lui comme ça et il oublierait qu'ils se trouvaient sur la voie publique. Les deux mains en corolle autour de son visage, il dévora Shelby — sa Shelby — des yeux. Des gouttes de pluie printanière s'accrochaient à ses longs cils et baignaient sa peau claire. Et son regard gris était rivé sur lui, intense et offert.

Si seulement ils avaient été seuls dans l'humidité d'une forêt, ils n'auraient pas eu à briser la magie de l'instant. Ils auraient roulé ensemble au sol et se seraient aimés dans un élan de grâce.

Mais les trottoirs de Washington ne se prêtant guère à ce type de scénario, il dut se résigner à replacer le manteau de Shelby sur ses épaules.

— Tu es belle avec les cheveux mouillés.

D'un geste lent, possessif, il passa la main dans ses boucles trempées. Puis, sans un mot, il glissa un bras autour de ses épaules et la guida jusqu'au restaurant. Shelby connaissait l'endroit. La lumière était diffuse, l'aménagement des tables favorisait l'intimité. Jusqu'à 22 heures, l'ambiance resterait calme et les conversations ne s'élèveraient pas au-dessus du murmure. Puis la salle se remplirait ; il y aurait du bruit, de la musique, des rires.

Dans ce genre d'établissement à la mode, un homme comme Alan choisissait toujours le créneau de début de soirée. Alors qu'une femme comme elle, par goût et par habitude, optait pour la nuit, la foule, les ambiances survoltées.

Le maître d'hôtel s'inclina devant eux.

— Bonsoir, monsieur le sénateur...

Tournant la tête vers Shelby, il eut un mouvement de surprise à peine perceptible.

—... mademoiselle Campbell, c'est toujours un plaisir de vous avoir ici.

— Bonsoir, Mario.

— Si vous voulez bien me suivre.

Mario les guida jusqu'à une table à l'écart où une bougie à demi consumée apportait un éclairage plus que discret.

— Nous prendrons votre pouilly-fuissé en apéritif, commanda Alan sans consulter Shelby.

Mario hocha la tête d'un air approbateur.

— De chez Bichot ? Parfait... Je vous apporte cela tout de suite.

Shelby repoussa une mèche trempée qui lui tombait sur les yeux.

— J'aurais pu avoir envie d'une bière.

— La prochaine fois, acquiesça Alan avec une patience inépuisable.

— Il n'y aura pas de prochaine fois. Et je suis sérieuse, Alan. Je ne serais pas ici si tu ne m'avais pas bouclée hors de chez moi... Et arrête de me toucher comme ça, protesta-t-elle lorsqu'il lui caressa le dos de la main du bout des doigts.

— Tu préférerais que je te touche comment ?

— Alan !

— Tu as des mains extraordinairement sensibles, enchaîna-t-il avant qu'elle puisse formuler une remarque indignée.

Il la sentit frémir sous la caresse de son pouce et se promit que, ce soir même, il la ferait frissonner, vibrer, trémuler de la tête aux pieds.

— Tu as pensé à moi combien de fois cette semaine, Shelby ?

Elle poussa un soupir exaspéré.

— Si je te dis que tu m'es sorti de l'esprit dès l'instant où tu as franchi le pas de ma porte, tu ne me croiras pas, n'est-ce pas ? Eh bien, tu as raison. Je me suis sentie coupable envers toi, à cause de mon comportement insultant, samedi dernier. Mais si j'avais su comment tu me traiterais ce soir, j'aurais été encore plus détestable. Et je te préviens que j'en suis capable, murmura-t-elle avec un éclair de défi dans les yeux.

Mais Alan entrelaça ses doigts aux siens. Et ce geste, si anodin en apparence, lui procura un plaisir si intense qu'elle en aurait gémi si Mario, arrivé sur ces entrefaites, n'était venu déboucher le vin devant eux.

— Excellent, murmura Alan, le regard plongé dans celui de Shelby, en trempant les lèvres dans son verre. Les arômes fruités tiendront longtemps en bouche. Et je les retrouverai intacts lorsque je t'embrasserai tout à l'heure.

Le cœur de Shelby battit plus vite; le sang bourdonnait à ses tempes.

— Je suis ici uniquement parce que tu m'as prise en otage, riposta-t-elle d'une voix altérée.

Mario eut le mérite de continuer à les servir avec un sourire imperturbable, sans marquer la moindre réaction.

— Et, puisque tu refuses de me rendre mes clés, j'appellerai un serrurier d'une cabine. Et je t'enverrai la facture.

— Après dîner, d'accord ? suggéra tendrement Alan. Que penses-tu du vin ?

Elle le regarda droit dans les yeux.

— Si tu crois qu'il suffit de me faire boire pour que je tombe dans ton lit, tu te fourvoies, MacGregor.

— Il est vrai que tu as un certain talent pour l'obstruction systématique. Tu ferais une excellente parlementaire, dans le fond.

De nouveau, il lui opposait cette arme redoutable entre toutes : sa patience. Shelby était tentée de frapper du poing sur la table. De pousser un cri strident. Ou, mieux même, de lui lancer son verre de vin à la figure.

Ah, quelle belle leçon ce serait, pour l'honorable sénateur du Massachusetts, de se faire arroser au pouilly-fuissé en public !

Mais en songeant à l'article croustillant qui ne manquerait pas de paraître dans le journal du lendemain, Shelby se résigna à prendre sagement une gorgée de sa boisson plutôt qu'à la répandre sur son vis-à-vis.

— Le vin est une merveille, mais je ne me laisserai pas fléchir. Et ne crois surtout pas que l'éclairage à la bougie jouera en ta faveur.

Alan résista à la tentation de lui faire remarquer qu'elle lui tenait désormais la main autant qu'il tenait la sienne. Il se contenta de sourire.

— Ah non ? Dommage. Je pensais que ces bonnes vieilles méthodes fonctionnaient à tous les coups.

Elle ne put s'empêcher de rire.

— Le repas aux chandelles ? Si tu veux vraiment être classique, offre-moi un énorme bouquet de roses. Ou une boîte de chocolats fins.

— Je sais que tu préfères les arcs-en-ciel.

— Tu en sais beaucoup trop, grommela-t-elle en s'emparant du menu que le serveur avait placé devant elle.

Puisque Alan lui avait fait manquer le week-end de ses rêves en Virginie, autant en profiter pour se restaurer correctement. Son appétit était revenu comme par miracle. Et son énergie aussi, étrangement. Dès l'instant où elle avait revu Alan, son apathie s'était dissipée.

— Madame ? s'enquit le serveur venu prendre leur commande.

— Mmm... Je commencerai par la salade de fruits de mer. Puis j'enchaînerai sur la lotte. Pour le plat de résistance, ce sera la côte d'agneau avec son gratin de pommes de terre et ses cœurs d'artichauts. Et je verrai tout à l'heure pour les desserts.

Alan, lui, se contenta d'une salade composée et d'un plat de poisson.

— Je vois que notre petite marche à pied t'a ouvert l'appétit, commenta-t-il aimablement.

— Tant qu'à être coincée ici, autant ne pas rester sur un estomac vide… Et, puisque nous sommes condamnés à nous supporter, de quoi comptes-tu parler pour me distraire ? Des orages qui secouent le Congrès en ce moment ?

— Oh, il s'y passe beaucoup de choses, comme d'habitude.

— Oui, je sais. Tu fais des heures supplémentaires pour tenter de bloquer le projet de loi Breiderman. Ce qui, je dois le reconnaître, est une excellente initiative. Et puis tu es très occupé à mettre en place un nouveau système de foyers pour les sans-abri. Tu as réussi à obtenir les fonds nécessaires ?

Pour quelqu'un qui avait la politique en horreur, elle était singulièrement bien informée. Alan sourit.

— Je n'en suis pas encore là. Pour le moment, nous devrons nous contenter de fonds privés ainsi que de l'aide des bénévoles. Mais le maire me soutient à fond.

— Si tu veux étendre le système au pays tout entier, ce sont des mois, voire des années de combat auxquels il faut que tu te prépares, compte tenu du climat récessif et des restrictions budgétaires.

— Je sais. Mais je finirai par gagner.

Un discret sourire se dessina sur les lèvres d'Alan. Puis il enchaîna en la regardant droit dans les yeux :

— J'ai mes tactiques, tu vois. Je peux être très patient pendant très longtemps. Puis, si cela ne suffit pas, je deviens très… insistant.

Shelby songea qu'il avait l'œil un peu trop brillant pour être honnête. Elle attendit que le serveur se soit éloigné après avoir posé leurs salades devant eux avant de ramener fermement la conversation sur la politique.

— Tu t'es fait des ennemis en mettant des bâtons dans les roues de Breiderman. Il y aura forcément des représailles.

Alan la resservit en vin.

— Ça fait partie du jeu. Quel que soit l'objectif qu'on se fixe dans la vie, des obstacles surgissent nécessairement en cours de route. Ma philosophie en la matière, c'est de maintenir le cap et de résoudre les difficultés au fur et à mesure qu'elles se présentent.

Cette fois, Shelby renonça à faire semblant de ne pas le comprendre. Elle goûta un pétoncle et le mâcha pensivement.

— Une histoire d'amour, ça ne s'orchestre pas comme une campagne électorale, mon cher sénateur. Surtout lorsqu'on a affaire à quelqu'un qui connaît les ficelles du métier.

— Une histoire d'amour et une campagne électorale ? C'est intéressant, comme comparaison.

Les yeux d'Alan pétillaient d'humour. Shelby l'aurait volontiers étranglé tant elle était charmée par le sérieux de son sourire. Ses mains la démangeaient tellement la tentation devenait forte de lui effleurer le visage.

— Ne fais pas l'innocent, Alan.

— Note quand même que je ne tombe jamais dans la langue de bois. Et que je ne te fais que des promesses que je m'engage à tenir.

— Je ne suis pas une électrice de ta circonscription.

— Cela ne change rien à ma plate-forme électorale.

En proie à un mélange d'amusement et d'exaspération, Shelby secoua la tête.

— Mmm... C'est impossible d'avoir le dernier mot avec vous autres, politiques. Je suppose que tu as vu l'article dans le journal de dimanche ?

Alan scruta les traits de Shelby et vit une ombre presque douloureuse ternir le gris lumineux de ses yeux. La publicité faite autour de leur rencontre ne lui avait manifestement pas fait plaisir.

— Oui. Je l'ai vu, Shelby. Et j'ai trouvé la photo très belle. Presque autant que les souvenirs qu'elle cristallise. Je suis désolé que tu l'aies mal vécu.

— Moi ? Oh, pas du tout. Je m'en fiche. Enfin… ça a surtout servi à me rappeler que tu es un homme résolument public. Ça ne te pose jamais de problème ?

— Tantôt oui, tantôt non. Une relative célébrité peut être parfois commode, parfois énervante… ou même carrément terrifiante, en certaines circonstances, précisa-t-il en lui décochant un clin d'œil. Songe, par exemple, que cette photo atterrira tôt ou tard entre les mains de mon père. Et je prévois une réaction musclée lorsqu'il apprendra que j'ai passé un après-midi au zoo avec une traîtresse de Campbell.

Un vrai sourire, cette fois, détendit les traits de Shelby.

— Tu crains pour ton héritage, Alan ?

— Pour ma peau, oui… Et plus directement pour mes oreilles. D'un jour à l'autre, je m'attends à décrocher mon téléphone et à l'entendre vociférer à l'autre bout du fil.

Le sourire de Shelby s'élargit.

— Tu le laisses dans l'illusion qu'il t'intimide encore ?

— De temps en temps. Ça lui fait plaisir.

Shelby prit un petit pain rond dans la corbeille, le rompit et lui en offrit distraitement la moitié.

— Si j'étais toi, j'éviterais de m'afficher en ma compagnie. Dans un métier comme le tien, il est toujours bon de garder ses tympans intacts. Ne serait-ce que pour entendre ce que chuchote l'opposition de l'autre côté de l'hémicycle.

— Ne t'inquiète pas. Je réglerai cette épineuse question avec mon père en temps utile.

Shelby riva son regard au sien.

— Une fois que tu « auras réglé la question » avec moi, tu veux dire ?

Levant son verre à sa santé, il lui sourit.

— Exactement.

— Alan… Il n'y aura rien entre nous, et tu le sais.

Le haussement d'épaules d'Alan contenait un monde de promesses à lui seul.

— Nous verrons bien, n'est-ce pas ? En attendant, ma chérie, voici ta côte d'agneau.

7

En toute logique, Shelby aurait dû se mordre les doigts d'avoir dévié aussi radicalement de la ligne de conduite qu'elle s'était fixée. Non seulement elle n'avait pas écourté le dîner, mais elle avait ri et plaisanté tout au long du repas. Elle s'était même laissé amadouer au point d'accepter de prolonger la soirée en faisant du lèche-vitrines sous la pluie dans M Street. Puis de boire un dernier verre dans un piano-bar bondé où elle avait ses habitudes.

Mais des regrets, elle n'en ressentait aucun. Pour la première fois, après une semaine sinistre, elle avait retrouvé le plaisir de rire et de s'amuser sans effort.

Il y aurait des conséquences, bien sûr. Des conséquences, il y en avait toujours. Mais il serait toujours assez tôt pour y penser le lendemain.

A plusieurs reprises, des connaissances passèrent à leur table pour échanger quelques mots avec elle et jeter un regard intrigué à Alan. Shelby se souvint que les bars, les clubs, les restaurants de nuit, c'était son territoire à elle.

Alors que le domaine d'Alan, c'était plutôt l'opéra, un soir de première. Ou le vernissage d'une grande exposition. Mais à cela aussi, elle aurait le temps de réfléchir le lendemain.

— Hé, Shelby ! Te voilà encore à traîner dans des lieux de perdition à des heures tardives ?

Shelby leva la tête et sourit à un couple d'amis.

— Salut, David ! La forme, Wendy ?

David lui posa la main sur l'épaule.

— Dis donc, tu devais passer à la maison en début de soirée, lâcheuse ! Du coup, on est allés voir la nouvelle pièce de Shiboldsky sans toi.

Wendy glissa le bras autour de la taille de David.

— Rassure-toi, tu n'as rien loupé. C'était sinistre.

— Je suis désolée, j'ai été... détournée au dernier moment, admit Shelby en jetant un regard en coin à son compagnon.

Elle se leva pour faire les présentations.

— Alan... Wendy et David.

David, un homme de haute taille avec une petite barbe en pointe et une allure de rocker, se tourna vers Alan avec un sourire distrait.

— Enchanté, déclara Alan en lui serrant la main. Vous prenez un verre avec nous ?

— Merci, c'est sympa, mais on était sur le départ.

David ébouriffa les cheveux de Shelby et chipa une gorgée de vin dans son verre.

— Il se produit demain à un mariage, avec son groupe, expliqua Wendy. Et il a même l'intention de jouer au nôtre, le mois prochain. Tiens, il faudra que tu me donnes quelques tuyaux sur le traiteur grec dont tu m'as parlé l'autre fois, Shelby... Elle est d'avis qu'il n'y a rien de tel que l'ouzo pour mettre de l'ambiance dans une fête, précisa la jeune femme à l'intention d'Alan. Bon, allez, il faut qu'on file. On se revoit bientôt, de toute façon.

Wendy secoua les longs cheveux ondulés qui lui descendaient jusque sur les reins et disparut en tirant David par la manche.

— Eh bien... C'est un rapide, ce garçon, commenta Alan.

Shelby lui jeta un regard surpris, étonnée de voir ses yeux bruns pétiller d'amusement.

— Qui ? David ? Il se déplace à deux à l'heure. Je ne connais personne qui soit plus lent que lui. Sauf lorsqu'il tient une guitare à la main.

— Avoue quand même qu'il se remet vite d'une déception amoureuse. Tu lui poses un lapin ce soir et tu le retrouves trois heures plus tard déjà fiancé à une de tes amies.

— Moi, je lui ai posé un... ?

Se souvenant brusquement du rendez-vous qu'elle s'était inventé ce soir-là, Shelby laissa sa phrase en suspens et enchaîna gravement :

— Hélas... Le cœur des hommes est infidèle.

Alan lui prit le menton entre le pouce et l'index.

— Tu restes admirablement digne, vu les circonstances.

— Je n'affiche pas volontiers mes désespoirs en public, murmura-t-elle d'une voix tragique qui sonnait tellement faux qu'elle finit par éclater de rire... Oh, et puis zut. Avoue que je joue de malchance. Il a fallu que je tombe sur David ce soir.

Elle leva son verre.

— On boit aux cœurs brisés ?

— Ou aux mensonges stupides ? riposta Alan en faisant tinter son verre contre le sien.

— D'habitude, je mens très intelligemment. Et puis, ce n'était pas tout à fait un mensonge. J'ai bel et bien eu une histoire avec David. Il y a trois ans. Ou peut-être même quatre. Et inutile de me regarder avec ce petit sourire narquois, sénateur !

Alan se leva et lui tendit son manteau.

— J'avais un sourire narquois ? Désolé. C'est terriblement grossier de ma part.

— En effet, oui. Il aurait été plus délicat de ta part de passer discrètement sur l'incident. D'ailleurs, je t'aurais menti beaucoup plus adroitement si tu ne m'avais pas exaspérée à ce point, observa-t-elle comme ils sortaient dans la rue toujours inondée de pluie.

— Si je tire les conséquences logiques de ce raisonnement abscons, j'en conclus que je suis seul coupable de *ton* mensonge, observa Alan en lui passant un bras autour des épaules. Je peux peut-être m'excuser de ne pas t'avoir laissé le temps de déformer la vérité plus efficacement ?

— Ce serait fair-play, en effet. Cela dit, je n'ai pas l'intention de te remercier pour cet excellent dîner. Et encore moins pour le vin et l'éclairage aux bougies.

Riant de délice, Shelby pencha la tête en arrière et offrit son visage à la caresse rafraîchissante de la pluie printanière. Comment avait-elle pu penser une seule seconde que ce temps était *déprimant* ? Alan la dévora des yeux en allant lui ouvrir sa portière. Elle était si belle, si détrempée, si rayonnante qu'il dut se faire violence pour ne pas la prendre dans ses bras.

— Et pour l'arc-en-ciel ? Tu ne me remercies pas non plus ?

Un sourire joua au coin des lèvres de Shelby.

— Peut-être… On verra.

Les jambes soudain flageolantes, elle se hâta de grimper dans la voiture. Alan ne l'avait regardée que quelques secondes, mais l'intensité du désir dans ses yeux lui donnait le tournis. « Prudence, Shelby, prudence », se mit-elle en garde.

— Tu sais que si tu n'étais pas venu me kidnapper tout à l'heure, je serais partie passer le week-end au bord de la mer ? lança-t-elle d'un ton léger afin de dissiper la tension nettement érotisée qui subsistait dans l'atmosphère.

— Tu aimes la plage sous la pluie ?

— Je l'aime par tous les temps.

— Moi, c'est au crépuscule, par soir de tempête, que

je la préfère. Lorsqu'il y a tout juste assez de lumière pour voir tourbillonner le ciel et les vagues.

Etonnée, elle scruta le profil d'Alan dont émanait une telle impression de quiétude.

— Tiens... Je pensais que tu aurais plutôt opté pour de grandes étendues de sable en hiver, sous un ciel serein. Je te verrais bien en marcheur solitaire, méditant sur l'avenir du monde.

— Cela m'arrive aussi... J'ai une sœur qui vit à Atlantic City, avec son mari. De temps en temps, je fais un saut chez eux hors saison pour profiter de l'océan la journée et pour perdre de l'argent dans leur casino le soir.

Shelby ouvrit de grands yeux.

— Tu as une sœur qui tient un *casino* ?

— Mon beau-frère et elle en possèdent plusieurs. Rena était croupière, passé un temps. Et il lui arrive encore de distribuer les cartes au black jack. Elle adore ça... Mais ça a l'air de te surprendre ? Tu pensais que j'avais une famille très conventionnelle, très collet monté, qui ne pratique que des activités choisies comme la danse classique, le golf et le piano ?

Shelby toussota. En vérité, l'idée qu'elle s'était faite des MacGregor se rapprochait sensiblement du tableau qu'il venait d'évoquer.

— Jamais de la vie. Pourquoi aurais-je pensé une chose pareille ? protesta-t-elle avec l'ombre d'un sourire.

Alan se gara près de chez elle et descendit pour lui ouvrir sa portière avant qu'elle ait pu tenter de le dissuader de la raccompagner.

Trempée une fois de plus, elle s'ébroua dans l'escalier.

— Tu aurais mieux fait de rester dans ta voiture. Tu as passé ta soirée à te faire saucer.

Tout en gravissant les marches, elle glissa la main dans son sac et tâtonna à la recherche de ses clés.

— N'oublie pas que je les ai encore sur moi, Shelby.

Alan sortit le trousseau de sa poche et le brandit sous son nez.

— Si je te les rends, ça vaudra bien une tasse de café ?

— Décidément, vous ne reculez devant rien, monsieur le sénateur. Enlèvement, corruption, chantage ; rien ne vous arrête !

— Quel chantage ? Il s'agit juste d'un échange de bons procédés. Je t'ouvre ta porte et tu m'offres un café.

Shelby soupira. Tel qu'elle le connaissait, il était capable de passer une heure sur le palier à défendre sa théorie fumeuse. Et il finirait toujours par l'obtenir, son fichu café, de toute manière.

— Bon, d'accord. Mais juste une tasse. Et sans traîner.

Se débarrassant de son imperméable, Shelby le jeta sur une chaise de cuisine. Le chat émergea de sous le manteau dégoulinant et darda sur elle un regard lourd de reproches.

— Oh, pardon, Moshé.

Shelby sortit un paquet de croquettes et remplit une gamelle.

— Désolée pour le retard, mon vieux. Mais il faudra t'en prendre à Alan. Il ne m'a même pas laissé le temps de remonter ici pour te nourrir.

Pour toute réponse, Moshé lui jeta un dernier coup d'œil courroucé et se jeta sur sa nourriture.

Elle se tourna vers Alan :

— Tu vois quelles perturbations tu as créées dans mon foyer ? Moshé a toujours eu besoin de dîner à heures régulières. C'est un chat très structuré.

Alan examina la silhouette de la bête.

— Il n'a pas l'air sous-alimenté, en tout cas.

— Non, c'est vrai, admit Shelby en versant de l'eau dans la carafe de verre de sa cafetière. Mais il est très vite contrarié. Il a une nature…

Elle perdit le fil de ses pensées lorsque Alan vint se placer derrière elle pour poser les mains sur ses épaules.

—... si j'oublie de le nourrir, il...

Ses paupières se fermèrent d'elles-mêmes lorsque les lèvres d'Alan effleurèrent une oreille.

—... fait la tête, poursuivit-elle stoïquement en plaçant le filtre. Et des colocataires qui boudent, ça perturbe la vie de la communauté.

— J'imagine, oui, commenta Alan en soulevant les cheveux dans sa nuque pour mordiller la chair sensible. Shelby ?

Décidée à ne prêter aucune attention à ses agissements, elle mit la cafetière électrique en route.

— Oui ?

Alan s'attaqua à la base de sa nuque et remonta lentement le long de son cou.

— Tu as oublié de mettre le café, précisa-t-il en la faisant pivoter vers lui.

Elle frissonna et s'agrippa au plan de travail pour prévenir toute nouvelle réaction physique du même ordre.

— Oublié de mettre quoi ? murmura-t-elle d'une voix embrumée.

Il déposa un baiser sur le coin gauche de sa bouche.

— Du café. Dans le filtre.

— Mmm... Le café ? Il sera prêt dans une minute, annonça-t-elle, dans un état résolument second.

Ses pensées se dissolvaient dans un épais brouillard de volupté tandis que les lèvres d'Alan glissaient sur ses paupières.

Il rit doucement en éteignant la cafetière.

— Alan...

— Oui ?

— Tu essayes de me séduire.

— Non.

Il lui mordilla doucement la lèvre inférieure puis

repartit plus bas, dans son cou, pour le plaisir de sentir son pouls s'affoler sous ses baisers.

— Je n'essaye pas. Je suis *en train* de te séduire.

— Pas du tout.

Shelby voulut le repousser, mais ses mains, par quelque phénomène étrange, atterrirent autour de son cou.

— Nous ne ferons pas l'amour, Alan.

Il enfouit les mains dans sa chevelure.

— Et pourquoi ?

— Parce que…

Shelby lutta pour se remémorer qui elle était. Où elle était.

— Parce que ce serait… ce serait le plus court chemin vers l'enfer, marmonna-t-elle, à court d'arguments.

De nouveau, Alan rit doucement contre ses lèvres. Sa langue glissa entre ses dents pour achever de l'étourdir.

— Trouve une autre raison, Shelby.

Comment avait-il réussi, en si peu de temps, à la plonger dans une confusion pareille ? La tension entre eux montait trop fort et trop vite. Le désir, elle connaissait pourtant. Ce n'était pas un phénomène douloureux, d'ordinaire. Il ne vous submergeait pas par vagues de plus en plus puissantes qui s'enroulaient autour de vous pour vous laisser brisée et affaiblie dans leur sillage.

Elle avait déjà eu envie d'un homme. Mais ce qui se passait en cet instant avec Alan devait porter un nom différent. Jamais elle n'avait traversé ces états houleux auparavant.

— Non, protesta-t-elle dans un sursaut de peur. Je te désire trop. Je ne veux pas, Alan.

— Trop tard.

Sans cesser de lui couvrir le visage de baisers, il la mena en direction de sa chambre.

— Il est déjà *beaucoup* trop tard pour faire machine arrière, Shelby.

Il fit glisser sa tunique de ses épaules et la laissa se déployer sur le sol.

— Tu es douce... douce de partout, chuchota Alan. J'ai envie de prendre mon temps... j'ai envie que ce soit mémorable.

Il caressa ses bras nus, en remontant des poignets jusqu'aux épaules.

— J'avais tellement envie de toi, Shelby... tellement envie de tout ce que tu caches, de tout ce qui est toi et que tu ne montres pas.

Sans bruit, sa jupe virevolta à son tour jusque sur le parquet, juste à l'entrée de sa chambre.

— Tu entends la pluie, Shelby ?

Elle sentit la caresse du satin sous ses épaules lorsqu'il l'allongea sur le lit.

— Oui, chuchota-t-elle d'une voix qu'elle reconnut à peine.

— Nous allons faire l'amour. Et, chaque fois que la pluie tambourinera sur ton toit, tu te souviendras de cette nuit.

Elle se souviendrait, oui. Avec ou sans pluie. Son cœur battait si fort dans sa poitrine. Et sa chair soudain docile épousait entièrement les contours de ce corps d'homme contre le sien.

Jamais Shelby n'avait fait à un amant le cadeau d'un abandon total. Mais, avec Alan, il n'y avait plus de quant-à-soi possible : elle lâchait prise. Avec un léger frisson, elle songea aux paroles de Maureen : *je sombrerais corps et âme*. Fondante, comme à deux doigts de s'évanouir, elle se laissait mener là où la peur lui avait toujours interdit d'aller : vers la perte de contrôle totale.

Et sur cette voie, Alan la guidait d'une main sûre. Sa curiosité d'elle était sans limites. Avec une patience inépuisable, il réveillait chaque pore, chaque grain de sa peau, comme pour cartographier son corps au millimètre. Et ses mains, ses lèvres se mouvaient sur elle avec une tendresse telle qu'elle avait l'impression de flotter en lévitation au-dessus du lit.

Shelby n'avait jamais eu une notion très nette de ce qu'était la langueur. Mais elle mesura toute la portée du terme lorsqu'elle voulut déboutonner la chemise d'Alan. Ses bras étaient lourds… si lourds. Et ses doigts si agiles d'ordinaire semblaient avoir perdu toute leur adresse.

A force de la sentir tâtonner, Alan émit un grognement sourd qui ressemblait fort à un signe d'impatience. Sa bouche se mêla plus voracement à la sienne et il pesa sur elle de tout son poids. Son baiser se fit exigeant, dominateur. Mise au défi par ses caresses plus agressives, Shelby émergea de sa torpeur. Elle cessa de recevoir dans l'abandon pour prendre et donner à son tour.

Une même ardeur les habitait désormais. Les mains de Shelby avaient retrouvé toute leur dextérité lorsqu'elle lui retira sa chemise. Très vite, leur étreinte tourna à la course, à la compétition, à la lutte. C'était à qui pousserait l'autre le plus loin. Les caresses d'Alan avaient perdu leur douceur exquise. Ni l'un ni l'autre, d'ailleurs, ne recherchaient plus la tendresse. D'emblée, il y avait eu entre eux un feu vif qu'ils avaient trop longtemps étouffé sous la cendre.

Alan sentait Shelby trembler partout où ses mains la sollicitaient, partout où sa langue glissait sur sa chair tendrement suppliciée. Il savait qu'elle avait passé le cap, que la peur était désormais derrière elle. Dans l'amour, il trouvait Shelby telle, exactement, qu'il l'avait rêvée : à la fois fragile et forte, tornade et feu follet. Et libre comme peu de femmes l'avaient été dans ses bras.

Exigeante, tout feu tout flammes, elle se mouvait sous lui, avec lui, sur lui, ondulante et provocante, jusqu'à lui faire perdre la maîtrise du jeu. Chaque inspiration brève qu'il prenait était chaude, humide, chargée de son troublant parfum que la moiteur de l'amour exaltait. Il avait l'impression de l'absorber en lui, de la boire à longs traits, de mêler si étroitement leurs êtres et leurs substances que les frontières de leurs corps se dissolvaient.

Ils ne menaient plus ni l'un ni l'autre, désormais. Née de leurs étreintes, la force qui les guidait avait cessé de leur appartenir. Alan ne contenait plus rien. Ce fut Shelby qui le prit en elle. Shelby qui étouffa contre ses lèvres un cri qui n'était pas de soumission. Tels la foudre et le tonnerre, ils se répondaient, se faisaient écho, et, dans un paroxysme de fureur, se confondirent et culminèrent.

La pluie de printemps n'avait pas cessé. Elle continuait à danser au même rythme sur le toit. Peut-être avaient-ils dormi, étroitement enlacés, bras et jambes mêlés pendant des heures ? Ou leur assoupissement n'avait-il duré que quelques secondes ? Ni Shelby ni Alan n'auraient été en mesure de se prononcer. Naviguant sur un radeau hors temps et hors espace, ils voguaient en confortable synergie.

Shelby se blottit au creux du corps d'Alan. Les yeux clos, la respiration régulière enfin, elle découvrait un état de paix profonde, en parfait contraste avec la tempête qu'elle venait de traverser.

Mais c'était la tempête — et son acceptation d'y entrer — qui lui avait procuré cette incomparable sérénité. Elle souleva paresseusement une paupière et sourit.

Alan... C'était lui. Rien que lui. Il était sa paix, son repos, sa demeure.

Stable et solide. Fantaisiste et obstiné. Il y avait tant d'étiquettes qu'on pouvait coller sur lui. Mais aucune d'elles ne résumait Alan à elle seule. Peut-être était-ce cette pluralité de facettes chez lui qui l'avait désarmée. Comment résister à un homme si riche en aspects et en visages ? C'était bien parce qu'elle se sentait si démunie face à lui qu'elle avait tout fait — mais en vain — pour lui échapper.

Sous ses paumes, Alan sentait Shelby et rien que Shelby. Son cœur battait tout contre le sien, et sa poitrine se soulevait et retombait au rythme régulier de sa respiration. Le mot « félicité » lui traversa l'esprit sans qu'il eût la force de le prononcer à voix haute. Il était encore assommé par la tornade et le sang continuait à rugir à ses tempes. Toutes les cellules de son corps semblaient en ébullition. C'était Shelby assurément qui coulait en lui, comme une liqueur, comme un vent fort qui coupait le souffle, comme une brise fraîche qui mettait à distance la dure réalité du monde. Une réalité qu'il avait toujours choisi de regarder en face. Mais avec Shelby à son côté, les aspérités paraissaient moins marquées, les pentes moins abruptes à gravir.

Il avait besoin de ces couleurs, de cette lumière, de ce tourbillon qu'était Shelby. Tout comme il était prêt à lui donner le calme et l'ancrage qu'elle pouvait attendre de lui.

Les paumes à plat, il fit descendre ses mains de ses épaules à sa taille, en une glissade lente et possessive.

— Mmm…, murmura-t-elle avec des langueurs de chatte paresseuse. Encore… Caresse-moi le dos.

Il s'exécuta, sortant peu à peu de sa torpeur en la sentant si réceptive sous ses doigts. Il changea de position et s'immobilisa net.

— Euh… Shelby ? Je ne voudrais pas t'inquiéter, mais je sens quelque chose de mou et de velu sous mes orteils.

— De mou et de velu ?

— Si c'est ton chat, il ne respire plus.

— MacGregor…, murmura-t-elle d'une voix assoupie.

Il lui embrassa les tempes, les cheveux.

— Oui ?

— Pas toi. Le cochon.

Alan dut laisser passer un temps de silence pour digérer l'information.

— Je te demande pardon ?

— Oh, Alan, tu es inimitable. J'adore la façon dont tu dis ça.

Rassemblant son énergie, Shelby se pencha au-dessus de lui, trouva une boîte d'allumettes à tâtons et alluma une bougie.

— Ah, voilà. J'avais envie de voir ton visage... Alan, je te présente MacGregor.

Elle pressa ses lèvres sur les siennes avant de lui désigner l'animal au pied de son lit.

— Tu as donné mon nom à un cochon en peluche lavande ?

Son regard était si comiquement indigné, son expression si typiquement masculine que, prise de fou rire, elle retomba contre sa poitrine.

— J'ai essayé de reléguer ton cochon dans un placard, mais il ne s'est pas laissé faire. Alors je l'ai placé là en décrétant que ce serait le seul MacGregor dont les manœuvres de charme lui vaudraient une place dans mon lit.

— Et c'est ce que j'ai fait, selon toi ? J'ai manœuvré pour m'insinuer dans mon lit ?

— Et comment ! Tu savais très bien que la place forte que je suis finirait par succomber sous tes assauts. Tu crois peut-être que j'étais armée pour me défendre contre ces ballons, ces peluches, ces fraises et ces arcs-en-ciel ?

La flamme de la bougie dansait doucement dans l'obscurité, projetant sur le visage d'Alan des ombres mystérieuses.

— J'étais *très* déterminée à ne pas céder, pourtant. Je m'étais juré que, quoi qu'il arrive, je n'irais jamais jusque-là.

Alan lui prit le poignet pour le porter à ses lèvres.

— Que tu n'irais jamais jusqu'où ? Jusqu'à m'ouvrir ton lit ?

— Pas mon lit, non. Je t'ai ouvert bien plus que cela. Ce que je ne voulais surtout pas, c'était tomber amoureuse.

Il y eut un silence. Les doigts d'Alan se crispèrent sur son poignet, puis se détendirent. Son regard était si intense, soudain, qu'il semblait la pénétrer tout entière. Elle sentit contre sa poitrine les battements accélérés de son cœur.

— Tu es amoureuse de moi, Shelby ?

— Oui.

La simple syllabe, à peine chuchotée, résonna en elle comme un coup de gong.

Sans un mot, Alan la serra contre lui. La gorge nouée, il la sentit fondre dans son étreinte. Jamais il n'aurait osé espérer qu'elle lui donne autant et aussi vite.

— Quand ? demanda-t-il dans un souffle.

Soulevant la tête, elle fit pleuvoir de petits baisers sur son torse.

— Quand ? Mmm... quelque part entre le moment où nous sommes sortis sur la terrasse des Write et celui où j'ai soulevé le couvercle d'un certain panier de fraises.

— Il t'en a fallu, du temps ! Moi, il a suffi que je te voie et c'était fait.

Riant tout bas, elle chercha son regard.

— Si tu m'avais dit ça, il y a une semaine ou même hier soir, je t'aurais pris pour un illuminé... Et je n'aurais peut-être pas eu tort. Mais quelle importance si nous sommes un peu cinglés l'un et l'autre ? Notre folie ne fait de tort à personne.

Avec un profond soupir, elle cueillit son visage entre ses paumes. Shelby se savait capable de tendresse. Pour les enfants. Pour les animaux. Parfois même pour une figure anonyme croisée dans la rue. Pour les hommes qui avaient partagé son lit, cependant, elle ne se souvenait pas d'en avoir jamais ressenti. Mais lorsque sa bouche se mêla à celle d'Alan, elle fut submergée par une douceur, une profondeur d'affection telle qu'elle s'en trouva comme inondée. De ses mains patientes d'artiste, elle caressa, modela son visage, enregistrant les contours pour pouvoir les restituer de mémoire.

Puis elle passa à son cou. A ses épaules, dont les muscles fermes résistaient sous les doigts. Alan avait le type même d'épaules sur lesquelles il faisait bon s'appuyer. Elles offraient un lieu où déposer son fardeau lorsqu'il devenait trop lourd à porter.

Un sourire se dessina sur les lèvres de Shelby. Elle ne ressentait ni l'envie ni la nécessité de transférer le poids de ses problèmes sur Alan. Il lui suffisait de savoir qu'il lui prêterait une épaule si elle en avait besoin. Juste le temps d'y laisser reposer la tête et de fermer les yeux quelques instants.

Pressant ses lèvres au creux de son cou, Shelby retrouva l'écho de sa propre odeur sur lui. Et la découverte l'enchanta.

— Je peux te dire quelque chose sans que ça te monte à la tête ? demanda-t-elle en lui caressant doucement les flancs.

— Mmm... Je ne te promets rien. Nous autres mâles sommes de fates créatures, baignant dans une autosatisfaction permanente. C'est connu.

— Tu te souviens, le jour où tu es passé dans mon atelier, quand tu as ôté ton polo pour le rincer ? Lorsque je me suis retournée et que je t'ai vu torse nu, j'ai eu envie de poser mes mains sur toi... Et j'ai été à deux doigts de le faire.

Ses mots trouvèrent un écho chez Alan, le touchant au cœur et aux entrailles, ranimant l'élan de son désir.

— Je ne t'aurais pas opposé une résistance trop farouche.

— De toute façon, si j'avais décidé d'abuser de toi, sénateur, murmura-t-elle avec un petit rire sensuel, tu n'aurais eu aucune chance de m'échapper.

— Ah non ?

Shelby se pencha pour lui effleurer les côtes de la pointe de la langue. Et sourit lorsqu'elle entendit le souffle d'Alan s'accélérer.

— Un MacGregor finira toujours par s'incliner devant une Campbell, proclama-t-elle, le regard plongé dans le sien.

Alan se préparait à répliquer lorsque la main de la jeune femme glissa à rebours de sa cuisse. La déclaration de Shelby était de celles qui appelaient une riposte. Mais il n'avait pas forcément besoin de mots pour avancer ses arguments. Puisque Shelby semblait en verve, il lui laissait le soin d'ouvrir les hostilités. Dans ce combat au corps à corps, il commencerait par se soumettre sans rechigner à sa bouche gourmande et à ses jolies mains ravageuses.

Dehors, la pluie infatigable poursuivait sa petite musique allègre. Mais, très vite, Alan n'entendit plus que la respiration de Shelby, ses soupirs et ses murmures.

Elle se mouvait sur lui avec lenteur, déposant un baiser par-ci, mordillant par-là, ne bâclant aucune étape du parcours fantasque qu'elle improvisait au gré de son inspiration. Lorsqu'elle fit une pause pour venir boire un baiser à ses lèvres, Alan estima qu'il était temps pour lui de passer à la contre-offensive. Et de montrer qu'un MacGregor ne pliait jamais l'échine sans montrer d'abord ce qu'il avait dans le ventre.

Saisissant sa taille d'un geste vif, il la fit rouler sur lui. Les joues de Shelby étaient empourprées par le désir, ses cheveux tombaient comme une cascade de feu autour de son visage. Saisi aux tripes, Alan imprima cette vision dans sa mémoire. Il la garderait comme un viatique, en prévision des nuits froides et des journées sans joie. Il la retourna alors sous lui et vit sa chevelure flamboyer sur le vert intense du couvre-lit. Eclairée par la fragile lumière de la bougie, elle avait l'air d'une créature à demi sauvage, à mi-chemin entre l'elfe et la gitane. Les yeux d'un gris très pur fixés sur lui exprimaient un mélange déconcertant d'attente, de défi, d'amour.

— Nous, MacGregor, avons nos méthodes pour mater les Campbell rétives, murmura-t-il.

Shelby sourit sans répondre. A travers ses paupières mi-closes, elle vit la bouche d'Alan descendre lentement vers la sienne. Mais il ne lui offrit pas la satisfaction d'un baiser. Ses lèvres dévièrent pour glisser le long de sa joue, descendre tracer des cercles de plus en plus rapprochés autour de ses seins. Chaque fois qu'elle se centrait sur une sensation, il repartait ailleurs, usant de cette patience inépuisable qui était sa meilleure arme. Il avait l'art de doser ses caresses, de jouer avec son plaisir pour la mener vers des extrémités qui frisaient la souffrance.

Vint le moment où tout bascula, où le reste du monde ne fut plus qu'une abstraction lointaine. La terre, peut-être, avait cessé de tourner sur son axe. Ou l'univers avait implosé pour se concentrer en un seul point de lave brûlante.

Shelby tremblait violemment lorsque Alan vint en elle. Il la prit avec lenteur, mêlant leurs respirations haletantes. Un instant, la course du temps parut ralentir. Puis elle repartit en accéléré et il n'y eut plus qu'un grand mouvement de matière qui se contractait, s'étirait, tourbillonnait au cœur du néant.

8

Shelby ouvrit un œil, constata qu'il faisait gris, et se blottit confortablement contre Alan pour s'octroyer une petite dose de sommeil supplémentaire. Mais Alan avait manifestement d'autres projets en tête que le repos. Sa main glissa le long de son dos, s'anima sur ses hanches, fila sur ses reins.

— Tu te réveilles toute seule ou je m'en charge ? lui chuchota-t-il à l'oreille.

Elle émit un vague grognement.

— Je suppose que ce son indistinct signifie que ton opinion n'est pas encore faite ?

Pressant les lèvres contre le cou de Shelby, Alan sentit son pouls assoupi, lent et régulier comme un mécanisme d'horlogerie. Mais il se faisait fort d'accélérer un peu le mouvement.

— Je peux peut-être t'aider à orienter ta décision ?

Se délectant de son consentement assoupi, il entreprit de la faire sortir, étape par étape, des limbes du sommeil. Qu'il puisse la désirer aussi impérieusement alors qu'ils avaient fait l'amour la moitié de la nuit le sidérait. Mais elle était si tiède, si douce — et ses petits soupirs le rendaient fou.

Il sentait la libido dormante de Shelby juste sous la surface, prête à affleurer et néanmoins contenue, si bien qu'elle lui laissait toute initiative pour explorer ses réactions à sa guise. Ils firent l'amour avec lenteur et paresse, comme un prolongement à deux de leurs rêves de la nuit.

— Je vote pour que nous restions au lit jusqu'à ce qu'il cesse de pleuvoir, murmura Shelby un peu plus tard tandis qu'ils reposaient côte à côte.

— Idéalement, il nous faudrait des jours et des jours. Voire une semaine… Mais tu ne dois pas ouvrir ta boutique, ce matin ?

— C'est toujours Kyle qui s'y colle, le samedi. Nous pouvons dormir comme des bienheureux jusqu'à ce soir et nous réveiller de temps en temps pour faire l'amour.

Il caressa amoureusement la rondeur de ses seins.

— J'ai un déjeuner officiel, hélas.

Shelby réprima un soupir. Pour un homme comme Alan, les contraintes de la vie publique envahiraient toujours tout, les week-ends y compris.

— Ça nous laisse quand même encore quelques heures, murmura-t-elle, refusant de se laisser démoraliser.

— Et le petit déjeuner ?

Shelby réfléchit à la question puis décida que ce matin, exceptionnellement, elle se sentait plus indolente qu'affamée.

— Tu sais cuisiner, toi ?

Il sourit.

— Non.

Sourcils froncés, elle lui attrapa les oreilles.

— Comment ça, tu ne sais pas cuisiner ? Je croyais que tu étais un ardent défenseur des droits de la femme ?

— Mais je le suis. Loin de moi l'idée de vouloir te coller aux fourneaux. Tu cuisines de ton côté, au fait ?

— A peine, admit-elle.

Il rit doucement.

— Avec l'appétit que tu as, ça me surprend.

— Oh, je me débrouille. J'ai une véritable vocation de pique-assiette. Et toi ? Comment es-tu organisé ?

— J'ai la chance d'avoir McGee.

— C'est ton cuisinier ?

— Mon majordome, en fait.

— Mon cher…

— Il fait pour ainsi dire partie de la famille. Je croyais qu'il ne quitterait jamais ni mes parents ni Hyannis. Mais, lorsque je suis venu à Washington, McGee a estimé qu'il était de son devoir de venir s'occuper de moi… Il se trouve que j'ai toujours été son préféré, vois-tu ?

— Ah, tiens ?

Shelby eut une vision du petit garçon qu'il avait été. Secret. Observateur. Attentif à des détails auxquels les autres enfants de son âge avaient dû rester insensibles.

— Et pourquoi toi plus que ton frère ou ta sœur ?

— Si je n'étais pas aussi modeste, je te répondrais que j'ai toujours été un enfant modèle, au caractère facile, à l'humeur égale.

— Menteur ! Et comment expliques-tu ton nez cassé si tu étais si exemplaire que ça ?

Il fit la grimace.

— Mon nez cassé ? C'est le résultat d'un direct du droit de Rena.

Shelby éclata de rire.

— Ta sœur t'a aplati le nez ? La croupière qui distribue les cartes au black jack ? Ah, c'est trop génial !

Alan lui attrapa le bout du nez et le lui tordit d'un geste amical.

— Cœur de pierre, va. Tu sais que ça a été sacrément douloureux, sur le coup ?

— J'imagine, oui. Elle te mettait K.O. régulièrement, ta sœur Rena ?

— Attention, je n'ai jamais dit qu'elle avait eu le dessus, protesta Alan dignement. Elle s'était jetée sur Caine pour tenter de le tabasser parce qu'il avait insinué qu'elle faisait les yeux doux à un de ses amis.

— Les frères ont toujours de ces réflexions pénibles…

— *Certains* frères, oui. Quoi qu'il en soit, j'avais entrepris de séparer les combattants lorsque le coup de Serena est parti. Et, comme par hasard, elle a manqué Caine et c'est moi qui l'ai pris en pleine figure.

Comme Shelby pouffait de rire, il secoua la tête.

— C'est à cette occasion que j'ai renoncé à faire carrière dans la diplomatie. La grande leçon que j'ai retirée de l'accident, c'est que c'est toujours le médiateur qui ramasse.

Hilare, Shelby laissa reposer un instant sa tête contre son épaule.

— Je suis sûre que ta sœur était bourrelée de remords.

— Au départ, oui. Mais, dès que le sang a cessé de couler, elle a réagi plus ou moins comme tu le fais aujourd'hui.

— Quelle insensibilité ! Allez, pour te consoler, je me charge de te concocter un vrai petit déjeuner. Tu vas voir ce que tu vas voir.

Dans un de ces grands sursauts d'énergie dont elle était coutumière, Shelby s'extirpa de sous les couvertures. Après quelques recherches infructueuses, elle finit par trouver son peignoir sous le lit.

— Tu viens ? On va voir s'il reste quelque chose de vaguement comestible dans mon réfrigérateur, proposa-t-elle lorsque Alan eut enfilé son jean.

— *Vaguement comestible ?* Ça ne paraît pas très encourageant, comme perspective culinaire.

— Ne commence pas à voir les choses en noir avant même que nous ayons fait une évaluation des stocks.

Ils traversèrent le séjour où le chat installé sur le canapé leur tourna ostensiblement le dos lorsqu'ils passèrent devant lui.

Shelby soupira.

— Il continue de faire la tête. Il ne me reste plus qu'à

lui acheter du mou pour me faire pardonner... Qu'est-ce que tu en penses, Eulalie ? Il a un sale caractère, non ?

Le perroquet émit une sorte de grincement.

— Eh bien... On dirait qu'elle s'est levée de la patte gauche, elle aussi, commenta Alan.

— Pas du tout. Si elle a parlé, c'est qu'elle est dans d'excellentes dispositions, au contraire.

— Parce que tu appelles ça « parler » ?

En guise de réponse, Shelby ouvrit la cage de l'oiseau et en sortit un petit bac plein d'eau souillée qu'elle tendit à Alan.

— Tiens. Occupe-toi de ça, puis tu feras le café. Je me charge du reste.

Sans lui laisser le temps d'émettre un avis, elle sortit récupérer le journal sur le pas de sa porte. Sceptique, Alan considéra le minuscule abreuvoir, comme si elle lui avait remis un bébé entre les bras en lui proposant de changer sa couche.

Pendant qu'il rinçait le bac, elle revint en parcourant des yeux la première page du *Washington Post*.

— Bon, apparemment, il ne s'est rien passé de très spectaculaire. Le voyage du président au Moyen-Orient continue de faire les gros titres... Tu aimes voyager, toi, Alan ? s'enquit-elle soudain en jetant le quotidien sur la table.

Conscient que la question était plus lourdement chargée de sens qu'elle n'en avait l'air, Alan répondit de façon aussi neutre que possible.

— Ça dépend. Dans mon métier, je n'ai pas toujours le choix, en fait.

— J'imagine, oui.

La gorge soudain nouée, Shelby s'accroupit devant le réfrigérateur ouvert. « N'y pense pas pour le moment, O.K. ? Pour aujourd'hui, au moins, laisse la réalité à ta porte. »

— Voyons, lança-t-elle gaiement. Nous avons un quart de litre de lait, un reste de riz cantonais et de poulet aux ananas. Une demi-lichette de fromage de chèvre. Et un œuf… Royal, non ?

Alan vint regarder par-dessus son épaule.

— Un seul œuf ?

— Ce n'est pas une raison pour se laisser abattre… Il faut envisager toutes les possibilités, murmura Shelby en se mordillant pensivement la lèvre.

— Moi j'envisagerais surtout de descendre au café du coin.

— Oh, Alan, un rien te décourage… Regarde, j'ai trois tranches de pain de mie. Cinq en comptant les talons. Ce qui nous fait deux tranches et demie chacun.

— D'accord. Mais c'est toi qui prends les talons.

— Monsieur est difficile.

Tout en faisant claquer doucement sa langue contre son palais, Shelby sortit le lait et l'œuf du réfrigérateur.

— Difficile, non. Exigeant, oui.

Pendant qu'il préparait le café, Alan la regarda mélanger le lait et l'œuf avec un peu de farine dans un saladier. Puis il la vit fouiller un bon moment dans le placard sous l'évier avant d'en extraire triomphalement une poêle à frire.

Elle croisa son regard amusé en se relevant.

— Je n'ai pas l'occasion de la sortir souvent, admit-elle en la dépoussiérant à l'aide d'un torchon.

— En temps normal, j'aurais remis le café du coin sur le tapis… Le seul problème, c'est que, pour sortir, il faudrait que tu t'habilles, constata-t-il avec un léger soupir. Et je te préfère de loin en version semi-dévêtue.

Shelby lui adressa un brûlant sourire d'invite, mais lorsqu'il s'approcha pour y répondre, elle secoua la tête en riant.

— Quand c'est l'heure de manger, c'est l'heure de manger, sénateur.

Elle trempa une tranche de pain dans son mélange et la plaça dans la poêle.

— Essaye de me trouver deux assiettes, tu veux bien ?

Alan s'exécuta puis revint l'embrasser dans le cou.

— Mmm... je te préviens. Les pains perdus brûlés sont pour toi.

Il rit doucement.

— Tu as du sucre glace quelque part ?

— Je ne crois pas, pourquoi ? Tu n'aimes pas le sirop d'érable ?

— Je préfère le sucre.

— Désolée pour toi, mais ce sera du sirop ou rien. Du moins, s'il en reste. Ouvre le deuxième placard sur ta gauche, pour voir ?

Shelby eut le temps de porter la poêle, les assiettes et les couverts sur la table avant qu'Alan ne finisse par mettre la main sur un maigre reste de sirop.

— Victoire, le voici ! Avec un peu de chance, on devrait pouvoir en tirer le contenu d'une cuillère à soupe, estima-t-il d'un air sombre.

— Parfait. Ça nous fait une cuillère à café et demie chacun.

Elle se servit avec précaution puis fit passer le reste à Alan.

— Je ne suis pas très organisée pour les corvées de réapprovisionnement, admit-elle.

— En ce qui concerne les boîtes pour chat, tu es tout à fait au point, en revanche. Tu dois en avoir au moins six en réserve.

— Moshé boude si je ne change pas de marque tous les jours.

Alan goûta le pain perdu et eut une moue appréciative.

— Honnêtement, je dois reconnaître que tu m'impressionnes, Shelby. Je ne m'attendais pas à ce que ce soit mangeable. En revanche, j'ai du mal à comprendre que, avec un caractère comme le tien, tu te laisses tyranniser par ce vieux chat despotique.

— Nous avons tous nos faiblesses. Et, pour le reste, Moshé est un colocataire idéal. Il n'écoute pas mes conversations au téléphone, ne puise pas dans mes réserves de chocolat et n'emprunte jamais mes vêtements.

— Ce sont tes critères de sélection en matière de vie commune ?

— Entre autres, oui.

Alan l'observa quelques instants en silence. Elle avait fait un sort à ses toasts en un temps record et prenait à présent le temps de boire son café à petites gorgées.

— Si je te promets de respecter ton téléphone, tes chocolats et ta garde-robe, accepteras-tu de m'épouser ?

Elle reposa bruyamment sa tasse sur sa soucoupe. Alan assista à ce phénomène rare entre tous : une Shelby interloquée, soudain réduite au mutisme.

— Shelby ?

Elle secoua la tête, puis, toujours sans un mot, empila les assiettes et les couverts pour les porter dans l'évier. Les lèvres serrées, elle se cantonnait dans un silence prudent. Si, par malheur, elle ouvrait la bouche, le mot « oui » risquait de lui échapper en traître.

Une boule de plomb était venue se loger dans sa poitrine. Si pesante qu'elle prit appui un instant contre l'évier pour regarder la pluie tomber. Lorsque les mains d'Alan vinrent se poser sur ses épaules, elle ferma les yeux.

Pourquoi n'avait-elle rien vu venir ? Elle le *savait*, pourtant, que, pour un homme comme Alan, amour et mariage étaient deux concepts indissociables.

Mais pourquoi se sentait-elle à ce point… tentée ? Elle n'avait rien contre le mariage, cela dit. S'engager envers un homme qu'elle connaissait à peine ne la choquait pas non plus outre mesure. Toute sa vie, elle avait pris des décisions impulsives. Et elle ne se souvenait pas d'en avoir jamais regretté aucune.

Mais Alan n'était pas simplement Alan. Le mot « sénateur » figurait dans son titre. Et il ne se contenterait pas d'enchaîner les mandats parlementaires. Son talent, ses idéaux le mèneraient plus loin et plus haut que ça. Il était voué à vivre sous le regard du public.

Elle l'entendit se lever pour venir se placer derrière elle.

— Shelby, murmura-t-il en lui pétrissant doucement les épaules, tu es la femme que j'aime. Je n'ai encore jamais rencontré personne avec qui j'aie eu envie de partager ma vie. Mais, avec toi, c'est une évidence. Je veux passer des milliers d'autres matinées comme celle-ci… j'ai envie de me réveiller à ton côté, de m'endormir en te tenant dans mes bras, d'entendre le son de ton rire.

— Moi aussi, j'ai besoin d'être avec toi.

— Alors épouse-moi.

— A t'entendre, ce serait si simple.

— Simple ?

Il rit doucement.

— Non, Shelby, je sais pertinemment que ce sera tout sauf simple. Mais je sais aussi que c'est vital, nécessaire.

— Alan… s'il te plaît, je n'ai pas envie de penser à cela, pas maintenant. Je t'aime et tu me rends heureuse — follement heureuse. Laisse-moi un peu de temps pour goûter ce bonheur sans arrière-pensée. Je t'en prie…

Il était tenté d'insister. De la couvrir de baisers pour lui arracher un engagement, une promesse. Mais il la sentait si vulnérable, soudain. Et si effrayée. Et il lui était odieux de faire pression sur elle dans ces conditions.

— Je peux te promettre d'attendre, Shelby. Mais je ne m'engage pas à patienter éternellement.

Shelby se retourna pour poser les deux mains en corolle autour de son visage.

— Ce ne sont pas des promesses que je te demande, Alan. Tout ce que je veux, c'est aujourd'hui, c'est maintenant. C'est ce week-end de pluie à Georgetown. Pourquoi penser à demain lorsque le présent a ce goût d'infini ?

En pressant ses lèvres contre celles d'Alan, Shelby ressentit un élan d'amour si intense qu'elle se sentit comme en implosion lente.

— Viens, retournons nous coucher. Fais-moi l'amour, Alan. Lorsque tu me tiens dans tes bras, il n'y a plus que toi et moi au monde.

Même s'il ne comprenait pas entièrement son désespoir, Alan y fut sensible. Sans un mot, il la souleva, la porta sur son lit et accéda à sa demande.

— Je peux encore prétexter un empêchement de dernière minute, proposa Alan en se garant devant chez lui.

— Mais non, pourquoi ? Cela ne me pose aucun problème de t'accompagner à cette soirée, je t'assure.

Shelby se pencha pour l'embrasser avant de descendre de voiture. La pluie avait enfin ralenti et ne tombait plus que sous forme d'une bruine légère qui se déposa en minuscules gouttelettes sur le velours grenat de sa veste.

— Ces dîners dansants ont leur charme, enchaîna-t-elle. Même lorsque ce sont des réunions politiques déguisées.

Alan la rejoignit sur le trottoir et passa le bras autour de ses épaules.

— Je te soupçonne d'être disposée à m'accompagner n'importe où pourvu qu'il y ait des satisfactions gastronomiques à la clé.

— Il est vrai que l'argument « bouffe » entre en ligne de compte, admit Shelby en lui enlaçant la taille. Et, en plus, ça me donne l'occasion de fureter un peu chez toi pendant que tu te changes.

— Il se pourrait que tu trouves ma maison un peu trop… *tranquille* à ton goût. Pire encore que ma voiture.

Avec un rire sensuel, Shelby lui mordilla l'oreille.

— Tranquille ? Toi, tu ne l'es pas, en tout cas. J'ai découvert le côté résolument ardent et sauvage que tu caches soigneusement.

— A propos d'ardeur et de sauvagerie, si nous restions à la maison, nous passerions une soirée plus stimulante, observa Alan en poussant la porte d'entrée.

Sitôt le seuil franchi, Shelby noua les bras autour de son cou.

— Je pourrais éventuellement renoncer à satisfaire mes papilles gustatives si tu fais l'effort de me procurer des plaisirs d'un autre type, chuchota-t-elle contre ses lèvres.

Alan allait répondre à l'invite lorsqu'un toussotement bref se fit entendre. McGee se tenait dressé, raide comme la justice, devant la porte du salon de réception. Son visage ridé était parfaitement inexpressif, comme l'exigeaient les codes élémentaires de sa profession. Et néanmoins, même à distance, Alan sentait les vagues de mécontentement émaner de sa personne pour se propager massivement jusqu'à lui.

Il faillit pousser un soupir. Comment McGee se débrouillait restait pour lui un mystère. Le vieux domestique était tout aussi raide, compassé et impavide qu'à l'ordinaire. Et néanmoins, sans prononcer un mot, il s'arrangeait pour exprimer vigoureusement sa réprobation.

Ainsi était McGee : sa conscience morale incarnée, en quelque sorte.

— Vous avez eu plusieurs appels en votre absence, monsieur le sénateur.

Alan réprima un sourire. Même ce « monsieur le sénateur » que McGee n'utilisait qu'en compagnie était lourd de reproches informulés.

— Rien d'urgent, j'espère ?

— Non, rien d'u*r*gent, monsieur le sénateur, répondit McGee en roulant ses « r », à l'écossaise.

Alan fit les présentations et Shelby, ravie, alla serrer la main du majordome.

— Vous êtes originaire des Highlands, McGee ?

— Du Perthshire, oui.

Le sourire de Shelby aurait charmé les pierres.

— Ma grand-mère vient de Dalmally. Vous connaissez ?

Alan vit le regard du vieux domestique s'adoucir.

— Bien sûr que je connais Dalmally. Il n'y a pas plus beau coin que celui-là.

— Je suis de votre avis. Ce sont les montagnes, surtout, qui ont fait impression sur moi. Je n'ai jamais vu de couleurs aussi extraordinaires que là-bas. Vous y retournez souvent ?

— Une fois par an, pour voir fleurir la bruyère. Parcourir la lande, lorsque la bruyère est en fleur, c'est ma définition du bonheur.

Décidément, le charme de Shelby opérait. C'était la phrase la plus longue — et la plus sentimentale — que McGee eût jamais prononcée en présence d'une personne étrangère à la famille.

— McGee, si vous voulez bien préparer le thé, je vais monter me changer. Le mieux serait de servir Mlle Campbell dans le petit salon.

— Mlle *Campbell* ?

L'impassibilité de McGee ne résista pas à cette révélation. Ses yeux s'arrondirent pendant une fraction de seconde. Shelby crut même y déceler un pétillement d'humour.

— Ho, ho ! Je sens qu'il va y avoir du grabuge, marmonna le vieux majordome tout en se dirigeant vers la cuisine.

Alan conduisit Shelby jusqu'au salon.

— Tu as réussi à délier la langue de McGee. C'est un exploit.

— Tu trouves ? C'est tout juste s'il a prononcé deux phrases.

— Mais pour McGee, ma chérie, c'est quasiment une allocution !

Shelby sourit en examinant la pièce.

— Ma foi... Je le trouve plutôt à mon goût, ton major-dome. Ce qui m'a plu, surtout, c'est la façon dont il t'a fait comprendre, sans prononcer un mot, qu'il n'était pas content *du tout* que tu ne sois pas rentré de la nuit.

Glissant les mains dans les poches de sa jupe, Shelby alla se planter devant le tableau du paysage sous la tempête. Le salon était ordonné, apaisant, avec ici et là une touche de couleur hardie. Shelby songea à la coupe vert jade qu'elle avait tournée le lendemain de sa rencontre avec Alan. Ici, dans ce salon, elle irait à la perfection. Comme si elle avait façonné le pot à dessein pour qu'il trouve sa place dans cette pièce.

Sans même le connaître, elle avait fabriqué un objet adapté à son décor.

En sachant qu'elle-même, en revanche, ne s'adapterait jamais dans ce cadre... Rejetant cette pensée déprimante, Shelby se tourna vers Alan.

— J'aime la façon dont tu vis.

Alan fut surpris par la simplicité de sa remarque. Il s'était attendu à un de ses habituels commentaires légers, où affleurait toujours quelque sous-entendu ironique.

— J'aime te voir ici, murmura-t-il en la prenant dans ses bras.

Shelby aurait voulu se cramponner à son cou, fermer les yeux, se noyer dans ses baisers pour oublier le reste du monde. Mais elle se contenta de lui effleurer la joue en souriant.

— Tu devrais monter te changer. Plus vite nous arriverons là-bas, plus vite nous en repartirons.

Il pressa les lèvres au creux de sa paume.

— Voilà un raisonnement comme je les aime. Je ne serai pas long, mon amour.

Restée seule, Shelby ferma les yeux, submergée par un brusque accès de panique. Qu'allait-elle devenir ? Comment pouvait-elle se sentir si proche de cet homme, l'aimer comme elle l'aimait, tout en sachant qu'un avenir avec lui était impossible ? Des signaux d'alerte se répondaient d'un bout à l'autre de son cerveau affolé. « Attention. » « Sois prudente. » « Souviens-toi »...

Il était clair que tout les opposait. Même un *enfant* se rendrait compte qu'Alan et elle n'avaient rien en commun. Le cœur lourd, Shelby ouvrit les yeux pour regarder autour d'elle. L'ordre qui régnait dans ces pièces n'était pas plaqué, artificiel. Il reflétait la personnalité d'Alan. Elle aimait sincèrement l'ambiance qui se dégageait des lieux, la beauté sans ostentation des objets, la calme solidité du mobilier.

Mais ce n'était pas *son* style.

Si elle vivait dans le chaos de son côté, ce n'était ni par paresse ni par négligence, mais parce que le désordre était son choix.

Il y avait une bonté innée chez Alan qu'elle n'était pas certaine de partager. Une tolérance dont elle se savait dépourvue. Lorsqu'il posait un acte, Alan s'appuyait sur des faits ou sur des théories soigneusement construites. Alors qu'elle naviguait à vue en comptant sur le hasard ou sur l'inspiration du moment.

Effarée, Shelby se passa la main dans les cheveux. Comment deux êtres aussi opposés pouvaient-ils s'aimer autant ?

Elle aurait dû obéir à son instinct premier et prendre la fuite. Fermer boutique, quitter Washington, disparaître sans laisser de traces... Avec un léger rire involontaire, Shelby secoua la tête. Même si elle était partie, cela n'aurait rien changé. Elle aurait eu beau détaler comme un lapin, Alan l'aurait suivie à son rythme. Calmement. Sans se presser. Et lorsque, à bout de souffle, elle se serait effondrée à même le sol, elle aurait trouvé Alan debout à côté d'elle à l'attendre de pied ferme.

— Votre thé, mademoiselle Campbell.

Au premier coup d'œil, Shelby tomba amoureuse du service à thé que McGee apportait sur un plateau.

— Je rêve ou c'est du Meissen ? Mais si, quelle merveille ! Et de la porcelaine rouge, en plus. Vous permettez ?

Elle souleva une des tasses, admira le décor et la finesse.

— Mmm... Johann Böttger, début du XVIIIe siècle. Absolument exquis. Voyez-vous, McGee, pouvoir admirer un service comme celui-ci dans la vitrine d'un musée, c'est une bonne chose. Mais je trouve surtout merveilleux que ces objets servent encore à un usage quotidien. Qu'on puisse les toucher, les manipuler, y poser les lèvres.

L'air vaguement décontenancé, McGee hocha la tête.

— Si l'alchimiste Böttger a trouvé la formule de la porcelaine dure, il n'a jamais atteint le but qu'il s'était fixé : égaler les maîtres orientaux. Mais chacun de ses « échecs » est un petit chef-d'œuvre.

A l'expression du majordome, Shelby comprit qu'il commençait à s'inquiéter sérieusement pour l'avenir de la vaisselle d'Alan. Amusée, elle reposa la tasse sur le plateau.

— Désolée, McGee. C'était plus fort que moi. J'ai un faible pour la terre.

— La terre ?

Elle tapota la théière du bout du doigt.

— Tout commence avec un peu d'eau et un peu d'argile.

McGee opina dignement.

— Tout commence et tout finit par un peu de poussière, en effet... Vous souhaitez sans doute vous asseoir, mademoiselle ?

Elle prit place sur le canapé pour lui faire plaisir. Le majordome disposa gravement le service à thé devant elle.

— Dites-moi, McGee… Alan a-t-il toujours eu ce côté calmement imbattable ?

— Oui, mademoiselle, répondit le majordome sans hésiter.

— C'est bien ce que je craignais, marmonna Shelby.

— Je vous demande pardon, mademoiselle ?

Shelby releva la tête en souriant.

— Considérez que je n'ai rien dit, McGee.

Alan trouva Shelby dans une attitude méditative, le regard rivé sur le contenu de sa tasse.

— Tu as l'air bien pensive, commenta-t-il en s'immobilisant à l'entrée de la pièce.

Dès qu'elle le vit, un sourire illumina son visage, effaçant le soupçon de mélancolie qui assombrissait ses traits.

— Bravo. Tu t'es changé en un temps record… Il faudra que tu rassures McGee sur mon compte, en revanche. Je me suis montrée un peu trop enthousiaste en découvrant ton service à thé et je crois qu'il me soupçonne de vouloir glisser une soucoupe ou deux dans mon sac avant de repartir.

Reposant sa tasse, Shelby se leva pour passer son bras sous celui d'Alan. Elle examina sa tenue, sourit et lissa le col de sa chemise.

— Tu es tout à fait distingué, comme ça.

— Distingué… ou *tranquille* — voire « pépère » ?

Elle pouffa.

— Aucun souci de ce côté-là, sénateur. Tu as encore de la marge. Si je sens que tu bascules du côté de « pépère », je me charge de te secouer à temps.

Comme ils passaient dans le vestibule, Alan l'immobilisa en lui glissant un bras autour de la taille.

— Stop. J'ai une urgence… Ça fait une heure et vingt-trois minutes que je ne t'ai pas embrassée, chuchota-t-il contre ses lèvres.

Sa bouche couvrit la sienne avec la calme assurance qu'Alan mettait en toute chose. Lorsqu'elle s'offrit à son baiser, il les mena l'un et l'autre jusqu'à la limite où tout bascule. En prenant soin de rester juste en deçà.

— Je t'aime, chuchota-t-il en lui mordillant la lèvre.

Nouant les bras autour de son cou, elle chercha de nouveau sa bouche. Il l'embrassa jusqu'à la sentir fondre et ployer entre ses bras.

— Ce soir, quel que soit l'homme avec qui tu danseras, pense à moi, chuchota-t-il.

Le souffle coupé, Shelby leva les yeux. Dans le regard d'Alan brûlait un feu sombre auquel elle se savait impuissante à résister. Pendant une fraction de seconde, le pouvoir qu'il détenait sur elle la terrifia. S'il le désirait, il pouvait anéantir sa volonté, l'absorber dans sa sphère d'influence, la transformer en marionnette docile.

Maintenant ses lèvres pressées contre les siennes, elle soutint son regard.

— Ce soir, quelle que soit la femme avec qui tu danseras, c'est moi que tu désireras… et je le saurai, ajouta-t-elle tout bas en posant la tête sur son épaule.

Son regard tomba sur le reflet que leur renvoyait le grand miroir encadré à l'or fin. Alan, grand, mince, d'une élégance très conventionnelle dans son smoking noir. Et elle, aussi peu orthodoxe que possible dans une veste en velours ajustée et une étroite jupe rose qu'elle avait dégotée chez un antiquaire spécialisé en vêtements d'époque.

Elle fit pivoter Alan pour le placer face à la glace.

— Qu'est-ce que tu vois ? demanda-t-elle.

Glissant le bras autour de sa taille, il examina le couple qu'ils formaient. Le sommet de la tête de Shelby arrivait au niveau de sa mâchoire. Elle portait une nuance de rose a priori incompatible avec sa carnation et sa chevelure. Mais, sur Shelby, l'effet était tout simplement extraordinaire. Elle aurait pu sortir tout droit du miroir ancien, comme un témoignage vivant de l'époque où il avait été fabriqué.

A part qu'elle ne portait pas de camée à son cou, mais un collier fantaisie qu'elle avait dû dénicher dans une des innombrables petites boutiques de Georgetown.

Il contempla le pâle ovale de son visage, le gris de ses yeux légèrement troublé par le doute.

— Je vois une femme et un homme qui s'aiment, dit-il. Deux personnes très dissemblables et, néanmoins, bizarrement assorties.

Shelby posa la tête sur son épaule, à la fois séduite et contrariée qu'il ait si bien saisi le sens de sa question.

— Lui, on aimerait plutôt le voir avec une fille blonde à la beauté un peu froide, vêtue de la classique petite robe noire des grandes occasions, non ?

Alan parut réfléchir un instant.

— Ainsi, pour toi, l'amour se résume à apparier deux personnes esthétiquement compatibles ? s'enquit-il avec une gravité feinte.

Secouant la tête, Shelby scruta les traits d'Alan dans le miroir. Il avait une expression si calme, si raisonnable, qu'elle ne put s'empêcher de rire.

— Je suppose que tu n'attends pas de réponse à cette question, Alan ? Bon, puisque c'est comme ça, je me comporterai ce soir de façon tout aussi distinguée que toi.

— Ah ça, non, surtout pas ! protesta-t-il en l'entraînant vers la porte. Tu veux gâcher ma soirée ou quoi ?

Ni l'élégance des éclairages, ni l'éclat du cristal, ni la beauté des nappes damassées ne dépaysèrent Shelby ce soir-là. Elle retrouvait, quasi intact, l'arrière-plan familier de son enfance. Un monde avec lequel elle avait pris certaines distances sans jamais pour autant le quitter tout à fait.

Très à l'aise dans ce milieu qu'elle connaissait comme sa poche, Shelby conversait avec un responsable de commission assis à sa gauche.

— Si tu n'étais pas aussi têtu, Léo, et que tu acceptais de changer de raquette, je suis sûre que tu améliorerais considérablement ton jeu.

— Mon jeu *s'est* amélioré, protesta son voisin de table en haussant ses épaules massives. Cela fait une éternité que nous n'avons pas joué ensemble, Shelby. J'ai fait des progrès fulgurants.

Shelby sourit.

— Alors il serait temps que je te défie de nouveau sur un court.

— Je me ferais un plaisir de te mettre une pâtée, petite fille.

— Ne crie pas victoire trop tôt, Léo.

Shelby avait eu l'agréable surprise de se trouver placée à la droite de Léo Ferty, un vieil ami de la famille. Si elle connaissait la grande majorité des personnes présentes à ce dîner, elle se serait ennuyée à mourir avec la plupart d'entre elles.

Ambition et amour du pouvoir.

Tel un coûteux parfum, on sentait l'une et l'autre flotter dans la pièce, sous les hauts plafonds décorés de fresques. Pour Shelby, l'ambition n'était pas un problème. Ce qui lui pesait, c'était la raideur, la langue de bois, le poids des règles et des traditions qui faisaient de cet univers un carcan.

Un carcan auquel Alan, qu'il le veuille ou non, serait toujours forcé de se soumettre.

Refusant de s'appesantir sur ces considérations, Shelby

se concentra sur son interlocuteur. Elle avait promis à Alan de se comporter admirablement. Et jusqu'à présent, elle avait fait des efforts plus que méritoires dans ce sens.

— Dites-moi, MacGregor, vous avez déjà joué au tennis avec cette demoiselle ? demanda Léo en se penchant vers Alan.

— Pas encore, non. Mais nous veillerons à réparer cette omission.

— J'aime autant vous prévenir tout de suite, grommela Léo. Elle aime gagner et elle est prête à tout pour y arriver. Sans respect aucun pour l'adversaire.

— Ah, il est hors de question que je t'accorde des points d'avance à cause de ton grand âge, Léo, le taquina-t-elle.

Le responsable de commission eut un sourire bourru.

— *Mon grand âge ?* Petit démon, va.

Shelby se tourna vers Alan.

— Tu joues au tennis, toi ? s'étonna-t-elle en l'examinant à travers ses paupières mi-closes. Je te verrais plutôt devant un jeu d'échecs. Les stratégies à long terme, c'est ton style, non ?

— J'aime beaucoup les échecs également. Il faudra que nous fassions une partie ensemble.

— Une partie d'échecs ? D'une certaine manière, nous en avons déjà joué une, je crois ? observa-t-elle avec un sourire en coin.

— Tu veux prendre ta revanche ?

Shelby caressa Alan d'un regard brûlant.

— Ce ne serait peut-être pas très prudent, si ? Imagine que je gagne et que je parvienne réellement à te dire non, cette fois ?

La connivence amoureuse qui s'exprimait à travers les mots, le sourire de Shelby agirent sur Alan comme le plus puissant des aphrodisiaques. Bon sang, ce dîner interminable ne prendrait donc jamais fin ! Il la voulait pour lui seul, dévêtue, pantelante, livrée à lui corps et âme. C'était l'odeur de Shelby qui martelait ses sens. Pas le parfum exquis des roses disposées en bouquets bas sur la table. Pas les fumets de l'excellent magret de canard que l'on venait de poser devant lui.

Une seule voix au milieu de cette foule lui donnait des frissons, et c'était celle de Shelby. Il pouvait soutenir une conversation avec la congressiste assise à côté de lui, mais ses pensées étaient avec Shelby, son désir était pour Shelby, son être entier n'aspirait qu'à elle seule.

Alan sentit un assaut de panique lui cisailler la poitrine. Une telle intensité de passion pouvait, à la longue, vous altérer la raison. La tension s'atténuerait-elle avec le temps ? Du coin de l'œil, il observa le profil de Shelby. Ces traits aigus, cette chevelure flamboyante, cet éclat, cette énergie… Non, aimer Shelby ne serait jamais « tranquille ». Et la passion qu'il éprouvait pour elle ne se changerait pas en affection paisible.

Mais elle était la figure même de son destin. Tout comme il était la figure du sien. Et que pouvaient-ils faire d'autre que s'incliner devant l'inéluctable ?

La rumeur des conversations enflait puis retombait, ponctuée par la discrète musique classique en fond sonore. Au café, on vit apparaître les premiers cigares et de gracieux fume-cigarette vinrent se ficher entre des lèvres carmin ou vermillon. Des volutes de fumée bleues et blondes s'élevèrent paresseusement vers le plafond. La politique, comme toujours, était au cœur des discussions. Alan entendit Shelby s'exprimer en termes concis et peu flatteurs sur un projet de loi qui devait être soumis au Congrès la semaine suivante. Même si Alan partageait son avis sur le fond, il lui serait à jamais impossible d'adhérer à la forme de son discours. En rebelle consacrée, Shelby s'exprimait sans prendre de gants. La diplomatie ne serait jamais son style.

Se rendait-elle compte, au moins, à quel point son

attitude était complexe ? Elle se proclamait ennemie jurée de la politique et des politiciens. Mais elle n'en évoluait pas moins dans ce milieu comme un poisson dans l'eau. Shelby suivait l'actualité avec attention, connaissait toutes les ficelles du métier et se montrait parfaitement capable de soutenir une conversation, même pointue, sur les petites et les grandes questions qui agitaient le Capitole comme la Maison Blanche.

Et si malaise il y avait, ce n'était pas du côté de Shelby qu'il se situait. Elle soutenait des points de vue tout à fait cohérents, même si elle les exprimait sans précautions oratoires excessives. Le regard d'Alan glissa sur les autres convives réunis à leur table. Shelby était moins raffinée que les autres femmes présentes. Mais seulement parce qu'elle avait choisi de conserver l'éclat du joyau brut, refusant de se laisser lisser, polir, retailler.

Elle avait réussi l'exploit de rester elle-même, sans ostentation. Si Shelby se distinguait du lot, ce n'était pas par défi, mais tout simplement parce qu'elle était unique, lumineuse, résolument différente.

La jeune femme brune, mince comme une liane, assise en face de lui était indéniablement plus belle que Shelby. L'ambassadrice blonde de Suède était plus majestueuse. Mais une fois la soirée terminée, ce serait Shelby et rien que Shelby qui resterait dans les mémoires. La députée de l'Ohio pouvait être remarquablement drôle et la sous-secrétaire d'Etat à la Culture brillait par son érudition. Et c'était néanmoins avec Shelby que l'on avait envie de nouer une conversation.

La raison était difficile à nommer. Peut-être parce qu'elle était libre, vivante et authentique. Et que son côté solaire attirait irrésistiblement.

Les lèvres de Shelby vinrent frôler son oreille.

— Accepteriez-vous de m'accorder cette danse, monsieur le sénateur ? J'ai besoin de poser mes mains baladeuses sur ta personne. Et ce serait le seul moyen de me serrer fort contre toi sans contrevenir aux lois élémentaires de la décence.

Alan commença par laisser passer sur lui la première vague brûlante de désir suscitée par ses paroles. Puis il se leva et s'inclina devant elle, sous le regard attentif de Léo et de la plupart des invités présents.

— C'est étonnant comme nos esprits fonctionnent en concordance, observa-t-il en la guidant jusqu'à la piste de danse.

Il la prit dans ses bras et ajouta dans un murmure :

— Et comme nos corps s'accordent à la perfection.

La tête renversée en arrière, Shelby darda sur lui un regard qui promettait des océans de nuits d'amour, de secrets. Ses lèvres mi-closes murmuraient leur invite. Alan la trouva sublime.

— Etant donné que tout nous oppose, nous ne devrions pas nous mouvoir sur une piste de danse en parfait accord, sénateur. Nous ne devrions pas non plus nous comprendre à demi-mot. Il y a là quelque énigme dont je ne parviens pas à trouver la clé.

— Tu es un défi à la logique, Shelby. Comment voudrais-tu qu'il y ait une explication sensée à un phénomène qui te concerne ?

Elle se mit à rire, ravie par la façon dont fonctionnait son intelligence.

— Tu es un homme infiniment trop rationnel, Alan, pour que l'on puisse débattre de quoi que ce soit avec toi.

— J'en déduis que tu débattras ferme, au contraire, et que nous aurons toujours des discussions enflammées à tout propos.

— Exactement, admit-elle avec un soupir en posant la tête sur son épaule. Tu me connais trop bien, Alan. Je suis en danger de t'aimer trop. Ce n'est plus de l'amour, c'est de l'adoration, à ce stade.

Alan se souvint que Myra avait utilisé ce même mot d'« adoration » pour qualifier les sentiments de Shelby pour son père.

— Je suis prêt à prendre le risque, murmura-t-il. Et toi ?

Les yeux clos, Shelby eut un mouvement imperceptible de la tête dont il ne sut s'il exprimait un acquiescement ou un déni effaré.

Plus tard, ce soir-là, alors que Shelby évoluait sur la piste de danse avec un ancien camarade d'armée de son père, Léo posa une main massive sur l'épaule d'Alan.

— Alors, mon ami, parlez-moi un peu de vos projets. Vous marquez des points dans votre combat solitaire pour les sans-abri, dit-on ?

Une ébauche de sourire se dessina sur les lèvres d'Alan.

— Pas si solitaire que ça, mon combat. Et j'ai des nouvelles très positives de Boston, où plusieurs foyers sont déjà ouverts.

— Ce serait une bonne chose si votre projet pouvait aboutir avant la fin du mandat présidentiel en cours, commenta Léo en allumant un cigare. Cela ferait basculer pas mal d'électeurs de votre côté. Au cas où vous décideriez d'entrer en lice pour les prochaines présidentielles, j'entends.

Tout en portant son verre à ses lèvres, Alan sentit son regard glisser en direction de Shelby.

— C'est un peu tôt pour y penser, Léo.

Ce dernier envoya un rond de fumée au plafond.

— Non, ce n'est pas un peu tôt. C'est le bon moment, au contraire, même si l'échéance concrète est dans huit ans. Du soutien, vous en aurez. Je connais beaucoup de gens qui seraient prêts à se battre pour vous, si de votre côté vous acceptiez de franchir le pas.

Alan regarda son voisin de table droit dans les yeux.

— J'ai déjà eu quelques échos qui vont dans le même sens, en effet. Et j'apprécie la confiance que l'on me témoigne ici et là, en haut lieu. Mais ce n'est pas une décision que je prendrai à la légère. Quelle qu'elle soit, d'ailleurs.

Léo sourit.

— Il y a toujours des arguments pour et des arguments contre, bien sûr. Mais les circonstances nous laissent-elles forcément le choix ? Tout à fait entre nous, je ne vois guère que vous, dans le sérail, qui ayez le profil requis. Vous avez la probité, l'intelligence, mais aussi l'envergure.

— A priori, je pensais que, à trente-cinq ans, j'avais encore du temps devant moi.

— En d'autres circonstances, peut-être. Mais regardons les choses en face, Alan : vous êtes le seul dans le lot à avoir le charisme d'un futur président. Votre jeunesse, d'ailleurs, peut jouer en votre faveur. Vous avez eu le temps de faire vos preuves comme congressiste, mais la routine du pouvoir ne vous a pas encore usé. A votre actif, vous avez un brillant cursus universitaire. Et vous vous êtes également distingué dans le domaine sportif, ce qui fait un point de plus pour vous. Les Américains aiment à penser que leur président excelle sur tous les plans. Vous venez d'un très bon milieu, solide et sans tache. Et le fait que votre mère soit une chirurgienne réputée fera également pencher la balance de votre côté.

— Ma sainte mère sera enchantée de l'apprendre, ironisa Alan.

Léo eut un geste ample de la main.

— Vous savez comme moi que chaque détail a son importance. Notre électorat traditionnel comporte une proportion importante de femmes actives. Avec vous, elles se sentiront comprises. Votre père, lui, a la réputation d'être un original et un individualiste forcené.

Mais, s'il mène ses affaires à sa façon, il a toujours été scrupuleusement honnête.

Alan fit tourner pensivement son vin dans son verre.

— Léo... Qui vous a mandaté pour vous livrer à ces travaux d'approche ?

— Et vous êtes également perspicace, conclut Léo en riant. Disons qu'on m'a demandé de dégrossir un peu le sujet avec vous afin de sonder vos intentions.

— Bon, très bien, alors je serai clair : je n'exclus pas de me lancer dans la course pour l'investiture à l'occasion des prochaines primaires.

— Parfait. C'est la réponse que j'espérais... Reste maintenant la question de Shelby, ajouta Léo pensivement. Personnellement, je l'adore. Mais sera-t-elle un atout dans votre campagne ? J'ai été un peu surpris de découvrir que vous étiez en couple, ce soir. Mais après tout... pourquoi pas ? Rien n'interdit que l'épouse d'un président ait un caractère bien trempé.

— Tout à fait, rétorqua Alan plutôt sèchement.

— Pour commencer, Shelby est — et restera toujours — la fille du sénateur Campbell. C'est une enfant de la politique, qu'elle le veuille ou non. Personne n'aura besoin de lui expliquer les règles, l'usage, le protocole. Elle est pour ainsi dire tombée dedans à la naissance. D'un autre côté, il faut reconnaître que c'est une originale. Et pas qu'à moitié, d'ailleurs.

Léo tapota sur son cigare pour en faire tomber la cendre.

— Elle a pas mal rué dans les brancards, toutes ces années. Mais sans rompre pour autant avec son milieu d'origine. Certains — dont je suis — apprécient sa fraîcheur et son naturel. D'autres froncent les sourcils et ne voient pas ses « excentricités » d'un très bon œil.

Pendant qu'Alan rongeait son frein en silence, Léo

replaça son cigare entre ses lèvres et le mâchonna un moment avant de poursuivre :

— De toute façon, Shelby est encore jeune. Je ne dis pas qu'elle est malléable, car nous savons l'un et l'autre que ce n'est pas le cas. Mais je pense qu'il y a moyen d'arrondir un peu les angles et d'atténuer les aspects un peu trop saillants du personnage. Avec le passage des années, elle perdra en agressivité et gagnera en discrétion. Surtout que le milieu d'où elle vient et l'éducation qu'elle a reçue sont au-dessus de tout reproche. Son originalité, sa fraîcheur, la façon détonnante dont elle dit ce qu'elle pense vous apporteront la petite touche de romantisme qui peut faire basculer l'opinion en votre faveur. Globalement, je pense que Shelby Campbell fera une excellente épouse de président. Il faudra juste retravailler un peu son image.

Tenté de lui lancer son vin à la figure, Alan jugea préférable de poser son verre.

— Il est hors de question que Shelby change quoi que ce soit à sa façon d'être pour se conformer à une image prédéfinie. Elle n'a pas à être un « atout » pour qui que ce soit sauf pour elle-même. Notre relation ne concerne que nous, Léo. Je n'ai pas l'intention de livrer Shelby en pâture à la machine à broyer politique.

Léo Ferty fronça les sourcils en contemplant la pointe de son cigare. Il avait touché un point sensible, de toute évidence. Mais il n'était pas mécontent de la façon dont Alan parvenait à maîtriser sa rage. Rien de plus périlleux pour une nation que d'avoir une tête brûlée aux commandes.

— Je comprends parfaitement que vous teniez à préserver votre vie privée, Alan. Mais si vous briguez la Maison Blanche, votre épouse aura nécessairement un rôle à jouer, elle aussi. Notre culture est fondée sur le couple. On considère que la femme est le reflet de l'homme et vice versa.

Alan savait qu'il n'avait pas tort. Ce qui n'était pas fait pour améliorer son humeur. Il touchait là au cœur de son problème avec Shelby. Et les exigences de sa vie amoureuse semblaient plus que jamais incompatibles avec celles de sa vocation politique.

— Ma décision, je la prendrai en temps utile. Mais Shelby restera Shelby. Je refuse qu'elle se sente obligée d'entrer dans quelque moule que ce soit à cause de moi. Et c'est mon dernier mot, Léo.

9

Le lundi matin, Shelby ouvrit Calliope en pleine forme. Le soleil brillait de nouveau dans un ciel sans nuages. Mais même si des pluies de mousson s'étaient soudain déversées sur Washington, son humeur serait restée inaltérée sous les trombes. Elle avait passé toute la journée du dimanche chez elle avec Alan, sans mettre le nez dehors. Sa chambre à coucher était devenue un microcosme enchanteur où, vingt-quatre heures durant, ils s'étaient suffi à eux-mêmes.

Mais aujourd'hui, après avoir fait le plein d'amour et de plaisir, elle se sentait débordante d'énergie et à cent pour cent réceptive au monde extérieur. Prenant le *Washington Post*, Shelby l'ouvrit à la page des dessins humoristiques et suivit d'un œil amusé les aventures du personnage baptisé « Macintosh ». Les coudes calés sur la caisse et le menton en appui sur les paumes, elle éclata de rire à la lecture de la minibande dessinée.

Sacré Grant. Il avait une façon vraiment désopilante de croquer les politiques. Elle ne se lasserait jamais de son approche des événements. Il était rare, d'ailleurs, que les personnages publics qui faisaient l'objet de ses caricatures prennent ombrage de ses trouvailles. D'une certaine manière, il s'agissait pour eux d'une consécration, même s'ils étaient rarement présentés sous leur jour le plus glorieux.

Comme d'habitude, les dessins n'étaient pas signés. Seules les initiales « G. C. » figuraient discrètement dans un coin. Peut-être était-il plus sage de garder l'incognito lorsqu'on avait fait de la satire son gagne-pain ?

Shelby secoua la tête. Elle ne pouvait que s'incliner devant tant de modestie. Etre brillante dans l'anonymat ne serait jamais sa tasse de thé. De même qu'elle ne supporterait pas de vivre cachée loin du monde. Elle tournait les pages de son journal en sirotant son café refroidi lorsque la porte de la boutique s'ouvrit. C'était Maureen Francis, qui avait troqué son ciré jaune contre un ensemble très design.

— J'ai failli ne pas vous reconnaître sans votre tenue de marin pêcheur, s'exclama Shelby spontanément. Vous êtes radieuse, ce matin.

— Merci.

Maureen posa sa serviette en cuir à côté de la caisse.

— Je viens récupérer mes achats. Et je tenais à vous remercier, surtout.

— Une seconde, je vais chercher vos cartons… Me remercier pour quoi, au fait ? lança Shelby par-dessus son épaule, tout en tentant de se frayer un chemin dans le désordre de son atelier.

— Pour l'adresse que vous m'avez donnée.

Maureen passa derrière la caisse pour venir la rejoindre et jeta un coup d'œil intrigué sur le tour, les étagères où s'alignaient les biscuits attendant une seconde cuisson.

— Vous allez sans doute me trouver très curieuse. Mais j'aimerais tellement vous voir à l'œuvre !

— Venez faire un saut un mercredi ou un samedi. Si vous avez la chance de me trouver dans de bonnes dispositions, je vous montrerai comment je procède.

— Je peux vous poser une question stupide ?

— Bien sûr. Tout le monde a droit à trois questions stupides par semaine.

Maureen eut un grand geste qui engloba à la fois la boutique et l'atelier.

— Comment faites-vous pour être à la fois au four et au moulin, si je puis m'exprimer ainsi ? Produire, créer, c'est une chose. Mais lorsqu'en plus il faut vendre… Ça fait beaucoup pour une seule personne, non ?

— Ce n'est pas une question stupide, déclara Shelby après réflexion. Elle me paraît même très pertinente. En fait, j'ai besoin de mon indépendance, pour commencer, et de la solitude qui va avec mon côté créatif. Mais je ne peux pas pour autant me passer du monde extérieur. Il faut que je voie des gens, que j'échange, que je brasse. D'autre part, c'est plutôt stimulant d'être son propre maître, non ?

Maureen hocha la tête.

— Oh oui… Même si je suis parfois tentée de repartir en courant à Chicago pour retrouver la sécurité qu'offre un emploi salarié. Ça ne vous arrive jamais de vous sentir vaciller ?

— L'insécurité fait partie du jeu. Je me dis parfois qu'il doit exister une sorte de filet de sécurité invisible pour des gens comme nous.

— Il s'agirait de faire confiance à la vie, autrement dit ?

— En gros, oui… Et de croire en ses propres capacités aussi, enchaîna Shelby en tendant un des cartons à Maureen. Donc, si j'ai bien compris, vous avez appelé Myra ?

Elles sortirent de l'atelier, les bras chargés de paquets.

— Oui. Dès le samedi après-midi, en fait. Je n'ai eu que le mot « Shelby » à prononcer et hop ! Elle m'a invitée à déjeuner chez elle aujourd'hui.

— Myra perd rarement son temps.

Shelby souffla pour remonter la frange qui lui tombait sur les yeux et posa les paquets sur sa caisse.

— Je vous tiendrai au courant, promit Maureen en

remplissant son chèque. Il est rare que l'on tende la main à un inconnu comme vous l'avez fait pour moi. Vraiment, j'apprécie.

— Puisque vous croyez en ce que vous faites, c'est normal que les autres y croient aussi, observa Shelby en riant. Cela dit, Myra n'est pas quelqu'un de facile.

Maureen sourit.

— Moi non plus. Donc ça tombe bien ! Dites, vous allez penser que j'exagère, mais c'est plus fort que moi : comment ça s'est terminé, l'autre fois, avec le sénateur du Massachusetts ? Je vous avoue que, sur le coup, je ne l'avais pas reconnu. Je l'ai pris simplement pour un amoureux transi.

Alan en « amoureux transi » ? Shelby ne put s'empêcher de sourire. La formule n'était pas faite pour lui déplaire.

— Voyez-vous, Maureen, j'ai la réputation d'être entêtée et même opiniâtre. Mais ce fichu sénateur est encore plus acharné que moi... Et ma défaite a été un enchantement.

Les yeux de Maureen pétillèrent.

— Heureux dénouement, donc ? Je m'en réjouis pour vous. Sincèrement. Un homme qui a des pensées arc-en-ciel, je vote pour et sans hésitation !

— Je suis ravie qu'Alan recueille vos suffrages, rétorqua Shelby en riant. Je vais vous aider à charger tout ça dans votre voiture.

Une fois ses achats stockés dans le coffre, Maureen lui serra chaleureusement la main.

— Encore merci pour tout. Je reviendrai sûrement vous embêter dans votre atelier un mercredi ou un samedi.

— Pas de problème. Si jamais je vous aboie après, patientez un peu. Ce ne sont généralement que de mauvais passages.

Maureen se glissa au volant.

— O.K., on fait comme ça. Et transmettez mes amitiés au sénateur !

Debout sur le trottoir, Shelby salua sa nouvelle amie d'un grand signe de la main. Toujours le sourire aux lèvres, elle décida d'emballer la coupe verte.

C'était largement son tour, après tout, de faire une surprise à Alan.

Des surprises, Alan en eut un certain nombre, ce jour-là, et pas toutes des plus plaisantes.

Il était rare qu'il se sente harassé et à bout de nerfs, mais, à midi, il se sentait approcher dangereusement du point de saturation. Les rendez-vous s'étaient enchaînés toute la matinée et il avait eu mille problèmes à résoudre à la seconde. Les médias le laissaient froid d'ordinaire, mais le reporter qui avait fondu sur lui à la sortie du Congrès s'était montré plus tenace à lui seul qu'une horde de moustiques sanguinaires.

Peut-être était-il guetté par le surmenage. Ou encore sous le coup de l'exaspération suscitée par Léo. Mais lorsqu'il sortit de l'ascenseur pour se diriger vers son bureau, Alan n'aspirait plus qu'à une chose : qu'on lui fiche la paix.

— Dieu merci, vous voilà enfin, monsieur MacGregor ! s'exclama son assistante en se précipitant à sa rencontre. Le téléphone n'a pas cessé de sonner, ce matin. Voyons, j'ai eu un certain Ned Brewster, du syndicat des métallurgistes. Ensuite, votre collègue Martha Platt. Shiver, adjoint au maire de Boston, pour le foyer de Back Bay ; Smith, le conseiller en communication. Puis une Mme Cardova, assistante sociale dans les quartiers nord, qui tient à vous parler personnellement de…

— Plus tard, la coupa Alan.

Et il se retira dans son bureau en refermant la porte

derrière lui. *Dix minutes.* Il s'octroyait dix minutes montre en main. Sans entretien et sans téléphone. Et sans autre compagnie que la sienne.

Il s'effondra dans son fauteuil et fit la grimace. Bizarre. En temps normal, il ne ressentait pas ce besoin de s'abstraire du tourbillon de ses activités quotidiennes, pourtant. Avec une sourde exclamation de contrariété, Alan tourna les yeux vers la fenêtre. Il avait vue sur la face est du Capitole, dont le dôme blanc symbolisait la démocratie, la liberté de pensée et la justice — un trio de valeurs qu'il défendrait sa vie durant. Sur la place du Capitole, de grands pots de fleurs avaient été placés après les attentats. Depuis toujours l'humanité était ainsi faite. Certains avaient besoin de construire. D'autres, de détruire.

Une menace bien concrète pesait sur ceux qui consacraient leur vie à la politique. Et s'il devenait candidat à la Maison Blanche, il ne serait jamais à l'abri d'une tentative d'assassinat.

Alan soupira et se prit la tête entre les mains. Il ne pouvait continuer beaucoup plus longtemps à ajourner sa décision. En principe, il avait encore un peu de temps devant lui, bien sûr. Et il ne comptait d'ailleurs pas annoncer publiquement ses intentions avant au moins un an. Mais pour lui-même et pour Shelby, il avait besoin de savoir.

Avant de réitérer sa demande en mariage, il devait être parfaitement clair sur l'avenir qu'il lui proposait. S'il se lançait dans la course à la présidence, ce ne serait pas seulement un nom, une famille et un foyer qu'elle partagerait avec lui. En tant que première dame du pays, elle serait contrainte de sacrifier *aussi* une partie de sa vie privée.

Sa décision, il ne pouvait déjà plus la prendre seul, autrement dit. Car il considérait Shelby en tout point comme son épouse même si, légalement, rien ne les liait encore.

Alan pesta lorsque l'Interphone bourdonna sur sa table de travail. Sur les dix minutes qu'il s'était promises, cinq seulement venaient de s'écouler.

— Oui ?

— Je suis désolée de vous déranger *encore*, monsieur MacGregor, mais j'ai votre père sur la quatre, qui vous demande avec une certaine insistance.

Alan se passa la main dans les cheveux.

— Bon, O.K., je le prends. D'autre part, c'est à moi d'être désolé pour mon mouvement d'humeur, Arlene. Je sais que ce n'est pas une excuse, mais j'ai eu une matinée stressante.

— Pas de problème. Je sais ce que c'est. Votre père semble d'humeur particulièrement… exubérante.

— Mmm… Je vois. Vous auriez dû travailler pour le corps diplomatique, Arlene.

Il entendit le rire amusé de la jeune femme juste avant de changer de ligne.

— Salut, papa.

La voix de stentor de Daniel MacGregor vint lui tonner dans les oreilles.

— Ma foi… Tu es encore vivant, apparemment ? Je suis soulagé de l'apprendre. Ta mère et moi, nous pensions que tu avais succombé à quelque accident fatal.

Alan réussit à garder un ton sobre.

— Maintenant que tu le dis, je me suis effectivement coupé la semaine dernière en me rasant… Et toi, comment vas-tu ?

— Il me demande comment je vais ! se récria Daniel en poussant un soupir théâtral. Très franchement, je suis étonné que tu saches encore qui je suis. Que tu aies oublié ton pauvre vieux père, passe encore. Mais ta *mère*, Alan… tu penses à ta mère, de temps en temps ? Elle passe ses soirées à attendre que son grand fils l'appelle. Toi, le premier-né de ses enfants.

Avec un imperceptible soupir, Alan se renversa contre son dossier. Combien de fois, déjà, il avait maudit sa condition d'aîné, qui permettait à son père de formuler régulièrement ce reproche commode. Cela dit, Daniel avait également ses expressions toutes faites destinées à culpabiliser Serena et Caine. « Toi, ma fille unique. » « Toi, le plus jeune de mes deux fils »...

Ils avaient chacun leur croix à porter, en fait.

— Je n'ai pas eu une seconde à moi. Tu veux me passer maman ?

— Ta mère a dû partir en urgence à l'hôpital, mon garçon. Et c'est un peu pour ça que je téléphone, d'ailleurs. Comme je la vois qui soupire, qui s'étiole et qui tourne en rond parce que son fils aîné lui manque, je profite de son absence pour faire appel à ton sens filial — ou du moins à ce qu'il en reste. Il serait temps que tu viennes passer un jour ou deux à la maison, mon fils.

Alan secoua la tête en souriant. Des coups de fil comme celui-là, il en avait déjà reçu quelques-uns. Une fois tous les deux ou trois mois en moyenne, son père s'emparait de son téléphone et exerçait sur ses trois enfants un chantage affectif éhonté. Et cela, en cachette de sa femme. Anna l'aurait sermonné pendant des heures si elle avait su ce qu'il mijotait.

— Je pensais que *maman* serait surtout pressée de voir Rena, maintenant que *ses* vœux se réalisent et qu'elle se prépare à devenir grand-mère. Comment va ma petite sœur, au fait ? Elle continue de s'arrondir ?

— Tu verras ça par toi-même dès vendredi. J'ai décidé — non, qu'est-ce que je raconte ?... Justin et Rena ont annoncé qu'ils passeraient le week-end prochain à la maison. Ils aiment bien venir se ressourcer à Hyannis, de temps en temps. Caine et Diana seront également de la partie.

— Je vois que tu as été particulièrement actif, marmonna Alan.

— Pardon ? Arrête de chuchoter comme ça, mon garçon. Tu n'es pas dans l'hémicycle, là.

— Je disais que vous alliez être envahis ce week-end, maman et toi, rectifia Alan prudemment.

— Personnellement, je n'aime rien tant que de passer un dimanche tranquille à écouter chanter les oiseaux. Mais, pour ta mère, je peux faire un petit sacrifice... C'est surtout à ton sujet qu'Anna s'inquiète, d'ailleurs. Que son fils aîné soit encore célibataire à trente-cinq ans, ça la ronge. Tu crois que la lignée des MacGregor se perpétuera toute seule, si tu continues à ne t'intéresser qu'à la politique ?

— Rena s'est déjà chargée de perpétuer la dynastie... En fait, je me suis demandé dernièrement si elle n'attendait pas des jumeaux, insinua Alan dans l'espoir d'orienter son père sur d'autres pistes.

— Des jumeaux ? Tiens, c'est vrai que nous en avons eu quelques-uns dans la famille, il me semble. Il faudrait que je vérifie l'arbre généalogique.

Alan entendit son père farfouiller dans un tiroir secret de son bureau pour en sortir un des gros cigares qu'il fumait en cachette de son épouse.

— Ah oui, au fait, pendant que je te tiens, Alan... C'est quoi, ces âneries que je lis dans les journaux ?

— Précise un peu ta pensée, suggéra-t-il, amusé.

— Je suppose qu'il s'agit d'une erreur d'impression, marmonna Daniel. Je te connais, mon fils. Tu as tes défauts, mais je t'ai inculqué un sens suffisant de l'honneur pour que tu ne te compromettes pas avec n'importe qui.

Alan faillit éclater de rire.

— Je ne te suis pas bien, là, papa. De quoi me parles-tu, au juste ?

— C'est quoi le vrai nom de famille de cette fille ?

— *Quelle* fille ? s'enquit Alan pour le plaisir de faire durer le quiproquo.

— Quelle question ! Celle de la photo. Jeune et jolie comme un cœur.

— Ah ! tu veux parler de Shelby Campbell ?

Un silence de mort tomba à l'autre bout de la ligne. Alan regretta amèrement de ne pas avoir la tête du vieux brigand sous les yeux.

— *Campbell ?* Tu as bien dit « Campbell » ? Parce que tu fréquentes les voleurs et les assassins, maintenant ? Cela ne te dérange pas de fricoter avec les pires ennemis de notre clan ?

— Oui, Shelby apprécie beaucoup les MacGregor, elle aussi.

— Alan Duncan MacGregor, mon fils ! rugit Daniel. Tu mérites des coups de fouet ! Je vais t'écorcher vif !

— Tu auras l'occasion d'essayer ce week-end. Une fois que je t'aurai présenté Shelby.

— Une Campbell en ma demeure ? Plutôt périr !

— Une Campbell en ta demeure, oui. Et même, bientôt, une Campbell dans ta famille. Et cela avant l'hiver prochain si je parviens à mes fins.

— Parce que… parce que tu envisages de te *marier* avec une descendante de ces barbares ?

Daniel en balbutiait presque. Alan l'imaginait d'ici : déchiré entre le plaisir d'apprendre que son fils aîné songeait enfin à convoler en justes noces et l'indignation de le voir choisir une ennemie jurée de son clan.

— Je l'ai déjà demandée en mariage, en fait. Mais elle ne veut pas de moi. Pas pour le moment, en tout cas.

— Elle ne veut pas de toi ? tonna Daniel. Cette fille est idiote, ou quoi ? Non, elle le fait exprès, c'est sûr…

Les Campbell ont toujours eu du sang de sorcier dans les veines. Elle a dû t'ensorceler, je ne vois pas d'autre explication… Bon, allez, amène-la-moi, ta Campbell. Que je me fasse une idée de ce qu'elle complote.

Alan s'amusait tellement qu'il faillit éclater de rire. Stress et mauvaise humeur avaient disparu comme par miracle.

— Très bien. Je lui demanderai si elle veut bien accepter de m'accompagner à Hyannis ce week-end.

— Comment ça, tu lui demanderas si elle accepte ? Tu ne lui poses même pas la question. Tu l'embarques, ta Campbell ! Point final !

Imaginant Shelby et son père face à face, Alan décida qu'il ne manquerait cette première rencontre pour rien au monde.

— Bon. Je verrai ce que je peux faire. A vendredi, en tout cas. Et embrasse maman de ma part.

Ce soir-là, lorsque Shelby ouvrit sa porte à Alan, elle vit immédiatement la fatigue qui pesait sur ses épaules et marquait les coins de sa bouche. Elle lui prit le visage entre les mains et le couvrit de baisers.

— Mauvaise journée pour la démocratie ?

— Une *longue* journée pour la démocratie, surtout, murmura-t-il en l'attirant contre lui pour la serrer dans ses bras.

En fait, il se sentait prêt à affronter des milliers de journées aussi éprouvantes que celle-ci. A condition de retrouver Shelby chaque soir en rentrant chez lui.

— Désolé. Je suis en retard.

— Tu es là, c'est l'essentiel. Je te sers quelque chose à boire ?

— Je ne dis pas non.

Shelby sourit.

— Allez, installe-toi sur le canapé. Je vais m'occuper de toi comme une parfaite petite femme d'intérieur. Avec un peu de chance, je devrais tenir au moins un quart d'heure dans le rôle. Après ça, je ne garantis plus rien.

Elle le fit asseoir, desserra le nœud de sa cravate et la lui retira, puis défit les deux premiers boutons de sa chemise. Alan la gratifia d'un superbe sourire de pacha lorsqu'elle lui retira ses chaussures.

— Pas mal… pas mal du tout, même. Je crois que je vais y prendre goût.

— Ne t'habitue pas trop quand même, le mit-elle en garde en allant lui chercher sa boisson. La prochaine fois, tu risques de me trouver affalée dans un fauteuil et hors d'état de lever le petit doigt.

— Dans ces cas-là, ce sera à moi de te bichonner.

Shelby lui tendit son verre de whisky et se pelotonna contre lui. Il lui glissa un bras autour des épaules et ferma les yeux.

— Voilà. C'est exactement ce dont j'avais besoin.

— D'un scotch ?

— Non, de toi, chuchota-t-il en se penchant sur ses lèvres. De toi et rien que de toi.

— Tu veux me parler de tes soucis du jour, Alan ? Des fonctionnaires trop zélés, des démarcheurs divers et variés qui ont compliqué ton emploi du temps et empoisonné ton humeur ?

— Oh, je me suis juste frotté à quelques bureaucrates teigneux avec des mentalités de petits comptables… Et toi ? Ta journée ? Ton commerce ?

— Calme plat ce matin. Et un flot d'étudiants cet après-midi. Apparemment, la poterie serait devenue à la mode… Tiens, à ce propos, j'ai quelque chose pour toi.

Elle se leva avec sa vivacité habituelle et disparut dans la pièce qui lui servait de réserve. Alan étira les jambes sur le canapé et découvrit qu'il n'était pas fatigué du tout, tout compte fait. Juste détendu.

Et heureux comme un roi.

— C'est un cadeau, annonça Shelby en posant un paquet sur ses genoux. Il n'est pas aussi inventif et romantique que tes petits envois-surprises. Mais c'est une pièce unique.

Elle se laissa tomber de nouveau à côté de lui pendant qu'il défaisait l'emballage. Sans un mot, il sortit la coupe et la souleva en la tenant à deux mains. Comme un empereur romain brandissant un trophée, songea Shelby. Et c'était exactement ainsi qu'elle avait imaginé qu'il la prendrait.

Toujours en silence, Alan examina son cadeau. La coupe était lisse et précieuse sous ses doigts. Sous l'émail vert jade, des nuances plus claires apparaissaient en transparence. Les lignes étaient sobres, d'une simplicité rigoureuse. Il ne se souvenait pas qu'un cadeau ait jamais eu autant de prix à ses yeux que celui-là.

Il posa la poterie avec précaution sur la table basse.

— Shelby, elle est magnifique, merci, murmura-t-il en portant les doigts de la jeune femme à ses lèvres. Depuis le début, je suis fasciné par tes mains. Elles sont si petites, si délicates. Et en elles, pourtant, repose cette puissance créative remarquable que tu as reçue en partage.

De nouveau, il contempla la coupe.

— C'est ce que tu étais en train de tourner le jour où je suis venu te voir dans ton atelier, n'est-ce pas ?

Shelby lui jeta un regard ravi.

— Tu es observateur pour un non-initié... Oui, je pensais à toi et voilà ce qui a fini par apparaître sous mes doigts, murmura-t-elle en caressant l'arrondi du pot. Il est donc juste que cette coupe te revienne. Et quand j'ai vu ta maison, j'ai su qu'elle y avait sa place.

— Elle est faite pour moi, acquiesça Alan en se

tournant pour la prendre dans ses bras. Et toi aussi, d'ailleurs... Tu le savais ?

Avec un soupir heureux, elle posa la tête sur son épaule. Lorsqu'il le disait ainsi, comment ne pas le croire ?

— Et si on passait un coup de fil pour se faire livrer un repas chinois à domicile ?

— Mmm... Je croyais que tu tenais absolument à aller au cinéma pour voir le dernier film de je ne sais plus qui.

— Ça, c'était mon envie ce matin. Mais, ce soir, je vote plutôt pour du porc sauce aigre-douce et de longs baisers sur le canapé... Et plus, si affinités.

Avec un léger murmure de plaisir, elle lui mordilla l'oreille.

— En fait, je me contenterais même de quelques vieilles biscottes et d'un vague bout de fromage, s'il le faut.

— Il y a aussi une autre possibilité : faire l'amour d'abord et dîner ensuite.

Ravie, Shelby se laissa tomber contre la montagne de coussins en l'entraînant dans sa chute.

— C'est merveilleux d'avoir un esprit clair et ordonné comme le tien. J'adore la façon dont tu raisonnes, tu sais. C'est une vraie révélation lorsqu'on a, comme moi, le chaos dans l'âme... Embrasse-moi, Alan. Exactement comme tu m'as embrassée la première fois. C'était un baiser royal, inimitable. Je ne m'en suis jamais remise.

Ses paupières étaient mi-closes, ses lèvres à peine entrouvertes. Avec sa folle chevelure répandue sur les petits coussins aux couleurs chatoyantes, elle aurait enfiévré l'imagination d'un peintre. Alan la contempla un instant en silence. Et se demanda s'il retrouverait la patience dont il avait réussi à faire preuve la première fois. Imaginer ce que serait l'amour avec Shelby avait été stimulant. Mais, à présent qu'il *savait* ce qu'était l'amour avec Shelby, aurait-il l'abnégation nécessaire pour faire durer l'attente, pour étirer le temps de l'approche jusqu'à l'infini ? La personne réelle de Shelby était plus affriolante que les plus osés de ses fantasmes ; elle l'excitait plus que ses rêves érotiques les plus fous.

Il goûta cependant ses lèvres avec lenteur, prenant sur lui pour la redécouvrir, comme au premier jour, en promenant doucement sa bouche sur la sienne. Il ressentait un sentiment d'urgence, une faim dévorante. Mais ils avaient la nuit — ils avaient la *vie* — devant eux pour la satisfaire. Shelby soupira, gémit, trembla. Et sa réaction l'émut si violemment qu'il faillit basculer dans un déchaînement de passion aveugle. Alors qu'il ne l'avait même pas encore touchée, à l'exception de leurs bouches, qui, déjà, se faisaient l'amour.

Mais que le désir puisse être à la fois torture et extase, il le savait mieux que personne depuis qu'il partageait les nuits de Shelby Campbell...

Les yeux clos, Shelby cherchait à tâtons les boutons de la chemise d'Alan. Jamais elle ne se lasserait de le toucher, de le caresser, de laisser ses mains courir sur lui. Ses plus grands plaisirs avaient toujours été de nature tactile. Lorsqu'elle était attirée par la beauté d'un objet, elle avait besoin d'y porter les mains. Et il en allait de même avec Alan. Mais chaque contact avec lui était comme un premier contact ; chaque caresse restait bouleversante et unique.

Le cœur de son amant battait vite sous sa paume alors même que sa bouche courtisait la sienne avec une patience encore inaltérée. Elle écarta les pans de sa chemise, la repoussa de ses épaules pour pouvoir le caresser plus librement.

Alan émit un son rauque, presque animal. D'un coup, son baiser se fit conquérant, possessif, exigeant. Et Shelby plongea au cœur d'une de ces tempêtes qu'Alan semblait déclencher en elle à volonté. Tout n'était plus que nuages furieux, éclairs fulgurants, ciels fuligineux. Et dans le vacarme de son propre sang rugissant à ses oreilles, Shelby entendait distinctement le fracas du tonnerre. Alan lui arracha ses vêtements avec une hâte presque débridée. Puis il la caressa intimement, à un rythme sauvage, excitant, qui l'amena très vite à culminer, la tête vide de toute pensée, sans autre recours que celui de se laisser absorber par le vortex.

Alan l'entendit appeler son nom, mais il était dans l'incapacité de répondre. Un fond sauvage en lui, qui n'avait jamais trouvé à s'exprimer, s'éveillait en réponse à la sensualité libre et spontanée de Shelby — comme s'éveillerait la rage de vivre de la panthère si on ouvrait les portes de sa cage. Une puissance incontrôlée se déchaînait en lui et il aurait été incapable, même en rassemblant toute sa volonté, de ralentir et de se reprendre. Mais Shelby ne faisait rien pour l'arrêter. Son corps palpitait sous le sien et elle s'arc-boutait, criait, lui réclamait plus encore.

Ce qu'il lui demandait, il n'aurait su le formuler. Ce qu'elle lui répondait, il n'était plus en état de l'entendre. Il savait simplement qu'il n'y avait plus entre eux ni entraves ni limites; qu'il lui appartenait désormais comme il s'appartenait lui-même.

Shelby ouvrit les yeux, vit son visage au-dessus du sien et son regard, qui avait cessé d'être rêveur. Les yeux d'Alan étaient sombres, leur éclat curieusement intense.

— Je ne te laisserai plus repartir, Shelby, déclara-t-il d'une voix rauque, presque féroce, qui vibra longuement en écho dans sa tête. Jamais.

Puis sa bouche se mêla passionnément à la sienne et tout se perdit dans l'indicible.

— Tu es sûr que tu n'en veux plus ?

Assise en tailleur sur le lit dans un court kimono de

soie, Shelby cueillit un champignon chinois entre ses baguettes et le glissa entre ses lèvres. Derrière elle, on entendait converser à la télévision, mais l'écran restait toujours aussi désespérément aveugle. Adossé contre les oreillers, Alan s'étira longuement.

— Certain, oui. J'ai assez mangé. Tu as l'intention de réparer ce poste, Shelby, ou de le laisser en l'état encore quelques mois ?

— Mmm… Je m'en occuperai dès que je serai d'humeur à le faire. Ça peut durer deux jours comme ça peut durer un an.

Shelby se pencha pour poser les assiettes par terre à côté du lit.

— Ah, ça fait du bien d'avoir un petit quelque chose dans l'estomac, commenta-t-elle avec un de ces jolis sourires de chatte repue qu'Alan commençait à bien connaître.

Son appétit satisfait, elle reporta son attention gourmande sur lui.

— Tu as une musculature magnifique, je ne le dirai jamais assez… Combien sont-ils, parmi les électeurs de Washington et d'ailleurs, à savoir que le sénateur du Massachusetts est irrésistible en caleçon ?

— Seul un infime pourcentage de la population détient cette information cruciale.

Shelby dessina d'un doigt caressant la cambrure de son pied.

— Tu n'as jamais pensé à poser pour des publicités, comme les footballeurs ? Ça pourrait promouvoir ton image, non ? Du style : « Je ne reçois jamais un dignitaire étranger sans mon slip Tartempion. »

Alan rit doucement.

— C'est une bonne chose que tu ne sois pas mon directeur de campagne !

— Qu'est-ce que tu peux être collet monté, sénateur !

s'exclama-t-elle en se jetant sur lui de tout son long. Songe un peu aux possibilités que cela t'ouvrirait.

Alan glissa une main sous son peignoir.

— Je ne pense qu'à ça, justement... aux ouvertures... et aux possibilités...

Tout en s'abandonnant à ses caresses, Shelby n'en poursuivait pas moins son idée.

— Une page entière de pub dans les magazines nationaux, un flash publicitaire télévisé juste avant les infos... Je peux te garantir que je m'empresserais de réparer mon téléviseur.

— Songe quand même que les autres représentants de l'Etat ne voudront pas être en reste. Ça va lancer une mode. Imagine nos ministres, nos hauts fonctionnaires, nos juges posant en petite tenue. Les journaux seraient envahis, il n'y aurait plus que ça dans les magazines, à l'écran et sur les affiches.

Shelby visualisa le phénomène et fit la grimace.

— Oh, mon Dieu, cela pourrait déclencher un désastre national.

— Un désastre mondial, tu veux dire ! Le phénomène ferait boule de neige. Et une fois partie, plus moyen d'arrêter la machine.

Elle pencha la tête pour faire claquer un baiser sonore sur ses lèvres.

— Tu as gagné, MacGregor : je renonce à mon projet. C'est ton devoir patriotique de rester habillé en toute circonstance... Sauf ici, précisa-t-elle en s'employant activement à retirer le seul vêtement qu'il portait encore.

Il lui prit le visage entre les mains et l'attira contre le sien pour goûter ses lèvres. La langue de Shelby se déploya contre la sienne, se fit tendre, souple et séductrice.

— Shelby..., protesta-t-il contre sa bouche. J'avais quelque chose à te demander. Mais si tu continues à me distraire comme ça, je vais encore oublier de le faire.

— Mmm… ça peut attendre, non ?

— Arrête de me déconcentrer, veux-tu ? L'affaire est d'importance. Je suis convoqué en haut lieu, ce week-end.

— Ah oui ? murmura-t-elle en glissant la pointe d'une langue mutine au creux plus que sensible de son oreille.

Sur un éclat de rire, Alan la fit rouler sous lui et la maintint prisonnière, en lui immobilisant les bras derrière la tête.

— Shelby Campbell ! Tu m'écoutes, oui ou non ? J'ai eu un coup de fil de mon père cet après-midi.

Les yeux gris pétillèrent d'humour.

— Ah, le Grand Chef de Clan s'est manifesté.

— Exact. Ce week-end, il y a rassemblement familial chez les MacGregor. Un *happening* incontournable. Et j'aimerais que tu viennes avec moi.

Elle haussa un sourcil sarcastique.

— Tu veux me traîner au cœur même des bases ennemies à Hyannis ? Sans armure et sans armée ?

— Nous hisserons le drapeau blanc avant d'entrer.

Une ombre tomba soudain sur l'allégresse de Shelby. Accompagner Alan dans sa famille ? N'était-ce pas, déjà, une façon d'officialiser leur relation ?

Alan releva tendrement la frange qui lui tombait sur le front.

— J'ai ordre de ramener « La Campbell » de gré ou de force en la demeure paternelle, fit-il en roulant les « r ». Mon père veut voir de ses yeux comment cette fille d'assassins et de voleurs a réussi à entortiller un MacGregor et à le détourner du droit chemin.

— Ah, c'est comme ça que ton père voit les choses ?

— Il s'est exprimé plus ou moins en ces termes, oui.

Shelby releva le menton.

— On part quand ?

10

Shelby poussa une exclamation de surprise lorsqu'elle découvrit la hautaine demeure en granit dressée au sommet de la falaise : si on lui avait demandé de dessiner l'habitation de ses rêves, elle aurait sans doute esquissé les contours d'un édifice semblable à celui-là. La pierre qui avait servi à la construction semblait sans âge, vénérable et austère et portait l'empreinte de l'océan qui mugissait en contrebas. Dans la lumière qui faiblissait à l'approche du soir, le quasi-château paraissait étrange et mystérieux, chargé de lourds secrets.

Lorsqu'elle tourna la tête vers Alan, Shelby vit qu'il attendait sa réaction avec un amusement manifeste.

— Tu savais que je tomberais amoureuse de ton fief familial au premier coup d'œil, MacGregor !

Alan lui effleura les cheveux.

— J'ai pensé que ce délirant produit de l'imagination macgregorienne pourrait exercer un certain attrait sur toi, en effet.

— Si j'avais grandi ici, j'aurais fait ma chambre dans la tour. Et j'aurais élu quelques fantômes comme camarades de jeu.

— Il n'y a pas de fantômes ici. Même si mon père nous menaçait régulièrement d'en importer d'Ecosse... Mon père qui, entre parenthèses, a aménagé son bureau dans la tour, précisa-t-il avec un clin d'œil.

— Mmm... je vois. Tu penses que nous pourrions avoir quelques points communs, le Grand MacGregor en Chef et moi ?

Shelby examina la haute tour avec ses fenêtres à meneaux et ses meurtrières. Elle était de plus en plus curieuse de connaître l'original qui avait osé faire construire ce délicieux anachronisme.

Les fleurs plantées en folle abondance au pied de la façade apportaient une touche de couleur bienvenue. Etait-ce là encore l'œuvre du Grand MacGregor ? se demanda Shelby. Non. Quelque chose lui disait qu'il s'agissait plutôt de la contribution d'Anna, la chirurgienne. Les pétunias, les campanules et les giroflées représentaient peut-être un antidote salutaire à la maladie et à la mort, affrontées au quotidien.

Si la demeure était signée Daniel et que le jardin portait effectivement la griffe d'Anna, les parents d'Alan devaient former un couple intéressant. La maison comme les massifs avaient été conçus par des personnalités fortes et originales qui se riaient des modes, des normes ainsi que de l'élégance de bon ton.

Avant même qu'Alan ait coupé le contact, Shelby était descendue de voiture et se précipitait pour admirer la vue d'ensemble. Séduite, elle riait de délice, la tête en arrière, sa chevelure impossible volant autour d'elle.

Alan s'adossa contre le capot du véhicule de location et se contenta d'observer. Regarder Shelby était déjà en soi une occupation à part entière.

— C'est dommage que ton père n'ait pas mis sa menace à exécution. A sa place, je n'aurais pas hésité à les importer, ces spectres écossais sanguinaires. De vrais fantômes bien sinistres qui font tinter leurs chaînes en hantant les couloirs.

Elle mêla ses doigts à ceux d'Alan.

— Embrasse-moi, MacGregor, chuchota-t-elle en

repoussant la frange qui lui tombait sur les yeux. Et serre-moi fort, fort contre toi. Le lieu se prête à l'étreinte passionnée des amants.

Nouant les bras autour de sa taille, elle se pressa contre lui. Lorsque ses lèvres cédèrent sous celles d'Alan, ce fut comme si une tempête se déchaînait en mer, même si le ciel était sans nuages. Lorsqu'ils s'embrassaient ainsi, étroitement enlacés, perdus l'un en l'autre, ni les mouettes cherchant un abri à l'approche de la nuit ni la lente apparition de la lune ne pouvaient les distraire. Le monde se rétrécissait en un seul point de passion brûlante, dont ils étaient à la fois le centre et la périphérie.

Le cœur gonflé d'un amour éperdu, Shelby saisit le visage d'Alan entre ses paumes lorsqu'ils s'écartèrent l'un de l'autre. Une vague poignante de regret la submergea. Regret des promesses qu'elle ne pouvait lui faire, d'un engagement qu'elle doutait de pouvoir prendre, de l'avenir qu'elle ne serait peut-être jamais en mesure de lui donner.

— Je t'aime, Alan, murmura-t-elle d'une voix étranglée. De cela, au moins, tu peux être certain.

Dans les yeux clairs de Shelby, Alan vit s'assembler les lourds nuages de la peur. Oui, elle l'aimait. Mais elle n'était pas encore prête. Et même s'il était tenté de lui extorquer mille serments pour l'éternité, il lui laisserait encore un peu de temps avant de revenir à la charge.

— Je sais que tu m'aimes, murmura-t-il en lui prenant les deux mains pour lui embrasser les poignets... Alors on se lance ? Tu es prête à défendre les couleurs des Campbell en territoire hostile ?

Shelby laissa reposer sa tête sur son épaule lorsqu'ils se dirigèrent main dans la main vers la porte.

— Je te préviens, Alan : je compte sur toi pour ressortir entière de ce traquenard.

Il lui effleura la joue d'un baiser.

— Ah non, c'est à toi de jouer, là, Shelby. Tu te

débrouilleras avec mon tyran de père. Je t'ai déjà expliqué pourquoi j'avais horreur de jouer les médiateurs.

Elle rit doucement.

— J'adore ta lâcheté, sénateur.

Levant les yeux pour admirer la lourde porte de chêne, elle nota les armoiries familiales gravées sur le heurtoir en cuivre. Shelby sourit en découvrant la tête couronnée du lion des MacGregor.

— Ton père n'est pas le genre d'homme que la modestie étouffe, je crois ?

— Disons qu'il a une haute idée de ses origines. Et qu'il ne craint pas de les afficher.

Alan souleva le heurtoir. Il retomba aussi bruyamment que si un coup de canon avait été tiré dans le silence recueilli du soir.

— Le clan MacGregor, poursuivit-il en imitant l'accent écossais de Daniel, est un des rares à avoir l'autorisation de faire figurer la couronne royale dans ses armoiries. Nous sommes gens de bonne souche et de noble race guerrière.

— Balivernes, riposta Shelby d'un ton qui rappelait à tel point celui de Daniel qu'Alan éclata de rire.

La porte massive s'ouvrit et Shelby se trouva nez à nez avec un homme blond, jeune, de haute taille. Il avait un regard bleu qui respirait l'intelligence, un visage mince et attirant.

— Ah, tu peux rire, Alan, commenta-t-il en s'adossant contre le chambranle. Cela fait une heure maintenant que papa tempête contre les traîtres et les infidèles… J'imagine que vous êtes la redoutable sirène qui a fait perdre le cap à mon frère Alan ? enchaîna-t-il en se tournant vers Shelby.

Le ton d'amicale ironie dans sa voix ne déplut pas à Shelby.

— En effet, oui. Je suis l'ennemie, venue en mission commandée.

— Shelby Campbell… Caine MacGregor, mon frère, les présenta Alan.

— Je vous signale que vous êtes la première Campbell à pénétrer en ces lieux consacrés. Vous pouvez entrer, mais c'est à vos risques et périls.

Shelby posa un pied dans le vestibule et découvrit avec plaisir les grandes tapisseries d'Aubusson au mur, les beaux meubles massifs et fiers. De grands bouquets de fleurs printanières embaumaient l'atmosphère et une discrète odeur d'encaustique se mêlait à leur parfum.

— Bon… Eh bien, me voici dans la place. Et la foudre ne s'est pas encore abattue sur le toit. C'est déjà une première étape de franchie.

— Alan !

Malgré sa grossesse avancée, Serena dévala l'escalier avec sa légèreté coutumière et se jeta au cou d'Alan.

— Tu m'as manqué, grand frère.

— Tu sais que tu es très belle, enceinte, Rena ?

Il posa avec précaution la main sur son ventre.

— Alors profite bien du spectacle car ça ne va plus durer très longtemps, répliqua Rena en riant. Il ou elle a l'air pressé de découvrir le vaste monde… Tu sens ?

— Tu parles que je le sens ! Il tape dur, ce petit. Un futur footballeur, peut-être ?

— Ou *deux* footballeurs, en l'occurrence ? C'est la nouvelle obsession de papa. Il n'arrête pas de me répéter que j'attends peut-être des jumeaux. Je me demande *qui* a pu lui mettre cette idée saugrenue en tête ?

Alan sourit.

— Désolé. Simple manœuvre d'autodéfense.

— Mmm… Bon, ça va pour cette fois.

Serena se tourna vers Shelby.

— Je suis contente que vous ayez eu l'héroïsme de vous aventurer jusqu'ici, Shelby.

— J'avais hâte de connaître la sœur qui a cassé le nez d'Alan.

Rena éclata de rire.

— Je vois que ma réputation m'a précédée ! Rassurez-vous, je me suis assagie depuis : à présent, je réfléchis d'abord, je frappe ensuite. Mais ne restons pas là... Je vais vous présenter le reste de la famille.

Séduite par la chaleureuse spontanéité de la sœur d'Alan, Shelby lui emboîta le pas.

— Vous n'auriez pas une armure à me prêter, par hasard ?

— Alan vous a préparée mentalement à l'épreuve qui vous attend ?

— Plus ou moins, oui.

— Si mon père vous épuise, envoyez-moi un S.O.S. Depuis que j'attends mon bébé, je n'ai qu'à soupirer un peu bruyamment pour monopoliser toute son attention sur moi.

Alan et Caine emboîtèrent le pas aux deux jeunes femmes.

— Rena a l'air décidée à prendre les présentations en main, commenta Alan.

Avec un sourire en coin, Caine lui entoura les épaules.

— Nous sommes tous dévorés par la curiosité depuis que papa nous a annoncé d'un ton outragé que tu avais pactisé avec « La Campbell ». Pour une fois que tu t'intéresses sérieusement à une fille, tu nous fais un *remake* de Roméo et Juliette... Elle a l'air d'avoir une sacrée personnalité, ta demoiselle Campbell, en tout cas. J'espère que tu l'as prévenue que papa aboie fort, mais qu'il ne mord jamais.

— Je préfère la laisser se faire une opinion elle-même.

Le clash risque d'être intéressant, non ? J'ai hâte de les voir tous les deux en présence.

Shelby s'immobilisa à l'entrée de la pièce et prit quelques secondes pour s'imprégner de la scène qui se déployait sous ses yeux. Un homme sombre avec un beau profil d'Indien, habillé avec une élégance raffinée, fumait en silence. Alors même qu'il gardait une immobilité de statue, on le sentait aux aguets, capable de se mouvoir à la moindre alerte avec la fulgurance d'un chat sauvage. Perchée sur le bras de son fauteuil, une jeune femme très brune à la peau cuivrée lui parlait à voix basse. Ils avaient un physique saisissant l'un et l'autre.

En face d'eux, une femme qui ne pouvait être que la mère d'Alan tenait un ouvrage de broderie sur les genoux et tirait sereinement l'aiguille. Au centre du petit groupe se dressait un fauteuil plus haut, plus imposant que les autres.

L'homme qui l'occupait sortait, lui aussi, du commun. A la différence de Caine et d'Alan, Daniel MacGregor avait une silhouette massive, avec des épaules puissantes de gladiateur. Les cheveux d'un roux flamboyant, l'incontestable noblesse du visage lui donnaient l'allure d'un tragédien antique. Shelby nota avec amusement qu'il portait le plaid aux couleurs des MacGregor drapé sur son veston.

— Fais un peu attention à elle, Justin ! Rena devrait se reposer au lieu de se démener comme ça, bougonnait Daniel en s'adressant à l'homme brun assis en face de lui. Une femme enceinte n'a pas sa place dans une salle de casino à 2 heures du matin.

Le dénommé Justin rejeta lentement la fumée de son cigare.

— Tu as déjà vu Serena obéir aux ordres de qui que ce soit, Daniel ?

— Non, mais lorsqu'une femme attend un enfant...

— Lorsqu'une femme attend un enfant, ce n'est pas une maladie, compléta Serena pour lui. Alors pourquoi se comporterait-elle comme une invalide ?

Daniel allait répondre lorsque son regard tomba sur Shelby.

— Tiens, tiens..., observa-t-il en relevant le menton avec une arrogance accrue.

Ignorant son père, Serena entreprit malicieusement de faire les présentations en commençant par Justin.

— Shelby Campbell... Justin Blade, mon mari.

Shelby croisa un regard vert étonnamment observateur. Justin prit le temps de se livrer à un rapide examen de sa personne avant de daigner sourire. Le résultat fut étourdissant.

— Diana, ma belle-sœur, poursuivit Serena.

Le regard de Shelby se porta sur Diana, puis sur Justin.

— Vous êtes apparentés, n'est-ce pas ?... Frère et sœur ?

Diana hocha la tête en souriant.

— Exact. Vous avez la famille Blade au grand complet assemblée devant vous.

— Et votre tribu d'origine ?

Justin sourit de nouveau en tirant sur son cigarillo.

— Comanche.

— Des descendants de guerriers, commenta Daniel en frappant son accoudoir de sa main ouverte pour attirer l'attention sur lui. Une lignée impeccable.

Shelby lui jeta un regard neutre, puis se laissa guider par Serena jusqu'à la femme à la broderie pendant que Daniel, tristement négligé, continuait à ronger son frein.

— Ma mère, Anna MacGregor, poursuivit Rena avec un rire étranglé dans la voix.

— Nous sommes ravis de vous accueillir parmi nous, Shelby.

La voix d'Anna était calme, douce, rassurante. Mais sa poignée de main dégageait une force singulière.

— Je suis tombée amoureuse de votre jardin, madame MacGregor. Il est magnifique.

Anna sourit.

— Merci. J'ai la faiblesse d'en être fière.

Daniel toussota bruyamment pour montrer son impatience. Les yeux d'Anna pétillèrent d'amusement.

— Vous avez fait bon voyage jusqu'ici, Shelby ?

Le dos tourné à son hôte, Shelby se retint de rire.

— Parfait, oui, je vous remercie. Je…

Mais la patience de Daniel avait clairement atteint ses limites.

— Ce n'est pas bientôt fini, tous ces salamalecs ! Laissez-moi jeter un coup d'œil sur cette petite, à la fin !

Shelby se retourna lentement pour faire face au chef de famille, trônant, le dos droit, dans son fauteuil royal.

— Papa, je te présente Shelby Campbell, intervint Alan, qui se délectait ouvertement de la situation.

— *Campbell*, répéta Daniel d'un ton hautain.

Shelby se campa devant lui sans lui tendre la main.

— *Aye*, oui, répondit-elle en écossais. Campbell, en effet.

Daniel prit son air le plus menaçant.

— Mes ancêtres auraient préféré être infestés par les puces que de recevoir un Campbell chez eux.

Alan vit sa mère ouvrir la bouche pour protester. Mais il lui fit signe de ne pas intervenir.

— Je ne doute pas que les MacGregor et les puces aient toujours fait bon ménage, en effet, rétorqua Shelby avec un large sourire.

— Ne confondez pas tout, jeune fille ! tonna Daniel. Les barbares puants, c'étaient vous, les Campbell ! Il n'y en a jamais eu un pour racheter l'autre.

Shelby inclina la tête comme pour mieux étudier le personnage.

— Mon grand-père disait toujours que les MacGregor étaient de mauvais perdants, observa-t-elle pensivement.

Le visage de Daniel s'empourpra de colère.

— Perdants ? Comme si un MacGregor avait jamais perdu contre un Campbell ! Jamais en combat loyal, en tout cas. Les coups de couteau dans le dos, c'était votre spécialité, en revanche.

— Je vous sers quelque chose à boire, Shelby ? intervint Caine.

Shelby tourna la tête vers le frère d'Alan et nota qu'il faisait de louables efforts pour garder son sérieux.

— Volontiers, oui. Du whisky. Ecossais bien sûr. Et sans glaçon, répondit-elle en lui décochant un rapide clin d'œil... Si les MacGregor avaient fait preuve de sagesse, ils n'auraient peut-être pas perdu leurs terres, leur kilt et leur nom, poursuivit-elle en reportant son attention sur Daniel. Les rois ont tendance à être terriblement chatouilleux lorsqu'on cherche à les renverser de leur trône.

— *Quels* rois ? Nous Ecossais n'avons jamais eu besoin d'un roi anglais pour nous dicter notre conduite sur nos propres terres.

Shelby hocha la tête en acceptant la boisson que lui tendait Caine.

— *Aye*, acquiesça-t-elle. C'est une vérité à laquelle je suis prête à lever mon verre.

Daniel poussa un grand « Ha » sonore et vida son whisky d'un trait. Sourcil levé, Shelby le regarda faire puis suivit son exemple sans broncher.

Un silence total tomba autour d'eux. Sourcils froncés, Daniel contempla le verre vide à côté du sien. Puis son regard croisa celui, résolument insolent, de Shelby. Dépliant sa haute silhouette de son fauteuil, il se dressa devant elle. Massif, imposant, il dominait la fragile Shelby d'une bonne tête. Et elle, les poings sur les hanches, faisait front. Pour la première fois en trente-cinq ans d'existence, Alan regretta de ne pas être peintre.

Lorsque la tension dans la pièce eut atteint son point culminant, Daniel redressa la tête et partit d'un grand rire heureux.

— Ventrebleu, voilà une fille comme je les aime ! Vous êtes la bienvenue chez nous, Shelby Campbell.

Très vite, Shelby réussit à se faire une idée des personnalités en présence. Daniel était bruyant, théâtral, exigeant. C'était un faux despote au cœur tendre qui adorait ses enfants. Anna avait le regard et le tempérament de son fils aîné. Elle parlait peu, mais dominait tranquillement son petit monde — y compris son colosse de mari. En observant Anna, Shelby découvrit qu'Alan avait hérité de sa patience, de sa lucidité et de son intelligence. Trois qualités qui, combinées, conféraient à leur possesseur un ascendant redoutable.

D'emblée, Shelby s'attacha à la famille d'Alan. Pris un à un, les MacGregor étaient intéressants. En tant que groupe, ils étaient carrément fascinants. Quant à leur étrange demeure, Shelby s'y trouva aussitôt comme chez elle. Comment aurait-elle résisté aux voûtes des plafonds, aux gargouilles, aux armures, aux passages secrets ? Ils dînèrent dans une salle grande comme son appartement. La cheminée à elle seule donnait le vertige. Tout était follement excentrique, terriblement ostentatoire et formait néanmoins une harmonie inattendue.

Du bout du doigt, Shelby suivit le bord de son assiette.

— Vous avez un service extrêmement précieux, commenta-t-elle. C'est du Wedgwood de la fin du XVIIIe. Ce jaune est très rare.

— Je l'ai reçu en héritage de ma grand-mère, expliqua

Anna. C'était son seul et unique trésor. J'ignorais cependant que le jaune ajoutait de la valeur.

— Les bleus, les lavande, les verts sont plus faciles à obtenir. Mais c'est la première fois que je vois cette nuance particulière ailleurs que dans un musée.

— Pour moi, une assiette est une assiette. Je n'ai jamais compris qu'on puisse s'extasier pendant des heures sur de la vaisselle, marmonna Daniel, assis à sa droite.

— Parce que tu te passionnes pour le contenu plus que pour le contenant, commenta Serena avec un sourire taquin.

— Shelby est potière, intervint Alan sans laisser à son père le temps de former une réponse indignée.

Daniel parut un instant déconcerté par cette information.

— Potière ? Vous fabriquez des pots ?

— Entre autres, oui.

— Je me souviens que notre mère possédait un tour mécanique qu'elle actionnait avec une pédale. Elle fabriquait de la poterie traditionnelle, murmura Diana. Tu te rappelles, Justin ?

— Bien sûr. Notre famille en tirait même une partie de ses revenus. Il y avait un magasin dans la réserve auquel maman vendait certaines pièces. Et vous, Shelby ? Vous vivez de votre art ?

Shelby fut touchée par le lien très fort qui semblait exister entre le frère et la sœur.

— J'en vis, oui. A Georgetown, j'ai ma boutique juste à côté de mon atelier.

Daniel, qui appréciait le commerce, hocha la tête avec satisfaction.

— Vous êtes une femme d'affaires, alors. Et vous avez du talent ?

Portant son verre de vin à ses lèvres, Shelby tourna un regard amusé vers Alan.

— A ton avis ?

— Tu sais très bien que tes dons me fascinent. Et tu n'es pas seulement douée en tant qu'artiste. Pour quelqu'un qui n'a aucun sens de l'organisation, tu as réussi à combiner tes diverses activités avec un instinct assez sûr. Ce qui te permet de mener ta vie exactement comme tu l'entends.

— J'apprécie ce genre de compliments un peu tordus, conclut Shelby après réflexion… Alan, lui, a une existence beaucoup plus structurée. Jamais il ne tomberait en panne d'essence sur l'autoroute, par exemple.

— J'apprécie ce genre de critiques un peu tordues, marmonna Alan dans son vin.

— Cela fait un équilibre, commenta Daniel en brandissant une fourchette impérieuse dans leur direction. Vous avez l'air de savoir ce que vous voulez dans la vie, pas vrai, jeune fille ?

— Dans l'ensemble, oui.

— Je suis sûr que, en tant que *First Lady*, vous marquerez les esprits, Shelby Campbell.

Les doigts de Shelby se crispèrent sur le pied de son verre.

— Peut-être, oui. Si c'était mon ambition de le devenir.

— Que ce soit votre ambition ou non, c'est le sort qui vous attend dans la mesure où vous vous êtes attachée à cet ostrogoth-là.

Alan jura intérieurement.

— Tu anticipes un peu, papa, tu ne crois pas ? Je n'ai pas encore décidé si je serai oui ou non candidat. Et Shelby n'est pas encore certaine de vouloir m'épouser.

— Comment ça, elle n'est pas certaine de vouloir t'épouser ? s'emporta Daniel en reposant son verre de vin. Campbell ou pas Campbell, cette jeune femme ne me paraît pas idiote. C'est le sang fort des Highlands qui coule dans ses veines. Elle nous mettra de beaux petits MacGregor au monde.

Alan soupira avec impatience. Notant sa réaction, Justin tenta une manœuvre pour détourner l'attention du patriarche.

— Savez-vous, Shelby, que Daniel me travaille au corps pour que je renonce à mon propre nom de famille et que j'adopte celui de mon épouse ?

— Cela s'est déjà fait, pour maintenir une lignée, intervint Daniel avec le plus grand sérieux. Quoi qu'il en soit, l'enfant de Rena sera un MacGregor, même s'il ne porte pas le nom. De même pour la progéniture de Caine lorsque ce garçon se décidera enfin à faire ce qu'il a à faire.

Daniel gratifia son plus jeune fils d'un regard sévère avant de reporter son attention sur l'aîné.

— Mais j'en reviens à toi, Alan, mon premier-né. Tu sais qu'il est de ton devoir de prendre femme et d'engendrer. Nous ne vivons pas que pour nous-mêmes, mon garçon. Nous sommes les maillons d'une longue chaîne que nous tissons de génération en génération.

Alan s'apprêtait à taper du poing sur la table pour arrêter le massacre lorsqu'il vit les yeux de Shelby pétiller d'amusement.

— Mon père est étonnant, dans son genre, non ? lui murmura-t-il à l'oreille.

— Il est incroyable ! Ça se déroule toujours comme ça, vos réunions de famille ?

Avec un léger soupir, Alan acquiesça.

— Toujours, oui.

Shelby secoua la tête.

— Je crois que je suis amoureuse.

Interrompant le patriarche en plein discours, elle lui tira sur la manche.

— Daniel ? Sans vouloir offenser ni Alan ni votre femme, je crois que si je dois épouser un MacGregor, ce sera vous.

Daniel demeura un instant muet, les yeux écarquillés. Puis il partit de son grand rire.

— *Aye*, Shelby Campbell, vous êtes un petit miracle. Je crois que vos ancêtres ne vous méritent pas.

— Là, tu as réussi l'exploit de l'arrêter net, commenta Alan quelques heures plus tard alors qu'il faisait faire le tour du propriétaire à Shelby. C'est du jamais vu, dans cette famille.

Elle entrelaça ses doigts aux siens.

— Je trouve ton père irrésistible, à sa façon… Mais son premier-né ne me laisse pas indifférente non plus, ajouta-t-elle à mi-voix en se dressant sur la pointe des pieds pour lui mordiller le lobe de l'oreille.

— Attention, ce terme de « premier-né » est à prononcer avec le plus grand respect, maugréa Alan. Si tu savais comme…

— Oh, c'est fabuleux ! s'exclama Shelby en découvrant un vase en porcelaine de Sèvres sur une console. Alan, cette demeure est une véritable île aux trésors. Je crois que je ne me lasserai jamais de fureter dans les recoins.

Elle ouvrit de grands yeux en découvrant une armure.

— Tu t'es déjà glissé dans un de ces machins-là quand tu étais petit ?

— Caine a tenté l'expérience une fois. J'ai mis plus d'une heure à l'en extraire.

— Oh, pauvre grand frère responsable et solidaire, murmura Shelby en lui attrapant le visage entre les mains. Tu étais tellement exemplaire.

Son rire fut étouffé par un baiser si sensuel et échevelé qu'elle en perdit le souffle.

— Caine est entré dans l'armure parce que je lui avais suggéré que ce serait une expérience passionnante, révéla Alan avant de s'emparer de nouveau de sa bouche.

— Ta personnalité me déconcertera toujours, chuchota-t-elle. Ainsi tu étais manipulateur ?

— Moi ? Pas du tout. Je suis juste un dirigeant-né.

Le cœur battant, elle scruta ses traits.

— En fait, je suis persuadée que tu n'étais pas aussi parfait et bien élevé que tu cherches à me le faire croire. Avoue que tu le méritais, ce nez cassé.

— Caine le méritait plus que moi, en tout cas.

Shelby rit doucement lorsque Alan l'entraîna dans un corridor mal éclairé.

— Tu avais l'air content quand je me suis frottée à ton père.

— J'aime bien ces ambiances type comédie de boulevard.

— De boulevard ? Avec ton père, ça tire plutôt du côté de la tragédie antique… Mais, dis-moi, pourquoi Daniel s'est-il mis en tête que nous allions nous marier ? s'enquit-elle en abandonnant la tête contre son épaule.

— Je lui ai dit que je t'avais demandée en mariage. Et, pour mon père, il va de soi qu'une telle offre de la part de son premier-né ne saurait en aucun cas être déclinée.

Alan pivota de manière à la coincer entre sa personne et le mur sombre du couloir.

— Alan…

Il se souvint qu'il s'était promis de ne pas la brusquer. Mais ce fut plus fort que lui.

— Combien de temps comptes-tu me laisser encore dans l'incertitude ? Je t'aime, Shelby. Telle que tu es. De la tête aux pieds.

Elle pressa sa joue contre la sienne.

— Moi aussi, je t'aime, Alan. Tellement que par moments j'en oublie qui je suis. Et c'est ce qui m'effraie le plus, je crois… Il faut me laisser encore un peu de temps. Je sais que c'est beaucoup te demander, mais tu es plus calme, plus tolérant, plus juste que moi. Puisque ta nature est meilleure que la mienne, sois patient avec moi, tu veux bien ?

Alan s'était rarement senti aussi peu juste, patient et tolérant qu'en cet instant. S'il avait obéi à son instinct premier, il aurait insisté, exigé... supplié même. Mais le sang des MacGregor en lui l'empêchait de tomber à genoux. Et, connaissant Shelby, il savait que la manière forte resterait sans effet.

— C'est entendu, j'attendrai encore. Mais il faudra que nous parlions tôt ou tard. Ne serait-ce que parce que j'ai certaines décisions à prendre.

Le cœur soudain étreint par une angoisse térébrante, Shelby s'humecta les lèvres.

— A Washington, nous parlerons. Et je te promets de te donner une réponse. Mais pas maintenant, murmura-t-elle dans un souffle.

— Pas maintenant, acquiesça-t-il en lui couvrant le visage de baisers... Je pense que tout le monde est couché, vu l'heure. Que dirais-tu d'un bain de minuit ?

— Un bain de minuit ? murmura Shelby rêveusement tandis qu'il glissait la langue au creux de son oreille. Je n'ai pas apporté mon maillot.

Alan l'entraîna en riant dans le couloir suivant.

— Vraiment ? Comme c'est dommage ! Nous allons être obligés de nous en passer.

Il poussa deux grandes portes battantes qu'il referma avec soin derrière eux. La piscine se détachait, bleu turquoise, entre ses bords en fines mosaïques. La chaleur, les plantes étaient tropicales. Après les sombres couloirs voûtés, le dépaysement était total.

— J'ai toujours pensé que tu étais bâti comme un nageur, commenta Shelby en massant les épaules d'Alan... C'est magique ici, j'ai l'impression d'avoir atterri sur une île.

Alan lui prit la main.

— On commence par un sauna, annonça-t-il.

— Mmm… Tu crois ?

— Tout à fait. Ça ouvre les pores, murmura-t-il en déboutonnant son chemisier.

Shelby entreprit de le dévêtir de son côté.

— Tu as remarqué que la plupart du temps tu portes nettement plus de vêtements que moi ? protesta-t-elle en s'attaquant à son nœud de cravate.

— J'aime bien te compliquer la tâche.

Il prit le temps de la boire un instant des yeux avant d'attraper deux draps de bain sur une étagère derrière lui. Avec sa carnation délicate, elle avait l'air d'une nymphe gracile échappée d'une fontaine. Shelby était mince mais épanouie, avec une harmonie sensuelle dans l'allure et dans le geste.

Et elle était sienne. Tellement sienne.

Shelby s'entoura de la serviette comme d'un sarong et alla s'allonger dans la cabine de sauna.

— Il t'arrive d'utiliser l'intimité du sauna pour nouer des intrigues au sommet, monsieur le représentant de la nation ? s'enquit-elle paresseusement en caressant la cuisse d'Alan.

— J'ai tendance à penser à autre chose qu'à la politique lorsque je me trouve nu dans un espace humide et chaud.

— Mmm… Montre-moi à quoi tu penses lorsque tu te trouves dans une intimité chaude, Alan.

Les yeux clos, Shelby s'abandonna à ses caresses. Il l'attira sur ses genoux et lui mordilla les lèvres, les couvrant ensuite de ces petits baisers languides qui avaient le don de la transformer en guimauve fondante.

— Ton corps me fascine, Shelby. Il est si vivant, si souple, si doux. Je pourrais te regarder, te toucher pendant des heures… Je n'ai jamais su ce qui m'a attiré en premier chez toi : si c'était ta silhouette ou ton rire ou la vivacité de ton esprit. J'ai dû succomber à une impression d'ensemble, en fait.

Renversée contre lui, elle sourit doucement, heureuse de laisser ses mots, ses lèvres, ses doigts glisser sur elle. Comme s'il lui faisait l'amour avec la voix. La chaleur du sauna détendait ses muscles ; elle s'alanguissait, fondait, se faisait corolle ouverte.

Passer un bras autour du cou d'Alan exigea d'elle un effort soutenu. Seule sa bouche restait encore active. Elle avait juste l'énergie nécessaire pour se concentrer sur leurs baisers, pour investir toute son immense vitalité amoureuse dans ces frottements affriolants de dents, de langues et de lèvres.

Alan l'attira tout contre lui et leurs peaux humidifiées par la chaleur s'épousèrent comme pour se confondre. Ses mains coururent sur son corps avec plus d'insistance ; il lui donna du plaisir jusqu'à ce qu'elle se tende comme un arc en soupirant son nom.

Lorsqu'elle retomba sans force contre lui, il la prit dans ses bras et se leva.

— C'est dangereux de rester trop longtemps là-dedans, mon amour. Nous allons nous rafraîchir un peu.

— C'est impossible, murmura Shelby d'une voix alanguie. Je continuerai à brûler à tout jamais.

— Tu verras, l'eau est fraîche… presque aussi douce que ta peau.

Elle noua les bras autour de son cou.

— Mais je n'ai plus de forces, je vais couler à pic, chuchota-t-elle.

— Je te repêcherai, promit-il en sautant avec elle.

Shelby poussa un cri au contact de l'eau et refit surface en se cramponnant à lui de plus belle.

— Elle est glacée !

— Non, elle est à vingt-sept degrés. Mais c'est le contraste avec le sauna qui fait cet effet.

Shelby frissonna, l'éclaboussa au visage et plongea pour

traverser la piscine sous l'eau. Lorsqu'elle émergea à l'autre extrémité, elle trouva Alan qui l'attendait patiemment.

— Frimeur ! s'exclama-t-elle, à bout de souffle, en repoussant les cheveux qui lui tombaient sur les yeux.

Dressé devant elle, avec l'eau qui lui arrivait juste en dessous de la taille, il avait la beauté d'un dieu grec échappé de l'Olympe. Se laissant flotter sur le dos, elle sourit avec délectation.

— Je persiste à penser que ton anatomie vaut son pesant d'or, mon cher sénateur. Si jamais tu décides de laisser tomber la politique, je te conseille de te reconvertir comme maître nageur. Affecté à une plage de naturistes, bien sûr.

— C'est toujours bon de savoir qu'il y a moyen de se recycler quelque part.

Alan se remplit les yeux de la vision qu'elle offrait. Son corps pâle flottant dans le rectangle turquoise, les vaguelettes qui lui léchaient la peau. Un rayon de lune se déversait par la grande baie vitrée et frissonna à la surface de l'eau.

Le désir qu'il avait contenu dans le sauna resurgit soudain avec force. Il la rejoignit d'une seule brasse puissante et lui attrapa la taille. Shelby lui agrippa les épaules et il vit son excitation se refléter dans ses yeux. Puis sa bouche se souleva à la rencontre de la sienne et il fut comme aspiré dans un tourbillon de passion aveugle.

Shelby fut surprise de retrouver sans transition le haut degré de stimulation physique qu'ils avaient atteint avant leur baignade. La bouche d'Alan fouillait la sienne avec impatience, ses mains se crispaient sur ses hanches pour l'amener contre lui. Elle enfouit les doigts dans ses cheveux mouillés, murmurant mille promesses, formulant mille demandes.

L'élément liquide ralentissait leurs mouvements, les contraignait à refréner leur impatience. Leurs respirations saccadées se firent sonores ; l'eau brassée avec violence clapotait follement. Ils savaient l'un et l'autre que la lenteur n'était plus de mise, que leur faim était sans appel. Lorsque leurs corps se déchaînèrent dans une ultime frénésie, il n'y eut plus ni ici ni ailleurs, rien qu'une jouissance sans frontières et sans visage.

11

— Bien dormi, Shelby ?

Shelby étouffa un bâillement en négociant le dernier virage du grand escalier central. Serena l'attendait au pied des marches.

— Apparemment, nous sommes les seules lève-tard ici, commenta la sœur d'Alan. Les seuls êtres civilisés dans un monde de brutes, autrement dit. Tu as déjeuné ?

Shelby secoua la tête.

— Pas encore, non. Mais je me mettrais volontiers un petit quelque chose sous la dent. Je ne sais pas si Alan vous a prévenus, mais j'ai un appétit immodeste.

— Parfait. Comme personne ne se lève à la même heure chez nous, nous avons une pièce réservée juste à côté de la cuisine où nous « petit déjeunons » plus ou moins à tour de rôle. C'est Caine qui donne le coup d'envoi. Il est toujours debout à l'aube. Alan et mes parents le suivent généralement de près. Diana, elle, dépasse rarement les 8 heures du matin. Quant à Justin, c'est un irrégulier dont je n'ai toujours pas réussi à définir le rythme... Heureusement que j'ai le prétexte de ma grossesse pour justifier l'heure à laquelle j'émerge parfois de mon lit.

Shelby sourit.

— Moi, je paresse sans même me donner d'excuse.

— Bravo. Savoir assumer nos faiblesses est ce qui fait notre force.

Serena poussa une porte et elles pénétrèrent dans une grande pièce accueillante et ensoleillée. Shelby se dirigea tout droit vers le vaisselier ancien pour admirer une collection d'étains de Nouvelle-Angleterre.

— Je n'en reviens pas, de cette maison, murmura-t-elle.

Serena rit doucement.

— Crois-en ma vieille expérience, on n'en revient jamais vraiment une fois qu'on y a mis les pieds… Des gaufres, ça te dit ?

— Ça me dirait beaucoup, même. Il n'y a rien qui me parle autant que quelques gaufres dorées de bon matin.

— Il me semblait bien que nous allions nous entendre, toi et moi. Je reviens dans une seconde.

Restée seule, Shelby examina une toile abstraite au mur, renifla un grand bouquet d'iris, de lupins et de delphiniums disposés avec un goût exquis dans une coupe en cristal. Un week-end ne serait pas de trop pour découvrir les mille merveilles que recelait cette demeure. Et, néanmoins, elle s'y sentait déjà comme chez elle. Et elle était aussi à l'aise dans la famille d'Alan que dans la sienne, étrangement.

Tout aurait pu être si simple entre eux. Le mariage, une maison, des enfants. Si seulement Alan n'avait pas eu vocation à conquérir la Maison Blanche…

Avec un léger soupir, Shelby appuya le front contre la vitre et contempla les vastes pelouses qui s'étendaient devant l'aile sud.

— Shelby ?

Elle se retourna lentement et vit le regard attentif de Serena posé sur elle.

— J'ai apporté le café et les oranges pressées. Les gaufres seront prêtes dans quelques minutes.

Shelby s'assit à table pendant que Serena leur versait à boire.

— Alan m'a dit que vous dirigiez un casino à Atlantic City, Justin et toi ?

— Oui. Nous sommes associés. Mon mari possède encore d'autres casinos hôtels dont il est seul propriétaire... pour le moment.

Shelby hocha la tête. D'emblée, elle avait ressenti pour Serena une connivence mêlée d'affection.

— Tu vas le convaincre de tout partager avec toi, c'est ça ?

— Petit à petit, oui. Je commence à bien me débrouiller avec Justin. Surtout depuis qu'il a perdu son pari et qu'il a été obligé de m'épouser.

Shelby éclata de rire.

— Vous êtes vraiment incroyables, dans cette famille ! Vous avez joué votre mariage sur un coup de dés, Justin et toi ?

— Pas sur un coup de dés, non. A pile ou face. Nous avons le jeu dans le sang, lui et moi. Jusqu'à présent, Justin avait toujours gagné tous nos paris, mais celui-là, j'ai fait en sorte de l'emporter.

— Mmm... je vois, s'esclaffa Shelby en reposant sa tasse. C'était *ta* pièce de monnaie, c'est ça ?

Serena fit oui de la tête.

— Justin se doute qu'elle est truquée. Mais j'ai toujours refusé de la lui montrer. C'est la petite part de mystère entre nous, murmura Serena en posant la main sur l'orbe de son ventre.

— Il est fou amoureux de toi, commenta Shelby. Ça se voit à la façon dont il lève les yeux pour te regarder lorsque tu entres dans une pièce.

Serena hocha la tête.

— Ça n'a pas été facile d'emblée pour Justin et moi. Et Caine et Diana sont passés aussi par quelques crises mémorables...

— Pourtant vous avez l'air si heureux, tous les quatre.

— Maintenant, oui. Mais Justin et Diana ont eu une enfance douloureuse ; c'étaient deux farouches célibataires déterminés à le demeurer. Mais que veux-tu ? Ils ne sont pas restés inébranlables face au charme MacGregor. Quand j'ai croisé le regard de Justin pour la première fois, ça a fait tilt tout de suite. Et le même phénomène s'est produit pour Caine avec Diana.

— Vous êtes des rapides en amour, vous, les MacGregor, bougonna Shelby.

Les extraordinaires yeux violets de Serena pétillèrent d'humour.

— Tu en sais quelque chose, n'est-ce pas ? Je commençais à me demander si Alan aurait la chance de trouver l'amour, lui aussi.

— Et tu crois que c'est chose faite ? murmura Shelby.

Serena posa la main sur la sienne.

— Tu ne peux pas imaginer comme je suis contente que ce soit toi, Shelby. Tu es tout le contraire du genre de femme que je craignais de le voir épouser.

— Et quel est-il, ce genre de femme ? demanda Shelby avec l'ombre d'un sourire.

— Le genre froide, maniérée, impeccable. Une qui ne prononce pas un mot plus haut que l'autre et dont on ne sait jamais si elle pense réellement ce qu'elle dit. Bref, le type même de fille avec qui j'aurais soigneusement évité de boire un café en me levant le matin.

Shelby rit de bon cœur malgré la pointe d'angoisse venue lui comprimer la poitrine.

— Ce serait pourtant une épouse idéale pour le sénateur du Massachusetts, observa-t-elle non sans tristesse.

— Pour le sénateur, peut-être. Mais pas pour l'homme. Pas pour Alan. Mon frère a tendance à être un peu trop sérieux parfois, à travailler trop, à se laisser ligoter par ce qu'il estime être son devoir. Il lui faut quelqu'un pour contrebalancer ces dispositions un peu austères ; quelqu'un pour le ramener à la vie, à la joie, au plaisir.

— S'il n'avait besoin que de vie, de joie et de plaisir, je me sentirais désignée pour le rôle, rétorqua Shelby, le cœur serré.

Serena la considéra avec sollicitude.

— Je ne veux pas me mêler de ce qui ne me regarde pas. Juste te dire que ça me fait plaisir de vous voir ensemble, mon frère et toi. Je suis très attachée à Alan.

Pendant quelques secondes, Shelby maintint le regard plongé au fond de sa tasse.

— Moi aussi, finit-elle par admettre à voix basse.

Serena se renversa contre son dossier.

— Mais ce n'est pas tout à fait simple, apparemment ?

— Non, reconnut Shelby dans un souffle. Ce n'est pas tout à fait simple.

La voix d'Alan à l'entrée de la pièce les fit tressaillir l'une et l'autre.

— Ah, quand même... Les belles endormies ont fini par émerger de leur coma profond ?

— Il est à peine 10 heures, rétorqua Shelby, indignée, en tournant la tête pour l'embrasser.

— Tu as vu Justin, ce matin ? demanda Serena tandis qu'Alan se servait en café.

— Il est dans la tour. Avec notre digne père.

— Ils parlent placements, cotations en Bourse et retours sur investissements ?

— Penses-tu. Ils jouent au poker. Papa a déjà perdu cinq cents dollars.

— Et Caine ?

— Trois cents.

Serena secoua la tête d'un air désapprobateur, mais ses yeux violets étaient résolument rieurs.

— Avoue, Shelby, que je suis dans une position délicate. Mon mari s'est fait une spécialité de dépouiller ma famille. Et toi, Alan ?

Il haussa les épaules.

— Cent soixante-quinze seulement. Justin a une chance insolente au jeu. J'ai préféré limiter les dégâts en abandonnant la partie.

— Les jeux d'argent sont interdits dans l'Etat du Massachusetts, monsieur le sénateur, commenta Shelby, faussement sévère.

Mais Alan n'avait déjà d'yeux que pour la montagne de gaufres que la cuisinière venait de poser devant elle.

— Tu as l'intention de manger tout ça ?

— Bien sûr… Et cette séance de poker, là-haut ? Elle est réservée aux hommes ?

— L'argent n'a pas de sexe chez les MacGregor, répondit Alan en enroulant une mèche de ses cheveux autour de son index. Pourquoi ? Tu as envie d'aller enrichir mon beau-frère, toi aussi ?

Shelby sourit.

— Je n'ai pas l'habitude de perdre.

— Intéressant. Je crois que je vais monter pour vous regarder jouer un moment, déclara Serena. Où sont maman et Diana ?

— Au jardin. Diana voulait demander quelques conseils de plantations pour leur nouvelle maison.

— Parfait. Cela devrait nous laisser au moins une heure, déclara Serena en se levant.

Intriguée, Shelby suivit son exemple.

— Votre mère désapprouve les jeux d'argent ?

— Elle ne veut pas que mon père fume, surtout. Et comme papa ne conçoit pas une partie de poker sans un de ses bons gros cigares, il s'arrange pour jouer lorsqu'elle est occupée ailleurs. Je me suis toujours demandé si maman était réellement dupe. Ou si elle faisait simplement semblant de ne se rendre compte de rien.

Songeant au regard calme et observateur d'Anna, Shelby vota en silence pour la seconde solution. Ils avaient à peine commencé à gravir l'escalier de la tour, lorsque la voix puissante de Daniel parvint à leurs oreilles :

— Justin Blade, sombre suppôt de Satan ! Ce n'est pas humain d'avoir une chance pareille ! Tu les as ensorcelées, ces cartes, ou quoi ?

— C'est bien ce que je disais, les MacGregor sont mauvais perdants, commenta Shelby avec un petit soupir théâtral.

— Voyons si les Campbell réussissent à faire mieux... Voici de nouveaux amateurs, Justin.

Une odeur de cigare et de tabac fin flottait dans l'air. Les trois hommes étaient installés autour du bureau de bois massif de Daniel. Justin, un cigarillo fiché au coin des lèvres, adressa un clin d'œil à Serena.

— J'ai toujours des scrupules à prendre l'argent de ma femme.

— Tu n'auras même pas l'occasion d'essayer, déclara Serena en se perchant sur l'accoudoir de son fauteuil. Shelby aimerait faire une partie ou deux avec vous, en revanche.

Daniel se frotta les mains.

— Une Campbell ! On va voir de quel côté le vent tourne. Tiens, petite, prends une chaise. La limite est à dix dollars.

Shelby prit place à côté de lui.

— Si vous croyez que vous allez récupérer vos pertes grâce à moi, MacGregor, vous vous méprenez grandement.

Daniel en rit de plaisir.

— Distribue les cartes, mon garçon, ordonna-t-il à Caine.

En moins de dix minutes de jeu, Shelby découvrit que Justin Blade était le meilleur joueur à qui elle avait jamais eu affaire. Daniel jouait au culot, Caine avec un mélange d'impulsivité et d'intelligence. Justin, lui, était tout simplement magistral.

Consciente qu'elle ne vaincrait pas par la technique, Shelby décida de foncer en comptant sur la chance. Debout derrière elle, Alan la regarda procéder en secouant la tête. Il avait plaisir à la voir là, assise au coude à coude avec son père, leurs deux têtes rousses penchées sur les cartes. Il n'avait pas eu le moindre ajustement à faire pour intégrer Shelby dans sa vie. Comme si elle était venue se glisser tout naturellement dans un espace déjà créé pour elle. Elle était à sa place dans le bureau enfumé de son père, avec un cendrier débordant de mégots et des fonds de café qui refroidissaient dans les tasses. Tout comme elle serait à sa place à Washington, sous les lustres de Venise, à assister à un dîner de ministres.

Mais, surtout, elle était à sa place dans ses bras, de jour comme de nuit. Et il avait besoin d'elle dans sa vie, comme il avait besoin d'air, de nourriture et de d'eau.

D'un geste triomphant, Daniel retourna une paire d'as sur la table. Justin, avec un sourire en coin, révéla une paire de valets et deux sept.

Caine jura, écœuré.

— Que le diable t'emporte, Blade ! vociféra Daniel.

— Ne l'expédiez pas en enfer prématurément, intervint Shelby en étalant ses cartes devant elle. Une suite. Du cinq au neuf.

— Non, je rêve. Il faut être une sale sorcière pour avoir une chance pareille, bougonna Daniel.

— Ou une sale Campbell, rétorqua Shelby en riant.

Il plissa les yeux d'un air menaçant.

— Distribue donc les cartes, petite.

Justin lui adressa un sourire complice lorsqu'elle ramassa les mises.

— Bien joué, Shelby.

Ils enchaînèrent ainsi les parties pendant une heure.

Shelby continua à tabler sur le hasard en faisant fi de toute logique. Ce système lui permit de maintenir honorablement la tête hors de l'eau. Ce qui, face à un joueur d'exception tel que Justin, relevait déjà de l'exploit.

Daniel paraissait entièrement absorbé par son jeu. Mais lorsqu'il entendit la voix de son épouse en bas de l'escalier, il réagit au quart de tour. En quelques secondes, il avait écrasé un énorme cigare à peine entamé dans un cendrier qu'il dissimula en toute hâte sous son bureau.

— Je double la mise, annonça-t-il en prenant un air dégagé.

— Vous n'avez rien à doubler, nous n'avons pas encore débuté la partie, lui rappela Shelby d'une voix suave.

Elle prit un bonbon à la menthe dans une coupe et le lui glissa d'autorité dans la bouche.

— Tenez, MacGregor, couvrez donc toutes vos traces.

Daniel lui ébouriffa affectueusement les cheveux.

— Pour une Campbell, tu es plutôt bonne fille.

— Ah, vous voilà, tous ! commenta Anna en pénétrant dans le bureau au côté de Diana. J'aurais dû me douter que vous seriez tous occupés à enrichir Justin.

Caine tendit la main pour attirer Diana contre lui.

— Et pas seulement Justin, en l'occurrence. Shelby a presque réussi à lui tenir tête.

— Il était temps que Justin se heurte à un minimum de concurrence, commenta Diana en posant le menton sur l'épaule de son mari. Que diriez-vous d'aller vous baigner avant le déjeuner, tous ?

— Bonne idée, acquiesça Daniel en poussant du bout du pied son cendrier sous le bureau. Tu aimes nager, Shelby ?

— J'adore ça. Mais je n'ai malheureusement pas prévu d'apporter un maillot.

— Aucun problème, intervint Serena. Juste à côté

du sauna, nous en avons un plein placard. Tu trouveras bien quelque chose à ta taille.

Shelby jeta un regard appuyé à Alan.

— Ah, vraiment ? Un placard plein de maillots... Comme c'est commode.

Il lui adressa le plus angélique des sourires.

— Ah tiens ! Aurais-je oublié de mentionner ce détail ? En tout cas, je vote pour l'option baignade. Je n'ai encore jamais eu le plaisir de voir Shelby en maillot de bain.

Vingt minutes plus tard, Alan se retrouva de nouveau allongé dans le sauna. Non pas en compagnie de Shelby, cette fois, mais avec Caine et Justin. Les yeux clos, Alan se surprit à sourire tandis qu'il se remémorait leurs ébats de la veille.

— Elle est géniale, ta Shelby, commenta Caine avec bonne humeur en s'adossant contre la paroi de bois de la cabine. Cela dit, ça m'a surpris de te voir arriver avec une fille comme elle.

Alan ouvrit paresseusement un œil.

— Ah oui ? Pourquoi ?

— Avoue qu'elle se distingue radicalement de toutes tes amies précédentes. Tiens, prends la grande blonde coincée avec qui tu sortais cet hiver, par exemple. Elle n'aurait pas tenu plus de cinq minutes avec papa, celle-là.

— S'il y a une chose que Shelby n'est pas, c'est coincée, en effet.

Justin s'étira sur le banc au-dessus d'Alan.

— Je vote pour Shelby, moi aussi. Elle est entière, spontanée, explosive. Et la cerise sur le gâteau, c'est qu'elle sait manier les cartes. Quant à Serena, elle vous trouve très complémentaires, tous les deux.

Alan soupira.

— Dois-je en conclure que le blanc-seing familial vient de m'être donné à l'unanimité ?

La tête posée sur un bras replié, Justin se mit à rire.

— C'est une vieille habitude chez vous, les MacGregor, d'intervenir activement dans vos vies sentimentales mutuelles, non ?

Caine repoussa une mèche blonde qui lui tombait sur le front.

— Tu es bien placé pour le savoir, non, Justin ? Moi, en tout cas, je suis ravi que l'attention paternelle soit focalisée sur Alan et Shelby ce week-end. Ça nous permet de souffler un peu, Diana et moi. Pour une fois qu'il ne lui demande pas toutes les demi-heures si elle ne serait pas, par hasard, enfin enceinte.

— Vous n'êtes pas encore prêts à fabriquer votre Comanche écossais, tous les deux ? s'enquit Justin.

— On y pense... Mais on commence par vous laisser mettre le vôtre au monde. Comment te sens-tu, en tant que futur père ?

Justin fixa un instant le plafond de bois de la cabine.

— Ça fait plein d'effets contradictoires, en fait. D'un côté, l'idée que nous allons nous retrouver parents sans mode d'emploi me terrifie. Et, en même temps, je suis impatient ; de plus en plus impatient. Et plus je suis impatient, plus l'inquiétude monte. Et j'ai de la peine à imaginer à quoi elle va ressembler, cette part de nous deux qui sera nous sans être nous.

— Bonne lignée, cita Caine en prenant un air martial. Solide race de guerriers.

Justin ferma les yeux en riant.

— Daniel est en train de réviser radicalement son opinion sur ses vieux ennemis, les Campbell, de toute évidence. Tu penses l'épouser, Alan ?

— Ici, oui. Cet automne.

— Hé ! Mais pourquoi n'avoir rien dit, bon sang ? se

récria Caine. Papa aurait ouvert une de ses extraordinaires bouteilles de champagne millésimées pour l'occasion !

— Ce serait un peu délicat d'arroser ça alors que Shelby elle-même n'est pas encore au courant.

— Mmm... Evidemment. Et tu crois qu'elle va apprécier que tu aies pris la décision sans elle ?

— Je l'ai déjà demandée en mariage.

— Et elle t'a dit *non* ? se récria Caine.

Alan ne put s'empêcher de rire.

— Caine ! Si tu t'entendais ! Tu es vraiment le portrait craché de papa, par moments. Shelby a un petit problème avec la politique, en fait. Son père était sénateur, lui aussi. Robert Campbell, ça vous dit quelque chose ?

— Robert Campbell... celui qui s'est fait assassiner il y a une quinzaine d'années, c'est ça ? Alors qu'il faisait campagne pour les primaires ? Oui, j'imagine que ça ne doit pas être facile pour Shelby de se retrouver amoureuse d'un sénateur aussi présidentiable que toi.

Alan hocha la tête.

— C'est un gros obstacle, pour elle, en effet. Et *oui*, j'ai l'intention de me lancer à l'assaut de la Maison Blanche dans huit ans, déclara-t-il, conscient que c'était la première fois qu'il formulait sa décision à voix haute. Encore une question délicate que nous aurons à aborder ensemble, Shelby et moi, ajouta-t-il en soupirant.

— La politique, c'est ta voie, Alan, intervint Justin. Et une vocation, ça ne se commande pas.

— C'est possible. Mais, depuis que Shelby est entrée dans ma vie, je sais aussi que je ne peux pas vivre sans elle.

— Et si elle te demande de renoncer à la présidence ? intervint Caine.

Alan ferma les yeux sans répondre. Et songea que s'il se trouvait contraint de choisir, il se sentirait coupé d'une part essentielle de lui-même, quelle que soit l'option qu'il retiendrait...

Dès le mercredi qui suivit son week-end à Hyannis, Shelby reçut un appel de Daniel. Elle tenait la mangeoire d'Eulalie, qu'elle venait de remplir, et dut décrocher de la main gauche.

— Allô !

— C'est toi, Shelby ?

Elle sourit dans le combiné. Cette voix-là, elle l'aurait reconnue entre toutes.

— Bonjour, Daniel.

— Tu ne tiens pas ta boutique, aujourd'hui ?

— Le mercredi, je me consacre à la fabrication, expliqua-t-elle en coinçant le combiné entre l'épaule et l'oreille pour placer la nourriture du perroquet dans la cage. Comment allez-vous, Daniel ?

— Bien, mon petit. Très bien... La prochaine fois que je serai de passage à Washington, je ne manquerai pas de venir visiter ton atelier.

— Et vous m'achèterez quelque chose.

Daniel laissa exploser un de ses grands rires sonores.

— Bien sûr que je t'achèterai quelque chose si tu as les mains aussi habiles que tu as la langue bien pendue. Nous avons décidé de réunir toute la famille au Comanche d'Atlantic City à l'occasion de la fête nationale du 4 Juillet. Et je tenais à t'inviter personnellement.

Le 4 juillet. Shelby ferma les yeux et vit des feux d'artifice, des marchands de hot dog dans la rue, la foule joyeuse sur les quais. Elle aurait aimé se visualiser main dans la main avec Alan à regarder les couleurs exploser dans le ciel au-dessus de l'océan. Mais elle avait beau scruter sa boule de cristal imaginaire, l'avenir restait opaque, illisible et désespérément brouillé.

— Merci d'avoir pensé à moi, Daniel. Cela me ferait le plus grand plaisir de me joindre à vous.

Ce qui était la stricte vérité. Savoir si elle y serait ou non était une autre histoire.

— Tu es la compagne idéale pour mon fils aîné, affirma Daniel avec force, comme s'il avait perçu son hésitation. Si on m'avait prédit que je dirais ça d'une Campbell, j'aurais refusé de le croire. Mais le fait est que tu as une personnalité forte, une belle santé et de l'humour à revendre. C'est du bon sang écossais qui coule dans tes veines, Shelby. Du sang que tu transmettras à mes petits-enfants.

Shelby rit doucement alors même que ses yeux se remplissaient de larmes.

— Daniel MacGregor, vous êtes un bandit et un comploteur.

— *Aye.* A bientôt, à Atlantic City.

Shelby reposa le combiné et pressa les doigts sur ses paupières. Allait-elle s'effondrer à cause d'un simple discours de propagande promariage prononcé par l'incorrigible Daniel ? Le cœur comme du plomb, soudain, elle secoua la tête. Depuis le premier matin où elle s'était réveillée dans les bras d'Alan, elle avait su qu'elle ne faisait que différer l'inéluctable.

« La compagne idéale pour mon fils… »

En surface, oui, peut-être. Mais Daniel ne savait rien de la blessure qu'elle portait au fond d'elle. Même Alan était loin de se douter à quel point la plaie était profonde.

Et puis, surtout, il y avait la peur. Une peur que ni les années ni la distance n'avaient réussi à apprivoiser. Si elle fermait les yeux et qu'elle relâchait sa vigilance, les souvenirs pouvaient remonter en bloc à tout instant : les trois explosions successives qui avaient été autant de balles s'enfonçant dans la poitrine de son père… Le tressaillement, comme de surprise, le corps qui tombe et se convulse une dernière fois à terre. Le sang de son père sur sa robe. Les cris dans la foule et le garde du corps qui s'était rué sur Robert Campbell en la poussant de côté.

Elle s'était retrouvée assise à même le sol. Seule.

Si seule... Et, même si cela n'avait duré que quelques secondes, cette solitude de la terreur s'était inscrite en elle pour l'éternité.

Personne n'avait eu à lui dire que son père était mort. Elle avait vu la vie s'enfuir de son corps. Elle l'avait sentie s'enfuir d'elle.

Les jambes comme du coton, Shelby secoua la tête.

Plus jamais, non. Plus jamais elle ne voulait mourir de cette mort-là.

Alan..., comprit-elle lorsqu'on frappa à la porte. Shelby s'essuya les yeux, prit une profonde inspiration et alla ouvrir.

— Alors, MacGregor, commenta-t-elle d'un ton sévère. Tu n'apportes rien à manger ce soir ?

— Rien de comestible, non. Juste une fleur pour nourrir tes yeux et ravir tes narines.

Une rose. Une seule rose qui avait la couleur de ses cheveux. Shelby déglutit. Un homme épris de tradition lui offrait très sérieusement une part sérieuse de lui-même.

— On dit qu'une seule rose, c'est beaucoup plus romantique qu'une douzaine, murmura-t-elle en sentant les larmes de nouveau dangereusement proches. Merci.

Elle jeta les bras autour du cou d'Alan et pressa les lèvres contre les siennes.

— Je t'aime, chuchota-t-elle lorsqu'il la berça doucement contre lui en lui caressant les cheveux.

Alan lui prit le menton pour plonger son regard dans le sien.

— Qu'est-ce qui ne va pas, Shelby ?

— Rien. Les cadeaux me rendent sentimentale, c'est tout... Fais-moi l'amour, Alan, ajouta-t-elle dans un murmure. Maintenant... S'il te plaît...

Mais il secoua la tête. Trop de nuages obscurcissaient le gris clair des yeux de Shelby.

— Viens d'abord t'asseoir. Il est temps que nous parlions, tous les deux.

— Non, je ne peux pas. Je...

Il lui saisit les épaules.

— Shelby... nous ne pouvons pas continuer éternellement à nier les problèmes.

Shelby sentit un grand froid l'envahir. Depuis le début, elle avait su que l'épreuve de vérité finirait par tomber. Elle avait tout fait pour reculer l'échéance. Mais le moment était venu de trancher.

— Tu veux boire quelque chose, Alan ? demanda-t-elle en détournant les yeux.

— Non.

Il la força à s'asseoir et prit place à côté d'elle.

— Je t'aime, Shelby. Tu le sais. Tu sais aussi que je veux te passer une alliance au doigt, partager tes nuits, être le père de tes enfants. Nous ne nous connaissons pas depuis longtemps. D'autres femmes, à ta place, auraient besoin de temps pour être sûres de ce qu'elles ressentent. Mais tu n'es pas une autre femme.

— Tu connais mes sentiments pour toi, Alan.

— Mais tu as un problème avec mes choix de vie et je suis capable de le comprendre. Peut-être pas complètement, mais au moins en partie.

Il prit ses deux mains dans les siennes et la sentit tendue, sur la défensive.

— Nous trouverons des solutions ensemble, Shelby. Mais il y a une question au moins que je voudrais mettre sur la table : certains membres influents de mon parti m'ont assuré de leur soutien et je pense sérieusement à tenter l'aventure de la présidence. Si je suis nommé, ce ne sera pas avant huit ans. Mais c'est un processus à long terme. Et cette décision aura nécessairement un impact sur notre vie commune.

Shelby sentit une main de fer se refermer sur sa

poitrine. Elle savait depuis le début qu'Alan était appelé à une plus haute destinée que celle de simple sénateur. Mais l'entendre annoncer calmement ses intentions avait quelque chose d'implacable, de définitif. Et elle aurait tant voulu pouvoir se voiler les yeux encore un peu et continuer à vivre dans le moment présent !

— Ne me demande pas mon opinion, Alan, réussit-elle à répondre calmement. Si tu es tenté, fais-le, et sans te soucier de mon avis. Tu sais ce que tu as à faire. Et tu n'as pas le droit de passer à côté de ta vocation.

Incapable de rester assise plus longtemps, Shelby se leva pour arpenter le séjour encombré.

— Je sais que ce n'est pas seulement l'amour aveugle du pouvoir qui guide tes choix. Tu es conscient des difficultés de la tâche, du poids des responsabilités, de la lourdeur de ta mission... Je crois qu'on peut dire que la présidence est ton destin, acheva-t-elle dans un murmure en posant la rose sur la table.

— C'est possible.

Alan la regarda aller et venir nerveusement dans la pièce. Elle avait pris un petit coussin rayé sur le canapé et le serrait presque convulsivement sur sa poitrine.

— Tu sais que lorsque j'entrerai en campagne, j'aurai besoin de toi pour m'épauler, Shelby.

Elle s'immobilisa net et secoua la tête.

— Je ne peux pas t'épouser.

Un éclair passa dans les yeux sombres d'Alan, mais il n'éleva pas la voix.

— Pourquoi ?

La gorge de Shelby était si sèche qu'elle se demanda si elle parviendrait à articuler une syllabe.

— Pour des raisons parfaitement logiques, Alan. Je n'ai pas vocation à recevoir le gratin de la politique internationale, je n'ai rien d'une diplomate et je n'ai aucun sens de l'organisation, comme tu me l'as dit toi-même.

— C'est une épouse que je veux. Pas une équipe électorale.

— Et merde, Alan, essaye de regarder les choses en face ! Tu sais pertinemment que je ne te servirais à rien. Même si j'essayais de rentrer dans le rôle, ce serait un désastre. Je n'ai pas la patience nécessaire pour passer mes journées chez les coiffeurs et les esthéticiennes, pour répondre aux questions des journalistes et faire preuve de tact et de doigté vingt-quatre heures sur vingt-quatre. Comment voudrais-tu que je sois la première dame du pays, alors que je n'ai rien d'une « dame » à proprement parler ? Et si tu remportes ces élections — ce qui finira par arriver, tôt ou tard —, je me retrouverai cloîtrée à la Maison Blanche, étouffée par le protocole, enchaînée à mes obligations, coupée de ma créativité comme de moi-même !

Alan attendit patiemment qu'elle ait fini sa diatribe.

— Dois-je en conclure que tu m'épouserais si je renonçais à me présenter ?

Elle se retourna en sursaut.

— Non, Alan. Ne me fais pas ça, surtout. Tu finirais par me haïr… Et je me haïrais aussi. Tu n'as pas le droit de te dérober à ton destin.

— Parce que tu crois que tu n'es pas mon destin, toi, peut-être ? explosa Alan.

La colère qu'il avait réussi à contenir le submergea avec une violence inattendue. Il se leva et lui immobilisa les deux poignets.

— Tu peux choisir de m'expulser de ta vie en m'opposant un non catégorique, Shelby. Mais comment veux-tu que je m'y résigne en sachant que tu m'aimes ? Tu crois que je suis fait en quoi, au juste ? En acier trempé ?

Effarée, elle secoua la tête.

— Ce n'est pas une question de choix. Je ne peux

pas être une bonne épouse pour toi donc je *dois* refuser. C'est aussi simple que cela.

Il la secoua avec une telle violence qu'elle sentit sa tête partir en arrière.

— Arrête ces raisonnements stupides ! Je t'interdis de me mentir, Shelby. Si tu dois me tourner le dos, aie au moins la décence de me donner les vraies raisons.

Elle s'effondra d'un coup. Si Alan ne l'avait pas retenue, elle aurait glissé sans force sur le tapis.

— Je... je n'aurais pas le courage d'être ta femme, murmura-t-elle. Pas le courage d'endurer la peur...

Les larmes se mirent à ruisseler sur ses joues. Douloureuses. Irrépressibles.

— Ce serait trop dur... Savoir que, à tout moment, ça peut recommencer... le claquement des balles, les cris dans la foule, la vie qui s'arrête d'un coup, en plein élan, injustement et pour rien.

Secouée de sanglots, elle enfouit son visage dans ses mains.

— Oh, mon Dieu, non, je n'en peux plus... c'est trop dur, trop dur... Je ne voulais *pas* t'aimer ! Je ne voulais pas que tu deviennes comme le plus précieux de moi-même. J'ai trop peur de te perdre, Alan... peur que ça recommence, peur que tout s'effondre dans la violence et le sang... J'ai déjà vu mourir sous mes yeux la personne que j'aimais le plus au monde. Si ça arrive une seconde fois, je deviendrai folle, folle à lier... C'est trop de douleur, Alan, trop de douleur pour un seul cœur.

Alan la serra contre lui, cherchant des mots pour réconforter, rassurer. Mais sur une peur aussi viscérale, aucun argument rationnel n'aurait de prise.

— Shelby, ma chérie, ne pleure plus. Je renoncerai à...

— Non ! l'interrompit-elle dans un cri en se dégageant de son étreinte. Non, tu ne renonceras pas. Tu n'as pas le droit, Alan. Si tu passes à côté du chemin de ta vie, tu ne seras plus le même homme dont je suis tombée amoureuse. Et si je change, je ne serai plus la femme qui t'a séduit.

— Je ne te demande pas de changer. Je te demande de me faire confiance, Shelby.

— Te faire confiance ? Parce que tu peux me jurer qu'aucun illuminé ne pointera son arme sur toi, peut-être ? Non, Alan, tu ne maîtriseras jamais tous les paramètres… Je t'en supplie, fais ce que tu as à faire, mais oublie-moi.

Avant qu'il puisse répondre, elle courut se réfugier dans sa chambre et claqua la porte derrière elle.

12

Au mois de juin, le Maine était verdoyant, sauvage, magnifique. Shelby emprunta la route étroite qui longeait la côte. Elle conduisait dans un état second, en s'efforçant de faire le vide dans ses pensées. Par la vitre ouverte, elle entendait le fracas de l'océan se jetant contre les rochers. Un bruit lancinant, répétitif, qui semblait parler de rage, de désespoir, de passion contrariée.

Quelques fleurs sauvages poussaient sur les talus, bravant le sel et le vent. Mais la roche formait l'essentiel du paysage. Une roche lisse, creusée par les coups de boutoir des vagues, luisant sous la cruelle caresse de l'eau.

En inspirant l'air vif et pur du Maine, Shelby recouvrait un semblant de souffle, malgré le poids qui pesait sur sa poitrine. Peut-être était-ce simplement pour reprendre sa respiration qu'elle avait jeté quelques affaires dans un sac et fui Washington en toute hâte ? Jamais elle ne s'était sentie aussi proche de la suffocation qu'après sa dispute avec Alan.

Et les chaleurs étouffantes de l'été, par chance, n'avaient pas encore envahi le Maine. Au bout de la route, dressé sur une étroite avancée rocheuse, le phare défiait l'océan. Shelby se força à détendre ses doigts crispés sur le volant. Trouverait-elle une forme de paix, ici, dans ce lieu battu par les vents, où son frère était venu chercher la consolation du silence ?

Le jour se levait à peine. Et les couleurs du soleil levant marquaient encore la jonction entre ciel et eau. De grandes mouettes blanches survolaient en criant les étendues de sable et de roche.

Shelby frissonna tant leur cri était sombre, solitaire. Secouant la tête, elle descendit de voiture et se concentra sur la silhouette rassurante du phare campé face aux éléments. La peinture blanche s'écaillait par endroits et les intempéries avaient laissé leur marque. Mais, trapu, obstiné, solide, il résistait aux assauts du temps.

Quel meilleur refuge qu'un phare contre la tempête qui la dévastait ?

Shelby prit son sac de voyage sur la banquette arrière et alla cogner à la porte. Inutile d'espérer la trouver ouverte. Grant n'était pas du genre à encourager les visites spontanées.

Elle attendit un peu, puis frappa de nouveau du poing contre le battant de bois. En se demandant combien de temps il faudrait à son frère pour se résigner à descendre lui ouvrir. Elle savait qu'il l'entendait. Grant voyait tout ; entendait tout. Il avait toujours eu des facultés de perception étonnantes.

Cinq bonnes minutes s'écoulèrent avant que la porte ne s'entrebâille enfin. Le premier constat de Shelby fut que Grant ressemblait de plus en plus à leur père. Il avait le même charme ténébreux, avec une touche de sauvagerie en plus — la rudesse des grands solitaires. A en juger par ses cheveux hirsutes et son regard endormi, elle avait dû le tirer de son lit.

Grant l'examina d'un œil sombre en frottant son menton bleui par un début de barbe.

— Qu'est-ce que tu fiches ici ?

Elle se dressa sur la pointe des pieds pour l'embrasser sur la joue.

— La chaleur de ton accueil me va droit au cœur.

— Quelle heure est-il ?

— Tôt.

Jurant tout bas, il passa la main dans ses cheveux en bataille et s'effaça pour la laisser entrer. Shelby précéda son frère, gravissant devant lui la volée de marches qui craquaient à chaque pas. Parvenu dans la pièce principale de la tour, Grant la saisit par les épaules et scruta ses traits avec ce regard calme, intense et pénétrant auquel elle n'avait jamais pu s'habituer tout à fait.

Immobile, elle subit l'examen sans broncher, consciente de sa fatigue et des cernes qui lui mangeaient les joues.

— Qu'est-ce qui t'arrive, Shelby ?

Elle haussa les épaules et jeta son sac dans un fauteuil tendu d'un tissu fatigué.

— Rien de spécial. J'avais envie de te voir.

Elle prit le temps d'examiner son frère à son tour. Grant était grand, sec, presque trop mince. Et pourtant, tout comme le phare qui l'abritait, il donnait une impression de force, immuable et tranquille.

C'était aussi pour puiser un peu de cette force à la source qu'elle était venue se réfugier dans le Maine.

— Tu ne nous ferais pas un café, Grant ?

Traversant le séjour poussiéreux, il passa côté cuisine. Là, tout était net, rangé, impeccable.

— Et un petit déjeuner, ça te dirait ?

— Toujours.

Grant émit un grognement amusé.

— Tu es maigrichonne, fillette.

— On ne peut pas dire que tu sois rondouillard non plus.

Il haussa les épaules.

— Comment va maman ?

— Bien. Je crois qu'elle va refaire sa vie avec le Français.

— Avec Dilleneau, ses grandes oreilles et son intelligence subtile ?

Shelby s'assit à la table ronde en chêne pendant que Grant faisait rissoler le bacon dans la poêle.

— Exact. Le portrait est sommaire, mais ressemblant. Tu as l'intention de l'immortaliser ?

Grant lui jeta un regard amusé.

— Ça dépend. Tu crois que maman serait surprise de voir son fiancé dans Macintosh ?

— Je ne sais pas... Je crois que ça lui ferait plutôt plaisir, en fait.

Elle se leva pour aller chercher des assiettes, des couverts et des tasses pendant que son frère cassait les œufs dans la poêle.

— Tu vois beaucoup de touristes, ces derniers temps ?

— Non.

La réponse était tellement sèche que Shelby faillit éclater de rire.

— Tu pourrais essayer de placer des mines tout le long de la plage. Ou de mettre des panneaux avec des têtes de mort et du fil de fer barbelé... Je n'ai jamais réussi à comprendre comment tu pouvais concilier une connaissance si fine, si intuitive de la nature humaine et ton état de misanthropie avancée.

— Je ne suis pas misanthrope. L'humanité, je n'ai rien contre. A condition de la voir ailleurs que sous mon nez.

Sans la moindre cérémonie, il posa la poêle sur la table et se servit. Grant mangea. Shelby fit semblant.

— Comment vont tes colocataires ?

— Ils se supportent. Kyle s'occupe d'eux pendant mon absence.

Grant lui jeta un regard interrogateur par-dessus le bord de sa tasse.

— Parce que tu comptes rester ici quelque temps ?

Shelby éclata de rire.

— Deux ou trois jours. Une semaine, grand maximum.

Non, inutile de me supplier à genoux de prolonger mon séjour, Grant. Je resterai inflexible.

Connaissant son frère, elle savait qu'il râlerait et pesterait tant et plus. Mais qu'il l'accueillerait aussi longtemps qu'elle aurait besoin de son hospitalité.

— Bon. Si tu as l'intention de t'incruster, tu me feras une corvée d'approvisionnement.

— Pour t'éviter d'aller en ville et de subir la foule ? Quel ours tu fais, Grant. Comment te débrouilles-tu pour recevoir tous les journaux du pays livrés à domicile, au fait ?

— Je paye, tout simplement. Les gens d'ici pensent que je suis bizarre.

— Tu *es* bizarre.

— Sans doute, oui, fit-il en repoussant son assiette vide pour poser les coudes sur la table. Et tu ne m'as toujours pas dit ce que tu faisais ici, Shelby.

— Une soudaine envie de prendre une bouffée d'air marin, de voir ta mine revêche, d'écouter hurler les mouettes.

— Shelby...

Elle baissa les yeux sur son assiette.

— Je... je ne pouvais plus rester à Washington, Grant. Ma vie est un désastre.

— Toutes les vies sont un désastre, répondit-il doucement en lui soulevant le menton. Allez... respire un grand coup et raconte-moi ce qui se passe.

Elle se mordit la lèvre, prit une longue inspiration tremblante et lutta stoïquement contre les larmes.

— Je suis amoureuse et je ne devrais pas l'être ; il veut m'épouser et je ne peux pas.

— Ainsi le problème a pour nom MacGregor.

Shelby releva la tête en sursaut et lui jeta un regard interrogateur.

— Non, personne ne m'a rien dit. Mais je lis les journaux, n'oublie pas... Et qu'est-ce que tu lui reproches, à ce MacGregor, au juste ? C'ést un politicien de haut vol. Et il fait partie des rares personnes, dans ce milieu, pour qui j'ai du respect.

— C'est un homme de valeur, acquiesça Shelby. On pourrait peut-être aller jusqu'à dire que c'est un grand homme.

— Alors, où est l'obstacle ?

— Je ne peux pas aimer un politicien-brillant-promis-à-un-avenir-glorieux, répondit-elle avec force. Et encore moins en épouser un.

Grant se leva pour les resservir en café.

— Et pourquoi ?

— Je ne veux pas repasser par ce que j'ai déjà traversé, Grant.

— Tu as déjà traversé quoi ? Le mariage ? L'amour ? La maternité ?

Séchant ses larmes, Shelby lui jeta un regard noir.

— Ne fais pas semblant de ne pas comprendre, Grant. Tu sais très bien de quoi je parle.

Son frère but une gorgée de café et hocha la tête.

— Bien. Je préfère la Shelby qui mord à la Shelby qui pleure... On dit que le sénateur du Massachusetts aurait des vues sur la Maison Blanche ?

— Tu es bien informé. Ce n'est pas encore dans les journaux, pourtant. A croire que toutes les rumeurs de la capitale convergent jusqu'à ton phare.

— Tu n'as pas envie de voir une de tes robes de *First Lady* immortalisée au musée de Washington, petite sœur ?

— Tu as un humour assez étrange, Grant.

— Merci.

Exaspérée, Shelby écarta son petit déjeuner à peine entamé.

— Avoue que la vie est absurde ! Il y a des milliards

d'individus sur cette planète et il a fallu que je tombe amoureuse d'un sénateur ! C'est hallucinant, non ?

— C'est le sénateur dont tu es amoureuse ? Ou l'homme ?

— Je ne vois pas où est la différence. L'un ne va pas sans l'autre.

Grant reposa son café et cueillit un morceau de bacon sur son assiette.

— La différence est évidente, Shelby. Et tu le sais mieux que quiconque.

Submergée par la panique, elle secoua violemment la tête.

— Je ne peux pas, Grant ! Comment voudrais-tu que je prenne un pareil risque ? Président, il le sera tôt ou tard — si on lui laisse la vie sauve suffisamment longtemps pour qu'il puisse le devenir. Et tu voudrais que je reste à ses côtés à trembler en songeant à toutes les possibilités…

— Toi et tes possibilités ! rétorqua-t-il avec impatience… Bon, d'accord, examinons-en quelques-unes. Pour commencer, l'aimes-tu ?

Shelby soupira avec impatience.

— Evidemment. Sinon je n'en serais pas là.

— Qu'est-ce qu'il représente pour toi ?

Accablée, elle enfouit son visage dans ses mains.

— Tout… Il représente tout.

— S'il lui arrive quelque chose au cours d'une de ses campagnes, tu crois que tu souffriras moins, simplement parce que tu ne portes pas une alliance au doigt ?

Shelby se sentit pâlir.

— Grant, non… S'il te plaît…

— Il nous faut vivre avec ça, Shelby. Notre histoire, nous la porterons toujours avec nous. J'étais là, moi aussi, et je n'ai rien oublié. Tu as l'intention de te couper de la vie à cause d'un événement qui remonte à plus de quinze ans ?

— C'est bien ce que tu fais, toi, non ?

Grant accusa le coup.

— Nous parlerons de moi une autre fois, si tu veux bien. Deuxième possibilité : admettons qu'il t'aime suffisamment pour renoncer à ses ambitions présidentielles ?

— Je ne me le pardonnerais jamais.

Il posa la main sur la sienne.

— Exactement. Passons à un troisième cas de figure, alors : il se présente, il gagne, atteint un âge vénérable, rédige ses mémoires et finit par parcourir le monde en ambassadeur de la paix. Ça te chiffonnerait quand même un peu, non, d'être passée à côté de cinquante années de vie commune pour éviter d'avoir à subir un drame qui n'a jamais eu lieu ?

Shelby soupira bruyamment.

— Oui, bien sûr, mais…

— Nous avons déjà fait le tour des « mais », l'interrompit-il. Naturellement, entre ces deux possibilités extrêmes, il en existe des milliers d'autres. Ton Alan pourrait se faire renverser par une voiture en traversant la rue. Tu peux périr noyée ou mourir d'un cancer dans deux ans. Il pourrait perdre les élections et devenir missionnaire.

Avec un léger sourire, Shelby posa le front sur leurs mains jointes.

— Stop. Ça suffit. Inutile de continuer, j'ai compris. Tu as toujours eu une façon implacable de me démontrer que je tenais des raisonnements tronqués, stupides ou illogiques.

— Je reconnais que c'est un de mes talents… Maintenant, voici mon conseil : sors, marche sur la plage, prends une grande dose d'air pur. Puis reviens ici, mange quelque chose et tâche de dormir au moins douze heures d'affilée. Tu as une mine épouvantable. Ensuite…

Il s'interrompit pour lui effleurer la joue.

— Ensuite, rentre chez toi. J'ai du travail.

— Tu sais que je t'adore, espèce de sale type ?

Grant eut un de ses rares sourires.

— Moi aussi, sœurette.

Avec McGee parti en Ecosse, la maison paraissait soudain plus silencieuse qu'un tombeau. Alan suffoquait dans cette ambiance mortifère. Mais il n'aurait pas quitté les lieux pour un empire. Il voulait être joignable. Présent, si elle resurgissait.

Il s'était forcé à accorder vingt-quatre heures de répit à Shelby avant de revenir à la charge. Mais, le vendredi, il ne l'avait trouvée ni chez elle ni dans son atelier. Et Kyle-le-poète qui écrivait des vers, assis à la caisse de Calliope, avait été incapable de lui dire où Shelby avait disparu.

Alan tambourina du bout des doigts sur son bureau. Shelby était libre de ses faits et gestes. Elle n'avait aucun compte à lui rendre, bien sûr. Et si l'envie l'avait prise d'aller faire une virée à Zanzibar ou une croisière dans les îles grecques, il n'avait aucune raison d'être inquiet ou en colère.

Alors pourquoi se sentait-il d'humeur à tout casser ?

Se levant d'un mouvement brusque, il se mit à faire les cent pas. Si seulement elle lui avait laissé un mot, une explication, un signe.

Suffoqué par l'impuissance, il serra les poings dans ses poches. Où était-elle passée, bon sang ? Et pourquoi n'avait-elle rien dit ? Alan débita un chapelet de jurons qui aurait fait dresser les quelques rares cheveux qui restaient sur la tête de McGee. Des problèmes, il en croisait quotidiennement, pourtant. Et il n'y en avait pas eu *un* jusqu'à présent qu'il n'ait réussi à résoudre. Avec du temps et de la patience, on parvenait à bout de n'importe quelle difficulté : telle avait toujours été sa philosophie.

Mais sa patience était épuisée et il souffrait comme un damné. Il avait mal partout, telle une bête blessée à mort, et la douleur ne lui laissait pas une seconde de répit.

« Si je la retrouve, je ne la lâche plus », songea-t-il presque férocement. « Ah oui ? Et comment comptes-tu la garder, idiot ? Tu veux l'enfermer ? Te traîner en gémissant à ses pieds ? »

Quoi qu'il en soit, il *devait* trouver une solution. Il pouvait renoncer à une partie de ses rêves pour elle et demeurer lui-même. Mais sans elle, il resterait à jamais en déshérence.

— Et merde !

Alan tapa rageusement du poing contre le mur. Shelby lui avait volé une partie de lui-même pour lui fermer ensuite la porte au nez.

Faux. Faux et archifaux, rectifia-t-il en secouant la tête. Il s'était donné de son plein gré. Et son amour pour elle, il ne pouvait plus le lui reprendre, même si elle disparaissait de sa vie à tout jamais.

Or Shelby était capable — parfaitement capable — de quitter Washington sur un coup de tête en laissant tout derrière elle. Dans un sursaut de panique, Alan comprit qu'elle avait peut-être plié bagage pour de bon.

Sourcils froncés, il posa la main sur le téléphone. Pour commencer, il s'agissait de la retrouver. Et sans traîner, de préférence. Ensuite, il s'arrangerait pour la retenir d'une manière ou d'une autre. Soulevant le combiné, il composait le numéro de Deborah lorsqu'on sonna à sa porte. Pestant avec force, il raccrocha pour aller ouvrir.

Un livreur souriant se tenait sur le seuil avec un drôle de sac en plastique transparent à la main.

— J'ai ce truc-là pour vous, monsieur le sénateur, précisa le messager en lui montrant la poche en plastique dans laquelle tournait frénétiquement un minuscule poisson rouge.

— Génial, marmonna Alan tandis que le livreur s'éloignait en sifflotant. Voilà qui concrétise tous mes rêves.

Il examina son étrange cadeau. Que diable était-il censé faire d'une pareille bestiole ? Jugeant qu'il avait des préoccupations plus urgentes, il ouvrit le sachet et jeta le poisson dans le premier vase en cristal qui lui tomba sous la main. Puis il regarda le carton et lut le bref message.

« Si tu peux évoluer comme un poisson dans l'eau au sein du monde qui est le tien, cher sénateur, alors je veux bien nager avec toi. »

Alan relut la phrase trois fois puis ferma les yeux. *Elle allait revenir.* Il laissa tomber la carte sur la table et repartit en direction de la porte. Juste au moment où il l'ouvrait, la sonnette tinta.

Les mains dans les poches d'une immense salopette en jean, Shelby souriait sur le seuil.

— Salut. Je peux entrer ?

Il résista à la tentation de l'attraper au collet et de la serrer à l'étouffer dans ses bras en lui arrachant quelques promesses définitives.

Mais recourir à la force était la dernière méthode à suivre avec une fille comme Shelby.

Il s'effaça pour la laisser passer.

— Tu étais partie ?

— Juste un bref pèlerinage.

Shelby fit trois pas dans le vestibule. Il avait l'air épuisé, comme s'il avait à peine dormi depuis trois jours. Ses mains la démangeaient tant elle avait envie de caresser ce visage las et inquiet. Mais elle les garda en sécurité dans ses poches.

D'un geste, il lui indiqua le salon.

— Assieds-toi, Shelby. Tu veux que je te fasse un café ?

— Non, ça va, merci.

Soudain paralysée par le mutisme, Shelby arpenta la pièce. Et maintenant ? Comment était-elle censée aborder le sujet du mariage avec un homme qui ne lui demandait plus rien ? Tous les discours humoristiques, impertinents ou passionnés qu'elle avait préparés lui étaient sortis de la tête. Son cerveau était si désespérément vide qu'elle frisait l'électroencéphalogramme plat.

Notant qu'Alan avait placé la coupe qu'elle lui avait donnée sur le rebord de la fenêtre, elle s'en approcha pour l'effleurer d'une main distraite.

— Je pourrais commencer par m'excuser pour la façon dont je me suis effondrée l'autre fois, murmura-t-elle.

— Pourquoi ?

Shelby se retourna pour le regarder.

— Pourquoi quoi ?

— Pourquoi t'excuser ?

Elle haussa les épaules.

— J'ai horreur de pleurer. Je préfère jurer, taper, frapper.

Shelby se mordilla la lèvre. C'était du jamais-vu. Elle, Shelby Campbell, qui avait toujours réponse à tout, se sentait nerveuse, intimidée et quasi balbutiante. Mais le regard calme et attentif qu'Alan gardait rivé sur elle rendait sa tâche singulièrement compliquée.

— Tu es en colère contre moi ? demanda-t-elle dans un souffle.

— Non.

— Mais tu l'étais. Et c'est ton droit. Je…

Laissant sa phrase en suspens, elle tomba en arrêt devant le malheureux poisson rouge dans son vase.

— Je ne pense pas qu'il apprécie ce type d'habitat, Alan.

Comme il ne répondait pas, Shelby hésita.

— J'ai tout gâché, n'est-ce pas ? Tu ne veux plus de moi ?

— Pourquoi as-tu changé d'avis ? s'enquit-il gravement.

Avec un sourire tremblant, Shelby s'approcha pour prendre ses mains dans les siennes.

— C'est si important que ça ?

Il ne la lâcha que pour saisir son visage entre ses paumes.

— Oui, c'est important. Je veux savoir si tu peux être heureuse ; si tu peux être en paix avec tes choix, avec les miens, avec nous. Je veux que ce soit pour toujours entre nous.

— O.K., je vais te dire ce qui m'a fait changer d'avis, alors, murmura-t-elle en se dégageant pour reculer d'un pas. J'ai fait le tour des possibilités qui se présentaient à moi. J'ai projeté dans le futur tous les « si » et tous les « peut-être ». Et je n'ai pas toujours été enchantée par ce qui se profilait. Mais l'éventualité que j'ai détestée le plus était celle d'une vie sans toi. Tu ne couleras pas une retraite paisible sans une Campbell à tes côtés, MacGregor.

Il haussa un sourcil.

— Ah non ?

Elle rit doucement.

— Epouse-moi, Alan. Je ne serai pas toujours d'accord avec tes choix politiques, mais je tâcherai de faire preuve de tact et de discrétion — au moins avec les journalistes. Je ne dirigerai pas de comités et je ne ferai de la figuration en public que pour les occasions incontournables. Je n'organiserai pas de réceptions conventionnelles, mais je m'efforcerai de réunir des gens intéressants de temps en temps. Et, avec un peu de chance, la politique s'accommodera de ma personne. Elle en a vu d'autres, après tout.

Alan avait pensé qu'il ne pourrait jamais l'aimer plus qu'il ne l'aimait déjà. Il avait eu tort.

— Shelby, rien ne m'empêche de revenir à ma profession initiale. J'ouvrirai un cabinet d'avocat ici, à Georgetown, et...

— Non, Alan. Il est hors de question que je prive

cette nation d'un président intègre, brillant, avec des idéaux élevés, à cause de mes angoisses de petite fille. J'adorais mon père, mais je ne ferai pas le plaisir à son assassin de m'interdire de vivre à mon tour. Je ne peux pas changer la personne que je suis, mais je peux te donner la confiance que tu m'as demandée. Car je crois en toi.

La gorge serrée par l'émotion, elle dut s'y reprendre à deux fois pour poursuivre.

— Je ne veux pas te mentir, Alan : je ne te dis pas que je ne tremblerai jamais de peur ; je ne te promets pas d'être toujours de bonne humeur lorsqu'il faudra parader en public et participer à d'interminables cérémonies officielles. Mais je serai fière de toi. Fière de ce que tu fais et fière de qui tu es. Le chemin ne sera pas toujours semé de pétales de rose. Mais je suis prête à me battre pour y arriver.

Il plongea son regard dans le sien.

— Avec moi ?

Elle poussa un long soupir de soulagement.

— Avec toi. Pour toujours.

Leurs bouches se trouvèrent, exigeantes l'une et l'autre. Murmurant son nom, Shelby se laissa tomber avec lui sur le tapis. Ils se déshabillèrent avec frénésie, comme s'ils avaient des mois de séparation à rattraper de toute urgence.

Très vite, leurs soupirs et leurs murmures s'élevèrent dans la maison ensoleillée.

L'après-midi tirait à sa fin lorsque Shelby sortit de sa torpeur pour presser les lèvres dans le cou d'Alan. Ils étaient allongés sur le canapé, dévêtus, bras et jambes mêlés. Une bouteille de vin ouverte était posée sur la table basse, oubliée sitôt entamée.

Se soulevant sur un coude, elle contempla le visage

aimé et ressentit une paix profonde. Une paix comme aucun phare perdu au monde ne pourrait lui en donner. Et, cette paix, Alan la lui insufflait par sa seule présence.

Elle attendit qu'il ouvre les yeux à son tour pour se pencher sur ses lèvres.

— Je ne me souviens pas d'avoir jamais passé un meilleur samedi, chuchota-t-elle.

— Comme je n'ai pas l'intention de bouger d'une semelle au cours des prochaines vingt-quatre heures, je propose de renouveler ce même programme demain.

— Proposition adoptée à l'unanimité, sénateur... En parlant de proposition, je ne voudrais pas avoir l'air d'insister lourdement, mais quand comptes-tu m'épouser ?

— En septembre. A Hyannis.

Elle sourit.

— Dans la forteresse MacGregor ? Mmm... Pas mal. Pas mal du tout même. Mais septembre, c'est quand même dans deux mois et demi... C'est loin, non ?

— Août fera tout aussi bien l'affaire, murmura-t-il en lui mordillant l'oreille. Et en attendant, mon poisson rouge et moi, nous vous accueillons volontiers ici, toi et tes colocataires... Un voyage de noces en Ecosse, ça te dirait ?

Les yeux de Shelby pétillèrent.

— Dans les Highlands ? Un pèlerinage sur nos terres ancestrales ? J'adore ! Si tu n'as pas peur de réveiller nos haines de clans respectives...

— Aucun danger de ce côté-là.

Elle laissa glisser les mains le long de ses flancs en une longue caresse provocante.

— En attendant, je voulais te signaler qu'il y a une de tes politiques intérieures à laquelle je souscris entièrement.

— Ah oui ?

— Tout à fait. D'ailleurs, je me demandais si tu ne

pourrais pas me refaire une démonstration. J'aimerais revoir un peu la procédure.

Déjà les mains d'Alan lui moulaient les hanches.

— Mais très volontiers, chère madame. C'est mon devoir d'élu d'être disponible pour tous mes électeurs.

Shelby l'arrêta juste au moment où il allait s'emparer de ses lèvres.

— Stop. Pour ce projet particulier, tu te contenteras d'une seule voix, ô représentant dévoué de la nation : la mienne.

LA FORCE D'UN REGARD

1

Ses parents l'avaient prénommée Summer. Un prénom estival qui faisait naître des visions de fleurs écarlates, de brusques orages d'été et de longues nuits torrides. Un prénom qui faisait également surgir des images de prairies douces noyées de soleil et de siestes paisibles à l'ombre de grands arbres. Et ces deux aspects allaient comme un gant à Summer Lyndon.

Alors qu'elle se tenait en suspens, le corps en alerte et les yeux vigilants — les mains encore immobiles mais déjà au bord du mouvement —, pas un son ne s'élevait dans la pièce. Pas un regard, pas un seul, qui ne soit rivé sur elle. Même si elle procédait avec lenteur, son public fasciné n'aurait pas pris le risque de manquer un seul de ses gestes.

Sa fine silhouette était devenue le point sur lequel convergeait l'attention générale. Dans le silence presque recueilli, la mélodie fluide de la *Barcarolle* de Chopin ajoutait une intensité lumineuse à l'atmosphère. Un rayon de soleil effleurait ses cheveux châtains attachés avec soin, leur donnant de très légers reflets d'or. Une paire de dormeuses en émeraude brillait à ses oreilles.

Comme il faisait très chaud dans la pièce, deux cônes rosés renforçaient la ligne de ses pommettes déjà saillantes et soulignaient l'élégance presque hautaine de ses traits. Un mélange de tension et d'extrême attention accentuait les points ambrés de ses iris. Ce même cocktail d'émotions fortes remodelait ses lèvres douces et joliment ourlées qui s'avançaient en une moue de concentration.

Elle portait une tenue blanche toute simple, sans froufrous ni apprêts. Et n'en attirait pas moins les regards aussi sûrement que le plus bigarré des papillons exotiques. Elle ne prononçait pas un mot et, pourtant, chacun tendait l'oreille dans l'espoir de capter un son, même le plus ténu, susceptible de tomber de ses lèvres.

Les ondes étaient fortes dans la pièce, les odeurs capiteuses, l'atmosphère marquée par l'attente.

Summer aurait tout aussi bien pu s'y trouver seule, vu le peu d'attention qu'elle prêtait à son entourage. Un seul but, une seule intention l'habitait : l'excellence. Se contenter de moins ne lui aurait jamais traversé l'esprit.

Avec un soin infini, elle démoula la préparation et procéda à la décoration de sa charlotte. Les heures qu'elle venait de passer pour élaborer l'énorme gâteau étaient oubliées. Oubliées aussi la chaleur, la fatigue dans les jambes, les douleurs dans les bras et les épaules. La dernière phase du travail, celle qui allait donner à la pâtisserie la *touche* Summer Lyndon, qui en ferait l'unicité, était de la plus haute importance. Summer savait déjà que le goût de la pâtisserie serait exquis, les arômes divins, que la consistance permettrait une découpe aisée. Mais toutes ces qualités ne seraient plus rien si son dessert péchait sur le plan esthétique.

Avec le soin d'un artiste couronnant un chef-d'œuvre, elle leva son pinceau pour appliquer un léger glacis doré sur les fruits frais. Puis ce fut le tour du sucre filé qui dessina ses volutes audacieuses.

Même à ce stade avancé, personne n'osait encore piper mot.

Sans requérir d'aide — elle n'en aurait toléré aucune —, Summer découpa la nougatine qu'elle venait de passer au rouleau à pâtisserie pour en faire des plaques fines et sculpta ses motifs.

Ses mains ne tremblaient pas. La tête haute, elle recula d'un pas pour porter un dernier regard critique et juger de l'effet d'ensemble. C'était le test ultime, car ses exigences étaient extrêmes et la moindre faute de goût aurait été inexcusable à ses yeux. Les mains sur les hanches, le visage impénétrable, elle regardait en silence. En cet instant suspendu, même la chute d'une aiguille sur les carreaux de terre cuite aurait retenti comme une déflagration.

Un lent sourire finit par se dessiner sur ses lèvres. Ses yeux scintillèrent. La réussite était à la hauteur de son attente. Elle leva le bras d'un geste théâtral...

— Parfait ! Enlevez !

Deux assistants se précipitèrent alors et firent rouler le dessert sur son chariot. A ce moment-là seulement, les applaudissements crépitèrent. Summer les accepta comme un juste dû. Que l'humilité soit de mise en certaines circonstances, elle était la première à l'affirmer. Mais elle savait aussi qu'aucune modestie ne s'appliquait à ses desserts. Dire que sa charlotte était une splendeur restait un euphémisme. Le milliardaire italien qui l'avait embauchée avait exigé le meilleur pour les fiançailles de sa fille et il avait payé pour l'obtenir. Elle s'était contentée de satisfaire ses exigences.

— Ah, mademoiselle Summer... Quel poème ! Quelle œuvre d'art !

Fontenoy, un cuisinier français spécialisé dans les fruits de mer, vint poser les mains sur ses épaules. Il la contempla en secouant la tête, les yeux écarquillés d'admiration.

— Féerique ! Spectaculaire ! Grandiose !

Il s'en étranglait presque, cherchant le qualificatif qui dépasserait tous les autres. Avec un enthousiasme très latin, il l'embrassa sur les deux joues, tout en lui malaxant les épaules de ses doigts boudinés, comme s'il pétrissait du pain frais. Summer, dont l'expression était restée grave et concentrée depuis des heures, laissa enfin éclater un grand sourire.

— Merci.

On entendit sauter un bouchon et le champagne circula pour célébrer l'achèvement réussi du dîner de fête. Summer prit deux verres et en tendit un au chef cuisinier français.

— *Nous* avons été grandioses ! A notre prochaine collaboration !

Elle vida sa coupe en quelques gorgées, puis retira sa toque et quitta la cuisine en adressant un signe de la main à la cantonade. A côté, dans l'immense salle à manger du palais vénitien, avec ses sols en marbre et ses lustres de Murano, son dessert faisait l'admiration des convives.

Summer quitta le *palazzo* d'excellente humeur, se réjouissant sans complexe que le soin de nettoyer la cuisine en chantier retombe sur d'autres épaules que les siennes.

Deux heures plus tard, tandis que son avion volait haut au-dessus de l'Atlantique, elle se détendait enfin, les yeux clos et débarrassée du carcan de ses chaussures. Un roman policier à l'intrigue terrifiante reposait, ouvert, sur ses genoux. Après trois jours pleins passés à Venise pour confectionner sa pièce unique, elle regagnait les Etats-Unis. De telles expéditions n'avaient rien d'inhabituel pour elle. Elle avait réalisé un savarin géant à Madrid, une forêt-noire à Athènes, un concorde au chocolat à Istanbul. Entièrement défrayée et grassement rémunérée, elle était toute disposée à courir le monde pour créer l'événement. Inventive et audacieuse, elle réinterprétait les grands classiques à sa manière. Ses desserts n'étaient pas de simples desserts, mais des expériences gravées dans le marbre. Ses créations continuaient de hanter les papilles gustatives des connaisseurs longtemps après avoir été consommées.

Toujours prête à bondir, spatule à la main, songea-t-elle, à demi endormie, bâillant et souriant à la fois.

Elle se considérait comme une spécialiste dans son domaine, un peu à la manière d'un bon chirurgien. Et pour cause... Elle avait étudié et pratiqué autant d'années et avec le même acharnement que bien des grands mandarins. Cela faisait cinq ans maintenant qu'elle était sortie de l'Académie d'art culinaire de Paris et sa réputation lui attribuait les caprices d'une diva, le cerveau d'un ordinateur et les mains d'un ange.

Somnolant sur son siège confortable en classe affaires, Summer se trouvait aux prises avec une envie immodérée d'engloutir sur l'heure une solide part de pizza.

Elle savait que le temps de vol lui paraîtrait moins long si elle le passait à lire ou à dormir. Aussi, pour mettre toutes les chances de son côté, décida-t-elle de cumuler l'une et l'autre activité, en commençant d'emblée par une petite sieste. Elle tenait aussi jalousement à ses heures de sommeil quotidiennes qu'à sa recette secrète de mousse aux trois chocolats sur biscuit mi-amer.

Une fois de retour à Philadelphie, elle n'aurait plus une minute à elle. Entre la bombe glacée à préparer pour le banquet caritatif organisé par le gouverneur, la réunion annuelle de la Gourmet Society, la démonstration qu'elle s'était engagée à faire en public pour la télévision, et... et quoi donc, encore ? Ah oui, l'entretien professionnel, se remémora-t-elle dans une demi-somnolence.

Que lui avait-elle dit au téléphone, déjà, cette femme à la voix d'oiseau ? Drake — non, Blake... Blake Cocharan, IIIe du nom, de la chaîne d'hôtels Cocharan, souhaitait la rencontrer. *Excellents hôtels, au demeurant*, songea-t-elle en bâillant copieusement. Elle avait séjourné dans quelques-uns d'entre eux à l'occasion de ses divers périples aux quatre coins du monde. Et voilà que M. Cocharan le Troisième avait une proposition professionnelle à lui soumettre.

Sans doute voulait-il lui demander de créer un dessert à son nom, dont sa chaîne acquerrait l'exclusivité. Sur le principe, elle n'avait rien contre, mais il fallait qu'un certain nombre de conditions soient respectées. Et que M. Cocharan le Troisième y mette le prix, bien sûr. Avant d'accepter d'associer son nom et son talent à cette chaîne, elle procéderait à des recherches détaillées. Si elle découvrait que l'un de ces hôtels offrait des prestations médiocres...

Elle s'étira avec délice et décida de revenir plus tard sur la question — une fois qu'elle aurait rencontré M. Troisième en personne. *Blake Cocharan III...* Elle laissa résonner le patronyme dans sa tête avec un sourire aussi endormi qu'amusé. Il lui semblait déjà le voir devant elle : grassouillet, le crâne dégarni et souffrant probablement de dyspepsie chronique. Il arborerait des chaussures italiennes, une montre suisse, des costumes français et une grosse voiture allemande, tout en se considérant comme indéfectiblement américain. Le portrait qu'elle venait d'élaborer resta suspendu dans ses pensées un moment, suscitant un ennui immédiat. De nouveau, elle bâilla et soupira, alors que la vision insistante d'une pizza aux poivrons revenait hanter ses pensées. Elle donna à son siège une inclinaison plus confortable et passa résolument en mode sommeil.

Blake Cocharan III, adossé à la luxueuse banquette arrière de sa limousine gris métallisé, épluchait avec attention le dernier rapport en date sur la construction de la nouvelle Cocharan House dans les îles Vierges. Il était doté de cette forme particulière d'intelligence qui lui permettait de ramasser une grande brassée de détails disparates pour les aligner aussitôt en un ordre parfait. Pour lui, le chaos n'était rien d'autre qu'une forme de système qui s'ignorait encore et qu'un minimum de sens logique suffisait à mettre au pli. La logique avait toujours été son amie. Un point A menait invariablement à un point B, qui à son tour conduisait à C. Quelle que soit la complexité du labyrinthe, il y avait toujours moyen de trouver sa voie. Il suffisait d'être patient, cohérent et systématique.

Grâce à ce talent pour la synthèse, à trente-cinq ans à peine, il tenait déjà presque entièrement seul les rênes de l'empire Cocharan. Sa richesse, il en avait hérité et ne s'en glorifiait pas. Mais il s'était hissé jusqu'à la place qu'il occupait par son seul travail, et sa réussite avait une réelle valeur à ses yeux. Il existait une tradition Cocharan qui se caractérisait par un haut niveau d'exigence. Pour ses hôtels, il n'acceptait que ce qui se faisait de mieux, que ce soit pour le linge de maison ou le mortier des fondations.

Et les informations qu'il avait pu rassembler sur Summer Lyndon menaient toutes à la même conclusion : elle était la meilleure dans sa spécialité.

Blake mit de côté son dossier sur Sainte-Croix dans les îles Vierges et sortit une autre pochette de l'attaché-case posé à ses pieds. Une seule bague en or, chantournée, luisait d'un éclat discret à son doigt.

Voyons un peu cette Summer Lyndon...

Il ouvrit le dossier avec une curiosité modérée.

Vingt-huit ans, formée à Paris, diplômée en arts culinaires. Père : Rothschild Lyndon, parlementaire britannique respecté. Mère : Monique Dubois Lyndon, ancienne actrice de cinéma française. Parents divorcés à l'amiable depuis vingt-trois ans.

Summer Lyndon avait grandi entre Londres et Paris,

puis avait suivi sa mère, lorsque celle-ci avait épousé en secondes noces un magnat américain de la quincaillerie en gros, établi à Philadelphie. Summer était retournée par la suite à Paris pour terminer son apprentissage et se partageait depuis entre la France et les Etats-Unis. Dans l'intervalle, sa mère avait convolé une troisième fois, avec un magnat du papier. Son père, quant à lui, s'était séparé de sa seconde épouse, une avocate médiatique.

Toutes les informations convergeaient : Summer Lyndon était bien LA chef pâtissier la plus talentueuse en activité — et cela de part et d'autre de l'Atlantique. Son talent ne se limitait pas aux desserts. Elle était également un merveilleux chef gastronomique, faisant preuve d'une grande inventivité, d'un sens inné du produit et de bonnes facultés d'improvisation en cas de crise. Mais cette jeune artiste des fourneaux n'avait pas que des qualités. On lui prêtait un caractère autoritaire, un tempérament explosif et une franchise qui confinait à la brutalité. Ces défauts ne devaient pas être rédhibitoires, cependant, car elle restait dans les petits papiers de maints chefs d'Etat, hommes d'affaires et autres célébrités.

Madame exigeait, paraît-il, d'opérer dans des cuisines suffisamment silencieuses pour qu'elle puisse écouter les *Nocturnes* de Chopin en boucle. Et elle était capable de refuser net de travailler si l'éclairage ne lui plaisait pas. On disait que ses clients, même les plus influents, cédaient à ses moindres caprices pour ne pas prendre le risque de la voir tourner les talons.

Lui n'avait jamais été homme à céder aux caprices de qui que ce soit, mais il voulait Summer Lyndon pour la chaîne Cocharan. Et il ne doutait pas un instant qu'il parviendrait à la convaincre d'accepter la proposition qu'il avait en tête.

Il laissa une vision d'elle se former dans son esprit. Une femme redoutable, assurément. Mais sa force de caractère n'était pas faite pour lui déplaire. Les personnalités faibles et les volontés peu affirmées lui devenaient rapidement insupportables, surtout chez ses collaborateurs. Peu de femmes encore avaient atteint la célébrité et le niveau de compétence auxquels s'était hissée Summer Lyndon. Même si les femmes cuisinaient par tradition, la plupart des chefs restaient encore des hommes.

Il l'imaginait grande et forte, un peu trop enveloppée à force de goûter à ses propres créations. Des mains habiles, bien sûr. Un teint légèrement blafard et un visage empâté à force de passer sa vie enfermée en cuisine. Une femme avec un solide sens pratique et des idées très arrêtées sur ce qu'il était bon de manger ou non. Elle serait forcément organisée, logique et cultivée — d'apparence un peu quelconque, probablement, car trop préoccupée de gastronomie pour se soucier de son aspect physique.

Il prévoyait déjà qu'ils s'entendraient à merveille.

Jetant un coup d'œil à sa montre, il constata avec satisfaction qu'il était juste à l'heure. La limousine se gara sans bruit le long du trottoir.

— J'en ai pour une heure tout au plus, annonça-t-il à son chauffeur.

Ce dernier hocha la tête. Lorsque Blake Cocharan disait une heure, c'était une heure. Il respectait toujours les délais.

— A tout à l'heure, monsieur.

Blake leva les yeux vers le quatrième étage de cet immeuble ancien où se déroulerait le rendez-vous. Il nota que les fenêtres étaient grandes ouvertes, laissant entrer la douceur du printemps et sortir des envolées de musique — un thème classique qu'il ne put identifier, à cause du bruit de la circulation. Il entra, découvrit que l'unique ascenseur était en panne et grimpa les quatre étages à pied.

Il sonna et une jeune femme de petite taille, avec un

visage d'une grande beauté, lui ouvrit. Elle portait un T-shirt quelconque sur un legging. *L'employée de maison qui sort pour son jour de congé*, songea-t-il aussitôt. Elle paraissait bien fragile pour une personne censée frotter les sols et les carreaux. Et si son intention était bien de sortir, elle s'apprêtait à descendre dans la rue pieds nus.

Après ce premier examen global, Blake revint au visage de la jeune femme. Il était classique dans sa beauté, vierge de tout maquillage et indiscutablement sensuel. La bouche à elle seule était étourdissante de volupté et Blake s'efforça de faire abstraction de ce qu'il considéra être une attirance sexuelle purement mécanique.

— Blake Cocharan. J'ai rendez-vous avec Summer Lyndon.

Summer leva le sourcil gauche, ce qui, chez elle, traduisait la surprise. Puis ses lèvres esquissèrent une moue légère, signe de plaisir. Grassouillet, Blake Cocharan ne l'était pas du tout. Longiligne et musclé, il affichait au contraire une silhouette de grand sportif. Il avait clairement l'air de quelqu'un qui profite de sa pause déjeuner pour faire un footing plutôt que de s'éterniser à écluser les digestifs dans des repas d'affaires. Dégarni ? Sûrement pas... Une belle masse de cheveux noirs à la coupe soignée et qui ondulaient naturellement renforçait l'attrait d'un visage qui restait sensuel, malgré une certaine froideur. Il avait la pommette aiguë et le menton ferme — carré sans être caricatural. Summer aima d'emblée la force qui émanait de la première et le charme qui caractérisait le second, creusé d'une discrète fossette. Les sourcils noirs formaient une ligne presque horizontale au-dessus des yeux clairs, d'un bleu qui rappelait la pleine mer. Sa bouche était un peu large mais bien dessinée, le nez très droit, à l'arête presque cinglante. Elle avait visé juste sur le plan vestimentaire : les chaussures italiennes, la montre et le costume. Mais pour le reste, elle avait eu faux sur toute la ligne.

Il lui fallut peut-être trois — à la rigueur quatre — secondes pour se faire une idée d'ensemble du personnage. Son sourire s'accentua, un sourire dont Blake ne pouvait détacher son regard. Il trouvait sa bouche conçue pour être dégustée comme une glace en cornet. A moins d'être mourant ou d'avoir d'autres préférences sexuelles, quel homme pourrait résister à des lèvres pareilles ?

— Entrez, je vous en prie, monsieur Cocharan.

Summer ouvrit la porte en grand et s'effaça pour lui laisser le passage.

— C'est très aimable à vous d'avoir accepté de vous déplacer jusqu'ici. Asseyez-vous... Je suis en pleine cuisine, désolée.

Elle sourit, lui indiqua un fauteuil d'un geste et disparut.

Blake ouvrit la bouche pour protester — il n'avait pas l'habitude d'être traité par-dessus la jambe par le personnel de maison —, puis la referma. Il n'avait pas de temps pour ça. Posant son attaché-case, il examina les lieux : des lampes un peu partout avec des abat-jour à franges, une méridienne avec un plaid en alpaga aux couleurs vives, une table de bois de rose marquetée. Sur le sol, des tapis d'Aubusson — deux —, joliment fanés, dans des tons de bleu et de gris. Un vase Ming. Un pot-pourri dans ce qui lui parut être un compotier en porcelaine de Dresde.

Il n'y avait aucun ordre, aucun système, dans ce décor. C'était un mélange improbable d'époques et de styles qui aurait dû jurer, mais qui exerçait un attrait immédiat. A l'autre bout du séjour, un guéridon était couvert de papiers — pages imprimées et notes prises à la main. Les bruits de la rue montaient par la fenêtre ouverte, se mêlant aux *Nocturnes* du grand Frédéric.

Alors qu'il s'imprégnait ainsi de l'atmosphère de la

pièce, Blake eut la soudaine certitude qu'il n'y avait personne d'autre dans l'appartement que lui-même et la femme qui lui avait ouvert la porte. Summer Lyndon en personne, alors ? Charmé tout autant par cette idée que par les arômes qui lui parvenaient de la cuisine, il rejoignit la jeune femme, se dirigeant à l'odeur.

Six fonds de tarte dorés reposaient sur une grille. Summer les remplissait un à un avec ce qui semblait être une crème blanche et onctueuse. L'attention de Blake se posa sur le visage de la pâtissière et il fut frappé par la concentration qui s'y lisait, une concentration si intense qu'on aurait dit un neurochirurgien procédant à une opération du cerveau. La comparaison aurait dû l'amuser. Mais les accords de Chopin aidant, la vue de ces doigts délicats façonnant la crème le fascina.

Summer trempa une fourchette dans une casserole et versa sur la crème de chaque tartelette une petite quantité de ce qui parut être à Blake du caramel. Le liquide ambré coula sur les côtés et se solidifia. Blake n'était ni spécialement affamé ni vraiment porté sur le sucré. Mais il éprouva une envie presque irrépressible de goûter à ces petites merveilles. Summer prit les pâtisseries une à une pour les disposer sur une assiette en fine porcelaine de Chine et ce fut seulement lorsque l'opération fut terminée qu'elle tourna les yeux vers lui.

— Je peux vous offrir un café ?

Elle sourit et le pli de concentration s'effaça entre ses sourcils. Ses yeux obscurcis par la tension s'éclaircirent.

Blake jeta un coup d'œil sur les petits gâteaux et se demanda comment elle parvenait à garder une taille aussi fine ; il aurait pu l'entourer de ses deux mains.

— Volontiers, oui.

— Servez-vous. Il est encore chaud… J'en ai pour une seconde, juste le temps d'apporter ça à côté.

Avant de passer la porte avec le plat de tartelettes, Summer tourna de nouveau la tête vers lui.

— Si vous voulez des biscuits, il y en a dans la boîte. Je reviens tout de suite.

Elle disparut, les pâtisseries avec elle. Balayant ses regrets d'un léger haussement d'épaules, Blake concentra son attention sur la cuisine où régnait un beau désordre. Summer Lyndon était peut-être une grande cuisinière mais, à l'évidence, pas de l'espèce maniaque. Cela dit, si l'odeur et l'aspect de ces tartelettes constituaient une indication...

Il entreprit d'ouvrir les placards pour trouver une tasse, puis céda à la tentation. Renouant avec l'enfant gourmand qu'il avait cessé d'être, il passa le doigt sur le bord de la jatte qui avait contenu la crème et le lécha. *Mm...* Epaisse, riche, onctueuse et d'un raffinement très français.

Il avait eu l'occasion de dîner dans les meilleurs restaurants et les demeures les plus fortunées, un peu partout dans le monde, mais il devait reconnaître qu'il n'avait encore jamais rien avalé qui égale en saveur la substance qu'il venait de goûter dans la cuisine en chantier de cette toute jeune femme. En décidant de se spécialiser en pâtisserie, Summer Lyndon avait manifestement fait le bon choix. Le regret qu'elle ait emporté ces petits bijoux pour les apporter à quelqu'un d'autre se fit de nouveau sentir. Il reprit sa recherche d'une tasse pour le café, et repéra une boîte à biscuits en forme de panda.

En temps normal, il ne l'aurait même pas ouverte. Il n'était pas très porté sur le grignotage. Mais il avait encore en bouche les harmonies subtiles de la crème. Nul doute qu'une pâtissière émérite comme Lyndon devait être la reine du biscuit maison.

Il souleva le couvercle de la boîte, en sortit un biscuit

et le fixa avec étonnement. Un bon vieil Oreo tout droit sorti de son paquet !

Non, sérieusement ? Il n'y avait pas plus familier pour un Américain que ce biscuit.

Déconcerté, Blake secoua la tête. Il retourna dans sa main le petit gâteau, avec ses deux coques extérieures au chocolat enserrant une substance blanche. C'était bel et bien un biscuit industriel avec la marque inscrite des deux côtés. Chez Summer Lyndon ? Chez cette femme capable de battre en neige, fouetter, glacer, abaisser, effiler et mieux encore, pour maintes têtes couronnées ?

Il rit tout haut en laissant retomber le biscuit dans la boîte. Son métier lui avait donné l'occasion de rencontrer un nombre non négligeable d'excentriques. Diriger une chaîne d'hôtels ne consistait pas seulement à savoir qui prenait possession d'une chambre et qui rendait ses clés. Il avait croisé des designers, des architectes, des peintres de renom, des chefs d'orchestre et des représentants syndicaux. Il se considérait comme un bon connaisseur de la nature humaine. Il ne lui faudrait pas longtemps pour comprendre le fonctionnement de Summer Lyndon.

Elle revint précipitamment dans la cuisine juste au moment où il se versait enfin du café dans la tasse en porcelaine anglaise qu'il avait fini par dénicher.

— Je suis désolée de vous avoir fait attendre, monsieur Cocharan. Je sais que ce n'est pas très poli.

Elle lui sourit, tout en se servant un café à son tour, comme quelqu'un qui ne doutait pas d'être pardonné.

— Il fallait à tout prix que je termine ces pâtisseries pour ma voisine. Elle donne un petit thé de fiançailles cet après-midi et reçoit sa future belle-famille.

Son sourire s'élargit tandis qu'elle retirait le couvercle de la boîte panda.

— Vous vous êtes servi en biscuits ?

— Non. Mais allez-y, je vous en prie.

Le prenant au mot, Summer attrapa un gâteau.

— On ne peut pas dire qu'ils soient vraiment bons, mais ils sont addictifs à leur façon, vous ne trouvez pas ?

Elle fit un geste en direction du séjour.

— Et si nous allions nous asseoir pour que vous me parliez de votre proposition ?

Blake apprécia sa vivacité. Même si l'image qu'il s'était forgée d'elle était très éloignée de la réalité, il avait peut-être vu juste au niveau de la solidité et du professionnalisme. Acquiesçant d'un signe de tête, il la suivit jusque dans le séjour. Son poste actuel, il ne le devait pas seulement à son nom. Il attribuait sa réussite professionnelle à son intelligence analytique, à sa rapidité et à sa capacité à résoudre les problèmes de façon structurée. Et pour l'heure, il s'agissait de trouver la bonne approche pour aborder quelqu'un comme Summer Lyndon.

Qui était exactement la femme qu'il avait devant lui ? Elle était toute de grâce et de finesse — le genre de silhouette faite pour déambuler à l'ombre des arbres centenaires, dans les allées du parc de Bagatelle. Un visage très français, très élégant. Et la voix à l'avenant, avec cette articulation parfaite qui caractérise les meilleures éducations européennes — un soupçon d'accent français, pour une oreille exercée, mais surtout une rigueur très britannique qu'elle devait tenir de son père. Ses cheveux étaient relevés, probablement à cause de la chaleur, pour dégager sa nuque, même si elle avait préféré ouvrir grand les fenêtres plutôt que d'avoir recours à l'air conditionné. Les émeraudes à ses oreilles étaient rondes, parfaites et d'une très belle qualité de pierre. Une perfection qui ne jurait même pas avec la manche déchirée de son T-shirt.

Se laissant tomber sur le canapé, elle replia les jambes sous elle. Ses orteils affichaient un vernis de couleur vive, mais les ongles de ses mains étaient coupés court et elle ne portait aucune bague. Il capta au passage un mélange subtil d'odeurs — en surface, une touche onctueuse de caramel mâtiné de crème fraîche et, juste en dessous, un parfum, français sans l'ombre d'un doute, audacieux et sensuel.

Mais rien de tout cela ne lui indiquait quelle stratégie adopter avec elle. Devait-il jouer de son charme ? Flatter son ego ? Ou aligner froidement des chiffres ? Elle avait la réputation d'être une perfectionniste, mais on disait qu'elle n'hésitait pas, à l'occasion, à ruer dans les brancards. N'avait-elle pas refusé de cuisiner pour un politicien célèbre, uniquement parce qu'il n'avait pas voulu financer l'envoi par avion de son équipement de cuisine ? Elle avait facturé une fortune à une célébrité de Hollywood pour un gâteau géant de vingt étages, d'une folle extravagance. Et il venait de la voir livrer personnellement — et pieds nus — un lot de tartelettes de rêve à sa voisine. Avant de lui faire la proposition qu'il avait en tête, il aurait préféré avoir une vision un peu plus claire du personnage.

Il choisit alors d'emprunter une voie détournée, même si d'aucuns auraient pu y voir une forme d'atermoiement.

— Je connais un peu votre mère, annonça-t-il en guise d'entrée en matière, tout en continuant à jauger la jeune femme assise à côté de lui.

— Ah, vraiment ?

Elle accueillit la nouvelle avec un mélange d'amusement et d'affection.

— Ce n'est pas étonnant, cela dit. Ma mère ne jure que par les hôtels Cocharan. Nous les fréquentions beaucoup au temps où nous voyagions ensemble, elle et moi. J'ai même un vague souvenir d'avoir dîné en compagnie de votre grand-père, lorsque j'avais six ou sept ans.

Le sourire amusé flottait toujours sur ses lèvres lorsqu'elle s'interrompit pour boire une gorgée de café.

— Le monde est petit…

Elle se laissa aller contre le dossier du canapé, tout en jaugeant son visiteur. Costume impeccable. Bien coupé et d'un classicisme que n'aurait pas désapprouvé son parlementaire de père. Quant au corps sous le costume, il était d'une sveltesse et d'une configuration que n'aurait pas critiquées son ex-actrice de mère. Pour sa part, elle s'intéressait assez à la combinaison des deux.

Oui, Blake Cocharan était indéniablement attirant. Le visage n'était pas tout à fait lisse, sans pour autant être rude ; un homme de pouvoir et qui assumait sa réussite sans complexe. Une faculté à laquelle elle avait toujours été sensible. Elle avait du respect pour les gens qui savaient ce qu'ils voulaient et ne craignaient pas de l'obtenir. Ce qui, à l'évidence, était le cas pour Blake. Une aptitude qui était aussi la sienne et qu'elle revendiquait.

Un homme attirant à tous points de vue, en somme...

Sa mère aurait dit de lui qu'il était « *ravageusement* séduisant ». Et elle n'aurait pas eu tort. Summer, pour sa part, était tentée de qualifier son charme de « dangereux ». Une combinaison de qualités à laquelle il ne lui était pas facile de résister.

Elle changea de position sur le canapé, peut-être inconsciemment, pour mettre plus de distance entre eux. Les affaires étaient les affaires, après tout.

— Vous connaissez la philosophie des Cocharan House, je crois ? demanda Blake, se décidant à entrer dans le vif du sujet.

Il se surprit soudain à penser qu'il aurait préféré que son parfum soit un peu moins attrayant, sa bouche un soupçon moins ensorceleuse. Il n'aimait pas qu'une attirance physique interfère dans une rencontre à caractère professionnel.

Summer renonça à boire le reste de son café, qui semblait accentuer les discrètes palpitations que suscitait la présence de cet homme dans l'intimité de son salon.

— Oui, bien sûr. Je fréquente assez régulièrement vos hôtels.

— J'ai entendu dire que vous aviez de très hautes exigences dans l'exercice de votre activité.

Cette fois, Blake décela une pointe d'arrogance dans le sourire qu'elle lui adressa.

— Je suis la meilleure dans ma catégorie et j'ai l'intention de le rester.

Satisfait, il sourit à son tour. Elle venait de lui livrer une première clé : un solide orgueil professionnel.

— C'est ce que j'ai appris, en effet, mademoiselle Lyndon. Et il se trouve que la qualité m'intéresse. Uniquement lorsqu'elle est au top niveau.

Summer posa un coude sur le dossier du canapé et cala sa tête contre sa paume.

— Et de quelle façon au juste vous intéressez-vous à moi, monsieur Cocharan ?

Elle savait que la question était pour le moins ambiguë, mais elle n'avait pu résister à la tentation de la poser. Sa passion pour la cuisine la conduisait régulièrement à prendre des risques. Tenter des expériences était devenu une seconde nature pour elle. Et l'audace professionnelle finissait par déborder sur la sphère privée.

Au moins six réponses possibles traversèrent l'esprit de Blake. Mais aucune n'était en lien avec le motif officiel qui l'amenait chez la jeune femme. Il reposa fermement sa tasse de café sur sa soucoupe.

— Les restaurants de nos hôtels sont réputés offrir une qualité et un service irréprochables, mais pas seulement. Ils sont aussi considérés comme de grandes tables. Depuis peu, cependant, celui de Philadelphie semble avoir régressé sur tous les plans. Mon opinion est que la cuisine servie sombre dans la médiocrité. C'est pourquoi j'ai l'intention de procéder à quelques changements : rénovation des lieux et modifications à la tête de l'équipe.

— Sage décision. Les restaurants sont comme les personnes : avec le passage des ans, la tendance est au relâchement.

Blake la regarda droit dans les yeux.

— Je veux le meilleur chef disponible sur le marché. Et il semble que ce soit vous.

Summer haussa de nouveau un sourcil. Pas sous l'effet de la surprise, cette fois, mais en signe de réflexion.

— C'est très flatteur, mais je fonctionne en free-lance, monsieur Cocharan. Et je me suis spécialisée, comme vous devez le savoir.

— Spécialisée, oui. Mais vous avez l'expérience de la haute cuisine dans tous les domaines. J'ai vu votre CV. Quant à vos activités indépendantes, vous seriez libre de les reprendre en grande partie après les premiers mois de mise en place. Vous disposeriez d'une entière liberté dans le choix de vos collaborateurs et la mise au point de vos menus. Je considère que si j'embauche un expert, ce n'est pas pour lui mettre des bâtons dans les roues en interférant dans ses initiatives.

Summer fronça les sourcils, cette fois. Pas par contrariété, mais sous l'effet de la concentration. L'offre était tentante — très tentante, même. Peut-être était-ce la fatigue due au décalage horaire suite à son périple vénitien, mais elle commençait à se sentir lasse de ses escapades en avion tout autour de la planète, simplement pour réaliser un dessert ici ou là. Plus que de lassitude, ne s'agirait-il pas d'un début d'ennui, voire de saturation ? Blake Cocharan semblait avoir choisi le bon moment pour venir frapper à sa porte. L'idée de s'atteler à un projet différent suscitait en elle un intérêt certain.

Et s'il avait sincèrement l'intention de lui donner carte blanche, le travail promettait d'être passionnant. La Cocharan House de Philadelphie était un établissement ancien et respectable. Réinventer les lieux, élaborer une nouvelle carte de A à Z... Il y avait de quoi être motivée ! Cela lui prendrait six bons mois d'efforts intenses et ensuite... C'était le « et ensuite » qui la faisait hésiter. Si elle investissait tant de temps et d'énergie dans un emploi à plein temps, ne perdrait-elle pas son indépendance, sa créativité, son sens du spectaculaire ? La question méritait d'être creusée.

Elle avait pour règle absolue de ne jamais se laisser entraver dans sa liberté — professionnelle ou autre. Une nette méfiance envers l'engagement sous toutes ses formes marquait tous les aspects de sa vie. S'enfermer dans des contrats, des liens, des habitudes équivalait à ses yeux à un choix de servitude volontaire.

D'ailleurs, quitte à investir toute son énergie dans un restaurant, elle pouvait tout aussi bien ouvrir le sien. Elle ne l'avait pas fait jusqu'à présent pour ne pas se bloquer trop longtemps dans un même lieu. Les formules souples et indépendantes avaient toujours eu sa préférence : voyager de par le monde, procéder à une création spéciale, puis poursuivre ses expérimentations sous d'autres cieux. Nouveau pays. Nouveau dessert. Tel était son style. Pourquoi alors envisager de bouleverser ce *modus vivendi* maintenant ?

— C'est une proposition très flatteuse, monsieur Cocharan...

Blake avait une perception suffisamment fine des gens pour sentir qu'elle était sur le point de refuser. Aussi ne la laissa-t-il pas terminer sa phrase.

— ... et mutuellement avantageuse !

Avec une nonchalance délibérée, il indiqua un montant de salaire annuel qui laissa un instant Summer sans voix — ce qui était un exploit en soi.

— ... flatteuse et généreuse, reprit-elle lorsqu'elle fut de nouveau en état de s'exprimer.

— On ne peut pas exiger le summum de la qualité

si on n'est pas disposé à y mettre le prix. J'aimerais que vous vous donniez le temps de la réflexion, mademoiselle Lyndon.

Il sortit une liasse de documents de son attaché-case.

— Voici une proposition de contrat que vous souhaiterez sans doute soumettre à votre conseil juridique. Il va sans dire que certains points pourront être négociés.

Summer n'avait aucune envie de l'examiner, ce contrat, car elle sentait qu'il la manœuvrait pour l'acculer dans un coin. Un coin ultrachic et confortable, certes, mais un coin quand même.

— Monsieur Cocharan, je suis sensible à l'intérêt que vous portez à...

— Une fois que vous aurez réfléchi, j'aimerais que nous en rediscutions ensemble. Que diriez-vous si nous en reparlions à l'occasion d'un dîner, disons... vendredi prochain ?

Cet homme était un bulldozer ! Un bulldozer très séduisant et très habile. Mais la machinerie avait beau être élégante, elle n'en était pas moins conçue pour vous aplatir.

— Je suis désolée, répondit-elle avec une pointe de hauteur, mais vendredi, je travaille. Le gouverneur donne un banquet pour je ne sais plus quelle cause humanitaire.

— Ah, oui...

Blake sourit, alors même que son ventre se nouait. Une vision aussi réaliste que débridée de leurs deux corps enlacés venait de traverser son esprit. Deux corps faisant sauvagement l'amour sur le tapis d'humus d'une forêt moite, chaude et obscure. Rien que pour cette raison, il envisagea de s'incliner devant son refus. Rien que pour cette raison, il opta pour l'option contraire.

— Je peux passer vous prendre chez le gouverneur. Que diriez-vous d'un petit souper tardif ?

Le ton de Summer se fit glacial.

— Monsieur Cocharan, on ne vous a jamais appris le sens du mot « non » ?

Il n'avait aucune intention de l'apprendre. Surtout pas d'elle. Il lui adressa un sourire un peu contrit, mais charmeur.

— Veuillez me pardonner, si je vous ai donné l'impression d'insister un peu lourdement. C'est sur vous que j'ai porté mon premier choix et j'ai tendance à me fier à mon instinct et à foncer.

Il se leva, comme à contrecœur. Le nœud de colère et de tension commença à se relâcher dans la poitrine de Summer.

— Mais si votre décision est ferme et définitive…

Il prit la proposition de contrat sur la table basse et commença à la glisser dans son attaché-case.

— Peut-être pourriez-vous me donner votre opinion sur Maxime LaPointe ?

— *LaPointe ?*

Le nom glissa sur les lèvres de Summer comme si elle venait d'avaler du venin. Se dépliant lentement du canapé, elle se dressa devant lui, le corps raidi par l'outrage.

— Vous voulez mon opinion sur LaPointe ?

Sous l'effet de la colère, ses ascendances françaises se firent entendre de façon plus prononcée dans sa voix. Conscient qu'il venait de marquer un point, Blake poursuivit avec la plus grande courtoisie :

— LaPointe, oui. Tout ce que vous pourrez m'apprendre à son sujet m'intéresse. Sachant que vous êtes collègues et que…

Summer jura. Un juron dans la langue de sa mère, court, percutant et parfaitement pertinent. Les minuscules éclats d'or dans ses iris étincelèrent. Sherlock Holmes avait Moriarty. Zorro, Monastario. Summer Lyndon avait LaPointe.

— C'est un porc répugnant ! lança-t-elle avec un frisson,

revenant à l'anglais. Il a les capacités intellectuelles d'un pois chiche et des grosses pattes malhabiles de bûcheron ! Vous voulez que je vous parle de LaPointe ?

Elle attrapa fébrilement une cigarette dans le paquet posé sur la table basse. Fumer lui faisait horreur, mais il lui arrivait d'allumer une cigarette dans des situations de grande agitation.

— C'est un lourdaud sans manières. Je n'ai rien à dire de plus sur cet individu.

— D'après les informations que j'ai pu recueillir, il figure pourtant parmi les cinq chefs les plus en vue de la scène gastronomique parisienne.

Blake en rajoutait, sachant que plus il appuierait sur le point névralgique, plus il gagnerait du terrain.

— On dit que son canard braisé farci aux girolles est une merveille absolue.

— Si une semelle en caoutchouc est une merveille absolue, alors son canard en est une, oui.

C'était tout juste si elle n'en crachait pas d'indignation et Blake dut mener un combat héroïque contre lui-même pour maîtriser ses zygomatiques. *Vanité professionnelle, quand tu nous tiens*… Summer Lyndon en avait manifestement une belle dose. La voyant prendre une inspiration profonde, il dut se maîtriser encore — cette fois, pour contenir une montée brutale de désir. Peut-être avait-elle reçu encore plus de sensualité que de vanité en partage ?

— Pourquoi ces questions au sujet de LaPointe ?

— Je dois le rencontrer à Paris la semaine prochaine. Dans la mesure où vous déclinez ma proposition…

Elle pointa un doigt horrifié sur le contrat.

— Parce que vous avez l'intention de faire appel à… à ce gâte-sauce ?

— LaPointe n'est pas mon premier choix, comme je vous l'ai dit. Mais plusieurs membres de mon conseil d'administration penchent pour ce chef parisien qu'ils trouvent plus qualifié. Et puis c'est un homme, que voulez-vous…

— Et c'est une qualité pour vous ?

Derrière le fin nuage de fumée, les yeux de Summer ne formaient plus que deux fentes minces. Elle lui prit le contrat des mains et le laissa tomber à côté du café refroidi.

— Ils n'ont pas l'air très au courant de ce qui se passe dans le monde de la gastronomie, ces membres distingués de votre conseil d'administration !

Blake eut le plus grand mal à garder son sérieux.

— Il est possible qu'ils ne soient que très imparfaitement renseignés, en effet.

— *Imparfaitement renseignés !* C'est un euphémisme !

Summer tira sur sa cigarette et se hâta de rejeter la fumée. Elle avait horreur de ce goût dans la bouche.

— Passez me prendre à 21 heures dans les cuisines du gouverneur, monsieur Cocharan, et nous reparlerons de tout ça.

— Avec le plus grand plaisir, mademoiselle Lyndon.

Il la salua d'un petit signe de tête et parvint à garder une expression neutre jusqu'à ce que la porte se referme derrière lui.

Puis le rire l'emporta, persista sur quatre étages et ne se calma qu'au rez-de-chaussée.

2

Réussir un bon dessert en partant de presque rien n'était pas simple. Créer un *chef-d'œuvre* uniquement avec de la farine, des œufs et du sucre, c'était l'étape encore au-dessus. Chaque fois que Summer prenait une jatte, un fouet ou un batteur, elle se sentait tenue d'accomplir un prodige. Elle se serait sentie insultée, si l'on s'était avisé de qualifier son travail de « correct ». Insultée au dernier degré. « Correct », c'était bon pour la débutante qui ouvrait son premier livre de recettes. Elle ne se contentait pas de mélanger, de glacer, de caraméliser et de chemiser ; elle concevait, improvisait, mettait en œuvre. Pas plus — mais pas moins non plus — qu'un architecte, un ingénieur ou un scientifique. La décision d'étudier l'art de la haute cuisine, elle ne l'avait pas prise à la légère. Elle voulait atteindre la perfection. Et comme la perfection était à réinventer tous les jours, elle continuait de la chercher chaque fois qu'elle levait sa spatule.

Elle avait déjà passé la majeure partie de la journée dans l'immense cuisine suréquipée de la demeure du gouverneur. D'autres chefs s'y débattaient avec des sauces, des viandes et des fruits de mer, ne s'interrompant que pour aboyer un ordre à un commis où s'envoyer les uns les autres des insultes à la figure. Summer, elle, était entièrement focalisée sur le couronnement du repas : le mélange exquis de saveurs et de textures qui se conjuguait à la beauté purement esthétique de sa fameuse bombe glacée.

Le moule était déjà tapissé par le biscuit qu'elle avait fait cuire puis découpé selon un motif très précis. Pour cela, elle avait procédé avec des pochoirs, aussi méticuleusement qu'un ingénieur traçant les plans d'un pont. La mousse — un paradis de chocolat et de crème — se trouvait déjà à l'intérieur du dôme. Cet élément, d'une allure trompeusement simple, refroidissait depuis tôt le matin. Les diverses phases de cette préparation avaient occupé Summer toute la journée ou presque, si bien qu'elle avait à peine pris le temps de s'asseoir.

Les *Nocturnes* de Chopin l'enveloppaient de leurs volutes délicates, comme toujours lorsqu'elle était à l'œuvre, gommant les autres sons dans la pièce. Dans la vaste salle à manger, les hôtes du gouverneur dégustaient déjà l'entrée. Summer n'avait aucune difficulté à faire abstraction de l'agitation qui régnait autour d'elle. De même qu'elle restait imperméable à la pression du temps. Il lui faudrait présenter son dessert terminé à l'heure précise où il était attendu à table, mais ces questions de timing faisaient désormais partie de sa routine. Cependant, elle se trouvait moins concentrée qu'elle aurait dû l'être, à ce stade ultime de la mise au point de son dessert.

Et tout ça à cause de cet imbécile de LaPointe! songea-t-elle en serrant les dents. C'était la colère et rien que la colère qui interférait sur sa concentration depuis le matin. Ça, et l'idée que Blake Cocharan avait mentionné le nom du Français pour mieux la manipuler. Il ne lui avait pas fallu longtemps pour le comprendre. Mais elle avait beau le savoir, cela ne changeait rien à son exaspération. Sauf que son indignation avait à présent une double cause.

Ah, il se croyait malin, M. Cocharan le Troisième! Elle revit son visage, comme cela ne s'était produit que trop souvent au cours de la semaine écoulée. Elle prit trois respirations profondes pour recouvrer son calme et tenta de se focaliser sur le dôme doré devant elle.

Me demander à moi — à moi ! — de le renseigner sur ce méprisable imposteur de LaPointe !

Tout en prélevant une première louche de fruits rouges dans le grand récipient en inox placé à côté d'elle, elle conclut que Blake ne valait pas mieux que LaPointe, puisqu'il envisageait une collaboration avec ce chef de pacotille.

Elle n'oublierait pas de sitôt les occasions où elle avait eu affaire au petit Français aux yeux porcins. Alors qu'elle couvrait avec soin l'extérieur du biscuit avec le mélange de baies, elle forma un instant le projet de recommander chaudement LaPointe à Blake Cocharan. Ça lui apprendrait, à cet Américain qui s'imaginait pouvoir la manipuler, s'il se retrouvait lié par contrat à une nullité pareille ! Pendant que ses pensées faisaient rage, ses mains lissaient et arrondissaient les pourtours du dôme avec une délicatesse, une douceur qui frisaient la tendresse.

Derrière elle, un commis de cuisine laissa échapper une casserole qui chuta avec fracas, suscitant un torrent de reproches et d'imprécations furieuses. Ni les pensées ni les mains de Summer ne s'en trouvèrent déroutées pour autant.

Ce Cocharan était un sale type. Suffisant et trop sûr de lui. Elle entreprit de recouvrir les baies d'une version sublime et personnalisée de la classique crème pâtissière, avec des gestes précis et élégants, une concentration parfaite... et les yeux brillants de colère. Il était clair que pour un homme comme lui, la vie n'était que manipulations et contre-manipulations, manœuvres et contre-manœuvres. Ça s'entendait à ses phrases trop lisses, se voyait à son raffinement extrême. Elle poussa un grognement dédaigneux tout en lissant sa crème.

Elle préférait de loin avoir affaire à un homme un peu rude qu'à un type onctueux à la courtoisie hypocrite. Elle préférait un homme capable de mouiller sa chemise et de manier une pioche qu'un dandy aux ongles manucurés et aux costumes à deux mille dollars. Quitte à tomber dans les bras d'un homme, autant qu'il soit…

Ses mains restèrent en suspens au-dessus de la bombe. Depuis quand envisageait-elle de « tomber dans les bras » de quelque homme que ce soit ? Et pourquoi Blake Cocharan s'imposait-il comme mètre étalon ? Ridicule !

La bombe formait à présent un dôme immaculé qui n'attendait plus que son manteau de chocolat. Summer l'examina, les sourcils froncés, alors qu'un de ses aides se précipitait pour la débarrasser des ustensiles devenus inutiles. Elle commença à préparer le glaçage pendant que deux cuisiniers en venaient presque aux mains à cause d'un désaccord sur la consistance de la sauce arlequin qui accompagnait le râble de lièvre.

Non seulement Summer ne prit pas parti dans le débat, mais ses pensées recommencèrent à divaguer. Elle ne comptait plus le nombre de fois où elle avait pensé à Blake Cocharan, ces derniers jours. Et le plus étrange, c'est qu'elle avait mémorisé les détails les plus insignifiants le concernant. Que ses yeux étaient presque de la nuance exacte de l'eau du lac qui se trouvait sur la propriété de son grand-père, dans le Devon, par exemple. Qu'il avait une voix particulièrement plaisante à entendre, avec ces inflexions discrètes mais aisément identifiables qui caractérisaient l'accent du Nord-Est. Que sa bouche ne dessinait pas le même sourire lorsqu'il était amusé et lorsqu'il souriait par politesse.

Elle avait de la peine à s'expliquer pourquoi elle avait enregistré ces particularités, et comprenait encore moins pourquoi elle les gardait en tête. D'ordinaire, elle ne pensait à un homme que si elle l'avait devant elle. Et encore ! Même dans ces conditions, elle ne lui accordait qu'une part limitée de son attention.

Alors qu'elle commençait à appliquer son glaçage, elle s'interdit de penser à autre chose qu'à sa bombe. Elle reprendrait le fil de ses réflexions sur Blake une fois que son dessert serait terminé et emporté. Puis elle en finirait avec lui durant le dîner qu'elle avait accepté de prendre en sa compagnie plus tard dans la soirée. Elle serra les lèvres. Ce cher Blake Cocharan III allait sentir sa douleur !

Blake arriva tôt à dessein. Il voulait voir Summer à l'œuvre. Un souhait qui pouvait être considéré comme raisonnable — logique, même. S'il devait lui offrir un contrat d'un an, il devait se faire d'abord une idée de la façon dont elle s'y prenait sur le terrain. La démarche n'avait rien d'inhabituel pour lui. Ce n'était pas la première fois qu'il se déplaçait pour voir un futur collaborateur ou associé à l'œuvre dans le cadre de ses activités. On pouvait même dire que c'était une façon de faire caractéristique. Une démarche à la fois professionnelle et pertinente.

Il n'y avait donc aucune raison qu'il modifie sa façon de faire avec Summer Lyndon, s'était-il répété à plusieurs reprises, même si un doute résiduel sur ses motivations le titillait. Il avait quitté l'appartement de la jeune femme dans un état euphorique, tout à la satisfaction d'avoir réussi à la manœuvrer avec une pareille maestria. Il revoyait encore son expression courroucée lorsqu'il avait prononcé le nom de LaPointe. Mais il ne revoyait pas que cela. Le visage de Summer était resté imprimé dans ses pensées depuis bientôt une semaine.

Un phénomène aussi inhabituel qu'inconfortable,

reconnut-il en pénétrant dans la grande cuisine sonore du gouverneur. Quelque chose chez cette femme le déstabilisait et il aurait aimé savoir quoi. Il avait besoin de cerner les problèmes et leur cause. Lorsque c'était fait, ils se résolvaient généralement d'eux-mêmes.

Il était amateur de beauté. Il l'appréciait dans l'art, en architecture, et assurément chez une femme. Le fait que Summer Lyndon soit belle n'expliquait donc pas pourquoi elle le mettait mal à l'aise. Quant à l'intelligence, il l'exigeait, tant dans son entourage professionnel que privé. Et intelligente, Summer l'était, sans conteste. Le problème ne se situait donc pas à ce niveau-là non plus. Il appréciait aussi qu'une personne ait du style. Or, si quelqu'un au monde ne manquait pas de style, c'était bien Summer.

Alors, où était le hic ? *Ses yeux, peut-être ?* se demanda-t-il en passant à côté de deux cuisiniers qui s'interpellaient avec force gesticulations. Cette étrange nuance noisette qui n'était pas à proprement parler une couleur, avec ces paillettes d'or qui s'intensifiaient au gré de ses humeurs ? Elle avait le regard très franc, très direct, cependant, ce qu'il considérait comme un élément positif. Mais le jeu de ces couleurs changeantes — des couleurs qui n'étaient pas vraiment des couleurs — le déconcertait, l'intriguait même, plus que de raison.

Son sex-appeal, alors ? Il aurait fallu être stupide, en tant qu'homme, pour s'offusquer qu'une femme possède un tel magnétisme naturel, et il ne se considérait certainement pas comme un imbécile. Cela dit, il ne se voyait pas non plus comme quelqu'un qui perdait la tête face au premier joli minois venu. Or, dès l'instant où Summer lui avait ouvert sa porte, il avait ressenti une poussée de désir, une attirance intensément sexuelle. Ce qui était tout à fait inhabituel chez lui. Il lui faudrait analyser le phénomène avec soin, songea-t-il avec détachement, pour mieux le contenir ensuite. Il n'y avait pas de place pour ce genre d'attirance entre deux personnes destinées à travailler ensemble.

Or, collaborateurs, ils le seraient. Il comptait sur ses pouvoirs de persuasion ainsi que sur son allusion à LaPointe pour convaincre Summer Lyndon. Les négociations, il le sentait, prenaient une bonne tournure et après le dîner, il... Il s'immobilisa, comme si on venait de lui appliquer un coup rapide et percutant à la base de la colonne vertébrale.

Elle était là, à moitié dissimulée derrière l'immense dessert qu'elle confectionnait. Son expression était tendue, intense. Un pli discret, indicateur d'irritation ou de concentration, rapprochait ses sourcils et lui plissait les yeux. Ses longs cils baissés dissimulaient l'expression de son regard. Sa bouche lisse et sensuelle, qui semblait ignorer l'usage du rouge à lèvres, s'avançait en une moue charmante. Une bouche au dessin marqué qui paraissait se prêter à l'art du baiser.

Dans sa tenue blanche, elle aurait dû paraître simplement quelconque et compétente, la toque qui couvrait ses cheveux attachés avec soin ajoutant une touche presque comique à l'ensemble. Au lieu de quoi, elle était scandaleusement belle. Pétrifié d'admiration, Blake se sentit bientôt enveloppé par les notes de Chopin qui étaient la marque de fabrique de Summer. Ses narines s'emplissaient de fumets riches et raffinés ; il sentait vibrer en lui la tension de l'atmosphère, alors que des chefs colériques se démenaient autour de leurs préparations. Mais au milieu de cette diversité d'impressions sensorielles, il ne parvenait à visualiser qu'une seule chose, et à la visualiser très clairement : Summer nue dans son lit, son corps éclairé par les flammes de quelques bougies dissipant les ténèbres alentour.

Il se reprit, mi-amusé, mi-contrarié, et, secouant la

tête, s'intima l'ordre de laisser de côté ses fantasmes. Lorsqu'on mélangeait plaisir et affaires, l'un ou l'autre en souffrait. Parfois même les deux. Eviter le mélange constituait donc pour lui une règle élémentaire qu'il avait d'ailleurs fini par appliquer sans même y penser. Il avait réussi à s'élever jusqu'à sa position actuelle parce qu'il avait le discernement nécessaire pour identifier les erreurs possibles, les soupeser et par conséquent les éviter. Il était capable de trancher avec une indifférence aussi froide, propre et nette que son allure physique.

Summer serait sans conteste délicieuse à croquer — autant sinon plus que les desserts qui faisaient sa gloire —, mais ce n'était pas ce qu'il voulait d'elle. Ou du moins ce n'était pas ce qu'il *pouvait s'autoriser* à vouloir d'elle. Il avait besoin de ses talents, de sa réputation et de sa créativité pour son hôtel. Il s'efforça de se consoler avec ces objectifs professionnels, alors même qu'il luttait contre les assauts répétés d'un besoin plus vital et plus élémentaire.

Choisissant un poste d'observation en dehors de la mêlée, il la regarda appliquer et lisser avec patience et méthode sa finition, couche après couche. On ne percevait aucune hésitation dans ses mains — un détail qu'il nota avec satisfaction, tout en remarquant leur finesse et leur élégance. Au bout d'un certain temps, il se rendit compte qu'en dépit du fracas et de l'agitation autour d'elle, elle aurait pu tout aussi bien se trouver seule face à sa préparation. Cette femme, de toute évidence, aurait été capable de préparer sa bombe glacée sur Park Avenue à l'heure de pointe, sans rien perdre de sa concentration et de son application. Parfait… Il ne voulait surtout pas d'une hystérique dont les nerfs lâcheraient au moindre surcroît de tension.

Il attendit patiemment qu'elle termine.

Lorsque Summer remplit sa poche à douille de glaçage

blanc pour s'attaquer à la décoration finale, presque toute l'équipe en cuisine s'était déjà réunie autour d'elle et assistait à ses derniers préparatifs. Le dîner s'achevait. Tous n'attendaient plus que le couronnement final.

Après un ultime coup de pinceau, elle recula d'un pas. Un soupir d'admiration collective s'éleva alors autour d'elle. Mais aucun sourire n'apparut pour autant sur ses lèvres. Les sourcils froncés, l'expression sévère, elle fit le tour de la bombe pour une première, puis une seconde vérification. Il était clair qu'aucun défaut, même le plus ténu, n'échapperait à sa vigilance.

Lorsqu'elle eut terminé, et alors seulement, Blake vit son regard s'éclairer, le pli sévère de ses lèvres se détendre. Les applaudissements crépitèrent ; elle sourit et fut plus que belle : accessible. Le trouble de Blake s'en trouva accru.

— C'est bon. Vous pouvez l'emporter.

Avec un rire joyeux, Summer leva les bras au plafond pour étirer les petits muscles que l'effort avait contractés. Elle se promit de dormir une semaine entière.

— Très impressionnant !

Les bras toujours levés, Summer se tourna lentement.

— Merci.

Son ton était froid, son expression réservée. Quelque part entre les fruits rouges et le glaçage, elle avait décidé qu'elle se montrerait très prudente avec Blake Cocharan III.

— La perfection est mon but.

— En apparence, c'est réussi.

Le regard de Blake tomba sur les restes de glaçage au chocolat qui n'avaient pas encore été retirés. Il passa un doigt sur le bord du récipient et le lécha. Le goût était de nature à faire fondre même les cœurs les plus endurcis.

— Fantastique !

Summer laissa éclore un rapide sourire. Une feinte de

petit garçon de la part d'un homme qui avait la prestance et l'autorité d'un businessman de haut vol.

Elle eut un mouvement orgueilleux de la tête.

— Je ne fais que dans le fantastique. C'est ce que vous voulez de moi, n'est-ce pas, monsieur Cocharan ?

— Mm…

Le son qu'il fit entendre pouvait être compris comme un acquiescement. Ou peut-être comme autre chose. Ils eurent l'un et l'autre la sagesse de ne pas chercher à savoir.

— Vous avez l'air éreintée.

— Quel fin observateur vous faites, ironisa-t-elle en retirant sa toque. J'ai passé la journée entière debout.

— Si vous le souhaitez, nous pouvons souper chez moi. Nous y serons tout à fait tranquilles. Et ce sera plus confortable pour vous.

Elle laissa glisser sur lui un regard suspicieux. Un souper dans l'intimité de son appartement ? Ce n'était pas le genre de décision à prendre à la légère… Elle réfléchit un instant et conclut que, même fatiguée, elle restait en état de tenir tête à n'importe quel individu mâle, surtout s'il s'agissait d'un homme d'affaires américain.

— Très bien, fit-elle, en retirant son tablier maculé. Accordez-moi juste une minute pour me changer.

Elle s'éloigna sans un regard en arrière. Comme il la suivait des yeux, Blake vit un homme pourvu d'une élégante moustache l'intercepter au passage et lui prendre la main. Il était trop loin pour entendre ce qui se disait, mais il n'eut aucun mal à deviner les intentions du moustachu. Il en ressentit une pointe de contrariété qu'il réussit, sans trop d'effort, à transformer en amusement.

L'homme s'exprimait avec volubilité, tout en se cramponnant au bras de Summer comme pour ne plus jamais le lâcher. Elle rit, secoua la tête et se détacha en l'écartant d'elle en douceur. Blake vit l'admirateur éconduit la suivre des yeux comme un chiot abandonné, sa toque pressée contre son cœur.

Il était clair qu'elle exerçait une fascination marquée sur les hommes. Blake en conclut qu'elle appartenait à ce type de femmes qui attiraient les hommes sans faire d'effort particulier. Grâce à quoi ? Une sorte de « don inné » ? Un don qu'il n'admirait ni ne condamnait, mais qui lui inspirait une certaine prudence. Une fille comme Summer Lyndon pouvait vous réduire à sa merci sans même lever le petit doigt ! Personnellement, il préférait les femmes qui procédaient de manière plus explicite.

Il se plaça à l'écart, de manière à ne pas déranger, alors que le grand nettoyage des cuisines débutait dans la cacophonie et la confusion. Sur le plan purement professionnel, en revanche, les capacités de séduction de Summer ne nuiraient pas à ses futures attributions de chef en titre de la Cocharan House.

Avec neuf minutes supplémentaires par rapport au temps annoncé, Summer réapparut en cuisine. Elle avait choisi de porter sa petite robe coquelicot parce qu'elle était d'une simplicité parfaite — si simple, en fait, qu'elle avait tendance à mouler chacune des courbes de son corps et à attirer tous les regards. Ses bras étaient nus, à l'exception d'un bracelet en or sculpté qu'elle portait au-dessus du coude. De longues boucles d'oreilles en spirale tombaient presque jusque sur ses épaules. Ses cheveux, à présent défaits, ondulaient légèrement autour de son visage, humidifiés par l'atmosphère moite des cuisines.

Elle avait conscience que l'effet d'ensemble oscillait entre l'excentricité et l'exotisme. Tout comme elle savait qu'il lui conférait un sex-appeal particulier. Elle s'habillait au gré de ses humeurs — en fille des îles, en *fashion victim* ou avec les pires hardes — pour son plaisir et rien que pour son plaisir. Mais lorsqu'elle vit l'éclat de convoitise, rapidement réprimé, dans le regard de Blake, elle en ressentit une nette satisfaction.

Ainsi, elle n'avait pas affaire à l'Homme de Glace…

Il ne l'intéressait pas personnellement, bien sûr. Mais elle avait besoin qu'il la reconnaisse en tant que personne. Besoin qu'il voie en elle l'individu et pas seulement un nom au bas d'un contrat. Ses vêtements de travail étaient tassés en vrac dans un grand fourre-tout en toile qu'elle avait à l'épaule. Elle tenait à la main les anses d'un joli sac en cuir verni.

D'un geste plutôt souverain, elle offrit sa main libre à Blake.

— Prête ?

— Comme vous le voyez.

Sa main était fraîche, lisse et menue dans la sienne. Blake eut une brève vision d'herbe humide de rosée luisant au soleil du petit matin. Pour contrecarrer cette vision et la réaction qui l'accompagnait, son ton se fit détaché et pragmatique.

— Vous êtes très jolie ainsi.

Ce fut plus fort qu'elle. Une lueur d'humour dansa dans ses yeux.

— Comme toujours.

Pour la première fois, elle le vit sourire — un sourire franc, fugace. *Dangereux*. En cet instant, elle n'aurait pu dire avec certitude qui d'elle ou de lui avait le dessus dans la relation.

— La voiture nous attend dehors, annonça-t-il.

Ils sortirent ensemble de la cuisine suréclairée pour trouver la rue baignée par le seul éclat de la lune.

— Vous n'avez pas choisi de rester pour entendre les critiques ou les compliments. J'en conclus que vous êtes satisfaite de votre contribution au dîner du gouverneur.

En s'installant à l'arrière de la limousine, Summer lui jeta un regard incrédule.

— Des critiques ? La bombe est ma spécialité, monsieur Cocharan. Elle est toujours extraordinaire. Je n'ai besoin de personne pour m'en convaincre.

Elle lissa sa robe sur ses genoux et croisa les jambes.

— C'est une préparation compliquée, déclara Blake en se glissant à côté d'elle. Si mes souvenirs sont bons, elle requiert des heures et des heures de travail.

Elle le vit sortir une bouteille de champagne d'un seau à glace et l'ouvrir d'un geste expert, en retenant le bouchon.

— Rares sont les domaines où l'on obtient l'excellence sans y mettre le temps et les efforts voulus, vous ne croyez pas ?

— C'est très vrai, acquiesça-t-il, en versant le champagne dans une flûte qu'il lui tendit aussitôt. A une longue collaboration, alors ?

Summer observa ouvertement son visage que zébraient les lumières intermittentes des lampadaires. Elle décelait chez lui une pointe de guerrier écossais mâtinée d'une touche d'aristocratie britannique. Une combinaison pour le moins complexe. La simplicité, cela dit, n'était pas forcément une qualité qu'elle recherchait.

Après une infime hésitation, elle fit tinter son verre contre le sien.

— Peut-être… Vous aimez votre travail, monsieur Cocharan ?

Elle but une première gorgée et, sans lire l'étiquette, identifia le producteur et le millésime.

— Beaucoup, oui.

Il la regarda porter son champagne à ses lèvres et nota que son visage était vierge de tout maquillage à l'exception d'une touche de mascara. L'espace d'un instant, son attention fut distraite par des considérations qui n'avaient rien à voir avec le contrat à décrocher et tout à voir avec les sensations que sa peau serait susceptible d'éveiller sous ses doigts.

— D'après ce que j'ai pu observer tout à l'heure, il est évident que vous aimez le vôtre, Summer.

— C'est le cas.

Elle sourit ; elle appréciait la bataille qui s'amorçait.

— J'ai pour principe de ne faire que ce que j'aime. Ou je me trompe fort, ou vous fonctionnez sur le même mode.

Il hocha la tête, conscient qu'elle cherchait à le prendre au piège.

— Vous êtes intuitive.

— Assez, oui.

Elle lui tendit son verre pour qu'il la resserve.

— Excellent choix de champagne. Votre bon goût s'étend à d'autres domaines ?

Le regard de Blake retint le sien.

— Votre question porte sur *tous* les domaines ?

Un lent sourire incurva les lèvres de Summer, alors qu'elle y portait son verre. Elle aimait sentir les bulles danser en une ronde effervescente avant de les expérimenter en bouche.

— Tous les domaines, oui. Serait-il juste d'affirmer que vous êtes un homme doué de discernement ?

Où essayait-elle d'en venir ?

— Si on veut.

— Un homme d'affaires, donc, poursuivit-elle pensivement. Un dirigeant au plus haut niveau… N'est-il pas d'usage de déléguer, lorsqu'on se trouve au sommet de la hiérarchie ?

— Souvent, oui.

— Et vous ? Vous ne déléguez pas ?

— Ça dépend.

— Je me demandais pourquoi Blake Cocharan III en personne gaspillait son temps et ses efforts pour attirer un nouveau chef de cuisine dans l'un de ses nombreux hôtels.

Maudite femme… Non seulement elle était en train de se payer sa tête, mais elle voulait qu'il le sache ! Il dut prendre sur lui pour contenir sa contrariété.

— Il se trouve que ce projet me tient personnellement à cœur. Et comme j'ai, *moi aussi*, un sens assez aigu de la perfection, je suis prêt à y consacrer mon temps et mes efforts, comme vous dites.

La limousine s'immobilisa en silence le long du trottoir, et le chauffeur vint ouvrir la portière. Summer remit alors son verre vide à Blake.

— Ah, vraiment ? Si vous êtes à ce point à la recherche de l'excellence, Blake, vous me voyez surprise — très surprise — que vous ayez mentionné le nom de LaPointe.

Et toc ! Voilà qui devrait calmer un peu son arrogance, songea-t-elle avec satisfaction. Puis, avec une grâce un rien dédaigneuse née d'une longue pratique des hautes sphères, elle descendit de voiture.

La Cocharan House de Philadelphie ne s'élevait que sur douze étages et le temps avait anobli les briques de sa façade. L'hôtel avait été érigé de manière à se fondre dans l'architecture coloniale qui caractérisait le cœur de la ville et à en souligner la beauté. D'autres immeubles, alentour, montaient plus haut vers le ciel et brillaient de l'éclat de la modernité, mais tel n'avait pas été le choix de Blake Cocharan. Ses visées allaient plutôt chercher du côté d'une élégance discrète, ancrée dans le passé. Summer ne put en l'occurrence que s'incliner. Sur bien des plans, elle préférait l'ancien monde au nouveau.

Le hall d'entrée était calme. Si les ors étaient légèrement éteints et les tapis un peu passés, il s'agissait manifestement d'un parti pris. L'atmosphère que Blake avait créée était classiquement aristocratique. Il avait fui le clinquant, le brillant, l'ostentatoire.

Il lui prit le bras et l'entraîna à travers le hall, adressant ici et là un signe de tête en réponse aux nombreux saluts qui s'élevaient sur son passage. Après avoir composé le code d'un ascenseur privé, il s'effaça pour laisser Summer entrer. Les portes se refermèrent et ils se trouvèrent enveloppés de silence et de verre teinté.

— Votre hôtel a beaucoup de charme, dit-elle. Il y a des années que je ne suis plus venue ici. J'avais oublié.

Elle vit leurs deux reflets emprisonnés dans les profondeurs grises des miroirs fumés.

— Vous ne trouvez pas étouffant de vivre ici — sur votre lieu de travail, je veux dire ?

— Pas étouffant, non. Pratique.

Dommage, songea Summer. Lorsqu'elle ne travaillait pas, elle aimait prendre ses distances avec ses ustensiles et ses casseroles. A la différence de ses parents, elle avait toujours été attentive à laisser ses soucis professionnels à la porte de son appartement.

L'ascenseur s'immobilisa en douceur et en silence.

— Vous disposez de tout l'étage pour vous seul ?

— Non, il y a trois suites destinées à la clientèle en plus de mon appartement, expliqua Blake pendant qu'ils longeaient le couloir. Mais aucune d'elles n'est occupée en ce moment.

Il ouvrit des doubles portes en chêne et lui fit signe d'entrer. A l'intérieur, les lumières étaient déjà tamisées. Summer fut frappée par l'harmonie qui régnait dans les teintes. Des tons d'étain en passant par des argents pâles et de subtiles nuances de gris. Sous cet éclairage diffus, elle avait l'impression d'entrer dans un songe, un univers à la fois sensuel et apaisant.

L'effet aurait pu être terne, ennuyeux même, mais d'habiles touches de couleur éclataient ici et là, réveillant l'ensemble. Le bleu roi des rideaux, les teintes perle des coussins, les verts opulents des plantes grimpantes. Un seul tableau, occupant tout un pan de mur, pourvoyait des teintes plus intenses. Summer reconnut l'œuvre d'un impressionniste français.

Pour le reste, tout était sobre et lisse, rien du joyeux bazar dont elle aurait elle-même choisi de s'entourer, mais elle ne pouvait qu'admirer le goût et le style.

— C'est un décor qui sort du commun, Blake. Très efficace.

Tout en le complimentant, elle obéit à un automatisme de toujours et retira ses chaussures.

— Merci. Qu'est-ce que je vous sers à boire, Summer ? Je peux vous proposer le choix habituel, ou du champagne, si vous le préférez.

Toujours déterminée à sortir gagnante de la soirée, Summer déambula jusqu'au canapé pour y prendre place.

— Je préfère *toujours* le champagne.

Pendant que Blake sortait une bouteille et procédait au débouchage, Summer s'accorda un temps supplémentaire pour examiner la pièce, et parvint à la conclusion qu'elle n'avait pas affaire à un homme ordinaire. Trop souvent, ordinaire était, pour elle, synonyme d'ennuyeux. Depuis toujours ou presque, elle s'associait elle-même à l'excentrique, au créatif, au bohème. Et elle devait admettre qu'elle avait tendance à considérer le monde des affaires comme un ramassis de raseurs superficiels.

Mais Blake Cocharan, lui, n'avait rien de soporifique. Elle le regrettait presque. Un homme terne, quels que soient ses atouts physiques, aurait été facile à manipuler. Lui, en revanche, pourrait lui poser quelques difficultés. D'autant plus qu'elle n'avait pas encore pris de décision quant à sa proposition.

— Votre champagne, Summer…

Lorsqu'elle leva les yeux vers lui, Blake dut faire un effort pour garder un visage imperturbable. Pourquoi ce regard circonspect, calculateur ? Qu'est-ce qu'elle avait en tête ? Et, pire encore, pourquoi paraissait-elle tellement à sa place sur son canapé, les jambes repliées sous elle, adossée aux coussins qu'elle avait calés dans son dos ?

Tellement à sa place. Et tellement tentante…

Il se surprit à chercher le refuge des mots pour dissimuler son trouble.

— Vous devez avoir faim. Dites-moi ce qui vous ferait plaisir et je le commanderai en cuisine. Je peux aussi vous procurer un menu, si ça vous est plus commode.

Elle prit une nouvelle gorgée de champagne et ferma un instant les yeux.

— C'est inutile. Faites-moi juste monter un hamburger.

Blake vit le tissu de sa robe glisser le long de ses cuisses, alors qu'elle se nichait plus confortablement dans un angle du canapé.

— Un *quoi* ?

— Un hamburger. Avec des frites. Fines.

Elle leva son verre et examina les bulles.

— C'est un producteur vraiment exceptionnel, vous savez. Et ce millésime est…

Blake enfonça les mains dans ses poches. Sa patience commençait à être sérieusement mise à mal.

— A quel jeu jouez-vous, exactement ?

Elle prit une nouvelle gorgée de champagne, se donna le temps de la savourer.

— Un jeu ?

— Vous voulez sérieusement me faire croire qu'un chef pâtissier de votre trempe, avec un palais aussi exercé, souhaite un hamburger et des frites pour son dîner ?

— Si je n'en avais pas eu envie, je ne vous les aurais pas demandés.

Summer termina son verre et se leva pour se resservir elle-même. Il nota qu'elle se mouvait avec une lenteur paresseuse en net contraste avec la sécheresse presque militaire de ses mouvements lorsqu'elle travaillait.

— Vous avez du steak haché de qualité dans vos réserves, j'imagine ?

— Evidemment que nous avons du steak haché de qualité !

Persuadé qu'elle cherchait à le ridiculiser, Blake lui prit le bras et la força à lui faire face.

— Pourquoi me demandez-vous un hamburger ?

— Parce que je les aime, répondit-elle simplement. Tout comme j'apprécie les tacos, les pizzas et le poulet grillé. Surtout lorsque je n'ai pas à les cuisiner moi-même. J'ai un faible occasionnel pour la restauration rapide. Et je me moque éperdument de manger sain ou non.

Elle lui adressa un grand sourire, à la fois détendue par le vin et manifestement amusée par sa réaction.

— Auriez-vous des objections morales contre la restauration rapide ?

— Pas particulièrement, non. Mais j'imaginais que ce serait votre cas.

— Diable ! Je viens de casser l'image que vous vous étiez faite de moi : une snob de base, on dirait…

Elle se mit à rire et le son, plaisant aux oreilles de Blake, lui parut soudain la quintessence de la féminité.

— En tant que chef, je peux vous assurer que nos sauces et nos crèmes ne sont pas toujours aussi digestes qu'on aimerait le penser. A côté de ça, cuisiner est pour moi une occupation professionnelle. Je passe une grande partie de mon temps à parler, à penser, à respirer la haute cuisine dans sa version la plus raffinée. Je me délecte des mets les plus délicats, dont la préparation requiert un art consommé, un timing d'une imparable précision. En dehors de mes heures de travail, j'aime bien me détendre et changer de registre.

Elle prit une gorgée de champagne.

— Alors ce soir, si ça ne vous ennuie pas, je préférerais un cheeseburger frites à un homard sauce thermidor.

— Vous l’aurez voulu, marmonna-t-il en prenant son téléphone pour transmettre sa commande.

Son explication était raisonnable. Logique, même. Mais rien n’énervait plus Blake que lorsqu’on utilisait contre lui le style de stratégie dont il usait lui-même.

Son verre à la main, Summer s’approcha de la fenêtre. Elle aimait la beauté de la ville la nuit. Les hautes constructions s’élevaient et s’étiraient dans le lointain ; la circulation silencieuse, tout en bas, traçait aux intersections les motifs compliqués de ses rubans en pointillé. Un univers d’ombre et de lumière.

Elle ne comptait plus le nombre de grandes villes qu’elle avait visitées et observées de la même manière, mais Paris restait sa préférée. Ce qui ne l’empêchait pas de vivre aux Etats-Unis sur des périodes assez longues. Elle aimait le mouvement et appréciait les contrastes — entre les cultures, les genres, les attitudes. L’ambition et l’enthousiasme des Américains convenaient à son caractère, et elle avait vu ces caractéristiques à l’œuvre chez le second mari de sa mère.

L’ambition était quelque chose qu’elle pouvait comprendre. Elle-même en avait à revendre. Une bonne raison, à ses yeux, pour fréquenter, dans sa vie privée, des créateurs plutôt que des carriéristes acharnés. D’après son expérience, accoler deux personnes ambitieuses et centrées sur leur métier donnait au final un couple très mal équilibré. Elle l’avait appris à un âge encore tendre en observant ses parents lorsqu’ils étaient ensemble, puis avec leurs nouveaux partenaires respectifs. Lorsqu’elle s’engagerait — une éventualité qu’elle n’envisageait que dans un futur lointain et indéfini —, elle choisirait quelqu’un qui comprendrait que sa carrière passait avant le reste. Tout cuisinier — que ce soit un enfant confectionnant un sandwich ou un chef gastronomique — devait fonctionner avec un sens aigu des priorités. Et Summer avait toujours su établir les siennes avec fermeté.

— Vous aimez la vue ?

Blake se tenait derrière elle à une place qui lui avait permis de l'observer en silence pendant cinq bonnes minutes. Pourquoi serait-elle différente de toutes les autres femmes qu'il avait amenées chez lui ? En même temps, qu'est-ce qui la lui faisait paraître plus insaisissable, plus idéale, douée d'une sorte de grâce légère et tentatrice ? Et comment expliquer que sa seule présence l'empêche de rester concentré sur ses objectifs professionnels ?

— La vue ? Je l'aime beaucoup, oui.

Elle ne se retourna pas, car la soudaine proximité de Blake l'avait prise au dépourvu. Ses sourcils se froncèrent presque imperceptiblement. Elle aurait dû le sentir approcher et se tenir sur ses gardes. Si elle se retournait maintenant, ils seraient face à face. Leurs corps s'effleureraient ; leurs regards se trouveraient. Quelque chose en elle frémit à cette idée. Elle plongea les lèvres dans son champagne pour se donner une contenance. Elle était ridicule ! Aucun homme, *jamais*, ne suscitait en elle ces accès de nervosité.

— Vous avez vécu assez longtemps ici pour être sensible à la force du paysage urbain, dit Blake.

Ils continuaient à échanger des propos sans conséquence alors que son attention était centrée sur la ligne fragile de sa nuque, à l'endroit même où il s'imaginait poser les lèvres.

— Je me considère comme une Philadelphienne pure et dure, lorsque je vis ici. Les gens avec qui je travaille me disent que je me suis américanisée.

Blake écoutait la mélodie de ses mots, marqués par un subtil accent européen, humait les subtilités toutes parisiennes de son parfum. La lumière tamisée jouait dans les reflets d'or de ses cheveux.

Des reflets d'or qui pailletaient aussi ses yeux, se remémora-t-il. Il lui suffirait de la faire pivoter vers lui pour revoir son visage, retrouver les détails de ses traits à la géographie si particulière. Il éprouva soudain le besoin irrépressible d'avoir ce visage-là sous les yeux.

— Américanisée ? répéta-t-il en écho.

Avant que sa volonté puisse l'en dissuader, ses mains trouvèrent ses épaules. Le fin tissu de sa robe glissa sous ses doigts, tandis qu'il imprimait un mouvement doux pour la faire se retourner.

Son regard descendit alors sur ses cheveux, effleura ses yeux, ses lèvres.

— Je pense que vos collègues sont dans l'erreur.

— Vous trouvez ?

Les doigts de Summer s'étaient crispés sur son verre ; sa bouche était soudain brûlante. Sa volonté seule lui avait permis de réagir avec un semblant de calme. Son corps frôla celui de Blake. Une première fois. Puis une seconde, lorsque la pression des doigts de Blake s'accentua sur ses épaules et qu'il l'attira plus près. Des exigences physiques, dûment contrôlées en temps normal, commencèrent à sourdre en elle. Alors que son esprit s'emballait, elle rejeta la tête en arrière et s'adressa à lui d'une voix parfaitement mesurée.

— Nous étions ici pour parler affaires, je crois ?

— Nous n'avons pas encore commencé à aborder le sujet.

Sa bouche hésita un instant juste au-dessus de la sienne, puis dévia pour se poser avec légèreté sur sa tempe.

— Mais avant que nous passions aux choses sérieuses, il serait avisé de dissiper d'abord un doute.

Le souffle de Summer se bloqua dans sa poitrine. Il lui était encore possible de se dégager, mais elle commençait à se demander si c'était la meilleure chose à faire.

— Dissiper un doute ?

— Au sujet de vos lèvres… Seront-elles aussi enthousiasmantes au goût qu'elles le sont pour les yeux ?

Summer ferma les yeux à demi ; son corps s'amollit.

— La question mériterait d'être creusée, en effet, murmura-t-elle en levant la tête dans un pur mouvement d'invite.

Leurs lèvres se touchaient presque lorsqu'on frappa un coup sec et sonore à la porte. Un voile se déchira dans le cerveau de Summer et la raison fit sa réapparition, même si son corps vibrait toujours à la manière d'un instrument à cordes caressé par l'archet. Elle sourit et fit un effort pour retrouver son aplomb et sa causticité.

— Le service est décidément excellent, dans un hôtel Cocharan !

Blake la laissa aller à contrecœur et maugréa :

— Demain, je vire le responsable du service d'étage.

Summer salua sa remarque d'un rire amusé, mais but, tremblante, une gorgée de champagne, lorsqu'il s'éloigna d'elle pour aller ouvrir. Dès qu'il eut le dos tourné, elle prit une longue inspiration pour se ressaisir. Il s'en était fallu de peu ! De très peu, même. Il était temps de redresser la barre et de maintenir résolument le cap sur les horizons professionnels. Elle s'accorda un petit temps supplémentaire pour se recomposer une attitude, pendant qu'un serveur mettait la table. Puis elle s'approcha, jetant un coup d'œil sur l'assiette de Blake et humant le plat : pintade rôtie, petits légumes et riz sauvage.

Elle s'assit.

— Plaisante combinaison d'arômes…, déclara-t-elle en lui adressant un délicieux sourire par-dessus son épaule tandis qu'il approchait sa chaise. Et parfaitement raisonnable.

— Pour le dessert, nous le commanderons plus tard.

— Le dessert ? Une marque de faiblesse à éviter à

tout prix, plaisanta-t-elle en tartinant son hamburger de moutarde. J'ai lu votre contrat, Blake.

— Ah oui ?

Il la regarda couper son sandwich en deux et porter une première moitié à sa bouche. En réalité, le choix du hamburger n'aurait pas dû le surprendre, vu ce qu'il avait trouvé dans sa boîte à biscuits.

— Je l'ai également fait lire à mon avocat.

Blake poivra sa viande au moulin avant de la couper.

— Et ?

— Tout semble parfaitement en ordre. A part...

Elle laissa le reste de la phrase en suspens pour déguster sa première bouchée. Les yeux clos, elle se donna le temps de savourer.

— A part ? répéta Blake avec un brin d'impatience.

— *Si* je devais prendre votre proposition en compte, il me faudrait beaucoup plus de latitude.

Blake ne réagit pas au *si*. Elle prenait son offre au sérieux et ils le savaient l'un et l'autre.

— Plus de latitude à quel niveau ?

— Vous n'ignorez pas que je voyage très régulièrement pour mon travail.

Elle sala ses frites, en goûta une et eut une moue appréciative.

— La plupart du temps, c'est juste une question de deux ou trois jours, lorsque je vais à Rome, par exemple, et que je réalise une de mes spécialités. Certains de mes clients réservent mes services plusieurs mois à l'avance. D'autres, en revanche, font appel à moi un peu plus à l'improviste. A ceux-là, il m'arrive de répondre oui, soit par affection, soit pour relever un défi professionnel.

— En d'autres termes, vous voulez rester libre de prendre l'avion chaque fois que vous l'estimerez nécessaire ?

Même s'il persistait à trouver le mélange incongru,

Blake la resservit en champagne, alors qu'elle faisait un sort à son hamburger avec un bel appétit.

— Voilà, oui... Même si votre proposition n'est pas dépourvue d'intérêt à mes yeux, il me paraîtrait difficile, voire contraire à l'éthique, de tourner le dos à des clients fidèles.

— Je comprends.

Elle était astucieuse, mais il l'était également.

— Je pense que nous pouvons parvenir à un arrangement satisfaisant pour l'un comme pour l'autre. En commençant par examiner votre agenda ensemble...

Summer mordilla une frite, puis s'essuya les mains sur une serviette en lin blanc.

— Ensemble ?

— Pour simplifier les choses. Puis nous examinerons au cas par cas les occasions qui se présenteront par la suite.

Il sourit en la voyant attaquer la seconde moitié de son hamburger.

— Je me considère comme quelqu'un de fair-play, Summer. Et pour être franc, c'est avec vous que j'aimerais signer ce contrat. Pour le moment, le conseil d'administration penche pour LaPointe, mais...

— Pour quelle raison ?

La question était impérieuse, voire accusatrice. Rien n'aurait pu faire plus plaisir à Blake.

— Les grands chefs, traditionnellement, restent des hommes.

Elle jura en français, sans retenue. Blake hocha la tête.

— Je n'aurais su mieux dire... Nous avons tâté discrètement le terrain... M. LaPointe est très intéressé par le poste.

— Ce cloporte se ruerait sur la possibilité de griller des châtaignes à un coin de rue, si ça pouvait faire parler de lui !

Jetant sa serviette sur la table, elle se leva pour le toiser.

— Vous croyez peut-être que je n'ai pas compris votre stratégie ?

La tension orgueilleuse de sa tête mettait en valeur la ligne altière de son cou.

— Vous brandissez LaPointe à la manière d'un chiffon rouge devant un taureau, persuadé que je signerai votre contrat pour une pure question d'ego.

La trouvant magnifique, il ne put que sourire.

— Et alors ? Ça a marché ?

Elle plissa les yeux avec colère, mais il voyait bien que ses lèvres étaient tentées de lui rendre son sourire.

— LaPointe est un crétin. Je suis une artiste.

— Mais encore ?

Elle savait que la dernière chose à faire était de prendre une décision sous le coup de la colère. Elle le savait, mais...

— Acceptez de vous adapter à mon emploi du temps, monsieur Cocharan le Troisième, et je ferai de votre restaurant le meilleur établissement de sa catégorie de toute la côte Est.

Et le pire, c'est qu'elle se sentait motivée pour le faire ! Elle avait envie de lui prouver qu'elle en avait la capacité, tout comme elle avait envie de se le prouver à elle-même.

Blake se leva, et porta un toast.

— A votre art, Summer. Et à mes hôtels. Que leur union nous soit mutuellement profitable.

Elle fit tinter son verre contre le sien et rectifia :

— A la réussite, qui est, au final, ce que nous visons l'un comme l'autre.

3

Et voilà… Engagée pour un an…

Summer releva ses cheveux à l'aide d'un bandeau, puis elle étudia son visage d'un œil critique pour détecter d'éventuels défauts de maquillage. De sa mère, elle avait appris l'art de mettre ses traits en valeur. Mais même si elle avait conscience que le visage dont le miroir lui envoyait le reflet ferait parfaitement l'affaire, son expression demeurait soucieuse.

Que ce soit par colère, orgueil ou pure forfanterie, elle avait accepté de se lier à la Cocharan House de Philadelphie et à Blake pour l'année à venir. Et même si elle aimait ce challenge, elle redoutait l'engagement à long terme et les obligations qui allaient avec.

Trois cent soixante-cinq jours.

Ah non, c'était trop terrifiant ! Cinquante-deux semaines ? Pas vraiment plus rassurant. Douze mois ? Elle soupira. D'une façon ou d'une autre, il lui faudrait traverser l'épreuve. Mieux que ça même, décida-t-elle en regagnant le studio où elle s'apprêtait à enregistrer une de ses démonstrations en public : elle tiendrait la promesse qu'elle avait faite à Blake de doter l'établissement du meilleur restaurant de la côte Est.

D'un mouvement orgueilleux de la tête, elle fit glisser ses cheveux sur ses épaules. Une fois qu'elle aurait tenu ses engagements, elle adresserait un gros pied de nez à ce traître.

Il l'avait manipulée comme une débutante. Par deux fois. Et même si elle était restée sur ses gardes, elle s'était laissé manœuvrer quand même. Pourquoi ? se demanda-t-elle tout en regardant l'équipe technique installer le plateau.

Oui, pourquoi avait-elle accepté ? L'ivresse des grands défis, trancha-t-elle, en jouant avec le collier africain qu'elle portait autour du cou. Travailler avec Blake Cocharan en serait un, incontestablement. Un challenge permanent, si elle ne voulait pas se laisser écraser par la personnalité de cet homme. Le plaisir de la rivalité avait toujours été sa plus grande faiblesse. C'était une des raisons qui lui avaient fait choisir d'exceller dans une carrière encore largement dominée par les hommes. Oh oui, la compétition, elle aimait ça ! Et, plus que tout, elle aimait gagner.

Et puis il y avait Blake... Sa maturité. Sa séduction sensuelle, surtout. Ses manières lisses ne parvenaient pas à la dissimuler. Pas plus que ses costumes sobres. Si elle était sincère avec elle-même — et elle décida de l'être —, elle devait reconnaître qu'elle aurait plaisir à l'explorer...

Elle savait l'effet qu'elle faisait sur les hommes. Un don qu'elle avait toujours considéré comme un héritage direct de sa mère. Il était rare, cependant, qu'elle se préoccupe de sexualité. Sa vie hyperactive ne lui en laissait pas le loisir. Et lorsqu'elle se trouvait entre deux contrats, elle préférait s'octroyer un moment de relaxation totale. Mais peut-être que l'heure était venue de revoir ses positions ?

Blake Cocharan III représentait assurément un défi de taille. Comme elle aurait plaisir à ébranler toute cette mâle arrogance ! Sans compter qu'elle avait une revanche à prendre. Il l'avait manœuvrée avec une parfaite maestria pour obtenir exactement ce qu'il voulait d'elle.

Tout en laissant défiler dans son esprit diverses mesures de rétorsion possibles, Summer regardait d'un œil détaché le public remplir peu à peu le studio. La capacité d'accueil était d'environ cinquante places et il semblait d'ores et déjà qu'ils feraient le plein. Les spectateurs s'entretenaient entre eux à voix basse et le son étouffé des voix, associé aux raclements des chaises, composait un fond sonore feutré qui évoquait la solennité d'un théâtre ou d'une église.

Le réalisateur, un petit homme tendu comme un ressort avec qui elle avait déjà eu l'occasion de travailler, courait entre l'éclairagiste et le machiniste, naviguait entre les spots et les caméras, agitant les bras, l'air tantôt intensément satisfait, tantôt profondément consterné. Jamais d'émotions intermédiaires. Rien que de l'extrême. Lorsqu'il vint lui communiquer ses instructions, Summer tendit une oreille distraite aux recommandations qu'il lui débitait en rafale. Elle ne pensait ni à lui ni au vacherin qu'elle s'apprêtait à préparer devant les caméras. Ses préoccupations restaient centrées sur Blake Cocharan et sur la meilleure façon de lui damer le pion.

Lui faire des avances, peut-être ? Très subtiles, bien sûr, mais suffisamment marquées pour qu'il les perçoive. Puis, au moment où il la croirait mûre, consentante et prête à être cueillie... elle ne lui témoignerait plus qu'une totale indifférence.

Elle imaginait déjà sa déconfiture, et s'en délectait d'avance !

— Tu trouveras la crème fraîche au réfrigérateur.

— Oui, Simon, je sais.

Summer tapota la main du réalisateur, tout en méditant sur les failles possibles de cette stratégie. Elle n'en voyait qu'une, en fait, mais elle était de taille. Difficile d'oublier l'étourdissement qui l'avait saisie lorsqu'il l'avait presque embrassée, quelques soirs plus tôt. Si elle jouait le jeu de cette manière, elle courait le risque de déraper elle-même...

— Quant à la coque en meringue...

— Oui, oui, Simon.

Elle lui adressa un sourire distrait : elle avait elle-même disposé les ingrédients dont elle aurait besoin. Autre possibilité : ignorer Blake d'entrée de jeu. Le traiter, non pas par le dédain — ce serait trop transparent —, mais par le désintérêt. Son sourire se fit soudain redoutable. Ses yeux étincelèrent. Voilà qui devrait le rendre à moitié fou dans les plus brefs délais !

— Pour ce qui est de la batterie de cuisine et des équipements...

Elle leva gentiment la main.

— Simon, pas la peine de t'inquiéter comme ça. Je pourrais faire un vacherin même endormie et dans l'obscurité la plus complète.

— L'enregistrement débute dans cinq minutes.

— *Madre de Dio!* Mais où est-ce qu'elle se cache ?

Ils tournèrent la tête en même temps en entendant la voix tonitruante et Summer sourit avant même que le nouvel arrivant ne surgisse dans son champ de vision.

— Carlo !

— *Ecco qua!*

Mince, très brun, superbe et souple comme un serpent, Carlo Franconi se fraya un chemin jusqu'à elle entre câbles, projecteurs et techniciens survoltés. Il la prit dans ses bras et la serra contre lui avec emportement.

— Ah, ma petite friandise parisienne !

Il lui tapota affectueusement les fesses et elle lui rendit le geste en riant.

— Carlo ! Je rêve ou c'est vraiment toi ? Qu'est-ce que tu fabriques un mercredi matin à Philadelphie ?

— J'étais à New York pour assurer la promotion de

mon nouveau bouquin. Je t'en ai parlé, non ? *La Pasta à la façon du Maestro.*

Les mains sur ses épaules, il l'écarta de lui pour laisser courir sur son visage levé un regard appréciateur.

— Et je me suis dit : « Mon vieux Carlo, tu n'es qu'à un jet de pierre de la femme la plus sexy qu'on ait jamais vu manier une poche à douille, alors tu vas aller faire un petit saut là-bas. »

— A un jet de pierre ! répéta Summer en secouant la tête.

Cela lui ressemblait tellement ! S'il avait séjourné à quelques milliers de kilomètres de là, il aurait « fait un saut », de la même façon. Ils avaient suivi les mêmes cours, s'étaient formés ensemble, avaient cuisiné côte à côte dans les cuisines les plus prestigieuses du monde. Et si leur camaraderie ne s'était pas muée, au fil des années, en une amitié aussi solide que précieuse, ils auraient sans doute couché ensemble également.

— Laisse-moi te regarder, beau gosse...

Sans se faire prier, Carlo recula d'un pas et prit la pose. Jean ajusté, chemise blanche, regard insondable et borsalino canaille. Un magnifique concentré de charme viril, *as usual.*

— Tu es beau comme un dieu, Carlo. *Fantastico !*

— Comme d'habitude, non ?

Il passa le doigt sur le bord de son chapeau, puis lui prit les deux mains pour les porter tour à tour à ses lèvres.

— Et toi, ma petite pâte à chou, tu es *esquisita.*

— Comme d'habitude, non ?

Toujours en riant, elle l'embrassa sur la joue. Ses connaissances, elle les comptait par centaines, que ce soit sur le plan personnel ou professionnel. Mais si on lui demandait de nommer un ami, un vrai, c'était toujours le nom de Carlo qui lui venait à l'esprit.

— Je suis contente de voir ta tête, Franconi. Ça fait

combien de temps, maintenant ? Quatre mois ? Cinq ? La dernière fois que je suis allée en Italie, tu étais en Belgique. A croire que tu ne tiens pas en place.

Il lui entoura de nouveau la taille et la ramena fermement contre lui.

— Ça fait exactement quatre mois et douze jours. Mais à quoi bon compter ? Tout ce que je suis venu chercher ici, ce sont tes sublimes financiers, tes macarons magiques, tes délices au chocolat que je voudrais dévorer comme je te dévore des yeux…

— Ce matin, ce sera du vacherin, précisa-t-elle, imperturbable. Et tu seras autorisé à le goûter en fin d'émission si tu te tiens tranquille en attendant.

— Ta fameuse meringue ? Génial ! Elle vaut bien un orgasme.

Il eut un sourire espiègle.

— Je vais m'asseoir au premier rang et je vais essayer de te faire éclater de rire pendant que les caméras tourneront.

Summer lui pinça la joue.

— Ah, mon Carlo, essaie de te décrisper un peu. Ton excès de sérieux est navrant, mon pauvre garçon !

— Summer, s'il te plaît…, fit une voix implorante à côté d'elle.

Simon semblait au bord de l'implosion. Le compte à rebours avait commencé.

— Zen, Simon. Zen ! Je suis prête… Carlo, va t'asseoir et tâche d'être attentif. Pour une fois, tu pourrais apprendre quelque chose d'utile, espèce de demi-marmiton.

Il marmonna en italien un juron bref, ordurier et aisément traduisible. Puis ils allèrent chacun leur chemin.

Très à l'aise, Summer se plaça derrière son plan de travail et attendit que le directeur de plateau donne le top. Elle fit abstraction des singeries de Carlo et commença sa démonstration en s'adressant directement à la caméra.

Cet aspect particulier de sa profession, elle le prenait

très au sérieux, au même titre que la création d'un gâteau hors de prix pour un mariage princier. Elle s'était engagée à enseigner au grand public les arcanes de son art, et tenait à le faire avec la même rigueur et le même sérieux que le reste.

Carlo l'observait avec attention. Cette fille était décidément un régal pour les yeux. Comme toujours, d'ailleurs. Summer avait confiance en elle ; elle était sûre de ses compétences et faisait preuve d'un calme souverain. D'un côté, il était content de la retrouver chaque fois semblable à elle-même, car il n'aimait pas voir les gens et les choses se transformer trop rapidement, en particulier s'il n'était pas lui-même à l'origine de ce changement ; de l'autre, il s'inquiétait pour elle.

Depuis des années qu'il la côtoyait — oh, bon sang ! une décennie déjà... —, il ne lui avait jamais connu la moindre histoire de cœur. Pour quelqu'un comme lui qui avait la passion dans le sang, il n'était pas facile de comprendre la réserve de Summer, son désintérêt apparent pour le « doux commerce entre les sexes ». Ce n'était pas une femme froide, pourtant. L'intensité de ses émotions transparaissait dans ses sautes d'humeur, ses élans de joie. Mais jamais ces mêmes élans ne la portaient vers une rencontre amoureuse.

Dommage, vraiment dommage, songea-t-il en la regardant construire ses anneaux de meringue. Pour lui, une femme sans homme, c'était du gaspillage. Au même titre qu'un homme sans femme. Pour sa part, il ne comptait plus ses aventures féminines.

Une fois, une seule, alors qu'ils fraternisaient autour d'une bouteille d'excellent sauternes et d'un sublissime baba à l'orange, elle s'était confiée à lui. L'homme et la femme n'étaient pas destinés à nouer ensemble des relations valables, lui avait-elle dit. Le couple était à ses yeux une institution galvaudée et l'amour une affaire instable. Un rien suffisait à le faire vaciller et disparaître. Il ne s'agissait donc pas d'un engagement véritable, mais d'une comédie hypocrite, perpétuée par des individus faisant mine de penser qu'ils étaient capables de se lier pour longtemps. L'amour, sentiment capricieux par excellence, lui paraissait en fait peu digne d'intérêt. Les gens s'en servaient comme d'un prétexte pour agir de façon absurde et incontrôlée. Elle-même n'avait pas besoin d'excuse : si elle avait envie de faire des folies, elle faisait des folies. Nul besoin pour cela de se cacher derrière un petit dieu facétieux.

Comme il vivait à l'époque avec une actrice grecque une histoire sentimentale qui tournait mal, Carlo avait abondé dans son sens. Mais plus tard, en repensant à cette conversation, il avait pris conscience que ce qui avait été pour lui une réaction d'amertume ponctuelle représentait pour Summer une conviction intime, profonde et durable.

Dommage… Vraiment dommage, songea-t-il de nouveau en regardant Summer sortir ses coques de meringue pour façonner l'extérieur du vacherin. S'il n'avait pas eu pour elle des sentiments quasi fraternels, il se serait fait une joie de lui donner un aperçu de la force mystique qui pouvait naître de l'union charnelle de l'homme et de la femme.

Un privilège qui reviendrait à un autre que lui…

Tout en s'adressant avec aisance à son public et aux caméras, Summer procédait, étape par étape, à la réalisation de son dessert. La coque terminée, décorée de bandes de meringue et de violettes naturelles cristallisées, fut placée dans le four. Puis elle sortit l'autre coque, qu'elle avait préparée plus tôt, afin d'exécuter l'opération finale. Elle la remplit, arrangea les fruits, les couvrit d'un épais coulis de framboises et de crème fouettée, suscitant les murmures approbateurs du public. La caméra zooma pour en faire un gros plan.

Le dessert terminé se dressait à présent sur le plan de travail comme l'image même de la tentation.

Carlo se leva pour applaudir.

— *Brava ! Bravissima !*

Summer sourit et, la poche à douille encore à la main, s'inclina très bras juste avant la coupure de la caméra.

— Super boulot, Summer !

Simon se précipita vers elle en arrachant son casque.

— Tu as été magnifique. Et tout était parfaitement minuté, comme toujours.

— Merci, Simon. Qu'est-ce que tu en penses ? On partage le gâteau entre l'équipe de tournage et le public ?

— Bonne idée.

Il claqua des doigts pour attirer l'attention de son assistant.

— Va me chercher des assiettes et distribue des parts avant la prochaine émission… Un spectacle de hip-hop, marmonna-t-il entre ses dents, avant de s'éloigner de nouveau au pas de course.

Carlo vint tremper un doigt gourmand dans le saladier qui avait contenu la crème fouettée.

— Belle démonstration, *cara*. Tu nous as concocté un chef-d'œuvre.

Il attrapa une cuillère et se servit directement une part copieuse du vacherin.

— Maintenant que tu es libre, je t'emmène déjeuner quelque part et tu me raconteras ta vie de A à Z.

Il prit une bouchée du dessert, ferma les yeux avec un pur sourire d'extase, les rouvrit, puis lui adressa un clin d'œil.

— La mienne, de vie, est tellement riche et trépidante que ça prendrait des jours. Voire des semaines.

Summer retira son tablier et le jeta sur le plan de travail.

— On peut prendre une pizza juste à côté, si tu veux. Ça tombe bien que tu sois là, Carlo, car j'ai un conseil à te demander.

— Un conseil ?

L'idée que Summer Lyndon puisse attendre un conseil de qui que ce soit le sidérait, mais il se contenta de lever un sourcil canaille.

— Aucun problème. Toute femme intelligente qui a besoin de se faire conseiller — ou de se faire faire quoi que ce soit d'autre, d'ailleurs — se tournera toujours avec le plus grand profit vers Carlo Franconi !

— Ton indécrottable fatuité ne cessera jamais de me fasciner.

Il enfila une paire de lunettes noires et ajusta son chapeau.

— Attention à ce que tu dis, fillette. Continue comme ça et c'est toi qui paies les pizzas !

Quelques instants plus tard, Summer attaquait sa première part de *calzone* et se raccrochait de l'autre main à la portière, pendant que Carlo, au volant de sa Ferrari de location, négociait la circulation de Philadelphie à une allure suicidaire. Il trouvait le moyen de conduire, de manger et de passer ses vitesses avec une habileté diabolique.

— Alors, dis-moi, cria-t-il pour couvrir le son de la radio. C'est quoi, ton souci ?

— J'ai accepté un boulot, hurla Summer en réponse.

Ses cheveux lui fouettaient le visage et elle tenta une fois de plus de les repousser.

— Un boulot ? Ce n'est pas vraiment nouveau. Tu passes ta vie à courir d'un boulot à l'autre.

— Celui-ci est différent.

Elle changea de position, ramenant ses jambes sous elle pour mieux se tourner vers lui, tout en mordant sa pizza à belles dents.

— Je me suis engagée à diriger le restaurant d'un hôtel pendant un an.

Carlo fronça les sourcils, tout en coupant la route à un break.

— Le restaurant d'un hôtel ? Quel hôtel ?

Elle enfonça une paille dans son jus de fruits et aspira une gorgée.

— La Cocharan House. Ici, à Philadelphie.

Le soulagement de Carlo fut manifeste.

— Ah, parfait ! C'est un établissement de grande classe, *cara*.

— Une année *entière*, Carlo !

— Une année, ça passe comme un soupir, lorsqu'on a la santé.

Elle commença par sourire, puis explosa :

— Ligotée, pieds et poings liés pendant douze mois ! Tout ça parce que je n'ai pas pu résister à l'idée d'essayer. Et surtout parce que ce... ce bulldozer américain a brandi le spectre de LaPointe !

Carlo fit entendre une sorte de feulement redoutable, comme seuls les Italiens savent en produire.

— LaPointe ? Qu'est-ce que ce mollusque a à voir là-dedans ?

Summer lécha un peu de sauce tomate tombée sur son pouce.

— J'étais sur le point de décliner la proposition, lorsque Blake — le bulldozer — m'a demandé mon opinion sur LaPointe à qui il avait également envisagé d'offrir le poste.

— J'espère que tu la lui as donnée, ton opinion ?

— Et en termes choisis, encore ! J'ai gardé le contrat, juste par curiosité. Là, nouveau problème : la proposition est vraiment royale. Avec le budget qu'on m'accorde, je pourrais transformer un taudis en palace pour gourmets avertis.

Elle replongea dans ses pensées et ne remarqua pas que Carlo doublait un cabriolet en ne laissant guère la place qu'à un souffle de vent entre les deux carrosseries.

— Autre problème : Blake lui-même.

— Le bulldozer…

— Oui. Je ne peux m'empêcher de vouloir prendre l'avantage sur lui. Il est brillant, sûr de lui, arrogant. Mais pas seulement… Il est aussi jeune, beau, sexy.

— Ah oui ?

— Bref, je suis dévorée par une envie irrépressible de le remettre à sa place.

Carlo passa un feu à l'orange.

— Et où serait sa place, à ce Blake ?

— Sous ma coupe !

Elle éclata de rire, puis fit un sort au reste de sa pizza.

— Pour ces différentes raisons, je me suis donc enchaînée pour une année entière… Tu comptes finir ta pizza ?

Carlo jeta un coup d'œil à la part qui restait et l'engloutit.

— Oui, je compte la finir… Et ce conseil que tu voulais me demander ?…

Summer porta sa paille à ses lèvres, mais découvrit qu'elle avait atteint le fond du gobelet.

— Si je veux garder ma santé mentale durant ces douze mois, il faut que je me divertisse un peu.

Elle s'étira, levant en riant les deux bras au plafond de l'habitacle.

— Quelle serait la technique imparable pour faire ramper Blake Cocharan III selon toi ?

Carlo eut un sourire en coin.

— Femme cruelle ! Tu n'as pas besoin de mes conseils pour parvenir à ce résultat. Des bataillons d'hommes séduits rampent déjà dans ton sillage aux quatre coins du globe.

— N'importe quoi !

— Tu dis ça parce que tu ne prends pas la peine de tourner la tête pour regarder derrière toi, ma chérie.

Summer resta un instant coite, pas tout à fait certaine d'être charmée par cette idée, puis reprit :

— Prends à gauche au carrefour suivant, Carlo. Nous allons jeter un œil à mes nouvelles cuisines.

Les odeurs et le décor étaient familiers à souhait, mais le temps de faire un tour rapide des lieux bras dessus, bras dessous avec Carlo, Summer repéra déjà une douzaine de changements auxquels elle procéderait sans tarder. Pour l'éclairage, il n'y avait rien à dire. Les dimensions étaient parfaites également. Mais sur l'un des murs, la présence de fours en hauteur s'imposait. Avec un entourage de briques. Et la brigade de cuisine devrait être renforcée, bien sûr. Elle regarda autour d'elle, cherchant des haut-parleurs au plafond. Pas l'ombre d'un seul. Une absence à laquelle il lui faudrait remédier également.

— Pas mal du tout, *mi amore*.

Carlo s'empara d'un des grands couteaux de chef et le soupesa d'une main experte, testant son poids et son équilibre.

— Tu as les bases, ici. C'est un peu comme recevoir un nouveau jouet à Noël et avoir à l'assembler soi-même, *si* ?

— Mm…

Elle attrapa distraitement une poêle, nota qu'elle était en inox et la reposa à sa place. Toute la batterie de cuisine serait remplacée par son équivalent en cuivre étamé.

En se retournant pour poursuivre son inspection, elle se heurta fermement au torse de Blake.

Durant une fraction de seconde, elle se laissa aller, prenant plaisir à la sensation. L'odeur de Blake, raffinée, lui tourna légèrement la tête. Puis vint la contrariété de ne pas avoir perçu sa présence derrière elle, alors qu'elle aurait dû la sentir.

Elle s'écarta, masquant d'un sourire de politesse son attirance aussi bien que son irritation.

— Je ne m'attendais pas à vous trouver ici, Blake.

— Mon personnel me tient bien informé. On m'a dit que vous étiez là.

L'idée que l'on puisse être à l'affût de ses faits et gestes n'était pas faite pour lui plaire, mais elle se contenta de hocher la tête.

— Je vous présente Carlo Franconi, un des meilleurs chefs d'Italie.

— *Le* meilleur chef d'Italie, rectifia Carlo en serrant la main de Blake. Enchanté de faire votre connaissance, monsieur Cocharan. J'ai souvent eu l'occasion de bénéficier de l'hospitalité de vos hôtels. Votre restaurant de Milan sert des *linguine* tout à fait passables.

— « Tout à fait passables » est un grand compliment venant de Carlo, prit la peine de préciser Summer. Il pense que personne n'est capable de réussir un plat italien à part lui.

Carlo souleva le couvercle d'une casserole fumante et huma.

— Ce n'est pas une chose que je pense, c'est une chose que je sais. Summer vient de m'apprendre qu'elle sera votre nouveau chef. Vous êtes un homme chanceux, monsieur Cocharan.

Le regard de Blake tomba sur la main hâlée de Carlo reposant sur l'épaule de la jeune femme. La jalousie était un sentiment aisément identifiable, même pour qui ne l'avait encore jamais éprouvée. Et très désagréable.

— Oui, je suis chanceux, en effet. Puisque vous êtes là, Summer, vous pourriez peut-être en profiter pour signer votre contrat ? Ça nous éviterait d'avoir à convenir d'un nouveau rendez-vous.

— Comme vous voudrez… Carlo ?

— Va, va, *bellissima*. Fais ce que tu as à faire. Je viens de renifler quelques fumets, par là-bas, qui m'intéressent. Je vais aller jeter un coup d'œil sur le chevreau qui rôtit.

Sans un regard en arrière, il alla se mêler à l'équipe de cuisine pour dispenser ses commentaires.

— Carlo est dans son élément, apparemment, déclara Summer, puis, avec un haussement d'épaules amusé, elle emboîta le pas à Blake.

— Carlo Franconi est ici pour son travail ?

— Non, juste parce qu'il avait envie de me voir.

L'affirmation, désinvolte, était à l'évidence sincère. Elle eut pour effet d'accroître la contrariété de Blake. Ainsi, Summer Lyndon a un faible pour les Italiens tape-à-l'œil, conclut-il sombrement. Sans même s'en rendre compte, il plaça une main possessive sur son bras. Après tout, ses goûts ne concernaient qu'elle. Tout ce qui l'intéressait, lui, c'était de s'attacher ses services en cuisine. Et le plus tôt serait le mieux.

Il la guida en silence à travers le hall, poussa une porte et passa dans les bureaux. L'impression générale de Summer fut qu'ici régnaient le calme et l'efficacité. Jusqu'au moment où ils pénétrèrent dans une vaste pièce qu'elle identifia aussitôt comme étant le domaine privé de Blake.

Les couleurs allaient des tons écrus à l'ocre chaud, en passant par le gris fumé. Le décor était un peu plus moderne que celui de son appartement, mais conservait une parenté de style. Sans attendre d'en avoir été priée, elle traversa la pièce et s'installa dans un fauteuil. Il était à peine midi, mais il lui vint à l'esprit qu'elle avait déjà passé six heures consécutives à s'activer.

— Ça tombe plutôt bien que j'aie décidé de venir faire un tour ici au moment où vous y étiez vous-même, déclara-t-elle en retirant ses chaussures. Ça nous évite de gaspiller trop de temps autour de cette histoire de contrat. Puisque nous sommes tombés d'accord, autant signer tout de suite et qu'on n'en parle plus.

Il ne lui resterait plus, ensuite, que trois cent soixante-quatre jours à tenir, compléta-t-elle à part soi.

Blake eut le plus grand mal à dissimuler sa contrariété. L'attitude désinvolte de Summer vis-à-vis du contrat lui portait sur les nerfs, tout autant que son affection pour Carlo Franconi, d'ailleurs. Il se dirigea vers son bureau et, d'un geste sec, s'empara d'une liasse de documents. Lorsque son regard tomba de nouveau sur la jeune femme, une partie de sa colère retomba.

— Vous avez l'air fatiguée, Summer.

Elle souleva les paupières qu'elle s'était autorisée à fermer un instant. La façon dont il venait de prononcer son prénom l'avait troublée. Comme si, en le disant, il avait eu présents à l'esprit la touffeur, les orages, la tension. Elle sentit une crispation dans sa poitrine qu'elle attribua à la lassitude.

— Je n'en ai pas seulement l'air, je le suis. A 7 heures, ce matin, je confectionnais des meringues.

— Un café ?

— Non, merci. Je crois que j'ai déjà largement dépassé la dose limite.

Son regard tomba sur le document qu'il avait reposé sur le bureau et elle sourit avec une pointe d'autosatisfaction.

— Avant que je signe ce contrat, je tiens à préciser que j'ai l'intention d'introduire des changements conséquents dans vos cuisines.

— C'est justement une des raisons majeures pour lesquelles je vous demande de venir travailler ici.

Elle hocha la tête et tendit la main.

— Vous ne serez peut-être plus tout à fait aussi serein lorsque vous recevrez les factures.

Blake choisit un stylo et le plaça devant elle.

— Je pense que nous avons les mêmes objectifs de qualité, vous et moi. Et nous sommes d'accord pour penser que la question du coût est secondaire.

— C'est facile pour moi d'être de cet avis. Mais c'est vous qui assumerez les frais.

Elle signa d'une écriture gracieuse, puis lui tendit le contrat.

— Et voilà. C'est officiel.

— Ça en a tout l'air, oui.

Sans même jeter un coup d'œil à la signature, il glissa les documents dans un dossier.

— J'aimerais vous inviter à dîner, ce soir.

Summer se leva et trouva ses jambes réticentes à soutenir son poids.

— Une autre fois... Je ne peux pas abandonner Carlo ce soir.

Avec un sourire de commande, elle lui tendit la main.

— Naturellement, si vous souhaitez vous joindre à nous, ce sera avec plaisir.

— Il ne s'agit pas d'une invitation à caractère professionnel, Summer.

Il accepta la main qu'elle lui offrait, puis se surprit autant qu'elle en lui saisissant les deux poignets.

— Et j'ai envie de vous voir seule.

Elle n'était pas prête à affronter cette situation. Dans les scénarios qu'elle avait imaginés, elle était l'instigatrice, maîtresse du temps et du lieu. Prise au dépourvu, et en territoire adverse en plus, il lui fallait revoir sa stratégie au pied levé, tout en composant avec un soudain afflux de chaleur à fleur de peau. Déterminée à ne pas se laisser déborder, elle lui sourit avec nonchalance.

— Nous *sommes* seuls.

Blake leva des sourcils interrogateurs. Comment fallait-il l'entendre ? Le mettait-elle au défi d'agir ou se moquait-elle carrément de lui ? Que ce soit l'un ou l'autre, il n'avait pas l'intention de laisser passer sa chance. Avec une détermination qui ne souffrait aucune résistance, il la prit dans ses bras, et constata qu'elle s'y logeait à la perfection.

Le regard moucheté de Summer était rivé au sien. Il fit le constat fasciné que les paillettes claires étaient devenues couleur d'ambre et qu'elles semblaient éclairées de l'intérieur, se détachant sur le ciel changeant de ses iris noisette. Sans bien savoir ce qu'il faisait, il écarta les cheveux qui tombaient sur sa joue d'un geste aussi tendre et intime qu'inhabituel pour lui.

Summer lutta pour ne pas se laisser affecter par cette caresse somme toute anodine. Des centaines d'hommes avaient eu l'occasion de la toucher — pour la saluer, par amitié, par colère ou désir. Rien ne justifiait donc que le simple effleurement de sa main sur sa peau lui fasse perdre ses moyens. Par un effort de volonté, elle réussit à maîtriser le réflexe contradictoire qui lui commandait à la fois de fuir et de fondre entre ses bras. Retenant son souffle, elle demeura parfaitement immobile à l'observer. En attente.

Lorsque Blake se pencha sur ses lèvres, elle pensait être prête. Le baiser serait différent, bien sûr, puisqu'il s'agissait d'un homme différent. Et nouveau aussi. Mais il n'aurait rien de révolutionnaire. Qu'était-ce qu'un baiser, après tout, sinon une forme basique de communication entre un homme et une femme ? Un contact intime, une pression, une forme de dégustation légère... Rien ne différencierait ce baiser de celui du premier couple humain et de tous ceux qui lui avaient succédé à travers les âges et les civilisations.

Dès l'instant où elle fit l'expérience de ce contact « basique », cependant, elle sut qu'elle s'était trompée dans son analyse. *Différent ? Nouveau ?* Les mots étaient trop fades. Le léger frôlement de leurs lèvres — car au début, leur baiser ne fut guère plus que cela — modifia en profondeur le tissu même des choses et du monde. Ses pensées s'éparpillèrent dans un chaos riche et puissant. En l'espace d'un battement de cœur, son corps s'embrasa. Elle qui avait cru savoir à quoi s'attendre soupira sous le choc de l'inattendu. De l'inespéré. De l'improbable.

Et elle se donna sans détour.

— Encore, murmura-t-elle lorsque les lèvres de Blake se détachèrent des siennes.

Posant les mains de chaque côté de son visage, elle l'attira à elle et laissa libre cours à une sensualité brûlante.

Blake avait supposé que Summer serait soyeuse, subtilement parfumée et aussi distante que réservée. Il en aurait juré, même. Il était si peu préparé à la flambée brutale de désir entre eux qu'elle lui fit perdre tout sens de la mesure. Sa peau avait le velouté merveilleux des pétales. Il émanait d'elle une composition de fragrances qu'il associerait désormais pour toujours à l'idée même de la féminité. Mais réservée ? Non. Certainement pas… Il n'y avait rien de retenu dans la manière dont sa bouche s'agrippait à la sienne. Aucune froideur dans la façon dont leurs souffles se mélangèrent au moment où leurs lèvres s'entrouvrirent. Il se passait au contraire un phénomène qui vidait le cerveau et défiait l'intelligence. Il lui était impossible d'en saisir la teneur, de l'analyser ; il n'avait d'autre choix que de le vivre.

Avec un gémissement de plaisir presque félin, Summer enfouit les doigts dans ses cheveux. *Extraordinaire…* Elle aurait pourtant été prête à jurer qu'elle avait fait le tour de toutes les saveurs, de tous les arômes, de toutes les textures concevables. Mais le goût des baisers de Blake sortait de son registre habituel. Elle absorbait, se délectait, laissait ses lèvres et sa langue emmagasiner mille nouveautés sensorielles.

Plus. J'en veux plus. Elle n'avait jamais connu l'avidité.

Née dans un milieu où régnait l'abondance, elle avait toujours disposé de tout en quantité suffisante. Mais pour la première fois de sa vie, elle découvrait la faim nue, la vérité du manque. Une expérience qui apportait avec elle la souffrance, une douleur qui montait, profuse, comme des profondeurs d'un gouffre ignoré.

Encore. A l'impérieuse nécessité de cet appel muet, Summer comprit que plus elle continuerait de prendre, plus elle se trouverait affamée, en demande. Jusqu'à se perdre elle-même.

Blake la sentit soudain se raidir contre lui. Ignorant la cause de son mouvement de retrait, il resserra son étreinte. Il la voulait à lui maintenant, plus qu'il n'avait jamais voulu — ou imaginé vouloir — une femme. Mais elle s'agita, lui opposant une résistance pour la première fois depuis qu'il l'avait attirée dans ses bras. Rejetant la tête en arrière, elle affronta l'impatience du désir dans son regard.

— Assez, Blake. Ça suffit.

Ses doigts étaient pourtant encore dans ses cheveux. Possessifs.

— Non, ça ne suffit pas.

— C'est vrai, admit-elle, le souffle court. C'est justement pour ça qu'il faut que ça s'arrête.

Il la laissa aller, sans s'éloigner d'un centimètre pour autant.

— S'il y a un rapport logique entre l'une et l'autre proposition, il faudra me l'expliquer.

Elle se sentait de nouveau maîtresse d'elle-même — mais à peine. « A peine », c'était mieux cependant que pas du tout. Il était temps de poser les règles — ses règles — de façon précise et imparable.

— Blake, vous êtes un homme d'affaires, je suis une artiste. Nous avons chacun nos priorités. Et ceci ne peut pas en être une, décréta-t-elle, tête haute, en reculant d'un pas.

— Tu veux parier ?

Elle plissa les yeux, plus par surprise que par contrariété. Cette forme de puissance sauvage chez un homme d'allure si civilisée, elle ne l'avait pas anticipée. Le mieux serait d'y réfléchir plus tard, décida-t-elle alors, lorsqu'elle aurait mis une distance prudente entre eux.

— Nous allons travailler ensemble, avec un but commun à atteindre, poursuivit-elle d'une voix neutre. Mais nous sommes deux personnes très différentes, avec des visions de la vie divergentes. Le profit vous intéresse, ainsi que la réputation de votre chaîne hôtelière, bien sûr. Ce qui me plaît, moi, dans ce projet, c'est de créer une vitrine pour mon art. De soigner ma propre réputation aussi, ça va sans dire. Nous ambitionnons la réussite tous les deux. Alors n'embrouillons pas tout.

— Mon objectif professionnel, en t'embauchant, est parfaitement clair, rétorqua Blake. Et celui-ci aussi : j'ai envie de toi.

— Ah…, murmura-t-elle.

Elle se pencha pour récupérer le sac à main dont elle avait momentanément oublié l'existence.

— Voilà qui est net et sans détour.

— Compte tenu de ce qui vient de se passer, il n'y aurait guère de sens à s'encombrer de périphrases.

Un certain amusement prenait le pas, chez lui, sur la frustration, et il s'en félicita, car il retrouvait la maîtrise qu'il avait perdue dès l'instant où il l'avait embrassée.

— Il aurait fallu que tu aies perdu connaissance pour ne pas te rendre compte de ce que tu déclenches en moi.

— Et je suis on ne peut plus consciente.

Elle n'en recula pas moins d'un pas, comptant sur son aplomb et son assurance naturelle pour la tirer d'affaire avant de perdre le maigre avantage qu'elle avait réussi à prendre.

— Mais il s'agit de vos cuisines qui seront bientôt *mes* cuisines et, pour le moment, c'est tout ce qui m'intéresse. Vu les sommes colossales que vous vous apprêtez à investir pour vous assurer mes services, vous devriez être soulagé que je garde le cap sur les vraies priorités. Dès lundi, je vous remettrai un document avec les changements que je vise, ainsi que les équipements à commander.

— Très bien. Nous dînerons ensemble samedi.

Summer s'immobilisa juste avant de franchir la porte, se retourna et secoua la tête.

— Non.

— Je passe te prendre à 20 heures, Summer.

Dire non n'avait jamais été un problème pour elle. Et ses refus étaient d'ordinaire respectés. Mais pas cette fois, apparemment. Plutôt que de se mettre en colère, elle se souvint du ton patient — et particulièrement exaspérant — d'une de ses anciennes gouvernantes.

— Blake... j'ai dit non.

S'il était furieux, il n'en laissa rien paraître. Il se contenta de lui sourire comme on sourirait à une enfant récalcitrante, adoptant sans broncher une stratégie parallèle à la sienne.

— 20 heures, répéta-t-il patiemment en se perchant sur un coin du bureau. Et s'il te faut de la nourriture de fast-food, nous trouverons de la nourriture de fast-food. Aucun problème.

— Vous êtes d'une obstination rare, vous !

— En effet.

— Il se trouve que j'ai le même défaut.

— J'ai vu ça... A samedi, alors ?

Il fallut à Summer un gros effort de volonté pour le foudroyer du regard, car elle avait envie de rire. Finalement, elle se contenta de claquer la porte. Fort.

4

— Un aplomb incroyable, ce type ! marmonna Summer en mordant rageusement dans son sandwich. Il est vraiment, mais alors vraiment gonflé...

— Surtout, n'en perds pas ton appétit, *cara,* plaisanta Carlo, en lui tapotant affectueusement l'épaule.

Ils flânaient sur le trottoir, se dirigeant vers la vénérable façade de briques rouges de l'Independance Hall.

Lorsqu'elle secoua la tête, le soleil joua dans ses cheveux défaits, y allumant des reflets d'or.

— Arrête de te moquer de moi, Carlo. Il est puant de vanité. Arrogant.

De sa main libre, elle faisait des gestes désordonnés, tout en continuant à faire un sort à son en-cas.

— Je ne prends d'ordres de personne, tu le sais... Et surtout pas d'un Américain qui s'autorise à jouer les dictateurs sous prétexte qu'il a réussi dans les affaires et qu'il est doté de magnifiques yeux bleus !

Carlo leva des sourcils amusés pour saluer la description, tout en dévorant du regard une grande blonde dont la jupette noire laissait voir de longues jambes fuselées.

— Bien sûr que tu ne prends d'ordres de personne, *mi amore,* acquiesça-t-il d'un air absent, tout en se dévissant le cou pour suivre la fille des yeux. Mais dis-moi, Philadelphie est vraiment bourrée d'attractions touristiques intéressantes !

Remarquant que l'attention de Carlo s'égarait un peu, Summer lui tira le bras sans ménagement pour l'entraîner vers le square.

— J'ai toujours décidé de ce que je faisais de ma personne ! Je réponds à des requêtes, mais je ne tolérerai pas qu'on me donne des ordres !

— C'est vrai que tu as toujours eu la rage de l'indépendance, approuva Carlo, en jetant un dernier regard nostalgique par-dessus son épaule.

Peut-être réussirait-il à convaincre Summer de se poser tranquillement quelque part. A une terrasse ou sur un banc, de manière à prendre le soleil et à profiter plus longuement des *attractions* de Philadelphie.

— Tu dois être fatiguée de marcher, *cara*. Nous pourrions...

— Il est hors de question que je dîne avec lui ce soir !

— Tu as bien raison. Ça lui apprendra à vouloir brusquer Summer Lyndon.

Le parc devrait offrir des opportunités intéressantes en matière de filles jeunes, jolies et succinctement vêtues, supputa Carlo.

Summer lui jeta un regard redoutable.

— Ça t'amuse parce que tu es un homme.

— C'est *toi* que la situation amuse, rectifia-t-il avec un sourire en coin. Et en plus, il ne te déplaît pas, ton bulldozer américain.

— Bien sûr que si, il me déplaît.

— Faux, *cara mia*, faux... Et si nous nous asseyions un peu pour que je puisse me pénétrer du charme et de la beauté de ta ville d'adoption ? Après tout, je suis un touriste ici, *si* ?

Il porta la main à son chapeau pour saluer une brune pétillante vêtue d'un petit short. Summer surprit la lueur dans son regard avant de soupirer et d'obliquer sur la droite, repartant au pas de charge.

— Je vais t'en montrer, moi, des attractions touristiques, mon ami.

— Mais...

Carlo repéra cette fois une rousse en jean *slim* qui promenait son chien.

— La vue, d'ici, est instructive et porte à l'élévation de l'âme.

— Je m'en occupe, justement, de l'élévation de ton âme. Et elle en a besoin, crois-moi !

Ils étaient à présent devant l'Independance Hall, et elle le traîna sans pitié à l'intérieur du bâtiment.

— Le Second Congrès continental, autrement dit l'assemblée des délégués des treize colonies américaines, a siégé ici à partir de 1775 pour rédiger la célébrissime Déclaration d'indépendance des Etats-Unis. Tu te trouves dans un lieu chargé d'histoire, Franconi.

Il y eut un bruit de pas pressés, des éclats de voix enfantines : une classe entière passa, plus ou moins canalisée par une enseignante débordée.

Carlo se montrait à peine plus réceptif que les écoliers.

— Fascinant... Si nous allions plutôt nous détendre un peu au parc, Summer ? Il fait une journée magnifique.

Propice à l'éclosion de joggeuses en tenues ajustées.

— Je serais une bien piètre amie si je ne te donnais pas une courte leçon d'histoire avant de te laisser repartir, Carlo *mio*.

Elle glissa son bras sous le sien.

— En vérité, c'est le 8 juillet 1776 — et non pas le 4, comme tout le monde le croit — qu'une lecture publique de la Déclaration d'indépendance, dûment rédigée par Thomas Jefferson, a été donnée dans ce jardin que tu vois, à l'extérieur du bâtiment.

— Je suis pleinement admiratif.

Et la jolie brune ? Ne l'avait-il pas vue se diriger vers le parc, justement ?

— Tout ça est du plus grand intérêt historique, Summer, mais peut-être qu'un peu d'air frais...

— Oh ! Et je ne peux décemment pas te laisser quitter Philadelphie sans t'avoir montré le pavillon de la cloche de la liberté.

Elle le prit par la main pour l'entraîner de force.

— Il s'agit d'un symbole très fort.

Elle n'entendit pas sa réponse, car ses pensées étaient revenues se fixer sur Blake.

— A ton avis, qu'est-ce qu'il essaie de me prouver avec ses façons de macho mal dégrossi ? Je n'ai encore jamais vu ça. M'annoncer tranquillement qu'il passe me prendre à 20 heures, alors que j'ai refusé tout net son invitation...

Elle plaqua les poings sur ses hanches et se tourna vers lui.

— Vous, les hommes, vous êtes tous les mêmes, reconnais-le !

— Mais pas du tout, *carissima*.

Amusé, il lui adressa un sourire charmeur en lui passant un doigt sur la joue.

— Nous sommes tous différents, uniques — et Franconi est encore plus unique que les autres. Dans toutes les villes du monde, tu trouveras un échantillon choisi de femmes pour en témoigner.

Summer refusa de se laisser amadouer par l'humour.

— Tu es un mufle absolu, Carlo.

Elle se rapprocha de lui jusqu'à le toucher, sans se soucier des trois étudiantes qui les observaient à quelques mètres de là, buvant chacune de leurs paroles.

— Ne t'avise plus jamais de me lancer tes conquêtes à la figure, espèce de débauché italien !

— Summer, voyons...

Carlo lui prit la main pour la porter à ses lèvres, tout en gardant les yeux rivés sur les trois filles.

— Tu confonds tout, ma chérie. Je suis ce qu'on appelle un connaisseur et un esthète. Un homme de goût et de passion.

Summer salua cette remarque en soufflant bruyamment, sans se soucier d'élégance ou de féminité.

— Vous, les hommes, vous considérez les femmes comme des jouets destinés à vous amuser un temps. Je refuse de me prêter à ça !

Carlo lui prit les deux mains pour les couvrir de baisers.

— Tu te trompes, mon ange. Une femme n'a rien d'un jouet pour moi. Elle est comme un repas de choix.

Summer lui jeta un regard noir, puis se retint de sourire lorsqu'elle vit les trois filles se rapprocher insensiblement pour mieux suivre leur conversation.

— Un repas ? Tu oses comparer une femme à un *repas* ?

— Pas n'importe quel repas, Summer. Une œuvre d'art gastronomique — un festin de roi qu'on attend comme la grâce, qu'on déguste avec révérence, dont on se délecte comme d'un nectar divin, qu'on vénère, même.

Elle haussa les sourcils, dubitative.

— Charmante métaphore… Et une fois que ton assiette est vide, Carlo ? Tu fais quoi ?

— La beauté de l'expérience illumine ta mémoire. Elle revient hanter tes rêves et tu n'as plus qu'une seule idée en tête : vivre de nouveaux moments d'une intensité sensuelle comparable.

— Très poétique, tout ça, mais je n'ai pas l'intention de servir d'entrée — ni même de plat de résistance — à qui que ce soit.

— Non, ma Summer. Toi, tu serais plutôt comme un dessert interdit. Et en ça, tu es de loin la plus désirable de toutes.

Charmeur impénitent, il décocha un clin d'œil à ses trois admiratrices.

— Ce Cocharan, tu ne vois pas qu'il a l'eau à la bouche, lorsqu'il te regarde ?

Summer fit entendre un rire bref, s'éloigna de deux pas, puis s'immobilisa.

— L'eau à la bouche ? C'est l'impression qu'il t'a donnée ? demanda-t-elle, intriguée.

Carlo comprit qu'il avait enfin réussi à la détourner de sa furie éducative et historique. Glissant un bras autour de sa taille, il l'entraîna vers la sortie. Il lui restait encore un peu de temps pour prendre l'air et regarder les Américaines aux jambes superbes courir dans le parc. Derrière eux, les trois étudiantes laissèrent échapper un murmure de déception.

— *Cara,* tu peux me faire confiance. *L'amore* a toujours été un de mes sujets de prédilection. Je sais lire dans le regard qu'un homme porte sur une femme.

Summer sentit monter en elle une bouffée de plaisir qu'elle dissimula sous un haussement d'épaules désabusé.

— Vous, les Italiens, vous idéalisez ce qui n'est, en somme, qu'une simple envie de sexe.

Avec un énorme soupir, Carlo la poussa hors du bâtiment.

— Pour une fille qui a du sang français dans les veines, tu es singulièrement dépourvue de sens du romanesque, tu sais !

— Le romanesque, c'est bon pour les livres et les films.

Carlo secoua la tête.

— Le romanesque, c'est bon en toute circonstance, *cara.*

Même si elle parlait d'un ton léger, Carlo savait qu'elle exprimait le fond de sa pensée. Non seulement ça l'inquiétait, mais ça le décevait, comme un ami peut être déçu de ne pas parvenir à faire partager quelque chose qui lui tient à cœur.

— Tu devrais essayer les dîners aux chandelles, la

musique et les vins fins, Summer. Ça enrichirait ton expérience. Je ne vois pas quel mal ça pourrait te faire.

Elle lui jeta un drôle de regard.

— Vraiment ?

— Tu peux avoir confiance en moi comme en personne.

Riant de nouveau, elle lui lança un bras autour des épaules.

— Ça tombe bien, parce que je n'ai confiance en personne, justement.

Là encore, il savait qu'elle disait vrai.

— Alors fie-toi au moins à toi-même. Laisse-toi guider par ton instinct.

— Mais j'ai confiance en moi !

Ce fut au tour de Carlo de lui jeter un regard en coin.

— Et pourtant, je te suspecte de te méfier de toi-même au point de ne pas oser te risquer en tête à tête avec cet Américain.

Sous la main qui lui tenait la taille, il la sentit se raidir sous l'outrage.

— Arrête tes idioties, Franconi. Tu délires !

— Peut-être. Mais explique-moi alors pourquoi l'idée de dîner avec cet homme suscite une telle nervosité chez toi ?

— Ton anglais te joue des tours, *mio caro amico italiano*. Ce n'est pas de la nervosité mais de l'irritation.

Elle soupira pour relâcher la tension de ses muscles et leva haut la tête.

— Je suis irritée parce qu'il allait de soi pour Blake que j'accepterais de dîner avec lui et qu'il a persisté dans son attitude macho, même après mon refus. Ma réaction est parfaitement normale.

— Je pense que la façon dont tu réagis face à cet homme est parfaitement normale, en effet. On pourrait même dire tout à fait… *basique*.

Il sortit ses lunettes de soleil et les ajusta méticuleusement. Même s'il reconnaissait volontiers que les pattes-d'oie ajoutaient de la personnalité à un visage, il n'était pas encore prêt à les voir apparaître sur le sien.

— Je n'ai pas lu que dans le regard de l'Américain, Summer. J'ai aussi déchiffré le tien.

Elle se rembrunit et le toisa orgueilleusement.

— Tu ne sais pas de quoi tu parles.

Il balaya son argument d'un grand geste de son bras libre.

— Je suis un connaisseur et un gourmet, ne l'oublie pas. En gastronomie mais aussi en amour.

— Occupe-toi plutôt de tes pâtes !

Il se contenta de sourire.

— Les pâtes de Franconi ne sont pas une simple occupation, *carissima*.

La voix suave, elle lui répondit d'un juron — un de ces termes que l'on voit généralement griffonnés sous forme de graffitis sordides au fond des allées sombres. Puis ils éclatèrent de rire et, tout en se demandant encore l'un et l'autre ce qui se passerait ce soir-là à 20 heures, continuèrent à se chamailler, à plaisanter, à échanger des souvenirs et à faire des commentaires sur les jambes des filles.

Le scénario que Summer mit en place, ce soir-là, avait été longuement réfléchi. Un peu avant l'heure, elle enfila un T-shirt sans âge et informe sur un vieux pantalon de jogging, sans passer par la case maquillage. Après avoir pris congé de Carlo à l'aéroport, elle avait fait halte dans un fast-food pour acheter un repas à emporter qu'elle disposa sur la table basse du salon. Puis elle ouvrit une canette de soda light, alluma la télévision et arrêta son choix sur une énième rediffusion d'une comédie de série B.

Attrapant une aile de poulet, elle commença à grignoter. Elle avait envisagé un instant de s'habiller en femme fatale, puis de passer sous le nez de Blake d'un pas souverain, lorsqu'il se présenterait à sa porte « Ah tiens, tu es là ? Désolée de te fausser compagnie, mais mon homme m'attend. »

Le planter là aurait été extrêmement jubilatoire.

Elle soupira d'aise en posant ses pieds nus sur la table. La solution qu'elle avait retenue présentait un avantage non négligeable : le confort. Elle pouvait lui faire un affront sans s'infliger talons hauts et jupe serrée. Après avoir passé la journée entière à courir en ville avec Carlo, ce pourchasseur inlassable de tout ce qui portait jupon, elle aspirait au confort presque autant qu'à la bataille.

Se félicitant une nouvelle fois de sa stratégie, elle s'avachit sur le canapé et suivit distraitement ce qui se passait à l'écran en attendant que Blake frappe à sa porte. Elle estima qu'elle n'aurait pas longtemps à attendre. D'après ce qu'elle avait perçu de lui, il devait être à cheval sur les horaires. Ponctuel comme une horloge. Et tatillon, bien sûr. Elle considéra d'un œil comblé la confortable désorganisation de son appartement, plein à craquer d'un joyeux bric-à-brac.

Ponctuel. Tatillon. Et suffisant.

Il arriverait dans une de ses tenues « classique décalé », mais signée. Le cuir lisse de ses chaussures italiennes serait immaculé. Toute sa personne serait soignée et léchée jusque dans les moindres détails. Elle se mordilla la lèvre en considérant son jogging. Pour peu, elle l'aurait choisi molletonné rose bonbon.

Avec un sourire de triomphe, elle attrapa son soda. Rose bonbon ou non, elle n'avait en tout cas pas l'air d'une femme qui s'était mise sur son trente et un pour plaire à un homme. Or Blake s'attendait certainement à la trouver parée, fardée, parfumée. Le surprendre lui ferait plaisir. Mais le rendre furieux serait plus gratifiant encore.

Lorsque le coup retentit enfin à sa porte, elle jeta un regard nonchalant autour d'elle avant de déplier les jambes. Prenant son temps, elle se leva, s'étira, puis alla ouvrir.

Blake regretta de ne pas avoir d'appareil photo sous la main pour immortaliser l'expression qui s'afficha sur la figure de Summer. Elle ne prononça pas un mot, mais ses yeux écarquillés de stupeur parlaient pour elle. Il glissa nonchalamment les mains dans les poches de son jogging. C'était la première fois qu'il éprouvait un tel plaisir à jouer au plus fin avec quelqu'un.

— Salut ! Le dîner est prêt ?

Il huma l'air avec une moue appréciative.

— Mm... Sympa, ces petites odeurs...

Summer maudit son arrogance. Et la perspicacité de Blake, surtout. Comment s'arrangeait-il pour la devancer chaque fois ? A l'exception des tennis — usées — qu'il avait aux pieds, il était vêtu exactement comme elle. Mais le plus énervant, c'était que le relâchement de sa tenue n'enlevait rien à sa prestance. Au contraire, même. Il impressionnait encore plus au naturel. Non sans effort, elle réussit à contenir un mouvement d'humeur et une montée de désir, sans compter une envie de rire. Les règles avaient peut-être changé, mais le jeu n'était pas terminé.

— *Mon* dîner est prêt, oui. Mais je n'ai pas souvenir de t'avoir invité.

— J'ai pourtant dit que je viendrais à 20 heures.

— Et j'ai répondu, il me semble, que c'était non.

Il lui prit les deux mains avant de se glisser promptement à l'intérieur.

— Comme tu étais contre l'idée de sortir, j'ai pensé qu'on pourrait prendre un petit repas tranquille à la maison.

Ses doigts toujours prisonniers de ceux de Blake, Summer hésitait sur ce qu'elle devait faire. Elle pouvait lui ordonner de s'en aller. Exiger en termes choisis qu'il décampe séance tenante. Si elle mettait le ton voulu, elle obtiendrait probablement gain de cause. Se montrer impolie ne lui faisait pas peur, mais elle ne voyait guère d'intérêt à gagner la bataille par la manière forte. Elle préférait trouver une méthode plus gratifiante pour reprendre le dessus.

— Tu es très tenace, Blake. On pourrait presque dire têtu comme un âne.

— On pourrait le dire, en effet. Qu'est-ce qu'il y a à dîner ?

— Pas grand-chose.

Se libérant une main, Summer désigna les boîtes sur la table.

— Encore ! Mais c'est une véritable passion, ma parole ! Tu n'as jamais songé à monter une croissanterie ? Une chaîne de pâtisseries industrielles à vendre en distributeurs sur les autoroutes ?

Elle refusa de sourire.

— L'homme d'affaires, c'est toi. Moi, je me contente de créer.

— Une créatrice avec des goûts alimentaires d'adolescente en rupture de ban…

Il s'avança dans la pièce, saisit un pilon de poulet dans la boîte, puis se laissa tomber sur le canapé, et posa les pieds sur la table basse.

— Pas franchement gastronomique, déclara-t-il après une première bouchée. Le vin ne figure pas au menu ?

Non, elle ne se laisserait pas amadouer ! décida Summer. Elle était déterminée à rester sur ses gardes. Mais à le voir prendre ses aises et accepter de bonne grâce ce repas de fortune, elle dut se faire violence pour ne pas sourire. La stratégie qu'elle avait mise au point pour le choquer n'avait peut-être pas fonctionné, mais qui sait ce que lui réservait le reste de la soirée ? Il lui suffirait de guetter la faille et de frapper vite et fort à la première occasion.

— Pas de vin, non. Juste du soda light. On peut partager cette cannette. Sinon, j'en ai d'autres dans le frigo.

— Je veux bien partager.

Il accepta la boisson entamée qu'elle lui tendait et en but une gorgée.

— Alors, c'est de cette manière qu'un des meilleurs chefs pâtissiers au monde passe ses soirées ?

Avec un haussement de sourcils hautain, Summer lui reprit la cannette des mains.

— *La* meilleure chef pâtissier du monde a horreur de manger sain. Et elle occupe ses soirées comme ça lui chante.

Blake croisa les pieds et l'examina un moment en silence. Les paillettes d'or qui dansaient dans ses yeux noisette étaient moins prononcées — peut-être parce qu'elle était détendue. L'idée lui traversa l'esprit qu'il saurait réveiller les ors assoupis de ses iris avant la fin de la soirée.

— Je n'en doute pas, dit-il enfin. Et ce règne de tes envies s'étend-il à d'autres domaines ?

— Tout à fait.

Elle prit une bouchée de poulet avant de lui faire passer une serviette en papier.

— J'ai décidé, par exemple, que ta compagnie était tolérable. Pour le moment, en tout cas.

Les yeux rivés sur son visage, il continua de manger.

— Intéressant, comme prise de position.

— Sinon tu ne serais pas assis ici, à ingurgiter la moitié de mon repas.

Il laissa échapper un petit rire, auquel elle ne réagit pas, se contentant de poser les pieds à côté des siens sur la table. Le cadre ainsi créé avait quelque chose de cosy qui n'était pas pour lui déplaire. Mais son aspect intime, en revanche, l'inquiétait. Elle était de nature trop prudente pour avoir déjà oublié le maelström que leur seul et unique baiser avait déclenché en elle. Mais elle était également trop fière pour renoncer à l'envie de le mettre échec et mat.

— J'ai accepté de te laisser entrer, parce que je suis curieuse de savoir pourquoi tu tenais à ce point à me voir ce soir.

Une publicité pour un dépoussiérant apparut à l'écran. Summer laissa son regard s'attarder un instant sur les images avant de se tourner vers Blake.

— Tu peux peut-être m'expliquer la raison de tant d'insistance ?

Il prit une fourchette en plastique pour s'attaquer à la salade de chou cru qui accompagnait le poulet frit.

— Tu veux la raison professionnelle ou la raison privée ?

Il avait un peu trop tendance à répondre à une question par une autre, estima-t-elle. Il était temps de le coincer.

— Nous avons tout notre temps. Pourquoi ne pas me donner l'une et l'autre ?

Comment pouvait-elle s'alimenter avec ces produits infâmes ? se demanda Blake en reposant la fourchette. Il suffisait de la regarder pour l'imaginer dans les restaurants les plus élégants, avec des bouquets sur les tables, des nappes damassées et des serveurs stylés. Il eut une vision d'elle en robe blanche vaporeuse, comme une fleur exotique et rare, dégustant un dessert raffiné au nom compliqué.

Elle frotta d'un pied nu le dessus de son autre pied, tout en mordant à pleines dents dans son poulet de batterie, et Blake sourit en se demandant ce qui l'attirait tant chez elle.

— Commençons par le professionnel, alors. Nous allons travailler en collaboration étroite, au moins pendant les premiers mois, et je pense qu'il serait sage que nous nous familiarisions l'un avec l'autre au préalable. Ça nous permettra de nous adapter à nos fonctionnements mutuels le moment venu.

Summer attrapa quelques frites, puis tendit la barquette à Blake.

— Logique… Mais j'aime autant t'avertir tout de suite qu'il n'y aura aucune adaptation de mon côté. Je ne travaille que d'une seule façon : la mienne. Voilà donc pour la raison professionnelle. Et la personnelle ?

Blake se délectait de son aplomb et de son refus total du compromis. Le premier, il comptait l'explorer de plus près. Quant au second, il se promettait d'en venir à bout.

— Sur le plan personnel, je te trouve belle et intéressante.

Il piocha dans la barquette de frites sans la quitter des yeux.

— Je te l'ai déjà dit : j'ai la ferme intention de coucher avec toi.

Comme elle ne répondait rien, il poursuivit :

— Et je pense que là encore, ce n'est pas plus mal de faire un minimum connaissance au préalable.

Elle continuait de fixer sur lui un regard serein qui ne cillait pas. Il sourit et demanda :

— Logique aussi ?

— Logique, oui… Et égocentrique. Deux qualités dont tu sembles être assez bien pourvu.

Elle s'essuya les doigts avec une serviette avant de reprendre son soda.

— Tu es également direct et sincère. Et j'admire la sincérité… Chez les autres, en tout cas.

Elle se leva calmement et baissa le regard sur lui.

— Terminé ?

Il lui rendit la barquette de frites, en affectant un calme similaire au sien.

— Oui.

— J'ai deux éclairs au réfrigérateur, si ça t'intéresse.

— Une promo du magasin discount du coin ?

Ses lèvres dessinèrent l'amorce d'un sourire.

— Non. Toute débauchée alimentaire que je suis, j'ai quand même encore deux ou trois principes. Je les ai confectionnés de mes blanches mains.

— Dans ce cas, je ne peux pas te faire l'affront de refuser.

Cette fois, elle se mit à rire franchement.

— La diplomatie est ton seul motif pour accepter ?

— J'en ai un autre aussi : une gourmandise insatiable, admit Blake en la regardant s'éloigner vers la cuisine.

Elle faisait décidément preuve d'un détachement incroyable ! Il revit la façon dont elle avait réagi — ou plutôt s'était abstenue de réagir —, lorsqu'il lui avait annoncé son intention de coucher avec elle. Sa froideur, sa maîtrise l'intriguaient. Ou plutôt les vivait-il comme un challenge.

S'agissait-il d'une simple façade, chez elle ? Si c'était le cas, il aurait plaisir à la déconstruire — strate après strate — jusqu'à accéder aux émotions qui bouillonnaient sous la surface. Il le pressentait intense, passionné, ce tempérament caché, à l'image des desserts qu'elle préparait — noirs et défendus, sous la froide pureté du glaçage. Il ne comptait d'ailleurs pas attendre trop longtemps avant d'en commencer la dégustation.

Summer sortit les éclairs du réfrigérateur d'une main tremblante, et en poussa un juron de déconvenue. Il avait réussi à la secouer — ce qui, sans l'ombre d'un doute, était le but visé. Avait-elle réussi à donner le change ou avait-il senti son trouble, malgré la désinvolture affichée ? S'il cherchait à la déstabiliser, elle restait persuadée qu'il n'en était pas moins sincère. Prise de court une fois de plus, elle ne disposait ni du temps ni du calme nécessaires pour analyser ses émotions. Elle ne pouvait que constater une première réaction à chaud : ni choc ni outrage, mais une forme d'excitation nerveuse comme elle n'en avait plus ressenti depuis très longtemps.

Pas très acceptable, tout ça, songea-t-elle en disposant ses éclairs sur deux petites assiettes en délicate porcelaine de Meissen. Elle n'était plus une adolescente prête à s'émouvoir de la première manifestation d'intérêt qu'on lui porte. Et depuis quand l'informait-on d'autorité qu'elle était appelée à coucher avec qui que ce soit ? Les histoires de cœur, comme les histoires de corps, étaient dangereuses, chronophages et faisaient perdre de vue à qui s'y abandonnait les véritables priorités. D'après ce qu'elle avait pu observer, il y avait toujours, dans un couple, l'un des deux partenaires qui s'engageait plus que l'autre, ce qui le rendait, forcément, plus vulnérable. Et il était hors de question qu'elle se retrouve dans cette position.

Malgré cela, les petites bouffées d'excitation continuaient de se faire sentir. Insistantes. Tenaces.

Oui, vraiment, il était grand temps qu'elle trouve une solution pour résoudre le problème Blake Cocharan ! Alors qu'elle remplissait deux tasses de café d'une main pas tout à fait sûre, elle comprit qu'il lui faudrait agir vite. Très vite. Le problème étant de savoir comment.

En disposant ses tasses et ses assiettes sur un plateau de bois ancien, elle décida de procéder de la manière qui lui réussissait le mieux lorsqu'elle était au pied du mur : en improvisant.

— Prépare-toi, Blake. Tu es sur le point de faire une expérience aussi sensuelle que mémorable.

Blake leva les yeux à cette annonce et la regarda s'avancer vers lui. La montée de désir le frappa avec une force et une rapidité sidérantes. Il le prit comme un avertissement : s'il voulait garder le contrôle du jeu, il lui faudrait jouer serré.

— Mes éclairs ne sont pas à prendre à la légère, poursuivit Summer, en se penchant pour poser le plateau sur la table basse. Ils ne doivent être dégustés qu'avec le plus grand respect.

Il attendit qu'elle se soit installée de nouveau à côté de lui pour prendre une assiette. Il capta au passage une bouffée de son parfum, tout en admirant l'aspect inattendu du gâteau revisité sous le brillant du glaçage.

— Je m'engage à faire de mon mieux.

Summer prit une fourchette à dessert et préleva un morceau d'éclair.

— A priori, ça ne requiert aucun effort. Il suffit d'avoir des papilles gustatives.

Il avait les yeux plongés dans les siens lorsqu'elle avança la fourchette vers sa bouche. La lumière qui entrait en oblique par la fenêtre, derrière eux, éclairait de biais ses iris si particuliers, qui paraissaient ce jour-là plus verts que noisette, constata Blake. Presque félins dans leur forme. A vouloir définir la couleur de ces yeux-là, à tenter de déchiffrer le sens de ce regard, un homme pourrait bien s'égarer lui-même et ne plus jamais se retrouver.

Dans sa bouche, la crème onctueuse et l'extraordinaire pâte à chou se mêlèrent, riches en saveurs de cacao et de fruits de la passion. L'ensemble était original, décoiffant et désirable, comme leur créatrice. La première bouchée, tout comme le premier baiser, avait le goût de l'addiction.

— Sublime, murmura-t-il.

Il vit les lèvres de Summer dessiner un sourire et ce fut presque comme s'il les sentait déjà céder et s'ouvrir sous les siennes.

— *Forcément* sublime…

Lorsqu'elle préleva une seconde bouchée, la main de Blake se referma sur son poignet. Il sentit le pouls de la jeune femme s'accélérer sous ses doigts, mais son regard demeura impassible.

— A moi, maintenant.

Tout en gardant les doigts sur son poignet, il prit la fourchette de l'autre main. Ses gestes étaient lents et délibérés, ses yeux toujours rivés aux siens. Il porta la bouchée aux lèvres de Summer et attendit. Il les vit alors s'entrouvrir, la pointe de sa langue surgir. Poser sa bouche sur la sienne en cet instant aurait été si simple... L'affolement de son pouls sous ses doigts lui certifiait qu'elle ne lui opposerait aucune résistance. Mais il joua le jeu et se contenta de la regarder, le ventre tendu par le désir. Il avait l'impression de sentir se déployer dans sa propre bouche la texture et les saveurs qu'il déposait avec précaution sur la langue de Summer.

Elle n'avait jamais rien ressenti de semblable. Depuis toujours, elle goûtait et regoûtait ses productions culinaires, mais c'était la première fois que ses sens s'éveillaient de cette façon. Sur ses papilles se déclinaient des sensations si riches, si puissantes et complexes, qu'elles se propageaient partout dans son corps en longues vibrations érogènes. Elle aurait voulu garder à jamais en bouche ces saveurs devenues si étonnamment, si intensément sexuelles. C'est pourquoi il lui fallut faire un effort conscient pour avaler. Puis un second pour parler.

— Encore ? murmura-t-elle.

Le regard de Blake glissa de ses yeux à ses lèvres avant de repartir en sens inverse.

— Toujours.

Le jeu était dangereux. Elle le savait, mais choisit de continuer quand même. Jouer pour gagner. Prenant tout son temps, elle lui offrit une deuxième bouchée. Le bleu de ses yeux s'était-il approfondi ? Le subtil changement de nuance ne lui paraissait pas être un effet de son imagination. Pas plus que le ressac puissant du désir qui s'éloignait, frappait, revenait à l'assaut de plus belle, sans qu'elle puisse déterminer ce qui venait d'elle et ce qui venait de lui.

A la télévision, un rire rauque se fit entendre. Ni l'un ni l'autre n'y prêtèrent attention. La sagesse commandait à Summer de battre en retraite. Mais alors même que l'idée se formait dans sa tête, elle entrouvrait la bouche.

Certaines saveurs explosaient sur sa langue, d'autres piquaient, chauffaient ou agissaient de manière addictive. L'expérience n'était pas moins sensuelle que le champagne, pas moins primitive que les arômes des fruits mûrs. Ses nerfs s'apaisaient peu à peu, mais sa sensibilité s'intensifiait. De la peau de Blake montait une odeur de lotion après-rasage qui lui rappelait l'automne et la forêt. Ses yeux avaient le bleu profond d'un ciel de fin d'après-midi. Lorsque son genou effleura le sien, une onde de chaleur franchit aussitôt leurs vêtements pour électriser leur peau.

Le temps glissait, s'étirait et c'était à peine si elle avait conscience qu'aucune parole ne s'échangeait plus entre eux. Ils continuaient juste, lentement, voluptueusement, à se donner tour à tour des bouchées d'éclair. Un manteau d'intimité les enveloppait, pas moins intense, pas moins excitant que l'acte d'amour lui-même. Le café refroidissait dans les tasses. Les ombres s'allongeaient dans la pièce, tandis que le soleil descendait sur l'horizon.

— Dernière bouchée, murmura Summer en portant la fourchette aux lèvres de Blake. Tu aimes ?

Il attrapa une mèche de ses cheveux entre le pouce et l'index.

— Je suis converti. Définitivement.

Elle sentit sa peau picoter de façon un peu trop plaisante. Sans faire un geste pour s'écarter, elle reposa le couvert avec les plus grandes précautions. Tout en elle s'alanguissait ; elle n'était plus que douceur, à l'intérieur comme à l'extérieur. Beaucoup trop vulnérable, autrement dit.

— L'un de mes clients a une passion secrète pour mes éclairs. Quatre fois par an, je me rends en Bretagne et je lui en confectionne quelques douzaines — chaque fois différents. La dernière fois, il m'a offert un collier d'émeraudes en remerciement.

Blake leva les sourcils, tout en enroulant une mèche de ses cheveux autour de son index.

— Ce qui veut dire ?

— Que j'adore les cadeaux, répondit-elle sans hésitation. Mais ce ne serait pas éthique pour deux personnes liées comme nous par contrat.

Comme elle se penchait pour attraper sa tasse sur la table, Blake la retint par les cheveux. Dans le regard qu'elle lui lança, il vit une pointe de surprise et un fond d'irritation. Elle ne supportait manifestement pas d'être freinée dans ses élans.

— Nos rapports professionnels ne représentent qu'un aspect de notre relation. Nous sommes l'un et l'autre très conscients qu'il en existe au moins un autre.

— Le niveau professionnel est celui qui prime. Priorité *number one.*

— Bien sûr...

Il lui était difficile d'admettre qu'il commençait à ne plus en être tout à fait aussi certain.

— Quoi qu'il en soit, je n'ai aucune intention de me cantonner à ce premier niveau, Summer.

Si elle voulait régler la « question Blake » une fois pour toutes, songea alors Summer, c'était le moment ou jamais de jouer cartes sur table. Elle posa donc un bras nonchalant sur le dossier du canapé.

— Je reconnais qu'il existe une alchimie physique entre nous, commença-t-elle à expliquer. Et je pense qu'il sera difficile — mais intéressant — d'en faire abstraction pendant un an. Tu disais que tu voulais me comprendre. Il est rare que je m'explique, mais je ferai une exception pour toi.

Se penchant de nouveau vers la table basse, elle prit sa tasse et se renversa contre le dossier du canapé pour boire une gorgée de café tiède.

Blake constata qu'elle avait l'art d'éveiller chez lui les sentiments les plus inattendus et les plus contradictoires. A cet instant, c'était l'irritation qui s'imposait.

— Je t'écoute...

— Tu as déjà rencontré ma mère, disais-tu ? Quoi qu'il en soit, tu as nécessairement entendu parler d'elle. C'est une femme que j'adore : belle, douée, sensible, intelligente. Je l'aime énormément, à la fois en tant que mère et en tant que personne : elle a un tel talent pour le bonheur... Elle a une grosse faiblesse, en revanche : les hommes.

Elle replia les jambes sous elle et tenta de se détendre.

— Elle a eu trois maris et d'innombrables amoureux et amants. A chaque début de relation, elle jure qu'elle aime pour la vie. Tant qu'elle est amoureuse, elle exulte et le ciel de sa vie est sans nuages. Elle partage les intérêts de l'aimé, déteste ce qu'il déteste, porte aux nues les causes qu'il défend. Puis le mirage retombe, l'histoire se termine, et elle sombre corps et âme, convaincue que tout est fini pour elle et qu'elle ne s'en relèvera pas.

Elle porta sa tasse à ses lèvres, attendant un commentaire qui ne vint pas. Elle poursuivit alors, se surprenant à lui confier plus de choses qu'elle n'avait envisagé de lui dire.

— Mon père, lui, est un esprit pragmatique, au contraire. Il n'en est pas moins passé par deux épouses ainsi qu'un certain nombre de liaisons discrètes. A la différence de ma mère qui accepte les faiblesses — et parfois les apprécie, ne serait-ce qu'un temps —, mon père recherche la perfection de l'idéal. Comme l'être humain est imparfait et n'atteint le sublime qu'à travers ses créations, il échoue dans sa quête et va de déception en déception. Ma mère recherche l'exaltation et le romanesque. Mon père aspire à l'absolu. Et moi, je ne veux rien de tout ça.

Blake la regarda droit dans les yeux.

— Et quel est donc ton Graal, Summer Lyndon ?

Elle répondit sans hésiter :

— La réussite. Les histoires d'amour ont un début, ce qui implique logiquement qu'elles ont aussi une fin. Avoir quelqu'un dans sa vie exige de la patience et le sens du compromis. Mon stock de patience, je le passe entièrement dans l'accomplissement de mon art. Et je n'ai aucun talent pour la compromission.

Ces explications auraient dû le satisfaire et même le soulager. Ce qu'il recherchait, après tout, c'était une histoire brève, sans complications, ni contraintes ni engagements. Pourquoi alors éprouvait-il cette furieuse envie de la secouer pour lui faire ravaler ses paroles ? Il n'en avait aucune idée. Tout ce qu'il savait, c'était que la tentation était là.

— O.K... Tu ne veux donc ni grande passion romantique ni quête de l'idéal. Ça n'enlève rien à l'alchimie sexuelle entre nous.

Le goût du café parut soudain amer à Summer et elle reposa sa tasse en songeant que leur discussion ressemblait de plus en plus à une négociation. Ce qui n'était peut-être pas une mauvaise chose. Négocier avait toujours été son fort.

— J'ai dit qu'il serait difficile de faire abstraction de cette alchimie. Pourtant, il le faudra. Tu attends de moi que je réussisse dans la mission que tu m'as confiée, Blake, et j'ai accepté de signer ton contrat, car c'est une expérience qui m'intéresse et qui contribuera à asseoir ma réputation. Mais il ne me suffira pas de claquer des doigts pour transformer ton restaurant en un temple de la gastronomie. Le processus sera long et prenant. Je n'aurai pas de temps à perdre avec des distractions personnelles.

— Des *distractions* ?

Pourquoi ce mot le mettait-il en rage ? Tout autant que l'avait mis en rage la façon dont elle avait balayé le désir entre eux d'un revers de main, sous prétexte de professionnalisme. Elle ne le faisait peut-être pas pour le provoquer, mais il ne pouvait s'empêcher de le prendre comme un défi.

— Et ça ? C'est une *distraction* pour toi ?

D'un doigt caressant, il suivit la ligne de son cou avant de refermer la main sur sa nuque.

Summer avait conscience de chacun de ses doigts pressés contre sa peau. Dans son regard, elle discernait l'élan de la colère, la flambée du désir. Et les deux exerçaient sur elle un attrait certain.

— Tu me paies très cher pour faire ce travail, Blake.

Sa voix était calme. Parfait… Et son rythme cardiaque ? Très franchement irrégulier.

— En tant que dirigeant d'entreprise, tu devrais avoir à cœur de limiter autant que possible les complications.

— Les complications ?

Il glissa sa main libre dans ses cheveux et lui renversa le visage. Summer en ressentit une violente montée d'excitation, comme une flèche brûlante qui filait vers le bas de sa colonne vertébrale pour irradier jusqu'entre ses cuisses. Blake laissa glisser ses lèvres sur son visage.

— Et ça, c'est une complication ?

— Très nettement, oui.

Un signal s'éleva dans son cerveau, lui ordonnant de le repousser. Mais la part indisciplinée d'elle-même refusa d'en tenir compte.

— Et une distraction aussi ?

Sa bouche arriva au terme du long trajet qu'elle avait tracé jusqu'à la sienne. Mais il se contenta de lui mordiller les lèvres. Il ne la forçait à rien, n'exigeait rien. Ne la tenait même pas. Seuls ses doigts se mouvaient en rythme à la base de sa nuque. Summer ne fit pas un geste pour se soustraire à ses approches, tout en se répétant que le retrait restait possible. Elle ne s'était jamais laissé séduire sexuellement et ce soir-là ne ferait pas exception.

Mais elle prélèverait un échantillon, négocia-t-elle avec elle-même. Les secrets de la dégustation, elle les connaissait bien, après tout. Rien ne l'empêchait de se donner un bref aperçu et de s'en contenter pour se faire une opinion. Elle était capable de goûter, de juger, puis de prendre ses distances, même lorsqu'elle rencontrait les saveurs les plus irrésistibles. Peut-être parce qu'elle avait cultivé l'art d'absorber la moindre goutte de plaisir, même avec des échantillons restreints.

— Une délicieuse distraction, oui, murmura-t-elle, laissant ses paupières se fermer petit à petit.

Elle n'avait plus besoin de voir. Juste d'explorer les sensations. Chaude, humide et douce : la bouche de Blake sur la sienne. Fermes, fortes et persuasives : ses mains qui se mouvaient sur son corps. Subtile, masculine, fascinante : l'odeur qui émanait de lui. Lorsqu'il prononça son nom, sa voix coula sur elle comme un vent brûlant, chargé des vibrations d'une tempête déjà proche.

— Quel degré de simplicité voudrais-tu atteindre, Summer ?

Et voilà, ça recommence, songea-t-il. Cette implication de tout son être qu'il ne souhaitait ni ne recherchait, mais qui s'imposait à lui.

— Je ne vois pas vraiment de complication. Il n'y a que toi et moi ici, dit-il.

— Justement. Ça n'a rien de simple !

Au moment même où elle protestait, ses bras l'entourèrent, sa bouche chercha la sienne.

Ce n'était qu'un baiser, après tout. Un baiser qui ne portait pas à conséquence puisqu'elle pouvait y mettre fin à tout moment. Elle avait l'esprit encore lucide. Mais avant de renvoyer Blake chez lui, elle voulait affiner la dégustation. Elle approcha la pointe de sa langue de la sienne. Son propre gémissement de plaisir lui tinta aux oreilles, alors qu'elle l'attirait à elle. Corps enlacés, enfin — celui de Blake ferme et dur, agréablement complémentaire du sien. Cette pensée flotta dans sa tête alors même qu'elle se concentrait sur les sensations nées de leurs bouches mêlées.

Pourquoi l'expérience du baiser lui avait-elle toujours paru si basique, si limitée, si simpliste ? Aujourd'hui, elle découvrait des centaines de points pulsatiles dont elle n'avait encore jamais soupçonné l'existence. Des satisfactions plus riches, plus profondes que tout ce qu'elle avait imaginé pouvaient donc naître du geste le plus élémentaire qui unissait un homme et une femme ? Elle croyait connaître les limites de sa sensualité, la nature de ses passions, mais voilà qu'un territoire inconnu s'ouvrait devant elle.

En la touchant à peine, Blake éveillait en elle une autre Summer — une créature des extrêmes, sans ordre ni discipline. Que se passerait-il, lorsque cette Summer-là s'exprimerait pleinement ?

Elle se voyait au bord de quelque chose de jamais atteint encore — un lieu intime, compliqué, où pulsions et émotions régnaient sans partage. Encore un pas de plus dans cette direction et Blake obtiendrait d'elle un don total. Pas uniquement de son corps, pas même de ses pensées, mais de cette part secrète, préservée d'elle-même, sa possession la plus précieuse et la plus inexplorée : son cœur.

Montait en elle une envie insatiable, une avidité de tout prendre de lui. Mais si elle prenait, il prendrait à son tour.

Il la tenait enlacée, de façon suffisamment lâche pour qu'elle puisse se dégager, mais assez fermement pour la garder contre lui. Elle était émue, sans voix. Tout en luttant pour s'éclaircir les idées, elle décida qu'il serait stupide de nier.

— Je crois que j'ai prouvé mon point de vue, chuchota-t-elle.

La main de Blake glissa dans son dos en une caresse possessive.

— Ton point de vue ? Ou le mien ?

Il la vit prendre une inspiration tremblante et retenir l'air un instant avant de le relâcher lentement. Le trouble qu'elle trahissait ainsi suffit à déclencher en lui une nouvelle montée de désir qui le laissa laminé et le cœur battant.

Summer détourna légèrement la tête.

— Le mélange des ingrédients, c'est un peu ma spécialité, Blake. Et je sais que celui du travail et du sexe ne donne pas un résultat très harmonieux pour le palais. Je commence à travailler lundi et j'ai l'intention de t'en donner pour ton argent. Ça ne laisse aucune place pour le reste.

— Le reste, comme tu dis, s'est déjà fait une place de lui-même.

Il lui leva doucement le menton de manière à l'obliger à soutenir son regard. Le désir l'aveuglait, semait la confusion dans son esprit. Avec ce baiser — ce long et lent baiser —, il avait failli oublier un de ses principes les mieux arrêtés : tenir la dragée haute à ses affects, que ce soit en affaires ou dans le plaisir. Déroger à cette règle, c'était s'exposer à commettre des erreurs difficilement rectifiables. Il avait besoin de temps et de distance. D'urgence !

— Nous nous connaissons mieux, à présent, déclara-t-il au bout d'un moment. Lorsque nous ferons l'amour, nous nous comprendrons.

Il se leva sur ces mots, mais Summer resta assise. Elle n'était pas entièrement certaine que ses jambes la soutiendraient. Elle réussit cependant à raffermir sa voix.

— Lundi, nous nous retrouverons pour travailler ensemble. C'est tout ce qu'il y aura entre nous dorénavant.

— Lorsqu'on passe des contrats à longueur de journée comme je le fais, Summer, on apprend qu'ils ne sont rien de plus qu'un bout de papier. Le contrat qui nous lie ne fera aucune différence.

Il se dirigea vers la porte en songeant qu'il lui fallait de l'air frais pour se nettoyer la tête et un verre de whisky pour décompresser.

Mais avant tout, il avait besoin de mettre entre eux de la distance — une solide distance, même —, sinon, il oublierait ses principes et le reste et céderait à cette espèce de force originelle et incontrôlée qui semblait s'être emparée de lui.

La main sur la poignée, il se retourna pour jeter un dernier regard derrière lui. Quelque chose dans la façon dont Summer fronçait les sourcils, ses yeux ambrés fixés sur lui avec une expression sérieuse et concentrée, ses lèvres douces amorçant une moue boudeuse le firent sourire.

— Lundi est un autre jour, Summer, dit-il en sortant.

5

Pourquoi Summer parasitait-elle ses pensées à ce point ? Assis à son bureau, Blake potassait les détails d'un contrat de vingt pages en préparation d'une réunion de son conseil d'administration qui promettait d'être longue et tendue, et il ne parvenait pas à absorber le moindre mot de ce qu'il avait sous les yeux. Ça ne lui ressemblait pas. Il en était conscient et luttait. Mais pas moyen de retrouver sa concentration pour autant !

Non seulement Summer venait s'immiscer dans son esprit, mais elle l'envahissait, le colonisait au point d'évacuer tout le reste. Pour un homme d'ordinaire méthodique et capable d'une autodiscipline de fer, l'expérience était éprouvante.

Pourquoi une telle obsession ? C'était le terme qu'il avait retenu, faute de mieux, même si l'idée ne lui plaisait guère. Certes, Summer était belle. Mais des femmes belles, il en voyait tous les jours. Etait-il particulièrement sensible à son intelligence, alors ? Ce n'était pas non plus la première fois qu'il croisait le fer avec une fille pourvue d'un sens étincelant de la repartie. Qu'elle excite sa libido, cela ne faisait aucun doute — même en cet instant, dans son bureau, il en ressentait physiquement les manifestations —, mais il avait toujours eu un bel appétit sexuel.

Il appréciait les femmes, en tant qu'amies et en tant que partenaires au lit. *Apprécier* était peut-être le mot-clé, d'ailleurs. Il ne cherchait pas à approfondir une relation. Mais « profond » n'était pas le terme qui s'appliquait à ce qui se passait entre Summer et lui. Elle l'émouvait, l'excitait — au point de lui faire perdre son contrôle habituel — et il ne pouvait dire qu'il *appréciait* cela. Pourtant, il en redemandait. Et en redemandait encore. Pourquoi ?

Il attrapa un stylo et griffonna des hypothèses en vrac, comme s'il était en train de résoudre un problème professionnel.

Une part de son attirance, supposa-t-il, était due au plaisir qu'il prenait à déjouer ses manœuvres. Devancer les stratégies de Summer n'était pas si simple et la riposte exigeait de lui des réflexions prolongées. Jusqu'à présent, il avait réussi à la contrer. Et même s'il était assez lucide pour savoir que ça ne durerait pas, il s'était piqué au jeu et continuerait. A quand leur prochain affrontement, d'ailleurs ? Porterait-il sur des questions de travail ou sur des enjeux plus personnels ? Dans les deux cas, il avait envie de s'opposer à elle et de la combattre tout autant qu'il avait envie de lui faire l'amour.

Une autre raison pouvait jouer aussi : le fait que l'attirance était réciproque — et tout aussi forte d'un côté que de l'autre —, mais que Summer n'était visiblement pas décidée à y céder. Il admirait sa volonté en la matière. Elle rejetait l'intimité sous toutes ses formes. A cause du triste palmarès de ses parents ? En partie, sans doute. Mais ce n'était probablement pas la seule raison. Il lui faudrait creuser un peu, se faire une idée plus claire de ce qui la rendait si frileuse dans ses engagements.

Le plus étonnant, c'est qu'il avait *envie* de creuser. Pour la première fois, d'aussi longtemps qu'il s'en souvienne, il souhaitait tout connaître d'une femme. Sa façon de penser, ses excentricités, ce qui, dans la vie, la faisait rire et ce qui la mettait hors d'elle, le sens qu'elle donnait à son existence. Et une fois qu'il saurait tout ce qu'il y avait à savoir au sujet de Summer Lyndon... Eh bien... Que se passerait-il, alors ? Il n'en savait rien, ne parvenait pas à se projeter aussi loin. Pour le moment, il voulait tout simplement la comprendre. Et faire l'amour avec elle...

Lorsque l'Interphone bourdonna sur son bureau, Blake répondit machinalement, même si ses pensées étaient à des années-lumière de là.

— Votre père vient d'arriver, annonça sa secrétaire.

Blake jeta un coup d'œil au contrat sur son bureau et le mit mentalement de côté pour le moment. Il lui faudrait encore plancher dessus une heure au minimum, avant la réunion.

— Merci.

Il reposait le combiné lorsque la porte s'ouvrit à la volée. Blake Cocharan II s'avança dans la pièce et la remplit aussitôt par la seule force de sa présence. Père et fils avaient la même taille, la même silhouette, la même coloration de peau. Une pratique sportive régulière avait permis à Blake deuxième du nom de garder intacte l'allure longiligne de ses vingt ans. Quelques touches de gris apparaissaient dans ses cheveux noirs, mais son regard était resté jeune et énergique. Il se déplaçait d'un pas tranquille et chaloupé, qui dénotait une plus grande habitude des horizons marins que des parquets cirés. Ses pieds nus étaient glissés dans des chaussures de toile ; il portait la casquette blanche des capitaines et une montre sophistiquée. Lorsqu'il souriait, tout son visage se plissait de rides.

En se levant pour le saluer, Blake capta l'odeur marine qu'il avait toujours associée à ce passionné de la mer. Il le serra dans ses bras et sentit la solidité immuable qui semblait émaner de lui.

— Salut, B.C. Tu es de passage à Philadelphie ?

— En chemin pour Tahiti. Il m'a pris l'envie de naviguer par là-bas.

Son père porta un doigt à sa casquette et lui décocha un sourire affectueux.

— Tu ne veux pas t'éclipser quelques jours ? J'ai besoin d'un équipier. Le voyage risque d'être assez fabuleux.

— Ce serait difficile. J'ai des rendez-vous tous les jours pour les deux semaines qui viennent.

— Tu travailles trop, Blake.

Reprenant ses vieux réflexes, B.C. se dirigea vers le bar et se servit un verre de bourbon. Blake sourit en regardant son père se verser ses trois doigts rituels de whiskey américain. Il était tout juste midi.

— Je travaille peut-être trop, mais j'ai de qui tenir.

B.C. salua la remarque d'un petit rire amusé et remplit un second verre. Du temps où ce bureau était encore le sien, il s'était fait un point d'honneur à toujours garder en stock une ou deux bouteilles d'excellent bourbon. Il était heureux de constater que son fils maintenait la tradition sans faillir.

— Peut-être. Mais j'ai appris depuis à mettre autant d'énergie à m'amuser que j'en mettais dans le temps à travailler.

— Tu as largement fait ta part !

— C'est vrai.

Vingt-cinq années à se démener dix heures par jour. Toujours enfermé dans des chambres d'hôtel, des aéroports, des salles de réunion.

— Comme mon père avant moi. Et comme toi, maintenant.

Il se retourna vers son fils avec l'impression de découvrir son reflet retouché dans un miroir qui aurait effacé de son visage les marques inexorables du temps. L'image le fit sourire plus qu'elle n'éveilla de regrets. Il fit tourner le whiskey dans son verre et en dégusta une gorgée.

— Je t'ai déjà dit que tu ne pouvais pas consacrer ta vie entière à ces fichus hôtels. C'est un coup à attraper des ulcères.

— Mon estomac tient bon jusqu'à présent.

Blake se rassit à son bureau, croisa les mains devant lui et observa son père. Tahiti était peut-être sa destination, mais il ne s'était pas arrêté à Philadelphie sans raison. Il le connaissait trop bien, avait appris le métier sous sa houlette, l'avait vu fonctionner des années durant.

— Tu es venu pour assister à la réunion du CA.

B.C. se mit à la recherche d'un paquet d'amandes salées sous le bar.

— Je pense y faire un tour, oui. Il faut bien que je mette mon grain de sel de temps en temps.

Il jeta deux amandes dans sa bouche et les mordit avec plaisir. Tant qu'il gardait une bonne vue, une dentition en état et son voilier de cinquante pieds, il se considérait comme un homme comblé par la vie.

— Si nous reprenons la chaîne Hamilton, ça nous fera vingt hôtels de plus à piloter ainsi que deux mille salariés supplémentaires. C'est une lourde décision.

Blake leva un sourcil interrogateur.

— Trop lourde, à ton avis ?

B.C. s'installa dans le fauteuil de l'autre côté du bureau avec un léger sourire.

— Je n'ai pas dit ça, fils. Je ne le pense pas non plus. Et apparemment, ce n'est pas ton point de vue.

Blake refusa d'un geste les amandes que lui tendait son père.

— Je suis pour la reprise de cette chaîne, en effet, confirma Blake. C'est de l'hôtellerie de qualité dont le seul défaut est d'avoir été très mal gérée. L'immobilier à lui seul justifie la dépense.

Il jeta à son père un regard averti.

— Pendant que tu seras à Tahiti, tu voudras peut-être en profiter pour te faire une idée du Hamilton local ?

Rien ne lui échappait jamais, à ce garçon, songea B.C. avec plaisir. Mais là aussi, il avait de qui tenir.

— L'idée m'a traversé l'esprit, figure-toi. Ta mère t'embrasse, au fait.

— Comment va-t-elle ?

— Elle est prise jusqu'au cou dans une campagne pour sauver de la démolition je ne sais plus quelle ruine. C'est une lutteuse, ta mère. Elle se battra jusqu'à son dernier soupir. La semaine prochaine, elle s'accorde quand même une pause pour venir me rejoindre à Papeete. Nous naviguerons ensemble et, telle que je la connais, elle s'arrangera pour prendre les commandes du voilier.

Il piocha une poignée d'amandes et sourit à la perspective de passer du temps en tête à tête avec sa femme, sous les tropiques.

— Comment va ta vie sexuelle, Blake ?

Trop habitué aux manières directes de son père pour s'offusquer de la question, Blake inclina la tête.

— Elle est correcte, merci…

B.C. vida en riant le fond de son verre.

— « Correcte » est indigne d'un Cocharan. Nous sommes censés faire dans le superlatif quel que soit notre domaine d'activité.

Blake leva les yeux au plafond.

— Ah, vraiment ? J'ai eu écho de certains exploits…

— Tous authentiques et certifiés, lui assura son père en gesticulant avec son verre vide. Un jour, il faudra que je te raconte l'histoire de cette danseuse à Bangkok, à la fin des années soixante. Mais en attendant, j'ai appris que tu allais procéder à un petit lifting maison, ici, à Philadelphie ?

Blake hocha la tête et songea à Summer.

— Le restaurant, oui. C'est un projet qui me... passionne.

B.C. perçut la légère hésitation dans sa voix et chercha à en savoir plus.

— Je reconnais que le restaurant n'est plus ce qu'il était. Sa carte est devenue un peu terne et le décor manque de lustre. Tu as donc fait appel à un chef français pour superviser la remise à neuf, me suis-je laissé dire.

— Elle est *à moitié* française.

— Il s'agit donc d'une femme ?

Blake but une gorgée de son bourbon pour se laisser un peu de temps. Il voyait très bien où son père essayait d'en venir.

— Oui.

B.C. allongea les jambes.

— Elle est compétente, j'imagine ?

— Compétente et talentueuse. Je ne me serais pas adressé à elle, sinon.

— Jeune ?

Blake réprima un sourire.

— Assez.

— Jolie ?

— Tout dépend de ta définition du terme. Moi, ce n'est pas le mot que j'emploierais.

« Jolie » était un qualificatif trop fade, trop timoré, pour s'appliquer à Summer. Belle, oui. Séduisante, oui. Voire *fatale*...

— Que te dire ? Elle est passionnée par son métier ; c'est une perfectionniste ambitieuse et ses éclairs...

Ses pensées dérivèrent un instant sur la dégustation à laquelle Summer et lui s'étaient livrés l'avant-veille.

— ... ses éclairs offrent une expérience éblouissante.

— Ses éclairs ? répéta B.C., visiblement déconcerté.

Blake réprima un sourire.

— Ses éclairs, oui. Ils sont sublimes.

L'Interphone sonna de nouveau.

— Summer Lyndon est arrivée, monsieur Cocharan.

C'était lundi matin, bien sûr. La routine reprenait.

— Parfait. Faites-la entrer.

B.C. reposa son verre.

— Lyndon ? C'est la cuisinière ?

— La chef en titre, rectifia Blake. Je doute qu'elle accepte de se ranger sous l'étiquette de « cuisinière ».

Un coup rapide frappé à la porte précéda l'entrée de Summer. Elle portait une mallette en cuir fin. Ses cheveux aux reflets d'or étaient sagement roulés et fixés sur sa nuque. Sa tenue consistait en une saharienne beige ceinturée et un pantalon assorti. Haute couture, sans l'ombre d'un doute. Probablement du Saint Laurent. Et plus strict que strict.

La sévérité de sa mise conduisit immédiatement Blake à s'interroger sur ce qu'elle portait dessous. Il visualisa toute une variété de possibilités, oscillant entre soie, string et dentelles.

— Bonjour, Blake.

Se conformant à sa propre ordonnance sur le respect strict des priorités, Summer lui serra la main. Cent pour cent professionnelle et tout au sérieux de sa mission. Avec interdiction de laisser ses pensées dériver vers ce qui s'était passé lorsque les lèvres de Blake et les siennes s'étaient rencontrées.

— Je t'ai apporté comme convenu la liste des équipements à changer, ainsi que les suggestions dont je t'ai parlé.

— Très bien.

Blake la vit tourner la tête lorsque B.C. se leva de son fauteuil. Il reconnut l'éclat familier qui s'allumait dans les yeux de son père chaque fois qu'une belle femme surgissait dans son champ de vision.

— Summer, je te présente Blake Cocharan II ou, plus

simplement, B.C. Summer Lyndon a accepté la place de chef ici, à la Cocharan House de Philadelphie.

— Monsieur Cocharan...

La main qui enveloppa la sienne était grande et calleuse. Summer éprouva un petit choc à se trouver face à une version de Blake vieillie de trente ans. Distingué, la peau burinée, avec ce fond d'élégance innée qui semblait caractériser les hommes de la famille. Lorsqu'elle vit B.C. lui sourire, elle comprit que Blake resterait un redoutable charmeur, même dans trois décennies.

— Appelez-moi B.C., je vous en prie. Et soyez la bienvenue dans notre famille.

— Votre famille ?

Summer interrogea Blake d'un regard rapide.

— Nous considérons que les proches et les collaborateurs de la Cocharan House font partie de la famille élargie.

B.C. lui désigna le fauteuil qu'il venait de quitter.

— Asseyez-vous donc et laissez-moi vous servir quelque chose à boire.

— Merci. Un peu d'eau pétillante, si vous en avez sous la main...

Elle s'assit et ouvrit un dossier sur ses genoux, tout en suivant des yeux B.C. qui s'activait devant le bar.

— Je crois que vous connaissez ma mère, Monique Dubois ? fit-elle.

B.C. se figea. Une bouteille de Perrier à la main, un verre vide dans l'autre, il se retourna.

— Monique ? Vous êtes la fille de Monique ? Ce n'est pas possible !

Il y avait de cela des années — vingt ans, déjà, incroyable ! —, son couple avait traversé un passage à vide et il avait eu alors une brève et tumultueuse liaison avec la comédienne française.

Ils s'étaient séparés en bons termes et les choses s'étaient arrangées avec son épouse. Mais il n'avait jamais oublié les deux semaines de pure passion qu'il avait vécues avec Monique. Et voilà que vingt ans plus tard, il servait un verre de Perrier à la fille de cette femme qui l'avait tant bouleversé ! Hasard ou destin, il n'aurait su le dire. Mais c'était un choc.

Summer croisa les jambes pour se donner une contenance, vaguement secouée de son côté. Elle avait toujours suspecté sa mère d'avoir eu une liaison avec le père de Blake ; elle en avait désormais la certitude. Drôle de hasard, tout de même. Telle mère, telle fille, pourrait-on presque penser. Eh bien, non, pas dans ce cas particulier. B.C., le regard rivé sur elle, ne semblait pas en mener large. Pour une raison qu'elle ne s'expliquait pas tout à fait, elle choisit de voler à son secours.

— Ma mère est une cliente fidèle des hôtels Cocharan. Elle refuse de descendre ailleurs. J'ai déjà expliqué à Blake que j'avais eu l'occasion de dîner avec votre père, B.C. Il a été absolument charmant.

— Quand ça l'arrange, oui, bougonna B.C., secrètement soulagé.

Summer était au courant, à l'évidence, conclut-il avant de poser prudemment les yeux sur Blake dont les traits exprimaient une concentration qui ne lui était que trop familière. Il s'exhorta donc à la prudence. Même après vingt ans, cette histoire pouvait le mettre dans une situation délicate. Lillian était la femme de sa vie, son grand amour et sa plus proche amie. Mais il subodorait que même après deux décennies, il n'y aurait pas forcément prescription pour ce genre de « trahison ».

Il finit de verser le Perrier.

— Ainsi, avec une mère actrice, vous n'avez pas été tentée par les métiers du spectacle, Summer ? Vous avez préféré l'art culinaire ?

— Je suis certaine que Blake abondera dans mon

sens, si je vous réponds que marcher dans les pas de ses parents peut s'avérer un chemin semé d'embûches.

Blake sentit intuitivement que ce n'était pas à l'aspect professionnel qu'elle faisait allusion. Il surprit entre son père et elle un regard dont le sens lui échappa.

— Ça dépend de la nature du chemin en question, répondit-il. Pour ma part, je le vis comme un défi plutôt intéressant. Et j'ai un faible pour le saut d'obstacles.

B.C. secoua la tête.

— Pas très clair, tout ça. Blake tient de son grand-père. Ils partagent la même logique évasive.

Summer acquiesça.

— En effet. J'ai déjà eu affaire à la logique en question.

— Il semble que vous ayez fait le bon choix en choisissant la cuisine, poursuivit B.C. Blake m'a vanté vos éclairs.

Lentement — très lentement —, Summer tourna la tête pour faire face à Blake. Les muscles de son ventre et de ses cuisses tressaillirent, tandis que la charge érotique de la scène lui revenait à la mémoire et générait en elle le même trouble puissant. Sa voix, cependant, resta calme et posée.

— Ah oui ? Ma grande spécialité, en fait, c'est la bombe.

Blake soutint son regard sans ciller.

— Dommage que tu n'en aies pas eu sous la main l'autre soir. C'eût été encore plus explosif.

B.C. sentit passer des vibrations complexes entre son fils et Summer, et en conclut que la présence d'un tiers était de trop.

— Bon… Je suppose que vous avez pas mal de choses à régler, tous les deux. Quant à moi, j'ai deux ou trois personnes à voir avant la réunion. J'ai eu grand plaisir à faire votre connaissance, Summer.

Il lui prit la main et la retint un instant dans la sienne.

— Transmettez, s'il vous plaît, mes meilleures pensées à votre mère.

Summer plongea son regard dans ces yeux si semblables à ceux de Blake, tant par leur forme et leur couleur que par leur pouvoir d'attraction. Un sourire effleura ses lèvres.

— Je n'y manquerai pas.

B.C. se dirigea vers la porte.

— Je te revois cet après-midi, Blake.

Blake murmura un acquiescement distrait, son attention accaparée par la femme en tenue stricte assise en face de lui. Il attendit que la porte se referme avant de demander :

— Pourquoi ai-je eu la désagréable impression que des sous-entendus s'échangeaient juste sous mon nez ?

— Je n'en ai aucune idée, répondit Summer froidement, tout en ouvrant son porte-documents. J'aimerais que tu jettes un coup d'œil là-dessus, si tu as cinq minutes.

Elle sortit les feuillets imprimés et les posa devant lui.

— Comme ça, s'il y a des questions ou des points de désaccord, nous pourrons les examiner avant que je ne commence en bas.

— D'accord. Voyons cette longue liste…

Blake prit les papiers, mais c'était elle qu'il observait.

— Cet ensemble sévère est censé me tenir à distance ?

Elle le toisa.

— Je ne sais même pas de quoi tu parles.

— Oh que si, tu le sais. En d'autres circonstances, j'aurais eu plaisir à te retirer ce harnachement, couche après couche. Mais, aujourd'hui, nous jouerons le jeu à ta façon.

Sans un mot de plus, il commença à lire.

— Espèce de mufle !

Comme il ne prenait pas la peine de relever la tête, elle vida son verre d'une traite, le posa sur le bureau, croisa les bras, et attendit. Elle resterait d'une immobilité de pierre et, lorsqu'il aurait fini de lire, elle défendrait un à un les changements qu'elle préconisait. Elle avait l'assurance d'obtenir gain de cause. Sur le plan professionnel, au moins, elle était *réellement* sûre d'elle et en pleine possession de ses moyens.

Elle aurait aimé pouvoir le haïr d'avoir compris qu'elle avait choisi cet ensemble à la coupe masculine uniquement par défi. Mais elle ne pouvait que respecter son sens de l'observation, sa capacité à décortiquer et analyser jusqu'au plus petit détail. Elle aurait aimé le détester aussi pour sa faculté à la faire fondre de désir par la seule force d'un regard, de quelques mots, d'une attitude. Il aurait été grotesque de le lui reprocher, cela dit, alors qu'elle avait passé le reste du week-end tantôt à maudire l'instant où elle l'avait rencontré, tantôt à fantasmer un retour-surprise de Blake chez elle et la reprise enfiévrée de leurs étreintes.

Inutile de le nier : Blake Cocharan était un problème. Or, les problèmes, elle ne connaissait qu'une manière de les résoudre : en procédant point par point.

Etape numéro un : *ses* cuisines, avec l'accent sur l'adjectif possessif.

— Deux nouveaux fours fonctionnant au gaz, lut Blake à voix haute... Un four électrique et deux fourneaux supplémentaires...

Il leva le nez pour lui jeter un regard interrogateur. Summer soupira.

— Je crois t'avoir déjà expliqué pourquoi il est important de pouvoir cuisiner à la fois au gaz et à l'électricité dans des cuisines professionnelles. Les utilisations ne sont pas tout à fait les mêmes. Quant aux équipements dont tu disposes déjà, ils ne sont plus d'actualité. Dans un établissement de cette taille-là, il faut au minimum quatre fours.

— Tu spécifies même la marque...

— Absolument. Je sais avec quel genre de matériel j'ai plaisir à travailler.

Blake salua ce commentaire d'un froncement de sourcils résigné. Le service des achats allait tordre le nez.

— Renouvellement intégral des poêles et casseroles ?

— C'est sans appel.

— On pourrait peut-être songer à organiser un vide-grenier, marmonna-t-il en retournant à sa lecture.

La liste était longue, rébarbative et pleine de termes techniques plus ou moins obscurs.

— Et ce mixeur de grand luxe ? C'est indispensable ?

— Blake... Faut-il que je me répète ? Celui que vous avez est correct. Mais je ne me contente pas de ce qui est correct. Il me faut le haut de gamme.

Blake se retint de rire en songeant au commentaire que venait de lui faire son père à propos de l'obligation des Cocharan à n'être pas seulement « corrects » mais à « faire dans le superlatif ».

— C'est pour m'embrouiller que tu as utilisé tous ces termes français ?

— J'utilise des termes français parce que le français s'impose en cuisine, rétorqua Summer, impassible. C'est le monde de la gastronomie qui veut ça.

Il grommela quelques syllabes indistinctes et passa à la page suivante.

— Peu importe. Je ne pinaillerai pas sur les fournitures, que ce soit dans la langue de Montaigne ou celle de Shakespeare.

— Tant mieux, parce qu'il est hors de question que je travaille autrement qu'avec des équipements de qualité supérieure.

Elle sourit, satisfaite. Sur ce premier point, au moins, elle avait su se faire entendre.

Blake parcourut rapidement la deuxième page, puis passa à la troisième.

— Tu as l'intention de supprimer les plans de travail existants, d'intégrer les nouveaux fourneaux à induction, d'aménager un îlot et d'ajouter près de deux mètres de plan de travail supplémentaire ?

— Ce sera plus fonctionnel.

— Mais les travaux prendront du temps.

— Tu es pressé ? C'est à Summer Lyndon que tu as fait appel, Blake. Pas à monsieur Chef Minute.

Le terme le fit sourire. Summer lui jeta un regard noir.

— Mes fonctions consistent dans un premier temps à réorganiser tes cuisines, autrement dit à les rendre fonctionnelles pour que la créativité du chef puisse se déployer librement. Une fois que le cadre sera en place, mais une fois seulement, je pourrai doper tes recettes et revoir ta carte de fond en comble.

— Et pour booster un peu la carte, il est nécessaire d'en passer d'abord par tout ce processus ?

— Si ces mesures n'étaient pas nécessaires, pourquoi aurais-je pris la peine de les noter sur ma liste ? Cela dit…

Elle se leva dignement et fit mine de quitter la pièce.

— … rien ne t'empêche de revenir sur notre accord, Blake. Nomme donc LaPointe, tiens ! Tu auras un restaurant prétentieux, de second ordre, indûment coûteux, qui servira une cuisine prétentieuse, de second ordre, et tu présenteras à tes clients des additions au montant totalement injustifié.

— Je serais quand même curieux de le rencontrer, ce LaPointe, maugréa Blake en se levant à son tour. C'est bon… Tu auras ce que tu demandes, Summer.

Devant le sourire satisfait qui se dessinait sur ses lèvres, son expression se durcit.

— Mais tu as intérêt à tenir tes engagements de ton côté !

Les yeux noisette étincelèrent de colère, et il désira Summer de nouveau.

— Je t'ai donné ma parole. Ton restaurant fade et BCBG, avec ses recettes sans surprise et ses desserts aseptisés, servira dans six mois ce qu'on fait de plus raffiné, de plus inventif en matière de haute cuisine.

— Ou bien… ?

Ainsi, il voulait des garanties ? Elle soupira bruyamment.

— Ou bien mes services seront gratuits pour la durée entière du contrat. Ça te va ?

— Parfait. Marché conclu.

Il lui tendit la main.

— Je confirme donc : tu auras tout ce qui figure sur ta liste, jusqu'au moindre batteur à œufs.

— C'est un vrai bonheur de faire affaire avec toi, Blake !

Elle tenta de dégager sa main et découvrit qu'elle était prisonnière.

— Tu n'as peut-être rien d'autre à faire, mais, pour ma part, le travail m'attend.

— Je veux te voir.

Elle préféra laisser reposer sa main dans la sienne, plutôt que de prendre le risque d'amorcer une lutte dont elle pourrait sortir perdante.

— Tu m'as vue.

— Ce soir…

— Désolée, mais j'ai déjà quelqu'un d'autre, ce soir.

Elle éprouva une satisfaction un rien perverse à sentir les doigts de Blake se crisper sur son poignet.

— Quand alors ?

— Je serai dans les cuisines tous les jours et parfois même le soir pour superviser les travaux. Tu n'auras qu'un ascenseur à prendre, si tu veux me parler.

Il l'attira à lui. Même si la largeur du bureau les séparait encore, Summer trouva le sol soudain moins solide sous ses pieds.

— Je veux te voir seule…, précisa-t-il calmement.

Portant sa main à ses lèvres, il lui embrassa les doigts un à un. En prenant son temps.

— ... ailleurs qu'ici et en dehors des heures de travail.

Si B.C. avait joui dans sa jeunesse d'un pouvoir de séduction analogue à celui de ce Blake troisième génération, elle comprenait mieux comment sa mère avait pu tomber amoureuse aussi vite. Chez elle aussi, la tentation se faisait jour, mais elle n'était pas — et ne serait jamais — Monique Dubois. Dans ce cas précis, elle ferait en sorte que l'histoire ne bégaie pas.

— Je t'ai déjà expliqué pourquoi ce n'était pas possible. Et j'ai horreur de me répéter.

— Ton pouls s'affole, pourtant, dit Blake en lui caressant le poignet.

— C'est généralement ce qui se passe quand je suis énervée.

— Ou excitée.

Inclinant la tête, elle lui jeta un regard meurtrier.

— Te divertirais-tu de la même façon, si tu avais embauché LaPointe ?

Il sentit monter une bouffée de colère qu'il réprima aussitôt, conscient que c'était la réaction qu'elle escomptait.

— Tel que tu me vois, je me contrefiche que tu sois chef, plombier ou neurochirurgienne. C'est l'homme en moi, et uniquement l'homme, qui s'adresse à la femme en toi. C'est donc si compliqué à comprendre ?

Sa gorge était si sèche soudain qu'elle dut lutter pour ne pas céder au réflexe de déglutir.

— Telle que tu me vois, Blake, je *suis* une chef cuisinière avec deux ou trois objectifs musclés à atteindre. Alors, si tu veux bien m'excuser, je vais m'atteler à la tâche.

Se souvenant qu'il avait une réunion une heure plus tard, Blake céda et lui lâcha la main. *Pour cette fois*. En se jurant que la fois suivante serait la bonne.

— Tôt ou tard, Summer...

— Peut-être, acquiesça-t-elle en récupérant son porte-documents en cuir. Ou peut-être pas.

D'un geste sec, elle le referma.

— Passe une bonne journée, Blake.

Elle traversa la pièce d'un pas assuré, comme si ses jambes ne se dérobaient pas sous elle, poussa la porte et sortit. Dans le couloir, elle poursuivit son chemin la tête haute, foulant l'épaisse et luxueuse moquette du bureau des secrétaires, et continua jusqu'à la réception. Une fois dans l'ascenseur, et là seulement, elle s'appuya contre la paroi, ferma les yeux et poussa un grand soupir de soulagement. Les nerfs en vrille, elle appuya sur le bouton du sous-sol et la cabine s'ébranla sans bruit.

La guerre était finie et elle avait gagné. Elle lui avait fait face dans son bureau, avait maintenu ses positions sans faillir et obtenu gain de cause.

Tôt ou tard, Summer…

Elle laissa échapper un second soupir. De découragement, cette fois.

La seule parade, en l'occurrence, consistait à se concentrer sur ses cuisines et à s'immerger corps et âme dans le travail. Ne surtout pas penser à lui comme elle l'avait fait durant tout le week-end.

Reprenant le contrôle, elle se redressa. Elle avait tenu son cap, posé clairement ses exigences, obtenu gain de cause *et* réussi à lui tourner le dos. Exemplaire, non ? Elle porta une main à son cœur, dont les palpitations allaient encore bon train. Les choses seraient tellement plus simples si elle ne se liquéfiait pas de désir chaque fois qu'il posait les yeux sur elle !

Les portes de l'ascenseur s'écartèrent et elle entra de plain-pied dans les cuisines. Dans l'affairement général qui précédait le déjeuner, sa présence passa inaperçue. Elle se félicita du niveau sonore élevé. A son sens, des cuisines trop silencieuses étaient des cuisines où l'on ne communiquait pas assez. Et sans communication, pas de coopération possible. Elle s'immobilisa un instant pour prendre la mesure olfactive des lieux.

Elle perçut alors un mélange de fumets liés aux préparatifs du repas de midi et de restes d'odeurs du petit déjeuner, des odeurs typiquement américaines de bacon, de café et de saucisse. Ses narines exercées identifièrent le poulet mariné, la viande sur le gril, les pâtisseries tout juste sorties du four.

Ses yeux se plissèrent en deux fentes minces, tandis qu'elle visualisait ces mêmes cuisines telles qu'elles seraient sous peu. Organisées. Modernes. Complètement repensées.

Mieux. Ce sera nettement mieux, décida-t-elle avec un hochement de tête satisfait.

— Summer Lyndon ?

Elle se tourna et découvrit un volumineux individu en toque et tablier blancs.

— Oui ?

L'homme gonfla la poitrine et son ton se durcit.

— Max... Chef de cuisine.

Oh... *Ego menacé en vue*, comprit-elle en lui tendant la main.

— Comment allez-vous, Max ? Je suis passée ici la semaine dernière, mais je vous ai manqué, apparemment.

— M. Cocharan m'a demandé de vous offrir une collaboration sans réserve durant cette période de... transition.

Summer gémit intérieurement. Super ! Le ressentiment, en cuisine, était aussi compliqué à gérer qu'un soufflé raté. Si Blake l'avait laissée agir, elle aurait trouvé le moyen de ménager les susceptibilités, mais les dégâts étaient déjà faits, de toute évidence. Elle prit note mentalement de lui en toucher un mot. Les questions de tact et de diplomatie n'étaient peut-être pas son fort.

— Eh bien, Max, j'aimerais examiner avec vous les changements structurels à apporter, puisque vous connaissez le fonctionnement des lieux mieux que personne.

— Des changements structurels ?

Le visage poupin du chef devint écarlate. Sa moustache frémit.

— Dans *mes* cuisines ?

Mes cuisines, rectifia mentalement Summer, tout en adressant au chef un sourire qui se voulait consensuel.

— Je suis sûre que vous apprécierez les améliorations et les nouvelles installations, surtout. Vous avez certainement dû vous sentir freiné dans votre créativité par le matériel obsolète. Il n'y a rien de plus frustrant, non ?

D'un geste emphatique, Max désigna le matériel en question.

— Ces fours et ces fourneaux sont ici depuis mes débuts chez Cocharan. C'est du matériel solide. Et pas plus caduque que je ne le suis.

Pour se montrer coopératif, il se montrait coopératif, en effet ! Manifestement, il était déjà trop tard pour une passation des pouvoirs à l'amiable. Il ne lui restait donc plus que l'option coup d'Etat.

— Nous allons recevoir trois nouveaux fours, Max. Deux au gaz, un électrique. L'électrique servira exclusivement pour les desserts et les pâtisseries.

Sans même se retourner pour voir s'il la suivait, elle s'avança jusqu'au plan de travail.

— Ceci va disparaître et les fourneaux que j'ai commandés seront encastrés dans les nouvelles surfaces. Toutes de bois massif, type bloc de boucher. Le gril reste. Un îlot est prévu, qui permettra une meilleure organisation ainsi qu'une rentabilisation optimale d'un espace qui, pour l'instant, reste inutilisé.

— Il n'y a pas d'espace perdu dans mes cuisines !

Summer se retourna et le gratifia de son regard le plus tranchant.

— La décision est sans appel et sera entérinée sous peu. La créativité sera notre priorité, désormais, suivie de près par l'efficacité. Pendant toute la période des travaux, le restaurant restera ouvert et nous devrons continuer à servir des repas de qualité et inventifs. La tâche sera ardue, mais pas impossible ; ça demandera juste un effort d'ajustement de la part de toute la brigade. Dans l'intervalle, nous allons revoir le menu actuel, vous et moi, avec l'objectif d'introduire une touche de nouveauté dans une carte un peu trop convenue.

Max aspira bruyamment une goulée d'air et ouvrit la bouche pour répondre. Devançant l'explosion, Summer poursuivit avec la même fermeté :

— M. Cocharan a passé un contrat avec moi pour que je hisse ce restaurant au rang de meilleure table de tout Philadelphie. Et ce défi, j'ai l'intention de le relever, Max. Maintenant, si ça ne vous ennuie pas, j'aimerais observer l'équipe en action pendant la préparation du déjeuner.

Ouvrant son porte-documents, Summer en retira un carnet et un stylo. Sans un mot de plus, elle s'éloigna pour déambuler dans les cuisines en effervescence.

Elle remarqua vite que l'équipe était efficace, bien formée et, dans l'ensemble, plutôt organisée. *Bon boulot, Max*. La propreté, de toute évidence, constituait une priorité. Un nouveau point pour lui. Elle observa un des commis désosser une pintade d'une main experte. Pas mal, estima-t-elle. Le gril crépitait, les casseroles fumaient. Soulevant un couvercle, elle préleva une cuillerée de sauce, la porta à ses lèvres et prit le temps de laisser la palette des arômes se dessiner en bouche.

— Peut-être une pointe de basilic ? suggéra-t-elle simplement avant de s'éloigner.

Un autre cuisinier retirait des tartes aux pommes d'un four. Summer ferma les yeux et huma non sans plaisir les saines exhalaisons des fruits compotés et de la cannelle. La qualité était honnête — plus qu'honnête, même —, mais n'importe quelle mère de famille un peu expérimentée pouvait parvenir à un résultat analogue. Ce qui manquait, c'était un brin de dynamisme, d'originalité. Et d'esthétique. Elle avait des idées à revendre, par chance. Revisiter les grands classiques, comme les charlottes, les clafoutis et autres pains perdus, était devenu une de ses passions.

Le réaménagement structurel des lieux ferait appel à un savoir pratique. Mais la composition des menus relevait du versant créatif de son talent. Et elle avait toujours été plutôt bien pourvue dans ce domaine.

Alors qu'elle découvrait le fonctionnement des cuisines et les habitudes de travail de l'équipe, respirait les odeurs et se concentrait sur les sons, elle sentit monter en elle les premiers élans d'un enthousiasme inattendu. Ce projet, elle le mènerait à bien, autant pour sa propre satisfaction qu'en réponse au défi lancé par Blake. Lorsqu'elle aurait terminé, les cuisines de la Cocharan House de Philadelphie porteraient durablement sa marque. Ce serait tout à fait autre chose que de passer sa vie à bord d'un avion pour courir d'une destination à l'autre. Jusqu'à présent, elle avait pris plaisir à élaborer, dans des sites prestigieux, une création spectaculaire à usage unique. Ce qu'elle entreprenait ici serait une œuvre de longue haleine qui s'inscrirait dans la continuité. Dans cinq ans, ces mêmes cuisines garderaient encore trace de son influence.

Cette pensée l'exalta. L'idée de pérenniser quelque chose de son travail ne l'avait encore jamais effleurée jusque-là. Seul le coup d'éclat du triomphe individuel avait été moteur pour elle, ces dernières années. En travaillant pour Blake, elle perdrait de sa visibilité, pourtant. Lorsqu'elle se déplaçait à Milan ou à Athènes, même si elle ne se montrait jamais hors des cuisines, tous les convives associaient son nom au dessert somptueux qu'on leur présentait en grande pompe. Ici, les clients ne se déplaceraient pas spécifiquement pour une pâtisserie signée Summer Lyndon. Ils viendraient pour déguster un menu qui serait associé à la Cocharan House autant qu'à son propre nom.

Alors qu'elle réfléchissait à cette nouvelle donne, elle constata que la perspective de passer un peu plus à l'arrière-plan ne la gênait pas. Pourquoi ce revirement, elle n'aurait su le dire. Pour le moment, elle était surtout sensible au plaisir de construire une nouvelle carte de A à Z.

Se promettant de réfléchir à la question plus tard, elle griffonna en hâte quelques dernières notes. Il lui restait toute une année pour s'inquiéter des conséquences et des chausse-trappes éventuelles liées à ces mois qu'elle allait passer au service de la Cocharan House. Pour le moment, elle avait à se lancer dans une entreprise que, pour une raison ou pour une autre, elle s'était appropriée comme un projet personnel.

Glissant son porte-documents sous le bras, elle quitta les lieux sur un simple « à demain » lancé à la cantonade. Déjà une myriade d'idées se bousculait dans sa tête. Elle n'avait plus qu'une hâte : se mettre à ses recettes.

6

« Du caviar russe beluga », nota Summer sur son carnet. Une spécialité, selon elle, qui devrait être disponible à toute heure, y compris le soir, pour un souper tardif. Toute la nuit même, sur la carte du service d'étage.

Au cours des deux semaines écoulées, elle avait déjà modifié mille fois la carte projetée. A l'issue d'une séance de brainstorming avec Max qui avait tourné court, elle s'était résolue à poursuivre ses réflexions en solo. Après tout, elle seule savait quel genre d'ambiance elle souhaitait créer et avec quel style, quelle approche culinaire, elle pouvait y parvenir.

Pour gagner du temps, elle s'était installé un bureau de fortune dans une réserve, juste à côté des cuisines. De là, elle pouvait chapeauter l'équipe et suivre de près l'avancement des travaux, tout en bénéficiant d'une relative tranquillité pour avancer sur la nouvelle carte.

Eviter Blake s'était avéré beaucoup plus simple qu'elle ne l'avait imaginé. Parce qu'elle était débordée, pour commencer. Et parce que lui-même était accaparé par des transactions compliquées. Le rachat d'une chaîne d'hôtels concurrente, s'il fallait en croire les rumeurs. Elle s'intéressait très peu à ces questions, ayant bien d'autres chats à fouetter. Comme les médaillons de veau sauce champagne, par exemple.

Chaque transformation qu'elle introduisait plongeait

l'équipe dans des crises qui oscillaient entre l'hystérie et la panique. Elle en était venue à accepter cette atmosphère survoltée comme un état de fait. La plupart des cuisines dans lesquelles elle avait travaillé baignaient dans des ambiances de tension et d'angoisse comme seuls les cuisiniers pouvaient les comprendre. Peut-être fallait-il la combinaison d'une tension créatrice forte et de la terreur d'échouer pour obtenir les plats les plus inventifs et les plus raffinés ?

Pour l'essentiel, elle laissait à Max le soin de superviser les troupes et s'abstenait d'intervenir dans la mesure du possible. Elle restait à distance, se contentant d'impulser petit à petit les changements désirés dans les habitudes des uns et des autres. De son père, elle avait beaucoup appris sur les questions de diplomatie et de partage du pouvoir. Mais même si elle faisait l'impossible pour ne pas le braquer, Max ne se laissait pas amadouer et son attitude envers elle restait d'une politesse glaciale.

Elle chassa ces considérations d'un haussement d'épaules et se concentra sur ses entrées.

Médaillon de rouget aux poivrons, crème anglaise au parmesan et réduction de roquette. Excellente entrée, pas aussi populaire, certes, que le foie gras ou les Saint-Jacques, mais plus innovatrice. Et peut-être des gésiers poêlés sur un lit de mesclun ? Tant qu'on ne lui demandait pas d'en manger elle-même ! songea-t-elle avec une petite grimace.

Il lui faudrait essayer aussi de travailler quelques compositions à base de fruits de mer. Autre problème : le buffet disponible à toute heure pour le service d'étage, qu'elle voyait composé d'un choix de consommés, de potages, de salades un tant soit peu subtiles et d'assortiments de tapas et autres mezze. Avant de passer au rayon desserts, il lui restait encore des milliers de détails à mettre au point. Cabillaud façon rougail ? Bœuf angus à la plancha ? Elle poussa un soupir. Tout en méditant sur cette cuisine élaborée, elle rêvait de planter les dents dans un sandwich jambon-beurre bien classique, assise sur un banc des bords de Seine.

— Alors, c'est là que tu te caches ?

Appuyé à l'encadrement de la porte, Blake observait Summer depuis quelques minutes déjà. Il sortait d'une réunion harassante qui s'était prolongée quatre heures durant. Il avait eu la ferme intention de monter dans son penthouse pour prendre une bonne douche, suivie d'un repas au calme, mais quelque chose en lui en avait décidé autrement et ses pas l'avaient porté jusqu'aux cuisines. Et jusqu'à Summer.

Il la retrouvait telle qu'il l'avait vue chez elle la première fois, les cheveux dénoués et les pieds nus. Elle était entourée de livres de cuisine, de documents et d'écrans, au milieu desquels disparaissait presque un café visiblement oublié. Derrière elle, un empilement de paquets, de boîtes, de sacs de sucre et de farine. Dans la pièce, une légère odeur d'épices. Malgré la désinvolture de sa tenue, elle avait l'air très à son affaire.

— Je ne me cache pas, rectifia-t-elle. Je travaille.

Blake paraissait exténué. Même si son visage ne marquait pas la fatigue, ça se voyait à ses yeux.

— Tu as été très occupé, apparemment… Nous ne t'avons pas vu une seule fois en cuisine, ces quinze derniers jours.

— J'ai été assez sollicité, oui.

Il entra et feuilleta distraitement les notes et suggestions qu'elle avait imprimées. Prenant appui contre le dossier de sa chaise, Summer se rendit soudain compte qu'elle avait le dos en marmelade.

— Du gros business, *mister* Cocharan ? Le groupe vise la prise de contrôle de la chaîne Hamilton, s'il faut en croire les rumeurs de couloir.

Il leva les yeux, haussa les épaules, et reporta son attention sur ses idées de recettes.

— Il en est question, oui.

— *Il en est question?* répéta-t-elle, soulignant la prudence de la formule. Quelle discrétion exemplaire!

Elle sourit, tout en déplorant de se découvrir à ce point heureuse de le revoir.

— Eh bien, pendant que tu jouais au Monopoly, je me suis attelée à des tâches de nature plus intime.

Il leva les yeux vers elle, le sourcil étonné, exactement comme elle l'avait prévu. Elle se mit à rire.

— Je parle de nourriture, Blake. Se nourrir est une de nos premières expériences dans la vie, juste après la découverte de la respiration. L'alimentation touche la part la plus singulière et la plus fondamentale de notre être et concerne la part la plus personnelle de notre désir. N'écoute surtout pas ceux qui prétendraient le contraire. Nombreuses sont les personnes pour qui manger est un rituel auquel elles se livrent avec passion trois fois par jour. La fonction d'un chef, c'est de rendre l'expérience mémorable.

— Pour toi, manger serait plutôt une excursion en terre d'adolescence au moins cinq fois par jour.

Summer accueillit la remarque avec bonne humeur.

— Comme je viens de te l'expliquer, c'est une affaire très individuelle.

— Je ne peux qu'en convenir.

Après un rapide réexamen de la pièce, Blake secoua la tête.

— Rien ne t'oblige à te cloîtrer dans ce placard pour travailler, Summer. Je peux te faire aménager une suite.

Elle fourragea sur son bureau, à la recherche d'un numéro spécial volaille de sa revue culinaire favorite.

— La proximité avec les cuisines est pratique pour moi.

— Il n'y a même pas de fenêtre ! Et l'endroit est bourré de cartons. Tu as à peine la place de respirer, là-dedans.

Elle haussa les épaules.

— Moins j'ai de distractions, mieux je travaille. Si j'avais voulu une suite, je te l'aurais demandée. Pour le moment, ce lieu me va bien.

Sans compter qu'il se trouve à distance respectable de ta personne, ajoutta-t-elle *in petto*.

— Puisque tu es là, c'est peut-être l'occasion de te montrer où j'en suis de mes explorations en vue de l'élaboration de la nouvelle carte…

Il trouva une liste de mises en bouche et lut à voix haute :

— Petites brochettes de magret séché avec raisins et framboises, aiguillettes de canard aux pommes, velouté de Saint-Jacques… Il t'arrive de déguster les spécialités que tu recommandes ?

— De temps en temps. Lorsque je sais que j'ai affaire à un chef exceptionnel. Si tu poursuis ta lecture, tu verras que j'ai l'intention de proposer une carte plus sophistiquée, sachant que le palais des Américains se civilise, petit à petit, selon les dernières statistiques.

Le choix des termes fit sourire Blake. Il trouva une chaise libre et s'assit.

— Je suis honoré de l'apprendre.

— C'est un processus très lent, précisa-t-elle avec un petit pincement de narines. De nos jours, on trouve d'assez bons robots de cuisine. Avec l'équipement approprié et une recette correctement formulée, même toi, tu serais capable de réussir une mousse de légumes acceptable.

— Sidérant !

Elle poursuivit sur sa lancée, sans tenir compte du commentaire.

— Autrement dit, pour attirer les clients sans qu'ils reculent devant l'addition, il faut viser l'excellence. Trois cents mètres plus loin dans la rue, ils peuvent obtenir un repas correct et roboratif pour une fraction de la note qu'ils régleraient dans une Cocharan House.

Elle posa les coudes sur la table et cala son menton au creux de ses paumes.

— Il s'agit donc d'offrir un service irréprochable, un décor original et une cuisine inventive. Inutile de préciser que la qualité des produits est primordiale.

Elle but une gorgée de soda à même la cannette.

— Personnellement, j'aime autant me faire livrer une bonne pizza chimique à la maison, mais pour ce que j'en dis…

Blake reposa le document et prit le feuillet suivant.

— Parce que tu aimes la pizza ou parce que tu aimes être seule ?

— Les deux. Bon, maintenant…

— Tu fuis les restaurants parce que tu passes trop de temps en cuisine ou simplement parce que tu n'aimes pas être entourée ?

Elle ouvrit la bouche pour répondre et s'aperçut qu'elle ne s'était jamais vraiment posé la question. Mal à l'aise, elle fit tourner sa cannette entre ses doigts.

— Tu es à côté du sujet.

— Je ne pense pas, non. Tu me dis que nous devons attirer deux catégories de clients : les gourmets avertis désormais capables de cuisiner chez eux des plats qui requéraient naguère un savoir-faire professionnel, mais aussi tous ceux susceptibles de préférer avaler un repas rapide et bon marché au boui-boui du coin. Toi, tu t'inscris dans les deux catégories. Qu'est-ce qu'un restaurant devrait offrir qui pourrait t'inciter non seulement à y entrer, mais aussi à y revenir ?

La question était raisonnable. Et Summer détestait les questions raisonnables, car elles ne laissaient d'autre choix que d'y répondre.

— Ce que j'aime avant tout, c'est de me sentir tranquille et à l'abri des regards. Ce qui n'est pas gagné d'avance dans une salle de restaurant, d'autant que cette exigence est loin d'être partagée par tout le monde. Nombreux sont ceux qui vont dîner à l'extérieur pour voir et être vus, au contraire. Mais certains, comme moi, préfèrent y trouver l'illusion de la solitude. Pour satisfaire ces deux types de clientèle, il peut être intéressant d'avoir quelques tables stratégiquement situées à l'écart.

— Ce n'est pas difficile à mettre en œuvre en jouant sur l'éclairage et en prévoyant de judicieux arrangements de feuillage.

— Judicieux est le maître mot.

— Donc la tranquillité est un critère important, lorsque tu choisis un restaurant ?

— Généralement, j'aime autant manger chez moi ou dans ma chambre d'hôtel du moment. Mais dans les rares cas où il m'arrive de sortir, la discrétion compte autant pour moi que l'ambiance, la cuisine et le service.

— Pourquoi ?

Elle soupira et entreprit de rassembler les papiers épars sur son bureau pour les mettre en pile.

— C'est très personnel, comme question.

Il couvrit ses mains des siennes pour calmer leur agitation.

— La question est effectivement personnelle, mais je la maintiens. Pourquoi ?

Elle le fixa un instant, certaine qu'elle ne lui répondrait pas. Puis une résistance céda en elle devant la calme profondeur de son regard, la délicatesse de son geste.

— Je pense que j'ai eu une overdose de restaurants dans mon enfance. En fait, l'une des raisons qui m'ont poussée en direction des cuisines, c'est le besoin d'échapper à l'ennui de ces repas interminables. Ma mère appartenait — appartient toujours — à l'espèce de ceux qui aiment voir et être vus. Quant à mon père, il considérait ces sorties au restaurant comme faisant partie de sa journée de travail. Une grande part de la vie de mes parents — et de la mienne par conséquent — se déroulait sur la scène publique. Maintenant que j'ai le choix, je préfère vivre de façon un peu plus ourse mal léchée.

A présent qu'il la touchait, il voulait davantage. A présent qu'elle lui parlait d'elle, il désirait tout entendre de sa vie. Tout savoir. Tout comprendre. Rien d'étonnant, d'ailleurs, puisqu'il réagissait ainsi avec elle depuis le début. A force de se persuader qu'il avait repris le dessus et surmonté son attirance irraisonnée pour elle, il avait presque réussi à se convaincre qu'il était tiré d'affaire. Mais voilà que, coincé avec elle au milieu des boîtes, des packs et des cartons, dans un bain sonore fait de tintements de casseroles et d'imprécations, il se rendait compte qu'il la désirait toujours autant et peut-être plus.

— Tu ne donnes pourtant pas l'impression d'être asociale. J'ai du mal à t'imaginer en recluse.

— D'une façon générale, je ne suis pas trop repliée sur moi-même, en effet.

Elle ne se souvenait pas à quel moment leurs doigts s'étaient enlacés. Le geste, si simple, si confortable, s'était imposé comme une évidence.

— Mais je tiens à ce que ma vie privée reste privée, c'est tout.

— Tu es pourtant célèbre, dans ta partie.

Il changea de position et sa jambe effleura la sienne sous la table. Une onde de chaleur le traversa et son envie d'elle redoubla d'intensité.

Machinalement, Summer déplaça le pied de manière à retrouver le contact de sa jambe contre la sienne. Les muscles de ses cuisses se détendirent.

— Célèbre, si on veut… Mes desserts le sont plus que moi.

Blake leva leurs mains jointes et les examina. Celle de Summer était plus pâle, plus petite, plus étroite. Elle portait un saphir d'un bleu profond serti dans une monture ancienne. Il demeura un instant fasciné par l'élégance de ses doigts.

— Tu t'effaces derrière tes desserts ?

Elle s'humecta les lèvres car le regard de Blake, lorsqu'il revint interroger le sien, était aussi intense et d'un bleu aussi soutenu que celui de la pierre qu'elle portait à son doigt.

— J'ai envie de réussir. Je veux être considérée comme la meilleure dans ma spécialité.

— C'est ce à quoi tu aspires ? Rien d'autre ?

— Non, rien d'autre.

Elle se demanda avec effarement pourquoi elle respirait avec tant de peine. Les jeunes filles avaient le souffle coupé — ou les grandes romantiques. Or elle n'était ni l'une ni l'autre.

Blake se leva et la fit se lever à son tour.

— Et une fois que tu auras atteint ton objectif, quel sera le suivant ?

Comme ils étaient face à face, elle dut incliner la tête en arrière pour maintenir son regard rivé au sien.

— Il n'y aura pas d'objectif suivant. Celui-ci me suffit.

Alors même qu'elle l'affirmait, elle ressentit les premiers assauts du doute et, pour ne pas s'y arrêter, elle s'empressa de riposter :

— Et toi ? Ce n'est pas le toujours-plus-de-réussite que tu recherches ? Toujours plus d'hôtels ? Des restaurants de plus en plus raffinés ? Un chiffre d'affaires en augmentation permanente ?

— J'ai une entreprise à diriger et je fais ce que j'ai à faire.

Il contourna la table pour se rapprocher d'elle, leurs mains toujours jointes.

— Mais je suis un homme, Summer. Et pas uniquement d'affaires.

Il tendit la main vers ses cheveux et les laissa couler entre ses doigts.

— Mes pensées ne tournent pas en exclusivité autour de questions de stock-options, de stratégies et de bilans.

Ils étaient tout près l'un de l'autre, à présent. Summer effleura son corps du sien et sentit des vibrations courir sous sa peau. Oubliant les règles qu'elle avait elle-même fixées, elle lui caressa la joue.

— Et autour de quoi d'autre tournent-elles, tes pensées ?

La main de Blake se posa sur sa taille, puis glissa dans son dos pour l'amener contre lui.

— De toi… Elles font tout le tour de toi, comme ça, tu vois… Et puis, je pense aussi à ça…

Il posa ses lèvres sur les siennes, très doucement, très lentement. Sans qu'ils se quittent des yeux. Leurs pouls s'accélérèrent. Le désir pulsa dans leurs ventres.

Leurs lèvres s'entrouvrirent. Les regards dirent tout ce qu'il y avait à dire. Leurs souffles s'accélérèrent. Le désir se libéra.

Elle était dans ses bras, brûlait, se raccrochait à ses épaules, s'y agrippait… Chaque heure passée cloîtrée là, au cours des deux semaines écoulées, le travail accompli, les projets, les interdits fermes qu'elle s'était posés se condensèrent en un mélange indistinct qui fondit et disparut dans le brasier. Si elle sentait chez lui une impatience qui frisait la rudesse, cette impatience ne faisait que répondre à la sienne. Ce fut finalement un long baiser, brutal, désespéré. Un corps à corps tendu se transformant en une exquise torture.

Serre-moi plus fort ! Qu'elle ait prononcé les mots à voix haute ou qu'elle les ait seulement pensés, Blake parut les comprendre. Ses bras se durcirent et il l'écrasa contre lui exactement comme elle avait envie de l'être.

Elle sentit les lignes et les à-plats de son corps épouser les creux et les sinuosités du sien. Et elle se découvrit plus douce, plus femme qu'elle n'avait imaginé l'être.

Féminine, sensuelle, fragile, passionnée. Pouvait-on être tout cela à la fois ? La faim en elle grandit et se propagea — faim de lui, faim d'un toucher, d'un goût, d'une essence qu'elle n'avait jamais trouvés ailleurs qu'en lui. Le son qui fusa de ses lèvres traduisait l'étonnement autant que le plaisir.

Bon sang, comment une femme pouvait-elle l'amener aussi loin, par la force d'un simple baiser ? Il était déjà à moitié fou de désir ! Sa peau nue serait comme de la soie sous ses doigts. Il le savait. Il avait besoin de s'en assurer.

Glissant la main sous son sweat-shirt, il éprouva alors la sensation qu'il imaginait. Sous sa paume, un cœur fragile battait la chamade. Mais ce n'était pas assez. La pensée fulgurante lui traversa la tête qu'avec Summer, ce ne serait *jamais* assez. Les questions, les déductions viendraient plus tard. Enfouissant son visage dans son cou, il goûta la saveur de sa peau. Le parfum qui avait hanté ses souvenirs y inscrivait sa trace subtile, exerçant son pouvoir d'attraction, l'attirant toujours plus près du seuil où tout pouvait basculer vers un point de non-retour.

L'épuisement qui avait pesé sur ses épaules au sortir de la réunion s'était évanoui. La tension qu'il éprouvait en présence de Summer s'était presque dissoute, elle aussi. En cet instant, il la ressentait comme sienne — entièrement sienne, sans même se rendre compte qu'il voulait une possession exclusive.

Ses cheveux lui caressaient le visage, comme un nuage de douceur aux fragrances plaisamment étrangères. Sentir Summer, toucher Summer était un voyage en soi. Il eut une vision de Paris, juste avant que les chaleurs estivales ne chassent la fraîcheur printanière dans les squares et les jardins. La peau de Summer n'était pas fraîche, pourtant. Elle brûlait de fièvre, au contraire, appelait des visions de longues nuits dans la chaleur d'une chambre, où l'amour se ferait et se referait avec une infinie lenteur. Il la voulait par-dessus tout, à cet endroit même, dans ce réduit encombré, à même le sol, entre les bouteilles et les cartons.

Summer avait perdu la capacité de penser. Son esprit s'était vidé et tout son être s'amollissait. Riches, tumultueuses, puissantes, les sensations coulaient en elle, la submergeaient par vagues. Elle ne demandait qu'à se laisser fondre sous leur afflux grisant. Mais quelque chose en elle se tendait, réclamait, exigeait plus encore. Elle voulait tout. Tout. L'orage, les éclairs, le fracas, le tonnerre. Une fois… Une fois seulement. Le désir lui chuchotait des promesses d'obscur plaisir. Elle pouvait se donner à lui et le prendre en elle. Une seule fois. Et ensuite…

Elle s'arracha à la bouche de Blake avec un gémissement, et enfouit le visage contre son épaule. Une seule fois et elle resterait hantée, déchirée pour le restant de ses jours. Elle le pressentait…

— Viens avec moi, là-haut, murmura-t-il.

Il lui souleva le menton pour couvrir son visage de baisers.

— Allons dans mon appartement et nous ferons l'amour dans de bonnes conditions. Je te veux dans mon lit, Summer. Je veux te voir nue, je veux ta douceur. Je te veux complètement.

— Blake…

Elle détourna la tête et s'efforça d'apaiser sa respiration. Comment avaient-ils pu en arriver là ? Qu'est-ce qui lui avait pris d'agir ainsi ? Comment ? Pourquoi ?

— Ce ne serait pas très malin. Ni pour toi ni pour moi.

Il lui saisit les épaules, la forçant à soutenir son regard.

— Je ne vois pas en quoi faire l'amour ensemble

pourrait constituer une erreur. Tout me porte à penser que ce serait plutôt très réussi, au contraire.

— Faire l'amour est toujours plus impliquant qu'on ne le croit.

— Impliquée, tu l'es déjà.

Elle laissa échapper un soupir.

— Justement, je ne veux pas l'être plus que je ne le suis déjà. Nous sommes allés beaucoup trop loin. Je regrette.

Lorsqu'elle fit un pas en arrière, il la retint, la maintenant d'une main ferme. Son regard était intense. Coupant.

— Donne-moi une raison, Summer. Et elle a intérêt à être valable !

— Tu me troubles.

Elle avait parlé très bas, très vite, avant d'avoir eu le temps de contenir un aveu qui la mettait trop à nu.

— Et ça ne me va pas du tout d'être troublée comme ça.

— Moi, je te désire à en avoir mal. Et ça ne me va pas d'avoir mal.

Une même impatience durcissait leurs voix, une même tension marquait leurs attitudes.

— Nous avons un problème, je crois, murmura-t-elle en repoussant ses cheveux d'une main légèrement tremblante.

— J'ai envie de toi.

Quelque chose dans la façon dont il prononça ces mots l'amena à suspendre son geste. Sa main s'immobilisa à hauteur de son visage et elle leva de nouveau les yeux vers lui. Il n'y avait rien de désinvolte dans la façon dont il admettait son désir.

— J'ai envie de toi plus que je n'ai jamais eu envie d'une autre femme. Et ça n'a rien de confortable.

— Alors nous avons un *gros* problème, toi et moi.

Les jambes coupées par l'émotion, elle se percha sur un coin de la table. Le regard de Blake ne quittait pas le sien.

— Je ne vois qu'une seule façon de le résoudre, ce problème, Summer…

Elle réussit à sourire.

— Non, il en existe deux. Et ma façon présente nettement moins de risques que la tienne.

— De *risques*…

Du bout du doigt, il suivit la ligne pure de sa joue.

— C'est donc la sécurité que tu recherches ?

— Oui.

Il lui fut facile de répondre, car elle venait de prendre conscience que c'était ce qu'elle voulait. La question ne s'était jamais posée jusque-là. Sans doute parce qu'il avait fallu l'irruption de Blake dans sa vie pour que l'idée de danger prenne forme.

— Je me suis fait un certain nombre de promesses, dans la vie, Blake. Je tiens à garder le cap sur mes objectifs et quelque chose me dit que tu pourrais être un obstacle. J'écoute toujours mes intuitions, tu sais.

— Je n'ai aucune intention de me mettre en travers de ton chemin, professionnel ou autre.

— Je te l'ai déjà dit. Je ne mélange pas le professionnel et le privé. Tout le monde sait que ça mène droit au désastre.

— Et comment comptes-tu te préserver de toute tentation ultérieure ? Il me semble que nous avons déjà fait quelques incursions non négligeables du côté de l'intime. Le « mal » ne serait-il pas déjà fait, si je puis employer ce terme ?

Comment soutenir le contraire ? Mais c'était une réalité qu'elle ne pouvait contempler en face. Elle voulait juste fermer les yeux et se raccrocher à son refus.

— Nous avons réussi à nous éviter pendant quinze jours. Il suffit de continuer. Nous sommes l'un et l'autre très occupés. Ça ne devrait pas être très difficile.

Il fit entendre un petit rire dubitatif.

— Typiquement le genre de résolution qui ne tient pas ! Dans un avenir proche ou lointain, l'un de nous fera un écart par rapport à cette ligne de conduite.

Exact. Et ça pourrait être moi tout autant que toi.

— Je ne peux pas décider de l'avenir, mais je peux décider du présent. Je resterai en bas et je ferai mon boulot. Tu resteras en haut et tu feras le tien. Amen.

— N'y compte pas !

Le regard assombri par une obscure détermination, Blake fit un pas en avant. Summer était à demi levée lorsqu'on frappa à la porte.

— Summer ? Vous avez une seconde ? C'est du vinaigre de Xérès ou du vinaigre de framboise que...

— J'arrive ! lança-t-elle au second de cuisine.

Elle vit flamber une lueur de contrariété aussitôt maîtrisée dans les yeux de Blake. Il se dirigea vers la porte.

— La discussion n'est pas close, Summer.

— Attention ! Je peux transformer ce lieu en palace ou en faire une gargote.

Il se retourna pour la mesurer du regard.

— Du chantage ?

— Une sorte d'assurance, plutôt, rectifia-t-elle avec un sourire. Jouons le jeu à ma façon, Blake. Et tout le monde s'y retrouvera au final.

— C'est ton point de vue pour le moment, mais il n'est pas dit que tu n'en changeras pas.

Il la salua d'un bref signe de la tête, puis quitta la pièce. Summer voulut lui emboîter le pas pour aller donner ses consignes en cuisine, mais ses jambes ne la soutenaient pas si bien que ça. Elle avait peut-être remporté la partie, mais les jeux n'étaient pas faits. Loin de là.

Entre la salle et les cuisines, des aides-serveurs circulaient avec des plateaux couverts de restes et de piles d'assiettes sales. Les lave-vaisselle bourdonnaient. Des casseroles fumaient. Quelqu'un chantait en découpant une volaille. Les derniers clients du déjeuner venaient de partir et le coup de feu d'avant le dîner était encore loin. Deux heures plus tard, ce serait la course, la confusion, et l'agitation serait à son comble.

Les narines caressées par une agréable variété de fumets, Summer prit conscience qu'elle n'avait pas encore mangé. Décidant de faire d'une pierre deux coups, elle entreprit d'inventorier les placards. Elle trouverait quelque chose à grignoter pour calmer son estomac vide et se ferait une idée plus précise de la façon dont ils étaient approvisionnés.

Sur ce dernier point, rien à dire. Placards, réfrigérateurs et chambres froides recelaient un assortiment riche, varié et intelligemment organisé. Max avait quelques très bons côtés, elle l'admettait volontiers. Si seulement l'ouverture d'esprit figurait au nombre de ses qualités !

Elle continua à examiner les étagères une à une, mais ce qu'elle cherchait restait introuvable.

— Miss Lyndon ?

C'était Max. Summer referma lentement la porte du placard. Elle n'avait pas besoin de se retourner pour voir l'expression de politesse froide et la moue désapprobatrice, elle l'imaginait très bien comme ça. Tôt ou tard, il lui faudrait trouver le moyen de régler la situation. Mais pour le moment, elle était fatiguée, et pas d'humeur à s'attaquer au problème le ventre vide.

— Oui, Max ?

Elle ouvrit la porte suivante pour continuer son inventaire.

— Je peux peut-être vous aider à trouver ce que vous cherchez ?

— Peut-être, oui… J'inventorie les stocks tout en

essayant de mettre la main sur un pot de beurre de cacahuètes...

Le dos toujours tourné, elle referma le rangement et passa au suivant.

— Je vois que tout est très bien organisé.

Max toussota et déclara, de son ton le plus compassé :

— Le fonctionnement de mes cuisines reste irréprochable, en effet, même au milieu de toute cette... menuiserie.

— La menuiserie est presque terminée. C'est une bonne nouvelle, non ? Et vous avez dû constater que les nouveaux fours étaient des merveilles...

— Pour certains, ce qui est neuf paraît toujours plus beau.

Et tiens. Prends ça !

Elle soupira.

— Et pour d'autres, le progrès est terrifiant... Où puis-je trouver le beurre de cacahuètes, Max ? Je n'ai pas encore déjeuné et j'ai un creux.

Cette fois, elle fit l'effort de se retourner. Juste à temps pour voir son air de dédain dégoûté.

— Là, en dessous, indiqua-t-il avec un sourire railleur. Avec le reste des produits utilisés pour les menus enfants.

— Impeccable !

Pas le moins du monde offensée par la remarque, elle s'accroupit et attrapa le pot convoité.

— Vous voulez vous joindre à moi pour un petit snack, Max ?

— Merci, vraiment. J'ai du travail.

— Comme vous voudrez.

Summer attrapa deux tranches de pain et étala son beurre de cacahuètes.

— J'aimerais que nous nous retrouvions demain, dans mon bureau, à 9 heures, pour discuter de la nouvelle carte en cours d'élaboration.

— Je suis très occupé à 9 heures.

Elle rectifia patiemment :

— Pas à 9 heures, non. Nous avons un coup de feu de 7 à 9, suivi d'une phase plutôt calme, surtout en semaine. Vous pourrez donc vous libérer sans problème. Désolée d'avoir à vous fausser compagnie, mais il faut que je trouve de la confiture pour compléter mon sandwich.

Le laissant grimacer, elle se dirigea d'un pas dansant vers l'un des grands réfrigérateurs. Quel homme obstiné et pontifiant ! se désola-t-elle en sortant un énorme pot de gelée de raisin du frigo. Tant qu'il continuerait à faire de la résistance systématique, l'atmosphère resterait irrespirable dans les cuisines. A plusieurs reprises déjà, elle s'était attendue à le voir leur jeter sa démission à la figure — et même si elle avait un naturel plutôt conciliant dans l'ensemble, elle se surprenait par moments à souhaiter qu'il franchisse le pas.

Les changements qu'elle avait instaurés commençaient à porter leurs fruits, en tout cas. Avec un sourire satisfait, elle appliqua sa seconde tranche de pain et referma son sandwich. Le premier imbécile venu serait capable de constater que les plaques de cuisson supplémentaires et l'équipement modernisé raccourcissaient les temps de préparation et amélioraient leurs prestations.

Contrariée par le négativisme buté de Max, elle mordit un grand coup dans son sandwich. Des voix surexcitées s'élevèrent à ce moment-là derrière elle.

— Oh là là, ce merdier ! Max va péter un plomb.

— Il ne peut rien y faire, de toute façon.

— A part gueuler et balancer des trucs par terre…

Ce fut peut-être la nuance de jubilation sous-jacente qui décida Summer à se mêler à la conversation. Elle s'approcha des deux aides de cuisine qui papotaient tout en s'activant.

— A quel sujet est-ce que Max va péter un plomb ? s'enquit-elle la bouche pleine.

Deux visages surpris se tournèrent vers elle. Deux visages écarlates, à cause de la chaleur ou de l'excitation liée à la grande nouvelle du jour.

— Il vaudrait peut-être mieux que ce soit vous qui le lui annonciez, Summer, déclara l'une des aides après un temps d'hésitation.

L'expression de jubilation était toujours là, nota Summer, et la fille ne semblait pas faire beaucoup d'effort pour la contenir.

— Lui dire quoi ?

— Que Julio et Georgia se sont enfuis ensemble pour se marier en cachette. Le frère de Julio vient d'appeler pour l'annoncer.

Julio et Georgia ? Après une rapide consultation de ses fiches mentales, Summer identifia le duo : cuisiniers l'un et l'autre, ils faisaient partie de l'équipe de l'après-midi. Un coup d'œil à sa montre lui indiqua qu'ils avaient déjà un quart d'heure de retard.

— J'imagine qu'ils ne viendront pas travailler aujourd'hui ?

— Ni aujourd'hui, ni demain, ni jamais. Ils ont tout lâché pour recommencer une nouvelle vie à Hawaii.

— Romantique, commenta Summer.

Un cuisinier s'approcha en entendant la nouvelle et tous les regards convergèrent sur Max qui tranchait un gigot d'agneau un peu plus loin.

— Il va nous faire une crise, c'est sûr.

— Une crise ? Ce n'est pas comme ça qu'il résoudra le problème, marmonna Summer. Il nous manque donc deux cuisiniers dans l'équipe du soir…

— Trois, rectifia l'aide de cuisine. Charlie a appelé il y a une heure : il a une grippe carabinée.

— Super !

Summer termina son sandwich et releva ses manches.

— Bon... Puisque nous sommes en effectifs réduits, il va falloir mettre les bouchées doubles.

Enfilant un tablier, elle s'octroya un des nouveaux plans de travail. Ce n'était pas sa façon de procéder habituelle, songea-t-elle en mélangeant ses ingrédients en grandes quantités, mais à la guerre comme à la guerre ! Tout en préparant ses pâtes à tarte, elle se jura de faire installer les haut-parleurs avant la fin de la semaine. Dans les cas d'urgence, elle pouvait faire de la pâtisserie sans Chopin. Mais elle ne recommencerait pas deux fois.

Elle enfournait ses génoises au cacao en vue de la fabrication de forêts-noires lorsque Max lança dans son dos :

— Vous vous concoctez un petit dessert, maintenant ?

— Pas exactement, non.

Elle régla le minuteur et regagna son plan de travail pour s'attaquer à la préparation de la mousse au chocolat.

— Apparemment, nous avons un mariage et une maladie — le premier étant sans rapport avec la seconde. Résultat : nous sommes à court de personnel. Je me charge donc des desserts pour ce soir, Max. Et je n'ai pas l'habitude de papoter quand je pâtisse.

— Un *mariage* ? C'est quoi cette histoire ?

— Julio et Georgia ont fait une fugue amoureuse et Charlie est au lit avec la grippe. Et maintenant, si vous voulez bien me laisser me concentrer sur cette mousse...

Max éclata en imprécations.

— *Quoi ?* Ils sont partis du jour au lendemain, sans donner leur démission ? C'est inadmissible !

Summer s'accorda le temps d'un regard par-dessus son épaule.

— Charlie aurait peut-être dû vous demander la permission aussi avant d'attraper son virus ? Hurler ne nous avancera à rien, Max. Occupez-vous plutôt de me trouver quelqu'un pour éplucher et trancher des pommes. Je vais faire une grosse charlotte. D'ailleurs, si vous pouviez me dénicher aussi un peu de calvados, je...

— Parce que vous me modifiez mon menu, en plus ?

A bout de patience, elle fit volte-face.

— Ecoutez, j'ai une demi-douzaine de desserts différents à improviser en un temps record. Alors je vous conseille de vous ôter de mon chemin ! Je n'ai pas la réputation d'être très accommodante quand je suis en cuisine.

Il rentra le ventre et rejeta les épaules en arrière.

— Nous verrons bien ce qu'en dira M. Cocharan.

— C'est ça, allez le voir. Et débrouillez-vous pour qu'il ne se mette pas dans mes pattes, lui non plus, au cours des deux prochaines heures. Sinon, j'en connais qui vont se retrouver avec de la chantilly plein la figure. Et vu la qualité de la crème que j'utilise, ce serait un regrettable gâchis.

Pivotant sur ses talons, elle se remit à battre ses blancs en neige. Le temps lui faisait cruellement défaut. L'urgence était telle qu'elle ne pouvait même pas s'accorder les quelques minutes nécessaires pour réexaminer chacun de ses desserts afin de s'assurer de leur perfection. Plus tard, en repensant à la tâche qu'elle aurait abattue ce jour-là, elle la comparerait à un travail de montage à la chaîne. Mais pour l'heure, elle était trop stressée pour réfléchir. Julio et Georgia avaient occupé les fonctions de chefs pâtissiers. Et il lui revenait aujourd'hui d'accomplir à elle seule — et dans l'urgence — la tâche normalement dévolue à deux cuisiniers bien rodés.

Impossible de respecter le menu fixé, en la circonstance. Si elle voulait tenir les délais, elle devait se cantonner aux recettes qu'elle pouvait exécuter de mémoire. Les dîneurs qui viendraient s'attabler chez Cocharan ce soir risquaient d'être surpris. Mais leur surprise serait une bonne surprise, décida-t-elle en dispersant les copeaux de chocolat sur sa seconde forêt-noire. Puis elle répartit les framboises fraîches qu'elle avait utilisées en remplacement des traditionnelles cerises confites. Travailler vite en pâtisserie n'entrait pas dans ses habitudes. Pas moyen de laisser sa créativité s'exprimer si elle était tenue de faire dans le quantitatif. D'humeur aussi noire que son gâteau, elle marmonnait son indignation.

A l'heure dite, cependant, elle sortait du four ses dernières tuiles à la pistache destinées à l'accompagnement des gratins de fruits rouges et se concentrait sur les petites touches finales. Objectif accompli sur toute la ligne. Sur le chariot des desserts, il y aurait de quoi nourrir un régiment. Un peu de glaçage par- ci, une touche de chantilly par-là, fruits et aromates en déco avec des fleurs cristallisées, une petite cuillerée de gelée là où les fruits manquaient de brillant… Elle mourait de chaud et les muscles de ses bras protestaient. Son tablier blanc était maculé de taches. Personne ne lui adressait la parole, car personne n'aurait obtenu de réponse. Personne ne s'approchait de Summer Lyndon en pleine action, car elle montrait les dents avant même de savoir ce qu'on lui voulait.

De temps en temps, elle indiquait d'un geste de la main qu'elle souhaitait être débarrassée des ustensiles sales. Ses ordres étaient exécutés à la seconde, sans que quiconque émette un son. S'il y eut des conversations en cuisine, elles furent tenues à voix basse et à distance prudente. Personne dans la brigade n'avait encore eu l'occasion de voir Summer Lyndon se déchaîner aux fourneaux.

— Des problèmes ?

Elle entendit la voix calme de Blake juste derrière elle, mais ne se retourna pas.

— Ce sont des automobiles qu'on monte à la chaîne, maugréa-t-elle. Pas des desserts.

— Les premiers échos qui me parviennent des goûteurs sont plus que favorables.

Elle salua le compliment d'un grognement et attrapa son rouleau à pâtisserie pour étaler une pâte feuilletée.

— Si j'avais Julio et Georgia sous la main, j'en prendrais un pour taper sur l'autre !

— Tu ne serais pas un peu énervée, par hasard ?

La question lui valut un regard meurtrier.

— Non seulement je suis énervée, mais je crève de chaud !

Il effleura sa joue rosie.

— A quelle heure est-ce que tu as commencé ?

— Vers 16 heures.

Repoussant sa main d'un mouvement d'épaule agacé, elle entreprit de découper sa pâte avec des gestes rapides et sûrs. Blake l'observait avec étonnement. C'était la première fois qu'il la voyait s'activer à une vitesse pareille.

— Ecarte-toi de mon chemin, Cocharan…

Il recula d'un pas, mais continua de l'observer. D'après ses calculs, elle avait planché sur ses menus, dans son réduit sans fenêtres, pendant plus de six heures. Et elle venait de passer presque quatre heures à s'activer en cuisine. Il ressentit un soudain élan protecteur. Elle était trop frêle pour soutenir pareil rythme. Trop éthérée. Trop délicate.

— Summer, peut-être que tu pourrais laisser quelqu'un prendre la relève, maintenant ? Il est temps que tu te reposes.

— Personne ne touche à mes desserts !

La féroce autorité de sa réponse dissipa d'un coup l'image de la fleur trop fragile. Il sourit malgré lui.

— Est-ce que je peux faire quelque chose pour toi ?

— Dans une heure, il me faudra du champagne. Un Krug de préférence.

— Vos désirs sont des ordres, chère madame.

Elle était tout imprégnée des arômes qui montaient des pâtisseries alignées sur le plan de travail. Tentantes. Irrésistibles. A déguster inlassablement.

Depuis que Summer était entrée dans sa vie, Blake se découvrait une véritable addiction pour le sucré sous toutes ses formes.

— Tu as mangé, au moins ?

— Un sandwich, il y a quelques heures, répondit-elle d'une voix exaspérée. Tu crois que je pense à m'alimenter dans des moments pareils ?

Blake laissa glisser son regard sur le somptueux arrangement de charlottes, soupes de fruits et autres crèmes brûlées. A quelques pas s'élevaient de délicieuses odeurs de viandes rôties, de sauces subtiles, de délicats aromates.

— S'alimenter ? A ta place, l'idée ne me traverserait pas l'esprit, en effet, lui assura-t-il. Je reviens dans un moment...

Summer marmonna qu'il pouvait prendre tout son temps et entreprit de canneler ses rebords de tartes.

7

Vers 20 heures, Summer considéra qu'elle avait rempli son contrat. Son humeur oscillait entre le mauvais et l'exécrable. Elle avait passé trop de temps à répéter les mêmes gestes — battre, étaler, piquer, enfourner. Il lui arrivait régulièrement de passer deux fois plus de temps et de mobiliser deux fois plus d'efforts pour réussir un seul dessert. Mais cela, c'était de l'art. Ce qu'elle venait de faire relevait de l'abattage, ni plus ni moins.

Elle avait respecté les délais, mais ne ressentait ni sentiment de triomphe ni ivresse de l'accomplissement. Juste une énorme fatigue. *Comme un cuistot de régiment*, songea-t-elle, dégoûtée. Elle avait paré au plus pressé pour nourrir les masses, et dans l'état où elle se sentait, si elle revoyait l'intérieur d'une coquille d'œuf dans un siècle, ce serait encore trop tôt à son goût.

— Il devrait y avoir de quoi satisfaire la clientèle de ce soir ainsi que le service d'étage cette nuit, annonça-t-elle à Max d'un ton sec, en retirant son tablier couvert de taches de fruits et de chocolat.

Examinant une rangée de tartes aux fruits, elle fronça les sourcils d'un air critique. Un peu artisanal, tout ça... Si elle avait eu du temps et de l'énergie de reste, elle les aurait mises de côté et aurait recommencé de A à Z.

— Demain matin, à la première heure, je veux que

quelqu'un voie avec le service du personnel comment assurer le remplacement des deux chefs pâtissiers.

— M. Cocharan s'en est déjà chargé.

Max se tenait devant elle raide comme un piquet, déterminé à ne pas céder un pouce de terrain, même s'il avait été impressionné par la rapidité et l'efficacité avec lesquelles elle avait pris en main une situation qui semblait promise à la catastrophe. Il se cramponnait à sa rancœur, même s'il devait admettre — en son for intérieur seulement — que la tarte aux abricots de Summer dépassait de loin tout ce qu'il avait pu goûter jusque-là.

— Parfait. C'est déjà ça de réglé.

Elle se frotta la nuque. Sa peau était moite, ses muscles douloureux et tendus.

— Demain matin, 9 heures, Max. Dans mon bureau. Nous verrons s'il y a moyen de nous organiser. Je rentre chez moi me plonger dans un bain moussant et je n'en ressors pas de la nuit.

Depuis un moment, Blake se tenait adossé contre un meuble à l'écart, et observait Summer en action. Il avait été fasciné de voir avec quelle promptitude la diva avait relégué ses caprices au placard et relevé les manches pour accomplir les tâches peu prestigieuses que requérait la situation.

Elle lui avait montré d'elle deux aspects auxquels il ne s'attendait pas : sa rapidité de prise de décision et d'action, et la simplicité avec laquelle elle avait affronté un problème qui aurait mis n'importe quel autre chef en état de crise. Il admirait également le calme avec lequel elle gérait ce qui était visiblement une relation compliquée avec Max. Même si elle adorait jouer les stars, lorsqu'elle se trouvait dos au mur, elle assurait sans faire de cinéma.

Il attendit qu'elle retire son tablier pour sortir de l'ombre.

— Je te raccompagne chez toi ?

Summer jeta un coup d'œil dans sa direction tout en défaisant la pince qui retenait ses cheveux. Ils coulèrent sur ses épaules en une masse indisciplinée. Les pointes humides bouclaient sous l'effet de la chaleur.

— J'ai ma voiture.

— J'ai la mienne aussi.

Son arrogance restait perceptible même lorsqu'il souriait.

— Ainsi qu'une bouteille de Krug Clos du Mesnil. Mon chauffeur passera te prendre demain matin.

Elle réussit à se convaincre qu'elle n'acceptait que pour le champagne, et que le sourire terriblement sexy de Blake n'entrait en rien dans sa décision.

— Chambré juste comme il faut, j'espère ?

— Ça va sans dire.

— Alors ça marche, monsieur Cocharan. Je ne refuse jamais un champagne de cette qualité-là.

— La voiture est avancée.

Elle voulut lui offrir son bras, mais il lui prit la main et, avant qu'elle ait pu imaginer une contre-manœuvre, il l'entraîna hors des cuisines.

— Ça t'embarrasserait si je te disais que j'ai été très impressionné par ta prestation, ce soir ?

Non seulement elle était habituée aux compliments, mais elle les considérait plus ou moins comme un dû. Et pourtant, elle n'avait pas souvenir d'en avoir jamais reçu avec autant de plaisir que celui-là. Chassant l'émotion qui la saisissait d'un petit mouvement d'épaules, elle tenta d'alléger sa réponse d'une pointe d'humour.

— Etre impressionnante est une vocation chez moi. Il y a donc longtemps que ça ne m'embarrasse plus, lorsqu'on fait mention de mes incroyables capacités et de mon extraordinaire talent.

Si elle n'avait pas été aussi fatiguée, il n'aurait peut-être pas perçu la fragilité derrière l'apparente désinvolture.

Arrivé à sa voiture, il n'ouvrit pas tout de suite. Il se retourna et posa les mains sur les épaules de Summer.

— Tu as abattu un travail herculéen, ce soir.

— C'est mon boulot…

— Non, rectifia-t-il en dénouant les tensions dans ses muscles. Ce que tu as fait aujourd'hui n'entre pas dans le cadre de tes fonctions.

— Dans la mesure où j'ai signé ce contrat, je considère que les cuisines du Cocharan relèvent de ma responsabilité. Tout ce qui en sort doit satisfaire à mes critères. Et susciter ma fierté.

— Tu ne t'es pas fixé un objectif facile.

— Tu voulais ce qu'il y a de mieux sur le marché, je crois ?

— Et il semble que je l'ai obtenu.

Elle sourit, mais ses jambes demandaient grâce. Elle ne tenait plus sur ses pieds.

— Il ne semble pas, c'est une certitude. Mais… il n'était pas question d'une bouteille de champagne ?

Il lui ouvrit la portière.

— Tu sens la vanille.

— Et le chocolat aussi, sans doute. Quant au champagne, je l'ai mérité.

Dès qu'elle fut assise, elle poussa un long soupir de détente. Du champagne d'abord, puis un bain à bulles et la fraîche caresse des draps propres.

— A l'heure où nous parlons, ils doivent probablement commencer à servir les premiers desserts, dit-elle, les yeux perdus dans le vague.

Blake se glissa au volant et coula un rapide regard dans sa direction tout en mettant le contact.

— Ça ne te paraît pas bizarre que le fruit de tes efforts atterrisse dans l'estomac de parfaits inconnus ?

— Bizarre ?

Summer s'étira, puis se laissa aller contre le dossier

de son siège, appréciant son confort parfait et la vue sur le ciel à travers le toit ouvrant.

— Un peintre soumet bien sa toile aux regards de ceux qui font l'effort de venir la contempler. Un musicien joue bien sa partition sans choisir à qui il se donne à entendre.

— Tu veux dire que le propre de l'artiste est de se détacher de sa création ?

— Forcément, oui.

Blake quitta le parking, réfléchissant aux dernières paroles de Summer. Le soleil était bas sur l'horizon et la nuit promettait d'être limpide.

— Mais le peintre — tout comme le musicien — s'intéresse aux réactions de son public. Tu pourrais trouver gratifiant d'être présente, lorsque les gens savourent tes desserts.

Summer ferma les yeux, parfaitement détendue pour la première fois depuis des heures.

— Lorsqu'on cuisine chez soi pour des amis, pour la famille, on le fait soit par devoir, soit par plaisir. Dans les deux cas de figure, il peut y avoir du bonheur à partager ce qu'on a mitonné avec ses convives. Mais dans un contexte professionnel, c'est tout à fait autre chose.

— Tu manges rarement ce que tu cuisines.

Elle sourit sans même ouvrir les yeux.

— Pour la bonne raison que je ne me mets presque jamais à mes casseroles quand je suis chez moi. Sauf pour des choses vraiment élémentaires.

— Pourquoi ?

— Parce que, quand je cuisine chez moi, il n'y a pas de petites mains dévouées pour nettoyer l'immense chaos que je laisse systématiquement derrière moi.

Il éclata d'un grand rire.

— A ta façon, tu es un esprit plutôt pratique.

— Je suis un esprit *cent pour cent* pratique.

Sentant qu'il ralentissait, elle souleva paresseusement les paupières et constata qu'il se garait le long d'un trottoir.

— Pourquoi est-ce qu'on s'arrête ?

— Tu n'aurais pas un petit creux ?

— Maintenant que tu le dis… La faim surgit en général dès que je laisse les cuisines et leurs odeurs derrière moi.

Tournant la tête, elle vit qu'ils étaient stationnés devant une pizzeria. Blake lui jeta un regard amusé.

— Comme je commence à connaître tes goûts, j'ai pensé que tu trouverais la combinaison pizza-champagne gastronomiquement très adaptée.

Elle sourit, consciente que sa fatigue cédait la place aux premiers tiraillements de la faim.

— Les deux se combinent très harmonieusement, en effet.

Blake ouvrit sa portière.

— Attends-moi ici. J'ai passé la commande par téléphone, lorsque j'ai vu que tu avais presque terminé. La pizza doit être prête.

Reconnaissante — et touchée —, Summer se réinstalla confortablement et ferma de nouveau les yeux, cherchant à se souvenir quand elle avait accepté pour la dernière fois qu'on s'occupe d'elle ainsi. Si sa mémoire était bonne, cela remontait à ses huit ans, lorsqu'elle avait été chouchoutée à l'occasion d'une grosse varicelle. Ses parents avaient toujours attendu d'elle qu'elle fasse preuve d'indépendance. Et elle ne les avait jamais déçus. Mais pour ce soir, elle ferait une exception. C'était reposant de laisser quelqu'un diriger les opérations, tout en veillant à son confort.

Elle devait admettre qu'elle ne s'était pas attendue à tant de gentillesse de la part de Blake. La classe, le style, l'élégance, c'étaient des qualités qu'elle ne pouvait que lui reconnaître, mais la sollicitude, l'empathie ? Il avait une longue et difficile journée de travail derrière lui. L'après-midi même, elle avait noté la fatigue qui marquait ses traits. Et pourtant, il avait attendu patiemment qu'elle termine, alors qu'il aurait pu remonter chez lui deux heures plus tôt et l'abandonner à son sort.

Un homme riche de qualités inattendues, ce Blake Cocharan III. Et incontestablement différent de l'image qu'il offrait de lui au premier abord. Elle avait toujours eu un faible pour les bonnes surprises.

Lorsque Blake rouvrit sa portière, les arômes incomparables d'une pizza fraîche cuite au feu de bois vinrent chatouiller les narines de Summer. Elle lui prit le carton des mains, puis se pencha spontanément pour l'embrasser sur la joue.

— Merci !

— J'aurais dû essayer le coup de la pizza plus tôt, murmura-t-il.

Reprenant sa position de détente, elle ferma les paupières et laissa un sourire éclore sur ses lèvres.

— N'oublie pas le champagne de grande marque. Ce sont mes deux principales faiblesses.

— L'information est enregistrée...

Il remit la voiture en marche et reprit la direction de l'appartement de Summer. Sa marque de gratitude toute simple n'aurait pas dû le surprendre. Encore moins l'émouvoir. Sans doute aurait-elle eu cette même réaction de joie paisible et spontanée, s'il lui avait offert un yacht ou une parure en diamants. Ce n'était pas tant la nature du cadeau qui devait compter, chez elle, mais l'idée du don. Et cette faculté de gratitude le séduisait. Ce n'était pas une femme facile à impressionner, conclut-il, mais une femme à qui on pouvait faire plaisir facilement.

Summer s'autorisa ce qu'elle ne s'autorisait normalement que dans la plus stricte solitude : elle se laissa aller à une détente totale. Même si elle gardait les paupières closes, elle n'avait plus vraiment sommeil. Elle s'offrait juste le luxe de s'ouvrir à ses sensations : le mouvement de la voiture, le ronronnement sophistiqué du moteur, le son assourdi de la circulation au-dehors, les odeurs d'origan, de mozzarella et de tomate cuite qui montaient de la boîte posée sur ses genoux. L'habitacle était spacieux, mais elle n'en percevait pas moins à sa gauche la chaleur de Blake.

Plaisir... Tel était le mot qui flottait dans son esprit. Elle éprouvait une telle qualité de bien-être que ni défenses ni barrières ne paraissaient plus de mise. Dommage, vraiment dommage qu'ils ne puissent pas rouler au hasard, sans but, juste pour le *plaisir*.

Quel étrange souhait, tout à coup, pour quelqu'un qui, en temps normal, n'agissait jamais sans objectif précis. Ce soir, pourtant, l'idée de rouler le long d'une plage déserte venait jouer dans son esprit. La plage serait longue et nue sous une lune pleine qui se refléterait dans les eaux calmes. Le sable serait très blanc. Ils entendraient la respiration paisible des vagues, découvriraient des centaines d'étoiles qu'on ne remarquait presque jamais en ville. Il y aurait l'odeur de l'iode, la saveur du sel, le goût des embruns. Et la caresse de l'air tiède et humide sur la peau.

Elle sentit la voiture ralentir et bifurquer. Puis le moteur se tut. Elle se raccrocha encore un instant à son bord de mer imaginaire, à l'éclat d'argent du sable, au ciel constellé.

— A quoi est-ce que tu penses, Summer ?

— A la plage. Aux étoiles.

Elle se ressaisit au son de sa propre voix rêveuse, surprise d'avoir pu se laisser aller à des évocations qui ne pouvaient qu'être qualifiées de romantiques.

— Bon, je prends la pizza, annonça-t-elle en se redressant. Je te laisse te charger du champagne ?

Il posa la main sur son bras. Un contact léger, sans

insistance, mais qui l'arrêta quand même. Puis il fit glisser un doigt caressant sur sa peau.

— Tu aimes la plage ?

— Je ne me suis jamais vraiment posé la question.

En cet instant, pourtant, elle aspirait à poser la tête sur son épaule et à regarder les vagues se soulever et retomber dans une pluie d'écume. A compter longuement les étoiles. Pourquoi cette soudaine envie de se livrer à des occupations dépourvues de toute utilité pratique ? se demanda-t-elle, étonnée de ses propres envies. Nager un cent mètres crawl, à la rigueur. Faire un footing dans le sable, pourquoi pas… Mais béer aux étoiles ?

— Je ne sais pourquoi, mais cette soirée semble se prêter à des contemplations de bord de mer.

Elle ne sut pas si elle répondait à la question de Blake ou à la sienne.

— Comme nous n'avons pas de plage à disposition, il faudra trouver un substitut. Comment fonctionne ton imaginaire ?

— Pas trop mal.

Assez bien, en tout cas, pour se rendre compte d'où cette soirée allait la mener, si elle ne veillait pas à basculer sur un mode un peu moins alangui.

— Ce que me dit mon imagination, là, tout de suite, c'est que la pizza refroidit et que le champagne se réchauffe.

Poussant sa portière, elle descendit, le carton en équilibre sur le plat de la main, et se dirigea droit vers la porte. Une fois à l'intérieur du bâtiment, elle emprunta l'escalier.

— Il arrive que l'ascenseur ne soit pas en panne ?

Blake glissa sous son bras le sac isotherme contenant le champagne, et lui emboîta le pas.

— Il marche parfois. Mais rarement. Personnellement, je ne prends pas le risque.

— Dans ce cas, pourquoi avoir choisi le quatrième

étage ? demanda-t-il alors qu'ils atteignaient le deuxième palier.

Elle sourit.

— J'aime bien la vue. Et les démarcheurs à domicile se découragent généralement avant d'y arriver.

— Tu aurais pu choisir un immeuble moderne avec une vue panoramique, un système d'Interphone sécurisé et un ascenseur normalement constitué.

— Je ne suis pas contre la modernité. J'aime les voitures neuves et fonctionnelles. Et le matériel de cuisine que j'utilise doit être dernier cri.

Sortant ses clés de son sac, Summer les fit tinter en approchant de sa porte d'entrée.

— En ce qui concerne le logement, j'ai des critères plus fantaisistes. Mon appartement à Paris a des canalisations capricieuses mais les plus belles corniches au plafond dont on puisse rêver.

En entrant, ils furent accueillis par un parfum de roses si soutenu qu'il en était presque étourdissant. Il y en avait de partout. Des blanches dans un panier, des vertes dans un vase de Sèvres, des parmes et des saumonées disposées en un savant mélange dans un pot en terre cuite et un assemblage de généreuses corolles couleur ambre dans un grand verre en cristal de Venise.

— Tu es tombée sur une promo spéciale chez le fleuriste ?

Summer posa la pizza sur la table à manger ronde du séjour avant de répondre :

— Je ne m'achète jamais de fleurs. Les roses sont un cadeau d'Enrico.

Blake sortit le champagne du sac.

— Toutes ?

— Il a tendance à faire dans l'excès. Tu as probablement entendu parler de lui. Enrico Gravanti… Celui des sacs à main et des chaussures.

Dans la catégorie grand luxe, oui. Blake effleura un pétale de rose bicolore.

— J'ignorais que Gravanti était à Philadelphie. Il descend au Cocharan, d'habitude.

— Enrico n'a pas bougé de Rome, aux dernières nouvelles.

Summer passa dans la cuisine pour prendre des flûtes et des assiettes.

— Il m'a fait livrer ces « quelques fleurs », comme il dit, parce que j'ai accepté de confectionner le dessert pour son dîner d'anniversaire, le mois prochain.

— Quatre douzaines de roses uniquement parce que tu acceptes de lui faire un gâteau ?

Summer revint avec les couverts.

— Cinq. J'en ai d'autres dans la chambre. Elles sont très belles, celles-là. Des teintes incroyables et une forme parfaite... Cela dit, mes desserts valent bien ces manifestations de gratitude.

Elle lui tendit démonstrativement une flûte.

Blake hocha la tête et déboucha le champagne. Le gaz s'échappa avec un léger sifflement et les bulles s'élevèrent vers le col de la bouteille.

— J'en conclus que tu vas bientôt partir en Italie ?

— Je peux difficilement envoyer mes desserts par la poste !

Elle observa l'effervescence joyeuse du liquide couleur d'or pâle qui montait en mousse exubérante.

— Je ne passerai que deux jours à Rome. Trois au maximum.

Elle attendit que la mousse retombe, puis observa un instant les trains de bulle avant de porter le verre à ses lèvres. Elle prit une gorgée, ferma les yeux, l'attention aiguisée, les sens en éveil.

— Excellent. Superbe, même. Il n'a pas usurpé sa réputation.

Une deuxième gorgée, puis elle souleva les paupières et sourit.

— Je meurs de faim !

Soulevant le couvercle du carton, elle huma longuement.

— Mm… Chorizo, mozzarella, artichauts.

— La Piquante, comme ils l'appellent. J'ai pensé qu'elle t'irait bien.

Elle laissa monter un rire, aussi spontané qu'une explosion de bulles, et prit place à table.

— Très bon choix, en effet. Tu veux que je te serve ?

— Volontiers.

Pendant qu'elle découpait la pizza, Blake prit un briquet sur la table et alluma les trois bougies dans le chandelier.

— Champagne et pizza, dit-il en éteignant la lumière. Une combinaison qui mérite d'être dégustée aux chandelles, non ?

— Si ça te fait plaisir.

Elle attendit qu'il se soit assis pour prendre sa première bouchée. Et ronronna de plaisir.

— Splendide !

— Si tu le dis… Tu as remarqué que nous passons beaucoup de temps ensemble à manger, toi et moi ?

— C'est une noble occupation. Que j'honore entre toutes. J'essaie toujours de manger en conscience et de vivre chaque repas comme un plaisir et non pas comme une nécessité biologique. Ça ajoute quelque chose.

— Des kilos ?

Elle haussa les épaules et attrapa son verre de champagne.

— Des kilos, oui, pour qui n'a pas la sagesse de savourer son plaisir à la juste dose. C'est la goinfrerie qui fait grossir, abîme le teint et rend triste et dépendant.

— Et tu ne tombes jamais dans ce travers ?

Elle se souvint brusquement d'avoir été submergée par une voracité sans précédent, lorsqu'ils s'étaient embrassés. Mais elle n'avait pas succombé corps et biens à une boulimie de baisers. Elle avait repris le contrôle.

— Non. L'art de déguster, oui. La compulsion, non. Dans mon métier, ce serait désastreux.

Prenant une nouvelle bouchée, elle s'appliqua à la savourer longuement.

— Et comment fais-tu pour limiter ton plaisir au juste dosage ?

La question n'était pas innocente. Prenant tout son temps, Summer leur resservit à chacun une part avant de répondre :

— Je préfère manger une seule cuillerée d'une mousse au chocolat fabuleuse que de me remplir d'un dessert bourratif qui manque de finesse et d'élégance.

Blake contempla le contenu de son assiette d'un œil sceptique.

— Et la pizza, pour toi, se range dans la catégorie des mets qui ont de l'élégance ?

Elle sourit de le voir aussi déconcerté par ses goûts.

— Les aromates sont en harmonie — si j'excepte une pointe d'origan en trop. Un excellent mariage entre l'acidité de la sauce et la consistance de la pâte. La mozzarella de bufflonne est souple et goûteuse à souhait et le chorizo relève juste ce qu'il faut. Reste l'artichaut qui apporte la pointe d'amertume nécessaire. Il suffit de mettre ses sens à contribution, sans idées préconçues. Des plats très simples, très basiques peuvent se révéler mémorables.

Blake approuva d'un hochement de tête.

— Lorsqu'on met ses sens à contribution sans idées préconçues, il peut en résulter toutes sortes de plaisirs mémorables, en effet. Et dans les domaines les plus variés !

Elle porta son champagne à ses lèvres et sourit, croisant son regard par-dessus le bord de son verre.

— Il est bien entendu que nous parlons nourriture,

Blake. Les saveurs sont capitales, bien sûr, mais l'apparence…

Leurs doigts s'entrelacèrent.

— C'est par le regard que tout commence. C'est à travers lui que naît d'abord le désir de porter quelque chose à la bouche.

Elle ne le quittait pas des yeux, captivée par son regard, d'un bleu profond.

— Puis des arômes viennent taquiner tes narines et te tentent, te poussent, te galvanisent. C'est alors l'olfaction qui entre en jeu…

Son odeur à lui ? Boisée. Dans des tonalités sombres. Attirante.

— L'ouïe aussi joue son rôle, bien sûr. Approche ton verre de ton oreille et tu entendras la voix de ton champagne — retenue ou volubile, timide ou poétique. Ecoute-le…

Pour sa part, elle aimait par-dessus tout entendre la façon dont il prononçait doucement les deux syllabes de son prénom.

Elle poursuivit, avec une légère raucité dans la voix, une trace ténue d'émotion dans la gorge :

— Au final, ce sont les papilles qui entreront dans la danse, pour explorer les goûts, les textures.

Les baisers de Blake lui avaient révélé des saveurs qu'elle gardait obstinément à la mémoire.

Il pressa les lèvres au creux de sa paume.

— Si j'ai bien compris, tu conseilles de savourer chaque aspect de l'expérience afin d'y associer tour à tour chacun de nos sens ?

Il retourna sa main et, de la pointe de la langue, explora un à un les creux sensibles entre les jointures de ses doigts.

— A la suite de quoi, nos plaisirs, même les plus élémentaires, se parent du pur éclat d'une gemme ?

Une brûlante sensation de désir fila le long de son bras et descendit comme une flèche jusqu'en bas de son ventre.

— Une expérience ne vaut que si elle est vécue pleinement, acquiesça-t-elle dans un souffle.

— Et l'ambiance ?

D'un doigt léger, il suivit le contour de son oreille.

— Tu ne penses pas que le cadre joue un rôle ? Qu'il magnifie l'expérience, s'il est approprié ? Comme un éclairage à la bougie, par exemple.

Leurs visages étaient très proches l'un de l'autre à présent. Summer observa sur les traits de Blake le jeu des flammes qui dessinait des zones d'ombre et de mystère.

— Le décor reste un élément extérieur. Mais il peut ajouter une certaine intensité à l'ensemble.

— Créer une atmosphère propice à l'éveil de la poésie amoureuse, en somme ? chuchota-t-il en soulignant d'une caresse la ligne de sa joue.

— On pourrait dire les choses ainsi, oui…

Le champagne ne lui montait jamais à la tête, pourtant elle avait la tête légère. Comme remplie de petites bulles. Lentement, voluptueusement, son corps entrait en passivité, se faisait pure réceptivité langoureuse. Elle fit un effort pour se souvenir pourquoi elle devait à tout prix lutter contre ces sensations. Mais son cerveau ne lui fournit aucune réponse convaincante.

— Certaines personnes peuvent être sensibles à une atmosphère dite « romantique », dit-elle dans un souffle.

— Certaines, oui, reprit-il en écho, alors que ses lèvres suivaient le chemin que ses doigts avaient ouvert. Mais toi non ?

Il lui mordilla les lèvres et les sentit douces, tièdes, offertes sous les siennes.

— Non, pas moi, bien évidemment, répondit-elle.

Mais son soupir était aussi doux, tiède et fondu que sa bouche langoureuse.

— Toi, tu es une femme pratique. Mais pas romantique.

Il la fit se lever de sa chaise afin que leurs corps puissent se trouver.

— Voilà. Tout à fait. Je suis terre à terre.

Elle se coula contre lui et sa tête bascula en arrière, en une invite.

— Le coup des bouquets de roses et des dîners aux chandelles, ce n'est pas à toi qu'on le fait…

Avec un léger chuchotis de plaisir, elle l'entoura de ses bras.

— Les bougies, les photophores et tout le reste, c'est juste une astuce destinée à maquiller l'atmosphère. Nous, les chefs, nous considérons qu'il existe des éclairages plus adéquats pour mettre nos mets en valeur.

— Alors, pour toi, ça ne change rien si je te dis que tu es belle autant sous l'éclat du soleil qui montre que ta peau est sans défaut qu'à la lumière d'une bougie qui la fait paraître de porcelaine ?

Il s'interrompit un instant pour inscrire un pointillé de baisers le long de la ligne de son cou.

— Ça ne changerait rien si je te disais que tu déchaînes des torrents de désir en moi, comme aucune autre femme avant toi ? Que le simple fait de te regarder m'excite, que je deviens fou quand je te touche ?

— Ce ne sont que des mots, réussit-elle à répondre, alors même que la tête lui tournait. Je n'ai pas besoin de…

La bouche de Blake lui imposa le silence. Le long baiser qui suivit annihila en elle toute prétention au pragmatisme. Même si elle n'en avait jamais éprouvé la nécessité jusque-là, elle voulait, pour ce soir, la poésie des mots tendres, la douceur de l'éclairage et l'emportement du cœur. Elle voulait faire l'amour avec une lenteur, une attention aux sensations qui lui videraient la tête et feraient de son corps une lave tiède et malléable à l'infini. Ce soir, il n'y avait que lui au monde. Si, le lendemain, les dures sanctions de la réalité devaient tomber, il serait toujours temps de les affronter une à une. L'échéance paraissait si lointaine... A des années-lumière. Le lendemain était loin. Et le présent, c'était Blake.

Elle ne résista pas lorsqu'il la souleva dans ses bras. Pour les heures à venir, elle serait fragile et tendre ; elle serait romantique, le cœur ébloui et la tête dans les étoiles. Elle l'entendit souffler les bougies et l'odeur de la cire fondue les accompagna en volutes légères jusque dans la chambre à coucher.

La lumière de la lune entrait par la fenêtre, comme un ensorcellement argenté. *Les roses.* Leur précieuse fragrance flottait partout autour d'eux. De l'appartement d'en dessous montaient, étouffées, les envolées *appassionata* de la sonate de Beethoven du même nom.

Une brise, presque imperceptible dans la nuit chaude, chuchota sur son visage lorsque Blake l'allongea sur le lit. L'ensemble se conjuguait pour créer une atmosphère de beauté et de mystère, songea-t-elle à travers la brume légère qui estompait ses pensées. Aurait-elle imaginé mieux, si elle avait dû mettre en scène le décor idéal pour une nuit d'amour ? Elle ouvrit les bras à Blake et l'attira à elle.

Peut-être le destin avait-il tout orchestré ?

De Blake, elle ne voyait plus que les yeux. Son regard d'un bleu profond était si direct, si intense qu'il appelait un engagement sans réserve. Il l'observait sans rien faire, soulignant juste du bout du doigt la forme de son visage, de ses lèvres. Avait-elle déjà reçu pareille tendresse ? Avait-elle même *souhaité* la recevoir ?

Non. Pas qu'elle s'en souvienne. Mais elle désirait aujourd'hui ce qu'elle n'avait encore jamais désiré jusqu'à présent. Elle aspirait à la découverte, à la tendresse, s'ouvrait à l'homme qui s'apprêtait à lui offrir l'une et l'autre.

Prenant son visage entre ses mains, elle étudia ses traits. Elle se préparait à partager avec lui un moment d'intimité totale. Bientôt, il connaîtrait son corps et il connaîtrait ses vulnérabilités. Peut-être aurait-elle hésité à la dernière seconde à s'en remettre à lui tout entière. Mais le désir balayait toute velléité d'atermoiement avec la force d'un torrent. Elle se raccrocha à la promesse qu'elle lisait dans son regard.

— Embrasse-moi, Blake. Je n'ai encore jamais rien ressenti d'aussi fort.

Une vague de plaisir et de fierté, d'une intensité sidérante, le submergea alors. Se penchant au-dessus d'elle, il posa ses lèvres sur les siennes, les fit aller et venir doucement. Les yeux dans les yeux, ils regardaient leurs émotions s'intensifier, leurs désirs monter, enfler comme les eaux d'un fleuve.

Blake aurait pu s'en douter : Summer était encore plus belle sous la lumière de la lune, ses cheveux étalés sur l'oreiller. Il aurait dû deviner aussi que son désir d'elle serait douloureux comme aucun désir ne l'avait été. Ce qui se passait là, dans ce lit, était-ce une simple histoire de sens, ou aurait-il franchi, sans s'en apercevoir, quelque ligne de démarcation invisible ? A ces questions, il n'y avait pas de réponses. Pas encore. L'élucidation viendrait peut-être plus tard, avec la lumière du jour.

Un son guttural monta de sa gorge et il approfondit leur baiser. Le corps de Summer s'amollit sous le sien ; sa bouche s'émut. L'excitation montait par vagues, comme de petites flammèches brèves encore contenues par la douceur dont ils semblaient avoir besoin, l'un et l'autre. Besoin de donner. Besoin de recevoir. C'était en eux, une pulsion inattendue que ni lui ni elle n'avaient connue auparavant.

Les mains de Summer coururent, légères, sur son visage et dans son cou, avant de s'enfouir dans ses cheveux.

Même s'il sentait son corps durcir contre le sien, il n'y avait encore rien d'impérieux, aucune exigence immédiate.

Savoure-moi. L'appel muet glissa dans l'esprit de Summer comme une caresse de soie, alors que les lèvres de Blake cheminaient sur son visage en toute lenteur. Elle n'avait encore jamais rencontré tant de patience, n'avait jamais éprouvé un tel enchantement de tout le corps. Bouche contre bouche. Bouche contre peau. Chaque baiser la faisait descendre un peu plus dans les strates profondes d'une langueur qui effaçait les frontières entre dehors et dedans.

Touche-moi. Là encore, il parut percevoir son injonction silencieuse. Le périmètre de ses caresses s'élargit, toujours sans aucune hâte. Ses mains glissèrent sur ses épaules, le long de ses flancs, puis remontèrent effleurer ses seins. Encore et encore. Jusqu'au moment où il leur fallut plus de partage, plus de contact, plus de peau. Alors, sans un mot, ils commencèrent à se déshabiller l'un l'autre.

De fragiles doigts de lune glissaient sur des pans de chair dévoilés — une épaule, la longueur d'un bras, un torse hâlé et dur. Avec la patience de la volupté, Summer pressait ses paumes sur le torse de Blake, apprenait à lire sous ses doigts la solidité, le rebondi de ses muscles. Avec l'émerveillement de la paresse, il explorait à son tour toute la longueur de son corps, mémorisait la subtilité de ses courbes, la perfection de ses lignes, la ronde délicatesse de ses seins. Même dévêtus, ils maintinrent le parti pris de la lenteur. Il y avait tant à toucher, tant à déguster et le temps avait perdu toute signification.

Le souffle de la brise s'intensifia, mais la chaleur montait dans les corps. Partout où les doigts de Summer se posaient, la chair de Blake brûlait, puis se rafraîchissait pour brûler de nouveau. Il reprit les commandes, goûta, dévora le satiné d'une peau frémissante, à la recherche des plages de sensibilité secrètes. Petit à petit, ils approchaient des zones de turbulences, la langueur cédait du terrain, laissait la place à plus d'exigence.

Avec un sentiment d'urgence à présent, au son de leurs gémissements et de leurs respirations tremblantes, ils s'entraînaient mutuellement plus loin. Plus vite. Plus fort. Blake n'avait jamais imaginé pouvoir abandonner les rênes et Summer avait toujours refusé la passivité. Aujourd'hui, pourtant, ils acceptaient l'abandon, se laissaient guider tour à tour vers une destination commune.

Summer perdait prise sur le réel, le laissait glisser au loin sans chercher à se raccrocher aux éléments extérieurs. Les accords de piano ne pénétraient plus que faiblement sa conscience, mais les murmures de Blake lui parvenaient avec une grande clarté. Le parfum des roses avait cessé de mobiliser ses sens, mais les odeurs intimes de Blake faisaient chanter sa libido. Elle était prête à humer, ressentir, éprouver tout ce qui voudrait bien se présenter à elle, à condition que ce soit avec lui et lui seul. Le feu du désir faisait rage en elle comme jamais encore auparavant. Mais le désir n'était pas seul. Il s'accompagnait de quelque chose d'éperdu qu'elle ne parvenait pas à nommer. L'élan qui l'habitait, elle ne pouvait le récuser, encore moins le refuser. Tout en elle réclamait Blake — son cœur, son corps et son esprit confondus.

Son nom trembla sur ses lèvres lorsqu'elle l'accueillit en elle, se fit terre d'accueil, humide et chaude. Pour l'un et l'autre, alors, l'acuité inouïe du plaisir occulta toute pensée. Tout s'accéléra, le flux les emporta, déchaînant tempête après tempête. La langueur initiale s'était mue en ouragan. Ensemble, ils furent soulevés, balayés. Mêlés au plus secret de leurs êtres. Toujours semblables et pourtant plus tout à fait les mêmes qu'avant.

Combien de temps s'était-il écoulé ? Des heures ? Quelques minutes seulement ? Summer baignait nue dans l'éclat tamisé de la lune et cherchait à se repérer, émergeant tant bien que mal de la langueur cotonneuse dans laquelle l'amour l'avait plongée. Tout était si nouveau pour elle ! Comment pouvait-on se sentir repue, exaltée et exténuée à la fois ? La veille encore, elle aurait affirmé qu'il était impossible de combiner trois états.

Les cheveux noirs de Blake lui caressaient l'épaule et son souffle murmurait contre sa joue. Leurs odeurs corporelles s'étaient mariées à présent, et le parfum des roses n'était plus qu'un thème parmi d'autres au sein d'un bouquet olfactif aux tonalités plus musquées. A l'étage en dessous, la musique avait cessé, mais l'écho des notes restait imprimé dans ses oreilles. Le corps de Blake pesait sur le sien et ce poids l'enchantait. Elle savait, sans avoir à se poser la question, qu'elle pourrait nouer les bras autour de lui et rester ainsi collée à lui le restant de ses jours.

Oh ! mon Dieu !

A travers la langueur ouatée du plaisir, les premiers frémissements de l'inquiétude se firent sentir. En si peu de temps, comment avait-elle pu en arriver là ? Elle avait toujours été si certaine de conserver le contrôle de ses sentiments. Ce n'était pas la première fois qu'elle passait la nuit avec un homme, mais la première fois qu'elle faisait l'amour au sens plein du terme.

Autrement dit, elle venait de commettre une erreur.

Elle se força à graver le mot « erreur » dans son esprit, même si son cœur tenait le discours opposé. Il était temps de redevenir l'esprit pratique qu'elle avait toujours été. N'avait-elle pas eu l'occasion de constater les effets délétères de la passion sur deux personnes parfaitement douées d'intelligence ? Ses parents avaient passé des années à enchaîner les histoires d'amour, à la recherche de… de quoi, au fait ?

De ça, murmura une voix en elle. Mais sa raison se hâta de bloquer le message. Elle ne commettrait pas l'erreur de courir à son tour après un objectif aussi fuyant. L'engagement, la permanence des sentiments étaient des miroirs aux alouettes. Des illusions qui n'avaient aucune place dans la vie qu'elle s'était choisie.

Fermant les yeux un instant, elle attendit que le tourbillon retombe et que le calme revienne. Elle était une grande fille, suffisamment évoluée et mature pour assumer une attirance physique mutuelle sans lendemain.

Traite la situation par l'humour. Ne donne surtout pas d'importance à ce qui vient de se passer.

Mais elle ne put résister à la tentation de glisser la main dans les cheveux de Blake.

— Etonnant, non, les effets secondaires que la combinaison pizza-champagne provoque chez moi ?

Soulevant la tête, Blake lui sourit. Il se sentait d'attaque pour affronter le monde entier. Seul et à mains nues.

— Je te le prescris comme régime de base, murmura-t-il, en lui embrassant le creux de l'épaule. Ce sera désormais le mien, en tout cas. Tu en reprendras bien une petite dose ?

— De champagne et de pizza ?

Il lui mordilla le cou en riant.

— De ça aussi, oui.

Roulant sur le dos, il l'entraîna avec lui. L'intimité de leur étreinte fit vibrer quelque chose en elle — comme un tremblement au plus intime de son être.

Edicte les règles, Summer. Fais-le maintenant… Avant qu'il ne devienne trop facile d'oublier.

— C'était bon, toi et moi, énonça-t-elle calmement.

— A qui le dis-tu !

Il voyait les ombres jouer sur le plafond, percevait

le ronronnement étouffé de la circulation. Mais c'était Summer, rien que Summer, qui saturait tous ses sens.

— Maintenant que nous sommes passés par la case sexe, poursuivit-elle, notre relation peut en être affectée de deux manières possibles.

Il tourna la tête et la fixa, intrigué.

— De deux manières possibles ?

— Soit ça accroîtra la tension entre nous dans le cadre professionnel, soit elle s'en trouvera au contraire allégée. Avec un peu de chance, il s'agira du second cas de figure.

Il fronça les sourcils dans la semi-obscurité.

— Ce qui vient de se passer ici n'a strictement rien à voir avec nos vies professionnelles, Summer !

— Je ne vois pas comment elles pourraient ne pas en être affectées. Tout ce qui nous arrive en dehors a forcément des répercussions sur la façon dont nous travaillons ensemble, non ?

Elle s'humecta les lèvres et fit un effort pour garder une attitude désinvolte.

— Faire l'amour avec toi a été… très intime. Mais demain matin, nous serons de nouveau liés par une relation de travail. C'est inéluctable. Et je pense que ce serait une erreur de laisser ce… cet épisode modifier le climat professionnel entre nous.

Elle avait l'impression d'en rajouter. De parler pour ne rien dire. De déblatérer, en somme. Si seulement il répondait quelque chose, ça lui faciliterait la tâche !

— Nous savions, l'un et l'autre, que nous finirions par coucher ensemble, Blake. Maintenant que c'est fait, ce sera sans doute plus tranquille entre nous. Plus apaisé.

— Comment ça, *plus tranquille* ?

Furieux et peiné, Blake se souleva sur un coude.

— A t'entendre, ce qui s'est passé entre nous correspondrait à la simple décharge d'un trop-plein de tension sexuelle. Là aussi, nous savons que c'est un peu plus que ça.

— Soit. Mais n'en faisons pas une montagne !

Comment avait-elle pu s'embarquer dans un discours aussi creux ? Et pourquoi continuait-elle à parler, alors qu'elle avait juste envie de ronronner entre ses bras ?

— Nous sommes deux célibataires adultes et sexuellement compatibles. Sur ce plan-là, nous ne devons pas encombrer l'autre avec des attentes déraisonnables. Sur le plan professionnel, en revanche, notre investissement doit être total.

Blake eut une brutale envie de le lui faire ravaler son « plan professionnel ». De le lui enfoncer dans la gorge. Sans ménagement. Et la violence de sa réaction n'était pas faite pour le rassurer. Pas plus que la découverte qu'il souhaitait, *aussi* sur le plan intime et personnel, un investissement total. Non sans effort, il réprima sa rage. Il lui faudrait prendre le temps de faire le point. Il avait quelques questions sérieuses à se poser et il lui faudrait de vraies réponses. En attendant, il s'agissait de garder la tête froide.

— Summer, j'ai l'intention de faire l'amour avec toi très souvent. Et chaque fois que nous serons ensemble dans un lit, le « plan professionnel » ira se faire foutre, si j'ose dire.

Il passa la main sur son flanc et sentit son corps se déployer comme une fleur sous la caresse. Si elle voulait des règles, il allait en établir, songea-t-il, furieux. Les siennes, cette fois-ci.

— Lorsque nous sommes ensemble, il n'y a pas d'hôtel, pas de restaurant. Juste toi et moi. De retour à la Cocharan House, nous serons tout aussi professionnels que tu voudras l'être.

Summer ne savait plus très bien si elle voulait acquiescer calmement ou hurler de désarroi. Dans le doute, elle se tut.

Blake l'attira fermement contre lui.

— Et maintenant, j'ai envie de toi. J'ai envie qu'on

fasse l'amour ; j'ai envie qu'on dorme ensemble. Dès demain matin, 9 heures, promis, nos personnalités professionnelles reprendront le dessus. Ça te va ?

Summer aurait pu répondre, mais la bouche de Blake frôlait déjà la sienne. Après tout, demain serait un autre jour...

8

Dans la solitude de son bureau, Blake remâchait sa frustration, jurant haut et fort. Il avait souvent assisté à des conversations entre hommes tournant autour du lamento classique : les femmes seraient déroutantes, changeantes, illogiques, bourrées de contradictions, bref, de véritables casse-tête livrés sans la solution. Comme il avait toujours réussi à entretenir avec l'autre sexe des rapports aussi satisfaisants que rationnels, il s'était toujours cru éloigné de ce qu'il considérait comme des préjugés d'un autre temps.

Jusqu'à sa rencontre avec Summer.

A présent qu'il avait affaire à cette femme très particulière, il était à la recherche de nouveaux qualificatifs. Se levant de son bureau, il se dirigea vers la fenêtre et fronça les sourcils en contemplant sa ville.

En faisant l'amour avec elle pour la première fois, il avait dû constater son ignorance : il n'avait pas su jusque-là qu'une femme pouvait ployer avec autant de douceur dans l'étreinte, se montrer aussi généreuse d'elle-même. Pourtant, elle était restée forte, avec cette fragilité offerte paradoxale qui lui avait donné le sentiment de pénétrer du velours. Etait-ce un effet de son imagination, ou lui avait-elle appartenu dans les gestes de l'amour comme aucune femme avant elle ? Il aurait été prêt à jurer que pendant qu'ils s'étreignaient, elle n'avait été présente qu'à lui, n'avait pensé qu'à lui, n'avait désiré que lui. Et cependant, avant même qu'il ait eu le temps de rassembler ses pensées, elle s'était mise à lui parler froidement travail et règles de conduite. Comme s'il ne s'était rien passé entre eux.

Cela dit, le fait qu'elle soit restée carrée et pragmatique était plutôt inespéré. Ce qu'il voulait, c'était le plaisir, le charme d'une compagnie occasionnelle. Sans attaches ni complications. Il avait souvenir d'autres relations où il avait lui-même posé les limites et défendu son territoire. Et il s'en était plutôt bien trouvé. Mais maintenant...

En bas, un couple passa sur le trottoir, bras dessus, bras dessous. Alors qu'il les observait, il les imagina riant ensemble de quelque chose qu'ils seraient les seuls à comprendre. Et pour la première fois, il s'interrogea véritablement sur le sens de l'intime. Son instinct lui disait que Summer et lui avaient été aussi proches l'un de l'autre qu'un homme et une femme pouvaient l'être. Et pas seulement par la peau, par les sens. Il y avait eu un entremêlement de pensées, de désirs, d'émotions — une rencontre absolue... en totale contradiction avec le discours que lui avait tenu ensuite Summer. Que devait-il croire ?

Exaspéré, il se détourna de la fenêtre. Il ne pouvait nier qu'il s'était invité chez elle la veille avec le projet bien arrêté de venir à bout de ses résistances et de mettre ainsi fin à la tension d'un désir qui le tenait éveillé la nuit. Mais qui de lui ou d'elle avait succombé à la séduction, il aurait eu du mal à le dire. Au bout de cinq minutes passées seul avec elle, il perdait son libre arbitre. Poser les yeux sur elle, c'était forcément vouloir la toucher. L'entendre rire, c'était aspirer aussitôt à la saveur de ses lèvres. A présent qu'il avait goûté à l'amour avec elle, il en voulait plus, beaucoup plus. Au point de rêver de lui ravir chacune de ses nuits.

Il devait bien exister un terme pour qualifier cette nouvelle expérience qu'il traversait, non ? Il se sentait toujours plus à l'aise lorsqu'il réussissait à définir un problème avec précision. Une fois l'étiquette collée, il ne lui restait plus qu'à cataloguer, classer et passer à autre chose. Il était l'ami des catégories et des intitulés pertinents. Comment définissait-on le fait de penser à une femme alors qu'il aurait fallu penser à tout autre chose ? Quel nom donnait-on à cette morsure du cœur, tenace, insistante, qui ne vous lâchait pas et vous mettait les nerfs à vif ?

L'amour ? Le mot s'imposa lentement et de façon assez déplaisante. Frappé de stupeur, Blake se rassit et fixa le mur en face de lui. Il l'aimait, donc. C'était aussi simple — aussi terrifiant — que cela. Il la voulait, là, avec lui, riant et tremblant de désir tour à tour. Il voulait voir luire dans ses yeux les orages de la colère et les tempêtes de la passion. Passer avec elle des soirées calmes et des nuits de folie. Et il savait avec une certitude aussi forte qu'inexplicable que tout cela, il le voulait dans la durée.

Depuis ce premier jour où il avait dévalé quatre étages à pied, après leur première rencontre dans son appartement, il n'avait pas pensé une seule fois à une autre femme. *L'amour, oui…* Si tant est qu'il existe la moindre cohérence dans ces phénomènes, l'amour s'imposait comme la seule conclusion logique. Et il était condamné à faire avec.

Il sortit une cigarette d'un paquet qu'il gardait dans un tiroir et la porta à ses lèvres. Sans même penser à l'allumer, il resta les yeux rivés devant lui.

Et maintenant ? Qu'est-ce que je fais ?

Voilà qu'il était tombé amoureux d'une femme qui lui avait très clairement fait comprendre qu'elle ne voulait ni engagement ni promesses. Lui-même, en revanche, avait toujours eu foi en la permanence et en la poésie du mariage. Même si c'était resté jusque-là une croyance abstraite qu'il n'aurait guère imaginé s'appliquer à lui-même.

Mais les choses avaient changé. Il était quelqu'un de trop ordonné — à l'extérieur comme à l'intérieur — pour ne pas considérer la vie à deux comme le résultat direct de l'amour. Et l'amour, forcément, avait pour compagnons la stabilité, l'engagement et le long terme. Il voulait Summer. Et il avait toujours eu la ferme conviction que lorsqu'on voulait vraiment, on pouvait.

L'ennui, c'est que s'il se risquait à lui parler d'amour, elle prendrait la fuite. Lui-même avait encore un peu de mal à se familiariser avec le concept. Une stratégie... Voilà ce qu'il lui fallait. Tout était toujours question de stratégie. Il devait trouver le moyen de la convaincre qu'il était devenu un élément essentiel de sa vie, que leur relation sonnerait le glas de sa vocation proclamée pour le célibat.

Les jeux n'étaient pas encore faits, et il était bien décidé à remporter la mise. Les sourcils froncés, le regard fixe, il commença à élaborer son plan de campagne.

Quatre tasses de café serré n'avaient pas suffi à Summer pour hisser ses capacités de travail à leur niveau optimal. Dix heures de sommeil convenaient parfaitement à ses biorythmes. Huit heures restaient acceptables. Avec moins — et la nuit précédente avait été vraiment très courte —, son humeur avait tendance à virer à l'âcre. Si l'on ajoutait à cela un état émotionnel perturbé et la froide rancœur de Max, les perspectives de la matinée ne s'annonçaient pas très prometteuses.

— En remplaçant l'agneau rôti par un gigot farci en croûte d'herbe, nous ajouterons une touche d'originalité à la carte.

Summer écarta ses livres de recettes pour faire un peu de place sur son bureau. Elle avait apporté dans son réduit un des bouquets d'Enrico pour y introduire une touche de couleur et de gaieté.

— Mon rôti d'agneau a toujours été très apprécié.

— Il convient aux goûts de certains, répondit-elle d'une voix égale. Pour moi, il est bon, mais pas excellent. Et « bon » ne suffit pas à mes yeux.

Leurs regards s'affrontèrent, s'opposant en une lutte qui pour être muette n'en était pas moins sans merci. Comme aucun des deux ne semblait décidé à céder, Summer s'éclaircit la voix et poursuivit :

— Et plutôt que la garniture clamart classique avec les petits pois dans les cœurs d'artichauts, nous proposerons en accompagnement des petits légumes de saison.

— Je ne vois pas pourquoi le clamart…

Summer redressa méticuleusement une fleur de son bouquet. La distraction, bien que mineure, l'aida à maîtriser son irritation.

— De *saison*, Max. Nous prévoirons désormais des garnitures de *saison*. Est-ce clair ? Quant à l'entrecôte…

— Il est hors de question qu'on touche à mon entrecôte !

Elle ouvrait déjà la bouche pour rétorquer, mais se ravisa et serra les dents. Tout le monde savait en cuisine que l'entrecôte était la spécialité de Max — plus ou moins son enfant chéri. La sagesse commandait qu'elle cède gracieusement sur ce point et la tradition britannique du « fair-play » qui courait aussi dans ses veines lui vint en aide.

— L'entrecôte reste exactement comme elle est. Ma fonction ici est d'améliorer ce qui a besoin de l'être, tout en conservant les bases qui font la réputation de la maison.

Voilà qui est bien formulé, Summer, se félicita-t-elle, pendant que Max s'inclinait en bougonnant.

— Nous garderons également le confit d'oie et le

poulet aux morilles. Mais nous ajoutons le canard Tour d'Argent.

Max monta aussitôt sur ses grands chevaux.

— Le canard au sang ! Mais c'est absurde ! Nous n'avons personne ici qui soit capable de le préparer correctement. Et nous n'avons pas de presse.

— Exact. Voilà pourquoi j'en ai commandé une. J'ai même embauché quelqu'un qui sera capable de l'utiliser.

— Vous introduisez quelqu'un dans *mes* cuisines rien que pour le canard à la presse !

— J'introduis quelqu'un dans *mes* cuisines, rectifia-t-elle. Pour le canard et pour l'agneau entre autres choses. Ce chef a accepté de quitter son emploi actuel à Chicago pour venir nous rejoindre ici parce qu'il me fait confiance. Vous pourriez peut-être envisager d'en faire autant...

Les signes avant-coureurs d'un solide mal de tête commençaient à lui marteler le crâne. Elle entreprit de mettre de l'ordre dans ses papiers, le temps que sa dernière remarque fasse son chemin dans l'esprit de Max.

— Voilà. C'est tout pour aujourd'hui, conclut-elle. Je vous confie ma première ébauche de carte.

Elle lui tendit le document.

— Si vous avez des suggestions, ayez la gentillesse de les noter.

Sans même attendre qu'il ait quitté la pièce, elle se pencha de nouveau sur son travail. Max sortit en claquant la porte, ce qui lui arracha un soupir. Elle n'aurait peut-être pas dû lui parler sur ce ton. Elle était plus douée pour ménager les ego fragiles et les vanités blessées, d'habitude. Elle aurait dû s'y prendre avec plus de tact et de finesse. Un second soupir lui échappa et elle se frotta les tempes. Le problème, c'est qu'elle se sentait elle-même un peu trop fragile, un peu trop vulnérable. Peut-être même blessée. Par sa propre faute, d'ailleurs. Elle se cala la tête entre les mains.

Demain, cet autre jour, était arrivé, et il lui restait à composer avec les conséquences de ses actes. Elle avait dérogé à l'une de ses règles en couchant avec un homme appartenant à sa sphère professionnelle. Bon… Rien de vraiment catastrophique en soi. Les règles existaient pour être transgressées, après tout. Malheureusement, le problème se situait ailleurs. Si elle se sentait mal, c'était à cause du non-respect d'un autre de ses grands principes de base : « Si tu sens qu'un homme pourrait compter un peu trop pour toi, FUIS ! »

Si elle ne rectifiait pas le tir très vite, Blake risquait de prendre une place bien trop grande dans sa vie.

Stoïque, elle se servit un cinquième café tout en regrettant de ne pas avoir de paracétamol sous la main et se remémora la soirée de la veille. Elle était restée calme et détachée dans ses propos, avait été claire sur son refus des attachements et des obligations. Mais lorsqu'ils avaient refait l'amour, ses paroles s'étaient plus ou moins diluées sous l'afflux des émotions.

Elle secoua la tête et chassa cette pensée dérangeante. Au réveil, en tout cas, ils avaient été très à l'aise ensemble — deux adultes se préparant en vue de leur journée de travail, sans l'embarras ni les maladresses qui pouvaient parfois peser en ce genre de circonstances. Leur attitude à tous deux avait été exactement conforme à ce qu'elle avait souhaité.

Trop souvent, elle avait vu sa mère rayonner comme un astre au début de ses nouvelles histoires d'amour. « Cette fois, ma petite Summer, j'en suis sûre : c'est lui, c'est l'homme de ma vie, celui que j'attendais. » Il était le plus intéressant, le plus attentionné, le plus poète de tous, et effaçait d'un trait ceux qui l'avaient précédé. Jusqu'au moment où l'enchantement retombait. Summer en avait conclu qu'en évitant de rayonner, on évitait aussi l'effondrement qui suivait immanquablement. Lorsque l'on respectait ce principe, la vie devenait tellement plus simple !

Ce qui ne l'empêchait pas d'être tenaillée par une envie pressante de revoir Blake.

On frappa un coup bref à sa porte et un commis de cuisine passa la tête par l'entrebâillement.

— Summer ? M. Cocharan veut vous voir dans son bureau.

Elle termina posément son café qui refroidissait.

— Ah oui ? Quand ?

— Immédiatement.

Elle leva un sourcil hautain. Personne ne se permettait de convoquer Summer Lyndon *sur-le-champ*. Si on avait besoin d'elle, on la *priait* de bien vouloir se présenter. Et elle venait à son heure.

Son sourire dut être redoutable à en juger par le léger mouvement de recul du messager.

— Je vois. Merci, Jonas.

Lorsque la porte se referma, elle demeura parfaitement immobile. La « convocation » arrivait pendant ses horaires de travail et elle était officiellement sous contrat avec la chaîne Cocharan. Que Blake la prie de venir dans son bureau était parfaitement normal et acceptable. Mais elle n'en restait pas moins Summer Lyndon. Il n'était donc pas question d'obtempérer *immédiatement*.

Elle passa le quart d'heure qui suivit à brasser ses recettes sans but particulier avant de se décider enfin à se lever. Pour traverser les cuisines, elle prit tout son temps, ne manquant pas de soulever quelques couvercles au passage, de humer et goûter ce qui mitonnait. Une fois dans l'ascenseur, elle regarda sa montre et eut la satisfaction de constater que vingt-cinq minutes s'étaient écoulées. Lorsque la cabine s'immobilisa à l'étage des bureaux, elle redressa la taille et sortit d'un pas nonchalant.

Elle sourit à la secrétaire particulière de Blake.

— M. Cocharan m'a demandée, je crois ?

— Oui. Tout à fait. Vous pouvez entrer. Voilà un petit moment qu'il vous attend.

Sans bien savoir si cette dernière affirmation exprimait une réprobation ou une mise en garde, Summer poursuivit son chemin et frappa un coup péremptoire avant de pénétrer dans le bureau.

— Bonjour.

A son entrée, Blake leva les yeux de ses papiers et, optant pour une position plus décontractée, s'adossa à son siège.

— Tu as eu du mal à trouver un ascenseur libre ?

— Non.

Traversant la pièce d'un pas assuré, elle choisit un fauteuil et s'y installa confortablement. Elle retrouvait le Blake Cocharan de la première fois qu'elle était entrée dans cette pièce : distant, impérial, sûr de lui. C'était donc sur ce registre-là qu'il souhaitait communiquer ? Parfait...

— Je dois dire que c'est l'un des rares hôtels que je connaisse où l'on n'a pas le temps de prendre des cheveux blancs à attendre un ascenseur.

— Et tu connais sans doute aussi le sens du mot « immédiatement », je présume ?

— Tout à fait, mais j'étais occupée.

— Il faudrait peut-être que je précise que je ne tolère pas qu'un employé me fasse attendre.

Summer le toisa sans se démonter.

— Je préciserai deux choses à mon tour. Un, je ne suis pas seulement une employée mais une artiste. Deux, je n'ai pas l'habitude d'accourir au moindre claquement de doigts.

Blake regarda sa montre et répondit avec une douceur que Summer trouva d'emblée suspecte.

— Il est 11 h 20, un jour ouvré. Tes créations restent

tributaires de mon financement, Summer. Les ordres, c'est moi qui les donne.

Le sang lui monta aux joues.

— Parce que tu considères que la qualité de mon travail ne se mesure qu'en espèces sonnantes et trébuchantes ?

Blake écarta les mains comme pour indiquer qu'il ne pouvait pas grand-chose à la situation.

— Je n'ai pas dit ça. Mais… *business is business*, non ? Le professionnel reste le professionnel. Tu n'arrêtes pas de me le répéter.

Prise à son propre piège, en somme. Et il avait de toute évidence éprouvé un malin plaisir à la pousser dedans.

En réaction, elle se drapa dans une arrogance altière.

— Bon. Tu voulais me voir : je suis là. Ne perdons pas plus de temps et venons-en aux faits.

Blake la trouvait magnifique en reine de glace. Il se demanda si elle avait conscience qu'un simple changement d'expression, une modification du ton de sa voix suffisaient à métamorphoser son image. En l'espace d'une seule journée, elle pouvait être une demi-douzaine de femmes différentes. Elle ne le savait peut-être pas, mais elle avait hérité des talents d'actrice de sa mère.

— Max a encore exprimé énergiquement son mécontentement, déclara-t-il tout de go.

Elle accueillit la nouvelle avec toute la morgue d'une impératrice sur le point d'ordonner une mise à mort.

— Ah, vraiment ?

— Il est opposé — violemment opposé — à certaines modifications que tu comptes apporter à la carte.

Il baissa les yeux un instant pour consulter ses notes et poursuivit :

— Ah oui… Le canard à la presse semble être le gros problème du jour. Ainsi que toute une série de sujets de contrariété annexes.

Summer se tint plus droite encore sur sa chaise.

— J'ai cru comprendre que tu avais fait appel à moi pour améliorer la qualité de tes prestations.

— Je ne le nie pas.

— C'est précisément ce à quoi je m'emploie.

Sous l'effet de la colère, son accent français devenait plus marqué, son regard mordoré étincelait. Même si ça le contrariait de l'admettre, elle était indéniablement au sommet de sa beauté lorsqu'elle se mettait dans cet état.

— Selon les termes de ton contrat, tu t'engages également à diriger les cuisines. Ce qui signifie que tu dois être en mesure de garder le contrôle de ta brigade.

— Garder le contrôle ?

Elle se leva sous l'outrage. La reine de glace venait de laisser la place à l'artiste enragée. Ses gestes prenaient de l'ampleur ; ses mouvements se chargeaient d'une intensité dramatique.

— Il me faudrait des chaînes et un fouet pour faire entendre raison à ce vieux grincheux rétrograde, ce rétréci du cerveau qui n'a pas encore compris que le monde de la gastronomie avait bougé en trente ans ! *Ses* façons de faire sont les seules valables. *Sa* carte est gravée dans le marbre et il ne faudrait surtout jamais en changer ! Peuh !

Dans la bouche de n'importe qui d'autre, cette interjection aurait prêté à rire. Venant de Summer, elle faisait son petit effet.

Blake tapotait du bout de son stylo sur son bureau tout en se délectant de ce grand moment de théâtre. Il se trouvait même à deux doigts d'applaudir.

— C'est une manifestation de ce qu'on appelle le « tempérament artistique » ?

Il ironisait ? Très bien…

— Et tu n'as encore rien vu, *my friend*. Mon vrai tempérament est autrement plus explosif que ça !

Blake se contenta de hocher la tête. La pousser à passer

au régime supérieur était tentant, mais il avait un réel problème à régler.

— Max travaille pour nous depuis vingt-cinq ans.

Il reposa son stylo et joignit les mains. Son calme offrait un contraste frappant avec l'emportement de Summer.

— Il est efficace, d'une fidélité sans faille. Et il a, à l'évidence, ses susceptibilités.

— Des susceptibilités !

Ce fut tout juste si elle ne cracha pas le mot.

— J'ai laissé au menu sa fichue entrecôte et sa précieuse volaille aux morilles des familles ! Mais même ainsi, monsieur fait des caprices et va pleurer dans ton giron. Pour ma part, j'aurai mon canard Tour d'Argent et mon agneau. *Ma* carte ne ressemblera pas à un menu pour restaurant de papis !

Il regrettait presque de ne pouvoir l'enregistrer. Aurait-elle seulement perçu le côté comique de sa tirade, si elle avait pu entendre ce qu'elle venait de dire ? *Pas sûr*, songea-t-il en toussotant pour dissimuler un début de rire et garder une expression impassible.

— Je n'ai aucun désir d'intervenir dans l'élaboration de ta carte. En fait, Summer, je n'ai aucun désir d'intervenir *du tout*.

Loin de paraître amadouée, elle rejeta ses cheveux dans son dos et le foudroya du regard.

— Alors pourquoi me déranger avec ces détails insignifiants ?

— Ces détails insignifiants, comme tu dis, relèvent de ta responsabilité. Pas de la mienne. Une partie de tes fonctions consiste à faire régner la paix dans tes cuisines. Si le chef censé te seconder est constamment insatisfait, tu ne fais pas ton boulot. Tu es libre de consentir à tous les compromis que tu jugeras nécessaires.

— Consentir à des compromis ?

Elle était magnifique, une fois de plus, raide comme la justice et les yeux jetant des éclairs.

— Je t'avais prévenu d'entrée de jeu que je ne transigeais jamais, Blake !

— Ce n'est pas en t'enfermant dans une obstination stérile que tu feras régner l'harmonie dans tes cuisines.

— Parce que c'est *moi* qui m'enferme dans une obstination stérile ? souffla-t-elle, au comble de l'indignation.

— Tout ce que je sais, c'est que le problème Max relève de ta fonction. Je ne veux plus recevoir ses coups de fil.

D'une voix basse et redoutable, elle partit dans une longue tirade dans la langue de Molière. Le registre, pour le peu qu'il pouvait en juger, frisait l'ordurier et, dans l'ensemble, il saisit assez bien ce qu'elle cherchait à exprimer.

Ses cheveux voletèrent autour de son visage lorsqu'elle pivota brusquement et s'éloigna vers la porte.

— Summer ?

Elle se retourna, dans une attitude qui lui rappela de façon frappante celle des fameuses archères tueuses d'hommes qui avaient la réputation de ne jamais manquer leur cible. Dans l'état d'esprit où elle se trouvait, il devina qu'elle n'aurait pas eu un tressaillement si sa flèche l'avait frappé au cœur. N'importe… Reine de glace ou amazone, c'était elle qu'il voulait.

— J'ai envie de te voir ce soir.

Son regard se fit meurtrier.

— Tu sais que tu ne manques pas d'air ?

— Maintenant que nous avons traité cette première question, il est temps de passer à la seconde. Je propose un dîner en tête à tête.

— Pour toi, la première question est peut-être réglée, mais je n'en suis pas encore là. Quant à ton dîner, je te propose de le prendre en compagnie de ton comptable. Vous aurez tant de choses à vous dire, tous les deux !

Il se leva et s'approcha lentement d'elle.

— Nous avons passé un accord, toi et moi, si mes souvenirs sont bons : en dehors de notre lieu de travail, notre relation se situe dans un registre strictement non professionnel.

— Nous ne sommes pas en dehors de notre lieu de travail, que je sache. Nous nous tenons dans ton bureau éminemment directorial où je viens de me faire convoquer au pied levé !

— Ce soir, tu ne te tiendras pas dans mon bureau directorial.

— Ce soir, je me tiendrai où j'aurai envie de me tenir.

— Dès que nous serons sortis d'ici, je ne serai plus un patron pour toi. Ce sont tes règles, non ?

Ses règles, oui, en effet : le privé et le professionnel soigneusement séparés par une ligne de démarcation tangible. C'était ce qu'elle avait revendiqué. Mais la compartimentation n'était pas aussi simple à instaurer qu'il n'y paraissait.

Elle haussa les épaules.

— Ce soir, il se pourrait que je sois occupée.

Blake regarda sa montre.

— Il est presque midi. Considérons que nous sommes en pause déjeuner.

Un demi-sourire éclaira ses traits et ses doigts allèrent se perdre dans ses cheveux dénoués.

— En dehors des heures de travail, nous devenons, toi et moi, de tout autres personnes. Cette nuit, j'ai envie que nous fassions bruyamment et passionnément l'amour, Summer.

Il l'embrassa juste au coin de la bouche — d'un côté, puis de l'autre —, s'attardant sur les délicates commissures, puis glissa en toute lenteur sur l'arrondi si joliment charnu de sa lèvre inférieure.

— Je veux passer avec toi de longues heures très privées, très personnelles, très intimes.

Elle le voulait aussi, alors pourquoi prétendre le contraire ? Elle n'avait jamais été de celles qui font semblant. Se protéger, oui. Prétendre, non. En tout état de cause, elle avait déjà décidé de résoudre la question Max à sa façon.

Passant les bras autour de son cou, elle lui rendit son sourire.

— Pour ce soir, ça pourrait se faire. Tu apporterais le champagne ?

Elle s'amadouait sans céder entièrement et Blake trouvait cette abdication partielle infiniment plus excitante qu'une plate acceptation.

— Je me chargerai du champagne, oui. Mais il y aura un prix à payer.

Le sourire de Summer se fit plus leste ; ses yeux pétillèrent.

— Annonce ton prix, Cocharan.

— J'aimerais que tu fasses pour moi quelque chose que tu n'as encore jamais fait.

Elle inclina la tête, passa la pointe de la langue sur ses lèvres.

— Comme quoi, par exemple ?

— La cuisine.

Il vit l'étonnement figer ses traits, puis elle éclata de rire.

— Tu veux que je cuisine pour toi ? Ce n'est pas le genre de requête auquel je m'attendais.

— Il n'est pas dit qu'après dîner, il ne m'en vienne pas de nouvelles.

— Je l'espère bien ! Ainsi, tu aimerais que Summer Lyndon se mette en cuisine pour toi…

Elle se dégagea de son étreinte pour prendre un temps de réflexion.

— Peut-être que je te concocterai un petit quelque

chose… Même si mes prestations valent beaucoup plus qu'une bouteille de champagne, même excellent. A Houston, j'ai préparé le repas de noces d'un roi du pétrole et ma rémunération a été un portefeuille d'actions. Que des valeurs sûres.

Blake lui prit la main et la porta à ses lèvres.

— N'oublie pas que je t'ai offert une pizza. Piquante.

— C'est vrai. Tu peux venir vers 20 heures, alors. Et le ventre vide, de préférence.

Elle avait déjà la main sur la poignée de la porte, mais se retourna avec un sourire charmant pour lui demander s'il aimait tel ou tel plat au nom français indistinct.

— Si j'aime les quoi ? Les *andouillettes* ? Aucune idée, à vrai dire. Qu'est-ce que c'est ?

— Oh ! Une préparation à base d'éléments de tube digestif de porc soulignés de quelques aromates… Je suis sûre que tu apprécieras la *french touch*, lâcha-t-elle avec un sourire suave avant de franchir la porte. A ce soir, Blake.

Il resta un moment les yeux fixés sur la porte close. Cette fois, autant le reconnaître, elle avait réussi à avoir le dernier mot.

Les odeurs de bonne cuisine embaumaient l'appartement, alors que l'atmosphère sonore, elle, évoquait plutôt le salon de musique. Summer écoutait son cher Chopin d'une oreille, tout en décollant la peau de ses suprêmes de volaille pour y insérer avec soin de fines lamelles de truffe. Et voilà… Il ne lui restait plus qu'à les ficeler et à les mettre au four, pour pouvoir se concentrer sur son risotto aux légumes. Très exigeant, le risotto. Si elle ne le réussissait pas à la perfection, elle s'emporterait, comme tout chef caractériel qui se respecte, et jetterait le tout à la poubelle.

D'un geste expert, elle retira du bouillon les petits légumes coupés avec une attention maniaque et cuits de façon à être tout juste croquants. Les oignons blondissaient dans la cocotte et les petits grains de riz *vialone nano* approchaient du translucide.

Elle entendit frapper, mais resta devant sa cuisinière, la spatule à la main.

— Entre ! C'est ouvert ! Tu peux venir me servir le champagne ici.

— Si seulement j'avais pensé à t'en apporter, *my darling.*

Sidérée, Summer se retourna. Sa mère, plus intemporelle et somptueuse que jamais dans un ensemble noir, se tenait à la porte de la cuisine.

— Maman !

Summer en oublia son riz et courut serrer sa mère dans ses bras.

Avec le rire mi-rauque, mi-sensuel qui faisait fondre son public d'admirateurs inconditionnels, Monique Dubois l'embrassa sur les deux joues, puis l'écarta pour l'examiner d'un œil maternel.

— Tu es surprise, j'espère ? J'adore surprendre.

— Je suis plus que surprise, j'en suis sur le flanc ! Tu es la dernière personne au monde que j'imaginais voir à Philadelphie ! Qu'est-ce que tu fais ici ?

Monique posa les yeux sur le four allumé et sur la cocotte fumante.

— Ce que je fais ? Pour le moment, j'interromps les préparatifs de ce qui m'a tout l'air d'être un futur dîner en tête à tête.

— Oups !

Pivotant sur ses talons, Summer se rua vers la cocotte, juste à temps pour sauver son riz de la torréfaction complète. Elle régla son feu, versa la quantité de vin blanc voulue et s'estima satisfaite du résultat.

— Ça ne m'explique toujours pas la raison de ta

présence dans cette bonne ville de Philadelphie, maman. Tu avais juré que tu n'y remettrais jamais les pieds depuis que le grand magnat de la quincaillerie et toi, vous avez…

Monique balaya l'argument d'un geste gracieux du poignet.

— Le temps adoucit tout, même les rancœurs tenaces. Et j'avais envie de passer du temps avec ma fille. Ce n'est pas comme si on te voyait souvent à Paris, ces derniers temps.

— C'est vrai. On dirait que je m'américanise, n'est-ce pas ?

Summer partageait son attention entre sa mère et son risotto. Une concession qu'elle n'aurait faite pour personne d'autre.

— Tu as l'air en grande forme.

Deux fossettes se dessinèrent aux creux des joues restées lisses de sa mère.

— Je suis en grande forme, *my sweet*. Dans six semaines, je démarre un nouveau rôle.

— Non ? Tu recommences à tourner !

Summer versa une louche de bouillon et continua de tourner son riz.

— Où ça ? En France ?

— Non, à Hollywood. Je pensais avoir pris ma retraite pour de bon, cette fois. Mais tu sais ce que c'est… Ils ont insisté et j'ai fini par dire oui.

Son rire contagieux éclata, joyeux.

— Le script est formidable, je ne pouvais pas refuser. Et le réalisateur, Keil Morrison, est venu à Paris en personne pour me convaincre.

Keil Morrison. Mm… Une grande carcasse dégingandée, une tête sympa d'intellectuel distrait, la cinquantaine. Summer le connaissait par les pages people, et elle l'avait croisé à un dîner donné par la reine du jour du box-office, lorsqu'elle était sortie quelques instants des cuisines, après avoir livré sa toute nouvelle version de la classique île flottante.

A la façon dont sa mère avait prononcé le nom du réalisateur, Summer sut tout ce qu'il y avait à savoir. Elle connaissait la réponse avant même d'avoir posé la question.

— Et Morrison ? Formidable, lui aussi ?

— Plus que formidable. Que dirais-tu d'un nouveau beau-père dans ta vie, ma petite chérie ?

— Je préférerais ne pas y penser.

Elle secoua la tête et gratifia sa mère d'un grand sourire.

— Mais qu'est-ce que je raconte ? Si tu es heureuse, je suis ravie, bien sûr.

Elle continua de tourner son risotto pendant que Monique se lançait dans une description enthousiaste de sa nouvelle conquête.

— Il est brillant, cultivé… Il a un sens incroyable de la repartie. Mais c'est aussi quelqu'un qui sait écouter. Je n'ai encore jamais rencontré personne qui comprenne les femmes comme lui… Tu vois, Summer, je crois que j'ai enfin trouvé celui qui me correspond. Un homme qui apporte dans ma vie tout ce que je n'osais plus attendre. Un homme qui fait advenir en moi la femme cachée qui n'avait encore jamais vu le jour.

Summer hocha la tête et ouvrit le four pour vérifier la cuisson de ses suprêmes.

— Ça semble prometteur. A quand le mariage, alors ?

Sa mère lui adressa un sourire rayonnant.

— La semaine dernière.

— Vous avez battu des records de rapidité !

— Nous nous sommes mariés en toute intimité dans une petite église de campagne, dans le sud de la France. Il y a eu une envolée de tourterelles — c'est de bon augure. Je me suis arrachée à la compagnie de Keil pour venir te l'annoncer en personne.

Elle avança la main gauche pour montrer son alliance, un anneau d'or sans fioritures.

— C'est très fin, très élégant, n'est-ce pas ? Keil a horreur de tout ce qui est ostentatoire.

Autrement dit, pour les quelques mois à venir, Monique Dubois Lyndon Smith Clarion Morrison aurait horreur de l'ostentatoire également. Lorsque la nouvelle du mariage éclaterait, les journalistes se rueraient sur ce nouveau scoop croustillant. Et Monique adorerait — tout en le niant — le renouveau d'attention médiatique dont elle ferait l'objet.

Summer l'embrassa sur la joue.

— Je te souhaite d'être heureuse, maman.

— Je le suis. Extatique, même. Promets-moi de venir me voir en Californie pour faire la connaissance de Keil. Nous irons…

Elle s'interrompit lorsqu'on frappa à la porte de l'appartement.

— Ah ! Ce doit être ton invité. Tu veux que j'aille ouvrir ? Tu as l'air terriblement occupée avec toutes ces casseroles.

— Oui, je veux bien, s'il te plaît.

Summer mettait la dernière main à son risotto. Dans quelques minutes, il serait bon à servir ou à jeter à la poubelle.

Lorsque la porte de l'appartement s'ouvrit, Blake se trouva face à une version plus sophistiquée et légèrement plus enveloppée de Summer. Monique Dubois… La lumière tamisée masquait les années et mettait en valeur l'élégant classicisme des traits de l'actrice. Ses lèvres s'incurvèrent en un lent sourire — à l'exacte image de celui de sa fille.

— Bonjour. Summer est occupée en cuisine. Je suis Mon… Oh ! Mais je vous connais ! Vous êtes… Mais oui, bien sûr ! s'exclama-t-elle avant qu'il ait pu ouvrir la bouche. Les hôtels Cocharan ! Vous êtes le fils... Le fils de B.C. Nous nous sommes déjà croisés.

— Et vous retrouver est un plaisir.

— C'est étonnant, non ? Et amusant, surtout. Il ne me viendrait pas à l'esprit de descendre ailleurs qu'au Cocharan, lorsque je séjourne à Philadelphie. J'ai déjà fait monter mes bagages dans ma chambre et mon lit défait m'attend.

— N'hésitez pas à faire appel à moi, si je puis faire quoi que ce soit pour rendre votre séjour chez nous plus agréable.

— Je n'y manquerai pas.

Monique examina l'invité de Summer avec l'œil exercé d'une femme d'expérience. Elles avaient aussi bon goût l'une que l'autre en matière d'hommes, manifestement. *Telle mère, telle fille*, songea-t-elle, non sans satisfaction.

— Entrez, Blake, je vous en prie. Summer fait des prodiges en cuisine, comme toujours. J'ai toujours admiré ses talents. Je dois vous avouer que je suis un vrai désastre, pour ma part.

— Un désastre étudié, intervint Summer en les rejoignant avec deux mises en bouche. Ma mère a toujours fait en sorte de tout carboniser jusqu'à produire un magma indéfinissable. Comme ça, personne ne lui demande jamais de se charger du repas.

Monique eut un sourire ravi.

— A mon sens, c'est une stratégie très intelligente, vous ne trouvez pas ? Et maintenant, mes enfants, je file et vous laisse à votre dîner.

— Tu peux te joindre à nous si ça te tente, maman.

— C'est mignon de me le proposer.

Monique prit le visage de sa fille à deux mains et l'embrassa avec tendresse sur les joues.

— Mais tout ce temps passé dans les avions m'épuise. Il me faut une nuit de douze heures si je veux reprendre figure humaine. Demain, nous aurons tout le temps de bavarder… Blake, je compte bien dîner un soir avec vous dans votre merveilleux hôtel avant mon départ. *All right ?*

Elle atteignit la porte, l'allure souveraine.

— Passez une excellente soirée, tous les deux !

— Elle est spectaculaire, déclara Blake.

— A qui le dis-tu ! Elle me stupéfie en permanence.

Summer lui tendit son verre.

— Elle vient de prononcer pour la quatrième fois les serments éternels du mariage. Si nous buvions à leur santé ?

Blake avait entrepris d'ouvrir sa bouteille, mais ses doigts s'immobilisèrent au son particulier de sa voix.

— Tu n'es pas un peu cynique, là ?

— Réaliste simplement. Cela dit, je lui souhaite de tout cœur de réussir son union, cette fois.

Lorsqu'il fit sauter le bouchon, elle s'en saisit et le passa machinalement sous son nez.

— Je lui envie son éternel optimisme.

Lorsqu'il les eut servis l'un et l'autre, elle fit tinter son verre contre le sien.

— A la nouvelle Mme Morrison.

Blake chercha son regard.

— Et à l'optimisme !

— Pourquoi pas ? Tiens, voici pour la mise en bouche. Sucettes de foie gras mi-cuit en croûte de noix.

— Très chic… Aimerais-tu prendre un jour ou deux de congé pour passer du temps avec ta mère ?

— Non, ce ne sera pas nécessaire. Elle sera très occupée par son shopping, son coiffeur et autres soins de remise en forme.

Summer repartit dans la cuisine, puis revint avec deux assiettes garnies des suprêmes de volaille truffés et de l'onctueux risotto aux petits légumes accompagné de sa tuile salée.

— Malheureusement, les bonnes andouillettes sont

difficiles à obtenir par ici. J'ai dû me contenter d'un chapon.

— Comme c'est regrettable ! ironisa-t-il.

Il admira la présentation, huma et succomba à une première bouchée. Fabuleux…

— Ma mère débute un nouveau tournage dans quelques semaines.

— Ah bon ?

Il fallut une seconde à Blake avant de faire le lien.

— Morrison… Comme Keil Morrison, le réalisateur ?

Elle leva son verre.

— Gagné ! Excellent esprit de déduction.

Blake posa sa main sur la sienne.

— Tu es opposée à ce mariage, Summer ?

Elle ouvrit la bouche pour répondre, puis se ravisa, se laissant le temps de la réflexion.

— Non. Je n'irais pas jusque-là. La vie de ma mère lui appartient et elle est seule à pouvoir juger de ce qui est bon pour elle. J'ai juste du mal à comprendre pourquoi elle récidive en passant chaque fois par la case mariage, alors que ses unions durent en moyenne cinq ans. Avec un tel record d'échecs, ce n'est plus de l'optimisme, c'est de la naïveté !

— « Naïve » n'est pas forcément le premier mot qui me viendrait à l'esprit pour qualifier Monique.

— « Sentimentale » pourrait être un synonyme, dans son cas.

— Je ne crois pas, non… Mais « sentimentale » pourrait être synonyme d'espoir, en revanche. Elle a une autre philosophie de vie que la tienne, Summer. Vous êtes très différentes, toutes les deux.

Ce qui ne nous a pas empêchées de choisir un amant issu de la même lignée, elle et moi.

Comment réagirait Blake, s'il découvrait cette similitude ? Le plus sage serait sans doute de laisser le passé au passé. Et de se concentrer sur le moment présent.

Elle sourit.

— C'est vrai que nous sommes différentes. Tu ne m'as pas dit ce que tu pensais de mon repas ?

Blake était tenté de poursuivre sur le sujet précédent, mais il décida de ne pas insister. Summer faisait un réel blocage sur le mariage et il était clair qu'il n'arriverait à rien s'il tentait de passer en force.

— Ce que je pense de ton repas ? Il est à l'image de tout le reste de ta personne : somptueux, raffiné et... addictif !

Avec un rire amusé, elle dégusta une lamelle de truffe.

— Je te conseille de ne pas t'y habituer trop vite. Il est rare que je cuisine en échange d'un simple compliment.

— J'y ai pensé. C'est pourquoi j'ai apporté ce qui m'a paru être une marque de reconnaissance appropriée.

Summer leva son verre et ferma les yeux en le portant à ses lèvres.

— Mm... Oui, je reconnais que ce champagne récompense une partie de mes efforts.

— Mais il ne pèse pas lourd face à une création culinaire de Summer Lyndon.

— C'est un fait.

Il sortit alors un mince paquet emballé de sa poche et le lui tendit.

— Un cadeau ? Super !

— Il me semble t'avoir entendu dire que tu les adorais.

Blake vit l'amusement avec lequel elle avait pris le paquet disparaître lorsqu'elle ouvrit l'écrin. A l'intérieur, sur un lit de velours noir, reposaient des diamants — élégants, raffinés, modernes — incrustés dans un fin bracelet jonc.

Il en fallait normalement beaucoup pour décontenancer Summer, mais face à ce présent inattendu, elle se trouva presque muette.

— Oh ! mon Dieu... Mais mon dîner est bien trop simple ! Si j'avais su, je t'aurais préparé un festin digne des dieux.

— Je croyais que l'art n'était jamais trop simple.

— Peut-être, mais...

Elle secoua la tête, essayant de se persuader qu'elle n'avait aucune raison d'être bouleversée. Ce n'était que du métal et du carbone, après tout. Mais son cœur débordait.

— Blake, ce bracelet est vraiment très beau. Une véritable œuvre d'art, pour le coup... Je crains que tu ne m'aies prise un peu trop au sérieux, lorsque je te parlais de ma passion des cadeaux et de ma cuisine qui vaut de l'or. Si je t'ai préparé un repas ce soir, c'est pour une seule et simple raison : parce que j'avais envie de le faire.

Il ne réagit pas à sa protestation.

— Ce bijou m'a fait penser à toi. Tu vois comme ces pierres paraissent hautaines et détachées ?

Il souleva le bracelet.

— Mais regarde de plus près, maintenant. Si on le tient à la lumière, c'est l'éclat, la chaleur des diamants qui sautent aux yeux.

Entre ses doigts, les gemmes captaient et réfractaient l'éclat des bougies. L'espace d'un instant, elles parurent s'animer d'une vie propre.

— Selon l'angle de vue, tout change. Le diamant est une pierre forte et pure. Et la plus élégante de toutes, pour moi.

Lui prenant le poignet, il fixa le bracelet. Puis son regard trouva le sien.

— Si je t'ai apporté ce cadeau ce soir, c'est pour une simple et unique raison : parce que j'avais envie de le faire.

Summer respirait à peine. Elle se sentait si vulnérable ! Perdrait-elle ainsi le souffle chaque fois qu'il la regarderait de cette façon ?

— Tu commences à m'inquiéter, Blake.

La calme simplicité de cet aveu suscita chez lui un déchaînement de désir aveugle. Il se leva, l'aida à se mettre debout et la serra à l'écraser contre lui, avant qu'elle ait eu le temps de lui signifier son accord ou non.

— Tant mieux !

Cette fois, sa bouche fut rien moins que patience. Il semblait au contraire mû par une nécessité impérieuse de faire au plus vite, de prendre tout ce qu'il y avait à prendre, sans rien laisser. Une faim qui n'avait plus rien à voir avec le repas inachevé précipitait ses gestes. Summer représentait tous les désirs et elle représentait aussi toutes les réponses. Réprimant un juron, il l'entraîna avec lui sur le sol.

Summer s'embrasa, emportée par une bourrasque de bonheur vers des espaces encore ignorés. Grisée par leurs élans, tremblant sous la puissance du courant, elle roulait avec lui dans une étreinte qui oscillait entre lutte et ballet. Cette fois-ci, ils ne retirèrent pas leurs vêtements un à un, avec lenteur et indolence. Ils tiraient dessus, s'acharnaient, jetaient de côté tout ce qui faisait obstacle, cherchant la rencontre de leurs deux peaux, la conjonction de leurs chairs avides. Summer, brûlante, aspirait au vent et à la tempête, à la fièvre incontrôlée que Blake était seul à pouvoir allumer en elle.

Ses mains couraient sur son corps et elle se délectait de leur fermeté, de l'habileté de ses doigts. Ses propres appétits faisaient rage. Ses lèvres s'attachaient à la ligne de son cou, ses dents mordillaient, sa langue dardait, goûtait, explorait. Chacune des respirations irrégulières de Blake lui confirmait qu'elle attisait son désir tout comme il affolait le sien. Le rendre fou l'exaltait. Ses mains, ses lèvres avaient le singulier pouvoir de transformer cet homme, de le muer en une torche vive. Elle lui donnait le plaisir, la folie et recevait en retour le même don. Un voile nimbait sa conscience et, pourtant, elle perçut le moment précis où Blake perdit le contrôle de lui-même.

Son étreinte frisait la brutalité, mais elle en redemandait. Elle l'avait conduit hors des limites du civilisé en étant simplement elle-même. Sa bouche semblait partout à la fois, dessinant des allers et retours entre ses lèvres et ses seins. Puis descendant plus bas, sur sa taille et ses hanches. Oui, oui, oui, chuchota une voix en elle lorsque ses caresses convergèrent enfin vers le lieu précis où pulsait le pouls affolé de son désir. Son souffle se précipita. Le monde extérieur se détacha d'elle — sol, murs, meubles et plafonds s'évanouirent en un tourbillon indistinct. Elle était tout à fait ailleurs, tout à fait au-delà, prise au cœur d'une spirale qui la transportait dans le pur royaume des sens. Entre le dehors et le dedans, son corps avait perdu ses frontières, sa raison ne contrôlait plus rien. Elle cria son nom, prit peur, tenta un instant de revenir en arrière, de reprendre pied dans le monde rationnel, mais il était trop tard, les premiers spasmes la soulevaient déjà, la secouaient avec une force aveugle. Même l'illusion de la raison s'effondra.

Comme il aimait la sentir gémir, vibrer, se tordre sous l'assaut de ses caresses ! Une part obscure, primitive en lui avait besoin de ce pouvoir sur elle. Il la voulait palpitante, éperdue, débordée par le déferlement impétueux d'un plaisir qui la laissait hagarde, incrédule, suppliante. Insatiable, il la propulsait chaque fois vers de nouvelles sensations — avec ses mains, avec ses lèvres, avec sa langue. A la lumière tremblante des bougies, il guettait sur son visage les oscillations, les à-pics, les fulgurances.

Sa peau frémissait partout où il la touchait. Elle s'arc-boutait, gémissait son nom. Le son particulier de cet appel sur ses lèvres le bouleversa, continua à résonner en lui, martelant son sang longtemps après qu'elle se fut tue.

— Dis-moi que c'est moi que tu veux, Summer, et seulement moi.

— C'est toi que je veux, Blake.

Elle était incapable de penser. En cet instant, elle lui aurait tout donné sans retenue.

— Rien que toi.

La chair se nouait à la chair en une lutte acharnée, se heurtait avec la force sauvage d'un ressac. Leurs plaintes mêlées montèrent soudain en un crescendo, puis ce fut la brisure, l'apothéose de l'envol et la redescente flottante.

Summer gisait sous lui, consciente qu'elle ne parviendrait jamais à rassembler l'énergie nécessaire pour bouger de là. Le simple fait de respirer mobilisait l'ensemble de ses forces restantes. Elle qui se voulait toujours si forte s'accommodait sans inquiétude de son extrême faiblesse. Elle prit vaguement conscience de ce qu'elle n'avait pas perçu jusque-là : que le sol sous elle était dur et inconfortable. Mais elle ne fut même pas tentée de rechercher une position plus agréable. Avec un petit soupir, elle ferma les yeux. Elle pourrait s'endormir sur place, prolonger le consentement au plaisir dans l'abandon au sommeil.

Blake bougea, lui, mais seulement pour se soulever sur les coudes et la soulager de son poids. Elle paraissait si fragile, tout à coup — complètement vulnérable et sans défense. Il n'avait pas été doux avec elle. Mais pendant tout le temps où ils avaient fait l'amour, il l'avait sentie ardente, portée par une vigueur égale à la sienne.

A lui le plaisir de la contempler pendant qu'elle glissait dans la langueur du sommeil, vêtue des seuls diamants à son poignet. Pendant qu'il la couvait du regard, ses paupières tressaillirent ; elle entrouvrit les yeux et l'observa, comme une chatte sous ses paupières mi-closes.

Puis ses lèvres frémirent. Il lui sourit et se pencha pour les embrasser.

— Et pour le dessert ? Qu'est-ce qu'il y a de prévu ?

9

Summer s'était résignée à faire installer un téléphone fixe dans son bureau de fortune. Elle préférait travailler sans être interrompue. La nouvelle carte était presque établie. Elle en arrivait au stade des mises au point concrètes. Avec le changement de menu, des produits inédits entreraient dans le cycle des approvisionnements, dont certains très rares et compliqués à obtenir. Elle aurait volontiers délégué à un responsable des achats le soin de prendre contact avec les fournisseurs pour sélectionner les meilleurs. Mais elle avait confiance en ses propres capacités de négociation et se fiait à son intuition plus qu'à celle d'aucun autre. Lorsqu'il s'agissait de repérer les meilleurs fournisseurs pour des huîtres ou du gombo, les deux qualités étaient nécessaires.

Elle remit de l'ordre dans les papiers qu'elle avait brassés ce matin-là et examina les lieux d'un œil satisfait. Elle avait été bien inspirée de se lancer dans cette aventure professionnelle d'un genre nouveau. Non seulement elle s'en sortait, mais elle s'en sortait bien. La rénovation des cuisines était terminée et conforme à ce qu'elle en attendait ; quant à la brigade, elle était compétente et bien formée. Les deux nouveaux chefs pâtissiers faisaient preuve de talents inespérés. Une carte postale signée « Julio et Georgia » était arrivée de Hawaii et avait été scotchée à la place d'honneur, sur une porte de réfrigérateur. Summer avait résisté à la tentation d'en faire une cible pour jeu de fléchettes.

En ce qui concernait l'aménagement de la salle de restaurant elle-même, elle n'avait pas jugé utile d'intervenir de façon très poussée. L'éclairage était conçu à la perfection; le décor à la hauteur de ce qu'on pouvait attendre d'un hôtel Cocharan. Le restaurant ne péchait que sur un seul point : le contenu de l'assiette. Et elle était là justement pour y remédier.

Ce n'était plus qu'une question de jours, à présent, avant qu'elle ne lance l'impression des menus. Il ne lui restait plus qu'à établir quelques tarifs à partir des fiches techniques qu'elle avait élaborées et à marchander pour obtenir des horaires de livraison.

Décidée à se débarrasser au plus vite des derniers coups de téléphone qu'elle avait à passer, elle se dirigea vers la porte de l'économat. Elle s'engouffra dans les cuisines d'un côté, tandis que sa mère faisait son apparition de l'autre.

Toute activité cessa alors immédiatement.

Summer trouva amusant, et assez plaisant, de constater l'effet de saisissement que continuait d'exercer sa mère. Son regard tomba sur Max, qui s'était immobilisé, les yeux écarquillés, sans paraître se rendre compte que de la sauce coulait de la cuillère qu'il tenait à la main. Monique, il fallait le reconnaître, avait le chic pour soigner ses apparitions. On pouvait dire que c'était une femme faite pour les entrées en scène.

Sa mère eut un lent sourire — un sourire qui semblait presque hésitant —, puis s'avança d'un pas, apportant dans l'univers bourdonnant des cuisines une discrète aura de sophistication parisienne. Ses yeux étaient d'une nuance plus foncée que les siens et, malgré son âge et son expérience, ils exprimaient une plus grande innocence. Summer n'avait pas encore réussi à définir si c'était calculé ou inné.

— Quelqu'un ici pourrait peut-être m'aider ?

Six hommes se précipitèrent, dont Max, à deux doigts de faire dégouliner de la sauce sur l'épaule de Monique.

Summer décida qu'il était temps de remettre un peu d'ordre dans cette amorce de chaos.

— Maman !

Elle se fraya un chemin à travers le petit groupe compact qui s'était formé autour de Monique.

— Ah, Summer ! Je te cherchais, justement !

Tout en saisissant brièvement ses deux mains entre les siennes, sa mère n'oublia pas de gratifier sa grappe d'admirateurs d'un sourire adorable.

— Comme c'est fascinant ! Je crois que c'est la première fois que je visite les cuisines d'un grand hôtel. C'est tellement… comment dit-on ? Impressionnant, *right* ?

— Ah, Monique — madame Dubois…

Incapable de se contenir, Max lui saisit la main.

— Ce serait un immense honneur pour moi de vous montrer tout ce qui ce serait susceptible d'éveiller votre curiosité ici. Peut-être qu'une petite dégustation de nos spécialités…

— Oh ! C'est si gentil à vous !

Le sourire de Monique aurait pu faire fondre du chocolat à un kilomètre à la ronde.

— Ce serait avec le plus grand plaisir. Je veux tout connaître du cadre de travail de ma fille !

— Votre fille ?…

Summer dissimula son amusement. Il était clair que Max n'entendait plus que le chant des violons depuis que sa mère avait franchi le pas de la porte.

— Monique Dubois est ma mère, en effet, dit-elle distinctement. Maman, je te présente Max, qui est responsable de la brigade de cuisine.

Max resta coi un instant, le temps de revenir de sa stupéfaction. Mais bien sûr ! La ressemblance était si frappante qu'il se traita d'idiot pour ne pas avoir établi le lien spontanément. Pas un film avec Monique Dubois dans le rôle-titre qu'il n'ait pas vu et revu au moins trois fois.

— C'est un plaisir et un honneur de faire votre connaissance, madame, déclara-t-il en se penchant galamment sur sa main. Je suis un de vos grands admirateurs.

— Je suis ravie de découvrir que ma fille travaille avec un homme de goût et de culture.

Les lèvres de Summer frémirent, mais elle se garda de faire le moindre commentaire.

— J'adorerais visiter les lieux, vraiment, poursuivit Monique. Jusque dans les moindres détails…

Max ouvrit la bouche pour proposer de nouveau ses services, mais Monique poursuivit sans lui en laisser le temps.

— … peut-être un peu plus tard dans la journée ? Pour le moment, je veux juste vous voler Summer une heure ou deux. Mais je vous promets que je vous la rends ! Dites-moi, serait-il possible de faire monter du caviar et du champagne dans ma suite ?

Summer tourna un regard malicieux vers Max.

— Imagine-toi, maman, que le caviar ne figure pas au menu. Pas encore, du moins.

Monique eut une jolie moue désappointée.

— Bon, eh bien, faites au mieux, alors. Quelques tapas ou amuse-bouches…

— Je m'en charge personnellement. Ce sera fait tout de suite, madame.

— Vous êtes merveilleux, Max.

Monique lui offrit généreusement un dernier sourire ravageur avant de glisser son bras sous celui de sa fille et de quitter les lieux d'une démarche virevoltante.

— Tu en as un peu rajouté, là, marmonna Summer dès qu'elles eurent passé la porte.

Monique rejeta la tête en arrière et partit d'un grand rire.

— Ne sois donc pas si britannique, *my sweetheart*. Je viens de te rendre un service de taille. Ce matin, à la première heure, j'apprends par ce garçon formidable — Cocharan, le fils — que non seulement ma fille est employée à quelques pas de moi, dans cet hôtel, mais que tu as quelques problèmes internes, en cuisine.

— Je ne t'ai pas parlé de mon travail ici parce que c'est juste l'affaire d'un an. Sans compter que je n'ai plus un moment à moi. Quant aux problèmes internes, comme tu dis…

— Un volumineux problème, sous la forme d'un volumineux cuisinier.

D'un pas altier, Monique pénétra dans l'ascenseur.

— … je peux les gérer seule, conclut patiemment Summer.

— Bien sûr que tu peux. Mais si Max est impressionné par tes ascendants directs, je suis sûre que ça donnera un petit coup de pouce dans la bonne direction.

Monique appuya sur le bouton du cinquième étage, puis se tourna pour examiner sa fille.

— Maintenant que je te vois sous un bon éclairage, je constate que tu embellis. Je précise que je m'en réjouis. Quitte à être la mère d'une fille déjà adulte, autant que ce soit d'une *belle* fille déjà adulte !

Summer secoua la tête en riant.

— Toujours aussi attachée aux apparences, ma chère mère ?

— Ça ne me passera pas, admit Monique d'un ton serein. Et j'espère avoir de bonnes raisons de garder cet attachement très longtemps.

Les portes de la cabine s'ouvrirent et sa mère lui fit signe de sortir la première.

— Bon... J'ai eu mon café du matin, un excellent petit déjeuner et ma séance de massage quotidienne. Je suis prête à tout entendre au sujet de ton nouveau boulot et de ton nouveau petit ami. Si j'en juge d'après ta mine, les deux te réussissent.

— Parler d'un nouvel emploi, entre mère et fille, c'est naturel. Parler sexualité, c'est hors cadre, en revanche.

— Pff...

Monique poussa la porte de sa suite.

— Nous ne sommes pas que mère et fille, nous sommes aussi amies — *best friends,* c'est bien comme ça qu'on dit ? Et des amies proches discutent de tout ensemble. Surtout de leurs hommes.

Summer se laissa tomber sur un sofa confortable, et se déchaussa pour replier ses jambes sous elle.

— Mon nouvel *emploi*, chère maman, me passionne plus que prévu. Au début, j'ai accepté uniquement par curiosité. Et aussi parce que Blake a employé la ruse en me jetant LaPointe à la figure.

— LaPointe ? Le petit individu aux yeux porcins que tu détestes tant ? Celui qui a confié aux journalistes parisiens que tu étais sa...

— ... maîtresse, compléta Summer avec violence.

— Ah oui. Quel mot ridicule, tu ne trouves pas ? C'est un terme tellement désuet et si connoté, moralement ! Sauf si on le considère comme le féminin du mot « maître »... Là, ça change tout.

Avec un sourire paisible, Monique s'installa sur le canapé et croisa gracieusement les jambes.

— Et tu as effectivement couché avec lui ?

— LaPointe ? Tu plaisantes ! Même s'il avait été un chef ne serait-ce qu'à moitié aussi talentueux qu'il prétend l'être, je ne l'aurais jamais autorisé à poser ses petites mains boudinées sur moi.

— Tu aurais pu user d'un droit de réponse. Opposer un démenti.

— J'aime autant laisser dire. Plus on fait de bruit autour de ces questions, plus il y a du monde pour s'y intéresser et affirmer qu'il n'y a pas de fumée sans feu. D'autant que ce chien galeux ne demanderait pas mieux.

Constatant que sa mâchoire s'était crispée sous l'effet de la colère, Summer fit l'effort de la détendre.

— Ne me lance pas sur le sujet LaPointe, s'il te plaît. Ça m'énerve déjà assez que Blake se soit servi de lui pour me manipuler et m'obliger à accepter de travailler pour la Cocharan House.

— C'est un homme très habile — ton Blake, je veux dire.

— Ce n'est pas « mon » Blake, rectifia Summer. Il n'y a pas de possessif entre nous. Il s'appartient comme je m'appartiens. Tu sais que je n'ai qu'un seul credo : l'indépendance.

Un coup discret fut frappé à la porte. Monique agita nonchalamment la main et Summer se leva pour ouvrir. Un garçon d'étage entra, poussant une table roulante. Le champagne reposait dans son seau et un assortiment d'amuse-bouches raffinés était disposé sur un plat. Summer songea que Max avait dû s'agiter comme un possédé pour réussir à préparer tout cela en un temps record.

Monique examina l'assortiment et fixa son choix sur une mousse de saumon sauvage dans une minuscule verrine.

— Mais tu es amoureuse de lui…

Summer, qui était occupée à ouvrir la bouteille de champagne, leva des yeux effarés.

— Quoi ?

— Tu es amoureuse du jeune Cocharan.

Le bouchon jaillit avec un bruit explosif et le champagne sortit sous forme de geyser. Monique ne fit aucun commentaire et se contenta d'approcher sa flûte du goulot.

— Je ne suis pas amoureuse de lui, décréta Summer avec un fond de désespoir dans la voix.

— On est toujours amoureuse de ses amoureux.

— Qui parle d'amoureux ?

Retrouvant le contrôle d'elle-même, Summer servit le champagne d'une main sûre.

— Ne va pas t'imaginer Dieu sait quelle grande passion entre Blake et moi, maman. Je l'aime beaucoup, je le respecte et le considère comme un homme attirant, intelligent et de bonne compagnie.

Monique secoua la tête.

— C'est le genre de qualités dont on pare plutôt un frère, un oncle, un ami ou même un ex-mari. Je pense que Blake t'inspire quelque chose d'un peu plus pimenté que ça.

— Très bien... Il y a une alchimie forte entre nous. Beaucoup de désir. Mais le sexe n'est pas l'amour.

— Oh ! Summer...

Monique s'interrompit pour choisir un poivron confit sur le plateau.

— Tu raisonnes avec ton esprit britannique, mais c'est ton cœur français qui sent et qui aime. Blake Cocharan n'est pas le genre d'homme à laisser une femme indifférente.

— Tel père, tel fils, tu veux dire ?

Summer regretta la remarque avant même d'avoir fini de la prononcer. Mais Monique se contenta de sourire. Son expression se fit lointaine, un peu rêveuse

— J'y ai pensé, oui. Je n'ai pas oublié B.C., tu sais.

— Il ne t'a pas oubliée non plus, de toute évidence.

— Tu l'as rencontré ?

— Brièvement. Lorsque ton nom a été prononcé, il

s'est figé un instant, comme si la foudre s'était abattue sur lui.

Le sourire attendri de Monique vira au radieux.

— C'est flatteur. Une femme aime à croire qu'elle reste vivante dans le souvenir d'un homme, même des années après leur séparation.

— Tu trouves peut-être ça flatteur, mais je peux t'assurer que je n'étais pas à l'aise.

— Ah bon, pourquoi ?

Se sentant soudain agitée, Summer se leva pour arpenter la pièce.

— Tu ne comprends pas ? J'ai immédiatement été attirée par Blake. Et lui par moi. Il y a eu tout de suite quelque chose de très fortement sexuel entre nous. Tu crois que c'était confortable pour moi de discuter avec B.C., alors que nous avions tous les deux présent à l'esprit que vous aviez été amants ? A priori, Blake n'est pas au courant. Mais s'il devait l'apprendre, te rends-tu compte à quel point la situation serait compliquée ?

— Compliquée ? Pourquoi compliquée ?

Summer poussa un long soupir.

— B.C. était un homme marié à l'époque de votre liaison et il l'est toujours. Blake me paraît avoir beaucoup d'affection pour ses parents et pour le *couple* qu'ils forment.

— Et alors ?

Monique haussa les épaules avec une désinvolture très française.

— Moi aussi, j'ai eu beaucoup d'affection pour son père.

Summer voulut réagir, mais sa mère l'arrêta.

— Ecoute-moi, d'abord, ma chérie… B.C. était encore amoureux de sa femme et je le savais. Nous nous sommes consolés mutuellement dans une période où nous étions plutôt enclins à pleurer l'un et l'autre, et nous avons réussi à nous faire rire. Quand je pense à mon histoire avec lui, c'est de la gratitude que je ressens, pas de la honte. Alors, tu n'as pas à te sentir mal.

Summer se passa nerveusement la main dans les cheveux.

— Ce n'est pas de la honte à proprement parler, mais… enfin, maman ! C'est quand même un peu embarrassant pour moi, tu ne crois pas ?

— La vie est souvent embarrassante. Tu vas me dire qu'il y a des règles morales à respecter et tu auras sans doute raison.

Monique redressa la tête, mettant en valeur le port altier dont sa fille avait hérité.

— Je vis selon des principes qui me sont propres et je ne me confondrai pas en excuses parce que j'ai eu une liaison avec un homme marié.

— Maman…

Summer secoua la tête, se traita mentalement d'idiote et s'agenouilla près du canapé.

— Ce n'était pas une critique. C'est juste que ce qui est bon pour toi ne l'est pas forcément pour moi.

— Tu crois que je ne le sais pas ? Tu penses que je veux te voir marcher dans mes pas ?

Sa mère lui posa la main sur la tête.

— Il est possible que j'aie connu des bonheurs plus exaltés que ceux que tu as rencontrés. Mais je suis aussi passée par des profondeurs de désespoir que tu n'as pas connues. Et je ne peux pas te souhaiter les premiers en sachant que les seconds en découleront forcément. Je n'espère pour toi que ce que tu désires pour toi-même, Summer.

— Il y a certaines choses qu'on a peur de désirer.

— Non, il y a des choses qu'il faut désirer avec un soin particulier. Je vais te faire quelques recommandations…

Monique lui caressa les cheveux, puis la fit se lever et s'asseoir à côté d'elle sur le canapé.

— Lorsque tu étais encore une petite fille, je n'ai pas été d'un grand conseil pour toi, car je n'ai jamais rien compris aux jeunes enfants. Adolescente, tu n'en as fait qu'à ta tête et tu aurais refusé de m'écouter, de toute façon. Peut-être que maintenant, nous en sommes arrivées à un stade où nous sommes capables de reconnaître que nous sommes différentes mais douées d'intelligence l'une et l'autre.

Summer éclata de rire, puis attrapa un fruit sur le plateau, dans lequel elle mordit à belles dents.

— Je t'écoute...

— Ça n'enlèvera rien à la femme que tu es, si tu acceptes de donner une vraie place à un homme dans ta vie.

Summer se contenta de froncer les sourcils d'un air interrogateur.

— Avoir besoin d'un homme pour se sentir exister, c'est triste et maladif. Avoir besoin d'un homme pour se donner de l'importance par procuration, c'est un faux bon calcul. Mais avoir besoin d'un homme qui t'apporte la joie, le partage et la passion, ça, c'est la vie dans toute sa gloire !

— La joie, le partage et la passion, ça peut se trouver ailleurs qu'avec un homme.

— C'est vrai. Sans l'amour, on peut avoir un peu de joie. Un peu de passion. Un peu de partage. Mais pourquoi se contenter d'un tiède minimum ? Que cherches-tu à te prouver, en refrénant une aspiration bien naturelle ? Je reconnais que c'est sans doute pure folie de croire en l'amour au point de se lancer pour la quatrième fois dans la périlleuse aventure du mariage, mais tu dois garder à l'esprit que Summer Lyndon n'est pas Monique Dubois. Nous ne partageons ni le même art ni la même manière. Ce qui ne nous empêche pas d'être femmes — et même très femmes — l'une et l'autre. Je ne regrette rien de ce que j'ai fait de ma vie, Summer. Ni mes choix ni mes erreurs.

Summer posa la tête sur l'épaule de sa mère en soupirant.

— J'aimerais pouvoir le dire aussi. J'ai toujours cru que je pouvais l'affirmer sans hésiter. Mais maintenant...

— Fais-toi confiance, ma chérie. Le cœur aussi a son intelligence. Peu importe le choix que tu feras, s'il est authentique, il sera bon pour toi.

— Je me demande si ma plus grande peur n'a pas toujours été de me tromper, justement, admit Summer d'une toute petite voix.

— Peut-être que ta plus grande peur *est* ta plus grande erreur.

Sa mère lui posa une main affectueuse sur la joue.

— Allons, sers-moi donc encore un peu de champagne. Je vais te raconter comment ça s'est passé, avec Keil...

Lorsque Summer quitta la suite pour reprendre la direction des cuisines, sa conversation avec sa mère continuait de résonner dans sa tête. Il était rare que cette dernière la questionne sur sa vie personnelle, et plus rare encore qu'elle lui prodigue des conseils. L'heure qu'elles venaient de passer ensemble avait certes été consacrée pour l'essentiel à la longue liste des qualités de Keil Morrison, mais, dans un premier temps, sa mère avait tenu des propos qui lui avaient donné à réfléchir. Cette discussion de cœur à cœur avait instillé en elle le germe du doute en ce qui concernait la liste de priorités dans la vie.

Dès l'instant où elle poussa les portes battantes, elle fut accueillie par de furieux éclats de voix. Allons bon... Que se passait-il encore ? L'heure n'était pas encore venue de méditer sur ses choix de vie, apparemment.

— Puisque je te dis qu'il est irréprochable, mon tartare de légumes !

— Insipide, oui. Et on voit à peine les légumes, sous toutes ces herbes aromatiques !

— Tu n'as jamais voulu admettre que je réussissais les préparations un peu élaborées mieux que toi !

La scène avait tous les ingrédients du comique : l'énorme Max était aux prises avec le minuscule Charlie, le cuisinier coréen qui lui arrivait tout juste à l'épaule. Ils se mesuraient d'un regard outré, cramponnés l'un et l'autre à une grande assiette de présentation de verre. Oui, la scène aurait sûrement prêté à rire, songea Summer avec lassitude, si le reste de l'équipe ne s'était pas déjà rassemblé autour des deux adversaires en prenant bruyamment parti, pendant que les commandes du déjeuner, elles, restaient lettre morte.

— C'est du travail de sagouin, ton truc ! cria Max.

Il n'avait pas encore pardonné à Charlie son congé maladie de trois jours. L'autre se dressa sur ses ergots.

— Tu ne sais pas de quoi tu parles ! Je voudrais te voir réussir quelque chose d'aussi fin, d'aussi subtil, d'aussi travaillé, d'aussi…

— Trop d'aromates, je te dis !

Summer décida de s'interposer pour mettre fin à la querelle.

— Un problème ?

— Cet individu malingre, qui se pique de savoir cuisiner, essaie de faire passer ce… ce tas de compost pour un tartare de légumes !

Max tentait d'arracher l'assiette des mains de l'individu malingre en question, et le découvrait doué d'une force inattendue.

— Ce tas de viande qui se prend pour un chef est jaloux parce qu'il ne connaît rien à l'art de préparer les légumes ! Il serait infoutu de réussir la moindre brunoise avec ses grosses paluches ! Et je ne parle même pas d'une chiffonnade !

Summer se mordit la lèvre pour ne pas rire. On se serait cru dans un vaudeville. Mais l'heure n'était pas aux plaisirs du théâtre.

— Bon… Vous, fit-elle en s'adressant à ceux qui assistaient au spectacle, je vous suggère de vous remettre au travail dare-dare, c'est compris ? Avant que les quelques clients qui restent en salle ne désertent les lieux pour trouver un endroit où ils auront des chances d'être servis ! Quant à vous deux…

Elle se tourna vers les belligérants. Au train où ils y allaient, l'affaire menaçait de virer au pugilat.

— C'est de ce tartare de légumes qu'il est question ?

Max roulait des yeux furieux, tentant toujours de s'approprier l'assiette qui contenait la préparation de légumes finement ciselés.

— Tout juste bon pour le compost, comme je viens de le dire.

— Le compost !

Charlie blêmit sous l'outrage.

— S'il y a quelque chose, ici, qui mérite de passer aux ordures, c'est bien ton entrecôte ! La seule partie à peu près comestible, c'est le brin de persil étique que tu poses dessus, hurla-t-il en tirant un peu plus fort.

Summer monta d'un ton.

— Puis-je vous poser une question, messieurs ? L'un de vous deux a-t-il *goûté* ce tartare de légumes avant de se faire une opinion ?

— Je ne goûte pas à cette nourriture pour lapins ! tonna Max. Je la balance dans l'évier, c'est tout ce qu'elle mérite.

Charlie s'arc-bouta de plus belle.

— Je refuse que ce bovin touche à mes préparations. Il contaminerait le plat.

— Très bien, et si vous me laissiez déguster à votre place ? suggéra Summer d'une voix si suave que tous deux reportèrent aussitôt leur attention exaspérée sur elle et la fixèrent avec fureur.

— Dites à ce mangeur de carne de lâcher mon tartare ou je le lui jette à la figure !

— Max...

— Je suis son supérieur. Il est tenu de m'obéir.

— Charlie...

— La seule chose qu'il a de supérieur, c'est son poids, ce tas de soupe !

Sur ce nouvel échange d'amabilités, ils recommencèrent à lutter de plus belle pour s'accaparer l'assiette.

— *Assez !* cria Summer, à bout de patience.

Est-ce que ce fut le choc de l'entendre élever la voix, ce qu'elle n'avait encore jamais fait jusque-là, ou le fait que l'assiette soit devenue glissante à force de manipulations de part et d'autre ? Toujours est-il qu'au moment où elle cria, les deux hommes lâchèrent prise simultanément. L'assiette heurta le plan de travail et se brisa avec fracas. Les éclats de verre volèrent avant même que le tartare ne touche le sol et Max et Charlie se répandirent en invectives à l'unisson.

Summer sentit une douleur aiguë au niveau de son bras droit. Y jetant un coup d'œil, elle vit du sang commencer à couler d'une coupure de six centimètres de long au moins. Sidérée, elle fixa la blessure pendant trois bonnes secondes, repoussant l'idée que du sang — son sang — puisse jaillir d'elle à cette vitesse affolante.

— Excusez-moi de vous arrêter, messieurs, mais pensez-vous pouvoir attendre pour vous entretuer que j'aie fini de me vider de mon sang ?

Charlie s'interrompit, un torrent d'insultes au bord des lèvres. Lorsqu'il vit de quoi il retournait, il écarquilla les yeux et partit dans un discours surexcité en coréen.

— Si vous vous étiez abstenue d'intervenir, commença à bougonner Max, vous n'en seriez pas…

Découvrant l'ampleur de l'hémorragie, il laissa le reste de sa phrase en suspens, puis il réagit avec une vivacité surprenante pour un individu de sa corpulence. Il se rua pour attraper un torchon propre, et l'appliqua aussitôt sur la plaie.

— Assise. Tout de suite ! ordonna-t-il en la poussant sur un tabouret de cuisine.

Sans même se retourner, il aboya un ordre bref.

— Qu'on me nettoie tout ça avant que quelqu'un d'autre ne se fasse mal. Vite !

Il avait déjà commencé à confectionner un garrot qu'il lui noua au-dessus de la plaie. Au grand étonnement de Summer, il s'adressait à elle avec une gentillesse presque paternelle.

— Voilà. Très bien… Détendez-vous, maintenant. Je veux voir la profondeur de la coupure.

Avec une vague sensation de vertige, Summer hocha la tête et garda son attention rivée sur une cocotte qui fumait, de l'autre côté de la pièce. La douleur était assez supportable, finalement. Elle nota que sa vision se brouillait et se força à faire le point. Sûrement que cet horrible afflux de sang n'avait été qu'un effet de son imagination.

Dans un état second, elle entendit vociférer derrière elle et reconnut la voix de Blake.

— Qu'est-ce qui se passe encore ici, bon sang ? On vous entend hurler jusque dans la salle ! Vous êtes irresponsables ou quoi ? Qu'est-ce qui vous a pris de faire un boucan pareil ?

Il fondit sur Max et Summer, qu'il pensait responsables du raffut, bien décidé à leur lancer un ultimatum : soit ils s'arrangeaient pour coexister pacifiquement, soit ils prenaient la porte.

La vue du torchon rouge de sang l'arrêta net.

— Summer ?

Elle secoua la tête pour essayer de clarifier ses idées.

— Un accident, se hâta d'expliquer Max. La plaie est profonde. Il lui faudra des points de suture.

Blake arrachait déjà le pansement de fortune des mains de Max et le poussait pour examiner la coupure.

— Comment diable est-ce arrivé ?

En se concentrant, Summer réussit à faire le point sur son visage et à obtenir une image de lui moins floue. Il avait l'air inquiet, et en colère aussi. Puis tout se confondit de nouveau, et les traits de Blake se diffractèrent en lignes mouvantes et indistinctes. Elle commit alors l'erreur de baisser les yeux pour regarder son bras.

— Tartare de légumes, murmura-t-elle stupidement, tout en se sentant glisser de son tabouret.

Puis elle s'évanouit.

La première chose qu'elle entendit en reprenant connaissance fut de furieux éclats de voix. Elle se demanda confusément si elle était revenue à la case départ. Mais, très vite, elle reconnut le timbre de Blake. L'autre voix était celle d'une femme, sèche et inconnue.

— Je reste ici, un point c'est tout !

— Monsieur Cocharan, vous n'êtes pas de la famille. Le règlement ne vous permet pas d'être présent pendant que je traite Mlle Lyndon. Croyez-moi, ce sera l'affaire de quelques points de suture seulement.

Quelques points de suture ? L'estomac de Summer se souleva. Elle avait horreur de l'admettre, mais elle n'était pas vraiment l'amie des aiguilles, en tout cas pas de celles que le corps médical vous enfonçait dans la chair. Dès qu'il était question de sang et de piqûres, elle perdait tout son courage. Or si son odorat ne la trompait pas —

et il ne la trompait que rarement —, elle savait où elle se trouvait. L'endroit sentait l'antiseptique à plein nez. Peut-être que si elle s'éclipsait très vite, sans rien dire, personne ne s'apercevrait de sa disparition ?

Se redressant, elle découvrit qu'elle se trouvait dans une petite salle d'examen entourée de rideaux. Elle fixa le plateau couvert d'instruments brillants — un nécessaire de torture au grand complet.

Sauve qui peut !

Blake surprit son regard et vint se placer à côté d'elle.

— Reste allongée, Summer.

Elle s'humecta les lèvres.

— Ne me dis pas que nous sommes à l'hôpital ? chuchota-t-elle.

— Si. Au service des urgences. Ils vont te recoudre.

Elle réussit à sourire, mais garda les yeux rivés sur le plateau.

— J'aimerais autant qu'on laisse mon bras en l'état.

D'un geste prompt, elle bascula les jambes par-dessus bord pour descendre de la table d'examen. Ce fut le médecin, cette fois, qui intervint.

— Restez tranquille, s'il vous plaît.

C'était une femme au visage énergique, marqué par des rides profondes. Elle avait des cheveux frisottants couleur pêche et des lunettes cerclées de métal. Comparant ses forces aux siennes, Summer jugea qu'elle avait des chances de l'emporter.

— Désolée de vous fausser compagnie, tous les deux, mais je rentre à la maison.

— Dans un instant, vous irez où vous voudrez. Mais pour le moment, vous ne bougerez pas d'ici. Tenez-vous tranquille, le temps que je m'occupe de votre bras.

Aïe. Coincée. Il ne lui restait plus qu'à essayer de recruter un allié.

— Blake ?

— Les points de suture s'imposent, ma chérie.

— Je n'en veux pas !

— Vous n'avez pas le choix, lança la femme.

Elle appela une infirmière pour l'assister, puis, enfilant ses gants, elle se tourna vers Blake.

— Monsieur Cocharan, vous pouvez passer en salle d'attente.

— Non, protesta Summer en luttant pour reprendre la position assise. Vous, je ne vous connais pas. Elle non plus, ajouta-t-elle en voyant une infirmière écarter les rideaux pour se glisser à l'intérieur. Si vous tenez à exercer vos talents de couture sur moi, je veux une présence familière.

Elle attrapa la main de Blake et la serra fort.

— Lui, je le connais… Si vous me recousez, il reste.

L'urgentiste vit sa détermination autant que son angoisse et céda avec un soupir.

— Bon, d'accord. Ne regardez pas et tout se passera bien. J'ai de l'entraînement, j'ai déjà utilisé des kilomètres de fil, aujourd'hui.

— Blake…

Summer prit une profonde inspiration et le regarda droit dans les yeux, refusant de penser à ce que le duo de soignantes fabriquait, de l'autre côté de la table d'examen.

— J'ai une confession à te faire. Je ne suis pas très à l'aise avec le sang et les piqûres.

Elle déglutit en sentant une pression sur sa peau.

— Je suis obligée d'avaler des tranquillisants pour la moindre visite chez le dentiste.

Du coin de l'œil, Blake vit le médecin enfoncer l'aiguille.

— C'est tout juste si nous n'avons pas été obligés de mettre Max sous calmants, lui aussi, lui apprit-il.

D'un geste apaisant, il passa son pouce sur les jointures de ses doigts.

— Après ce qui vient d'arriver, tu pourras lui annoncer

que tu installes une cuisinière à bois ainsi qu'une cheminée à foyer ouvert pour griller ses agneaux à la broche, il te dira amen sans hésiter !

— Ce qu'il ne faut pas faire pour obtenir un peu de coopération en cuisine…

Elle tressaillit, sentit son estomac faire des siennes, et déglutit de nouveau, non sans mal.

— Dis-moi quelque chose, Blake. N'importe quoi.

— Je propose que nous partions quelque part pour deux ou trois jours. Sur une grande plage de sable blond. Dans un endroit calme, au bord de l'océan.

C'était l'image qu'il lui fallait. Elle lutta pour rester focalisée dessus, afin de ne pas paniquer.

— Quel océan ?

— Celui que tu voudras. Pendant trois jours, notre seule activité consistera à lézarder au soleil et à faire l'amour.

La jeune infirmière tourna la tête et sourit avant que le médecin n'ait eu le temps de lui faire les gros yeux.

— Dès que je rentrerai de Rome, alors. Tu auras juste à trouver une petite île dans le Pacifique pendant mon absence. Avec quelques cocotiers et des autochtones bienveillants.

— J'explorerai les possibilités.

Le médecin appliqua un pansement.

— En attendant les plages du Pacifique, évitez de mouiller tout ça, changez le pansement tous les trois jours et revenez dans deux semaines pour vous faire enlever les points… C'est une sacrée entaille. Mais vous survivrez, je vous le promets.

Prudemment, Summer tourna la tête. Couverte de gaze blanche stérile, la plaie avait perdu son aspect terrifiant. Sa nausée se dissipa sur-le-champ.

— Je croyais que les points se résorbaient d'eux-mêmes, de nos jours.

Le médecin alla se laver les mains au lavabo.

— Tout dépend du fil utilisé. Vous avez un joli bras. Ce serait dommage d'y laisser une cicatrice. Je vais vous faire une ordonnance pour des antalgiques.

Summer prit un air buté.

— Je n'avalerai aucun médicament.

L'urgentiste haussa les épaules et s'essuya les mains.

— Vous ferez bien comme vous voulez. A propos... Essayez donc les îles Salomon, au large de la Nouvelle-Guinée.

Sur cette dernière recommandation, elle écarta le rideau, puis s'éloigna sans un regard derrière elle.

— Sacrée bonne femme, marmonna Summer, pendant que Blake l'aidait à descendre de la table d'examen. Le relationnel, ce n'est pas son fort. Je ne sais pas si je la prendrais comme médecin traitant.

Blake sourit. Summer n'avait pas été longue à recouvrer son esprit caustique. Il la soutint en lui passant un bras protecteur autour de la taille.

— Elle était bourrue, c'est vrai, mais elle t'a fourni ce qu'il fallait d'attention et d'informations médicales. J'étais là pour l'empathie et le soutien moral.

Cette affirmation lui valut un froncement de sourcils.

— Lorsque je saigne, Blake, j'ai besoin de *beaucoup* d'empathie et d'un *abondant* soutien moral.

Ils étaient arrivés au parking. Il l'embrassa sur le front, puis lui ouvrit la portière.

— Ce dont tu as besoin, c'est d'un lit, d'une chambre fraîche où règne la pénombre et de quelques heures de repos total.

Elle secoua la tête.

— Je retourne travailler. Les cuisines sont probablement plongées dans le chaos. Et j'ai une tonne de coups de fil à passer.

— Je te raccompagne chez toi et tu te mets au lit.

— Je ne saigne plus. Je reconnais que je suis une

vraie mauviette dès que je vois du sang ou une blouse blanche équipée d'une aiguille, mais le cap est passé et j'ai retrouvé ma vaillance.

Blake s'immobilisa à un feu rouge et tourna la tête dans sa direction.

— Tu es pâle, dit-il, tout en songeant qu'il ne devait pas avoir une mine formidable, lui non plus, étant donné les angoisses par lesquelles il était passé durant l'heure écoulée. Tu dois sentir des élancements dans ton bras. Et si ce n'est pas encore le cas, ça ne va pas tarder. J'ai toujours appliqué la politique suivante chez Cocharan : si quelqu'un de l'équipe tombe dans les pommes, il est en congé pour le reste de la journée au moins.

— Quel admirable humaniste tu fais ! Je ne me serais pas évanouie, si je n'avais pas eu l'imprudence de regarder.

— Tu rentres chez toi, Summer.

Elle se redressa, joignit les mains sur les genoux et poussa un profond soupir. Une pulsation de douleur commençait bel et bien à se faire sentir dans son bras, mais elle ne l'aurait pas reconnu pour un empire. Entre les élancements et l'irritation, il était facile d'oublier qu'elle avait été reconnaissante de pouvoir se cramponner à Blake moins d'un quart d'heure plus tôt.

— Je sais que je te l'ai déjà dit, mais parfois il peut être utile de répéter une information : je ne tolère pas qu'on me donne des ordres.

Le silence tomba dans la voiture et s'étira pendant près d'une minute. Blake prit la direction de l'ouest, laissant la Cocharan House dans leur dos.

— Bon, très bien. Dans ce cas, je prendrai un taxi, annonça-t-elle d'un ton léger.

— Ce que tu vas prendre, c'est deux antalgiques, puis je tirerai les rideaux et je te borderai bien gentiment.

Perspective paradisiaque.

Repoussant la tentation, elle pointa le menton d'un air de défi.

— Ce n'est pas parce que j'ai été dépendante de toi pendant que l'ogresse en blouse blanche s'essayait au point de croix sur ma personne que j'ai besoin d'être prise en charge !

Il existait bien un moyen de la convaincre de faire ce qu'il voulait, songea Blake, mais il hésitait à y recourir. D'autant que la manière directe était probablement la meilleure.

— Je ne crois pas que tu aies fait le compte des points que tu as dans le bras.

— Non.

Summer tourna la tête vers la vitre.

— Moi, je les ai comptés. Quinze. Tu as remarqué la dimension de l'aiguille ?

— Non.

Elle porta la main à son estomac et lui jeta un regard noir.

— Tu ne crois pas qu'elle est un peu déloyale, ta méthode ?

— Tant qu'elle marche…

Il posa la main sur la sienne.

— Juste une petite sieste, Summer. Je reste avec toi, si tu veux.

Comment était-elle censée s'y retrouver avec lui, alors qu'il passait de la générosité à la traîtrise pour mieux revenir à la douceur ensuite ? Comment était-elle censée composer avec elle-même, alors qu'elle n'avait qu'une seule envie, se blottir en fœtus contre lui pour trouver chaleur et sécurité dans son étreinte ?

— C'est bon… Je vais me reposer.

Brusquement, elle en reconnaissait la nécessité, indépendamment de sa blessure. Si Blake continuait de mettre ses émotions à mal au cours des mois à venir, elle pourrait très vite perdre pied.

— Seule, précisa-t-elle fermement. Ton travail t'attend à l'hôtel. Je t'ai déjà fait perdre assez de temps.

Lorsqu'il se gara devant chez elle, Summer leva la main pour l'empêcher de couper le moteur.

— Sérieusement, Blake, ce n'est pas la peine de monter avec moi. Je te promets d'aller droit au lit.

Le sentant sur le point d'objecter, elle sourit et serra un instant ses doigts entre les siens.

Il ne fallait vraiment pas qu'il monte. S'il l'accompagnait chez elle maintenant, tout pouvait arriver.

— Je vais prendre du paracétamol, mettre de la musique et m'allonger. Mais je me sentirais plus tranquille si tu passais t'assurer que tout est bien rentré dans l'ordre en cuisine.

Blake examina ses traits. Elle paraissait fragile et son regard était marqué par la fatigue. Son désir à lui était clair : il voulait rester avec elle, la pendre dans ses bras, la sentir de nouveau dépendante, agrippée, en demande de lui. Assis à côté d'elle, il éprouva physiquement la distance mentale qu'elle cherchait à mettre entre eux. Et il était hors de question qu'il la laisse faire !

Mais pour le moment, elle avait besoin de repos plus qu'elle n'avait besoin de lui.

— Si c'est ce que tu préfères, d'accord. Je t'appellerai ce soir.

Summer se pencha, l'embrassa sur la joue, puis se hâta de descendre de voiture.

— Merci de m'avoir tenu la main, Blake.

10

Depuis l'incident, les nerfs de Summer étaient mis à rude épreuve. Non pas tant en raison de la contrariété ou de la douleur, que du surcroît d'attention dont elle faisait l'objet.

Ce n'était pas faute d'apprécier qu'on s'intéresse à elle, pourtant. Non seulement, elle aimait faire l'objet de l'attention générale, mais elle en était venue à considérer sa place centrale comme une évidence, tant ses desserts avaient du succès.

Ce n'était pas non plus faute d'apprécier qu'on la gâte et qu'on pourvoie à ses besoins. Ayant grandi dans une famille qui employait des domestiques, elle avait été habituée dès son plus jeune âge à ce qu'on s'occupe d'elle. Mais elle savait, comme tout cuisinier qui se respecte, qu'il fallait un équilibre en toute chose. Si le sucre, dans un gâteau, était bon et même indispensable, trop de sucre rendait le meilleur dessert immangeable.

Sa mère avait prolongé son séjour d'une semaine complète en proclamant qu'il lui était impossible de quitter Philadelphie alors que sa fille avait été victime de ce « terrible accident ». Plus Summer minimisait l'épisode, plus Monique la traitait avec inquiétude et admiration. Admiration qui lui faisait appréhender de façon croissante le jour où il lui faudrait retourner chez l'ogresse pour se faire enlever les points.

Même si elle paraissait à contre-emploi dans ce nouveau rôle, Monique avait pris l'habitude de passer la voir tous les jours dans son bureau pour lui apporter des tisanes régénératrices et des soupes fortifiantes. Puis elle se faisait un devoir de rester debout à côté d'elle, le visage soucieux mais l'œil vigilant, jusqu'à ce que toutes ces fades potions soient dûment avalées.

Les premiers jours, Summer avait trouvé cet accès de dévouement maternel plutôt touchant, même si les tisanes et les soupes ne figuraient pas parmi ses grands favoris en matière alimentaire. Dans son souvenir, Monique avait toujours été affectueuse et pleine de gentillesse, mais jamais maternante. Pour cette raison, Summer buvait les infusions et absorbait les potages, tout en ravalant sa contrariété. Mais comme les soupes et les bouillons se succédaient et que Monique interférait dans son travail, elle commençait à perdre patience. Elle aurait à la rigueur pu tolérer cette sollicitude excessive, si la brigade de cuisine au grand complet, Max en tête, ne s'était pas mise au diapason.

Elle ne pouvait plus rien faire par elle-même. Si elle se mettait en tête de boire un café, il y avait toujours quelqu'un pour se précipiter vers la cafetière, lui ordonner de s'asseoir et lui apporter sa boisson. Chaque jour, à midi tapant, Max se présentait avec un plateau et lui servait la spécialité du jour : soufflé au homard, étouffade de perdrix ou dorade au four. Summer mangeait alors bravement, sous le regard attentif du cuisinier, tout en rêvant d'un double cheese-burger au bacon.

C'était à qui se précipiterait pour lui ouvrir la porte ; on la couvait du regard comme si elle était sur le point de se briser et tout le monde la ménageait au point qu'elle en aurait hurlé. La seule fois où elle avait crié, à bout de patience, qu'elle avait quinze points de suture au bras et non un cancer en phase terminale, elle s'était retrouvée avec une tasse d'infusion supplémentaire ainsi qu'une assiette de biscuits à la farine complète.

Ils la tuaient tous à petit feu en l'étouffant sous un trop-plein de gentillesse.

Chaque fois qu'elle se voyait sur le point de craquer, Blake trouvait le moyen de calmer le jeu. Il n'était pas indifférent à sa blessure et ne manquait pas non plus d'attentions. Mais il était le seul à ne pas la traiter comme si elle avait vocation à servir sous peu de nourriture aux corbeaux.

Il choisissait le moment pour l'appeler au téléphone ou passer la voir en cuisine avec un instinct démoniaque. Il était toujours là lorsqu'elle avait besoin de lui, calme lorsqu'elle aspirait au calme, ordonné lorsque la menace du chaos la submergeait. Il ne craignait pas de lui imposer certaines exigences, alors que tous les autres l'estimaient incapable de lever le petit doigt. Lorsqu'il l'irritait, c'était à l'inverse des autres : en mettant ses capacités au défi et en la poussant à se surpasser, plutôt qu'en la couvant à l'excès.

Autre avantage avec lui : elle ne ployait pas sous le poids de la culpabilité chaque fois qu'elle craquait et que sa mauvaise humeur prenait le dessus. Elle pouvait crier et l'incendier ; elle savait qu'elle ne rencontrerait jamais dans son regard la patience infinie dont Max usait avec elle à présent. Elle pouvait se montrer déraisonnable sans craindre de le blesser, alors que sa mère s'effrayait aussitôt de ses moments d'exaspération.

Sans vraiment se le formuler, elle commençait à voir en lui un pilier — un monument de solidité et de raison là où la déraison semblait régner partout alentour. Et peut-être, pour la première de sa vie, éprouvait-elle le besoin d'un appui.

Outre Blake, son travail l'aidait considérablement à garder un minimum d'équilibre mental. Elle s'y consacrait corps et âme. Elle multiplia les visites chez l'imprimeur pour définir la mise en pages idéale de ses menus, attentive à chaque détail. Elle s'était décidée pour un papier vergé ivoire classique sur lequel « Cocharan House » était imprimé en relief. Pendant des heures, elle hésita sur les formats, les polices, les interlignes, les motifs. Le résultat, bien que coûteux, fut à la hauteur de ses efforts : digne d'être affiché en poster ! Pour le service d'étage, elle fixa son choix sur une version un peu moins luxueuse, mais fit le nécessaire pour que l'élégance soit malgré tout au rendez-vous. Ayant repéré les meilleurs fournisseurs, elle négocia inlassablement, ne reculant devant aucun marchandage, surprise de tirer le plus grand plaisir de cette forme particulière d'exercice. A fortiori lorsqu'elle obtenait gain de cause, ce qui était presque invariablement le cas.

Remporter ces petites victoires lui procurait la douce euphorie de la réussite. Rien d'aussi glorieux que lorsqu'elle façonnait un dessert spectaculaire, mais le contentement était là. Différent, mais très stimulant malgré tout.

Alors s'entendre dire, après une de ces âpres et passionnantes négociations, qu'elle devrait faire une « petite sieste » avait le don de la faire sortir de ses gonds !

— Ma petite chérie…

Monique fit son apparition dans son bureau, une de ses tisanes démoralisantes à la main, juste au moment où elle prenait congé du boucher en gros.

— Il serait temps que tu t'accordes une pause, mon cœur. Tu exiges trop de toi-même.

— Maman ! Je vais parfaitement bien, je t'assure…

Humant la décoction aux accents amers, Summer réprima un haut-le-cœur. Elle avait envie de quelque chose de frais et de gazeux, de préférence chargé en caféine.

— Je suis en train de relire tous mes contrats fournisseurs. C'est un peu compliqué et j'ai encore quelques appels à passer.

Si le but visé était de faire comprendre en douceur à sa mère qu'elle voulait qu'on la laisse tranquille, le résultat ne fut pas à la hauteur de ses espérances.

— Tu t'attaques à des contrats compliqués, alors que tu es à pied d'œuvre depuis tôt ce matin ! Tu oublies que tu as subi un choc, protesta Monique en s'appropriant une chaise.

Summer s'arma péniblement de patience.

— C'est juste une coupure au bras, maman.

— *Quinze* points de suture !

Sa mère fronça les sourcils en la voyant sortir une bouteille de soda.

— Tu sais que ces boissons sont une catastrophe pour la santé, ma chérie.

— Tout comme l'excès de tension nerveuse, marmonna-t-elle, au bord du découragement.

Puis elle reprit en s'éclaircissant la voix, déterminée à lutter :

— Maman, je suis ravie de t'avoir ici, mais Keil doit te manquer terriblement et je suis sûre qu'il est malheureux comme les pierres sans toi. Tu ne peux pas le laisser trop longtemps seul, alors que vous venez juste de vous marier.

— C'est vrai...

Monique soupira, le regard rêveusement levé au plafond.

— Quand on aime, une journée loin de l'être aimé est comme une semaine, une semaine comme un mois...

Elle joignit soudain les mains et s'interrompit en secouant la tête.

— Mais Keil est un homme formidable, tu sais. Sensible. Généreux. Il comprend que tu aies besoin de moi en ce moment.

Summer ouvrit la bouche pour protester, puis la

referma. Il s'agissait de rester diplomate. D'agir avec tact, respect et tendresse.

— Tu as été merveilleuse, maman, vraiment. Tu n'imagines pas à quel point j'ai apprécié tout ce que tu as fait pour moi. Mais mon bras est presque guéri, à présent. Et je te jure que je suis en grande forme. S'il y a une chose qui me rend malade, en revanche, c'est de te retenir ici, alors que tu es en pleine lune de miel.

Monique balaya l'argument de son petit rire rauque et sensuel.

— Ma chère enfant, tu découvriras un jour qu'une lune de miel, ce n'est ni un voyage ni un moment précis de la vie d'un couple, mais un état d'esprit. Ne t'inquiète donc pas pour Keil et moi. Crois-tu vraiment que je pourrais partir d'ici avant qu'on te retire ces horribles points de suture ?

— Maman…

A l'évocation de la petite épreuve qui l'attendait encore, Summer sentir les premiers tressaillements de l'angoisse lui nouer l'estomac. Elle tendit la main vers la tisane en guise de parade.

— Sérieusement, Summer… Je n'ai pas pu être à tes côtés lorsque le médecin t'a recousue, mais…

Les yeux de Monique se remplirent de larmes et ses lèvres se mirent à trembler.

— … je serai présente lorsqu'elle te les retirera.

Summer eut alors une vision d'elle-même, allongée sur la table d'examen, l'urgentiste au visage sévère penchée sur elle, les ciseaux à la main. A côté d'elle, sa mère, frêle et toute de noir vêtue, se tapotant les yeux avec un mouchoir en dentelle. Serait-il plus profitable de hurler ou de se placer la tête entre les genoux et de tenter de respirer ?

Tendue comme un ressort, elle se déplia soudain de sa chaise.

— Désolée, maman, mais je dois te fausser compagnie. Je viens de me souvenir que j'ai rendez-vous avec Blake dans son bureau.

A peine fut-elle sortie au pas de course que les yeux de Monique séchèrent et que ses lèvres dessinèrent un sourire. Elle n'avait pas toujours été une mère très inspirée, lorsque Summer était encore enfant, mais aujourd'hui... Elle savait exactement comment s'y prendre pour pousser la demoiselle là où elle devait aller. En l'occurrence, droit dans les bras de Blake où elle était certaine que sa fille volontaire, pragmatique et tendrement aimée serait à la meilleure place.

— A l'amour ! murmura-t-elle en français en levant la tisane abandonnée pour porter un toast.

Peu importait à Summer que le rendez-vous ait été purement fictif. Que Blake ait du temps à lui consacrer ou non, elle avait besoin de lui pour revenir à la normalité.

— Il faut que je voie M. Cocharan tout de suite, annonça-t-elle d'une voix désespérée à la secrétaire.

— Un petit instant, je vais demander si...

Trop stressée pour attendre, Summer poursuivit son chemin et poussa la porte du bureau sans même prendre la peine de frapper.

— Blake !

Il haussa un sourcil interrogateur et lui fit signe d'entrer, tout en continuant sa conversation au téléphone. Les traits de Summer portaient toutes les marques de l'hébétude, comme si, au dernier stade d'une chasse à l'homme, elle était sur le point de se faire rattraper par une meute assoiffée de sang. Son premier réflexe fut de la prendre dans ses bras et de la consoler, mais il sut résister à la tentation. Il n'était que trop évident qu'elle se sentait déjà couvée à l'excès et qu'elle ne supportait plus d'être entourée de nounous bienveillantes.

Dans un état manifeste de frustration intense, elle virevoltait dans la pièce, débordant d'une énergie nerveuse qui vibrait comme une aura autour d'elle. Elle se dirigea à grands pas vers la fenêtre, regarda la vue un instant, puis s'en détourna, visiblement trop énervée pour se livrer à la contemplation. Elle finit par chercher un recours du côté du bar et se versa une dose provocante de porto.

A la seconde même où elle l'entendit raccrocher, elle explosa.

— Il faut faire quelque chose !

— Si tu as l'intention de gesticuler encore longtemps avec ce verre à la main, je te conseille de boire d'abord quelques gorgées, sinon tu vas t'en mettre partout.

Summer se renfrogna, mais obtempéra.

— Blake, ma mère doit retourner en Californie.

Il finit de griffonner une note.

— Ah bon, déjà ? Monique nous manquera.

— Non, tu ne comprends pas… Elle *devrait* partir, mais elle ne le fait pas. Elle tient absolument à me réduire à un état catatonique par overdose de maternage.

Il ouvrit la bouche pour répondre, mais elle poursuivait déjà sur sa lancée :

— Et Max… Il faut faire quelque chose pour Max. Aujourd'hui encore, il s'est présenté dans mon bureau avec de la poularde demi-deuil. Excellente, je le concède. Mais je n'en peux vraiment plus ! Je suis à bout.

Le temps pour elle de reprendre sa respiration et elle repartit dans une litanie chaotique dans laquelle s'enchaînaient des plaintes variées.

— Charlie me regarde comme si j'étais Jeanne d'Arc en personne et le reste de la brigade est encore pire. Ils me rendent folle, folle, folle.

— Je vois ça, oui.

Au son de sa voix, elle cessa d'arpenter la pièce et s'immobilisa pour lui jeter un regard noir.

— Evite d'afficher ce petit sourire amusé, s'il te plaît.

— Moi ? Je souriais ?

— Et remballe cet air faussement innocent ! Une dépression nerveuse n'a rien de comique, crois-moi.

— Je suis tout à fait d'accord avec toi sur ce point.

Il croisa les mains sur son bureau.

— Et si tu t'asseyais et que tu reprenais du début ?

Elle se laissa tomber sur une chaise, but une gorgée de porto, puis se releva d'un bond et recommença à faire les cent pas.

— Je n'ai rien contre les attentions des uns et des autres, mais il existe un proverbe qui dit que l'excès de gentillesse tue la gentillesse ou quelque chose comme ça, non ?

— Je crois avoir entendu ça, en effet.

Elle poursuivit sans tenir compte de son commentaire.

— Même un excellent dessert, on peut le gâcher complètement, en voulant trop en faire.

— Toujours d'accord avec toi. Le mieux peut être l'ennemi du bien.

— Oh ! Arrête d'être aussi horriblement compréhensif !

— La compréhension est un péché mignon, chez moi.

Il sourit. Elle se rembrunit.

— Tu m'écoutes, au moins ?

— Chaque mot, chaque syllabe.

— Je ne suis pas faite pour être bichonnée, c'est tout. Ma mère me bourre tellement de tisanes et de bouillons que je vais finir par faire floc floc en marchant ! « Repose-toi, Summer. Tu n'as pas encore repris tes forces… » Je n'en peux plus d'entendre ça ! Je suis solide comme un chêne !

Il la regardait gesticuler, charmé par la grâce du spectacle.

— C'est la réflexion que je me faisais, moi aussi.

— Et Max ! Il est d'une épuisante bonne volonté. A croire qu'il a décidé de me canoniser.

Elle porta la main à son estomac, l'air accablé.

— Ça fait plus d'une semaine, maintenant, que je m'alimente de façon horriblement saine, tu te rends compte ? Je rêve de pizzas et de hamburgers, mais je n'ai plus la force d'en manger, avec tout ce qu'ils me font avaler. Le prochain qui s'avise de me conseiller de me *ménager*, je lui mets mon poing dans la figure !

Blake examina la pointe de son stylo.

— Je veillerai avec soin à ne pas te faire ce genre de recommandations.

— Toi, tu ne le fais pas.

Elle contourna sa table de travail pour venir se percher face à lui.

— Tu es la seule personne ici à me traiter normalement depuis ce ridicule incident. Tu m'as même crié après, hier. Tu ne peux pas savoir comme j'ai apprécié.

— Ne me remercie pas. Tout le plaisir était pour moi.

Riant à demi, elle lui prit la main.

— Je suis sérieuse, Blake. Je me sens déjà assez mal comme ça de ne pas avoir réussi à prévenir ce gros chahut. Toi, au moins, tu ne passes pas ton temps à me rappeler ce piteux épisode en me tapotant la tête d'un air soucieux et paternel.

Il enlaça ses doigts aux siens.

— Parce que j'ai compris ton fonctionnement. Je t'observe depuis le début.

La façon dont il le lui dit accéléra son rythme cardiaque.

— Je ne suis pas quelqu'un de facile à comprendre.

— Non ?

— Je ne me comprends pas toujours moi-même.

— Alors laisse-moi te parler de Summer Lyndon…

Il porta leurs deux mains jointes à ses lèvres.

— C'est une belle femme, un peu gâtée, de par son éducation et de par son succès professionnel.

Il sourit en la voyant faire la moue.

— Elle est forte, incroyablement féminine, sans l'ombre d'un artifice. Elle a des opinions tranchées et, dans son travail, elle se montre ambitieuse et passionnée. Ses capacités de concentration me font penser par moments à celles d'un chirurgien. C'est malgré tout une sentimentale, bien qu'elle soit intimement persuadée du contraire.

— Ce n'est pas vrai, commença-t-elle à protester.

— Elle se nourrit de la musique de Chopin chaque fois qu'elle crée un dessert. Et même si elle choisit de s'improviser un bureau dans un coin sombre de l'économat, elle pose un bouquet de roses sur sa table de travail.

— C'est uniquement parce que…

— Arrête de m'interrompre, s'il te plaît.

Elle grommela quelque chose, puis accepta d'écouter la suite en silence.

— Des craintes, notre Summer Lyndon en a quelques-unes, mais elle les combat, car il lui déplaît d'admettre qu'elle puisse connaître la peur. Elle a une force intérieure peu commune qui lui permet de tenir tête à n'importe qui. Et pourtant, par pure générosité, elle endure les situations les plus inconfortables plutôt que de prendre le risque de peiner un de ses proches. Elle est passionnée, entière, tout en conservant une bonne maîtrise de soi. Ses goûts la portent vers le très bon champagne et la pire malbouffe. Je ne connais personne qui m'ait autant exaspéré, mais personne non plus qui m'ait inspiré une confiance aussi immédiate et totale.

Summer en retenait son souffle. Ce n'était pas la première fois que Blake la mettait dans une situation telle que les mots lui faisaient défaut.

— Ce n'est pas une femme entièrement admirable que tu me décris là.

— Peut-être pas. Mais entièrement fascinante, si.

Elle sourit et s'installa sur ses genoux.

— J'ai toujours eu envie de faire ça, murmura-t-elle en se blottissant contre lui. Me percher sur les genoux d'un cadre de haut vol, dans le luxe feutré de son bureau de grand standing. Finalement, je crois que j'aime autant être fascinante qu'admirable.

— Je te préfère ainsi.

Il lui donna un baiser — un petit baiser.

— Et voilà. Tu m'as encore sauvée de la crise de nerfs.

Blake lui caressa les cheveux en songeant qu'il s'en fallait de peu — de très peu — pour qu'il l'apprivoise entièrement.

— Chez Cocharan, nous ne demandons qu'à vous satisfaire, chère madame.

— Ah, si seulement je n'étais pas obligée de retourner dans ces maudites cuisines et de retrouver ce dévouement suave, cette authentique sollicitude !

— Que ferais-tu, si tu avais le choix ?

Elle noua les bras autour de son cou et rejeta la tête en arrière avec un petit rire.

— Si je pouvais vraiment faire ce dont j'ai envie ?

— Vraiment, oui.

Elle réfléchit un instant, passa pensivement la pointe de sa langue sur ses dents parfaites, puis lui dédia un sourire d'une éblouissante candeur.

— Je crois que j'irais au cinéma voir un film abominablement nul et que j'avalerais un triple cornet de pop-corn trop salé et dégoulinant de beurre.

— Très bien…

Il lui donna une tape amicale sur les fesses.

— Alors, allons choisir le navet du jour.

— Maintenant, tu veux dire ?

— A l'instant même.

— Mais il est à peine 16 heures !

Il l'embrassa, puis l'entraîna hors de la pièce.

— Ça s'appelle faire l'école buissonnière. Je t'expliquerai le principe en chemin.

Avec elle, il se sentait jeune et un peu fou. Voire même irresponsable, assis dans le noir face à l'écran, son pop-corn sur les genoux, la main de Summer logée en confiance dans la sienne. Il ne se souvenait pas d'avoir été timide ou inhibé, durant son enfance ou son adolescence. Dans l'ensemble, il avait toujours été assez sûr de lui. Mais un peu fou et irresponsable ? Jamais. Venir au monde dans une famille dont l'entreprise valait des millions de dollars avait suscité en lui dès son plus jeune âge un sens exigeant du devoir. Il n'avait jamais manqué de rien, avait grandi en bénéficiant du nécessaire comme du superflu. Mais très tôt, il avait su que pèserait sur lui l'obligation de reprendre le flambeau et de maintenir la barre très haut, pour ne pas démériter vis-à-vis de son père et de son grand-père.

Comme il avait toujours pris sa vocation très au sérieux, il s'était comporté avec prudence, même à un âge où d'autres faisaient les quatre cents coups. L'impulsivité n'avait jamais été un de ses traits de caractère. Mais peut-être commençait-il à évoluer sur ce point, grâce à Summer. N'avait-il pas décidé, sur un coup de tête, d'exaucer son vœu pour l'après-midi ? Si elle avait exprimé l'envie de faire un saut à Paris pour dîner chez Maxim's, il aurait pris les arrangements nécessaires. Mais il aurait dû se douter qu'un cornet de pop-corn dans un cinéma du quartier serait plus dans son style.

Et c'était ce style, justement — fait d'élégance et de simplicité —, qui l'avait d'emblée attiré chez elle. Il savait avec une certitude devenue inébranlable qu'aucune autre femme, jamais, ne l'émouvrait, ne le fascinerait comme elle.

Summer ressentait les effets de la tension accumulée au cours de la semaine écoulée. Depuis l'accident, elle s'était montrée sur la défensive avec tout le monde, sauf avec Blake. Il l'avait soutenue mais, plus important encore, avait respecté son espace. Ils ne s'étaient pas vus souvent — Blake étant occupé à finaliser la reprise de la chaîne Hamilton, elle-même ayant eu beaucoup à faire —, mais dès qu'ils parvenaient à trouver un moment pour être ensemble, hors de l'hôtel, ils oubliaient vite leurs contraintes professionnelles réciproques. Elle savait à quel point l'acquisition de cette chaîne d'hôtels était cruciale pour le groupe Cocharan et mobilisait cent pour cent du temps, de la concentration et de l'énergie de Blake. Et pourtant, lorsqu'elle avait déboulé dans son bureau sans prévenir, il avait mis tout cela de côté sans une hésitation — pour elle.

Elle se pencha vers lui.

— Un ange…

— Mm ?

— Toi, chuchota-t-elle. Tu es un ange…

— Parce que je t'ai trouvé un film nul à souhait ?

Elle plongea la main dans le cornet de pop-corn avec un petit rire étouffé.

— C'est vraiment un bide, hein ?

— Le top flop de l'année ! Il est tellement raté qu'il n'y a presque personne dans la salle. Ce qui me va bien, d'ailleurs.

— Serait-on asocial, monsieur Cocharan ?

— Non point. Mais ça facilite ce genre de choses…

Il se pencha pour attraper le lobe de son oreille entre ses dents.

— Ah…

Une onde de plaisir partit des orteils de Summer, puis remonta à fleur de peau pour s'échouer au creux de son ventre.

— Et ce genre de choses également…

Il lui picora le cou de petits baisers brûlants et se délecta de l'entendre retenir son souffle.

— Tu as meilleur goût que le pop-corn.

— C'est pourtant de l'excellent pop-corn.

Elle tourna la tête pour que leurs bouches puissent se trouver. Leurs lèvres se joignirent et ce fut un moment de pure perfection. Oubliant le film, elle ferma les yeux pour mieux profiter de la sensation. Il aurait presque été possible d'affirmer que leurs bouches étaient faites l'une pour l'autre. Si elle avait été crédule, comme sa mère, elle se serait même laissé aller à penser que Blake et elle étaient destinés à se rencontrer à ce stade de leur vie. Destinés à se croiser, s'affronter, s'attirer, fusionner. Un homme et une femme, unis dans la durée. Lorsqu'ils s'embrassaient ainsi, que leurs lèvres brûlantes semblaient se reconnaître de toute éternité, elle aurait presque pu y croire. Presque *voulu* y croire.

Blake passa la main dans ses cheveux. Il aimait sentir leur douceur, leur légèreté soyeuse sous ses doigts. Ce simple contact, innocent par essence, suffisait à attiser son désir dans des proportions déraisonnables. Il ne se sentait jamais aussi solide que lorsqu'il tenait Summer dans ses bras. Et jamais, dans le même temps, il ne se sentait aussi vulnérable. La musique de fin arriva sans qu'il l'entende ; il ne vit pas plus le générique défiler à l'écran. Gênés dans leurs mouvements par l'accoudoir, ils modifièrent leur position pour s'embrasser plus commodément.

— Excusez-moi…

Le jeune ouvreur, embauché pour l'été en attendant de reprendre le lycée en septembre, se rapprocha d'un pas. Il attendit. Puis finit par s'éclaircir la voix.

— Pardon, m'sieur dame…

Levant les yeux, Blake nota que les lumières étaient

rallumées dans la salle et que l'écran était noir. Il vit les yeux de Summer s'écarquiller brièvement de surprise. Puis elle enfouit son visage contre son épaule pour étouffer un rire.

— Le film est terminé, expliqua l'ouvreur, mal à l'aise. Après chaque séance, nous devons nous assurer que tous les spectateurs quittent bien la salle.

Pas étonnant, songea-t-il, *que ce type ait oublié de regarder le film. Avec une copine aussi belle… Et pleine de classe, avec ça.*

L'homme se leva et le jeune ouvreur nota alors sa taille, sa carrure, et l'expression ombrageuse qui s'était peinte sur son visage. Il déglutit. Certains hommes n'aimaient pas être interrompus en pleine action.

— C'est le règlement, m'sieu. Le directeur a dit…

— Si c'est le règlement…, coupa Blake qui voyait trembler sa pomme d'Adam.

— Nous allons emporter le pop-corn, déclara Summer d'un ton conciliant, en s'extirpant de son siège.

Elle prit l'énorme cornet sous un bras et attrapa Blake de l'autre.

— Bonne soirée, lança-t-elle au jeune homme par-dessus son épaule.

Dès qu'ils furent dans la rue, elle éclata de rire.

— Pauvre gosse ! Il a cru que tu allais le massacrer.

— Je dois avouer que j'ai été tenté de serrer son cou de poulet.

— Il en tremble encore, si tu veux mon avis.

Elle monta en voiture et plaça le pop-corn sur ses genoux.

— Tu sais ce qu'il a dû penser ?

— Quoi ?

— Que nous étions amants, toi et moi.

— N'est-ce pas le cas ?

Elle se pencha pour lui mordiller l'oreille.

— Des amants illégitimes, je veux dire. Mariés l'un et l'autre, et condamnés à nous rencontrer dans le plus grand secret. Mon mari me croit au hammam avec des copines. Et pour ta femme, tu es en réunion.

— Pourquoi ne serions-nous pas allés à l'hôtel ?

— Le cinéma était une première étape. L'hôtel, c'est là que nous nous dirigeons maintenant.

Tout en picorant du pop-corn, elle coula vers lui un regard lascif.

— Dans notre cas, mon appartement servira de substitut.

— Je suis assez flexible sur le lieu, du moment qu'il y a un lit. Un tapis à la rigueur... Dis-moi, Summer...

Il l'attira contre lui d'une main, tout en tenant le volant de l'autre, et passa au feu orange.

— Oui ?

— C'était quoi le sujet du film ?

Elle posa en riant la tête sur son épaule.

— Je n'en ai pas la moindre idée !

Une heure ou deux plus tard, ils étaient nus et enlacés sur le lit, les rideaux ouverts pour laisser entrer la lumière, la fenêtre relevée pour permettre l'accès à la brise d'été...

De l'appartement du dessous montait le son léger de gammes montantes et descendantes. Summer songea qu'elle avait dû dormir quelques instants, car l'éclat du soleil s'était adouci pour prendre une teinte presque rosée. Mais elle n'était pas pressée du tout de voir la nuit tomber.

Les draps étaient chauds, moites, froissés par leurs ébats. D'agréables odeurs domestiques flottaient dans l'air : grillades et poivrons en provenance de l'appartement du professeur de piano et une sauce bolognaise maison chez ses voisins jeunes mariés. La brise légère brassait, mêlait plaisamment fumets et arômes.

Summer cala sa tête au creux de l'épaule de Blake.

— C'est bien d'être là, non ? Et de se dire qu'il y a mille choses urgentes à faire, mais qu'elles attendront demain sans que le ciel nous tombe pour autant sur la tête. Tu n'as pas dû faire l'école buissonnière très souvent.

Elle était persuadée qu'il avait toujours péché par excès de sérieux.

— Si je m'éclipsais trop souvent, le chiffre d'affaires s'en ressentirait et les actionnaires râleraient. C'est de loin l'activité qu'ils préfèrent.

Elle frotta distraitement de ses orteils le pied de Blake.

— Je ne t'ai pas posé de questions sur la reprise des hôtels Hamilton, parce que j'ai pensé qu'on devait t'en parler suffisamment toute la journée au bureau. Sans compter les commentaires incessants des médias. Tout ce que je veux savoir, c'est si tu as obtenu ce que tu espérais.

— Je les voulais, ces hôtels. Et au final, les deux parties sont satisfaites. Difficile de demander plus.

Pensive, elle roula sur lui de manière à pouvoir le regarder dans les yeux. Ses cheveux défaits glissèrent comme un voile de soie sur le torse de Blake.

— Et pourquoi les voulais-tu, ces hôtels ? Par soif de possession ? Pour étendre les frontières de ton empire ? Pour le plaisir de l'intrigue ? La passion du bras de fer ?

— Pour un peu toutes ces raisons. En affaires, il y a une certaine griserie à se fixer des objectifs et à mettre au point des stratégies pour les atteindre. On affine, on corrige les défauts du projet, jusqu'à obtention du résultat visé. Dans un sens, ce n'est pas si différent de l'art.

— Le monde des affaires n'a rien à voir avec l'art ! protesta-t-elle.

— On pourrait établir des parallèles, pourtant, murmura-t-il en lui caressant la joue. Ton inspiration t'insuffle une idée : c'est le matériau brut. A partir de là, tu sculptes, tu épures, tu corriges les défauts et tu finis par mettre au monde un projet.

— A cette différence cependant que dans les affaires, il faut rester froid, lucide, rationnel, alors que dans l'art, les émotions interviennent autant que l'intellect.

Elle ponctua sa déclaration d'un haussement d'épaules charmant. Il adorait la façon très française dont elle effectuait le geste. Son côté français ressortait dès qu'il était question de sa vocation culinaire, avait-il remarqué.

— Il n'y a que les faits et les chiffres qui comptent pour vous.

— Tu oublies l'intuition, l'émotionnel. Les faits et les chiffres ne suffisent pas toujours à prendre de bonnes décisions. C'est prouvé scientifiquement.

Elle fronça les sourcils en méditant sur la question.

— Dans ton domaine, le factuel prime quand même l'affectif.

— Mais *quels* faits ? Là est la question. En fonction de notre filtre personnel, nous retenons de la réalité des aspects différents. Le factuel, comme tu dis, varie selon les circonstances et les personnes.

Disant cela, il pensait à elle. Et à lui-même. Il glissa les doigts dans ses cheveux, et ramena des mèches derrière ses oreilles.

— C'est au feeling que l'on peut se fier le plus, en définitive.

— Souvent, oui, c'est notre feeling qui est le plus fiable. Mais pas toujours. Autrement dit, l'échec reste une éventualité.

Elle pensait à lui, en lui répondant. Et à elle-même.

— L'échec reste *toujours* une éventualité, Summer. Tu peux planifier et aligner les faits autant que tu voudras, ça n'exclura pas la possibilité du fiasco.

— C'est terrible !

Elle se blottit contre lui, cherchant à chasser le mince filet de panique qui menaçait sa quiétude mentale.

Blake dessina la courbe douce de son flanc d'une main caressante et rassurante à la fois. Elle était toujours sur ses gardes. Bardée de défenses et de peurs. Il lui fallait encore un peu de temps, un peu d'espace — un changement de sujet.

— J'ai donc vingt nouveaux hôtels à réorganiser. Autrement dit, vingt cuisines supplémentaires à évaluer. Je ne te cache pas que j'aurai besoin d'un expert…

Elle sourit et releva la tête.

— Vingt cuisines, c'est énorme. Une tâche de longue haleine.

— Pas pour le plus expert des experts. Lui sera prompt à se faire une opinion.

Elle prit son air le plus hautain.

— C'est un fait. Mais les grands experts sont des gens très peu disponibles.

— Le plus expert des experts est en ce moment très disponible et dévêtue dans mes bras.

Les lèvres de Summer frémirent avant de s'étirer en un de ces lents sourires qu'il adorait.

— Dois-je donc considérer que nous sommes, pour ainsi dire, assis à la table des négociations ?

— Ce serait une possibilité. Sauf si tu as une meilleure idée pour occuper le reste de la soirée, bien sûr.

Elle suivit du bout des doigts la ligne de sa mâchoire.

— Je crois que j'ai une bien meilleure idée, en effet…

Il prit sa main dans la sienne, aspira un doigt entre ses lèvres avec un irrésistible mouvement de succion.

— Laquelle ? Montre-moi…

L'idée de prendre les commandes la tentait, l'excitait même. Chaque fois qu'ils faisaient l'amour, elle se trouvait dominée par les talents d'amant de Blake et le tourbillon vertigineux de ses propres sensations. Mais cette fois, elle donnerait le *la*, fixerait elle-même le tempo. Avec sa propre approche, sa propre inventivité, elle mettrait à mal l'impressionnant contrôle sexuel de Blake, un contrôle qui forçait son admiration et suscitait sa frustration, tour à tour. La simple pensée qu'elle pourrait le réduire à sa merci fit monter un frisson le long de sa colonne vertébrale.

Elle approcha ses lèvres des siennes. Lentement, très lentement, elle traça le pourtour de sa bouche. Déjà, à ce simple contact, elle sentait monter en elle un tourbillon de chaleur. Avec un soupir languide, elle laissa glisser son corps sur le sien et déposa de petites perles de baisers le long de sa mâchoire et de son cou.

Il avait un beau visage. Des traits énergiques, élégants sans être mièvres, intelligents sans être froids. Certaines femmes auraient pu le juger réservé, voire fermé, jusqu'au moment où elles auraient plongé leur regard dans le sien, comme elle-même le faisait en cet instant. Dans les yeux de Blake, elles auraient alors vu l'intensité, la passion et l'écho d'une force intérieure redoutable.

— Je te désire plus que je ne devrais te désirer, se surprit-elle à lui murmurer. Je te veux plus que je ne te possède.

Avant qu'il ne puisse répondre, elle écrasa ses lèvres des siennes, donnant ainsi le signal du départ d'un voyage sensuel entièrement à sa manière.

Blake palpitait, secoué par la force des mots qu'il venait d'entendre. Cet aveu, de la part de Summer, il l'avait attendu, espéré. Tout comme il avait guetté cette pure expression d'émotion de la part de cette pseudo-pragmatique. Ce furent les mots, plus encore que les gestes, qui lui firent abandonner toute défense. Ce fut l'émotion qui l'amena à se livrer sans retenue, alors que les mains agiles et la bouche caressante de Summer cartographiaient son corps inlassablement.

Elle le touchait. Sa peau s'embrasait.

Elle le goûtait. Son sang s'enflammait.

Elle l'enveloppait. Ses pensées se dissolvaient.

La vulnérabilité... Il la découvrait en lui. Summer le révélait à lui-même; Summer éclairait en lui des zones d'ombre restées ignorées. Dans la lumière déclinante de ce soir d'été, il s'enfonçait dans un monde où des forces incontrôlées déchaînaient leur ardeur muette. Les caresses de Summer étaient précises, ses mains, compétentes, avisées. Il les sentait glisser sur lui en toute lenteur, prendre leur temps pour éveiller, stimuler, enchanter. Summer ponctuait leur progression de petits soupirs très doux. Et tout en soupirant, elle improvisait. Colonisait. Tirait de sa chair apprivoisée des accords inédits. Petit à petit, il sentait son corps entier s'appesantir sous les assauts d'un plaisir subtilement dosé qui l'enveloppait, strate après strate. Il se trouvait pleinement séduit, conquis, désiré.

Lèvres ouvertes, Summer couvrait son corps de baisers dévorants. A mesure qu'elle se rapprochait de l'épicentre de son désir, elle se grisait de son pouvoir sur lui, s'enivrait de la vue, de la sensation de son sexe érigé. Bientôt, elle le savait, elle aurait raison du contrôle impénétrable qu'il exerçait sur sa sexualité. Elle devenait obsédée par l'idée de casser cette maîtrise, obsédée par Blake. Se pouvait-il qu'en explorant les rouages de la sexualité, en approfondissant jour après jour leurs sensations érotiques, elle trouve un plaisir de plus en plus riche, de plus en plus nuancé avec cet homme ? Qu'au fil de l'intime, mille découvertes les attendent encore ?

Il semblait ne pas exister de limites aux variations de leurs ressentis. Chacune de leurs rencontres charnelles redevenait une expérience initiale : intense, éblouissante, inouïe. Si cette prise de conscience venait contredire tout ce qu'elle avait toujours pensé jusque-là au sujet des relations hommes/femmes, Summer n'en tirait pas pour autant la moindre conclusion. Pour le moment, dans le feu du plaisir, elle ne songeait qu'à s'émerveiller.

Blake était entièrement sien. Dans son corps et dans sa tête. Elle le sentait, tout comme elle sentait la patine civilisée qui faisait si intimement partie de lui se dissoudre lentement. Et c'était sa dissolution totale qu'elle visait.

Blake se raccrochait au peu de lucidité qui lui restait. Alors que Summer s'employait à l'étourdir de sensations, son désir se faisait plus élémentaire, plus primitif. Il voulait plus, infiniment plus, et les pulsations sauvages de son sang l'assourdissaient. Summer était si agile, si implacable dans le jeu de sa langue, de sa bouche, de ses doigts hardis ! Pour la première fois de sa vie, il se sentit entièrement à la merci d'une femme. Ses mains étaient habiles, si habiles qu'il en oubliait de percevoir qu'elle aussi respirait fort et vite. Il avait conscience du pouvoir qu'elle exerçait sur lui, de l'exquise torture à laquelle elle le soumettait. Il était devenu sourd et aveugle, livré pieds et poings liés à la dévoration de ses lèvres, de sa bouche redoutable et gourmande.

Brusquement, une sauvagerie primaire s'empara de lui. Une folie le saisit qui était folie d'elle. Dans son esprit, c'était un déferlement continu, désordonné, de formes tourbillonnantes. A ses oreilles, un rugissement, comme une mer rageusement barattée par la tempête. Le nom de Summer jaillit de ses lèvres comme une prière. Il la fit rouler sur le dos, abouta son sexe tendu à l'entrée de son corps.

Il n'y avait plus qu'elle, terre meuble, généreuse, en laquelle son arbre de chair prenait racine. Il la dévasta, la vénéra, jusqu'à ce que l'orage de l'orgasme les abatte tous les deux et qu'il se déverse en elle corps et âme.

11

— Je meurs de faim !

La nuit était entièrement tombée à présent et aucune lune joueuse ne venait distiller dans la chambre obscure sa subtile lumière d'argent. L'obscurité était confortable, facile, reposante. Ils étaient toujours nus, bras et jambes mêlés sur le lit, mais il y avait déjà plus d'une heure que le piano, en bas, s'était tu. Aucune odeur de cuisine ne flottait plus dans l'air nocturne. La rue était calme, assoupie.

Blake referma les yeux et attira Summer plus étroitement contre lui. Ce n'était pas le sommeil qu'il recherchait. Juste une intime proximité, facilitée par le noir et le silence.

— J'ai faim, répéta Summer, d'un ton presque boudeur.

— C'est toi la cuisinière.

— Ah non, pas cette fois !

Se redressant sur un coude, elle lui jeta un regard noir. Seul le profil de Blake se détachait en ombre chinoise. Le menton marqué, le nez aquilin, le front intelligent. Elle fut très tentée de recommencer à le couvrir de baisers. Mais elle estima que le temps était venu d'affirmer ses positions.

— Je suis pour la parité en cuisine, Blake. Et c'est à ton tour de faire le repas.

— Mon tour ? Tu es sûre ?

Il ouvrit prudemment un œil.

— Je pourrais te commander une pizza.

— Ah non ! Ce serait beaucoup trop long.

Roulant sur lui, elle le gratifia d'un baiser sonore et d'une bourrade dans les côtes.

— J'ai dit que je mourais de faim. C'est un problème urgent qui requiert une solution immédiate.

Il s'étira et, croisant les mains derrière la nuque, détailla à son tour le profil de Summer — le mouvement de sa chevelure, la ligne d'une épaule, la fragile rondeur d'un sein. Cette vision suffisait à son bonheur.

— Je ne cuisine pas.

— Tout le monde cuisine un minimum !

— Les œufs brouillés, à la rigueur, concéda-t-il, espérant la décourager. Mes talents s'arrêtent là.

— Alors, va pour les œufs brouillés.

Sans lui laisser le temps de réfléchir à de nouveaux arguments, elle sortit du lit et alluma la lampe de chevet.

— Summer !

Il se protégea les yeux de son avant-bras et s'appliqua sans trop de conviction à émettre un grognement de pure détresse. Summer se contenta de sourire et passa dans son dressing pour attraper un peignoir.

— J'ai des œufs et j'ai une poêle. Tu devrais t'en sortir.

— Je fais de *très mauvais* œufs brouillés.

— Je m'en contenterai.

Elle trouva son pantalon, le secoua un peu pour le défroisser et le jeta sur lui.

— La faim — la vraie — rend tolérant.

Résigné, Blake posa un pied sur le sol.

— O.K., mais je te préviens : je ne veux pas entendre la moindre critique. Ni pendant. Ni après.

Tandis qu'elle attendait, les bras croisés, il enfila un boxer bleu marine. Elle le contempla d'un œil approbateur. Sexy mais discret. Le reflet d'une personnalité ?

— Les cuisiniers adorent qu'on cuisine pour eux, tu sais.

Il passa son pantalon puis sa chemise, sans la boutonner.

— Bon. Mais tu ne te mêles de rien, surtout. Je ne veux pas entendre un mot de commentaire.

— L'idée ne m'en traverserait même pas l'esprit !

Glissant son bras sous le sien, elle le guida jusque dans la cuisine, allumant toutes sortes de lumière sur son passage, ce qui faisait grimacer Blake chaque fois.

— Voilà… Fais comme chez toi.

— Tu n'as pas l'intention de faire le second ?

— Sûrement pas.

Summer retira le couvercle de la boîte à biscuits.

— Je ne fais pas d'heures supplémentaires. Et le rôle de second, en cuisine, n'est pas fait pour moi.

— Ce sont les règles syndicales ?

— Mes règles perso.

Il ouvrit des portes de placard et finit par mettre la main sur une jatte.

— Tu as l'intention de manger ces horribles Oreo ? Juste avant les œufs brouillés ?

— C'est seulement pour m'ouvrir l'appétit, répondit-elle la bouche pleine. Tu en veux un ?

— Très peu pour moi, merci.

Il examina le contenu du réfrigérateur et en sortit une boîte d'œufs et un quart de litre de lait.

— Il te faudra sans doute râper un peu de fromage…

Elle s'interrompit et haussa les épaules avec désinvolture, lorsqu'il lui jeta un regard d'avertissement.

— Désolée… Considère que je n'ai rien dit.

Blake cassa quatre œufs dans la jatte et versa du lait au jugé.

— En cuisine, il est conseillé de toujours, toujours mesurer, tu le savais ?

— En cuisine, il est conseillé de ne pas parler la bouche

pleine, rétorqua-t-il d'un ton suave, en commençant à battre son mélange.

Trop. Il battait ses œufs à l'excès, constata-t-elle. Mais elle réussit à tenir sa langue, cette fois. Grâce à un *gros* effort de volonté. Le problème, c'est qu'en cuisine, la volonté n'était pas son fort.

— Tu devrais commencer à faire chauffer la poêle, Blake.

Il ne prit même pas la peine de répondre, ce qui n'empêcha pas Summer d'enchaîner :

— Tu aurais besoin de quelques leçons pratiques, je pense.

— Si tu tiens à rester là, rends-toi utile et prépare-nous du pain grillé.

Elle prit obligeamment deux tranches qu'elle introduisit dans le grille-pain.

— C'est assez courant, chez les cuisiniers, de se montrer irascibles lorsqu'ils sont observés. Mais un bon chef doit savoir passer outre. En fait, il doit pouvoir continuer à cuisiner en faisant fi des distractions.

Elle attendit qu'il ait versé le mélange dans la poêle pour se coller dans son dos, nouer les bras autour de sa taille et presser les lèvres sur sa nuque.

— De *toutes sortes* de distractions. Tu devrais baisser un peu ton feu.

— Tu aimes tes œufs légèrement brûlés ou franchement carbonisés ?

Elle lui passa en riant les mains sur le torse.

— Légèrement trop cuits, ça ira pour moi. J'ai un petit bordeaux blanc assez sympa que tu aurais pu utiliser. Mais puisque tu as choisi le lait, je vais le verser dans des verres.

Elle le laissa à sa cuisine et s'employa à beurrer les toasts et à servir le vin.

La table était mise, lorsque Blake arriva avec sa poêle.

— Impressionnant, déclara-t-elle. Et ça sent bon.

Il se souvint de la mémorable leçon de dégustation qu'elle lui avait donnée et sourit.

— On commence par manger avec les yeux, non ? Ça te paraît appétissant, à l'œil ?

Elle fit glisser sa part dans son assiette.

— Pas mal, oui… Voyons maintenant au palais…

Elle prit une bouchée et eut une mimique appréciative.

— Pas mal du tout. Je pourrais à la rigueur t'embaucher à l'essai dans l'équipe du matin. En te cantonnant à la préparation du petit déjeuner, bien sûr.

— Si les céréales en boîte constituent la base du menu, je pourrais envisager d'accepter le poste.

— Il faudrait que tu élargisses un peu tes horizons culinaires.

Elle continua à manger de bon appétit, appréciant sur son estomac vide le simple plaisir d'une nourriture basique et savoureuse.

— Je pense qu'avec quelques conseils avisés, on pourrait faire de toi un cuisinier presque convenable.

— C'est toi qui me donnerais les cours ?

Elle prit son verre de vin et, par-dessus le bord, plongea en riant les yeux dans les siens.

— Pourquoi pas ? Tu pourrais difficilement trouver enseignant plus qualifié.

Blake entendit à peine ses mots, mais reçut de plein fouet l'impact de son regard. Les cheveux de Summer retombaient dans un désordre très sensuel autour de son visage — un désordre que ses mains avaient créé. Un élan de désir lui traversa soudain les reins. Elle avait les joues empourprées, les yeux pailletés d'or et adoucis par quelque chose qui ressemblait au bonheur. Son déshabillé glissait sur l'une de ses épaules, laissant sa peau nue. Elle était épanouie, radieuse — amoureuse ?

Alors que le désir l'avait dépossédé de sa maîtrise, l'émotion, à présent, le dépossédait de sa prudence.

— Je t'aime, tu sais.

Summer se figea et son sourire, lentement, s'effaça de ses traits. Les sentiments qui l'habitaient en cet instant étaient difficiles à identifier. Peut-être parce qu'ils étaient multiples, contrastés, puissants. A la peur se mêlaient l'excitation et l'incrédulité, le tout mâtiné de désirs et d'aspirations inconnues. Bizarrement, aucune de ces émotions ne prenait le pas sur les autres.

Ne sachant que faire d'autre, elle posa son verre d'un geste précis et fixa son attention sur le vin.

— Ce n'était pas une menace, Summer...

Il lui prit la main et la garda dans la sienne jusqu'à ce qu'elle accepte de lever les yeux vers lui.

— J'ai du mal à imaginer que ça te surprenne à ce point.

Et pourtant, la surprise était bien là. L'affection, elle pouvait l'entendre. C'était un sentiment avec lequel elle composait sans difficulté. Le respect aussi. Mais l'amour... C'était un mot si fragile ! Un mot qui se brisait comme un rien. Et pourtant, une part d'elle aspirait désespérément à le recevoir de Blake, à le chérir, le garder.

Elle lutta de toutes ses forces contre la tentation de la reddition.

— Blake, les autres femmes aiment peut-être entendre ce genre de choses, mais pas moi. Je n'ai pas besoin de grands mots, de grandes formules.

— Summer, écoute-moi... Tu veux bien ?

Il n'avait peut-être pas commencé comme il avait eu l'intention de le faire, mais maintenant que la vérité était lâchée, il irait jusqu'au bout.

— Tu n'as peut-être pas besoin de l'entendre, mais moi, j'ai besoin de le dire. Ça fait un moment, maintenant, que j'ai ces mots sur le bout de la langue.

Elle retira sa main de la sienne et porta nerveusement son verre à ses lèvres.

— J'ai toujours considéré que les mots avaient le dangereux pouvoir de détruire une relation.

— Seulement lorsqu'ils sont gardés sous silence, riposta Blake. Ce sont les non-dits, les attentes non formulées qui créent des ravages. Ce que je viens de te dire, je ne l'ai pas énoncé à la légère.

— Je te crois.

Elle le savait sincère. Ce qui l'effrayait d'autant plus. L'amour, lorsqu'il était offert, exigeait un don en retour. Et elle ne se sentait pas prête ; elle avait la certitude profonde de ne pas être prête.

— Tu sais, poursuivit-elle, si nous voulons que les choses continuent entre nous comme elles sont, il vaudrait mieux que…

— Je ne veux pas que les choses continuent comme elles sont !

Il l'avait interrompue, non par irritation, mais dans un sursaut de panique. Il aurait préféré être en colère.

— Je veux que nous vivions ensemble.

— Non !

Summer se leva brusquement, comme si le geste pouvait effacer les mots.

— C'est impossible, Blake.

— C'est très possible, au contraire.

Il se leva à son tour, refusant de la laisser prendre la moindre distance.

— Je veux un avenir avec toi, Summer. Je veux même la formule classique : une vie, un nom partagé. Le mariage, oui… Et des enfants que nous prendrons le temps de voir grandir ensemble.

— Arrête, Blake ! S'il te plaît…

Ses mots l'ébranlaient, mettaient à jour des zones de

faiblesse en elle. Il serait si facile de se laisser séduire, envelopper et de commettre l'irréparable...

— Pourquoi ?

Avant qu'elle puisse l'en empêcher, il lui saisit le visage entre les mains. Avec douceur, comme toujours, mais avec autre chose aussi, une touche d'acier sous le velours.

— Parce que tu as peur d'admettre que tu veux la même chose que moi ?

— Non, non. Tu te trompes. Je ne veux rien de tout ça. Ne tombons pas dans ce piège à illusions, Blake. Le mariage, c'est un bout de papier qui ne coûte que quelques dollars. Le divorce, c'est un autre bout de papier. La seule différence, c'est qu'il revient souvent plus cher.

Il la sentait tremblante, effarée, et se maudissait de ne pas parvenir à lui faire comprendre tout ce qu'il ressentait.

— On s'en moque du bout de papier ! Mariage ou pas mariage, peu importe. Ce qui est en jeu, c'est l'engagement. Le couple, c'est une promesse profonde que l'on fait à l'autre. Une promesse qui lie et qu'on cherche à tenir ensemble.

— Les promesses ne m'intéressent pas.

Gagnée par l'affolement, elle repoussa ses mains et fit un pas en arrière.

— Je ne veux surtout pas qu'on me promette quoi que ce soit. Et j'ai encore moins envie de prononcer des serments illusoires de mon côté. Ma vie me va très bien telle qu'elle est. Et puis, j'ai ma carrière à prendre en considération.

— Ta carrière n'a rien à voir là-dedans et tu le sais. Personne ne te demande de renoncer à quoi que ce soit ! Arrête de nier tes sentiments alors que tu ressens la même chose que moi ! Je le vois dans tes yeux, Summer... Je le perçois dans la façon dont nous faisons l'amour. Et ça va en s'intensifiant.

Bon sang qu'il s'y prenait mal ! Mais il ne voyait plus

d'autre issue que de foncer droit devant. Plus il avançait, cependant, plus Summer faisait machine arrière.

— Blake…

— J'ai déjà assez attendu comme ça ! Je reconnais que j'ai peut-être été un peu direct. Je pensais m'y prendre beaucoup plus intelligemment que ça, mais…

— Tu pensais t'y prendre plus *intelligemment* ?

Elle passa une main tremblante dans ses cheveux défaits.

— Qu'est-ce que ça veut dire, Blake ? Que tu attendais le bon moment pour frapper ?

Les yeux étincelants, elle se mit à arpenter le séjour.

— S'agirait-il, là aussi, d'un de tes ambitieux projets à long terme, soigneusement planifiés ?

Elle fit volte-face pour se tourner vers lui et cessa de se demander si elle était raisonnable ou non.

— Je vois… Il s'agit encore d'une de tes grandes idées… Une idée que tu as polie, affinée, ajustée, rectifiée, à la manière d'une œuvre d'art. Tu as passé des heures dans ton bureau à définir tes stratégies, point par point ?

— Ne sois pas ridicule !

Elle s'emporta de plus belle.

— Ridicule ? Je ne crois pas, non. Le jeu, tu l'as joué à la perfection. Tu t'y entends comme personne pour désarmer, déconcerter, charmer. De la patience, tu en as à revendre. Mais pas sans arrière-pensées, apparemment. Tu as attendu jusqu'au moment où tu as estimé que j'avais atteint mon point de vulnérabilité maximal, c'est ça ?

Elle respirait vite, à présent, et les mots se déversaient en cascade, chacun en appelant un autre.

— Permets-moi quand même de te dire une chose, Blake : je ne suis pas une chaîne hôtelière que tu peux acquérir à maturité du marché !

Même si elle déformait ses intentions, il devait reconnaître qu'elle n'en mettait pas moins le doigt sur quelque chose. Ne pouvant lui donner entièrement tort, il se défendit encore plus mal.

— Je ne veux rien acquérir du tout ! Je veux faire ma vie avec toi, ça n'a rien à voir.

— Le mariage ou la fusion d'entreprise, c'est un peu du pareil au même, non ? Tu vas devoir réexaminer tes stratégies, Blake. Ça a marché pour la chaîne Hamilton, mais ça ne marchera pas avec moi. Considère que la manœuvre a échoué. Ça arrive, même aux meilleurs négociateurs. Maintenant, je voudrais que tu me laisses seule.

— Nous avons à parler.

— Erreur. Nous n'avons plus rien à nous dire. Sur le plan professionnel, je me suis engagée et j'irai jusqu'au bout de mon contrat. Nos rapports s'arrêteront là.

— Tu sais ce que j'en fais de ton contrat ?

Sous l'effet de la frustration, il la prit par les épaules et la secoua.

— Tu m'épuises à t'entêter comme ça ! Je t'aime, bon sang. Ce n'est pas une chose dont on peut faire abstraction !

A leur surprise mutuelle, les yeux de Summer se remplirent de larmes.

— Laisse-moi tranquille, réussit-elle à balbutier. Je ne veux plus te voir. Jamais.

Ses larmes, si soudaines, si poignantes, le paralysèrent.

— Je ne peux pas te laisser comme ça, Summer. Ne me demande pas l'impossible.

Mais il lui lâcha les épaules, alors même qu'il aurait voulu la serrer contre lui, la convaincre avec ses mains, avec ses lèvres, avec ses gestes.

— Je te laisse un peu de temps pour te ressaisir, si c'est ce que tu veux. Peut-être que ça nous fera du bien à l'un comme à l'autre. Mais nous n'en resterons pas là.

— Va-t'en, s'il te plaît.

Jamais elle ne s'autorisait à pleurer en présence d'autrui.

Elle s'essuya les yeux du revers de la main, mais ses larmes continuèrent de couler de plus belle.

— Je veux que tu t'en ailles, Blake. Maintenant.

Sur cet ordre murmuré, elle lui tourna le dos, se raidit et attendit. Elle l'entendit soupirer, s'éloigner. La porte s'ouvrit, puis se referma.

Lentement, elle se retourna. Même parti, il était présent partout. Se laissant tomber sur le canapé, elle s'autorisa à pleurer tout son soûl.

Il faut que je m'en aille d'ici !

Elle avait besoin de respirer un autre air pour redevenir la femme qu'elle avait toujours été. En tout cas, celle qu'elle avait toujours cru être...

Elle n'était venue à Rome ni pour ses églises ni pour ses fontaines, encore moins pour ses obélisques. Pas de musées, pas de ruines antiques au programme de son séjour. Assise à l'arrière du taxi qui roulait à une allure démentielle le long des boulevards, Summer appréciait la foule, le bruit, l'agitation des rues plus encore que les vestiges, la splendeur baroque des places et le mur d'Aurélien. Peut-être était-elle restée un peu trop longtemps aux Etats-Unis, cette fois-ci ? Dans la ville aux sept collines, elle retrouvait la circulation rapide, les palaces, la beauté crépusculaire des ruines. Philadelphie occupait obstinément ses pensées cependant.

Bon... Pas de panique...

Ces quelques jours à l'étranger feraient des miracles. L'éloignement, le plaisir de retrouver de vieux amis, de composer un nouveau dessert original l'aideraient à relativiser. Elle avait commis une erreur avec Blake — erreur prévisible dès le départ, d'ailleurs. Il ne lui restait plus qu'à rompre proprement pour limiter les dégâts. Il s'apercevrait bien assez vite qu'elle lui rendait service en refusant sa demande. *Le mariage*… Franchement ? Et avec elle, en plus. Dans quelques mois, quelques semaines même, il n'éprouverait plus qu'un immense soulagement d'avoir été protégé d'un accès de folie passagère.

Tandis que le taxi continuait sa traversée de la ville, elle regarda défiler la splendeur des fontaines, des palaces et des clochers d'un œil morne, songeant qu'elle n'avait jamais été aussi malheureuse de sa vie.

Lorsque le véhicule s'immobilisa à l'adresse indiquée, elle descendit et régla distraitement la course. Sa valise à côté d'elle sur le trottoir, elle demeura un instant sans bouger dans la rue propre et résidentielle. En partant, la veille, elle avait mis un soin particulier à choisir sa robe et ses boucles d'oreilles, et s'était parée avec tous les accessoires de rigueur. Coiffée d'un très joli petit chapeau cloche, elle avait l'air sûre d'elle et très féminine. Mais ses yeux étaient ceux d'une enfant perdue.

Il était tout juste 10 heures du matin à Rome et il faisait déjà chaud sous un ciel d'un bleu éblouissant. Elle avait quitté Philadelphie sous la tempête. Le bâtiment devant elle était ancien et élégant. Elle actionna le heurtoir et attendit. Puis frappa plus fort et attendit encore.

La porte s'ouvrit enfin sur un homme en kimono brodé d'un absurde motif de paons. Sur n'importe qui d'autre, la tenue aurait paru risible et vulgaire. Pas sur lui. Il avait les cheveux en bataille ; son menton n'avait pas vu le rasoir depuis deux jours au moins ; ses yeux étaient tout juste ouverts…

— Salut, Carlo. Je te réveille, apparemment ?

— Summer !

Il ravala la longue litanie d'insultes dont il s'était préparé à inonder l'impudent et serra son amie de toujours contre son cœur.

— *Che sorpresa !*

Il l'embrassa impétueusement avant de la tenir à bout de bras pour la regarder.

— J'adore quand tu viens me surprendre ! Mais pourquoi à l'aube, *carina* ?

— Il est quand même 10 heures, Carlo.

— C'est bien ce que je te dis. 10 heures, c'est l'aube, quand on ne se couche jamais avant 5 heures du matin. Mais que ça ne t'empêche pas d'entrer. *Avanti, amore.* Tu m'avais prévenu que tu viendrais squatter ici pour l'anniversaire de Gravanti.

De l'extérieur, la maison de Carlo était distinguée. A l'intérieur, elle était opulente. Le hall d'entrée, avec son marbre et ses dominantes d'or, donnait d'emblée une idée du goût du maître des lieux pour une certaine extravagance. Sous son plafond cintré, la pièce à vivre, aux proportions imposantes, recelait toutes sortes de trésors de dimensions variées. La plupart des œuvres qui se trouvaient là avaient été offertes à Carlo par des clients enchantés ou par des ex-compagnes. Il avait un talent à toute épreuve pour trouver des femmes avec qui il gardait des relations formidables, même après leur rupture.

Des brocarts d'or encadraient les fenêtres, d'extraordinaires tapis anciens ornaient le sol et un authentique Tintoret était accroché au mur. Il y avait des ottomanes et des sofas, des méridiennes et des bergères. Un immense lion d'albâtre montait la garde et un lustre à trois couronnes profusément décoré brillait de tous ses feux.

Summer se dirigea vers une aiguière en délicate porcelaine de Chine bleu et blanc.

— C'est nouveau ?

— *Si.*

— Une authentique ? Du seizième siècle ?

— *Naturalmente*. C'est un cadeau d'une amie.

— Tu as toujours des amies remarquablement généreuses.

Il lui décocha un de ses sourires ravageurs.

— Ne suis-je pas généreux, moi aussi ? Ce que je leur donne de moi-même est inestimable, mon cœur.

— Carlo ?

La voix, rauque et impatiente, provenait du haut de l'escalier de marbre tournant. Carlo leva les yeux, puis reporta son attention sur Summer avec un petit clin d'œil.

Cette dernière retira son chapeau et sourit.

— Une *amie*, je suppose ?

— Tu m'accordes juste un petit moment ? Je reviens dès que je peux.

Il était déjà dans l'escalier.

— Tu peux m'attendre dans la cuisine et mettre la cafetière en route ? lui demanda-t-il en marquant une pause et en lui jetant un coup d'œil par-dessus son épaule.

— Et éviter de me trouver dans tes jambes pour le moment ? conclut Summer *sotto voce*, alors qu'il disparaissait à l'étage.

Elle fit trois pas vers la cuisine, puis se ravisa et retourna dans le hall récupérer sa valise. Autant éviter de la laisser au milieu du passage et d'obliger Carlo à se livrer à toutes sortes d'explications compliquées.

La cuisine était aussi spectaculaire que le reste de la maison, tant par ses dimensions que par sa décoration. Summer la connaissait depuis toujours et s'y trouvait aussi à l'aise que dans la sienne. Les ébènes et les ivoires s'y déployaient avec élégance et la surface des plans de travail aurait pu suffire à une brigade de cuisine complète. Carlo Franconi ne craignait pas de faire les choses en grand.

Elle lança le café, puis décida de préparer une pâte à crêpes. Elle avait tout le temps de se mettre en cuisine. Carlo en avait probablement encore pour un petit moment.

Elle terminait juste lorsqu'il apparut dans l'encadrement de la porte.

— Ah, génial ! Tu cuisines pour moi. Quel honneur !

— J'ai été rattrapée par les remords. Je crains d'avoir un peu perturbé ton début de matinée.

Elle fit glisser sur chaque assiette une crêpe garnie de pommes finement caramélisées.

— Et puis, j'ai faim surtout.

Ils s'installèrent en face l'un de l'autre à une petite table de bois.

— Je te dois des excuses pour avoir débarqué comme ça, sans prévenir. Ton amie est contrariée ?

Il eut un sourire orgueilleux.

— Contrariée ? Sous-estimerais-tu mes talents, par hasard ?

— *Scusi, scusi*. Loin de moi cette idée ! Nous allons collaborer pour le dîner d'anniversaire d'Enrico, alors ?

— J'ai une nouvelle recette de veau. Enrico a un faible pour ma cuisine. Tous les vendredis, il a sa table réservée dans mon restaurant.

Il s'attaqua à sa crêpe avec appétit.

— Et toi ? Quel dessert as-tu en tête ?

Summer buvait du café, mais elle n'avait pas touché au contenu de son assiette. Son appétit l'avait quittée sans raison particulière.

— Enrico m'a demandé de créer quelque chose de spécial pour l'occasion. Compte tenu de son ego et de sa passion pour le chocolat et la crème, je vais sans doute improviser autour d'une ganache.

— Le dîner n'est que dans trois jours. Tu as de l'avance.

Elle haussa les épaules, tourna sa cuillère dans son café avec une nonchalance étudiée.

— L'Europe me manque. Je suis venue me ressourcer.

— Ah, je vois...

Summer était un peu pâle, et elle avait les yeux cernés, constata Carlo. Signe indiscutable d'un cœur tourmenté.

— Tout se passe bien, sinon, à Philadelphie ?

— Les cuisines sont rénovées, la nouvelle carte est prête, la brigade est au top. Et j'ai recruté Antoine, de Chicago. Tu te souviens de lui ?

— Le grand maître du canard Tour d'Argent…

— Tu sais que je suis contente de m'être lancée dans cette aventure ? C'est un peu comme d'ouvrir son propre restaurant. Du coup, j'ai un respect accru pour ta personne, Carlo. Quand j'ai commencé à m'attaquer à la paperasse, j'ai compris ta douleur.

Carlo termina sa crêpe avec appétit avant de porter son attention sur l'assiette de Summer, encore pleine.

— La paperasse, oui. Sinistre mais nécessaire… Tu ne manges pas ?

— Non, ça doit être le décalage horaire. Tu peux la prendre, si tu veux.

Il ne se le fit pas dire deux fois et intervertit leurs assiettes.

— Tu as réglé le problème avec Max ?

Summer porta distraitement la main à son bras. Les points de suture étaient retirés et l'épreuve déjà oubliée.

— C'est presque le grand amour, entre lui et moi, maintenant. Maman est venue me rendre visite quelque temps. Elle fait toujours sa petite impression.

— Monique ! Comment va-t-elle ?

— Elle s'est remariée. Un cinéaste, cette fois. C'est le deuxième Américain de la liste.

— Elle est heureuse ?

— Naturellement, quelle question ! Ma mère est *toujours* heureuse quand elle se marie.

Le café était fort — presque trop, comparé à celui qu'elle avait pris l'habitude de boire à Philadelphie. Avec un sentiment de frustration, elle songea que plus rien n'était tout à fait comme avant.

— Dans quelques semaines, ils démarrent un film ensemble. Monique Dubois revient en tête d'affiche.

— Un réalisateur... C'est sans doute le meilleur choix qu'elle pouvait faire. Il comprendra l'artiste en elle. Peut-être a-t-elle trouvé enfin un homme avec une sensibilité proche de la sienne ?

— Qui sait ? On peut toujours espérer.

Carlo ferma un instant les yeux pour savourer sa crêpe.

— Et *ton* Américain ?

Summer reposa sa tasse et le regarda droit dans les yeux.

— Il veut m'épouser.

Carlo s'étrangla avec sa crêpe, toussota et tendit la main vers sa tasse de café.

— Waouh ! Toutes mes félicitations.

— Arrête tes âneries, Carlo.

Incapable de rester assise, elle se leva et enfonça les mains dans les poches de sa robe.

— Tu n'imagines quand même pas que je vais accepter !

Il se leva à son tour, alla jusqu'à la cafetière et remplit leurs deux tasses.

— Pourquoi pas ? Tu le trouves peu attirant ? Il a un caractère exécrable ? Ou, pire encore, serait-il stupide ?

Elle plia et déplia nerveusement les doigts dans ses poches.

— Absolument pas, non. Ça n'a rien à voir avec ses qualités intrinsèques.

— Alors, ça a à voir avec quoi ?

— Je n'ai pas l'intention de me lier avec qui que ce soit. Je peux me passer de ce genre de tour de manège.

— Tu as peur de ne pas réussir à attraper le pompon, c'est ça ?

Elle lui jeta un regard noir.

— Attention à ce que tu dis !

Son ton glacial lui valut en retour un simple haussement d'épaules.

— Tu sais que je dis toujours ce que je pense. Et c'est bien un avis honnête que tu veux, non ? Sinon, tu te serais adressée à quelqu'un d'autre.

— Je suis venue te voir parce que j'ai besoin de la compagnie chaleureuse d'un ami. Pas pour parler de la vie de couple et autres joyeusetés.

— La question semble t'empêcher de dormir la nuit, en tout cas.

Elle reposa bruyamment sa tasse. Le café gicla et coula sur la porcelaine.

— Ecoute, j'ai des heures d'avion derrière moi et mon rythme de boulot est plutôt soutenu, à Philadelphie... Et puis, bon, d'accord, peut-être que ça me travaille un peu, cette histoire. Seulement, je ne m'attendais pas à ça de sa part. C'est quelqu'un de droit, Carlo. De sincère. S'il me dit qu'il m'aime et qu'il veut que nous passions le reste de notre vie ensemble, c'est qu'il le pense. Pour le moment, en tout cas. Et ça ne facilite pas le refus.

Sa colère ne troubla pas Carlo. Il était habitué aux réactions passionnées des femmes. Il les préférait, même.

— Et toi ? Qu'est-ce que tu ressens pour lui ?

Elle hésita un instant, puis s'approcha de la fenêtre qui lui offrait une vue sur le jardin — un espace de fleurs et de verdure qui tenait à distance le tohu-bohu de la ville.

— Je ressens des... choses..., murmura-t-elle. Un peu trop de choses, même. Ce serait une raison pour rompre tout de suite. Mais je n'ai aucune envie de lui faire du mal, Carlo. Pas plus que je n'ai envie de me faire souffrir.

— Et tu es certaine que l'amour et le mariage sont à ce point nocifs pour le genre humain ?

Il vint se placer derrière elle et commença à pétrir les muscles tendus de ses épaules.

— Quand on réfléchit trop aux « et si » de l'existence, on finit par passer à côté de l'essentiel, *cara mia*. Tu rencontres un homme qui tombe fou amoureux de toi et qui a envie de faire le grand pas. Et toi, même si tu ne le dis pas, tu me parais être tout aussi amoureuse que lui. Pourquoi refuser le bonheur, Summer ? C'est un peu maso, non ?

— Sérieusement, Carlo...

Elle tourna vers lui un regard grave.

— Le couple, les enfants, tout ça, ce n'est pas pour des gens comme nous.

— C'est quoi, « des gens comme nous » ?

— Des créateurs, des travailleurs passionnés, acharnés... Des gens habitués à aller et venir, à voyager quand ça leur chante, sans avoir de comptes à rendre à quiconque. Ce n'est pas pour ça que tu restes célibataire, toi ?

— Je pourrais te répondre que je suis un homme trop généreux pour priver le reste de la gent féminine de mes talents en accordant l'exclusivité à une seule d'entre elles.

Le sourire de Summer lui éclaira tout le visage. C'était le résultat que Carlo escomptait. Il releva avec une fraternelle tendresse une mèche de cheveux qui lui tombait sur les yeux.

— Mais, tout à fait entre nous, Summer, la vraie réponse, c'est qu'aucune femme ne m'a encore fait trembler le cœur. Ça ne se voit peut-être pas, mais je l'attends, je l'espère, cette perle rare. Et si je la rencontre un jour, je n'hésiterai pas à lui passer la bague au doigt, et tant pis si je parais vieux jeu, en disant ça.

Summer se tourna de nouveau vers la fenêtre avec un léger soupir. Sous le grand soleil d'été, les fleurs du jardin grimpaient, s'enchevêtraient, mêlaient presque amoureusement leurs formes et leurs couleurs.

— Le mariage est un conte de fées, Carlo. Plein de princes et de princesses, de paysans et de crapauds. J'ai trop vu ce genre de belle histoire se terminer par des cœurs amers, de furieuses batailles juridiques et des enfants ballottés de gauche à droite.

— Notre histoire, nous l'écrivons nous-mêmes, Summer. Et tu le sais d'autant mieux que tu as toujours composé le texte de ta vie à ta façon.

— C'est possible. Mais cette fois, je ne sais pas si j'aurais le courage d'entamer ce nouveau chapitre.

— Prends ton temps. Il n'y a pas de meilleur endroit au monde pour réfléchir à la vie et à l'amour que la Ville éternelle. Il n'y a pas d'homme mieux choisi pour réfléchir avec toi que Franconi. Ce soir, je cuisinerai rien que pour toi. Mes *linguine* sont à mourir, comme chacun sait. Si tu es sage, tu auras le droit de me confectionner un dessert. Comme quand nous étions à l'Académie d'art culinaire, tu t'en souviens ?

Se tournant vers lui, Summer noua les bras autour de son cou.

— Tu sais, Carlo, si j'étais du genre à me marier, c'est toi que je choisirais, rien que pour tes *pasta*.

Un grand sourire éclaira les traits du chef italien.

— *Carissima,* mes *pasta* ne sont rien à côté de mon...

— Oh ! Je n'en doute pas ! l'interrompit-elle en lui ébouriffant les cheveux avec une amicale affection. Dis-moi, l'Amant Idéal, si tu t'habillais pour m'emmener courir les antiquaires ? Il faut que j'achète quelque chose de grandiose. Je n'ai pas encore fait de cadeau de mariage à ma mère.

Blake actionna son briquet et regarda la flamme se découper dans l'obscurité. Le jour ne se lèverait pas avant une heure, mais il avait renoncé à tout espoir de trouver le sommeil. Tout comme il avait renoncé à essayer d'imaginer ce que faisait Summer à Rome pendant qu'il veillait, solitaire, dans la nuit de Philadelphie, en pensant à elle. S'il prenait le premier avion pour Rome, le lendemain…

Non, il s'était engagé à lui laisser un peu de temps. Ils avaient besoin l'un et l'autre de se donner un espace de réflexion. Et il était d'autant plus nécessaire qu'il respecte sa promesse qu'il avait fait preuve de maladresse. Bon sang, comment s'était-il débrouillé pour s'y prendre aussi mal ? Quand il y repensait…

Les accusations de Summer ne cessaient de le tarauder. Etaient-elles fondées ? Avait-elle eu raison de l'accuser d'avoir tout calculé depuis le début ? Il avait toujours aimé les casse-tête, les problèmes à résoudre. Et à sa façon, Summer était un défi. D'où peut-être sa fixation sur elle ? Si elle avait accepté sa demande, il aurait pu se féliciter d'avoir réussi une jolie manœuvre. Et de s'être attaché une collaboratrice de choix pour le groupe Cocharan.

Il se leva. Arpenta le séjour. Tira sur sa cigarette alors qu'il n'en avait pas touché une seule depuis cinq ans. Il regarda les volutes de fumée s'élever entre ses doigts et se dissiper dans les premières lueurs de l'aube. Il savait qu'il était poussé vers elle par tout autre chose qu'un désir de possession et de conquête, même si Summer était persuadée du contraire. Il avait peut-être analysé ses sentiments pour elle comme il aurait analysé n'importe quel problème pratique, parce que c'était constitutionnel chez lui d'aborder les choses de cette façon. Mais il l'aimait ; il l'aimait *vraiment*, sans stratégie ni artifice, et il était certain qu'elle l'aimait en retour. Restait qu'elle avait érigé un mur entre eux, et qu'il ne savait comment le franchir.

Revenir à leur situation d'avant ? Impossible. Alors que l'obscurité cédait du terrain, il contempla le panorama que lui offrait la ville. A l'est, le ciel commençait à s'éclaircir et les premières traînées roses dessinaient la ligne d'horizon. Brusquement, il sut qu'il avait assisté à trop de levers de soleil en solitaire. Ce qui avait grandi entre Summer et lui ne pouvait plus être gommé, effacé, ignoré. Trop de mots avaient été prononcés. L'amour entre eux vivait de sa vie propre. Il ne pouvait être contenu et mis sous clé pour de simples raisons de commodité.

Il l'avait laissée tranquille pendant une semaine complète avant qu'elle ne prenne l'avion pour Rome. Garder ses distances avait été beaucoup plus difficile qu'il ne l'avait pensé, mais les larmes de Summer l'avaient convaincu qu'il lui avait mis trop de pression. Il se demandait maintenant si ça n'avait pas été une nouvelle erreur de sa part. Peut-être que s'il était retourné la voir dès le lendemain…

Il secoua la tête et s'écarta des portes-fenêtres. Si erreur il y avait, c'était d'avoir voulu traiter par la logique une situation où la logique n'avait aucune place. Il n'y avait rien de rationnel dans le fait d'aimer. Et lui, privé de logique, perdait tout avantage.

Fou amoureux. Oui, c'était bien cela. L'univers de la passion n'était que folie, pure et incurable folie. Si Summer avait été là, avec lui, il aurait pu lui montrer ce qu'il éprouvait. D'une façon ou d'une autre, lorsqu'elle reviendrait à Philadelphie, il démonterait brique après brique ce mur qu'elle avait érigé, jusqu'à ce qu'elle soit forcée, elle aussi, de faire face à cette folie d'aimer qu'ils partageaient.

Lorsque le téléphone sonna à cette heure improbable, il secoua la tête.

Summer ?

— Blake ?

Non, pas Summer. La voix était un peu trop précieuse, un peu trop française.

— Oui, Monique ?

— Oh ! Je suis désolée, Blake ! J'ai l'impardonnable

habitude d'oublier la différence d'heure entre la côte Est et la côte Ouest. J'étais sur le point de me coucher. Vous êtes réveillé au moins ?

— Comme vous pouvez l'entendre.

Le soleil se levait lentement et une lumière pâle avait envahi la chambre. Pour l'essentiel, la ville était encore assoupie, mais l'absence de Summer avait fait de lui un veilleur inlassable.

— Votre voyage de retour en Californie s'est bien passé, Monique ?

— J'ai dormi presque tout le long. Heureusement, d'ailleurs, parce que je n'ai pas arrêté de faire la fête depuis. C'est à peine si Hollywood a changé. Juste quelques nouveaux noms, quelques nouveaux visages ; une nouvelle forme de lunettes de soleil, obligatoire pour être au goût du jour...

Il sourit ; Monique avait la faculté d'égayer.

— Vous n'avez pas besoin d'obéir aux diktats de la mode pour attirer tous les regards.

— Merci. C'est flatteur et bon à entendre.

La voix de Monique paraissait très jeune. Le moindre compliment l'enchantait.

— Que puis-je faire pour vous, Monique ?

— Pour commencer, je voudrais vous redire à quel point j'ai apprécié mon séjour dans votre hôtel. Tout est vraiment impeccable et raffiné jusque dans le moindre détail... Mais, dites-moi, pour le bras de Summer ? Elle est tout à fait remise, je pense ?

— Apparemment, oui. Elle passe quelques jours à Rome.

— Ah mais oui, bien sûr, où ai-je la tête ? Elle ne tient jamais en place, ma Summer. Je ne l'ai entrevue que rapidement avant mon départ. Elle paraissait préoccupée.

Blake sentit son ventre se nouer, sa mâchoire se crisper. Il réussit cependant à détendre l'ensemble.

— Elle a de lourdes responsabilités.

Monique sourit à l'autre bout du fil. Il ne laissait vraiment rien transpirer de ce qu'il ressentait, songea-t-elle.

— Bon, de toute façon, je vais la revoir brièvement. J'ai un service à vous demander, Blake. Vous avez été tellement attentif à mes besoins pendant mon séjour...

— Dites-moi et je verrai ce que je peux faire.

— Vous vous souvenez de la suite que j'occupais ? Je l'ai trouvée tellement agréable et reposante... Je me demandais si je pouvais la réserver de nouveau dans deux jours.

— Dans deux jours ?

Il nota l'information.

— Vous revenez déjà sur la côte Est ?

— Je suis si bête, Blake ! Bête, non... Comment dit-on plutôt ? *Distraite*. Voilà... Il y a quelqucs affaires que j'aurais dû régler durant mon séjour, mais avec l'accident de Summer, ça m'est complètement sorti de l'esprit et je dois revenir. Pour la suite, c'est entendu, alors ?

— Bien sûr. J'y veillerai personnellement.

— *Thank you so much,* mon cher Blake. Peut-être me permettrez-vous de vous demander encore une petite chose... Je compte réunir quelques amis, un apéritif tout simple dans ma suite, samedi soir. J'aimerais tant que vous puissiez vous joindre à nous.

La dernière chose dont il avait envie, en ce moment, c'était de participer à des mondanités. Mais impossible de refuser. Résigné, il nota le rendez-vous.

— Avec plaisir, Monique.

— Merveilleux ! Vers 20 h 30 ? A samedi, alors. *Bye bye,* Blake.

Monique coupa la communication et laissa fuser un

rire joyeux. D'accord, elle était actrice, pas scénariste. Mais elle n'était pas mécontente de son script. Peut-être avait-elle un talent ignoré pour la mise en scène ?

Quoi qu'il en soit, il ne lui restait plus qu'à faire passer son message côté Rome.

12

Ma chérie. Avant de débuter le tournage, je dois refaire un saut rapide à Philadelphie pour régler quelques affaires restées en souffrance. Je serai à la Cocharan House, dans ma suite habituelle, ce week-end, et je donne une petite soirée amicale samedi. Je compte sur toi pour être des nôtres, à 20 h 30. Affectueusement. Monique.

Installée dans son fauteuil en classe business, Summer relut le message de sa mère, alors que son avion volait haut au-dessus de l'Atlantique. Des affaires restées en souffrance ? Monique n'avait aucune « affaire » en cours à Philadelphie, pour autant qu'elle puisse en juger. Sauf si ces affaires concernaient le deuxième en date de ses maris successifs. Mais le magnat de la quincaillerie, c'était de l'histoire ancienne. Sans compter que Monique s'était arrangée toute sa vie pour laisser les autres régler ses affaires à sa place. Elle professait la théorie que les acteurs gardaient leur âme d'enfant, ce qui les rendait inaptes à affronter la vie matérielle. Elle avait toujours eu une capacité diabolique à s'attribuer toutes sortes d'incapacités, ce qui lui permettait de ne jamais en faire qu'à sa tête. Et Summer avait beau creuser la sienne, de tête, elle ne voyait toujours pas pour quelle obscure raison sa mère avait décidé de repasser par la case Philadelphie le temps d'un week-end.

Elle ferma les yeux. Qu'importe... Dans cinq heures tout au plus, elle serait à la réception, à parler de tout et de rien avec des inconnus. La veille, elle s'était dépassée en créant le gâteau d'anniversaire pour Enrico. Elle avait reproduit en chocolat la superbe maison de maître que son vieil ami occupait dans la campagne, juste en dehors de Rome, et l'avait remplie de couches successives de ganache, de crème brûlée et de darquois. Tout le monde s'était accordé à trouver le résultat sublime. Pour une fois, sur l'insistance d'Enrico, elle avait dérogé à ses principes et accepté de partager le dessert avec le reste des convives. L'exercice lui serait salutaire, avait-elle pensé : papoter avec le Tout-Rome mondain, se griser de champagne dans un cadre somptueux et une atmosphère festive la détourneraient momentanément de ses idées noires. Mais l'expérience avait surtout servi à lui prouver que la Ville éternelle ne serait pas son remède miracle. Elle n'avait qu'une envie : rentrer chez elle. Et *chez elle*, c'était dans l'Etat de Pennsylvanie, avait-elle eu la surprise de constater. A Philadelphie et non pas à Paris, dans son pittoresque appartement biscornu, idéalement situé sur la rive gauche. Elle voulait son quatrième étage américain, dont la présence de Blake avait imprégné chaque recoin. Même si elle avait toujours trouvé cette forme de dépendance ridicule, même si son désir n'était ni sage ni pragmatique, elle se sentait un peu moins vivante, un peu moins elle-même, lorsqu'il était loin.

Cet aveu fait à elle-même restait valide à présent qu'elle avait pris place dans l'avion du retour. C'était Blake qu'elle avait envie de retrouver, lorsqu'elle atterrirait dans quelques heures. C'était à Blake qu'elle voulait raconter les histoires drôles entendues chez Enrico. C'était dans ses bras qu'il ferait bon se pelotonner, maintenant que l'énergie nerveuse qui l'avait portée au cours des trois derniers jours commençait à retomber.

Inclinant légèrement son siège, elle ferma les yeux et se prépara à faire une petite sieste. En attendant de retrouver Blake, elle se comporterait en bonne fille et passerait un moment chez sa mère. Peut-être que cette réunion amicale lui apporterait une diversion bienvenue ? Elle lui laisserait en tout cas un temps de répit avant d'affronter Blake et la décision qu'il lui avait demandé de prendre.

Une décision qui avait déjà bien mûri dans sa tête.

B.C. passa le doigt entre son cou et le col de sa chemise avec la pénible impression que sa nervosité sautait aux yeux de tous. Revoir Monique après toutes ces années était une chose, mais avoir à la présenter à Lillian…

Lillian, voici Monique Dubois, mon ancienne maîtresse. Comme le monde est petit, n'est-ce pas ?

Même s'il avait toujours eu un solide sens de l'humour, il avait du mal à saisir la signification de cette plaisanterie particulière.

Apparemment, il n'y avait pas de délai de prescription en matière d'infractions conjugales. Il n'y avait eu pourtant qu'une seule incartade, de son côté, et cela durant une phase de séparation non officielle entre sa femme et lui qui l'avait laissé amer, furieux et inquiet. Mais un délit, même avec absence de récidive, restait un délit.

Il aimait Lillian, l'avait toujours aimée, mais pas au point d'enfouir dans l'oubli total sa brève histoire d'amour avec Monique. Pas plus qu'il ne pouvait nier que leur liaison avait été passionnelle.

Ils n'avaient pas gardé le contact par la suite, même s'il l'avait entrevue ici et là, lorsqu'il était encore à la tête des hôtels Cocharan. Mais même ces brefs moments remontaient à une éternité.

Alors pourquoi l'avait-elle appelé, au bout de vingt ans, en lui demandant avec insistance de venir *avec Lillian* lui rendre visite dans sa suite, à la Cocharan House de Philadelphie ? Il passa une fois encore le doigt sous son col de chemise, comme si une constriction imaginaire l'empêchait de respirer. La seule explication qu'elle lui avait donnée était que le bonheur de leurs enfants était en jeu.

A lui, donc, d'inventer un prétexte pour se rendre à Philadelphie et convaincre Lillian de l'accompagner. La mission n'était pas de tout repos parce qu'il avait épousé une femme indépendante et vive d'esprit. Mais traîner Lillian jusqu'à Philadelphie n'était rien à côté de l'épreuve qui l'attendrait sur place.

— Tu vas passer tout l'après-midi à nouer ta cravate ?

Il tressaillit lorsque Lillian apparut derrière lui.

— Du calme, B.C., du calme…

Elle lui passa la main dans le dos et ajusta sa veste sur ses épaules avec un geste familier qui remontait à leur lune de miel.

— On dirait que c'est la première fois que tu passes la soirée avec une célébrité. A moins que ce ne soient les actrices françaises qui te mettent dans cet état ?

Juste cette *actrice française*, songea-t-il, en se tournant vers son épouse. La beauté de Lillian le saisit à la gorge. Ce n'était pas la beauté à couper le souffle qui caractérisait Monique dans le temps. Mais Lillian avait des traits harmonieux, une élégance issue du cœur qui résistaient aux dommages du temps. Ses cheveux bruns étaient à présent striés de gris, mais coupés et coiffés de telle façon que les couleurs contrastées soulignaient sa beauté plus qu'elles ne l'altéraient.

Lillian avait toujours eu une classe incroyable. Si

elle l'avait souvent combattu et mis au défi, elle avait constamment été à ses côtés sur les chemins escarpés de la vie. C'était une femme forte. La meilleure équipière qu'un marin puisse désirer.

Il posa les mains sur ses épaules et l'embrassa. Avec une très grande tendresse.

— Je t'aime, Lily.

Lorsqu'elle lui sourit en lui effleurant la joue, il lui attrapa la main avec le sentiment d'être un condamné s'acheminant vers le gibet.

— Allons-y, sinon nous allons être en retard, chérie.

A bout de patience, Blake reposa son téléphone. Il avait cru comprendre que Summer serait rentrée de Rome. Mais pas moyen de la joindre malgré ses messages et essais répétés ! Il était à bout de patience et pas d'humeur à descendre dans la suite de Monique pour échanger d'aimables platitudes avec des inconnus distingués.

Il s'acquitterait rapidement de son devoir de politesse envers Monique, décréta-t-il, puis, dès que Summer se déciderait à rentrer, il trouverait le moyen de la convaincre d'aller avec lui quelque part. S'il lui fallait une île en plein cœur du Pacifique, il trouverait une île en plein cœur du Pacifique. Quitte à *acheter* l'île en question et à fonder un foyer sur place s'il le fallait. Si ça ne lui suffisait pas, il pourrait même envisager de monter une chaîne de pizzerias. Ou de fast-foods. Et peut-être qu'enfin, il parviendrait à satisfaire *madame* Summer Lyndon.

Conscient qu'il se montrait injuste, pour ne pas dire de mauvaise foi, il quitta son appartement en claquant la porte derrière lui.

Monique examina la suite et hocha la tête. Parfait. Les fleurs ajoutaient une note joyeuse. Rien d'excessif, quelques bouquets tout simples qui évoquaient de loin l'ambiance d'un jardin anglais. Une touche — juste une touche de romantisme. Le champagne était au frais, les verres étincelaient dans la lumière douce. Et Max s'était dépassé pour les amuse-bouches. L'assortiment qu'il avait préparé était élégant, varié, présentant des saveurs tout en finesse. Ah, le cher homme ! Il faudrait qu'elle pense à lui rendre une petite visite en cuisine.

Quant à elle… Elle porta la main au chignon ramassé bas sur sa nuque. Ce n'était pas son style de coiffure habituel, mais elle avait opté pour une allure digne. Vu ce qui se préparait, la dignité était probablement la meilleure carte à jouer. Pour son ensemble couture, elle avait misé sur une élégance toute en demi-teintes, sans toutefois résister à la tentation d'ajouter une touche de séduction.

Le décor était posé. Tout était prêt. Il ne restait plus qu'à attendre les acteurs.

Premiers petits coups frappés à sa porte. Avec un lent sourire, elle alla ouvrir.

Début de l'Acte I.

— B.C. !

Elle lui offrit ses deux mains tendues et lui sourit chaleureusement.

— N'est-ce pas merveilleux de se retrouver après toutes ces années ?

B.C. dut reconnaître qu'elle était toujours aussi éblouissante. Et comment résister à ce sourire ? Il se sentit fondre immédiatement, alors qu'il avait pris la ferme résolution de rester poliment distant.

— Ah, Monique ! Les années ont glissé sur vous en laissant votre beauté intacte.

— Toujours aussi charmeur.

Elle l'embrassa en riant sur la joue avant de se tourner vers sa compagne.

— Et vous êtes Lillian. Je suis tellement contente de faire enfin votre connaissance. B.C. m'a tant parlé de vous que j'ai l'impression que nous sommes des amies de toujours.

De l'autre côté de la porte, Lillian soutint son regard en levant un sourcil perplexe.

— Vraiment ?

En voilà une qui ne se laissait pas conter d'histoires, comprit Monique. Elle prit aussitôt la femme de B.C. en affection.

— Naturellement, ça remonte à une éternité, et tout est à reprendre... Mais entrez, entrez, je vous en prie... B.C., je peux vous confier le champagne à ouvrir ?

B.C. — réduit à un paquet de nerfs — alla tirer la bouteille de son seau à glace. Boire un verre lui donnerait une contenance, même s'il aurait préféré de loin un whiskey sec.

— Je vous connais par le grand écran, bien sûr, déclara Lillian en pénétrant dans la suite. Je ne crois pas avoir manqué un seul de vos films.

D'un geste gracieux et simple, Monique prit un bouton de rose dans un vase et le lui tendit.

— Je suis flattée que vous vous intéressiez à ma carrière. Depuis quelque temps, je multiplie les départs à la retraite. Cette dernière phase d'interruption a été la plus longue. Mais reprendre un tournage, après un arrêt prolongé, c'est un peu comme de retrouver un vieil amant.

Le bouchon de champagne jaillit comme un missile et cogna le plafond. Monique passa tranquillement son bras sous celui de Lillian. A l'intérieur, elle pouffait comme une écolière.

— J'adore le bruit d'une bouteille de champagne qui

s'ouvre, pas vous ? Chaque fois, ça me met en joie. Nous allons porter un toast, vous voulez bien ?

Elle leva son verre de façon plutôt théâtrale, et Lillian songea qu'elle ressemblait à s'y méprendre au personnage qu'elle avait joué dans son dernier film, *Yesterday's Dream*.

— A quoi allons-nous boire ? poursuivit Monique. Au destin et à ses étranges caprices qui nous réunissent ce soir ?

Elle trinqua avec ses hôtes avant de porter le champagne à ses lèvres.

— Et maintenant, parlez-moi de vous. Toujours un navigateur passionné, B.C. ?

B.C. s'éclaircit la voix, sans plus très bien savoir qui il devait garder à l'œil en priorité : Monique ou son épouse. Les deux femmes, en tout cas, avaient les yeux rivés sur lui.

— La navigation ? Oui, bien sûr. Nous revenons justement de Tahiti, Lillian et moi.

— C'est magnifique ! LE lieu romantique par excellence. Idéal pour célébrer l'amour, non ?

Imperturbable, Lillian plongea les lèvres dans sa boisson.

— C'est un lieu de calme et de grande beauté, en effet.

De nouveau, on frappa à la porte. Monique sourit.

— Ah ! Voici mon invité suivant. Je vous en prie, servez-vous en mignardises. Elles sont excellentes.

Acte II. Scène 1. Entrée du troisième personnage.

Jubilant intérieurement, Monique alla ouvrir.

— Blake, c'est tellement gentil à vous d'être passé. Et comme vous êtes élégant, ce soir !

Blake sourit en se demandant combien de temps la politesse lui commanderait de rester avant qu'il puisse s'échapper.

— Bonsoir, Monique. C'est un plaisir inespéré de vous avoir de nouveau ici, à la Cocharan House.

— Vous allez finir par vous lasser de moi si je ne fais pas attention… Vous serez surpris de découvrir mes autres invités, annonça-t-elle en s'effaçant pour le laisser entrer.

Ses parents étaient bien les dernières personnes au monde que Blake s'attendait à trouver dans la suite de Monique Dubois. Intrigué, il alla embrasser sa mère.

— Vous ne m'aviez pas dit que vous étiez de passage à Philadelphie.

Lillian lui tendit un verre de champagne.

— Nous venons juste d'arriver. Nous avons essayé de t'appeler, mais c'était occupé.

Quel jeu jouait donc cette femme ? se demanda Lillian, alors que Monique venait se joindre à eux.

— Familles, je vous aime ! lança cette dernière avec emphase. Je tiens à vous exprimer, à l'un comme à l'autre, à quel point j'estime votre fils. Le jeune Cocharan perpétue admirablement la tradition…

L'espace d'un instant — juste un instant —, Lillian se fit tigresse. Elle aurait aimé savoir à quelle tradition au juste l'actrice française faisait allusion.

B.C., lui, commençait à se détendre.

— Nous sommes très fiers de Blake. Non seulement il s'est approprié avec talent ce que son grand-père et moi-même avons édifié, mais encore il a su imprimer son propre style.

Il leva son verre en regardant son fils.

— L'acquisition de la chaîne Hamilton a été une très belle initiative et une opération parfaitement bien menée, fils. Et en cuisine, comment ça se passe ? La modernisation du restaurant ?

— Tout est quasiment terminé.

Comme par hasard, c'était LE sujet que Blake n'avait aucune envie d'aborder.

— A partir de demain, nous proposons notre nouvelle carte.

Le visage de Lillian s'éclaira.

— Alors nous avons bien programmé notre visite. Ce sera l'occasion de la tester.

— La coïncidence est étonnante, n'est-ce pas ? déclara Monique.

Le regard de Lillian se fit interrogateur.

— Quelle coïncidence ?

— Vous ne savez pas ? Ma fille est désormais le chef en titre de la Cocharan House de Philadelphie.

— Votre fille...

Lillian tourna les yeux vers son mari.

— L'information n'était pas parvenue jusqu'à moi.

— Summer est un chef de talent. Je pense que Blake ne vous dira pas le contraire... Elle cuisine souvent pour lui en privé, ajouta Monique avec un sourire délibéré, sans laisser à Blake le temps de réagir.

Ah tiens ? Intéressant, songea Lillian en portant à ses narines le bouton de rose offert par Monique.

— C'est une très jolie fille, dit B.C. Elle a hérité de votre physique, Monique. Même si on a de la peine à croire que vous ayez une fille déjà adulte.

Monique lui sourit aimablement.

— J'ai eu la même surprise en rencontrant votre fils. On se demande où passent les années, n'est-ce pas ?

B.C. toussota et s'employa à resservir tout le monde.

Quelques semaines plus tôt, Blake s'était interrogé sur les messages muets qui avaient circulé entre son père et Summer. Mais il n'avait aucune difficulté, aujourd'hui, à identifier les non-dits entre Monique et lui. Il commença par tourner les yeux vers sa mère et constata qu'elle buvait calmement son champagne.

Son père et la mère de Summer ? Mais *quand* ? se demanda-t-il, sidéré, en essayant de digérer ce scoop. Dans son souvenir, ses parents avaient toujours été très amoureux l'un de l'autre et quasiment inséparables.

Sauf… Il se souvint brusquement d'une courte période de turbulences, alors qu'il avait onze ou douze ans. L'atmosphère à la maison s'était tendue, électrifiée, et il avait perçu l'écho occasionnel de disputes échangées à voix basse. Puis son père était parti pour deux semaines, peut-être trois. En voyage d'affaires, lui avait expliqué sa mère, mais même à l'époque, il n'avait pas été dupe. Puis B.C. était revenu, tout sourires, et les cieux familiaux étaient redevenus sereins, si bien qu'il avait fini par oublier cet épisode. Il avait à présent une idée assez précise de la façon dont il avait passé ce court laps de temps hors du foyer familial, et sur la nature des consolations qu'il avait trouvées.

Il croisa le regard de son père, identifia le mélange de malaise et de défi crispé dans son attitude. Sa situation paraissait pour le moins inconfortable : il était manifestement en train de payer le prix fort pour un petit écart de conduite vieux de vingt ans. Blake nota le sourire satisfait de Monique et se demanda quelle idée machiavélique elle avait en tête. De quel droit avait-elle organisé cette confrontation après toutes ces années ? Quel chaos cherchait-elle à semer ?

Avant que sa colère n'ait eu le temps de s'exprimer, la mère de Summer lui posa la main sur le bras, d'un geste qui l'incitait à la patience, puis elle tourna la tête : deux petits coups discrets venaient d'être frappés à la porte.

— Ah, excusez-moi… B.C., vous voulez bien remplir un autre verre ? Voici notre dernière convive.

Elle alla ouvrir et contempla sa fille avec fierté. Summer portait une robe droite d'un très bel ocre. La coupe près du corps, élégante et subtilement sexy, lui conférait une aura romantique qu'accentuait la pâleur de son teint.

— Ma chérie ! C'est si gentil d'être venue presque directement de l'aéroport.

— Je ne peux pas rester longtemps, maman. J'ai du

sommeil à rattraper. Mais j'avais envie de t'apporter ton cadeau de mariage.

Summer lui tendit une boîte emballée entourée d'un ruban. Monique sourit et lui effleura la joue.

— Tu es un amour. J'ai un cadeau pour toi, moi aussi. J'espère qu'il t'accompagnera pour le restant de tes jours.

Elle fit un pas de côté pour la laisser entrer et Summer découvrit qui étaient les autres invités.

Non. Pas dans ces conditions. Pas comme ça...

Le choc de trouver Blake dans la suite de sa mère la transperça. Elle avait besoin de temps pour se préparer à leurs retrouvailles —pour se sentir confiante, sûre d'elle, reposée. La dernière chose qu'elle souhaitait, c'était une rencontre en public. Ou plus exactement devant ses parents. Car tout semblait indiquer que la grande femme élégante assise sur le canapé à côté de B.C. était la mère de Blake. La situation était baroque, insensée. Typiquement le genre de scénario que sa mère était capable de concocter !

— Pas drôle du tout, ton petit jeu, maman, murmura-t-elle en français.

— Ce n'est pas un jeu, ma chérie. C'est un cadeau... B.C., je crois que vous connaissez déjà ma fille ?

— En effet, acquiesça le père de Blake, en lui tendant un verre de champagne. C'est un plaisir de vous revoir, Summer.

— Tu n'as pas encore eu l'occasion de rencontrer la mère de Blake... Lillian, je vous présente Summer, ma fille unique.

Lillian serra avec chaleur la main de Summer dans la sienne. Il aurait fallu être aveugle pour ne pas voir l'échange de regards entre son fils et la jeune femme, songea-t-elle. Pour ne pas remarquer ce grand frisson, marqué par la surprise, le désir, le doute, qui les avait secoués. Si c'était là où Monique Dubois voulait en venir avec son étrange mise en scène, elle était toute disposée à lui prêter son concours.

— C'est une joie pour moi de faire votre connaissance, Summer. Je viens d'apprendre que vous êtes le nouveau chef en titre ici et que c'est à vous que l'on doit la carte qui sera inaugurée demain.

— Je sévis dans les cuisines depuis quelques semaines, en effet.

Summer chercha désespérément quelque chose à ajouter.

— Votre croisière s'est bien passée ? Vous étiez dans les îles polynésiennes, je crois ?

— Nous avons fait un beau voyage, oui. Même si B.C. a tendance à se prendre pour le seul maître à bord, si on ne le surveille pas de très près.

— N'importe quoi !

B.C. passa un bras autour des épaules de sa femme.

— Lillian est l'unique personne à qui je confie la barre sans hésiter.

Ils s'adoraient, tous les deux, c'était manifeste. Summer se trouva surprise de le constater. Leur couple durait depuis presque quarante ans, traversé de quelques tempêtes, et, pourtant, ils étaient clairement toujours très amoureux.

— C'est magnifique, n'est-ce pas, lorsque mari et femme peuvent avoir une passion commune, tout en gardant chacun leur personnalité ?

Monique adressa un large sourire aux époux Cocharan avant de se tourner vers Blake.

— Pensez-vous comme moi que de telles dispositions créent un lien fort entre un homme et une femme, même lorsqu'ils doivent traverser des périodes difficiles ?

— C'est mon avis, oui.

Blake se tourna vers Summer.

— Je dirais que c'est une question d'amour, de respect et peut-être… d'optimisme ?

— L'optimisme !

Monique trouva apparemment le mot à son goût.

— Mais oui, c'est tout à fait ça ! Pour ma part, j'en ai à revendre. Mes mariages à répétition trahissent probablement un excès d'optimisme, chez moi.

Elle se moquait d'elle-même de bon cœur.

— Sans doute parce que je recherche toujours la passion avant tout. Diriez-vous que c'est une erreur de ne pas regarder au-delà de l'élan passionnel, Lillian ?

— Nous cherchons tous l'amour fou, l'ivresse des sentiments.

Lillian posa la main sur le bras de son mari, un geste si naturel que ni l'un ni l'autre n'en prirent conscience.

— Mais le respect mutuel compte aussi pour beaucoup, bien sûr. J'ajouterai deux autres qualités qui me paraissent cruciales…

Elle leva les yeux vers son mari.

— La tolérance et la ténacité, qui sont indispensables pour traverser les crises.

Elle savait ! Plongeant son regard dans celui de son épouse, B.C. comprit qu'elle avait toujours su. Depuis vingt ans, elle était au courant de ce qu'il avait vécu avec Monique.

Cette dernière battit des mains avec enthousiasme.

— Excellent !

Manifestement très contente d'elle-même, elle posa son cadeau sur la table basse.

— Puisque nous avons défini ce qui fait un couple soudé et durable, le moment me paraît tout à fait choisi pour ouvrir ce cadeau, destiné à célébrer mon mariage. Cette fois, j'ai l'intention d'y mettre tout ce qu'il faut pour que ça marche.

Je veux m'en aller d'ici ! Après tout, songea Summer, c'était juste une question de muscles à mettre en action. Il lui suffirait simplement de se tourner et de se diriger vers la porte.

Pourtant, elle restait enracinée au sol, son regard prisonnier de celui de Blake.

— Oh ! Mais c'est très beau !

D'un geste plein de révérence, Monique sortit de la boîte un minuscule manège fabriqué à la main. Les chevaux étaient en ivoire, avec des décorations à l'or fin, et chacun était différent, unique, sculpté à la perfection. Lorsqu'on tournait sa base, la boîte à musique jouait un prélude de Chopin.

— Un carrousel en l'honneur d'un mariage. C'est un beau symbole, non ? Les chevaux pourraient être nommés Amour, Ténacité, Tolérance, Respect et Optimisme. C'est un cadeau que je conserverai précieusement, Summer.

— En fait, je...

Summer regarda sa mère et, soudain, rien n'eut plus d'importance, ni les complications pratiques ni les erreurs commises.

— Trouve ton bonheur, maman.

Monique lui effleura tendrement la joue.

— C'est le souhait que je forme aussi pour toi, ma chérie. Du fond du cœur.

B.C. se pencha pour chuchoter à l'oreille de sa femme :

— Tu savais, alors ?

Amusée, Lillian leva son verre.

— Bien sûr. Tu n'as jamais pu garder le moindre secret pour moi.

— Mais...

— J'étais au courant et, à l'époque, je t'ai haï pour la vie pendant bien vingt-quatre heures. Tu te souviens si c'était ta faute ou la mienne ? Moi, j'ai oublié.

— Bon sang, Lily, tu ne peux pas imaginer comme je me sentais coupable ! Ce soir, je suffoquais...

— C'est une bonne chose. Et maintenant, sortons d'ici pour que ces enfants aient enfin le champ libre et puissent s'expliquer tranquillement.

Elle se leva pour prendre congé de leur hôtesse.

— Monique ?

Les deux femmes se serrèrent la main et un message passa dans leurs regards. Les mots, eux, n'auraient jamais à être prononcés.

— Merci pour ce très bon moment. Et tous mes vœux de bonheur, pour votre mari et pour vous.

— Merci, Lillian. C'est tout ce que je vous souhaite de mon côté, à B.C. et vous.

Monique ouvrit les bras à B.C.

— Portez-vous bien, *my friend*.

Il accepta qu'elle l'embrasse, le cœur léger, comme un accusé qui vient d'obtenir un non-lieu. Il n'avait qu'une hâte, remonter dans leur suite, prendre Lillian dans ses bras… et plus encore.

— On pourrait peut-être déjeuner ensemble demain, lança-t-il sans s'adresser à quelqu'un en particulier. Bonne soirée !

Dès qu'ils eurent franchi la porte, Monique se mit à rire de les voir si pressés de s'éclipser, main dans la main.

— L'amour m'enchantera toujours, dit-elle gaiement. On voit bien qu'il n'a pas d'âge.

Avec des gestes hâtifs, elle remballa son cadeau.

— Mon sac de voyage est en bas, à la réception. Mon avion décolle dans deux heures.

— Dans deux heures ! s'écria Summer. Mais…

— Mes affaires ici sont réglées. Et Keil m'attend.

Son cadeau sous le bras, Monique se dressa sur la pointe des pieds pour embrasser Blake sur la joue.

— A bientôt, Blake. Vous avez la chance d'avoir des parents formidables.

Elle prit Summer dans ses bras.

— Toi aussi, tu as de bons parents, ma chérie. Ils n'étaient simplement pas faits l'un pour l'autre. La suite est payée pour la nuit et il reste du champagne au frais.

Elle gagna la porte d'un pas gracieux et se retourna avant de franchir le seuil.

— Bonne soirée, mes enfants.

C'était sans aucun doute l'une des plus belles sorties de scène qu'elle ait jamais faites.

Lorsque le battant se referma derrière sa mère, Summer hésita entre l'envie d'applaudir et celle de jeter rageusement un objet par terre.

— Du grand théâtre, déclara Blake. Encore un peu de champagne ?

S'il voulait une conversation sur le mode cocktail mondain, elle pouvait le suivre sans problème sur ce registre.

— Volontiers, merci.

— Comment était Rome ?

— Caniculaire.

— Et ton gâteau ?

— Exceptionnellement sublime.

Summer prit la coupe qu'il venait de lui servir et s'écarta d'un pas. Rien de tel qu'un bon échange de banalités, lorsque trop de sujets brûlants demandaient à être abordés en urgence.

— Tout s'est bien passé ici ? Pas de conflits en cuisine ?

— Eh bien, non. Même si je pense qu'ils sont tous soulagés que tu sois de retour pour le démarrage demain.

Il but une gorgée de champagne et prit le temps de l'apprécier.

— Alors, dis-moi un peu… Depuis quand sais-tu que mon père et ta mère avaient eu une liaison ?

Voilà qui avait l'avantage d'être clair, net et direct. Elle décida de répondre sur le même mode.

— Depuis le début, en fait. J'étais encore petite, mais les enfants ont le nez pour ces choses-là. Disons qu'à l'époque, je suspectais quelque chose. Et que j'en ai eu la confirmation lorsque j'ai prononcé le nom de ma mère devant ton père.

Il hocha la tête en se rappelant leur rencontre, dans son bureau.

— Et... tu l'as vécu comment ?

Elle haussa les épaules.

— C'était inconfortable.

— Et tu étais déterminée à ce que l'histoire ne se répète pas.

Il avait l'art de mettre le doigt exactement là où elle aurait préféré qu'il ne le mette pas.

— Peut-être.

— Mais l'histoire s'est répétée quand même, si l'on peut dire.

Avec une nonchalance affectée, elle étala du caviar sur un toast.

— A ceci près que nous ne sommes mariés ni l'un ni l'autre.

— Tu sais pourquoi ta mère a orchestrée ce coup fourré ?

Summer refusa d'un signe de tête lorsqu'il lui présenta le plateau avec les amuse-bouches.

— Elle a toujours adoré organiser ce genre de rencontre choc, à la limite de la provocation. Elle a posé son décor, fait entrer les personnages tour à tour. Pour me montrer, je pense, que si la vie de couple n'est pas toujours dénuée de péripéties, elle peut néanmoins être durable.

— Et... Est-ce qu'elle a réussi sa démonstration ?

Comme elle ne répondait pas, Blake reposa son verre. Il était temps de cesser la politique de l'esquive, temps de laisser les généralités de côté.

— Il ne s'est pas passé une heure sans que je pense à toi, Summer.

Leurs regards se trouvèrent. Désemparée, elle secoua la tête.

— Blake, je ne crois pas que tu devrais…

— Ecoute-moi au moins jusqu'au bout, cette fois ! Toi et moi, nous fonctionnons bien ensemble. Ne me dis pas que tu n'en as pas conscience. Tu avais peut-être raison sur le fait que j'avais un peu planifié la façon dont j'espérais te… te rallier à mon idée que nous sommes faits pour vivre ensemble, déclara-t-il prudemment. J'ai peut-être été un peu trop sûr de moi en pensant qu'il suffisait que j'attende le bon moment pour obtenir ce que je voulais, en limitant les complications. Mais il me fallait des certitudes. J'aurais aimé être plus patient, te laisser le temps de découvrir par toi-même que nous pouvons construire quelque chose de solide et de beau ensemble.

— J'ai été trop dure avec toi, l'autre soir.

Elle s'enveloppa de ses propres bras, comme pour se protéger, puis les laissa retomber le long de son corps.

— C'est parce que j'avais peur que je t'ai dit tout ce que je t'ai dit, Blake. Je ne le pensais pas. Pas tout, en tout cas.

Il lui effleura la joue.

— Summer… Tout ce que je t'ai dit, je le pensais. Je t'aime et je te désire. De plus en plus.

Elle fit un pas vers lui.

— Je suis là. Et nous sommes seuls.

Il avait envie d'elle jusqu'au vertige.

— Nous ferons l'amour, mais j'ai d'abord besoin de savoir dans quels termes. Qu'attends-tu de moi exactement ? Quelques nuits seulement, quelques souvenirs étourdissants, comme ça semble avoir été le cas pour ta mère et mon père ?

Elle détourna la tête et se mordit la lèvre.

— Je ne sais pas comment expliquer…

— Dis-moi ce que tu ressens.

Elle ferma les yeux et tenta de rassembler ses pensées.

— Bon, d'accord… Quand je suis en cuisine, je

prends un ingrédient par-ci, un ingrédient par-là. Avec mes mains, mon savoir-faire, je compose quelque chose d'abouti. Si je trouve que le résultat est en dessous de mes espérances, je le jette à la poubelle. La patience n'est pas mon fort, Blake.

Elle se tut un instant, se demandant s'il était possible pour lui de comprendre une analogie aussi personnelle.

— Je me disais que si jamais je devais m'embarquer dans une histoire, il y aurait tel ingrédient, tel autre et que, là aussi, je les réunirais pour composer quelque chose, tout en sachant d'avance que le résultat ne serait jamais ni parfait ni abouti. Autrement dit…

Elle laissa échapper un long soupir.

— Je me demandais si ce n'était pas quelque chose qu'il me faudrait jeter à la poubelle également.

— A la différence des desserts, une relation entre un homme et une femme ne se crée pas en un jour. Elle se *parfait* encore moins dans les vingt-quatre heures. Il faut bien compter une cinquantaine d'années pour arriver à quelque chose. Et encore.

— Ça fait beaucoup de temps pour une création dont on sait qu'elle gardera forcément des zones d'imperfections.

— Et c'est un défi trop lourd pour toi ?

Elle fit volte-face, toutes griffes dehors, puis baissa les bras et lui jeta un regard noir.

— Tu me connais bien, Blake Cocharan. Trop bien pour le salut de mon âme. Trop bien pour le salut de la tienne aussi, d'ailleurs.

— Tu te trompes. Tu *es* le salut de mon âme.

Les lèvres de Summer s'ouvrirent en tremblant. Puis se refermèrent.

— S'il te plaît… Laisse-moi finir. En partant pour Rome, j'ai essayé de me convaincre que je retrouverais ma vie d'antan. Une vie faite de voyages, de liberté, une vie où je n'ai de comptes à rendre qu'à moi-même, où je n'ai à m'inquiéter que du dessert suivant. Mais une fois arrivée à destination, dans une des plus belles villes du monde…

Elle soupira.

— … j'ai été malheureuse comme les pierres.

Il ne put s'empêcher de sourire.

— Je suis désolé de l'entendre.

— Je ne crois pas, non.

Elle se détourna, prit son verre de champagne et suivit pensivement le rebord du bout de son doigt. Ces explications, elle n'avait pas l'intention de les réitérer. Alors, elle voulait être certaine qu'elles soient claires.

— Dans l'avion, j'ai décidé qu'à mon retour, nous parlerions calmement, logiquement. Que nous cherchions ensemble une solution raisonnable. Dans ma tête, je voyais plutôt la poursuite de notre relation telle qu'elle était avant. Une intimité sans attaches, ce qui n'a peut-être rien à voir avec l'intimité, d'ailleurs.

Elle porta son verre à ses lèvres et prit une gorgée du vin clair et pétillant.

— Et puis, je suis entrée dans cette suite, ce soir, nos regards se sont croisés et j'ai su que ce ne serait pas possible. Se voir ici et là, s'investir sans s'investir, finirait par nous détruire l'un et l'autre, à la longue. Alors…

— Summer, je ne te laisserai pas sortir de ma vie…

Elle se retourna lentement et lui fit face, ses orteils touchant presque les siens.

— Si je pouvais sortir de ta vie, je le ferais. Ce n'est pas toi qui m'empêches de te dire *bye bye*, Blake. Si je reste, c'est *ma* décision ! Ni ta planification ni ta logique n'auraient pu changer ce qu'il y a à l'intérieur de moi. Ce sont mes sentiments qui ont opéré la transformation.

Elle lui saisit les deux mains. Prit une profonde inspiration.

— Je veux monter avec toi sur ce manège de l'amour. Moi aussi, je veux avoir une chance d'attraper le pompon.

Les mains de Blake remontèrent le long de ses bras, se perdirent dans ses cheveux.

— Pourquoi ? Dis-moi pourquoi.

— Parce que, quelque part entre le moment où tu t'es présenté la première fois à ma porte et l'heure où je te parle, je suis tombée amoureuse. Et j'ai beau savoir que c'est stupide, je suis disposée à braver tous les risques.

— Nous allons gagner, tu verras.

Il se pencha sur ses lèvres et, lorsqu'il la sentit trembler, il sut que c'était autant de peur que de désir. Bientôt, ce désir, ils le laisseraient parler, mais, pour le moment, il voulait calmer ses craintes.

— Si ça te rassure, nous pouvons fixer une période d'essai, murmura-t-il en couvrant son visage de baisers. Sous forme de contrat…

— Une période d'essai ? Sous forme de contrat ?

Elle tenta de s'éloigner d'un pas, mais il la tenait fermement serrée contre lui.

— Oui. Et si pendant cette période d'essai, l'un de nous deux veut une séparation, il devra attendre la fin de la période contractuelle.

Summer fronça les sourcils. Est-ce qu'il parlait vraiment affaires ? *Oserait-il ?* Elle lui jeta un regard mauvais.

— Et elle durerait combien de temps, ta période contractuelle, au juste ?

— Cinquante ans.

Elle éclata de rire, et lui passa les bras autour du cou.

— Marché conclu ! Je veux que le contrat soit établi dès demain. En triple exemplaire. Mais ce soir…

Elle lui mordilla les lèvres.

— … ce soir encore, nous sommes juste amants. De vrais amants, à présent. Et la suite est à nous jusqu'à demain matin.

Leur baiser fut long. Leur baiser fut lent. Leur baiser fut intense.

— Rappelle-moi de faire livrer une caisse de champagne à Monique, murmura Blake en la soulevant dans ses bras.

— En parlant de champagne…

Elle se pencha, en équilibre pour le moins précaire, et attrapa au passage leurs deux verres encore à moitié pleins sur la table.

— … il ne faudrait pas le laisser s'éventer.

— Il ne manquerait plus que ça, en effet, dit-il gravement, en la portant jusqu'à la chambre à coucher.

Ils tombèrent enlacés sur le lit et commencèrent à tirer sur leurs vêtements dans le plus grand désordre.

— Pour la commande de pizzas, ça attendra un petit moment, soupira Summer contre ses lèvres.